Das Buch

Seit der Hierokratische Rat die Macht in Savalgor übernommen hat, ist Alina, die rechtmäßige Herrscherin und Schwester des Windes, mit ihren Verbündeten auf der Flucht. Doch ihr einst geheimer Zufluchtsort in den Höhen der Felspfeiler wird von mörderischen Malachista bedroht, und Rasnor, ihr Erzfeind, verfolgt sie mit einer Flotte von Drakkenschiffen. Zur gleichen Zeit nähern sich Roya, der Magier Gilbert und der blinde Munuel, der Altmeister des Cambrischen Ordens, die vor Rasnor mit einem Gefangenentransporter in die Weite des Alls geflüchtet sind, ihrem Bestimmungsort. Ihr Argwohn wächst, als sie den eigentümlichen Ort betreten, wo die Menschen der Höhlenwelt mittels Magie Nachrichten für den übermächtigen Herrscher, den Pusmoh, übermitteln sollen. Als Gilbert plötzlich verschwindet, stehen Roya und Munuel vor einer schrecklichen Entdeckung. Auch Leandra flieht vor den Fängen des Pusmoh. Ihr zur Seite steht der charismatische Ahjan Ain:Ain'Qua, der von einer ganzen Flotte von Ordensrittern verfolgt wird. Doch Leandra lässt sich nicht einschüchtern und wagt die Flucht nach vorn. Wird es ihr gelingen, zu dem ebenso geheimnisumwobenen wie skrupellosen Herrscher über das Sternenreich vorzudringen und ihn zu entlarven?

Der Autor

Harald Evers, 1957 in München geboren, arbeitete erfolgreich an der Entwicklung von Computerspielen, bevor er sich mit seiner großangelegten und farbenprächtigen *Höhlenwelt*-Saga als deutscher Fantasy-Autor einen Namen machte. Der Autor lebt und arbeitet im bayerischen Kirchdorf.

Mehr zu Autor und Werk unter:

www.hoehlenwelt-saga.de und *www.trivocum.de*

HARALD EVERS

Die Magie der Höhlenwelt

Achter Roman
der
HÖHLENWELT-Saga

Originalausgabe

WILHELM HEYNE VERLAG
MÜNCHEN

Umwelthinweis:
Dieses Buch wurde auf chlor- und
säurefreiem Papier gedruckt.

Originalausgabe 7/05
Redaktion: Angela Kuepper
Copyright © 2005 by Harald Evers
Copyright © 2005 dieser Ausgabe by Wilhelm Heyne Verlag, München,
in der Verlagsgruppe Random House GmbH
www.heyne.de
Printed in Germany 2005
Umschlagbild: Christophe Vacher
Umschlaggestaltung: Nele Schütz Design, München
Gesetzt aus der 10/11,62 Punkt Minion
Satz: C. Schaber Datentechnik, Wels
Druck und Bindung: GGP Media GmbH, Pößneck

ISBN 3-453-53057-8

*Für Einhörnchen
in tiefer Liebe und Dankbarkeit*

Die Höhlenwelt

Die Kontinente der Höhlenwelt. Stützpfeiler und Sonnenfenster nicht berücksichtigt.

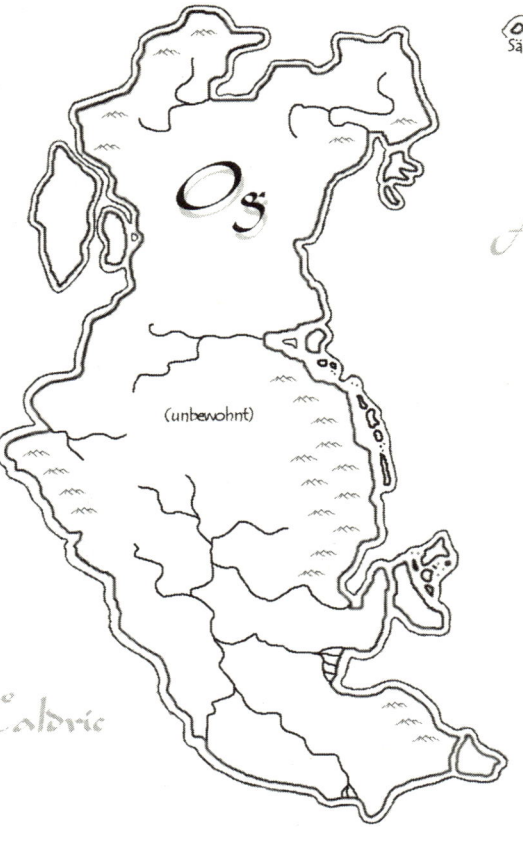

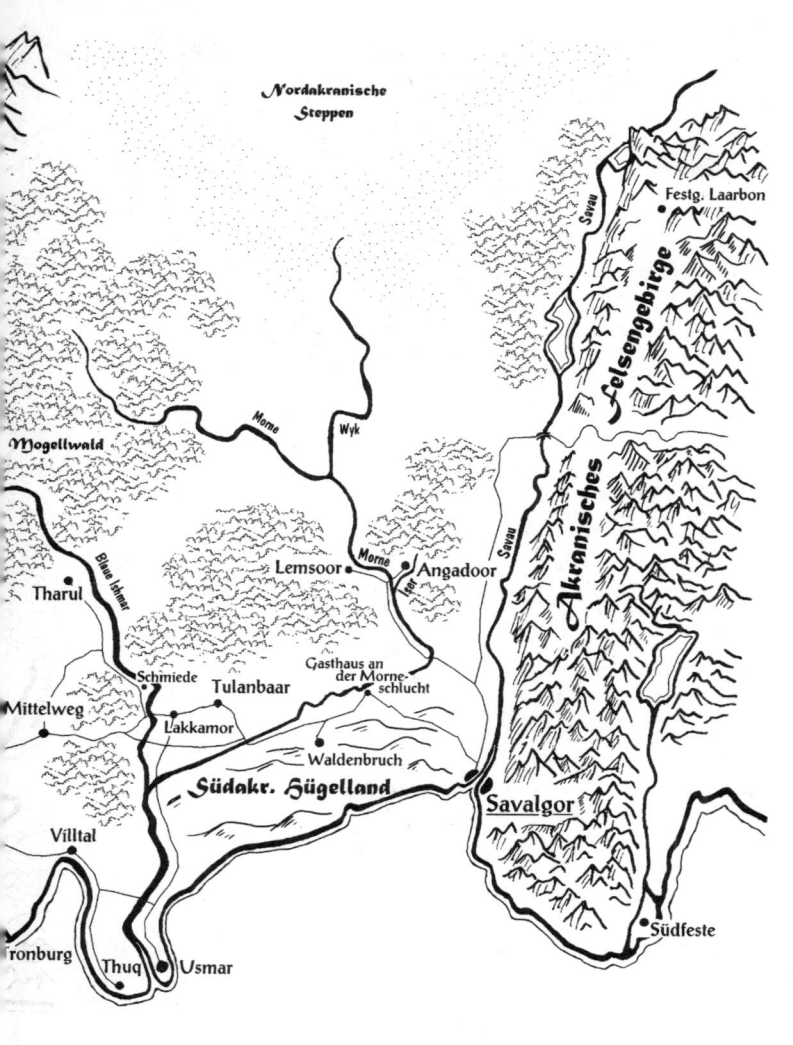

1 ♦ Graue Tage

Mit wachsamen Blicken musterte Ullrik die Umgebung. Hier in Savalgor kannte ihn niemand, und Laura war heute zum ersten Mal draußen in der Stadt, also drohte ihnen eigentlich keine echte Gefahr. Dennoch drückte er sie, während sie langsam durch die Gassen liefen, fest an seine Seite – fester, als es angenehm gewesen wäre. Seine Sinne waren geschärft, sodass er jederzeit bereit war, sich zur Wehr zu setzen, falls sie in Schwierigkeiten geraten sollten.

Links und rechts von ihnen strebten die Savalgorer Häuser in die Höhe, eng beieinander stehend, verwinkelt und verschachtelt, hoch wie kleine Türme und durch zahllose Treppchen, Stege, Brückchen und Balkone miteinander verbunden. Es war ein bizarrer Anblick, zumal sich weit oben, in luftiger Höhe, ein gut Teil des Lebens abspielte. Aber auch unten auf dem glänzenden Kopfsteinpflaster der Gasse – es war früher Vormittag und es hatte vor kurzem geregnet – herrschte rege Betriebsamkeit. Zahlreiche Menschen waren unterwegs, gingen ihrem Tagewerk nach, standen hier und da in kleinen Gruppen beieinander oder eilten unbekannten Zielen entgegen. Es hätte ein Tag sein können wie jeder andere ... wie jeder andere *frühere* Tag in Savalgor, der Hauptstadt des größten Reiches der Höhlenwelt – Akrania.

Doch es lag etwas Dunkles über der Stadt.

Auch Ullrik spürte es, obwohl er nicht von hier stammte und die ureigenste Atmosphäre der Stadt ihm fremd war. Während er sich wachsam umsah, trieben seine Gedanken immer wieder zu Alina, der Shaba von Akrania. Er kannte sie gut, sie war eine Frau von großer Ausstrahlung. Vor Wochen, als sie ihn auf seine Reise geschickt und er Savalgor verlassen hatte, war diese Stadt anders gewesen.

Es kam ihm so vor, als wäre damals ganz Savalgor von Alinas Aura durchdrungen gewesen, als hätte ihr Naturell den Puls und das Herz dieser Stadt bestimmt. Sie war eine starke junge Frau; die Menschen hörten auf sie und folgten ihr. Aber ihre Stärke gründete auf Gerechtigkeit, Wohlwollen und Gnade – und nicht auf Strenge oder Härte. Man mochte sich darüber streiten, ob eine Herrscherin die Härte brauchte, wichtige Dinge notfalls mit Gewalt durchzusetzen. Ullrik aber war bereit, ihr diese Schwäche zu verzeihen. Viel wichtiger war, was sie für Savalgor und Akrania getan hatte: Nach der langen Leidenszeit des Krieges gegen die *Bruderschaft* und die *Drakken* hatte sie den Menschen neuen Mut gegeben, hatte für den Beginn des Wiederaufbaus gesorgt, armen Leuten geholfen, den Handel wieder in Schwung gebracht und den korrupten Hierokratischen Rat im Zaum gehalten. Vor Wochen noch hatte Savalgor *lebendig* gewirkt, voll neuen Mutes und in Aufbruchstimmung; noch stärker sogar war diese Ausstrahlung vor einem halben Jahr gewesen, als Ullrik nach Savalgor gekommen war. Jetzt aber war nichts mehr davon zu spüren.

Er hielt Laura fest an seine Seite gedrückt, während sie das Ende einer Gasse erreichten und auf einen kleinen Platz traten, wo es endlich einige Marktstände gab, die nicht verriegelt und verrammelt waren. Er spürte Lauras Unsicherheit und wie froh sie war, dass er sie so nachdrücklich in Schutz nahm. Er hätte es mit einer Gaunerbande aufnehmen können, sogar mit einem Dutzend Leuten der Stadtwache, denn seine Fähigkeiten als Magier waren beachtlich. Selbst im Faustkampf wäre er den meisten gewachsen gewesen; er war von massiger Statur, mehr als einen Kopf größer als die zierliche Laura. Aber was würde auf einen Kampf folgen, hier mitten in der Stadt? Er betete zu *den Kräften*, dass es nicht nötig sein würde, Laura zu verteidigen.

»Niemand achtet uns«, flüsterte sie mit ihrem ungewöhnlichen Akzent.

Er beugte sich zu ihr herab, um ihr einen Kuss auf die Schläfe zu hauchen. »Niemand achtet *auf* uns«, korrigierte er sie lächelnd. So sehr die Stimmung in der Stadt ihn neugierig machte, drängte es ihn doch mit Macht zurück ins Ordenshaus, wo sie in Sicherheit waren. Ullrik liebte Laura mehr als irgendjemanden sonst und hatte Angst, dass ihr etwas zustoßen könnte.

Langsam überquerten sie den Platz und traten in eine weitere Gasse, die zum großen Marktplatz vor den Toren des Palasts führte. Aneinander geschmiegt wie ein frisch verliebtes Paar – was sie ja auch waren –, liefen sie über das Pflaster und hätten allein schon deswegen niemandem sonderlich auffallen sollen. Verliebte Paare sah man zu allen Zeiten auf den Straßen, besonders in einer großen Stadt wie Savalgor, wo es keine abgelegenen romantischen Flussauen mit einer Liebeslinde gab. Aber Ullrik kam es inzwischen so vor, als wären sie die *einzigen* Verliebten weit und breit. Am Ende würden sie schon deswegen jemandem auffallen.

Doch es gab nicht einmal Wachgänger. Die Stadtwache schien sich in ihre Türme und Kasernen zurückgezogen zu haben; sicher war das auch der Grund für die misstrauischen Gesichter der Leute. Jeder schien auf der Hut zu sein. Viele der Marktstände auf den kleinen Plätzen und an den Ecken der Gassen, an denen sie vorbeikamen, waren geschlossen. Männer mit verdrossenen Gesichtern schlichen herum, und Hausfrauen mit leeren Einkaufskörben standen beieinander und tuschelten mit missgelaunten Mienen. Alle schienen Ausschau zu halten – wonach, konnte Ullrik jedoch nicht sagen. »Vielleicht nach besseren Zeiten«, murmelte er.

Laura blickte fragend zu ihm auf. An seiner Miene schien sie zu erkennen, was ihn bewegte, und schenkte ihm ein warmes Lächeln.

»Es ist mir peinlich, Laura«, bekannte er verdrossen. »Ich habe dich mit hierher gebracht, um dir etwas Großartiges zu zeigen ... aber sieh dir das nur an.«

»Was kannst du denn dafür?«, versuchte sie ihn aufzumuntern. »Du warst ja nicht einmal hier.«

Er musste lächeln. Sie schien ihm zuzutrauen, dass er *diese Zustände* nicht zugelassen hätte, wäre er in den letzten Wochen an Ort und Stelle gewesen. Er nickte unmerklich. Ja, es stimmte – er hatte bewiesen, dass er in der Lage war, etwas zu bewegen. Zusammen mit Laura, Azrani, Marina und einem Haufen wild entschlossener Männer, die ihre Frauen wiederhaben wollten, hatten sie Jonissar befreit – eine ganze *Welt!* Das war schon wirklich eine großartige Tat gewesen.

Jonissar allerdings war eine sehr kleine Welt gewesen, besser gesagt eine *winzige* Welt, wenn man einmal von der Zahl der dort lebenden Leute, der Zahl der Widersacher und der Größe des bewohnbaren Landes ausging. Da war die Höhlenwelt schon von ganz anderen Ausmaßen. Er musterte die Menschen um sich herum, die schiefen, turmhohen Häuser von Savalgor, und fragte sich, wie weit sie mit ihrem Mut wohl hier gekommen wären.

»Mir gefällt die Stadt aufregend. Und beeindruckend«, meinte Laura, die sich mit wachen, neugierigen Blicken umsah. Abgesehen von ihrem Akzent beherrschte sie die Sprache der Höhlenwelt inzwischen schon recht gut, obwohl ihr noch Fehler im Ausdruck unterliefen. Sie besaß einen sehr scharfen Verstand und großen Lernwillen. Schon auf Jonissar hatte sie einiges von Ullriks Sprache erlernt, und während der Tage ihrer Rückreise von Veldoor hierher in die Hauptstadt, auf den Rücken der Drachen, wo sie den ganzen Tag lang nichts tun konnten als reden, hatte Laura sich geweigert, auch nur ein Wort in ihrer Muttersprache zu sprechen. Die würde ihr hier in der Höhlenwelt keinen Schritt weiterhelfen, hatte sie gemeint. Sogar das Längenmaß *Schritt* verwendete sie inzwischen, obwohl sie den *Meter* gewöhnt war, dort, wo sie herkam. Sie hatte unablässig mit ihnen reden wollen, hatte Azrani und Marina mit Fragen gelöchert, die neue Sprache gepaukt und nebenbei eine innige Freundschaft mit den beiden geschlossen. Ja, sie hatte sich tatsächlich in den Kopf gesetzt, eine der *Schwestern des Windes* zu werden. Azrani und Marina wussten nicht, ob das überhaupt möglich war, aber sie hatten versprochen, mit Alina zu reden und sich für Laura einzusetzen. Ullrik war sehr stolz auf sie.

Auf Savalgor hingegen konnte er nicht stolz sein.

Als er mit Azrani und Marina die Reise nach Veldoor angetreten hatte – das war vor ungefähr sechs Wochen gewesen –, hätte er vielleicht noch Grund gehabt, einer Besucherin wie Laura die Höhlenwelt zu zeigen. Einen aufregenden Ort, den ein Mädchen wie sie, die eine solche Landschaft noch nie erblickt hatte – eine Welt voller riesiger Felspfeiler, Sonnenfenster und zahlloser weiterer Wunder unter diesem gewaltigen Felsenhimmel –, in maßloses Erstaunen versetzt hätte. Aber was sie nach ihrer Rückkehr vorgefunden hatten, war bestürzend gewesen.

Sie hatten sich vier Tage im Ordenshaus der Cambrier versteckt, dem einzigen halbwegs sicheren Ort in der Stadt, obwohl auch das Ordenshaus alles andere als unberührt von den Entwicklungen geblieben war. Inzwischen wurde es nur noch von einer Schar Novizen bewohnt, lauter jungen Männern und ein paar Mädchen unter der Aufsicht eines Jungbruders. Der Verbleib von Hochmeister Jockum, dem Primas des Ordens, war ebenso unbekannt wie der von Bruder Zerbus, Altmeisterin Caori und den übrigen Alt- oder Gildenmeistern. Zum Glück hatte niemand Interesse an der Hand voll Novizen des Ordenshauses gezeigt, und so waren sie und das Cambrische Ordenshaus bisher unbehelligt geblieben.

Alles, was sie wussten, war, dass der Hierokratische Rat erneut die Herrschaft über den Palast und die Stadt an sich gerissen hatte, wohl zum vierten oder fünften Mal seit Beginn des Konflikts mit der Bruderschaft von Yoor. Der Rat schien sich mehr denn je zu einer wahren Pest zu entwickeln – er war korrupt bis ins Mark, durchsetzt mit alten Seilschaften der Bruderschaft und machtgierigen Ratsherrn, die sich Reichtum und Einfluss von ihrem skrupellosen Wirken versprachen. Niemand wusste, was aus der Shaba oder ihren Freunden geworden war. Es ging die Rede, Alina sei tot, andere meinten, sie sitze im Palastkerker und warte auf ihre Aburteilung. Manche Leute aber behaupteten, Alina sei mit ihren Freunden aus der Stadt geflohen. Ullrik hoffte inständig, dass Letzteres der Wahrheit entsprach.

Zögernd hatte er vor zwei Tagen einen ersten Ausflug in die Stadt gewagt, allein und unauffällig in eine graue Kutte gewandet, um herauszufinden, was in Savalgor vor sich ging. Die Menschen hatten sich ausgesprochen abweisend verhalten, und erst nach einem kurzen Gespräch mit einem alten Seebären im Hafen, der sich als etwas mitteilsamer erwiesen hatte, war Ullrik klar geworden, warum. Es lag daran, dass niemand mehr auch nur einen Hauch von Vertrauen für die Obrigkeit aufbrachte. Die Stadt war in den letzten beiden Jahren so oft Spielball boshafter Mächte gewesen, dass jeder Bürger fluchte, wenn man das Wort *Palast* in den Mund nahm. Die Zeiten der *Duuma*, jener Schreckenspolizei der Bruderschaft, die für kurze Zeit die Macht in Akrania ausgeübt hatte, waren jedem noch lebhaft in Erinnerung. Von noch kürzerer Dauer war Alinas Regentschaft gewesen; sie hatte nur Stunden gedauert, dann waren die Drakken über Savalgor hergefallen. Alina selbst hatte in einer außergewöhnlich mutigen Tat das Blatt wieder gewendet, und die Drakken waren verjagt worden – doch der Hierokratische Rat hatte sich auch über diese Zeit gerettet. Nun, nachdem Alina einen ersten, halbwegs sicheren Frieden über das Land gebracht hatte, schienen die verfluchten Kerle es abermals geschafft zu haben, die Macht an sich zu reißen. Wut stieg in Ullrik auf, als er sich wie schon so manches Mal die bohrende Frage nach dem *Warum* stellte.

»Azrani hat es einmal sehr schön zum Ausdruck gebracht«, sagte er leise zu Laura. »Sie meinte, dass irgendjemand all diesen Machthabern sagen sollte, dass sie mehr von ihrem Reich hätten, wenn das Volk sie mögen würden.« Er verzog das Gesicht. »Hier scheint das noch keiner zu wissen.«

Laura sah ihn fragend an, und einmal mehr wurde ihm klar, dass er sie seit Beginn ihres Ausflugs in die Stadt immer wieder mit solchen Fragmenten seiner Gedankengänge überfiel. In seinem Kopf kreisten die Gedanken wild umher. »Tut mir Leid. Mir geht so viel durch den Kopf«, entschuldigte er sich. »Mir scheint, als wären wir wieder auf Jonissar angekommen. Es ist die gleiche Situation. Eine machtgierige Herrenrasse wirtschaftet eine wunderbare Welt nieder, lässt sie ausbluten und verkommen und wundert sich über den eigenen Niedergang, der zuletzt unausweichlich folgen muss.« Er schüttelte niedergeschlagen den Kopf. »Nein, nein. Die *Abon'Dhal* haben sich ja nicht mal darüber gewundert.«

Laura drückte sich an ihn; es lag Trost in ihrer Geste, eine Antwort hatte sie aber auch nicht. Abrupt blieb er stehen. Am Ende der Gasse tat sich der Marktplatz auf, und sie konnten direkt auf den Palast sehen, gewaltig und beherrschend, als Teil des großen Savalgorer Stützpfeilers, der mitten in der Stadt zum Felsenhimmel strebte.

»Weißt du was, Laura?« Er schüttelte den Kopf und wies in Richtung des gewaltigen Baus, der sich über Savalgor erhob. »Azrani hat Recht, sie *muss* Recht haben! Die Pyramiden sind Mahnmale! Selbst bei uns trifft das zu, selbst hier wollen sie darauf hinweisen, obwohl dies keine tote und vergangene Welt ist. *Noch* nicht.«

»Du meinst die Gier nach Macht? Dass sie davor warnen sollen?«

Er nickte. »Ja. genau das. Und vielleicht noch vor anderen Gefahren. Sicher gibt es noch weitere Dinge zu entdecken, wir haben ja längst noch nicht alle Orte gesehen, zu denen die Pyramiden führen. Aber wenn das stimmt, so ist Machtgier etwas, wovor die *Baumeister* warnen wollen. Erinnerst du dich an das, was Azrani über die Dreieckswelt erzählte? Über all die kleinen Wesen, die diesen großen Sechsbeinern sklavisch ergeben waren – und die getötet wurden wie Schlachtvieh, als sie ausgedient hatten?«

Laura nickte stumm.

»Und Jonissar – die großartigen *Abon'Dhal,* die sogar noch über eine tote Welt herrschen wollten?« Er seufzte schmerzvoll und wies auf den Palast von Savalgor, ein Bauwerk von solch gewaltigen Ausmaßen, dass es dem schwebenden Felsen von *Okaryn* gleichkam. »Nun sieh dir dies an. Von dort aus wird Akrania regiert, eigentlich die gesamte Höhlenwelt, und nirgendwo gibt es ein Land, das Akrania an Macht gleichkommt.

Dort im Palast sitzt eine Hand voll alter Männer, die mit geifernden Blicken die Münzen zählen, die sie heute wieder eingeheimst haben. Es ist ihnen vollkommen egal, was aus den armen Leuten wird, denen sie das Geld gerade gestohlen haben. Nächstes Jahr um diese Zeit wird Savalgor wieder im Chaos versunken sein. Wegen eines weiteren Machtgierigen, der sich aufgeschwungen hat, wegen eines Aufstandes verhungernder Leute – oder wegen irgendeiner anderen Schandtat.« Er biss die Zähne zusammen und ballte eine Faust. »Laura, ich Narr habe dich in eine Welt mitgenommen, in der alles nur noch schlimmer ist! Der ganze verfluchte Tanz geht hier wieder von vorn los! Verdammt!«

Laura zögerte nicht, sie wandte sich ihm zu und umarmte ihn. Er war viel größer als sie, sie hatte Mühe, ihn zu umfassen. Sie stellte sich auf die Zehenspitzen und küsste ihn auf den Mund.

»Wir haben erst *eine* Welt gerettet«, meinte sie lächelnd, »eine ganz winzig kleine nur! Noch eine müssen wir mindestens retten. Ich will doch eine *Schwester des Windes* werden.«

Ullrik lachte auf. »Du meinst, mit der Befreiung von Jonissar allein können wir uns bei den Schwestern noch nicht blicken lassen?«

Laura drückte sich an ihn, und eine Woge der Wärme durchströmte ihn. Mit einem Mal wurde ihm klar, dass er gerade das in den Armen hielt, was die einzige Waffe gegen die skrupellosen Machenschaften der Machtgierigen war: Gutartigkeit und Liebe. Wieder einmal fühlte er sich in der Rolle bestätigt, in der er sich so gerne sah: als Beschützer *seiner Mädchen*.

»Gut«, seufzte er, »dann retten wir einfach *noch* eine Welt.«

Glücklich lächelnd blickte sie zu ihm auf, so als läge das tatsächlich in ihrer Macht. »Ich liebe dich, mein kleiner Engel«, sagte er und küsste sie.

*

Um die Mittagszeit taten Ullrik vom vielen Umherwandern die Füße weh, und sie kehrten in einer kleinen, etwas schäbigen

Schenke am Nordende des großen Marktplatzes vor dem Palast ein. Lauras Energie und Neugierde waren ungebrochen; sie hoppelte unruhig auf der hölzernen Bank hin und her, auf der sie Platz genommen hatten und warteten, dass ihnen der Schankwirt die verlangte Mahlzeit brachte.

Staunend betrachtete Laura das schwere Balkenwerk, das die Decke und die Wände stützte, sah zu den Fenstern hinaus und warf heimliche Seitenblicke in Richtung eines anderen Gastes – es war nur einer, und er saß ganz am anderen Ende der Schankstube. Sie untersuchte die dicke Platte des Holztisches, befühlte den groben Stoff des Sitzkissens, auf dem sie saß, und bestaunte den ausgestopften Kopf eines Waldmurgos, einer Jagdtrophäe, die an der Wand hing. Alles und jedes erregte ihre Aufmerksamkeit.

Ullrik beschäftigte sich währenddessen damit, Laura zu studieren. Sie gefiel ihm von Tag zu Tag mehr – wobei sie ihm schon am ersten Tag ausnehmend gut gefallen hatte. Das war vor Wochen auf Jonissar gewesen, auf einer kleinen Lichtung, wo er ihr die Jagdbeute abspenstig gemacht hatte. Später hatten sie Freundschaft geschlossen, hatten sich nach einigen Wirrungen lieben gelernt, und nun war sie mit ihm gekommen.

Seit sie den Rückweg in die Höhlenwelt gefunden hatten, trug Laura andere Kleider. Auf Jonissar hatte Ullrik sie meist nur in der Kleidung der *Technos* gesehen – oder in *seinem* Hemd; er musste lächeln, als er daran dachte. Seit sie hier war, trug sie die Kleider, die Azrani und Marina ihr gegeben hatten. Sie gefiel ihm in den hellbraunen Leinenhosen, den weichen, braunen Lederstiefeln und der bestickten Weste über der dunkelroten Tunika – es waren lauter hübsche, farbenfrohe Sachen, wie sie die jungen Frauen von Akrania trugen. An ihrer Seite baumelte seit dem Morgen ein kleines Jagdmesser in einer Lederscheide; Ullrik hatte es tags zuvor für sie auf dem Markt gekauft. Laura war, wenn es darauf ankam, ein tatkräftiges Mädchen; nach allem, was Ullrik mit ihr erlebt hatte, hätte man sie sogar eine kleine Wildkatze nennen können. Sie wusste sich zu wehren und sollte deshalb in Zeiten wie diesen nicht ohne Waffe sein. In ihre kurzen dunkelbraunen Haare hatte sie schmale bunte Bänder geflochten, wie damals, als Ullrik sie zum ersten Mal erblickt hatte.

Wie mochte es wohl für sie sein, hier in der Höhlenwelt?, fragte er sich. Für ihn war Jonissar, Lauras Welt, verwirrend und fremdartig gewesen, vor allem, weil es dort keine Stützpfeiler und keinen Felsenhimmel gab. Auf Jonissar, einer sterbenden Welt, hatten nur ein paar hundert Menschen und einige Drachen gelebt. Hier, in Savalgor, brodelte es nur so vor Menschen. Ihn hätte das geängstigt, wäre er hier fremd gewesen. Laura jedoch schien es nicht zu stören. Im Gegenteil – sie war von grenzenloser Neugierde beseelt und schien jeden Atemzug zu genießen. Seine Ängste vermochte sie nicht wirklich zu teilen – sie wirkte zwar vorsichtig, aber keineswegs furchtsam.

Ihr eigentliches Ziel an diesem Morgen war der Palast, aber Ullrik hatte bisher nicht gewagt, die Stufen des Großen Portals hinaufzusteigen. Er hatte vorgehabt, in der Rekrutierungsstube der Palastwache vorstellig zu werden, um dort durch ein paar unverfängliche Fragen herauszubekommen, wer jetzt in Savalgor das Sagen hatte und was aus Alina und ihren Freunden geworden war. Er konnte nicht glauben, dass Alina im Kerker saß, geschweige denn, dass man sie getötet hatte – so etwas wäre niemals geheim geblieben und hätte ganz andere Wellen in Savalgor geschlagen. Die einfachen Leute liebten Alina. Nein, er hoffte bestätigt zu bekommen, dass sie und die anderen tatsächlich geflohen waren – woraus sich allerdings die Frage ergab, wohin. Womöglich nach Malangoor. Das war das Geheimversteck der *Schwestern des Windes,* ein Ort, über den Ullrik nicht viel wusste, außer dass er weit, weit entfernt lag. Ehe er sich auf den Weg dorthin wagte, brauchte er Gewissheit oder wenigstens einen Hinweis,

Die Wirtsfrau erschien, eine rundliche Dame mit strenger Miene, die ihnen zögernd kalten Braten mit Rettich und Brot auf den Tisch stellte. Sie maß Ullrik und Laura mit prüfenden Blicken, als wollte sie sich ein Bild davon machen, ob sie überhaupt fähig oder willig waren zu zahlen. Kurz darauf kam der

Wirt selbst und brachte noch den Humpen Weizendünnbier, den Ullrik bestellt hatte.

»Was macht ihr in der Stadt?«, verlangte der Wirt zu wissen. Er hatte sich mit verschränkten Armen neben seiner Gattin aufgebaut und belagerte mit ihr zusammen den Tisch, als wollten sie den beiden den Fluchtweg verstellen.

Ullrik brummte unwillig, langte nach seinem Geldbeutel und knallte ihn auf den Tisch. »Wenn es euch lieber ist, bezahlen wir gleich. Ansonsten wollen wir unsere Ruhe haben, ja?« Laura tat das ihre dazu, indem sie den beiden ihr nettestes Lächeln schenkte – und das wirkte sofort. Die Wirtin seufzte lautstark, ließ die Arme sinken und hob erklärend die Hände.

»Verzeiht – und macht euch nichts draus, aber die Zeiten sind schlecht. Uns sind gestern erst wieder ein paar Gesellen ohne zu bezahlen abgehauen, die sich zuvor die Bäuche voll geschlagen hatten.«

Ullrik nickte grummelnd. »Ja, ich verstehe. Schon gut. Aber wisst ihr vielleicht, was aus der Shaba geworden ist? Wie ich hörte, hat der Rat jetzt wieder das Sagen.«

Die beiden Wirtsleute sahen sich kurz an. »Nun«, brummte der Wirt, »das Gleiche versucht wohl jeder in der Stadt gerade herauszukriegen. Ich geb's zu, ich wollte sogar euch danach fragen. Manche sagen, sie sitzt mit ihrem Ehemann im Kerker, andere glauben, sie ist weit in den Westen geflohen und sammelt in Kambrum oder im Salmland ein Heer, um gegen Savalgor zu marschieren.«

»Was? Ein Heer?« Ullrik blickte Laura fragend an. »Das sähe ihr aber gar nicht ähnlich.« Laura zuckte nur mit den Schultern.

Der Wirt seufzte. »Ich weiß nur eins: Die da oben machen mit uns wieder mal, was sie wollen. Wir kleinen Leute haben nicht mehr den geringsten Schutz gegen all die Banditen in der Stadt. Wie die Schmeißfliegen um einen Kadaver sammeln sie sich. Die Steuereintreiber kommen mit schwer bewaffnetem Gefolge, um ihre Geldtruhen zu beschützen – aber wer beschützt uns, die wir die Steuern zahlen müssen? Keiner! Die Drecksäcke hauen gleich wieder ab und lassen uns allein, wenn sie erst ihr Geld haben. Und danach kommen die Ganoven und nehmen uns den Rest. Die Stadt geht zugrunde an all dem Verdruss. Wenn nicht bald was passiert, können wir hier zumachen. Dann bleibt uns nur noch der Weg hinaus aus der Stadt, aufs Land. Aber wovon sollen wir da leben?«

»Wie könnte man finden, was im Palast gewesen ist?«, fragte Laura zögernd.

Die beiden Wirtsleute sahen sie mit hochgezogenen Brauen an. Dass sie nicht fehlerfrei und mit Akzent sprach, war nicht zu überhören gewesen.

»Sie kommt aus Chjant«, erklärte Ullrik. »Vom südlichsten Ende. Sozusagen schon aus Veldoor. Stimmt's, Laura?«

Laura nickte eifrig.

»Chjant? Veldoor? Auf Veldoor leben Leute?«

»Na klar! Wusstest du das nicht?«

Der Wirt schüttelte den Kopf. »Ich dachte, da kann keiner leben. Weil alles stygisch verseucht ist.«

»Es gibt ein paar Ecken«, meinte Ullrik schulterzuckend und setzte ein Lächeln auf, während er zu Laura sah. »Riesige Bauwerke haben sie dort. Und die schönsten Mädchen der Welt. Deswegen war ich dort.«

Laura kicherte leise.

Die Wirtsfrau quittierte seine Bemerkung mit einem Lächeln, doch die Miene des Wirts versteinerte sich. Plötzlich gab er sich wieder betont steif. »Was kümmert euch dann, was aus unserer Shaba geworden ist? Ist es in Veldoor nicht besser? Warum seid ihr nicht dort geblieben?«

Von einem Augenblick auf den anderen war die Stimmung abgekühlt. Ullrik kämpfte mit seiner Verwunderung über die plötzliche Feindseligkeit des Mannes. Offenbar hatte der Wirt sich durch die ulkhafte Erklärung bezüglich Lauras Herkunft auf den Arm genommen gefühlt. Er setzte denn auch gleich nach: »Am besten, ihr esst schnell auf und verschwindet dann wieder. Ich will zusperren.«

»Zusperren? Jetzt, um die Mittagszeit?«

»Das ist wohl meine Sache, oder?«

Ullrik sah Laura verwirrt an, aber bevor er sich für weiteren Streit wappnen konnte, packte die Wirtsfrau ihren Mann am Arm, murrte ihm zu, dass er wohl seine Manieren vergessen habe, und zog ihn mit sich. Der Mann grummelte, sie aber warf Ullrik und Laura einen entschuldigenden Blick zu.

Laura schnitt eine Grimasse und rollte mit den Augen. »Das mit Veldoor«, meinte sie, »... hat ihm nicht gefallen?«

Ullrik nickte verstimmt. »Da siehst du's. Selbst rechtschaffene Leute werden von diesem Gift des Misstrauens durchdrungen. Man kann ihm eigentlich gar nicht böse sein.« Er zog einen der beiden Teller heran und langte nach dem Brot. »Bald wird die ganze Stadt so sein.«

Laura seufzte. »Ich wünschte, ich könnte etwas sagen dazu. Etwas ... wie heißt es? Kluges?«

Er nickte lächelnd. Laura benötigte selten mehr als ein paar Atemzüge, um seine Seele aus der tiefsten Verdrossenheit zurück ins Licht der Sonne zu holen.

»Wir müssen herausfinden, wo Alina steckt«, meinte sie.

»Ja. Das tun wir, sobald wir hier fertig sind. Allerdings ... ich weiß nicht, ob sie dich mit hineinlassen. In die Rekrutierungsstube, meine ich. Vielleicht bringe ich dich besser vorher zurück ins ...«

Er unterbrach sich, als sich aus einer dunklen Ecke ganz in der Nähe plötzlich ein Schemen löste und sich auf sie zu bewegte. Es war ein Fremder, und er näherte sich mit raschen Schritten ihrem Tisch – ein kräftig gebauter Mann, mehr konnte man nicht sagen. Er trug eine Art Waidmannskapuze über dem Kopf, seine Kleidung war dunkel, seine Haltung verriet Heimlichkeit und ... *Gefahr*.

Ullrik hatte sich innerlich bereits so sehr auf seine Beschützerrolle für Laura eingestellt, dass er instinktiv in die Höhe fuhr. Mit einem entschlossenen Willensakt öffnete er sein *Inneres Auge*, nahm das *Trivocum* in den Blick und riss es auf. Grauschwarze, stygische Energien leckten ins Diesseits, bereit, in Form einer Magie entfesselt zu werden, um den Fremden aufzuhalten, ihn zu verjagen oder nötigenfalls zu töten.

»Halt! Bleib stehen!«, zischte er mit warnend erhobener Hand dem vermummten Kerl zu, noch ehe dieser ihren Tisch erreicht hatte.

Der Fremde erstarrte, offenbar überrascht über die schnelle Reaktion Ullriks. Auch Laura hatte sich erhoben, das Messer lag in ihrer Hand, ein leichter Schrecken war ihrem Gesicht abzulesen. Sie umrundete den Tisch, um sich neben Ullrik zu stellen.

»Wer bist du? Was willst du von uns?«

Der Fremde hob beschwichtigend beide Hände, streifte sich dann die Kapuze vom Kopf. Das Gesicht eines jungen Mannes kam darunter zum Vorschein. »Nur ruhig. Ich will euch nichts tun. Mein Name ist Marko.«

»Marko?«

»Ja. Sagt dir der Name etwas?«

Ullrik bemühte sich ruhig zu atmen. Seine Blicke suchten kurz nach den Wirtsleuten, die jedoch nicht zu sehen waren. Eine Szene wie diese mochte den Wirt noch feindseliger stimmen. »Ich kenne keinen Marko«, sagte er.

»Ich fragte nicht, ob du mich kennst, sondern ob dir mein Name etwas sagt.« Die Stimme des jungen Mannes klang nicht im Mindesten unsicher.

Ullrik ließ sich Zeit, musterte den Burschen genau. Schließlich nickte er. »Kann sein, dass ich einmal von einem Marko gehört habe. Und?«

Der junge Mann lächelte. Er hatte ein ausnehmend hübsches Gesicht, und sein Lächeln war einnehmend. Ullrik blieb wachsam.

»Vielleicht hast du auch schon einmal von einem Mädchen namens Roya gehört?« Der angebliche Marko legte keck den Kopf schief. »*Dieser* Marko bin ich.«

»Was?«, zischte Ullrik und versuchte dahinter zu kommen, was hier gespielt wurde.

»Du müsstest Ullrik heißen«, meinte Marko mit einem halben Augenzwinkern. »Victor sagt das jedenfalls. Wer allerdings die Kleine da ist …?«

»Victor sagt das?«, schnappte Ullrik. »Victor ist hier?«

Marko hob die Brauen und nickte mit einem leisen Lächeln – auf eine Weise, die in Ullrik sogleich Neid erweckte. Der junge Kerl besaß eine Art sich zu geben, bei der eine Frau einfach dahinschmelzen musste. Er warf einen Seitenblick auf Laura. Sie lächelte – in Richtung Marko.

»Wo ist Victor?«, knurrte Ullrik. Noch immer hielt er seine Rechte warnend in Richtung Marko erhoben.

»Draußen. Er hat mich geschickt, um nachzusehen, ob hier die Luft rein ist. Wenn du mir jetzt noch sagst, wer dieses hübsche, junge Fräulein ist …?«

Nun grinste Laura breit, und Ullrik überlegte, ob er den verfluchten Kerl auf der Stelle mit einem magischen Blitz in zwei Teile spalten sollte. Dann geschah das Unfassbare: Trotz der Bedrohung durch Ullriks Magie, von der dieser Marko zumindest etwas ahnen *musste*, und trotz des Messers in Lauras Hand näherte sich der dreiste Bursche in geduckter Haltung dem Tisch, der sie trennte. Mit einem gewinnenden Lächeln beugte er sich darüber, die Hände noch immer in einer Art Abwehr erhoben, nahm Laura sachte das Messer aus der Hand, küsste ihren Handrücken, gab ihr das Messer zurück und entfernte sich rückwärts gehend. Zuletzt stand er wieder so da wie zuvor: leicht nach vorn gebeugt, die Hände beschwichtigend erhoben, mit einem unverschämten Grinsen auf dem Gesicht. Ullrik kam sich angesichts der spielerischen Galanterie dieses Marko vor wie ein Ochse.

»Ich glaube, du musst mir nicht sagen, wer sie ist«, erklärte Marko in melodischem Tonfall, die Blicke unverwandt auf Laura geheftet. »Ein Mädchen so wunderschön und mit einem Blick so voller Wärme – da sterb ich gern im Angesicht meines Irrtums, sollte ich mich in ihr getäuscht haben.«

Laura wandte den Kopf zu Ullrik, sie sah ihn an – und strahlte.

Ullrik stieß ein raues Stöhnen aus, eine Mischung aus Ärger und Erleichterung. Er ließ die Hände sinken. »Bist du jetzt fertig … *Marko?*«, knurrte er und stemmte fordernd die Fäuste in die Hüften. »Wo ist Victor?«

»Gemach!«, erwiderte Marko und hob die Hände. »Ich hole

ihn.« Er drohte Ullrik lächelnd mit dem Zeigefinger. »Und du passt derweil hübsch auf die junge Dame auf, Dickerchen, ja? Damit ihr nichts zustößt.«

Ullrik stieß ein Grollen aus, machte einen Schritt vorwärts, aber da eilte der vermaledeite Marko schon mit hurtigen Schritten auf die Tür zu.

Laura hielt Ullrik fest. Sie lachte. »Hör auf, um Himmels willen! Bist du etwa eifersüchtig?« Kichernd schmiegte sie sich an ihn, küsste seine Wange und sein Kinn. »Glaubst du, ich falle auf diesen Mann herein?«

»Du hast ihn angehimmelt«, brummte er aufgebracht.

»Er ist sehr spaßig«, meinte Laura. »Aber das bist du auch. Und ich liebe nur dich.«

Ullrik sah sie an und las in ihrem Gesicht, dass es nichts Unehrliches in ihren Worten gab. Erleichtert seufzte er und schalt sich einen Narren, so eingeschnappt reagiert zu haben.

Sie setzten sich wieder, dieses Mal nebeneinander, und aßen zögernd, während sie erwartungsvoll die Eingangstür im Blick behielten.

»Victor ist der Ehemann der Shaba«, flüsterte Ullrik.

»Ja, ich weiß. Du hast schon von ihm gesagt.«

»Gesprochen, mein Schatz. Gesprochen heißt es.« Er deutete in Richtung der Tür. »Da kommen sie schon.«

Zwei Männer hatten die Tür durchschritten, beide mit Waidmannskapuzen über dem Kopf. Der linke war Marko, das war sofort zu erkennen, aber Victors kräftige Figur und seinen typischen Gang erkannte Ullrik ebenfalls gleich. Kurz darauf saßen sie am Tisch und streiften die Kapuzen herunter. Victor hatte sich nach innen, zur Wand hin gesetzt, abseits des Fensters, wo es etwas dunkler war. Er trug einen kurzen Vollbart, der ihn jedoch kaum veränderte.

»Victor!«, flüsterte Ullrik. »Du bist tatsächlich hier! Wie hast du uns gefunden?«

Victor sah sich kurz in der Schenke um, aber es war niemand in der Nähe, der hätte lauschen können. »Wir treiben uns schon den ganzen Vormittag auf dem Marktplatz herum. Da haben wir dich gesehen.« Seine Blicke waren ernst, wandten sich Laura zu. »Wer ist denn deine Begleiterin?«

»Eine lange Geschichte, eine *sehr* lange.« Ullrik zögerte, suchte nach Worten, um zu beschreiben, was jeder gewöhnliche Zuhörer als blanken Unsinn abgetan hätte. »Laura stammt ... nun, sie ist nicht von hier. Nicht aus der Höhlenwelt.«

Victor hob verwundert die Augenbrauen, sah kurz zu Marko, dessen Miene ebenfalls Erstaunen spiegelte. »Nicht aus der Höhlenwelt?«

Ullrik schüttelte den Kopf. »Nein, Victor. Es klingt verrückt, aber ... sie stammt von einer fremden Welt. Einer Welt, auf die es mich verschlug, als ich Azrani und Marina suchte.«

Nun sackte Victors Kinn ein wenig herab, er tauschte mit Marko betroffene Blicke. Die Augen der beiden wanderten zwischen Ullrik und Laura hin und her.

»Von einer fremden Welt?«, fragte Marko. »Die Pyramide bringt einen zu ... *fremden Welten?*«

Ullrik seufzte erleichtert. »Den Kräften sei Dank. Dass ihr von den Pyramiden wisst, bedeutet, dass Hellami und Cathryn heil zu euch zurückgekehrt sein müssen.«

Victor nickte. »Ja, das sind sie. Und ihr beide ja nun auch – aber was ist mit Azrani und Marina? Dass du sie gesucht hast, wissen wir. Hast du sie denn gefunden?«

Ullrik erlaubte sich ein zufriedenes Lächeln. »Ja. Wir sind alle wieder hier, heil und gesund. Auch die beiden Drachen, Tirao und Nerolaan. Und eben ... Laura.«

Victors Blicke wanderten zurück zu dem Mädchen. Eine Weile betrachtete er es, dann nickte er bedächtig. »Wir haben ja damals schon durch die Drakken erfahren, dass es noch andere Menschenvölker geben muss – jenseits der Höhlenwelt, dort draußen im All. Spricht sie denn unsere Sprache?«

Laura nickte brav. »Ja. Das tue ich. Noch nicht ganz gut, aber ich lerne.«

Alle am Tisch lächelten, und wieder empfand Ullrik Stolz auf sie. Er legte den Arm sanft um ihre Schultern. »Laura ist ein kleines Genie. Sie hat große Taten vollbracht.«

Laura senkte beschämt den Blick und knuffte ihn in die Seite.

Ullrik seufzte zufrieden. »Glaubt mir, es war eine aufregende Reise, lang und ausgesprochen ereignisreich.«

»Da bin ich aber gespannt«, nickte Victor und deutete auf Ullriks Bauch. »Es muss auch anstrengend gewesen sein. Du bist ganz schön dünn geworden.«

Das lenkte Ullriks Blick unwillkürlich auf Marko, der ihm sogleich abwehrend die Hand anbot. »Tut mir Leid, das mit dem *Dickerchen*. Ich hab ein loses Mundwerk. Verzeihst du mir?«

Ullrik ignorierte die Geste und schöpfte stattdessen neue Kraft daraus, dass Laura sich an ihn schmiegte und somit zu verstehen gab, zu wem sie gehörte. Marko zuckte seufzend mit den Schultern und zog die Hand wieder zurück. Ullrik gestand ihm mit einem Brummen ein knappes, leicht versöhnliches Nicken zu, verzierte es jedoch mit einem warnenden Blick. Marko nickte zurück, als hätte er verstanden.

»Pyrami*den*!«, wiederholte Victor. »Du sprachst in der Mehrzahl. Gibt es denn mehr als eine?«

Ullrik nahm den Arm wieder von Lauras Schultern und langte nach einem Stück Rettich. »Ja. Obwohl – hier in der Höhlenwelt wissen wir nur von einer. Aber es müssen mehr sein. Azrani war als Erste von uns unterwegs. Wir hatten dieses meilengroße Bauwerk auf Veldoor entdeckt. Die Mädchen wollten es erforschen ...« Er hob eine Hand. »Ach, ich muss mich kurz fassen – fürs Erste. Allein mit dem, was wir in Veldoor erlebten, könnte man einen Abend füllen. Jedenfalls verschwand Azrani vor Marinas Augen. Diese Pyramide besitzt magische Kräfte – oder etwas in dieser Art. Kräfte, die einen von hier fortreißen und an völlig andere Orte bringen. Fremde Welten, ohne Stützpfeiler und Felsenhimmel. Azrani und Marina haben zwei davon besucht, ehe sie nach Jonissar gelangten. Jonissar – das ist die Welt, von der Laura stammt.«

Victor nickte; seine Miene war nachdenklich, aber die Augen hatte er wachsam in die Schankstube gerichtet. Die Wirtsfrau erschien und erkundigte sich, was die neuen Gäste haben wollten. Während Victor geflissentlich zur Seite sah, bestellte Marko ebenfalls kalten Braten und zwei Humpen süßen Most.

Als die Frau wieder gegangen war, beugte sich Victor über den Tisch. »Hört zu, ihr beiden. Es ist gut, dass ihr da seid, denn wir können kaum unsere Nasen unter den Kapuzen hervorstrecken, besonders ich. Mein Gesicht kennt hier jedes Kind. Zurzeit ist es brandgefährlich in Savalgor.«

»Ja. Das haben wir gemerkt. Der Hierokratische Rat hat wieder die Macht an sich gerissen, was?«

»Nicht nur das. Es ist viel passiert, während ihr fort wart. Wo sind Azrani und Marina?«

»Bei den Cambriern. Die beiden trauen sich nicht, das Ordenshaus zu verlassen. Sie sind zwar nicht so bekannt wie du, Victor, aber es wäre trotzdem gefährlich für sie, sich hinauszuwagen. Jedenfalls so lange wir nicht wissen, was hier passiert ist.«

»Das will ich euch gerade erzählen. Wir wurden verraten und mussten fliehen. Auch Malangoor wurde verraten, das liegt schon gute vier Wochen zurück …«

Ullrik erstarrte. »Was? Malangoor wurde verraten?«

»Ja, leider. Es war eine Tragödie. Natürlich steckt Rasnor dahinter, dieser verfluchte Verräter. Sie haben das ganze Dorf zerstört, viele Leute getötet und die Übrigen brutal entführt. Munuel, Roya und Quendras waren unter ihnen.«

Ullrik stöhnte.

»Unser Freund Marko hier kam nur mit Mühe mit dem Leben davon. Und die Drachenkolonie wurde überfallen. Rasnor hat es irgendwie geschafft, einen Malachista unter seine Gewalt zu zwingen und ihn dorthin zu schicken. Die Bestie hat ein Blutbad angerichtet.«

»Einen Malachista?«, drang es gleichzeitig aus Ullriks und Lauras Kehle.

Victor runzelte die Stirn. »Was wisst ihr über diese Bestien?«

Die beiden sahen sich verstört an. »Auf meiner Welt waren auch Malachista!«, stieß Laura aufgeregt hervor. »Abon'Dhal … sie sind … verwandelt …«

»Was?«

»Sonnendrachen!«, platzte Ullrik heraus. »Sie meint Sonnendrachen! Jonissar – die Welt, von der Laura stammt ... das ist nicht wirklich ihre Heimatwelt. Sie und ihre Leute sind nur Schiffbrüchige dort. Jonissar ist in Wahrheit die Heimatwelt der Drachen. Aller Drachen der Höhlenwelt!«

Nun waren Victor und Marko regelrecht erstarrt. Sie tauschten bestürzte Blicke, die Masse der Neuigkeiten war erdrückend. Dabei hatte Ullrik noch so viele Fragen! Rasch streckte er die Hand nach Victor aus, umfasste seinen Unterarm. »Was ist mit deiner Frau? Ist Alina in Sicherheit?«

Victor nickte mit offenem Mund. »Ja. Alle sind in Malangoor, im *Drachennest*, nur Marko und ich nicht. Wir wollten hier in der Stadt etwas versuchen. Aber ... das mit den Drachen, ihrer Heimatwelt ... du musst es mir erklären. Was hat das mit Malachista zu tun? Gibt es die dort etwa auch?«

»Es sind Sonnendrachen, Victor. Das war es, was Laura dir sagen wollte. Die Sonnendrachen sind die selbsternannte Herrenrasse unter den Drachen. Auf Jonissar nennen sie sich *Abon'Dhal*. Aus Machtgier und Herrschsucht haben sie ihre ganze Welt zerstört und alle anderen Drachenarten ausgerottet. Sie verfügen über hochgradige Magie und beherrschen die Kunst, sich in eine andere Daseinsform zu transformieren. Sie können sich selbst zu Malachista verwandeln.«

Wieder starrten Victor und Marko sie mit offenen Mündern und Augen an.

»Das ist ja ...«, stammelte Marko.

»Über Jonissar gibt es eine umfangreiche Geschichte zu erzählen, und auch einen Strang, der von dort ins All hinausführt. Die Menschen, die auf Jonissar leben, sind Nachfahren von gestrandeten Siedlern aus dem All, und sie kennen sogar die Drakken! Dann sind da noch die Bauwerke auf Jonissar und den anderen Welten ... Es sind Mahnmale, wie wir glauben.«

Victor nickte. »Ja, ich verstehe. Wir haben ebenfalls ein Bauwerk entdeckt, das in diese Geschichte hineinpassen dürfte.«

»Wirklich?«

»Ja. Es steht an der Oberen Ishmar, ganz in der Nähe von Bor Akramoria, aber man kann es nur bei besonderen Lichtverhältnissen von dort aus sehen. Meistens bei Mondlicht, in der Nacht.«

»Interessant. Es gibt eine Art Reisesystem, mit dem man die einzelnen Bauwerke einer Welt besuchen kann, das hat Azrani entdeckt. Durch sie gelangten die Drachen einst in die Höhlenwelt. Außerdem habe ich eine Theorie, wie die Magie überhaupt in die Höhlenwelt kam. Ich glaube, es waren die Drachen, und sie brachten sie von Jonissar mit ...«

»Das ist sehr gut möglich!«, nickte Victor. »Ich habe auch etwas darüber erfahren, es hängt mit den ersten Magiern der Höhlenwelt zusammen, die vor Jahrtausenden ...«

»Halt, halt!«

Das war Marko gewesen, der während des Zwiegesprächs zwischen Victor und Ullrik mehrfach fragende Blicke mit Laura getauscht hatte.

»Was ist denn?«, wollte Victor wissen.

Marko verzog den Mund. »Langsam glaube ich, dass wir all diese Dinge einmal aufschreiben sollten. Gibt es bei uns überhaupt irgendeine Aufzeichnung? Jedes Mal, wenn ich mit jemandem darüber rede, was wir in den letzten Monaten herausgefunden haben, kommt etwas dazu und noch etwas ... und immer mehr. Langsam verliere ich den Überblick. Ist es nicht wichtig, das alles einmal zu ordnen?«

Victor und Ullrik maßen ihn mit fragend-nachdenklichen Blicken.

Marko hob die Arme. »Ich meine – wir arbeiten doch daran, Klarheit in die ganze Geschichte zu bringen, oder nicht? Zu verstehen, was damals alles geschah, um Lösungen für heute zu finden. Ist es nicht gefährlich, das ganze Wissen nur in unseren Köpfen zu belassen – und in jedem von uns nur einen Teil davon? Es könnte uns etwas Wichtiges verloren gehen. Es könnte etwas vergessen oder übersehen werden.«

Victor studierte eine Weile Markos Miene, dann nickte er. »Damit magst du Recht haben. Sehr sogar.« Er sah Ullrik an.

»Deine Geschichte über diese Welt Jonissar ... Marko, der den Malachista gesehen hat ... Meine Erlebnisse in Caor Maneit mit Ulfa – und all das, was Laura über Jonissar, die Drachen oder die Drakken weiß ...« Er nickte. »Das alles ist nur ein Bruchteil dessen, was wir herausgefunden haben. Du hast vollkommen Recht. Wir müssen es aufschreiben – unbedingt sogar.«

Marko lächelte zufrieden. »Ja, das sollten wir.«

Victors Miene wurde immer ernster. »Je mehr ich darüber nachdenke, Marko, desto schlimmer kommt mir dieses Versäumnis vor! Wer weiß, was wir schon übersehen haben! Wer weiß, welche Verluste wir hätten vermeiden und welche Siege wir hätten erringen können, wenn wir nur vorher alles genau erfasst und geprüft hätten. Ja, das machen wir – und zwar so bald wie möglich! Wir werden damit beginnen, sobald wir zurück in Malangoor sind. Am besten alle!«

»Was – alle?«, ächzte Ullrik.

»Natürlich! Je mehr wir sind, desto schneller haben wir Ergebnisse! Ich wette, wir finden Antworten auf Fragen, die noch gar nicht gestellt wurden, und erkennen Zusammenhänge, die wir nie vermutet haben!« Victors Aufregung schien anfangs etwas befremdlich, doch langsam begriffen sie alle die Tragweite dessen, wovon er sprach.

»Auch deine Hilfe ist willkommen«, sagte Victor mit einem Lächeln zu Laura. »Durch den Krieg gegen die Bruderschaft und die Drakken sind wir auf eine Spur gekommen, deren Bedeutung niemand vorher ahnen konnte. Es ist, als hätte Jahrtausende lang niemand aufgeschrieben, was hier geschehen ist. Oder als hätte es niemand gemerkt!« Er hob die Arme. »Plötzlich werden wir von Nachrichten und Erkenntnissen überschwemmt, die diese Welt aus den Angeln heben! Nein, Marko du hast völlig Recht – so können wir nicht weitermachen.«

Marko setzte eine zweifelnde Miene auf. »Schön und gut, aber es kann auch nicht *alles* aufgeschrieben werden. Du weißt, was Ulfa verlangt hat. Nicht einmal mich hast du über alles in Kenntnis gesetzt.«

Victor nickte. »Dabei wird es auch bleiben. Bestimmte Dinge bleiben ungesagt, ich muss mich daran halten, was Ulfa wollte.«

»Wer ist Ulfa?«, fragte Laura leise.

Victor spitzte die Lippen. »Ulfa ist … er *war* der Urdrache unserer Welt. Eine Art höheres Geistwesen. Er half uns, gab uns wichtige Ratschläge. Nun aber ist er fort, und er wird nicht mehr wiederkehren. Allein seine Geschichte sollte aufgeschrieben werden. Wir müssen diese ganzen Erkenntnisse ordnen, es gibt so unendlich viele Einzelheiten, dass uns tatsächlich etwas Wichtiges verloren gehen könnte … etwas, das wir unbedingt brauchen. Wir haben noch wichtige Aufgaben zu erfüllen, Dinge, die uns Ulfa hinterließ.« Er nickte Marko entschlossen zu. »Lasst uns zurück nach Malangoor gehen. Das ist besser als das, was wir beide hier vorhatten. Auch Marina und Azrani müssen mitkommen.«

»Aber … ich kann nicht mitkommen, Victor, das weißt du«, sagte Marko.

Victor musterte ihn nachdenklich.

»Wir haben seit zehn Tagen nichts mehr von Quendras gehört. Ich *kann* nicht mehr stillhalten. Ich muss versuchen, Roya da rauszuholen, und wenn es das Letzte ist, was ich in meinem Leben tue. In Malangoor braucht ihr mich nicht. Ich tauge nicht, um in Bücher zu kritzeln.«

Victor sah ihn lange an, dann schüttelte er den Kopf. »Nein, Marko. Gib dir noch ein wenig Zeit. Wir können in drei Tagen in Malangoor sein, wenn Tirao und Nerolaan hier sind, und vielleicht finden wir etwas, das auch Roya und deinem Vorhaben nützt! Im Augenblick haben wir nichts als eine Unmasse zerrissener Hinweise und Nachrichten. Ich hätte Angst um dich. Du würdest dich mit viel zu vagem Wissen in eine furchtbare Gefahr begeben. Was nützt es uns oder Roya, wenn du umkommst?«

Marko ballte die Fäuste. »Ich kann nicht, Victor! Ich *muss* etwas unternehmen!«

Victors Miene nahm eine gewisse Strenge an. Er tippte vorwurfsvoll mit dem Zeigefinger an Markos Stirn. »Roya ist sehr klug, das weißt du. Was glaubst du, würde sie von dir halten, wenn du jetzt blindlings losrennst und dich in Lebensgefahr bringst? Ich war ohnehin nicht begeistert von deinem Vorschlag. Zwar verstehe ich deine Unruhe, aber Roya ist eigentlich sicher, solange sie Rasnor als Geisel dienen kann. Also lass uns etwas *Vernünftiges* ausdenken!«

Marko stöhnte lautstark. »Du machst es dir leicht«, maulte er. »Deine Frau ist in Sicherheit. Wie ist es mit Leandra? Hat es dich damals nicht auch verrückt gemacht, als sie im Palastkerker eingesperrt war?«

»Leandra?«, fragte Victor.

»Ja, Leandra. Noch immer ist sie fort. Willst du sie nicht auch zurück haben?«

Victor war plötzlich ganz still geworden, sein Blick wirkte glasig. »Ja ... Leandra«, sagte er leise, so als blicke er in ferne Sphären, in Dimensionen, die außer ihm keiner zu sehen vermochte. Marko erkannte mit leisem Erstaunen, dass Victors Augenwinkel feucht geworden waren.

Laura beugte sich ganz nah zu Ullrik. »Leandra ist das Mädchen, das verschollen ist, nicht wahr?«, fragte sie flüsternd. Sie deutete mit dem Zeigefinger in Richtung Decke. »Da draußen, im All?«

Ullrik nickte. »Ja, stimmt«, flüsterte er zurück. »Ich kenne sie nicht. Aber Victor war früher ihr Geliebter.«

Laura studierte Victor eine Weile unauffällig aus den Augenwinkeln. »Er liebt sie noch immer«, flüsterte sie Ullrik ins Ohr.

2 ♦ Jungfernflug

Vorsichtig steuerte Ain:Ain'Qua die *Faiona* durch das endlose Trümmerfeld der im All schwebenden Felsbrocken. Lautlos glitt das kleine Schiff durch eine Welt der Stille, durch die sich seit Ewigkeiten, ja vielleicht sogar seit der Entstehung dieses Asteroidenrings kein lebendes Wesen mehr bewegt hatte. Der Gedanke, sich an einem Ort aufzuhalten, der seit Anbeginn der Zeiten völlig unberührt geblieben war, hatte etwas Faszinierendes. Ain:Ain'Qua spürte das Bedürfnis, ganz, ganz still zu sein, um die erhabene Ruhe des Rings nicht zu stören. Der Antrieb der *Faiona* flüsterte, ihre Geschwindigkeit war verhalten, die Flugbahn ruhig. Das Licht der Sonne Aurelia-Dio kam von hinten und ließ die Oberflächen der grauen Asteroiden vor ihnen in fast blendender Helligkeit erstrahlen, während die Schatten tiefschwarz waren und scharf gezeichnete Ränder hatten. Hier, am Rand des Asteroidenrings, waren die kosmischen Felsbrocken zumeist klein, die größten unter ihnen übertrafen kaum die Maße der *Faiona*.

Leandra stand mit leise pochendem Herzen hinter dem großen, grünhäutigen Ajhan, der den Pilotensessel energisch ausfüllte, und beobachtete besorgt seine ersten Flugversuche mit dem Schiff. Bisher hatte nur sie es gesteuert. Nicht dass Ain:Ain'Qua keine Erfahrung als Pilot gehabt hätte, im Gegenteil, als ehemaliger Ordensritter verfügte er sicher über eine ausgezeichnete Ausbildung. Doch es war das erste Mal, dass er die *Faiona* steuerte, dieses nagelneue Schmuckstück eines TT-Schiffs, das gerade erst mit allem Nötigen ausgestattet worden war, um im Sternenreich des Pusmoh flugtauglich zu sein.

»Der IO-Antrieb ist hier draußen tatsächlich besser«, flüsterte Ain:Ain'Qua und korrigierte die Flugroute mit winzigen

Bewegungen der Pedale und der beiden Sticks an den vorderen Teilen der Armlehnen. »Mit diesem Antrieb könnte die *Faiona* im Asteroidenring sogar einem Schiff der Ordensritter entkommen.«

»Wirklich?«, fragte Leandra fasziniert.

»Ich glaube schon. Die Halfanten der Ordensritter sind für den Unterlichtflug mit Kaltfusionsröhren ausgestattet, wie die *Ti:Ta'Yuh*. Die sind zwar im planetarischen Flug besser und stabiler, aber hier draußen ...?« Er schüttelte den Kopf. »Nein, so viel Schub wie dieser IO-Antrieb entwickeln sie nicht.«

Unwillkürlich wandte Leandra den Kopf und blickte über die Schulter nach hinten, in Richtung der Bereiche des Schiffs, wo die mächtigen Antriebsaggregate untergebracht waren. Sie hatten das Unmögliche wahr gemacht und die *Faiona* nicht nur mit zwei, sondern gleich mit *drei* Antriebssystemen ausgestattet. Nach allem, was die Techniker der Brats über Raumschiffe in diesem Teil des Kosmos wussten, war das einzigartig. Es war Leandras Idee gewesen, sie hatte sie völlig unbedarft geäußert, in Unkenntnis aller technischen Wenn und Abers, doch ihr Vorschlag hatte sich überraschenderweise als durchführbar erwiesen. Der Antrieb war nicht nur viel Geld wert, er gestattete es ihnen auch, sich den Drakken zu entziehen.

Ab jetzt würde sich einiges ändern. Auch andere hatten begonnen, sich gegen die Drakken und den Pusmoh zu stemmen, und die Zeichen der Zeit wiesen darauf hin, dass man es wagen *musste*. Genau dazu sollte die *Faiona* ihnen dienen.

»Mit dieser Antriebskombination könnte man glatt einen Leichten Kreuzer der Drakken ausstatten«, meinte Ain:Ain'Qua mit einem Lächeln. Die Kompensatoren heulten auf, und Leandra musste kurz sich am Pilotensitz festhalten, als Ain:Ain'Qua beschleunigte, um in einer Kurve an einem großen Felsbrocken vorbeizusteuern, der von rechts in ihren Kurs getrieben war.

»Langsam!«, stieß sie unwillkürlich hervor.

Ain:Ain'Qua drosselte das Tempo. »Schon gut, Leandra. Ich passe auf dein Schmuckstück auf.«

»Tut mir Leid, Heiliger Vater, ich ... ich vergesse immer wieder, dass Ihr mal Ordensritter wart ...« Leandra unterbrach sich und blickte schuldbewusst zu ihm.

Er hatte den Kopf erhoben, sah sie vorwurfsvoll aus seinen tief dunkelbraunen Ajhan-Augen an, aus denen hellgrüne Pupillen leuchteten. Er war ein so fremdartiger Mann, mit seiner massigen Gestalt, der grünlichen Haut und dem kahlen, nasenlosen Schädel – und doch war er ihr so vertraut. Ohne zu zögern hätte sie sich in seine Umarmung geflüchtet, hätte ihm die geheimsten Dinge ihres Lebens anvertraut.

Ain:Ain'Qua drosselte das Tempo auf fast null, hob klagend die Arme und sah wieder zu ihr auf. »Ich bin kein *Heiliger Vater* mehr, Leandra. Kein Papst, kein Pontifex, nicht einmal mehr Mitglied der Kirche. Ich habe abgedankt – ja, ich werde sogar von der Heiligen Inquisition gejagt! Außerdem gefällt mir die Anrede nicht mehr. Wirst du das jemals lernen?«

Leandra schenkte ihm ein entschuldigendes Lächeln und zuckte mit den Schultern.

Ain:Ain'Qua seufzte kopfschüttelnd. »Roscoe und die Brats haben es schnell begriffen, aber an den guten Giacomo darf ich gar nicht denken. Der wird mich noch Heiliger Vater nennen, wenn ich exkommuniziert bin und in den Kellern der Inquisition schmachte.«

Spontan schlich sich der Schalk in Leandras Gemüt, und sie beschloss, aus ihrem Fehler einen Spaß zu machen. Rasch umrundete sie den Pilotensessel und saß einen Moment später auf dem Schoß des Ajhan, der einen verblüfften Laut ausstieß. Mit einer übertrieben schwärmerischen Geste schmiegte sie sich an ihn, streckte die Arme aus und verschränkte die Hände hinter seinem muskulösen Hals. Ajhan waren einen Kopf größer als Menschen und entsprechend massiger gebaut, während Leandra, von der Höhlenwelt stammend, eher einen Kopf kleiner war als die normalen Bewohner des Pusmoh-Sternenreichs. Sie wirkte wie ein halbwüchsiges Kind auf Ain:Ain'Quas Schoß.

»Schade«, hauchte sie, reckte sich hinauf und küsste sein Kinn. »Als Heiliger Vater hast du mir so gut gefallen. Ich hatte richtig Ehrfrucht vor dir. Und Respekt. Aber jetzt ...? Wo du nur noch ein gewöhnlicher Sterblicher bist?«

Er lachte gutmütig auf. »Sterblich war ich vorher auch. Deswegen bin ich ja hier. Ich fürchte, nach der Intrige, die Lakorta gegen mich in Gang gesetzt hat, hätten sie mich einen Kopf kürzer gemacht.«

Leandra richtete sich auf. »Wirklich? Die Todesstrafe ... für einen Papst?«

Er schüttelte den Kopf. »Nein, das wohl nicht. Aber ich glaube, mir wäre bald etwas *zugestoßen*, wenn du verstehst, was ich meine. Ich weiß einfach zu viel und kann noch immer einiges in Erfahrung bringen. Wenn man einmal in einer so hohen Position gewesen ist wie ich, stehen einem gewisse Möglichkeiten und Informationswege offen – auch später noch. Die zu nutzen haben wir ja jetzt vor. Und das dürfte dem Pusmoh ziemlich stinken.«

Leandra grinste. »Stinken? Ich glaube, ich muss dich wirklich wieder Ain:Ain'Qua nennen. Deine Ausdrucksweise wird immer un-päpstlicher.«

Plötzlich weiteten sich Ain:Ain'Quas Pupillen, er starrte an Leandra vorbei nach draußen. Eilig versuchte er sie von seinem Schoß zu stoßen, um schnell an die Kontrollen zu gelangen, aber da war es schon zu spät.

Mit einem heftigen Knall schlug etwas auf der riesigen Panorama-Scheibe vor ihnen auf. Ein Ruck ging durch das Schiff, Leandra schrie auf, dann war es vorüber. Leandra war vor Schreck von Ain:Ain'Quas Schoß gesprungen und starrte hinaus ins All. Ain:Ain'Qua hatte sich ebenfalls erhoben.

Mit bebender Brust, in der seine zwei mächtigen Herzen in schnellem Rhythmus schlugen, trat er zu der riesigen Panoramascheibe, die sich von der vordersten Front der Brücke über ihre Köpfe hinweg bis ganz nach hinten zog. Er hob eine Hand. Vorsichtig tastete er das Material ab, so als könne es unter dem Druck seiner Finger brechen. »Mein Gott! Nun haben wir den Beweis. Der Felsbrocken war drei Mal so groß wie ich. Er ist zerplatzt wie ein trockener Keks.«

Leandra trat zu ihm, drängte sich Schutz suchend an seine Seite. Von dem Schreck schlug ihr Herz noch immer heftig. »Ein Felsbrocken – so groß?«

Ain:Ain'Qua nickte. »Und sehr schnell. Die *Faiona* steht beinahe, aber das Ding hatte wohl ein paar tausend Meilen drauf. Ich hab ihn aus dem Nichts kommen sehen. Es hat weniger als eine Sekunde gedauert, und dann ... *bumm!*« Er tastete noch immer die Glaskuppel ab, die sich über ihnen erstreckte.

»Nicht mal ein Kratzer«, sagte Leandra und reckte sich auf die Zehenspitzen, um die Panoramascheibe der Brücke zu untersuchen. Mai:Tau'Jui hatte ihr diese Scheibe als eine sündhaft teure Spezialanfertigung beschrieben, für die man leicht ein ganzes Schiff wie die kleine *Swish* hätte kaufen können, mit der sie damals die Ringe des Halon erforscht hatten. Seit dreißig Jahren war diese Scheibe in der *Faiona* eingebaut – und hatte, wie die *Faiona* selbst, nie das All gesehen. Heute war ihr Jungfernflug.

Faiona hieß der Halfant erst seit etwa zwei Wochen. Aber die knapp dreißig Jahre, die er unbenutzt in einer Halle auf Gladius gestanden hatte, waren vergleichsweise so viel wie drei Tage im Leben Leandras – oder noch weniger. Die Außenskelette der Halon-Leviathane konnten Jahrtausende ohne wahrnehmbare Zeichen der Alterung überdauern, und das machte sie zu idealen Hüllen für bestimmte Arten von Raumschiffen – für kleine Yachten wie die *Faiona* oder aber für riesige Frachtraumschiffe.

Ain:Ain'Qua setzte sich wieder an die Kontrollen und beschleunigte das kleine Schiff, dessen Form an eine Krabbe erinnerte. Es war etwa siebzig Meter breit und ebenso lang und besaß eine Höhe von zwölfeinhalb Metern, wenn man die nach oben weisende Wölbung des flachen Körpers außer Acht ließ.

Mai:Tau'Jui hatte Leandra erklärt, dass dieses Leviathan-Baby erst ungefähr fünf Jahre alt gewesen war, als man es *geschlachtet* hatte, um seines Außenskeletts habhaft zu werden. Eine grauenvolle Tat, wenn man bedachte, dass diese Lebewesen über zweitausend Jahre alt werden konnten.

»Wusstest du«, fragte sie Ain:Ain'Qua und setzte sich auf den zweiten Pilotensitz, »dass die Leviathane gar nicht wirklich tot sind, wenn sie von den Hüllern geschlachtet werden?«

Er warf ihr einen verwunderten Seitenblick zu, konzentrierte sich dann aber wieder auf den Kurs. »Du meinst, wegen des Zellplasmas, das die Hüllen noch so lange Zeit ausschwitzen?«

Leandra blickte unwillkürlich nach rechts zur Wand, die eine gerippte Struktur aufwies. In den winzigen Rillen sammelte sich ein kaum sichtbarer dünner Film, der im Lauf der Zeit durch die künstliche Schwerkraft an Bord nach unten sickerte und durch kleine Rinnen ablief. »Ja, auch wegen des Zellplasmas. Aber ich meine etwas anderes. Ich meine ... die *Seele* des Leviathans. Man kann sie spüren.«

Wieder erfolgte ein verwunderter Blick Ain:Ain'Quas. »*Man* kann sie spüren?«, forschte er. »Du meinst damit wohl eher, dass *du* sie spüren kannst, nicht wahr?«

Leandra wusste, worauf er anspielte. *Ihre Magie.* Das war ein ungelöstes Problem zwischen ihnen. »Ja, du hast Recht. Aber nur, weil du sie nicht selbst spüren kannst, muss das nicht heißen, dass es nicht zutrifft. Ich meine ... ich kann sie wirklich spüren. So, wie ich die Gedanken der Leviathan-Königin spüren konnte.«

Ain:Ain'Qua nickte bedächtig. »Was du sagst, klingt nicht unvernünftig. Ich wünschte, ich könnte es auch ...« Er unterbrach sich, warf ihr zum dritten Mal einen Seitenblick zu.

Leandra lächelte wohlwollend. »Es ist nichts Schlimmes an der Magie. Jedenfalls, solange man nichts Schlimmes mit ihr anstellt. Auch ein Hammer kann ein Mordinstrument sein – oder nur ein harmloses Werkzeug.«

Ain:Ain'Qua seufzte; dieser Vergleich schien ihn milde zu stimmen.

Die *Faiona* glitt ruhig durch die stille Welt des Asteroidenrings. Hin und wieder prallte irgendwo ein Stein auf die Hülle, aber das hörte man nur, wenn es im Bereich der Brücke oder auf der Panoramascheibe geschah, ansonsten wurde das Geräusch von der weichen Hülle der *Faiona* geschluckt. Leandra sah hinaus; es gelang ihr immer noch nicht ohne weiteres, sich von der Faszination des Alls zu lösen. Sie hatte ihr junges Leben in der Höhlenwelt verbracht, wo sich der Felsenhimmel stets zehn Meilen über ihr und der nächste Stützpfeiler selten mehr als zwanzig Meilen entfernt befanden. Nie hatte sie das Gefühl gehabt, in einer *engen* Welt zu leben – nie, bis sie die Höhlenwelt zum ersten Mal verlassen und das All erblickt hatte. Es gab so viele Dinge hier, die anders waren. Das riesige Sternenreich des Pusmoh, in dem Menschen, Ajhan und Drakken lebten, die Raumschiffe, Leviathane und die zahllosen besiedelten Welten.

Nichts jedoch hatte Leandra so gefangen genommen wie die unendliche Weite des Alls, die zahllosen Sterne und kosmischen Nebel, die in den unglaublichsten Farben leuchteten. Sie konnte sich daran einfach nicht satt sehen.

Für ihre neuen Freunde, die sie hier draußen im All gefunden hatte, für Ain:Ain'Qua, Roscoe und Bruder Giacomo, war das alles ganz gewöhnlich. Sie staunten allenfalls über das, was Leandra ihnen über ihre Heimat erzählte: über die gigantischen Höhlen, die Drachen und die Magie. Dabei empfand sie das All als wesentlich eindrucksvoller. Was waren schon ein Drache oder ein gefälliger magischer Trick gegen dieses Universum voll unendlicher Wunder? In ihrem Herzen trug sie den Wunsch, sich einfach alles anzusehen – allein dazu war die *Faiona* eine unverzichtbare Hilfe. Mit ihr würde sie die gewaltigen Entfernungen überbrücken und sogar auf fremden Welten landen können, wenn sie wollte.

Mit einem schuldbewussten Seitenblick sah sie nach Ain:-Ain'Qua. Nein, ganz so einfach würde es nicht gehen – einfach zu irgendeiner Welt zu fliegen und dort zu landen. Noch immer musste sie darauf achten, vor ihren Freunden nicht allzu naiv zu wirken. Sie hatte zwar in einer Schlafschulung deren Sprache und viel von ihrem Wissen erlernt, aber sie neigte noch immer dazu, die Zusammenhänge sehr einfach zu sehen. Diese Welt hier draußen war kompliziert, viel komplizierter als die Höhlenwelt, obwohl das Leben auch dort schon schwierig gewesen war. Sie hatte Glück, Darius, Ain:Ain'Qua und Giacomo getroffen zu haben; es waren gute Leute, die über große Fähigkeiten verfügten, und im besonderen Maße hatten sie eines: Geduld mit ihr.

»Hilft es dir denn?«, fragte Ain:Ain'Qua. »Ich meine – kannst du deine Gefühlsverbindung zu diesem Halfanten nutzen, wenn du ihn fliegst?«

Leandra strahlte, streckte die Hand nach ihm aus und legte sie auf seinen Unterarm. »Ach, das macht mich glücklich, Ain:Ain'Qua, dass du mich so gut verstehst. Ja, ich glaube, es könnte etwas nützen. Ich weiß es noch nicht genau, ich muss erst versuchen, mich noch besser in sie hineinzufühlen. Vielleicht ...«

»... in *sie*?«, unterbrach Ain:Ain'Qua verwundert. »Sagst du das, weil der Halfant einen weiblichen Namen trägt?«

Leandra dachte kurz nach, schüttelte dann den Kopf. »Nein. Es ist ein Mädchen. Ich meine, sie *war* ein Mädchen ... hätte eines werden sollen ...« Sie räusperte sich verlegen.

»Leviathane sind Neutren bis ins Alter von etwa eintausend Jahren«, stellte er mit strenger Miene fest. »Die Hüller bemühen sich seit Jahrtausenden, das Geschlecht eines heranwachsenden Leviathans vorauszubestimmen, jedoch vergeblich.«

»Ja, ich weiß«, erwiderte Leandra mit melancholischer Miene und blickte wieder ins All hinaus. »Aber ich bin sicher ... ich kann es spüren. Noch immer. Es ist eine weibliche Seele, die diesen Halfanten erfüllt.«

Ain:Ain'Qua verlangsamte die Geschwindigkeit, um sich besser auf Leandra konzentrieren zu können. Er warf ihr einen prüfenden Seitenblick zu. »Bist du sicher, dass du so etwas spüren kannst, Leandra? Es kommt nämlich noch etwas hinzu. Nach diesen ersten tausend Jahren stellt sich nämlich heraus, ob sie *männlich* werden oder *Neutren* bleiben! Wenn du hingegen behauptest, dieser Halfant wäre weiblich, würde das bedeuten, dass aus ihm eine Königin hätte werden müssen!«

Ein Schauer durchfuhr Leandra. Verwirrt sah sie sich um. »Eine Königin ...?«

»Aber ja! Weißt du das nicht? Weibliche Tiere sind unter den Leviathanen äußerst selten. Eines unter zehntausend. Es sind die Königinnen.«

Leandra nickte verwirrt. »Doch, natürlich. Das ist mir bekannt. Aber ich ...«

Sie starrte Ain:Ain'Qua an, atmete langsam und tief ein und aus, horchte in sich hinein. Dann schloss sie die Augen, tastete sich ans *Trivocum* heran und öffnete ihr *Inneres Auge*. Die Welt um sie herum wurde wie durch einen rötlichen Schleier sichtbar; ihr Blick reichte nur ein paar Schritt weit, aber sie vermochte deutlich zu spüren, dass sie von etwas Lebendigem umgeben war. Der Eindruck war schwach – es war nur der Rest des einstmals hier vorhandenen Lebens ... ja, sie glaubte sogar das Echo des Todesschmerzes noch vernehmen zu können, des Augenblicks, in dem dieses Wesen gestorben war. Es war die Aura des Baby-Leviathans, dessen war sie gewiss.

Eine Ahnung von bunten Farben drängte sich durch das ewige Rot des *Trivocum*s; ein Phänomen, das Leandra noch viel stärker erlebt hatte, als sie dort draußen im All, in den Ringen des Halon, der riesigen Leviathan-Königin begegnet war. Sie konzentrierte sich weiter und ließ die Sinne schweifen. Sogar sich selbst konnte sie in der Umgebung wahrnehmen, und auch Ain:Ain'Qua. Doch er war *anders*.

Anders als sie selbst und die *Faiona*.

Es konnte nicht allein daher rühren, dass er ein Ajhan war. In diesem Fall hätte auch das Schiff eine andere, eine *dritte* Art der Ausstrahlung besitzen müssen, denn das Schiff war weder Mensch noch Ajhan. Nein, es lag daran, dass Ain:Ain'Qua männlich war und sie selbst wie auch die *Faiona* weiblich. Leandra war sich jetzt ganz sicher. In diesem Fall musste Ain:Ain'Qua Recht haben. Die *Faiona* hätte eine Königin werden sollen. Nur ein einziger unter durchschnittlich zehntausend Leviathanen ... das war überwältigend!

Sie schlug die Augen auf. »Ob das etwas zu bedeuten hat?«, fragte sie flüsternd, von Ehrfurcht ergriffen.

Ain:Ain'Qua sah sie lange und ernst an. »Falls ja, schlägt das wohl eher in mein Fach, nicht wahr? Der Glaube an Gott und die Vorsehung.«

Leandra war betroffen.

Eine zweite, ungelöste Frage, die zwischen ihnen schwebte. Für sie hatte Gott keinen Stellenwert – in der Kultur der Höhlenwelt existierte er nicht. Man verneigte sich in Ehrfurcht vor dem *Prinzip der Kräfte*, dem ewigen Widerstreit zwischen den Kräften der Ordnung und des Chaos, welches zugleich auch die Grundlage der Magie darstellte. Und die Magie funktionierte. Das war ein einfacher und einleuchtender Beweis für die Richtigkeit der Theorie über das Prinzip der Kräfte. Mit Ain:Ain'Qua jedoch hatte sie ausgerechnet den höchsten aller Würdenträger einer völlig anderen Weltsicht kennen gelernt, und nun deutete er auch noch etwas an, das wahrhaftig nur durch *seine* Art des Glaubens erklärbar schien.

Vorsehung.

Ein Akt göttlicher Vorsehung ... es sei denn, das Zusammentreffen zwischen ihr und der *Faiona* war tatsächlich blanker Zufall. Aber konnte das sein? Es war ein fast schon unmöglicher Glücksfall gewesen, überhaupt an einen Halfanten zu gelangen. Sie waren unbezahlbar teuer und überhaupt nur privilegierten Kreisen zugänglich. Dennoch hatte Leandra einen ergattern können, mit Mai:Tau'Juis Hilfe, der jungen Ajhana, die eine Forschungsstation auf dem Halon-Mond Gladius leitete. Und nun war dieser Halfant auch noch *zufällig* eine Leviathan-Königin – nach all den überaus bedeutungsvollen Erlebnissen, die Leandra mit den Leviathanen gehabt hatte!

Sie schloss die Augen. Das Zusammentreffen all dieser *Zufälle* auf eine einzige Person, nämlich sie selbst, kam ihr fast zu gewaltig vor.

Ain:Ain'Qua schien zu sehen, in welche Verwirrung er sie gestürzt hatte. Er war selbst verwirrt. »Es ... ist nicht wegen der Möglichkeit eines Fingerzeigs Gottes«, versuchte er Leandra seine Unsicherheit zu erklären. »Nein, derlei habe ich in meinem bisherigen Leben oft genug erlebt. Es ist wegen dieser einen Sache, die darin vorkommt – wegen deiner *Magie*. Sie passt nicht in mein Weltbild. Sie nimmt darin sogar einen geächteten Platz ein – die Reformierte Bibel von euch Menschen wie auch die Neue J'hee-Rolle der Ajhan nennen die Magie ein gefährliches Werkzeug falscher Propheten und des Bösen schlechthin.« Er lächelte unsicher. »Aber du – eine Vertreterin des Bösen? Das fällt mir schwer zu glauben.«

Leandra warf ihm einen dankbaren Blick zu, sich darüber durchaus bewusst, welchen Mut und welches Vertrauen Ain:-Ain'Qua aufbrachte, angesichts seines Glaubens so etwas zu ihr zu sagen.

Er konzentrierte sich wieder auf seine Kontrollen. Leandra sah an den leisen Bewegungen seiner Lippen, dass er seinem Schöpfer ein spontanes Gebet zusandte. Sie tat das Gleiche und erbat sich von *Den Kräften*, dass sie ihr helfen mochten, diese verwirrenden Dinge zu enträtseln.

*

Eine Stunde später waren sie wieder auf *Potato*, der Raumkartoffel – einem mehrere Meilen durchmessenden Felsbrocken mitten im Asteroidenring, in dessen Innerem sich eines der vielen Geheimverstecke der *Brats* befand.

»Na, wie fliegt sie?«, fragte Roscoe, als er ihnen im Hauptkorridor der Außendock-Anlage entgegenkam.

»Phantastisch!«, rief Leandra begeistert, rannte auf ihn zu und sprang ihm in die Arme. Roscoe stieß einen überraschten Laut aus, schaffte es aber, sie aufzufangen. Übermütig küsste sie ihn und drückte sich an ihn.

»Wann wirst du endlich etwas erwachsener?«, flüsterte er ihr lächelnd zu, küsste sie zurück und setzte sie ab.

Aus dem Hintergrund kamen Bruder Giacomo und der fette Biko Mbawe herbei. »Na, habt ihr 'nen Sprung gemacht, Jungchen?«, rief ihnen Mbawe entgegen. In wallendem Trab bewegte er seine gewaltige Masse vorwärts, um mit dem ebenfalls etwas rundlichen, aber wesentlich leichteren und kleineren Giacomo Schritt halten zu können.

Ain:Ain'Qua, der bei Roscoe und Leandra stehen geblieben war, sah den beiden Männern leise kopfschüttelnd entgegen. Er hatte wahrhaftig eine kunterbunte Mischung aus unterschiedlichen Graden des Respekts ihm gegenüber versammelt. Mbawe, Käpt'n der *Little Big Fish*, und derjenige, der ihn mit einem historisch zu nennenden TT-Schiff von Schwanensee gerettet und hierher gebracht hatte, zeigte überhaupt keinen Respekt. Er redete Ain:Ain'Qua noch immer mit »Jungchen« an, hieb ihm, wenn er Lust hatte, seine speckige Pranke kameradschaftlich auf die Schulter, erging sich in Scherzen, die von zotig bis anmaßend reichten. Er schien nicht im Mindesten beeindruckt zu sein, dass er es mit einem Mann zu tun hatte, der vor Kurzem noch einen der höchsten Ränge in diesem ganzen gewaltigen Sternenreich des Pusmoh bekleidet hatte.

Bruder Giacomo, Ain:Ain'Quas treuer Begleiter, Freund und Helfer – der eigentlich seit Kurzem überhaupt keine Pflichten ihm gegenüber mehr besaß, denn Ain:Ain'Qua hatte als Papst abgedankt, war das genaue Gegenteil von Mbawe. Er benahm sich stets höflich und respektvoll, erlaubte sich niemals zweideutige Bemerkungen und ignorierte hartnäckig Ain:Ain'Quas Forderung, das umgängliche »Du« als Anrede zu wählen. Niemand sonst sprach ihn mehr mit »Sie« oder gar in der *Persona Majestatis* an, wie Giacomo es nach wie vor tat – mit »Ihr« und »Euch«. Inzwischen hätte Ain:Ain'Qua sogar Grund gehabt, Giacomo mit derlei Titeln anzusprechen, denn er war der *Master* des »Ordens der Bewahrer« – ein geheimer Rang innerhalb einer noch geheimeren Organisation, über dessen Bedeutung sich Ain:Ain'Qua nicht so recht im Klaren war.

Der hoch gewachsene Darius Roscoe, Leandras Freund, Beschützer und Liebhaber, war noch der Unkomplizierteste von allen. Er behandelte Ain:Ain'Qua wie seinesgleichen, wie einen gestandenen Mann, wobei er stets ein kleines Maß an Respekt signalisierte. Ain:Ain'Qua, der Jahre auf Schwanensee im Dom von Lyramar gelebt und gewirkt hatte und der es gewohnt war, von wirklich jedem mit aller Höflichkeit und größter Ehrerbietung behandelt zu werden, war nicht undankbar, dass Roscoe ihm einen letzten Rest von Respekt zollte. Andernfalls hätte er sich in Selbstzweifeln verlieren können – besonders hier auf *Potato*, wo ein paar hundert Gesetzlose lebten, die allenfalls bereit schienen, ihn als *Beute* zu betrachten.

Leandra, die Vierte im Bunde seiner Freunde, war etwas Besonderes. Das Wort Respekt zu gebrauchen, um ihr Verhältnis zueinander zu beschreiben, wäre unzutreffend gewesen. Nein, zwischen ihnen herrschte eine Art von Liebe, oder wenigstens große, gefühlvolle Zuneigung. Schon seit ihrer ersten Begegnung, seit dem ersten Blick, den sie getauscht hatten, fühlten sie sich zueinander hingezogen, und wäre da nicht dieser Unterschied gewesen, dass sie Mensch und er Ajhan war, hätte womöglich ein Liebespaar aus ihnen werden können.

Menschen und Ajhan vertrugen sich gut miteinander, und es gab, wenn auch selten, sogar echte Liebespaare unter ihnen, doch das wäre letztlich weder für ihn noch für Leandra infrage gekommen. Außerdem musste er erst, wollte er sich je wieder binden, eine große innerliche Schwelle überwinden. Als Mann der Kirche hatte er die zweite Hälfte seiner vierzig Lebensjahre in Keuschheit verbracht, und der Schritt hin zu einer körperlichen Liebe zu einer Frau würde schwer für ihn werden. Immerhin half ihm Leandras unverfängliche Art, seine Unsicherheit zu bewältigen. Sie tat sich keinen Zwang an, ihn zu umarmen oder ihm freundschaftliche Küsse zu geben, und das tat ihm wohl. Er hatte sich sogar einige Male bei dem geheimen Wunsch ertappt, sie wäre eine Ajhana, um sie richtig küssen und lieben zu können. Obwohl sie, wenn es darauf ankam, eine handfeste Kriegerin sein konnte, faszinierten ihn ihre Zartheit, ihr zierlicher, weicher Körper und ihre Wärme. Er fand sie zauberhaft; seit sehr langer Zeit war sie die erste Person, die seine beiden Herzen, welche zielstrebige Politik und unnachgiebige Härte gewohnt waren, aus reiner Sentimentalität zum Pochen brachte.

»Einen TT-Sprung?«, beantwortete er Mbawes Frage. »Nein. So weit können wir uns noch nicht wagen. Die *Faiona* ist schwer zu steuern.«

Mbawes Körpermasse schaukelte, als er sie zum Stehen brachte. »So? Warum denn?«, keuchte er.

Ain:Ain'Qua zuckte die massigen Achseln. Er war der Größte unter ihnen, vermutlich kam er sogar an Mbawes Gewicht heran, wenngleich es bei ihm fast nur aus Muskelmasse bestand. Als ehemaliger Ordensritter hatte er zu den besttrainierten Männern der GalFed gehört, und während seiner sieben Jahre als *Pontifex Maximus* hatte sich fast nichts daran geändert.

»Die einzelnen Antriebe für sich genommen zu steuern ist kein großes Problem«, antwortete er. »Aber es fehlt das Zusammenwirken. Die Ortung, die Navigation, die Energiebalance und vieles mehr – das muss alles von Hand gesteuert werden. Es ist nicht in das System integriert, jedenfalls nicht so, dass es wirklich automatisierte Abläufe gäbe. Das macht die Sache schwierig. Wollte man mit den Kaltfusionsröhren von einer Planetenoberfläche starten, dann mit dem IO-Antrieb beschleunigen, um schließlich einen TT-Sprung zu vollführen ...« Er schüttelte zweifelnd den Kopf. »Ich weiß nicht, ob man das überhaupt hinbekäme. Es fehlt eine hochklassige Bordintelligenz.«

»Das wird sich heute noch ändern«, kündigte Roscoe an. »Wenn die *Tigermoth* hier ankommt.« Er stand hinter Leandra und hielt die langen Arme um sie geschlossen; mit ihrem Scheitel reichte sie ihm nicht einmal ganz bis zum Hals hinauf. Die beiden taten sich keinen Zwang an zu zeigen, wie verliebt sie waren, und ein leichter, wenn auch wohlwollender Neid stach in Ain:Ain'Quas Gemüt. Ja – er bekam wieder Lust auf eine Frau, eine Ajhana, aber wenn irgend möglich eine von Leandras Wesensart. Es gab sogar einige Ajhana hier auf *Potato;* er hatte allerdings keine Zeit gehabt, sich unter ihnen umzusehen. Und natürlich war da noch diese Schwelle. Er hatte keine Ahnung, wie er sich gegenüber einer Frau machen würde, nach zwanzig Jahren Keuschheit. Leise seufzte er in sich hinein.

»Alvarez ist Fachmann für Software aller Art«, erklärte Roscoe weiter. »Er hat damals auch für Leandras Schlafschulung gesorgt. Ich bin sicher, er kann uns weiterhelfen.«

»Neumodischer Kram!«, winkte Mbawe verächtlich ab. »Es ist viel besser, alles mit der Hand zu steuern.« Er hob die Hände wie ein Pianist und klimperte mit den Fingern. »Da hat man ein ganz anderes Gefühl.«

Das entlockte allen ein Lächeln. Mbawe war Besitzer eines der ältesten TT-Schiffe, das man sich nur denken konnte, ein historisches Hybrid-Schiff aus der ganz frühen Ära des Überlichtfluges, über viertausend Jahre alt. Mit diesem *Urvieh*, wie Mbawe sich auszudrücken pflegte, hatte er Ain:Ain'Qua die Flucht von Schwanensee, der Hauptwelt der Hohen Galaktischen Kirche, hierher ermöglicht. In den altertümlichen Schiffen gab es nicht allzu viel, was nach einer Bordintelligenz moderner Bauart verlangt hätte. Mit Schaudern erinnerte sich Ain:Ain'Qua an das, was Mbawe mit seinem dröhnenden Gelächter als »*der alte Kahn klappert ein bisschen*« bezeichnet hatte. Er hatte Todesängste ausgestanden, als die *Little Fish* nach dem TT-Sprung in immer höhere Geschwindigkeitsbereiche geglitten war. Wenn einem da die Kontrolle entglitt, fand das Schiff nie wieder den Rückweg in den Normalraum.

»Du solltest deine *Little Fish* lieber an ein Museum verkaufen«, empfahl Ain:Ain'Qua dem dicken Käpt'n. »Da hätte *ich* ein besseres Gefühl.«

Mbawe lachte dröhnend auf, und Ain:Ain'Qua kniff die Augen zusammen. Er wusste, dass er gleich wieder Opfer eines freundschaftlichen Klapses von Mbawe werden würde. Der Kerl hatte Kraft und vor allem Masse, die er hinter seinen Schlag setzen konnte. Und – *Wumm!* –, da passierte es auch schon. Mbawes Pranke klatschte wuchtig auf Ain:Ain'Quas Rücken, und es folgte irgendeine Bemerkung über *Jungchen* und *Humor*. Ain:Ain'Qua gab sich Mühe, bei dieser Sympathiebezeugung nicht zu wanken. Als er die Augen wieder öffnete, sah er Leandras mitfühlendes Lächeln, dann war sie auch schon bei ihm und spendete ihm auf ihre Weise Trost. Er atmete erleichtert auf.

»Es gibt Neuigkeiten«, verkündete Giacomo, »keine guten, fürchte ich, Heiliger Vater.« Er räusperte sich. »Entschuldigt, ich meine ...«

Ain:Ain'Qua brummte. »Schon gut, Giacomo. Was sind das für Neuigkeiten?«

»Zum einen ist es die Tatsache, dass wir wieder gesucht werden. Halb Auriela-Dio ist auf der Suche nach uns.«

»Das war zu erwarten«, meinte Ain:Ain'Qua mit ernster Miene. »Nach dem Wirbel, den wir auf Spektor Vier veranstaltet haben ... Inzwischen dürfte dort bekannt geworden sein, dass ich nicht mehr Papst bin.«

Giacomo nickte verbindlich. »Ja, sicher. Aber es kommt noch etwas hinzu. Die Ordensritter sind auf der Suche nach uns. Ich habe die Nachricht gerade über inoffizielle Kanäle des *Stellnets* erfahren. Diesmal sogar mit der gesamten Streitmacht – nicht nur mit einer Schar, wie damals, als Leandra hier ankam.«

»Wirklich? Das ganze Heer der Heiligen Ordensritter?«

»Ja, leider. Das bedeutet, dass hier bald ein rundes Tausend bis an die Zähne bewaffneter Schiffe den Asteroidenring absuchen wird, ein Drittel davon Halfanten.« Er sah sich beunruhigt um. »Ich fürchte, diese Nachricht wird Mister Rowling nicht sonderlich begeistern. Eigentlich müssten wir ihm raten, *Potato* aufzugeben, wenigstens vorübergehend. Wenn die Ordensritter diesen Stützpunkt entdecken, wird es zu einer Schlacht kommen, welche die Brats nicht gewinnen können.«

»Aber ... warum sollten die Ordensritter das tun?«, fragte Leandra betroffen.

Ain:Ain'Qua blickte sie an – manchmal war sie bezaubernd naiv, vertraute dem Guten allzu bedingungslos. Sie glaubte offenbar, dass ein Ordensritter, ein von der Heiligen Inquisition der Hohen Galaktischen Kirche entsandter Krieger, es erkennen konnte, dass die *Brats* nur deswegen Gesetzlose waren, weil der Pusmoh mit seinem rücksichtslosen Regime sie dazu zwang. »Die Drakken wissen, wohin wir verschwunden sind«, sagte er. »Nämlich nach hier, in den Asteroidenring von Aurelia-Dio. Da können sie sich leicht ausrechnen, dass wir die Brats aufgesucht haben, nachdem wir schon früher Kontakt zu ihnen hatten.« Er schüttelte bedauernd den Kopf. »Nein, ich fürchte, wir sind alle in Gefahr. Es wäre hinterhältig, Rowling nicht davon zu unterrichten. Schließlich hat er uns aufgenommen und hilft uns mit seinen Technikern, die *Faiona* fertig zu bauen.«

»Gegen ein beträchtliches Honorar«, wandte Roscoe ein. Jeder hier wusste, dass Roscoe über die unverschämte Forderung des Anführers der Brats verärgert war.

»Das rechtfertigt nicht, sie alle dem Tod auszuliefern«, erwiderte Ain:Ain'Qua. »Mit entsprechend schwerem Beschuss könnte man den ganzen Stützpunkt hier vernichten. Es würde hunderte von Toten geben.«

»Ja, natürlich«, lenkte Roscoe reumütig seufzend ein.

»Und sie würden schießen, ohne zu zögern. Die Chance, uns dabei mit zu erwischen, ist beträchtlich. Der Pusmoh will uns loswerden, so viel ist sicher.«

Roscoe nickte. »In Ordnung. Ich werde zu Rowling gehen und es ihm sagen. Wie viel Zeit haben wir denn noch, bis die Ordensritter hier eintreffen, Giacomo?«

Giacomo, ein verschmitzt wirkender kleiner Mann mit lichtem Haar, der Leandra immer wieder an den klugen Erfinder Meister Izeban aus der Höhlenwelt erinnerte, hob bedauernd die Achseln. »Leider weiß ich das nicht. Die ersten Schiffe müssen Aurelia-Dio bereits erreicht haben, sonst hätte ich die Nachricht überhaupt nicht erhalten können. Ich fürchte, viel mehr als einen Tag Zeit werden wir nicht mehr haben.«

»Einen Tag nur?«, rief Roscoe aus. »Du lieber Himmel – wie sollen wir die *Faiona* bis dahin fertig bekommen?«

»Wir könnten mit der *Little Fish* fliehen«, schlug Mbawe vor.

Das rief einhellige Ablehnung bei den anderen hervor. »Die *Faiona* ist fast fertig!«, rief Leandra aufgebracht. »Mit ihr verfügen wir über ein einzigartiges Schiff, mit dem wir jeden Ort erreichen können, ohne dass der Pusmoh etwas dagegen tun kann! Wir können all den Hinweisen folgen, die wir aus dem MDS-Buch von Tassilo Hauser haben, und werden sogar den Drakken entwischen ...«

»MDS-Buch? Tassilo Hauser?«, fragte Mbawe mit gerunzelter Stirn.

Die vier sahen sich untereinander fragend an. Biko Mbawe

hatte sich als ein freundlicher Helfer erwiesen, und sicher hatte er das Recht, mehr Einzelheiten über ihre Pläne zu erfahren. Doch was sie in Wahrheit vorhatten, war so über die Maßen heikel, dass jede weitere Person, die eingeweiht war, ein gefährliches Risiko darstellte.

»Das besprechen wir später«, entschied Ain:Ain'Qua. »Rowling muss über die Ordensritter informiert werden, und wir müssen sehen, dass wir die *Faiona* flott bekommen und von hier verschwinden. Hoffentlich trifft die *Tigermoth* rechtzeitig hier ein. Weißt du, wann das sein wird, Darius?«

Roscoe schüttelte den Kopf. »Nein, aber ich könnte Rowling fragen. Wir sind ja ohnehin auf dem Weg zu ihm.«

»Lass das lieber mich machen«, meinte Leandra. »Auf dich ist er immer noch nicht sonderlich gut zu sprechen.«

Ain:Ain'Qua nickte und setzte sich in Bewegung. »Und was gibt es sonst noch, Giacomo? Du hattest von mehreren Neuigkeiten gesprochen.«

Zu fünft eilten sie den langen Korridor hinab, während Giacomo sie unterwegs über alle Neuigkeiten unterrichtete. »Es könnte sein, dass es jetzt umso gefährlicher für uns wird. Der Pusmoh hat seit kurzem einen weiteren Grund, uns schnellstmöglich aus dem Weg zu räumen. In Ursa Quad, bei den Ajhan, ist eine Revolte ausgebrochen. Mehrere Welten an der westlichen Außenzone haben sich zu einer Freien Liga zusammengeschlossen. Sie haben ihre Sektor-Gouverneure in deren Raumyachten gesetzt und sie mit der Nachricht nach Soraka geschickt, dass sie sich nicht länger der GalFed zugehörig fühlten.«

Ain:Ain'Qua blieb verwundert stehen.

»Kaum hatte sich diese Nachricht ein wenig verbreitet«, fuhr Giacomo fort, »folgte das Gleiche im Virago-Haufen. Und nun haltet Euch fest, Heiliger Vater: Es geschah auf New Haven, einer der Hauptwelten der Menschen!«

»Wie bitte?«

Giacomo nickte beflissen. »Anscheinend wurde eine große Flotte von Drakkenkreuzern in Marsch gesetzt, um die Aufstände niederzuwerfen. Aber wenn die Gerüchte über die Unruhen in den Östlichen Randwelten nun auch noch stimmen, haben wir es mit einer handfesten Revolte zu tun. Es sind zwar nur ein paar kleine Gebiete, weniger als zwei Prozent des Pusmoh-Sternenreichs, aber die Nachrichten verbreiten sich dafür umso schneller. Das wird nicht ohne Auswirkungen bleiben.«

Ain:Ain'Qua nickte bedeutungsvoll und setzte sich wieder in Bewegung. »Das kannst du laut sagen, Giacomo. Und ausgerechnet jetzt mischen wir uns ein! Das dürfte dem Pusmoh ausgesprochen lästig sein.«

»Dann haben wir aber auch umso weniger Zeit, nicht wahr?«, meinte Leandra. »Weniger Zeit, um etwas zu finden, das wir gegen den Pusmoh ausspielen können. Seid ihr denn in Hausers Buch schon auf etwas Vielversprechendes gestoßen?«

Roscoe, der zusammen mit Giacomo das Material des MDS-Buches durchforstete, übernahm das Wort. »Es gibt viele Hinweise, Leandra. Die Kunst besteht darin, diejenigen herauszusuchen, die uns zuletzt die schlagkräftigsten Argumente liefern. Wir müssen möglichst viele Anklagepunkte gegen den Pusmoh sammeln, um ihn wirklich unter Druck setzen zu können. Dinge, die für die Menschen und Ajhan der GalFed so überzeugend wirken, dass ihre Preisgabe den Pusmoh in echte Bedrängnis bringt. Nur so können wir Erfolg haben.«

Leandra nickte ernst. »Früher haben wir immer nur von *einer* Sache gesprochen. Aber ihr meint offenbar, dass wir mehrere Spuren verfolgen müssen.«

»Ich fürchte, ja«, räumte Giacomo ein. »Wenn man bedenkt, über welch wirksame Mechanismen der Pusmoh verfügt, um selbst einen derart gewaltigen Betrug wie den mit den Leviathanen aufrechterhalten zu können – und das über Jahrtausende hinweg?« Er schüttelte den Kopf. »Ich fürchte, wir benötigen viel schwer belastendes Material, um wirklich Druck ausüben zu können. Und bis wir das haben, müssen die Revolten in der GalFed möglichst dramatische Ausmaße angenommen haben. Wir haben noch ein ganzes Stück Arbeit vor uns. Gefährliche Arbeit. Wir müssen auch auf eine Menge Glück und auf Gottes Hilfe vertrauen.«

Leandra seufzte. »Das klingt danach, als hätten wir noch Monate oder Jahre vor uns, bis wir genügend Beweise aufgetrieben haben. Können wir uns das denn leisten? Noch so lange zu brauchen?« Sie sah Hilfe suchend der Reihe nach in die Gesichter ihrer Freunde. »Ihr wisst ja – meine Heimatwelt steht unter der Drohung, vom Pusmoh ausgebeutet und dann völlig vernichtet zu werden.«

»Eben. Ich denke, wir haben diese Zeit nicht«, meinte Ain:-Ain'Qua mit entschlossener Miene. »Jetzt, da der Pusmoh unter Druck gerät, ist er umso verletzlicher. Wenn es uns *jetzt* gelingt, eine wirklich wichtige Sache aufzudecken, möglicherweise eine, die zum Geheimnis seiner wahren Identität führt, können wir ihn zum Rückzug zwingen. Und zu weit reichenden Zugeständnissen. Das würde die Lage wesentlich entspannen.«

»Ja, aber du weißt ja, wie das ist mit verwundeten Tieren, Ain:Ain'Qua«, warf Roscoe ein. »Je mehr man sie bedrängt, desto wütender beißen sie um sich.«

3 ♦ Eine alte Freundin

Rowling war wenig begeistert, als er die Neuigkeiten vernahm. »Tausend Schiffe der Ordensritter – hier im Asteroidenring? Das hättet ihr mir vorher sagen sollen – bevor ich euch hier aufgenommen habe!«

»Tut mir Leid, dass wir dich und deine Leute in Gefahr bringen«, versuchte sich Leandra zu entschuldigen. »Aber das haben wir nicht ahnen können. Die Nachricht, dass Ain:Ain'Qua hier ist, muss mit einem Kurierschiff nach Soraka gelangt sein. Wir wussten nicht, dass man so sehr hinter ihm her ist.«

»Na, hinter dir wohl auch!«, erwiderte er stirnrunzelnd und musterte Leandra mit missgestimmten Blicken.

Rowling, ein groß gewachsener, dunkelhaariger Mann von einnehmender, wenn auch schurkisch-verschlagener Wesensart, stemmte in strenger Geste die Fäuste in die Seiten. »Na ja, es ist nicht das erste Mal, dass sie uns mit einem Großaufgebot jagen. Gut zu wissen, dass sie kommen – in diesem Fall können wir Vorkehrungen treffen.« Er wandte sich um und rief mehrere der anwesenden Männer zu sich, um ihnen Anweisungen zu erteilen.

Leandra sah sich um. Hier, in der *Lounge*, der Kommandozentrale von *Potato*, war sie noch nicht oft gewesen. Rowling hatte die Angewohnheit, den Räumlichkeiten seines geheimen Stützpunkts ulkige Namen wie *Vestibül*, *Lounge*, *Lobby* oder *Souterrain* zu verleihen, obwohl sie meist nicht viel damit gemein hatten. Die *Lounge* war ein weiter, flacher Raum mit unregelmäßiger Felsendecke, die sich nach links hin, wo der breite Zugang lag, erhöhte. Sie lag mitten im Herzen des ausgehöhlten Felsens von *Potato*, der vor über einem Jahrtausend als Kupferquelle gedient hatte. Rund zwei Dutzend Leute hielten sich in der *Lounge* auf und bedienten die vielen technischen Gerätschaften, die Leandra an die Brücke eines Raumschiffs erinnerten. Das meiste, was es hier gab, war durchaus vergleichbar: Ortung, Kommunikation, Energiebalance ... nur einen Antrieb besaß der meilengroße Felsbrocken nicht. Obwohl die *Brats* behaupteten, dass sich *Potato* zu verteidigen wusste, verspürte sie keine Lust, sich im Fall eines Angriffs im Inneren aufzuhalten. Im Notfall musste man fliehen können, wenn der Feind übermächtig war – doch *Potato* war an seinen Platz im All gebunden.

Rowling wandte sich wieder zu ihnen um. »Die Ortung meldet noch nichts. Also haben wir wohl ein paar Stunden Zeit, uns hier einzuigeln und uns unauffällig zu machen. Aber bei eintausend Schiffen der Ordensritter? Das wird ein heißer Tanz. Wir müssen ab jetzt absolute Funkstille wahren, und ich muss Kurierschiffe zu unseren anderen Stützpunkten schicken. Auch Vasquez wird das nicht sonderlich schmecken.«

Leandra zog die Stirn kraus. »Vasquez?«

Rowling lachte auf. »Ach, das wisst ihr ja noch gar nicht! Ich habe eine faustdicke Überraschung für euch. Wartet nur, bis sie da ist ...« In seine Worte hinein ertönte das Zischen der sich öffnenden Zugangstür zur *Lounge*. Rowling setzte sich lächelnd in Bewegung. »Da ist sie ja schon. Der neue Käpt'n der *Tigermoth*.«

Ein Gefolge von Leuten trat ein, angeführt von einer hoch gewachsenen Frau in einer eng anliegenden schwarzen Montur, die ziemlich viel Haut sehen ließ. Darüber trug sie eine Art Jackett, ein dunkelrotes, mit goldenen Borten besetztes Etwas mit niedrigem Stehkragen. Der hintere Teil des Jacketts reichte ihr bis knapp über den Po, während es vorn viel kürzer war und ab Bauchnabelhöhe in einem eleganten Schwung nach hinten auslief. Eigentlich hätte es zu einem feinen Salonanzug gehört und nicht zu dem aufreizenden Kleidungsstück, das die Frau darunter trug. Die Hüftteile existierten eigentlich gar nicht und zeigten bis hinauf zur Taille, wie schlank und gut gebaut ihre Trägerin war – was auch der schmale, bis zum Bauchnabel hin offene Brustausschnitt tat. Die Stiefel reichten bis über die Waden hinauf und waren seltsam klobig, was jedoch der Schlankheit der langen, wohlgeformten Beine zu besonderer Geltung verhalf. Um die fast nackten Hüften trug sie keck einen schräg hängenden Gürtel, in dem auf der linken Seite eine mittelgroße, silbern leuchtende Blasterpistole hing, die ausgesprochen teuer wirkte. Der Hals der Frau war mit einem eng anliegenden, mattschwarzen Band aus filigraner Spitze geschmückt; über ihrer Brust aber hingen allerlei kostbar aussehende goldene Ketten, die wahllos angelegt wirkten. Es sah aus, als besäße sie so viele davon, dass sie es leid war, irgendeine Auswahl zu treffen. Das fein glänzende, dunkelbraune Haar der Frau war zurückgekämmt und zu einem breiten Zopf zusammengefasst, der aber erst in ihrem Nacken begann und ihr weit bis zur Taille hinabreichte. Die Krönung über dem klassisch schön geschnittenen, charaktervollen Gesicht war eine Spange aus einem geheimnisvoll schwarzbraun schimmernden Material, die wie ein Diadem den streng nach hinten gefassten Haaransatz ihrer Stirn schmückte. Die Spange wirkte wie von den Händen eines Zauberers einer fremden Welt gefertigt; ihre schlichte Form war delikat geschwungen und sehr weiblich, und sie wirkte wie der noble Schmuck einer hohen Prinzessin und wie eine magische Waffe zugleich.

Während Rowling lächelnd auf die Frau zuging, die in selbstbewusster Pose inmitten der *Lounge* stehen geblieben war, ertönten ringsumher Pfiffe und bewundernde Ausrufe, welche sie mit einem wohlwollenden Lächeln quittierte. Rowling erreichte sie und hauchte ihr einen Kuss auf die Wange. Dann baute er sich neben ihr auf, so als wäre sie seine besondere Errungenschaft. Er verschränkte die Arme vor der Brust und maß, zusammen mit ihr, die fünf Gäste mit erwartungsvollen Blicken.

»Renica Vasquez«, flüsterte Roscoe. »Ich fasse es nicht!«

Ain:Ain'Qua, Giacomo und Leandra kannten sie ebenfalls – die schöne, einsame Beamtin der Finanzbehörde des Pusmoh, ein Fluggast auf Roscoes ehemaligem und nunmehr zerstörtem Raumfisch, der *Moose*. Zwangsweise war Vasquez hier bei den geächteten Brats gelandet, nachdem sie hatten fliehen müssen. Das hatte sie sicher nicht im Sinn gehabt – im Gegenteil, sie war nach heftigen Streitereien mit Roscoe drauf und dran gewesen, ihn bei ihrer Behörde wegen kapitaler Steuerunterschlagung anzuzeigen sowie ihm alle Lizenzen und, wenn möglich, auch die Freiheit zu entziehen. Aber dann war die *Moose* von den Drakken angegriffen worden ...

Als Leandra, Roscoe und Ain:Ain'Qua sie zum letzten Mal gesehen hatten, war von ihrer ehemals so arroganten und selbstherrlichen Art nichts mehr übrig gewesen. Sie hatte, hier auf *Potato*, verschüchtert und ängstlich auf einem Barhocker im *Vestibül* gesessen, inmitten zwei Dutzend vierschrötiger, grölender und saufender Raufbolde der *Brats*. Leandra hatte damals ein schlechtes Gewissen gehabt, sie einfach hier zurückzulassen, in dieser für sie völlig fremden Welt. Aber ihre Skrupel waren offenbar unbegründet gewesen. Inzwischen schien Vasquez ihren Weg gemacht zu haben.

Ihre Kleidung und ihr Auftreten waren halb aufregend und halb grotesk – hätte man sie mit Maßstäben normaler, anständiger Leute messen wollen. Ohne Zweifel jedoch trug sie in dieser Umgebung und unter diesen Leuten ihr Gehabe mit Stil und Klasse zur Schau, was Leandra ein anerkennendes Lächeln abrang. Vasquez' Blicke waren herausfordernd, leicht spöttisch sogar, und hätten Leandra, Darius oder Ain:Ain'Qua sich erdreistet, sie wegen ihrer übertrieben aufreizenden, an einen Piratenfilm erinnernden Aufmachung zu verspotten, hätten sie es mit einem Dutzend Männer zu tun bekommen, die Vasquez ohne Zweifel großartig fanden.

»Sie sieht umwerfend aus!«, flüsterte Roscoe.

Leandra musste leise auflachen. Innerlich jedoch straffte sie sich und bereitete sich auf einen Konflikt vor. Vasquez hatte noch eine Rechnung mit ihnen offen. Als Leandra überlegte, wie sie vorgehen sollte, kam ihr in den Sinn, dass Vasquez gegen sie selbst, Leandra, weniger Vorbehalte als gegen Darius haben musste – obwohl sie damals eine seltsame Eifersucht ihr gegenüber gezeigt hatte.

»Sei respektvoll zu ihr«, flüsterte sie Roscoe zu, ließ ihn los und marschierte mit einem Lächeln im Gesicht auf Vasquez zu. Die große, schlanke Frau, der Leandra gerade bis zum Kinn reichte, legte den Kopf leicht schief, stützte die Hände in die schlanken Hüften und blickte Leandra warnend entgegen.

Leandra setzte auf ihren eigenen Charme; sie näherte sich Vasquez, legte ihr die Hände auf die Schultern, reckte sich auf die Zehenspitzen und gab ihr einen Kuss auf die Wange. »Renica«, sagte sie leise und mit ihrem nettesten Lächeln. »Es ist schön, dich gesund zu sehen. Du siehst fabelhaft aus.«

Vasquez maß Leandra mit einem abwartenden, bitter-süßen Lächeln und versuchte an ihrer Miene zu ermessen, wie ehrlich sie das meinte. Leandra hingegen musterte sie mit offenen Blicken von oben bis unten und kam zu dem Schluss, dass sie wirklich aufregend und schön aussah. Ihr Körper war gertenschlank und von geradezu königlichem Wuchs, und ihr sehr gekonnt geschminktes Gesicht hätte jeden Bildhauer in Entzücken versetzt. Vasquez' Kinnpartie war charaktervoll und doch weiblich, ihre leicht hohlen Wangen signalisierten eine gewisse Strenge wie auch Sinnlichkeit. Ihre vollen Lippen lenkten die Blicke immer wieder auf ihren Mund, und die Augen waren groß und dunkel, die Blicke durchdringend und zugleich herausfordernd. Ohne Zweifel war Vasquez in den wenigen Wochen, die sie hier unter den Brats lebte, zu einer kleinen Legende geworden.

»Du bist der neue Käpt'n der *Tigermoth*?«, flüsterte Leandra verschwörerisch. »Ist das wahr? Was ist aus Alvarez geworden?«

Letzteres hatte auch Darius mitbekommen, der zu ihnen getreten war. Mit verschränkten Armen, aber nicht unfreundlich hatte er sich neben ihnen aufgebaut und sah Vasquez erwartungsvoll an.

»Ich weiß nicht«, erwiderte die große Frau mit sanfter, abwartender Stimme, die Blicke unverwandt und wachsam auf Roscoe gerichtet. »Ich denke, er sitzt in irgendeiner Bar auf Diamond und ersäuft seinen Ärger in Alkohol.«

»Seinen Ärger?«, fragte Roscoe mit ebenso verhaltener Stimme. Es klang wie die Ruhe vor dem Sturm.

Vasquez nickte kaum merklich. »Ja, richtig. Er hielt sich für unwiderstehlich und setzte alles auf eine Karte. Und er verlor.«

Das war unüberhörbar eine Warnung an Roscoes Adresse gewesen, doch Darius konterte auf unwiderstehliche Weise. Er stieß ein Seufzen aus, ließ die Arme sinken und hob in Verzeihung suchender Geste die Handflächen nach oben. Mit weicher Stimme fragte er: »Bist du mir noch böse, Renica?«

Leandra musste lächeln. Die beiden hatten sich früher gehasst. Mit diesen wenigen Worten aber nahm Roscoe die Schuld für alles Gewesene auf sich, ungeachtet dessen, dass eine Menge, wenn nicht gar der größere Teil des Ungemachs auf Vasquez und ihre überheblichen Attitüden von damals entfielen. Frauen ihres Naturells, das wusste Leandra, konnte man am besten besänftigen, indem man ihnen vorbehaltlos schmeichelte.

Auch bei Vasquez schien es zu wirken, obwohl sie sicher nicht so kleingeistig war zu glauben, dass wirklich nur Roscoe an all dem Verdruss schuld gewesen war. »Böse?«, fragte sie milde. »Wofür denn böse?«

Roscoe antwortete mit einem wohlwollenden Resümee. »Du hast deinen Weg gemacht. Obwohl ich ihn mir nicht so vorgestellt hätte. Aber zweifellos bist du inzwischen eine Größe unter den Brats. Meinen Glückwunsch.« Er schenkte ihr ein Lächeln. »Im Übrigen siehst du phantastisch aus. Zweifellos die aufregendste Frau im Umkreis von Lichtjahren. Das meine ich ganz ehrlich.«

Vasquez warf einen angriffslustigen Blick auf Leandra. »Wirklich? Schließt du sogar deine kleine Freundin hier mit ein?«

»O nein, die natürlich nicht«, lächelte Roscoe und legte Leandra einen Arm über die Schulter.

Leandra warf Darius ein kurzes, dankbares Lächeln zu, beschloss dann aber das Thema zu wechseln. Ihre Unterhaltung drohte ins Groteske abzugleiten. »Wir brauchen deine Hilfe, Renica«, erklärte sie freundlich.

Vasquez sog langsam Luft durch die Nase ein und richtete sich dabei auf. »Meine Hilfe? Wie kommt ihr darauf, dass ich euch helfen würde?«

Also doch, dachte Leandra. *Sie hat uns noch nicht verziehen. Noch lange nicht.*

»Ich weiß, wir haben dich hier allein zurückgelassen«, lenkte Roscoe ein. »Es tut uns Leid, es war eine schwierige Zeit. Das ist sie noch immer.«

»Eine schwierige Zeit?«, schnappte Vasquez. Ihr Blick spiegelte plötzlich Wut und tiefe Verletztheit. »Für euch vielleicht!«, bellte sie. »Aber was ist mit mir? Ich hatte *keine* schwierige Zeit! Ich wollte nur nach Hause. Euretwegen bin ich jetzt hier gelandet, bei diesen *Brats!* Seht mich an! Ihr nennt mich schön und aufregend, doch ich habe mich nur dem angepasst, was diese Kerle von mir erwarten! Glaubt ihr etwa, mir macht das Spaß?«

Ihr Bekenntnis war überraschend, vor allem vor diesen Leuten hier. Leandra und Roscoe sahen sich an, einige der Männer hatten sich ihr verwundert zugewandt.

Diesmal war es Ain:Ain'Qua, der einschritt, es war vielleicht das Beste so, denn ihn traf keine Schuld an Vasquez' Schicksal. »Du siehst nicht so aus, als ob es dir zuwider wäre«, meinte der große Ajhan, der nun an sie herantrat. Er blieb, Vasquez um mehr als Hauptteslänge überragend, vor ihr stehen. »Würdest du denn gern weiterhin für den Pusmoh und sein Regime arbeiten? Jetzt, nachdem du weißt, was hinter ihm steckt?«

»Ah! Sieh an, unser Papst«, meinte sie spöttisch und sah zu ihm auf. »Euch hätte ich nicht mehr hier erwartet, Euer Heiligkeit. Habt Ihr Euch etwa den beiden und ihrer lächerlichen Hatz nach dem Pusmoh angeschlossen?«

Ain:Ain'Qua lächelte nur gutmütig. »Ich kann in dich hineinsehen, Renica. Du bist verärgert über die Ungerechtigkeit, die dir angetan wurde. Das hast du Darius und Leandra nicht verziehen. Aber wirklich verabscheuen tust du nur eines: wenn du nicht selbst Herrin deiner Entscheidungen bist. Doch es war eine Zwangslage, was damals auf der *Moose* geschah – die beiden haben es sich nicht aussuchen können. Und sie haben sich bei dir entschuldigt. Es ist, wie es ist; es sind die Wege des Herrn, die er für uns vorgesehen hat.«

Er machte eine kurze Pause, gab ihr Raum, etwas zu erwidern, doch Vasquez atmete nur tief ein und aus, stand mit geballten Fäusten da und starrte Ain:Ain'Qua wütend an.

»Aber sieh dich an«, fuhr Ain:Ain'Qua fort und setzte ein wohlwollendes Lächeln auf. »Du siehst nicht aus wie eine Frau, die unglücklich ist. Im Gegenteil, du scheinst die bewundernden Blicke zu lieben, die man dir zuwirft.« Er nickte ihr mit wissendem Lächeln zu. »*Das* ist deine wahre Natur, Renica, das sehe ich dir an. Spiel mir nicht vor, dass du jetzt, in diesem Augenblick, lieber in einem grauen Büro hinter einem Schreibtisch sitzen und Listen führen würdest.«

Vasquez holte Luft, um Ain:Ain'Qua eine saftige Antwort entgegen zu schleudern, aber in diesem Moment hob der Ajhan seinen Zeigefinger und deutete mit einem anerkennenden Nicken auf sie – eine Geste, die so viel Macht hatte wie eine Magie. Vasquez hielt inne. »Im Übrigen siehst du wirklich sehr aufregend aus.«

Vasquez, die noch immer die Luft angehalten hatte, stieß sie langsam aus, während sie ein leises Lächeln nicht zu unterdrücken vermochte. »Das sagt Ihr, Heiliger Vater? Und als Ajhan?«

»Ich habe eine Schwäche für euch Menschenfrauen«, bekannte er mit einem galanten, für die Ajhan so typischen Lächeln, denen kaum ein Mensch zu widerstehen vermochte. »Im Übrigen bin ich kein Papst mehr. Ich habe abgedankt.«

Vasquez machte große Augen. »Oh, wirklich?«

»Ja. Eine lange Geschichte. Ich stehe jetzt vollends auf der Seite der Aufrührer und Gejagten – wie auch du, Renica. Falls dich das tröstet.«

Nun lachte Vasquez auf; es war schwer zu übersehen, wie sehr Ain:Ain'Quas Ausstrahlungskraft auf sie wirkte.

Ungeduldig trat Rowling zu ihnen. »Wir müssen uns sputen, Renica. Wir haben eben erfahren, dass die Ordensritter wieder auf dem Weg hierher sind. Du wirst die *Tigermoth* in Sicherheit bringen müssen, sonst bist du die längste Zeit ihr Käpt'n gewesen.«

»Die Ordensritter kommen?«

»Ja. Mit ihrer ganzen Streitmacht.«

»Und dieses Mal suchen sie *mich*«, ergänzte Ain:Ain'Qua.

Wieder setzte Vasquez eine erstaunte Miene auf. »Tatsächlich?« Dann sah sie forschend in Leandras und Roscoes Richtung. »Ihr gehört nun also wirklich zusammen?«

Leandra nickte anerkennend. Vasquez besaß einen scharfen Verstand, sie hatte nicht einmal eine Sekunde benötigt, um die richtigen Schlüsse zu ziehen. »Ja«, antwortete sie. »Wir sind den Rätseln des Pusmoh auf der Spur – mehr denn je. Und wir haben auch Quellen. Wenn wir etwas Wichtiges aufdecken und das gegen den Pusmoh ausspielen, können wir ihn zu Zugeständnissen zwingen.«

»Zugeständnissen?« Vasquez lachte bitter auf. »Wie wollt ihr das schaffen? Die Herrschaft des Pusmoh beruht auf einem pseudo-freiheitlichen System innerhalb eines Gerüsts totalitärer Macht, ausgeübt durch die Drakken. Zugeständnisse zu machen würde für ihn bedeuten, die Kontrolle aufzugeben, und das würde binnen Kurzem seine gesamte Macht sprengen.«

»Sieh an«, meinte Ain:Ain'Qua gutmütig. »Für eine ehemalige Pusmoh-Beamtin bist du überraschend schnell auf Abwege geraten. Und du siehst die Dinge sehr klar. In einem muss ich dir allerdings widersprechen. Das Sternenreich des Pusmoh ist am Zerbrechen. Wir haben gerade erst Nachrichten über Revolten und Unruhen gehört. Überall herrschen Krisen, Unmut und Unzufriedenheit, das ganze Sternenreich ist ein einziges Pulverfass. Es braucht nicht erst die Zugeständnisse des Pusmoh, damit es explodiert. Im Gegenteil, wenn wir dieses Fass an ein paar Stellen öffnen und den Druck herauslassen, wird die Explosion nicht so schlimm sein, wie man momentan befürchten muss.«

»Na und? Macht das für uns einen Unterschied?«

»Für mich schon!«, sagte Leandra fest und ballte ihre Fäuste. »Für mich und für meine Heimatwelt! Sie wurde von den Drakken überfallen und sollte vollständig vernichtet werden. Diese Gefahr besteht noch immer. Warum, das weiß nur der Pusmoh. Aber jetzt habe ich eine Möglichkeit, das zu verhindern! Wir müssen nur etwas in die Hände bekommen, womit wir dieses Phantom eines Herrschers unter Druck setzen können. Und es gibt etwas! Finstere Geheimnisse, so böse, dass nicht einmal der Pusmoh es sich leisten kann, sie ans Licht kommen zu lassen.«

Vasquez verschränkte die Arme vor der Brust. »Und das wollt

ihr ernstlich tun? Ihr drei? Gegen ein ganzes Sternenreich, fünfzigtausend Lichtjahre groß?«

»Genau das ist unser Vorteil«, behauptete Roscoe. »Wir sind winzig und unauffällig. So winzig, dass wir sogar den Drakken entwischen können.« Er räusperte sich. »Jedenfalls dann, wenn du uns hilfst.«

Vasquez verzog das Gesicht. »Euch helfen? Warum sollte ich das tun? Zurzeit ist es viel zu gefährlich. Und wenn es dabei heikel für mich oder meine Leute wird, könnt ihr es gleich ganz vergessen!« Bei diesen Worten waren ihre Blicke eindeutig Roscoe und Leandra zugewandt. Leandra schöpfte Hoffnung, als Ain:Ain'Qua das Wort ergriff. Vasquez' Ablehnung gründete auf verletztem Stolz; wenn hingegen Ain:Ain'Qua die Bitte äußerte, standen ihre Chancen auf Vasquez' Hilfe besser.

»Wir haben ein Schiff«, erklärte er, »ein sehr gutes sogar, einen Halfanten.«

Vasquez' Gesichtsausdruck entspannte sich ein wenig, als sie ihm den Blick zuwandte. Etwas an dem großen Ajhan schien sie zu faszinieren. Sie nickte. »Ja, davon habe ich schon gehört.«

»Er ist mit drei Antrieben ausgestattet und könnte eines der schnellsten Schiffe sein, genau das, was wir benötigen, um den Ordensrittern zu entkommen und den Spuren zu folgen, die wir gefunden haben. Allerdings ...«

Vasquez hob erwartungsvoll die Brauen.

»Die Steuerung«, erklärte Ain:Ain'Qua und zuckte mit den mächtigen Achseln. »Es ist sehr schwirig, das Schiff zu steuern. An eine koordinierte Flugphase vom Start bis zum TT-Sprung ist momentan gar nicht zu denken. Jedenfalls nicht, wenn man nicht tagelang Zeit dafür hat. Uns fehlt eine Bordintelligenz, die alles überwacht, wichtige Prozesse übernimmt und die Vorgänge an Bord aufeinander abstimmt. Roscoe sagte, dass Alvarez ... dass die *Tigermoth* über etwas in der Art verfügt. Dass ihr uns helfen könntet.«

»Eine Bordintelligenz?« Vasquez zog eine erstaunte Miene und ließ die verschränkten Arme sinken. Fragend sah sie sich zu ihren Männern um, die bisher nur stumm und abwartend hinter ihr gestanden waren. Einer nach dem anderen schüttelte den Kopf und zuckte die Schultern. Schließlich meldete sich ein rothaariger, älterer Mann mit sanftem Gesicht zu Wort. »Es stimmt, Käpt'n. Alvarez kannte sich mit solchen Dingen aus. Ich glaube, er hat mit Software gehandelt. Unter der Hand natürlich. Das ist sündteure und gefährliche Ware. Aber man kann sie ja in die Hosentasche stecken. So ein System passt auf ein paar Holocubes.«

Vasquez schien erleichtert, dass nicht von ihr verlangt wurde, mit der *Tigermoth* gegen die Drakken in den Krieg zu ziehen oder Ähnliches. »Und sonst kennt sich keiner von euch damit aus?« Wieder erntete sie nur Kopfschütteln und Achselzucken.

»Das hat Alvarez ganz allein gemacht«, erklärte der Rothaarige. »Zum Handel mit solchen Sachen braucht man kein Schiff und keinen Frachtraum. Allerdings eine Menge Geheimnistuerei. Das sind geklaute Daten, die sehr viel Geld kosten. Dabei darf man sich nicht erwischen lassen. Alvarez hat nie jemand eingeweiht.«

Vasquez dreht sich wieder um und hob die Schultern. »Ihr habt es gehört. Ich fürchte, ich kann euch da nicht helfen. Wir könnten Alvarez zwar auf Diamond aufspüren – irgendwer wird schon wissen, wo er sich herumtreibt. Aber *jetzt* gleich? Innerhalb von Stunden? Das ist unmöglich.«

Roscoe stieß einen Fluch aus. Ain:Ain'Qua sah mit fragender Miene in Richtung Giacomo, der sich mit Mbawe zu ihnen gesellt hatte. Aber Giacomo, der schon für so viele technische Probleme Lösungen gefunden hatte, schüttelte den Kopf. Er schien auch keinen Rat zu wissen.

»Ohne eine Bordintelligenz können wir von hier nicht weg, richtig?«, fragte Leandra.

»Nun, wir könnten schon. Allerdings nicht schneller als ein toter Leviathan. Keine Chance, dabei den Drakken zu entwischen, sollten wir ihnen auffallen. Ganz zu schweigen von den Ordensrittern. Und dann wäre da noch das, was wir vorhaben. Ich glaube, ein schnelles Schiff ist für uns der entscheidende Faktor. Wir müssen uns unbeobachtet bewegen, und schnell verschwinden können. Ich gehe davon aus, dass jedes einzelne unserer möglichen Ziele bewacht sein wird – wie zum Beispiel die Sperrgebiete auf Diamond, davon wissen wir ja schon. Wenn wir da nicht das schnellst denkbare Schiff haben, brauchen wir es gar nicht zu versuchen.«

Schweigen breitete sich unter ihnen aus, Schweigen und Ernüchterung.

Während Vasquez Ain:Ain'Qua mit bedauernder Miene ansah, tauschten Roscoe, Leandra und Giacomo ratlose Blicke.

»Und die *Tigermoth*?«, fragte Ain:Ain'Qua. »So weit ich weiß, lassen sich solche Systeme doch kopieren, nicht wahr? Könnte man nicht das System der *Tigermoth* in die *Faiona* übertragen?«

Wieder wandte sich Vasquez zu ihren Leuten um. Diesmal antwortete ein schwarzhaariger junger Mann; Leandra erinnerte sich an ihn, er hieß Yoriko. »Das ist schwierig«, erklärte er. »Die Systeme wehren sich mit ihrer eigenen Intelligenz gegen so etwas. Gewissermaßen *wollen* sie es nicht. Übertragen kann man sie, aber kopieren? Man würde einen ziemlich gewieften Spezialisten brauchen. Abgesehen davon – das größte Problem dürfte darin liegen, dass die *Tigermoth* ein Ajhan-Schiff ist, das eine ganz andere Bauart aufweist. Ich glaube nicht, dass die Steuerungssysteme ohne weiteres anpassbar wären. Nicht innerhalb von wenigen Stunden.«

»Und das von der *Melly Monroe*? Wo liegt sie jetzt eigentlich?«

Roscoe brummte. Die *Melly Monroe*, ein gewaltiger Raumfisch, der aus einer Leviathanhülle von eins Komma zwei Meilen Länge bestand, gehörte nun ihm – ein wertvoller Besitz, aber im Moment eher eine Last. Aus Sicherheitsgründen hatten sie den riesigen Leviathan weit draußen am äußeren Rand des Asteroidenrings geparkt. Ein so großes Schiff konnte man entdecken, und dann hätte es die Lage von *Potato* verraten. Für Roscoe war die *Melly Monroe* nicht eher wieder zu gebrauchen, bis sie ihr Ziel erreicht hatten, nämlich dem Pusmoh auf die Spur zu kommen. Und das mochte vielleicht nie eintreten. Außerdem hatte Rowling ein Auge auf das Schiff geworfen, und wenn er sich entschloss, es sich unter den Nagel zu reißen, konnte Roscoe nichts dagegen tun. Mit einem Seitenblick schielte er zu Rowling, der nahe bei ihnen stand und alles mitbekam. Da war ihm die Antwort gerade recht, die er nun wahrheitsgemäß gab.

»Die *Melly Monroe* hätte selbst eine neue Bordintelligenz nötig. Griswold hat ein ziemlich primitives System installiert. Damit käme ein Schiff wie die *Faiona* nicht mal bis nach Diamond. Ich glaube nicht, dass es einen TT-Antrieb überhaupt steuern könnte.«

»Aber was machen wir denn jetzt?«, stieß Leandra verzweifelt hervor. »Die *Faiona* liegt draußen vor *Potato*! Da kann sie nicht bleiben, wenn wir sie nicht freiwillig den Ordensrittern überlassen wollen. Und die werden bald hier sein!«

»Richtig«, schaltete sich Rowling wieder ein. »Wir haben inzwischen eine ganze Versammlung von Schiffen dort draußen, die *Faiona*, die *Little Fish* und die *Tigermoth*. Sie alle würden *Potato* verraten. Wir haben hier keinen Hangar, der auch nur groß genug für die *Faiona* wäre. Die drei Schiffe müssen hier weg, und zwar schnell. Die Ordensritter können jede Stunde hier auftauchen.«

»Und wo sollen wir hin?«, fragte Leandra nervös.

Rowling zuckte mit den Achseln. Ihr Problem schien ihn nicht wirklich zu bekümmern. »Versteckt euch irgendwo draußen im Ring zwischen den kleineren Asteroiden und schaltet alle Systeme ab, die ein Strahlungsprofil aussenden könnten. So einen Halfanten kann man übersehen – der sieht nicht gerade wie ein normaler Schiffskörper aus.«

»Ja, normale Leute übersehen ihn vielleicht«, höhnte Roscoe. »Aber Ordensritter? Die fliegen selbst in solchen Schiffen herum!«

Leandra musterte sorgenvoll ihre Freunde. Sie hatte selbst schon einmal drei Tage im All treibend in der *Faiona* verbracht, darauf wartend, dass man sie wieder fand, und gleichzeitig hoffend, dass es nicht die falschen Leute waren, die sie ausfindig machten. Damals hatte die *Faiona* überhaupt keinen Antrieb besessen. Dass sie jetzt drei hatte, war kein Trost. Einem Schiff der Ordensritter zu entkommen, war schier unmöglich.

»Wir haben eine Ortung!«, rief jemand durch die *Lounge*.

Augenblicklich steigerte sich die angespannte Stimmung im Raum zu offener Unruhe.

»Eine Ortung?«, fragte Rowling und eilte los, um den Mann an seinem großen Holoscreen zu erreichen. Der deutete auf die dreidimensionale Darstellung, wo zwischen zahllosen violetten Punkten und dunkelgrünen Linien, die in einem geometrischen Muster den Raum durchkreuzten, ein gelber Fleck aufleuchtete. »Hier. Und da ist noch einer.«

»Zwei nur?«

»Der Asteroidenring ist riesig, da müssen sie sich aufteilen. Aber wenn sie zu zweit Kreuz-Scans durchführen und lange genug suchen, werden sie uns irgendwann entdecken. Jedenfalls mit der *Faiona*, der *Little Fish* und der *Tigermoth* vor unserer Haustür.«

»Wie weit sind sie weg?«

»Das sind noch ein paar Millionen Meilen. Wir kriegen das Signal von weit draußen installierten Passivsensoren herein. Von hier aus wären sie noch nicht zu messen. Uns bleibt also etwas Zeit. Vier, fünf Stunden vielleicht.«

Rowling fuhr herum. »Los jetzt! Höchste Alarmstufe!«, rief er laut und hob die Arme. »Die drei Schiffe müssen hier weg. Wir machen alle Schotten dicht, in einer halben Stunde fahren wir alle Energiesysteme herunter. Bewegt euch, Leute! Wenn ich in zehn Sekunden hier noch einen rumstehen sehe, trete ich ihm in den Arsch!«

Innerhalb von Sekunden glich die *Lounge* einem aufgewühlten Termitenhaufen. Alle eilten durcheinander und bemühten sich, ihre wichtigsten Notfall-Aufgaben durchzuführen.

Leandra hingegen wurde schlecht vor Angst. Während Vasquez schon kehrtmachte und ihre Leute mit sich winkte, trat sie mit verzweifelter Miene an Ain:Ain'Qua heran, fasste ihn am Arm und blickte zu ihm auf. »Was machen wir denn nun?«

Der große Ajhan war selbst verstört. Seine Blicke wanderten durch die Brücke und schienen nach einem Hinweis zu suchen, was sie tun sollten.

Mbawe kam mit einer Idee.

»Wir müssen tun, was Rowling vorgeschlagen hat«, drängte er. »Wir müssen die *Faiona* in eine Gegend mit kleineren Asteroiden steuern. Dort schalten wir all ihre Systeme ab und fliehen anschließend mit der *Little Fish*. Mit einem TT-Sprung. So retten wir das Schiff und können wieder zurückkehren.«

»Später? Wann später?«, fragte Roscoe tonlos.

Mbawe zuckte mit den Schultern. »Ich weiß nicht. In ein paar Wochen?«

»In ein paar Wochen?«, fragte Leandra, in der langsam ein Gefühl der Panik aufstieg. »Wir haben keine *paar Wochen!* Und die Ordensritter werden weitersuchen. Warum sollten sie abbrechen, solange sie uns hier noch vermuten? Wenn sie dabei die *Faiona* finden, ist alles aus!« Sie hatte Tränen der Verzweiflung in den Augen. Roscoe legte ihr tröstend den Arm über die Schulter und zog sie zu sich heran. Leandra wehrte sich, packte ihn an seinem Hemd. »Wir haben schon so viele Wochen verloren, Darius, durch unser Herumirren hier in Aurelia-Dio. Nun sah es endlich so aus, als könnten wir etwas erreichen – und wieder sitzen wir fest. Vielleicht hat inzwischen längst ein zweiter Angriff auf die Höhlenwelt begonnen!«

Roscoe suchte Ain:Ain'Quas Blicke und fand sie, doch darin war keine rettende Idee abzulesen. Auch Mbawe und Giacomo standen nur betroffen da. Jedem schien klar zu sein, dass alle Hoffnung dahin war, wenn sie die *Faiona* jetzt verlören. Das größte Problem im Sternenreich des Pusmoh waren und blieben die Entfernungen.

»He!«

Überrascht wandten sie sich um. Vasquez war zu ihnen zurückgekehrt.

»Man kann eine Bordintelligenz übertragen?«, fragte sie, an Giacomo und Roscoe zugleich gewandt. »Von einem Schiff auf das andere?« Ihre Blicke glitten zwischen den beiden hin und her.

Giacomo zuckte mit den Achseln. »Übertragen? Ich denke schon. Wenn man die nötigen Zugangscodes hat.«

»Und wenn das System etwas taugt«, fügte Roscoe hinzu.

Vasquez nickte. »Wie wäre es mit Sandy?«

Roscoes Augen weiteten sich. »Sandy?«

Vasquez nickte abermals, ihre Miene war ernst. Sie stand da, als hätte sie es eilig, von hier wegzukommen. »Ja, Sandy. Wir sind vor zwei Wochen einmal der *Moose* begegnet, irgendwo hier draußen. Sie sieht schrecklich aus, halb zerrissen. Aber irgendetwas tickt noch in ihr – meine Leute haben es gemessen. Wir sind jedoch weitergeflogen.«

Roscoe war plötzlich aufgestachelt wie ein wütendes Reptil. Er sprang Vasquez an und packte sie an ihrem dunkelroten Jackett. »Was sagst du da? Etwas tickt noch in ihr?«

Vasquez verzog das Gesicht und kämpfte sich aus seinem Griff frei. »Lass mich los, hörst du?«

Obwohl völlig aufgewühlt, zwang sich Roscoe, sie loszulassen, doch es war ihm anzusehen, wie viel Überwindung ihn das kostete. Er lauerte mit erhobenen Händen vor Vasquez, als hätte er vor, sie wieder zu packen, sollte sie ihm zu entwischen versuchen. Leandra schien ebenso aufgeregt wie Roscoe, während Ain:Ain'-Qua, Giacomo und Mbawe die drei nur verblüfft anstarrten.

»Ja, etwas tickt noch in ihr«, wiederholte Vasquez ärgerlich. »Und was sollte das sein, wenn nicht Sandy?«

»Du meinst, sie lebt noch?«

Vasquez lachte spöttisch auf. »Könnte sein. Falls sie je *gelebt* hat.«

Keiner der anderen hätte sagen können, worüber sie sprachen, nur Leandra ahnte etwas. Etwas, das eine Lösung ihres schlimmsten Problems bedeuten könnte.

»Wenn du Mut hast, Roscoe, dann flieg los«, sagte Vasquez. »Mit deiner kleinen Freundin hier. Ich zeige euch den Weg. Aber jetzt gleich. Ich warte keine Sekunde länger.« Damit wandte sie sich um und eilte auf die Tür zu.

*

Im Laufschritt folgten sie Vasquez durch die Gänge von *Potato*, auf die Außendock-Anlage zu, wo die *Faiona*, die *Little Fish* und die *Tigermoth* vertäut waren. Roscoe, dessen Puls so aufgepeitscht war, dass er sich geradezu schwindelig fühlte, hatte alle Mühe, seinen Gefährten unterwegs klar zu machen, was hier im Gange war.

»Sandy war ... sie *ist* die Bordintelligenz der *Moose*«, erklärte er, während er hinter Vasquez her trabte. »Sie hat uns damals gerettet – mich, Leandra und Vasquez. Als uns die Drakken verfolgten.« Sie bogen nach rechts ab, Ain:Ain'Qua lief in federleichtem Schritt neben ihnen her, während Mbawe Mühe hatte, seine Fettmassen schnell genug zu bewegen, um den Anschluss nicht zu verlieren. »Ich hatte sie von einem Schwarzhändler gekauft, wisst ihr? Die Software, meine ich. Ein Riesenpaket, spottbillig, und der Kerl flüsterte mir zu, dass sie so einige Besonderheiten habe.«

Die Blicke, die Roscoe trafen, waren unschlüssig, fragend.

»Dass der Kerl ein Schwarzhändler war, wird mir jetzt erst klar. Sandy ... ich meine, *ich* habe sie so genannt, nachdem ich mir wochenlang die Zeit im All damit vertrieb, ihr ein Persönlichkeitsprofil zu programmieren ...« Er holte ein paarmal tief Luft. »Also, Sandy erwies sich als ein ... ein ... geniales Mädchen.« Er warf ihnen ein verlegenes Lächeln zu. »Wir waren eigentlich schon so gut wie tot. Die Drakken hatten eine Rail-3 auf uns abgefeuert, die schließlich auch traf und die *Moose* zerstörte. Aber da waren wir schon weg.« Er warf Leandra einen Blick zu, und sie nickte bestätigend.

Sie erreichten einen Verteiler, von dem aus mehrere Gänge zu den einzelnen Docks abzweigten, und blieben dort stehen. Vasquez, die ihnen einige Schritte voraus gewesen war, wartete schon. Als Letzter traf schnaufend Mbawe ein und brachte seine Körpermasse mühevoll zum Stehen.

»So – schnell jetzt!«, verlangte Vasquez. »Wer fliegt die *Faiona*, und wer kommt mit mir?«

Leandra meldete sich als Erste und übernahm unvermutet fordernd das Kommando. »Wir müssen uns trennen!«, verlangte sie. »Wenn wir jetzt zusammenbleiben, wo es brandgefährlich wird und wir nicht wissen, wie es ausgeht, dürfen wir den Ordensrittern nicht die Möglichkeit geben, uns alle gemeinsam auf einen Schlag zu erwischen!«

Verwunderte Blicke trafen sie, doch ihre Entschlossenheit erinnerte jeden daran, dass sie mehr war als nur ein junges Mädchen mit einem großen Ziel. Sie hatte maßgeblich dazu beigetragen, die Drakken aus ihrer Heimatwelt zu vertreiben, und hatte womöglich mehr echte Kampferfahrung als jeder andere von ihnen.

»Ich würde sagen, ich fliege die *Faiona*. Darius kommt mit mir, er muss das mit Sandy machen, wenn wir die *Moose* erreicht haben.« Sie wandte sich an Ain:Ain'Qua. »Du solltest mit Vasquez fliegen, damit du nicht bei uns bist, falls wir es nicht schaffen. Und Giacomo muss wiederum anderswo sein.« Sie sah ihn an. »Ich würde sagen, du fliehst mit Mbawe. Du bist der *Master* des Ordens der Bewahrer, dir darf ebenso wenig etwas geschehen wie einem anderen von uns.« Sie wandte sich wieder an alle. »Wenn etwas schief geht, bleibt vielleicht einer von uns am Leben, der weitermachen kann.«

Leandras Begleiter – von Vasquez bis hin zu Mbawe – tauschten Blicke, die Erstaunen, ja Bestürzung spiegelten. Offenbar hatte niemand damit gerechnet, dass sie, einen Kopf kleiner als der Kleinste von ihnen, erst zweiundzwanzig Jahre alt und von einer hoffnungslos rückständigen Welt stammend, so energisch das Heft in die Hand nehmen würde.

»Was starrt ihr mich so an!«, rief sie aufgeregt. »Gibt es irgendetwas auszusetzen? Nein? Dann los! Wir haben nicht ewig Zeit!«

Vasquez lachte auf. Ihre Blicke waren irgendwo in der Mitte zwischen Spott und Bewunderung. »Wer hätte das gedacht? Unsere kleine Barbarenbraut zeigt Führungsqualitäten.«

Roscoe rollte mit den Augen. *Barbarenbraut* – das war ein von Vasquez noch auf der *Moose* geprägter Begriff voller Spott gegenüber Leandra.

»Halt die Klappe!«, rief Leandra, packte die viel größere Vasquez an den Schultern, drehte sie herum und stieß sie von sich. »Los, du Piratenbraut! Hast du auch Führungsqualitäten? Dann zeig sie!«

Lachend ließ sich Vasquez in Trab fallen und schlug, sich

noch einmal kurz nach Ain:Ain'Qua umsehend, den Weg zum Dock-Anschluss der *Tigermoth* ein.

Leandra, nun auch lächelnd, wirbelte zu Ain:Ain'Qua herum, ihre langen, rotbraunen Lockenhaare flogen auf. »Los, Heiliger Mann. Du musst ...«

»Warte, Leandra«, unterbrach sie Ain:Ain'Qua mit ernster Miene. »*Ich* sollte die *Faiona* fliegen. Ich respektiere deine Bemühungen, das Steuern der *Faiona* zu erlernen, und wahrscheinlich wirst du auch einmal eine gute Pilotin. Womöglich mithilfe deiner ... Verbindung zur ihr.«

Leandra sah Ain:Ain'Qua verunsichert an, suchte mit Blicken Unterstützung bei Roscoe. Der Ajhan nahm Leandras Hände, seine Miene war bedauernd, obwohl er ein aufmunterndes Lächeln aufsetzte. »Im Moment bist du aber eine schreckliche Anfängerin. Lass mich das Schiff fliegen, während du bei Renica bleibst. Dass wir uns trennen müssen – damit hast du vollkommen Recht. Aber wir müssen die *Faiona* jetzt schnell und sicher zur *Moose* bringen. Ich fürchte, du würdest Stunden brauchen.«

Leandra schluckte. Ihr stand ins Gesicht geschrieben, dass sie sich für eine respektable, vielleicht sogar fähige Pilotin gehalten hatte. Nun mit dem Schock der Wahrheit zu kämpfen war hart. Vasquez hatte kehrtgemacht, legte ihr den Arm über die Schulter und zog sie lächelnd mit sich. »Mach dir nichts draus«, flüsterte sie ihr versöhnlich zu. »Eine so lausige Pilotin wie ich kannst du schwerlich sein. Aber wir lernen das noch.«

Dann waren die beiden schon in dem Gang verschwunden, der zum Dock der *Tigermoth* führte. Ain:Ain'Qua nickte Giacomo und Mbawe zu. »Wir verständigen uns über den RW-Transponder, über den gewohnten Kanal. Bringt euch erst mal in Sicherheit.«

Giacomo nickte mit entschlossener Miene, stieß Mbawe an und setzte sich in Bewegung. Mbawe, der von all dem Vorgefallenen nicht viel verstanden haben konnte, seufzte nur und folgte Giacomo.

»Los jetzt, ab in die *Faiona*«, sagte Ain:Ain'Qua und trabte los. Roscoe folgte ihm. Sein Herzschlag hatte sich kaum beruhigt. Dass er von Leandra getrennt war, bedrückte ihn, aber wenigstens war sie einigermaßen sicher. Die *Tigermoth* war ein schnelles Schiff, und Vasquez' Leute, ehemals die Mannschaft von Alvarez, waren ein mit allen Wassern gewaschener Haufen kampferprobter Kerle. Wenn jemand den Ordensrittern entkommen konnte, dann sie.

*

Dass Ain:Ain'Qua mit einem Schiff wie der *Faiona* umzugehen wusste, wurde Roscoe schon in den ersten Minuten des Fluges klar. Er hatte in einer kurzen Übertragung die Koordinaten der *Moose* empfangen, wo sie die *Tigermoth* vor zwei Wochen gesichtet hatte. Nun jagte die *Faiona* mit Höchstgeschwindigkeit in die Richtung, die Roscoe Ain:Ain'Qua mithilfe des Navigationscomputers angab, der für solche Zwecke allerdings nicht wirklich geeignet war. Allein schon deswegen freute er sich auf Sandy. Eine solche Schätzung wäre ein Kinderspiel für sie. Er hoffte, dass sie tatsächlich noch ... *lebte*.

Ja, er glaubte in der Tat daran, dass sie dergleichen in sich trug: Leben. Eine Seele.

Was Sandy damals für ihn, Leandra und Vasquez getan hatte, war überwältigend gewesen – selbstlos und aufopferungsvoll, ganz abgesehen von der wirklich genial zu nennenden Tat selbst. In seinen Augen hatte sie damit bewiesen, dass sie mehr war als nur ein Stück toter Software.

Als hätte Ain:Ain'Qua geahnt, was ihm durch den Kopf ging, fragte er: »Was war das für eine Sache mit dieser Sandy? Bist du sicher, dass sie für eine Aufgabe wie die Steuerung der *Faiona* taugt?«

Roscoe lachte laut auf. »Wenn es im Umkreis von hundert Lichtjahren eine künstliche Intelligenz gibt, die diese Aufgabe lösen kann, dann Sandy«, sagte er voll innerer Überzeugung. Vor lauter Aufgewühltheit spürte er Tränen in den Augenwinkeln; sogar Ain:Ain'Qua sah sie, als er ihn von der Seite her anschaute.

Der Ajhan runzelte verwundert die Stirn und warf einen Blick auf seine Kontrollen. »Nun bin ich aber gespannt«, meinte er. »Nach dem, was du mir hierher überträgst, werden wir noch etwa anderthalb Stunden bis zur *Moose* brauchen.«

»Du willst die Geschichte hören?«

»Ja – wenn du dabei nicht vergisst, mir immer wieder deine neuesten Werte zu übertragen?«

Roscoe nickte, tippte ein paar Tasten und sandte das aktuelle Datenpaket an Ain:Ain'Quas Steuerpult. »Sandy war meine beste Freundin«, begann er bereitwillig. »Bevor ich Leandra traf. Und Vasquez natürlich.« Er lachte auf.

»Vasquez war ein Gelegenheitspassagier auf deiner *Moose*, nicht wahr? Und die *Moose* war ein Fracht-Raumfisch, wie die *Melly Monroe*.«

»Richtig. Ich hatte die *Moose* noch nicht lange. Dafür aber Schulden und jede Menge Zeit, darüber nachzudenken, wie ich sie zurückzahlen sollte. Auf den Flügen hier im Aurelia-Dio-System und den langen Transits, wenn ich mal einen Frachtauftrag ergatterte, der mich in entfernte Sektoren brachte. Aber ich war stolz auf meinen riesigen Pott. Und darauf, dass ich mein eigener Herr war. Nur die langen Flüge, während derer es nichts zu tun gab, waren langweilig.«

»Du hattest keine Mannschaft?«

Roscoe schüttelte den Kopf, während er seinen Holoscreen beobachtete, auf dem sich eine neue Auswertung ankündigte. Als sie da war, übertrug er sie sogleich zum Steuerpult Ain:-Ain'Quas. »Nein, die konnte ich mir nicht leisten. Und sie war auch nicht nötig. So ein Leviathan ist eine lahme Kiste, da gibt es nicht viel zu tun, außer wenn man mal andockt und Ladeprozeduren erledigen muss. Aber wenn man eine gute Bordintelligenz hat, ist auch das kein Problem.«

»Aha. Und da hast du dir anstelle einer Mannschaft Sandy geleistet.«

»Richtig. Ich hatte sie von einem Händler, der mir beim Verkauf allerlei zuflüsterte. Inzwischen ist mir klar geworden, dass sie schwarze Ware gewesen sein muss. Sie war viel zu billig für das, was sie konnte. Ich nehme an, der Kerl hat nebenbei illegale Geschäfte getätigt, so wie Alvarez. Offenbar hat er geglaubt, ich wüsste, was ich da von ihm gekauft habe. Aber es wird mir jetzt erst richtig klar.« Roscoe lachte auf. »Sandy war illegal, aber das hat mir das Leben gerettet.«

»Hätte man so etwas entdecken können?«, fragte Ain:Ain'-Qua. »Ich meine, wenn dich jemand kontrolliert hätte?«

»Und ob! Da wäre ich dran gewesen. Aber ich habe nichts davon geahnt.«

»Und Sandy selbst?«

Roscoe schüttelte den Kopf. »Nein, woher sollte sie. Solange sie nicht installiert ist, hat sie kein Bewusstsein, das ihr sagen könnte, woher sie stammt. Wie ich schon sagte: Zu meiner *Sandy* wurde sie erst, nachdem ich ihr ein Persönlichkeitsprofil programmiert hatte. Ich glaube, ich habe monatelang an ihr herumgefeilt. Bis sie mir wirklich gut gefiel.«

Ain:Ain'Qua nickte verstehend. Seine Blicke blieben auf das Steuerpult der *Faiona* und das All geheftet, während das Schiff mit hoher Geschwindigkeit durch das Labyrinth der kosmischen Felsbrocken des Rings raste. »Ich kenne mich mit Programmierung nicht weiter aus«, bekannte er. »Meiner Ti:Ta'Yuh hatte ich damals nichts als einen Namen gegeben. Ich wusste gar nicht, dass man Persönlichkeitsprofile selbst erstellen kann.«

»O doch, das geht. Moderne Software bietet diese Möglichkeiten. Da gibt es spezielle Werkzeuge – es ist wirklich kein schlechter Zeitvertreib für einen einsamen Frachterkäpt'n, glaub mir. Die grundsätzlichen Fähigkeiten liegen in dem System der Bordintelligenz selbst, aber man kann ihr einen Charakter, ein typisches Verhalten verleihen. Sandy war geradezu loyal. Sie war in der Lage zu beurteilen, wie brisant eine Situation war, und vermochte dementsprechend ihre eigenen Legalitäts-Blocks abzuschalten. Wenn ich mir das *so* überlege, brauchen wir dringend ein System wie Sandy. Jede normale Bordintelligenz würde sich weigern, in Sperrgebiete des Pusmoh einzudringen. Man müsste dort per Handsteuerung fliegen, und wir sehen ja gerade, wie weit man damit kommt.«

Ain:Ain'Qua lachte, leiser Spott lag in seiner Stimme. »Eine *weibliche* Software als Komplizin, als Mitverschwörerin! Na, das passt ja zu uns.«

»Verspotte sie nicht, Ain:Ain'Qua. Du wirst dich wundern, wenn du sie kennen lernst. Ich hoffe inständig, dass wir sie wirklich finden. Gewissermaßen hat sie ... eine *Seele*.«

Wieder traf ihn ein Seitenblick Ain:Ain'Quas. Der Ajhan konnte ihm als tief gläubiger Mann bei so einer Behauptung kaum beipflichten. Aber das ignorierte Roscoe. Er erinnerte sich, als wäre es gestern gewesen, wie Sandy ihn Momente vor ihrem *Tod* gefragt hatte, ob er wisse, wo in einem lebenden Wesen der Sitz der Seele sei. Damit hatte sie ihn zutiefst überrascht – und noch mehr damit, dass sie den Wert ihrer eigenen Seele, deren Existenz sie mit Sicherheit gespürt hatte, geringer eingestuft hatte als den ihrer drei menschlichen Schützlinge. Sie hatte sich geopfert, um ihm, Leandra und Vasquez das Leben zu retten, etwas, das man von niemandem ohne weiteres erwarten konnte, der wie ein lebendiges Wesen dachte, handelte und sprach. Dass Sandy, seine Lebensretterin und treue Begleiterin in zahllosen einsamen Tagen und Nächten an Bord der *Moose*, nun doch noch *am Leben* sein könnte, verursachte ihm Herzklopfen. Und der Gedanke, dass sie zur Bordintelligenz der *Faiona* werden könnte, trieb ihm vor Glück Tränen in die Augenwinkel.

»Es macht einen kleinen Unterschied, ob man tot ist oder nicht«, sagte er vieldeutig zu Ain:Ain'Qua. »Ich meine nicht Sandy, sondern mich. Mich und Leandra und Vasquez. Wenn sich jemand opfert, um deine Haut zu retten, glaubst du an seine Seele, Ain:Ain'Qua.«

Der Ajhan erwiderte nichts.

»Wie ich schon sagte, wir waren bereits so gut wie tot. Wir hatten nur noch Minuten. Die Rail-3 der Drakken war auf direktem Kurs auf die *Moose*. Sandy konnte gewissermaßen schon den Einschlag in ihrer Seite spüren. Weißt du, was eine Rail-3 ist?«

Ain:Ain'Qua nickte stumm.

Roscoe starrte zur Panoramascheibe hinaus. Er hatte den Eindruck, als flöge die *Faiona* etwas langsamer und ruhiger, während seine Geschichte Ain:Ain'Qua bewegte und seine Zweifel besänftigte.

»Wir hatten nichts als einen *Hopper* mit völlig aufgebrauchten Energiereserven an Bord. Sogar seine Einstiegsluke war aufgeschweißt, und Leandra, die Einzige, die das Ding einigermaßen fliegen konnte, sprach nicht unsere Sprache. Das lernte sie erst später, in Alvarez' Schlafschulung. Sandy entwickelte innerhalb von Sekunden einen Plan zu unserer Rettung, auf den keiner von uns je gekommen wäre. Allein diese Tat, verstehst du, ist unglaublich. Bordintelligenzen erfinden keine Pläne zur Rettung von Menschen. Sie arbeiten bestenfalls einen Notfallplan ab oder steuern ein Schiff auf einen Kurs, der sicherer ist.«

Ain:Ain'Qua, nach wie vor auf das Steuern konzentriert, nickte bedächtig. »Das ist wahr. Ein Plan zur Lebensrettung, der nicht allein auf die Steuerung des Schiffs abzielt – so etwas ist eine ungewöhnliche Tat für ein Stück Software.«

Roscoe warf Ain:Ain'Qua einen vorwurfsvollen Blick für den Begriff *ein Stück Software* zu, aber den sah der Ajhan nicht. »Sandy schickte uns in Richtung des Frachtdecks los«, erzählte er weiter, »sagte uns unterwegs ständig, wie viel Zeit noch war, setzte, noch während wir durch die Tunnel rannten, selbsttätig den Robolifter in Gang und schweißte die Türluke wieder in den Hopper ein. Sie bereitete einen Schock-Ladevorgang vor, um Energie in die Zellen des Hoppers zu kriegen, sorgte für Adapterkabel, breitete einen Startcountdown vor, der mit dem Aufschlag der Rail synchronisiert sein musste und zugleich für Leandra verstehbar war. Leandra musste ja den Hopper fliegen. Sandy bekam uns in weniger als zehn Minuten von Bord der *Moose*. Zuletzt hatte sie sogar noch Zeit für ein wenig Philosophie.«

»Philosophie? Wirklich? Was sagte sie denn?«

Roscoe seufzte und winkte ab. »Warte, bis du sie kennen lernst. Falls sie wirklich noch lebt. Dann kannst du dir selbst ein Urteil bilden, ob sie nur *ein Stück Software* ist – oder doch etwas mehr.«

Ain:Ain'Qua schwieg wieder eine Weile. »Ich hoffe, wir finden sie wirklich, ob sie nun eine Seele hat oder nicht. Aber was tun wir, wenn sie nicht mehr da ist?«

Roscoe wollte davon nichts wissen. »Vasquez sagte, an Bord der *Moose* würde noch etwas *ticken*. Das bedeutet, dass es ein Strahlungsmuster gibt, ein koordiniertes, funktionierendes System. Das kann nicht nur irgendeine leckgeschlagene Energiezelle sein!« Vor lauter Aufregung warf er die Arme in die Luft. »So eine Bordintelligenz nimmt das ganze Schiff in Besitz, verstehst du? Die hockt nicht nur in einem Datenspeicher, sie befindet sich ständig überall, in allen Zellen des neuronalen Netzwerks …«

Ain:Ain'Qua wandte den Kopf. »Was ist?«

Roscoe starrte ihn kurz nachdenklich an, dann schüttelte er den Kopf. »Nichts, nichts. Schon gut. Mir kam nur so ein Gedanke. Ich muss mit Leandra darüber reden.«

Ain:Ain'Qua blickte wieder ins All hinaus, wo die *Faiona* zwischen riesigen Felsbrocken hindurchschoss. Für Sekunden prasselte ein Steinchen-Hagel auf die Panorama-Scheibe, dann waren sie wieder im freien Raum.

»Wie kriegen wir sie an Bord, wenn wir sie finden?«, fragte er.

Roscoe bemühte sich gerade, eine aktuelle Neuberechnung auf seinen Holoscreen zu bekommen. »Da gibt es verschiedene Möglichkeiten. Wenn die Brücke nicht zerstört wurde und wir einen Weg hineinfinden, können wir ihre Daten auf Holocubes übertragen. Ich finde bestimmt noch ein paar. Es gibt auch andere Datenträger, oder wir machen es mit einem Kabel. Falls wir eins finden, das lang genug ist.« Er grinste. »Sandy wird uns helfen. Sie findet eine Möglichkeit, verlass dich drauf.«

Ain:Ain'Qua lächelte. »Du scheinst dich darauf zu freuen, dass sie hier auf der *Faiona* Einzug hält. Hoffen wir, dass es klappt.«

Für eine Weile schwiegen sie. Ain:Ain'Qua konzentrierte sich auf den Kurs, während die notwendigen Korrekturen, die Roscoe ermittelte, immer geringer wurden. Bald hatten sie eine wahrscheinliche Position für die *Moose* ermittelt, die ziemlich genau zutreffen musste. Ein Kontakt zur *Tigermoth* war längst nicht mehr möglich; sie mussten Funkstille halten, um nicht von den Ordensrittern entdeckt zu werden. Allein die Wellenspur ihrer Triebwerke würde immer verräterischer werden; es wurde höchste Zeit, dass sie die *Moose* erreichten und sie abschalten konnten.

Endlich war es soweit. Etwas oberhalb der Ekliptik des Asteroidenrings trieb ein dunkles, graues Etwas im All, unförmig, eine Meile groß. Roscoe hielt den Atem an, als er aus dem Panoramafenster hinaussah.

»Ich messe etwas«, flüsterte Ain:Ain'Qua mit einem Blick auf seine Instrumente.

Roscoe folgte seinem Blick. Einer der Holoscreens zeigte eine pulsierende Strahlungsmatrix an, der man ansah, dass sie mehr war als nur die Restenergie irgendeines zerstörten Aggregats.

»Was macht sie da?« Roscoes Flüstern war eine unwillkürliche Regung, ebenso wie Ain:Ain'Quas zuvor. Hier konnte sie niemand hören, auch wenn sie noch so laut schrieen. Aber die Ordensritter, die sie jagten, waren in der Nähe, und da flüsterte man einfach.

»Was meinst du denn?«, fragte Ain:Ain'Qua. Ob das ein Lebenszeichen von Sandy war, schien längst keine Frage mehr zu sein.

Roscoe tippte auf eine Taste, und ein seltsames Geräusch wurde hörbar. »Es ist kein Notsignal«, meinte er mit gerunzelter Stirn und deutete auf den Holoscreen. »Viel zu schwach, und ohne ein Trägersignal. Hör dir das an. Es kommt mir vor wie ...«

Ain:Ain'Qua schien verwirrt. »Was denn?«

Roscoe lächelte verlegen. »Es klingt wie ein sterbendes Tier. Findest du nicht?«

Ain:Ain'Qua starrte auf den Holoscreen und lauschte den seltsamen, an- und abschwellenden Tönen, die aus einem Lautsprecher drangen. »Lass uns zusehen, dass wir es dort wegholen, bevor es wirklich stirbt.«

4 ♦ Die *Moose*

Es war gespenstisch – ein hoher, klagender Ton, wie das Heulen eines sterbenden Wals, das mit einem unheimlichen Echo durch das Nichts hallte. Roscoe hatte solche Geräusche früher schon einmal gehört. Aufnahmen der Schreie dieser riesigen Meeressäugetiere gehörten zu dem kleinen Schatz an Relikten, die aus uralten Zeiten von der Heimatwelt der Menschen stammten – der legendären, untergegangenen Erde.

Er und Ain:Ain'Qua trieben in Schutzanzügen durchs All, um die wenigen Meter zum Wrack der *Moose* zu überbrücken, während sich die *Faiona* mithilfe der speziellen Fähigkeiten der Kaltfusionsröhren am Schwerkraftgefüge der *Moose* festgeklammert hatte. Was Roscoe über seine Helmlautsprecher hörte, war eine akustische Umsetzung dessen, was er zuvor auf dem Holoscreen der *Faiona* gesehen hatte. Bei jedem neuerlichen Heulen glitten ihm eiskalte Schauer den Rücken herab.

»Leandra behauptet«, vernahm er Ain:Ain'Quas Flüsterstimme über seine Helmlautsprecher, »dass die Leviathane nicht wirklich tot sind. Dass sie noch für Jahrtausende, nachdem sie getötet wurden, eine Seele besäßen. Sie meint, sie könne sie spüren.«

»*Noch* jemand mit einer Seele?«, erwiderte Roscoe mit leisem Spott in der Stimme. Dieser Spott aber war gegen sich selbst gerichtet und gegen Ain:Ain'Qua – die beiden lebenden Wesen, die sich im Besitz einer Seele wähnten und vielleicht gar nicht wussten, worüber sie sprachen.

Still und reglos trieben sie wie zwei erstarrte Objekte auf die *Moose* zu. Die ihnen zugewandte Seite des riesigen Schiffsleibes war völlig zerstört, das hintere Drittel weggerissen. Über den

Rest zog sich ein gewaltiger, aufgeplatzter Riss von mehr als einer halben Meile Länge und gut hundertfünfzig Metern Höhe. Die Rail-3 musste in die Schiffshülle eingedrungen und dann erst explodiert sein. Wie ein gigantischer Rachen gähnte das Loch sie an. Zusätzlich gab es noch ein halbes Dutzend weiterer Risse, die senkrecht zwischen den Rippensegmenten verliefen. Auf diese Weise erhielt der Rachen noch eine Reihe gespenstischer Zähne, teils nach außen gebogen, teils grotesk verformt, wie das faulige Gebiss eines Riesen aus einem Kindermärchen. Der Grad der Zerstörung des gigantischen Schiffsleibes war bestürzend; erst jetzt wurde Roscoe klar, wie viel Energie die Drakken damals darauf verwendet hatten, sie zu töten. Und dennoch waren sie am Leben.

Dafür war die *Moose* tot.

Roscoe kamen immer mehr Zweifel, dass es in ihrem Inneren noch intakte Teile geben könnte. Die Außenhülle war der bei Weitem massivste Teil eines Leviathans, aber die *Moose* war mit einer derartigen Gewalt von innen heraus aufgesprengt worden, dass Roscoe schwindelte. Die vierzehn vertikal angeordneten Rippensegmente des Schiffs bestanden aus teilweise dreißig Meter dickem organischem Material, und wenn es hier an der Seite schon derartig brutal aufgerissen war, konnte im Innern, wo die Wandstärke der Kammern längst nicht so dick war, nicht mehr viel übrig sein. Wegen des neuronalen Netzwerks lag die Brücke bei fast allen Raumfischen dort, wo sich früher das Hirn, oder besser, das *Nervenzentrum* des Leviathans befunden hatte: im vorderen Drittel des Schiffsleibs, in der Mitte oben – durchaus an der Stelle, wo man bei den meisten Lebewesen das Hirn vermutet hätte. Der Lage des Treffers und dem Zerstörungsgrad nach zu urteilen, musste die Brücke schwer beschädigt worden sein. Der Hauptrechner der *Moose*, also Sandys Aufenthaltsort, hatte sich in einem kleinen Raum rechts der Brücke befunden.

»Vasquez hat es *ticken* gehört«, erinnerte Ain:Ain'Qua, der Roscoes Gedanken erraten hatte. »Irgendetwas muss noch da sein. Du hast es selbst so empfunden.«

Roscoe blickte nach rechts, wo Ain:Ain'Qua schwebte und ihm viel sagende Blicke durch die mikroskopisch dünne Sichtscheibe seines Helms zuwarf. Der Ajhan trug wieder den beneidenswerten Raumanzug, den er als *Papst* schon besessen hatte, eine hauchdünne, grauschwarze Membran aus einem der phantastischen Ajhan-Kristalle, der auf Befehl hin flüssig wurde und mitsamt dem Helm innerhalb von wenigen Sekunden zurück in den Halsring floss. Die Bewegungsfreiheit war unübertroffen, und trotzdem bot der Anzug alles an Schutz und Komfort, was man sich nur denken konnte. Und er war vollkommen sicher gegen Lecks und die meisten Sorten von Strahlung. Roscoe selbst trug nur ein ganz normales Standardmodell aus Nanofaser, nicht unbedingt schlecht, aber weit unterhalb der Qualität des Wunderanzugs von Ain:Ain'Qua.

»Gehen wir rein«, nickte er dem Ajhan zu. »Die Zeit ist ohnehin knapp.«

Nebeneinander schwebten sie durch den riesigen Riss ins Innere der *Moose*.

Schon vom ersten Augenblick an wurde sichtbar, dass Roscoe mit seiner Vermutung Recht hatte: das Innere des Leviathans, die Venaltunnel, die einst Verbindungswege dargestellt hatten, und die Organkammern, die zumeist als Frachträume genutzt worden waren, hatten aufgehört zu existieren. Alles war zerstört und zerrissen, die künstliche Schwerkraft war längst erloschen, und Roscoe hatte stärker als je zuvor das Gefühl, dass er sich im Inneren eines *Lebewesens* befand. Sie schalteten die beiden Handscheinwerfer ein, die sie mitgebracht hatten, und leuchteten ins Dunkel des gewaltigen, toten Leibes.

»Das war einmal das Haupt-Frachtdeck«, erklärte Roscoe und deutete nach schräg unten, wo ein riesiges Loch in der Decke einer Halle klaffte. Man konnte zerrissenes Material, verbogene Metallgestänge und losgerissene Stahlplatten sehen, die vom ehemaligen, fast achtzig Meter breiten Tor des Frachtdecks stammten. Fetzen des zerrissenen Leviathan-Gewebes trieben im leeren Raum des Wracks, und gespenstisch hohle Röhren, einst die Adern des Lebewesens, hingen grotesk abgeknickt herum.

»Wir müssen in einen dieser Tunnel hinein«, meinte Ain:-Ain'Qua und deutete nach links. »Sieh mal, da drüben ist noch ein Licht.«

Roscoe nickte, er hatte es ebenfalls schon gesehen; es war nicht mehr als ein winziger, grüner Lichtpunkt, der an einer zerstörten Wandverkleidung hing. »Eine Leuchtdiode«, meinte er, »die irgendwoher noch ein paar Tröpfchen Saft bekommt. Das hat nicht viel zu sagen. Davon werden wir sicher noch welche zu Gesicht bekommen.«

Ain:Ain'Qua erwiderte nichts, schaltete seine Steuerdüsen ein und ließ sich auf das Licht zutreiben. Dort begann auch eine große Tunnelröhre; es mochte sein, dass sie in den vorderen Zentralbereich führte.

Erstickende Dunkelheit umschloss sie, die organischen Wände reflektierten nur wenig Licht. Sie mussten umher treibenden Teilen ausweichen und aufpassen, dass sie nirgends hängen blieben. Schließlich erreichten sie den Tunneleingang; das Licht erwies sich als Kontrollleuchte des Zugangs zur ehemaligen Kombüse. Hier war einmal Roscoes Küchenautomat untergebracht gewesen, Stein des Anstoßes im Streit zwischen ihm und Vasquez. Sie mussten lachen, als auf einen Tastendruck hin die Tür in ihrer herausgerissenen Fassung immer noch auf und zu glitt; der Küchenautomat war nicht mehr da.

»Sein Wrack muss hier irgendwo durch die Leere treiben«, meinte Roscoe und leuchtete herum.

»Oder er hat sich inzwischen draußen im All zu den Asteroiden gesellt und gibt in einer Million Jahren irgendwelchen fremden Forschern Rätsel auf, auf welche bizarren Überreste einer verrückten Kultur sie hier gestoßen sind.«

Wieder lachten sie. Roscoe lauschte dem Echo seines Lachens und fragte sich, ob sie damit vielleicht der unheimlichen Stimmung an diesem Ort begegnen wollten.

Er wandte sich um und leuchtete in den Tunnel. »Das könnte der Backbord-Arterialtunnel sein«, meinte er. »Wenn wir Glück haben, finden wir an seinem Ende einen Vertikalport. Funktionieren wird der nicht mehr, aber wir kommen durch die Röhre zum Zentralverteiler. Von dort aus ist es nur noch ein Katzensprung bis zur Brücke.« Er räusperte sich. »Sofern sie noch existiert.«

»Na, dann los«, meinte Ain:Ain'Qua und richtete den Strahl seiner Lampe in den dunklen Tunnel. Roscoe verstand es als Aufforderung, sich voranzubewegen. Er brummte leise und machte sich auf den Weg. Es gab keine Ausreden – er war derjenige, der sich hier auskannte.

Die Helligkeit seines Strahlers verlor sich bald in einem milchigen, inhaltslosen Gemisch aus Licht und Dunkelheit; er konnte kaum beurteilen, wie weit es reichte. Die meisten Tunnel an Bord von Raumfischen waren sehr lang, manche über eine Meile. Dieser hier mochte noch zweihundert Meter weit führen, ehe er den gesuchten Vertikalport erreichte. Nur vom leisen Zischen seiner Steuerdüsen begleitet und von Ain:Ain'Qua, den er hinter sich *glaubte*, trieb Roscoe voran. Manchmal kamen ihm Gegenstände entgegen, kleine Wrackteile oder sogar Dinge, die einmal ihm selbst oder zur *Moose* gehört hatten. Er rührte sie nicht an, versuchte etwas schneller zu werden, obwohl es damit enden konnte, dass er irgendwo anstieß und ins Trudeln geriet. Ein seltsames Gefühl hatte ihn beschlichen, und es wurde unangenehmer.

Nach einer Weile drang ihnen matte Helligkeit entgegen. Verwirrt verlangsamte er sein Tempo. *Helligkeit?* Wo kam die her? Es war das typisch bläuliche Schimmern des Vertikalports, nur viel schwächer, aber er konnte sich nicht vorstellen, dass hier ein Port noch arbeiten sollte. Es war gewöhnlich das Erste, was bei Komplikationen ausfiel, ein Stück Hochtechnologie, das einen Menschen oder Ajhan in ein Stasis-Feld hüllte und ihn in einer Röhre aufwärts oder abwärts schweben ließ.

»Was ist?«, wollte Ain:Ain'Qua wissen.

Roscoe deutete mit pochendem Herzen voran. »Das Licht da. Zu schwach für den Vertikalport. Was ist das?«

»Du wirst ängstlich, Darius«, stellte Ain:Ain'Qua ungeduldig fest. »Was soll da schon sein? Der rächende Geist des Leviathans?«

Roscoe schluckte und starrte Ain:Ain'Qua an. Der Ajhan warf ihm einen Blick zu, den Roscoe trotz des schwachen Lichts als tadelnd erkannte. Er drängte sich an ihm vorbei und übernahm die Führung. *Kunststück*, dachte Roscoe, *mit dem lieben Gott als Boss braucht man keine Gespenster zu fürchten.*

Doch dann erwiesen sich Roscoes Ängste als begründet und hinterließen die Frage, ob sie Gottes Macht bestätigten oder widerlegten.

Es begann damit, dass das bläuliche Licht heller wurde, je mehr sich Ain:Ain'Qua dem Ende des Tunnels näherte. Vielleicht bekam er es selber gar nicht mit, da er das Hellerwerden wegen seiner Annäherung als normal empfand. Roscoe hingegen hatte sich nicht weiterbewegt, er starrte nur seinem Freund hinterher, und sein Herz schlug schneller und schneller, als auch für ihn die Helligkeit sichtbar zunahm. Gleichzeitig wurden auch die seltsamen Schreie, die zwischenzeitlich verebbt waren, wieder hörbar. Leise und aus dem Hintergrund drangen sie heran, mit ihrem bizarren, weitläufigen Echo, klagend und anklagend zugleich.

Roscoe wollte Ain:Ain'Qua aufhalten, er hob die Hand in seine Richtung, aber er wusste nicht, was er sagen sollte, ohne die Missbilligung des Ajhan erneut heraufzubeschwören. Die Laute musste er doch selbst hören können, das heller werdende Licht selbst sehen ...

Dann war Ain:Ain'Qua plötzlich verschwunden.

Roscoes Herzschlag setzte für einen Moment aus. Konnte er bereits den Verteiler am Tunnelende erreicht haben?

»Ain:Ain'Qua?«, flüsterte er in sein Mikrophon.

Keine Antwort.

Stattdessen erschien ein Umriss im bläulich strahlenden Licht am Ende des Tunnels. Es war ein Umriss wie von einem Menschen oder einem Ajhan: Arme, Beine, ein Körper ... *aber kein Kopf!*

Mit aufgerissenen Augen starrte Roscoe das Wesen an, sein Puls führte einen wilden Tanz auf, seine Lungen waren wie zugeschnürt, es gelang ihm nicht, Atem zu holen. Der Umriss kam ihm groß vor, *sehr* groß, er füllte das ganze Tunnelende aus, die Arme nach oben gereckt, als hielte sich die Kreatur an den Rändern des Tunnels fest. Aber der musste dort mindestens vier Meter hoch sein, selbst der große Ain:Ain'Qua hätte längst nicht bis hinauf reichen können ... und wo in aller Welt *war der Kopf?*

Das Wesen schien Roscoe anzustarren ... mit Augen, die es gar nicht hatte. Das bläuliche Licht aus seinem Hintergrund überblendete seine Umrisse, sodass es zu einem seltsamen Schatten wurde, doch es war ihm zugewandt, ganz eindeutig. Roscoe fühlte, wie seine Blase schwach wurde. Dann nahm das Ding seine langen Arme herunter und bewegte sich auf ihn zu.

Roscoe stieß ein hilfloses Gurgeln aus. Das Wesen wurde schneller, Roscoe geriet in Panik, begann zu strampeln, suchte verzweifelt nach den Kontrollen für seine Steuerdüsen ... Wo war nur Ain:Ain'Qua? Konnte der Ajhan ihm nicht helfen – mit der Macht seines Gottes, gegen dieses unheilige Wesen ...? Oder hatte das Monstrum ihn gar umgebracht? Roscoe begann vor Angst zu wimmern, seine behandschuhten Finger fanden die Kontrollen auf seinem Gürtel nicht, wie ein Ertrinkender schlug er um sich, aber das brachte ihn keinen Zentimeter voran – während das Wesen immer schneller wurde. Eine heiße Woge der Panik brandete über ihn hinweg. Das Wesen erreichte ihn mit einem lang gezogenen, klagenden Schrei, der in den Weiten des Kosmos zu verhallen schien. Es war zugleich wie ein sengender Hauch, so als spränge Roscoe durch die hoch auflodernden Flammen eines Feuers. Für Momente glaubte er zu verbrennen ... und mit einem Mal war es vorbei.

Das bläuliche Licht erlosch schlagartig, Roscoes noch eingeschaltete Lampe trieb vor ihm im Nichts, wandte den Strahl gegen ihn selbst und blendete ihn, während sein Herz wild und unkontrolliert tobte, darum bemüht, den Schreck des Erlebten zu verdauen. Allem Anschein nach war ihm nichts passiert.

Ein heißes, beinahe schmerzendes Prickeln hatte noch immer seinen Nacken im Griff. Endlich gelang es ihm, die Steuerdüsen seines Anzuges zu finden; er manövrierte sich herum, blickte in die Richtung, wohin das unheimliche Wesen verschwunden war, konnte aber nichts mehr entdecken, kein Leuchten und keinen Umriss, nichts.

Für eine volle Minute starrte er noch ins Dunkel, wagte nicht, seine Lampe zu greifen und dorthin zu leuchten, in der Angst, es könnte sich irgendetwas *Entsetzliches* im Lichtstrahl zeigen. Endlich wurde sein Puls wieder etwas ruhiger. Nun kam Sorge um seinen Gefährten in ihm auf. Aber ... nein, Ain:Ain'Qua konnte nichts geschehen sein – sein Gott und sein Glaube mussten ihn vor diesem Dämon beschützt haben. Für einen Moment blitzte in Roscoes Verstand die Erkenntnis über das Paradoxe seiner Gedanken auf. Lag nicht in der Zubilligung von Gottes Existenz *für andere* die Akzeptanz, dass Gott doch existierte? Roscoe schüttelte den Gedanken von sich ab. Er musste sich jetzt um Ain:Ain'Qua kümmern. Also packte er seine Lampe und steuerte mit neuem Mut in die Richtung, in der er seinen Ajhan-Freund zuletzt gesehen hatte. Er wusste um den verdrängten Glaubenskonflikt zwischen Ain:Ain'Qua und Leandra und fühlte sich nun selbst davon berührt. Vielleicht fand er ja die Gelegenheit, dem einstigen Heiligen Vater selbst Fragen zu stellen. Dazu aber musste er Ain:Ain'Qua erst mal wieder finden.

Mit hoher Geschwindigkeit flog er dem Tunnelende entgegen und erreichte bald den Verteiler. Es war ein kreisrunder, mit Kunststoffwänden ausgekleideter Schacht, der senkrecht nach oben und unten führte. Auf der gegenüberliegenden Seite führte der Venaltunnel weiter; rechts und links zweigten künstlich angelegte Gänge ab. Und dann entdeckte er Ain:Ain'Qua auch schon – der Ajhan trieb etwas oberhalb von ihm mitten im aufwärts führenden Schacht.

»Ain:Ain'Qua!«, rief Roscoe und steuerte hinauf.

Als er den Ajhan erreichte, begann dieser sich gerade zu regen; es schien, als erwache er aus einer Bewusstlosigkeit. Seine Berührung ließ Ain:Ain'Qua heftig zusammenzucken, augenblicklich waren kleine, weißliche Wolken zu sehen, die aus seinen Steuerdüsen zischten, eine klare Richtung jedoch schien sein Flug nicht zu haben. Kurz darauf stieß er gegen die halb transparente, bläulich schimmernde Schachtwand.

»Ruhig ... ich bin es nur! Hast du das gesehen?«

»Ein ... was? Ich habe ...« Er stieß ein Krächzen aus, dann ein Stöhnen, hob anschließend die Hand, um sich an die Stirn zu fassen. »Was war das? Was war da los?«

»Ich hoffte, du könntest mir das sagen!« Roscoe richtete die Lampe nach unten; in ihrem Strahl zeigte sich nichts, kein kopfloses Riesenwesen und auch sonst nichts, das auf die Anwesenheit eines Fremden hingewiesen hätte.

Ain:Ain'Qua packte ihn am Raumanzug. »Was hast du gesehen?«, fragte er atemlos. »Eine Kreatur? Etwas Lebendiges?«

Roscoe starrte ihn eine Weile an, er war unschlüssig, ob er etwas sagen sollte. Sie hatten wenig Zeit. Die Ordensritter waren dabei, den Ring abzusuchen, und sie beide mussten hier schnellstmöglich wieder weg. Glaubensfragen konnten sie später diskutieren.

Glaubensfragen?, echote es in Roscoes Kopf. Etwas in ihm wollte ihm wohl einflüstern, dass sie gerade dem Geist des Leviathans begegnet waren.

»Komm!«, forderte er Ain:Ain'Qua auf, befreite sich aus dessen Griff und packte ihn dafür am Arm. Er leuchtete nach oben. »Da müssen wir hinauf. Schalt deine Steuerdüsen ein und zieh mich mit. Wir sollten besser zusammenbleiben.«

Der befehlsgewohnte Ajhan warf ihm einen unsicheren Blick zu und gehorchte dann. Roscoe dachte bei sich, dass selbst jemand wie er, ehemals Papst und Ordensritter, noch zu überraschen war, wenn es um ... *Glaubensfragen* ging. An Ain:Ain'-Quas Verwirrung erkannte Roscoe, dass ihm das jüngste Erlebnis einige Rätsel aufgegeben hatte.

Sie setzten sich in Bewegung, erreichten zwei Ebenen höher einen weiteren, größeren Verteiler und drangen in den Tunnel vor, der zur Brücke führte.

Roscoe leuchtete auf den Boden hinab, der zerfetzt und teilweise nicht mehr vorhanden war. Zahllose kleine und kleinste Teile trieben durch seinen Lichtstrahl. »Verdammt«, flüsterte er, »ich wusste nicht, dass eine Rail eine so mörderische Ladung hat. Sieh dir das an, sie hat hier wirklich alles zerfetzt! In einem meilengroßen Leviathan!«

»Hoffentlich lebt deine Sandy noch«, brummte Ain:Ain'Qua. Er hatte sich wieder gefangen und legte seine alte Tatkraft an den Tag, indem er sich an Roscoe vorbeidrängte.

Roscoe leuchtete herum. Ja, hier war es gewesen, wo ihm Leandra auf ihrer Flucht das Leben gerettet hatte. Sie hatte die rebellische Vasquez mit einem dicken Navigationshandbuch niedergeschlagen und ihn in den Kompensationssitz geschleppt, bevor ihn die anschwellenden Beschleunigungskräfte zu Mus hatten zerquetschen können.

Er beeilte sich, Ain:Ain'Qua zu folgen, der schon das ehemalige Brückenschott erreicht hatte. Zum Glück benötigten sie keinen Fußboden, denn der war auf seiner ganzen Länge weggerissen. Der Ajhan leuchtete unterdessen ratlos die vollkommen zerfetzte Brücke ab. Die untere Hälfte des Raums war nicht mehr da, die meisten Instrumentenpulte fehlten oder waren nur noch als hoffnungslos zerstörte, umhertreibende Fragmente vorhanden. Ein paar losgerissene Holoscreens schwebten durch das Vakuum, und ein Pilotensessel ohne Lehne hing rechts unter der Decke, an dessen Zentralfuß noch ein Stück des Bodens samt einer Führungsschiene hing. Wehmut stieg in Roscoes Gemüt auf. Er hatte hier lange Tage und Nächte verbracht, es war seine *Moose* gewesen, sein Schiff – ein monströser, uralter Pott nur, ein lahmer Raumfisch, der wenig aufregende Dinge wie Wasserstoffeis oder Aranium-Erz transportiert hatte und mit dem man keines der Mädchen in den Raumfahrerbars hätte beeindrucken können. Aber die *Moose* hatte ihm gehört.

Und Sandy.

Er schaltete seine Steuerdüsen ein und ließ sich schräg nach rechts treiben, wo eine halb zerrissene Tür in ihrer Fassung hing. Doch er hätte auch unter ihr hinweg fliegen können, denn dort war nichts als gähnende Leere. Er wusste, was das bedeutete. Auf dem Boden, der nicht mehr da war, hatte der Zentralrechner gestanden, der Hauptdatenspeicher, der Ort, wo Sandy ... *gelebt* hatte.

Er hielt an und leuchtete ins Nichts des zerstörten Raums. Er hatte auf ein Lebenszeichen von ihr gehofft, auf ein grünes Lämpchen vielleicht, das noch immer tapfer leuchtete und das all die Wochen hier im Nichts auf ihn gewartet hatte, auf dass er käme und sie rettete.

Ain:Ain'Qua erschien neben ihm, leuchtete mit seiner Lampe umher. »Hier war sie?« Er schüttelte den Kopf. »Da ist wohl nichts mehr zu holen.«

Irgendetwas erlosch in Roscoe. Eine Hoffnung, ein wärmender Funke, ein Gefühl der Zusammengehörigkeit. Der Gedanke an Sandy hatte seinen Mut gestärkt – die Hoffnung auf ihre großen Fähigkeiten, mit denen sie dieses unmögliche Vorhaben, dem Geheimnis des Pusmoh auf die Spur zu kommen, vielleicht tatsächlich hätten bewältigen können. Jetzt aber streckte sich eine kalte Klaue der Verzagtheit nach seiner Seele aus. Leandra war ein wunderbares Mädchen, voller Herz und Wärme, und er hatte selbst erlebt, wie mächtig sie auf ihre Art war, wie viel sie bewegen konnte. Aber sie konnte keine *Lichtjahre* überwinden. Keine tausende Lichtjahre, in rasend kurzer Zeit, dabei den Rails der Drakken ausweichend und immer neue Tricks erfindend, wie man den Kurs noch korrigieren oder die Energiebalance manipulieren konnte, um das Unmögliche zu erreichen.

Dazu brauchten sie einen Körper wie die *Faiona* und einen Kopf wie Sandy. Ihre Ziele lagen, nach allem, was sie herausgefunden hatten, in den stark besiedelten Raumsektoren, in denen auch die Drakken sehr präsent waren, besonders jetzt, da sich die Lage im Sternenreich des Pusmoh verschärfte. Um darin agieren zu können, musste man ein schnelles Schiff haben.

»Einen Körper wie die *Faiona* und einen Kopf wie Sandy«, murmelte Roscoe, während er in den Raum hineinleuchtete.

»Was sagst du?«

Roscoe starrte gedankenversunken ins Nichts. Dann hielt er den Lichtkegel Ain:Ain'Qua ins Gesicht. »Warum hatte dieses Monster keinen Kopf?«

»Ein Monster?«, stammelte Ain:Ain'Qua erschrocken. »Ohne Kopf?«

Roscoe stieß ein Stöhnen aus, kniff die Augen zusammen. »Ach, das weißt du ja noch gar nicht. Ich habe ein kopfloses Monster gesehen. Vorhin, als du bewusstlos warst. Es ist durch mich hindurchgezischt und war dann plötzlich weg.«

Ain:Ain'Qua zeigte eine verstörte Miene. Es schien ihm nicht zu gefallen, dass ausgerechnet er das Bewusstsein verloren hatte, während Roscoe den Vorfall bei wachem Verstand miterlebt hatte.

»Durch dich hindurch?«, murrte der Ajhan. »Und weiter?«

Roscoe hatte keine Lust zu diskutieren. »Erzähl mir, was du willst, das war die *Moose*«, erklärte er barsch. »Ihre Seele, ihr Geist, was weiß ich. Wo soll hier im All sonst so ein Wesen herkommen? Dazu noch ohne Kopf!« Er schüttelte den seinen. »Nein, das war die *Moose!* Ich habe gefühlt, dass da etwas war, das hab ich damals schon Leandra gesagt, und ich wette, sie würde es bestätigen. Sie kann so etwas spüren.«

»Worauf willst du hinaus?«, fragte Ain:Ain'Qua.

»Warum hatte sie keinen Kopf?«

»Sie?«

»Die *Moose*. Dieser Geist.«

Ain:Ain'Qua schnaufte, lang und anhaltend. »Warum wohl. Weil *sie* keinen hatte. Deine *Geister-Moose*.«

Roscoe lächelte. »Genau. Sie sucht ihren Kopf.« Er leuchtete in den leeren Raum. »Der war einmal hier.«

»Du meinst ... Sandy? Sandy war ihr Kopf?«

Roscoe nickte, starrte ins Leere des Raums. »Warum nicht? In Leviathanen werden keine Kupfer- oder Faserkabel verlegt. Man nutzt die Nervenbahnen des Leviathans, stimuliert sie durch elektrische Impulse und leitet alles, was an Informationen fließen muss, durch das neuronale Netz der Hülle. Das geht schneller und ist viel billiger.«

»Und?«

»Bist du nie in einem Node-Spot gewesen? Einem dieser Nervenzentren, wo die die Impulsgeber eingebaut sind? Dort strömt das Zellplasma nur so von den Wänden. Verdammt, ich sag dir was – wir sind *alle* mit daran schuld, dass diese Wesen über Jahrtausende so gequält und abgeschlachtet wurden! Wir waren zu blöde zu sehen, was die Hüller die ganze Zeit über wussten – wir hatten es vor unseren Augen und haben es ignoriert! *Natürlich* leben die Leviathane noch! Das kann jeder leicht sehen, der je auf einem gefahren ist!« Roscoe streckte die Hand nach einem Fetzen Leviathangewebe aus, das in seiner Nähe trieb, nahm es und hielt es Ain:Ain'Qua vor die Augen. »Sieh nur, es lebt, es ist warm! Ist dir nie aufgefallen, dass man in einem Leviathan keinerlei Temperatur-Überwachung benötigt, wie in einem Schiff aus Kerastahl oder in euren Kristallschiffen?«

Ain:Ain'Qua nahm Roscoe den Fetzen aus der Hand und betrachtete ihn mit gerunzelter Stirn. Aber er wies den Gedanken nicht von sich, was ihm zur Ehre gereichte. »Denkst du etwa …?«

Roscoe nickte energisch. »Ja, genau das. Die *Moose* lebt, und Sandy war ihr Kopf.«

»Aber …«

»Dieses … *Gefühl*, das wir haben, beweist es. Hier gibt es etwas! Womöglich wissen wir so gut wie nichts über diese Wesen, über die Art, wie sie leben, denken und fühlen, aber wir schlachten sie einfach ab und benutzen ihre Körper als Schiffshüllen! Gäbe es etwas Entsetzlicheres – falls sie tatsächlich noch leben?«

Ain:Ain'Qua schnaufte ungemütlich. »Ja, du hast natürlich Recht … aber was hilft uns das jetzt? Die Ordensritter sind uns auf den Fersen! Können wir das nicht später diskutieren?«

»Der Geist der *Moose* sucht nach seinem Kopf!«, unterbrach Roscoe und sah sich unternehmungslustig um. »Weißt du, was ich glaube? Die beiden sind einen Bund eingegangen! Eine Hochzeit sozusagen. Der *Moose*, die die ganze Zeit über noch lebte, fehlte etwas, das ihrem Leben einen … einen Inhalt gab, ein Ziel … eine Persönlichkeit! Und Sandy, nichts als ein hochintelligentes Computerprogramm, konnte ihr einen gut funktionierenden Denkapparat zur Verfügung stellen. Zusammen erreichten sie etwas …«, er unterbrach sich, sah Ain:Ain'Qua an und lachte spöttisch auf, »… etwas *Ungeheuerliches*. Etwas, das dich in Entsetzen stürzen müsste.«

Ain:Ain'Qua verzog ahnungsvoll das Gesicht. »Eine Seele«, brummte er.

»Richtig.«

Ain:Ain'Qua sagte eine Weile nichts, dann nickte er unmerklich. »So sehr entsetzt bin ich nicht«, erklärte er. »Wer kennt schon die Wege Gottes? Die Menschen und die Ajhan sind nur zwei kleine Völker in den Weiten des Universums. Die Leviathane ebenfalls. Selbst in einem Computerprogramm steckt der Geist dessen, der es programmiert hat. Wer weiß – vielleicht ist es tatsächlich möglich, dass aus zwei Wesenheiten eine wird.« Er lächelte. »Immerhin würde das endlich erklären, wie ein Computerprogramm in der Lage sein könnte, sich einen komplexen Rettungsplan für drei Menschen auszudenken, sich dabei selbst zu opfern und dabei noch zu philosophieren. Was fragte sie gleich wieder? Ob du wüsstest, wo der Sitz deiner Seele ist?«

Roscoe deutete mit dem Zeigefinger auf Ain:Ain'Qua. »Genau *das* ist der Hinweis! Sandy befand sich nicht zwangsläufig hier!« Er leuchtete wieder in die Leere des zerstörten Raumes. »Sie muss überall in diesem Leviathan gewesen sein, in den endlosen, neuronalen Bahnen, dem gesamten Nervensystem dieses Riesenwesens, jedenfalls dann, wenn sie es gemeinsam mit ihm zu einer Seele gebracht hat. *Das* ist es, was Vasquez hier hat ticken hören – meinst du nicht?«

Ain:Ain'Qua nickte verstehend. »Also ist sie immer noch hier. Auch wenn dieser Raum völlig zerstört ist.«

»Ja, das denke ich.«

»Aber wo suchen wir sie? Dieser kopflose Geist der *Moose*, den du gesehen haben willst, sucht offenbar ebenfalls nach ihr und kann sie nicht finden.«

Nun lächelte Roscoe breit. »Ich weiß schon, wo sie steckt. Komm mit.«

*

Ain:Ain'Qua lachte leise vor sich hin. »Wenn das funktioniert«, sagte er, »schlage ich dich zum Bischof vor. Oder zum Kardinal.«

Roscoe mühte sich mit seinen klobigen Handschuhen ab, die Drähte des kleinen Lautsprechers an den abgetrennten Kabelenden anzuklemmen. »Kardinal? Wovon? Und überhaupt: von welcher Kirche? In der HGK hast du nichts mehr zu melden. Da landest du höchstens in einem Folterkeller.«

»Stimmt. Aber irgendwie musst du für den Gedanken belohnt werden. Mir fällt schon etwas ein. Klappt es?«

»Gleich ...«

Roscoe hantierte weiter. Das kleine grüne Lämpchen, das noch immer brannte, hing an entblößten Drähten aus seiner Fassung heraus, während sich die Kombüsentür in ihrem halb zerstörten Rahmen jedes Mal öffnete oder schloss, wenn Roscoe durch das Berühren der Drähte, die er miteinander zu verdrehen versuchte, einen Impuls erzeugte. »Allein dadurch müsste sie schon merken, dass wir hier sind«, meinte er.

Ain:Ain'Qua deutete auf das Gerät in Roscoes Händen. Es war einer der gewöhnlichen kleinen Flachmembran-Lautsprecher, den er aus seinem Gehäuse gerissen hatte. »Wie sollen wir das hören? Hier herrscht luftleerer Raum.«

Roscoe klopfte sich mit der Faust auf den Brustkasten. »Ich halte mir das Ding auf die Brust, das wird schon gehen. Und du hörst über Helmfunk mit.«

»Ja, das könnte klappen. Aber wie willst du mit ihr reden?«

»Ein Lautsprecher kann zugleich ein Mikrofon sein. Das elektrische Prinzip ist das gleiche. Ich bin sicher, Sandy kriegt das hin. Unterschätze ihre Intelligenz nicht! Sie ist ein geniales Mädchen!«

Ain:Ain'Qua ließ ein gutmütiges Seufzen hören. Manchmal waren Leute wie Darius zu beneiden, die so unverkrampft an Probleme herangehen konnten – Probleme, die ihn sofort in einen Gewissenskonflikt gestürzt hätten, da sie gegen ein halbes Dutzend religiöse Dogmen zugleich verstießen. *Was rede ich da?*, schalt er sich. *Ich bin kein Papst mehr! Keine Kirche verlangt mehr von mir, mich nach ihren Regeln zu richten.*

»Da!«, rief Roscoe aus. »Ich hab's!«

Er nahm den kleinen Lautsprecher, glättete den Stoff seines Druckanzugs und drückte die Flachmembran darauf. »Sandy?«, sagte er.

Die Tür glitt auf und zu, das grüne Lämpchen leuchtete, sonst war aber nichts zu hören.

»Bauchredner müsste man sein«, bemerkte Ain:Ain'Qua.

Roscoe musste laut loslachen, was seinen Brustkorb heftig in Bewegung versetzte, und dann meinte er plötzlich Vibrationen spüren zu können.

»Es knistert irgendwie«, flüsterte er.

»Los, sag etwas! Rede wie ein Wasserfall – wenn sie tatsächlich da irgendwo ist, muss sie erst mal verstehen, was passiert! Schließlich ist das keine Lautsprecher-Leitung. Es ist nur ein Draht für ein grünes Lämpchen!«

»Sandy?«, sagte Roscoe mit sonorer Stimme, im Versuch, seinen Brustkorb möglichst stark in Schwingung zu versetzen. »Ich bin's, Roscoe. Bist du da irgendwo? Kannst du mich spüren? Ich benutze einen Lautsprecher. Ich habe ihn irgendwo angeklemmt und versuche Schwingungsimpulse in dein elektrisches System zu bringen. Kannst du mich verstehen? Bekommst du das mit? Kannst du mir ein Zeichen geben, über die gleiche Leitung, über den Lautsprecher?«

Für eine Weile herrschte Schweigen. Roscoe glaubte, ein leises Knistern zu vernehmen, das sich mit seinem Körper als Medium bis zu seinen Hörorganen fortsetzte.

Sind Sie das, Boss?

Roscoes Herz machte einen Satz. Er glaubte, Sandys Stimme wie das Surren einer schwingenden Metallfolie auf seinem Brustbein spüren zu können. »Sandy? Du kannst mich hören?«

Ich ... ich glaube, ja.

»Sandy! Du bist wahnsinnig leise und undeutlich, ich habe die Lautsprechermembran auf der Brust. Anders geht es nicht.«

Der Schädelknochen, Boss. Versuchen Sie es mit Ihrem Schädelknochen ...

Roscoe lachte glücklich auf und warf Ain:Ain'Qua ein Augenzwinkern zu. An seinen Schädelknochen kam er nicht heran, aber er konnte in seinem Helm den Kopf an die Hülle legen und den Lautsprecher ebenso.

... der menschliche Schädel ist ein Resonanzkörper ... hörte er.

»Ich hab's, Sandy. Jetzt geht es besser. Ich stecke in einem Druckanzug, hier herrscht luftleerer Raum. Was bin ich froh, dich zu hören! Wie geht es dir?«

Ich ... ich weiß es nicht, hörte er zögernd. Ihm fiel auf, dass das grüne Lämpchen flackerte, wenn Sandy etwas sagte. Doch ihre Stimme klang irgendwie müde und sehr weit entfernt. *Ich weiß noch von Ihrem Notstart, Boss, dann schlug der Flugkörper ein. Alle meine Sensoren wurden zerstört, auch der Hauptrechner. Seither habe ich keine Orientierung mehr. Wie geht es Fräulein Leandra? Und ihrer Passagierin Vasquez? Haben sie überlebt?*

»Ja, mein Schatz. Dank dir. Aber das ist eine lange Geschichte. Ich erzähle sie dir später. Jetzt brauche ich deine Hilfe. Wie bekomme ich dich hier heraus?«

Eine Weile herrschte Schweigen. *Hier heraus?*

»Ja, Sandy. Meiner Theorie nach bist du eine Symbiose mit dem Schiffskörper der *Moose* eingegangen. So konnte deine ... Seele entstehen. Die hast du doch, oder?«

Eine ... Seele?

»Du hast mich selbst nach dem Sitz der Seele gefragt, Sandy. Weißt du noch – als wir flohen? Wie sollte ein Computer, eine Software, auf solche Fragen kommen? Du steckst da irgendwo in dem noch immer lebendigen Körper der *Moose* und *lebst!*«

Wirklich?, fragte Sandy zögernd.

»Da wette ich! Aber die *Moose* ist leider völlig zerstört. Du musst mit uns kommen, hier kannst du nichts mehr ausrichten. Und ich brauche deine Hilfe. Ich habe eine neue Aufgabe für dich.«

Oh ... das klingt schön, Boss, hörte er. Doch Sandys Stimme war noch immer schwach und müde; sie klang, als wäre sie gerade erst aus einem langen Schlaf erwacht.

Ain:Ain'Qua, der mithörte und Roscoe aufmerksam durch die Helmscheibe beobachtete, nickte verstehend. »Wenn du Recht hast, Darius, und sie tatsächlich eine Seele hat«, erklärte er leise, »dann muss sie nun auch Schmerz und Erschöpfung kennen.« Er schickte ein Lächeln hinterher. »Und auch Freude.«

Boss. Wer ist da? Die Stimme kenne ich nicht.

»Ein Freund, Sandy. Später. Wie kriege ich dich nun hier raus? Ich meine ... du willst doch hier weg, oder?«

O ja, Boss ... ich rechne ...

Nun musste Roscoe lächeln. Noch immer hatte Sandy ihre typischen Verhaltensweisen, und wenn sie davon sprach, dass sie *rechnete*, konnte er förmlich spüren, wie sich ihre Intelligenz durch jede Faser des Schiffs ausbreitete, um Daten zu sammeln und eine Auswertung vorzunehmen.

Ich glaube, es existiert noch ein intakter Container-Lifter in einem der Steuerbord-Frachtdecks, Boss. Ich kann ihn nicht direkt ansprechen, da die Steuerkabel durchtrennt sein müssen. Aber ich habe ihn im Prüfsystem. Wenn er noch arbeitet, müsste seine Haupteinheit Datenspeicher brennen können. Wenn es Ihnen gelingt, Holocubes zu finden und die Steuerkabel zu reparieren, könnte ich ... mein System darauf übertragen ... meine Seele ...

»Du wirst schon wieder, Sandy«, meinte Roscoe aufmunternd. »Holocubes hab ich dabei. Zeig uns den Weg, dann holen wir dich aus diesem Wrack heraus.«

Roscoe warf Ain:Ain'Qua ein zufriedenes Lächeln zu. Sein Herz schlug heftig vor Vorfreude, Sandy wieder in alter Frische auf der *Faiona* zu haben. Er hoffte, dass alles glatt ging.

Boss?

»Ja, Sandy?«

Danke, dass Sie mich holen. Das ... das werde ich ihnen nie vergessen.

*

Zweieinhalb Stunden später hatten sie Sandy. Roscoe hob einen kleinen weißen Quader in die Höhe, etwa von der doppelten Größe eines Zuckerwürfels. »Knapp sechs Milliarden Superstreams«, flüsterte er. »Auf einem einzigen, großen Holocube! Wenn man das als Text in ein Buch drucken wollte, würde es von hier bis nach *Potato* reichen. Oder noch weiter.«

Ain:Ain'Qua stieß ein Seufzen aus. »So dick? Für so ein kleines Seelchen?«

Roscoe lächelte. Der Begriff *Seelchen* gefiel ihm. Er schenkte Ain:Ain'Qua ein zufriedenes Lächeln und spürte zugleich eine aufkommende Erregung, die ihn immer stärker in Besitz nahm. Sandy würde die *Faiona* steuern! Ain:Ain'Qua konnte sich unmöglich einen Begriff davon machen, wie es war, mit Sandy zu arbeiten. Mit ihr war ständig eine unerhört hoch stehende, herausfordernde Intelligenz anwesend, die sich jedoch immer bescheiden und höflich verhielt. Zahlreiche Erlebnisse mit Sandy glitten durch seine Erinnerung, und er freute sich wie ein kleines Kind, wieder mit ihr reden und arbeiten zu können. »Ich glaube, dass es Sandy sein wird, die unsere *Faiona* erst richtig schnell macht! Du wirst sehen.«

Ain:Ain'Qua ließ sich von Roscoes Zuversicht anstecken. Er warf ihm ein Lächeln zu und verzichtete darauf, Zweifel zu äußern. »Wir müssen zurück zur *Faiona*«, drängte er. »Wer weiß, wie weit die Ordensritter schon in den Asteroidenring vorgedrungen sind.«

Roscoe nickte, verstaute den Holocube und schaltete seine Steuerdüsen ein. »Du hast Recht. Beeilen wir uns.«

Sie durchmaßen den langen Tunnel und erlebten eine Schrecksekunde, als sie kurz hinter seinem Ausgang, der in einer großen, durch die Explosion geschaffenen Halle endete, wieder der seltsamen, geisterhaften Erscheinung der *Moose* begegneten. Rasch versteckten sie sich zwischen Gewebefragmenten, die sich in der Nähe des Tunnelausgangs zusammengeballt hatten.

»Es muss tatsächlich der Geist des Leviathans sein«, flüsterte Roscoe mit pochendem Herzen, als sie der rätselhaften blauen Lichterscheinung hinterher blickten. »Wie kann das sein? Das würde ja bedeuten, dass es tatsächlich *Geister* gibt!«

Ain:Ain'Qua brummte leise und blickte dem kopflosen Gespenst hinterher, das in der Ferne eines großen Venaltunnels verschwand. »Wundert dich noch irgendetwas, Darius? Jetzt, nachdem du Leandra und ihre Magie kennen gelernt hast?«, meinte er verdrossen.

»Nicht so sehr«, räumte Roscoe flüsternd ein. »Aber was ist mit dir? Das alles müsste dein Weltbild ziemlich auf den Kopf stellen.«

Ain:Ain'Qua seufzte. »Vielleicht nicht einmal so sehr. Vielleicht ist es nur ein anderer Blickwinkel auf ein und dieselbe Sache. Ich hoffe es inständig – sonst drehe ich noch durch. An deine Sandy und ihre *Seele* darf ich gar nicht denken.«

Roscoe klopfte mit seinem Handschuh auf die Brusttasche seiner Montur, wo er den Holocube verstaut hatte. »Weißt du was? Ich glaube, im Moment hat sie gar keine. Sie besteht in diesem Augenblick nur aus erstarrten Daten, die in der kristallinen Struktur eines Holocubes gespeichert sind. Sie ist nichts als eine ... eingefrorene Intelligenz. Was sie braucht, ist ein Körper, etwas Lebendiges, mit dem sie eine Symbiose eingehen kann. Wenn das stimmt, stehen wir vielleicht an der Schwelle zu einem neuen Zeitalter.«

»Dem Zeitalter, in dem wir *Seelen* produzieren können, Darius? Indem wir künstliche Intelligenzen mit lebendigen Körpern verbinden? Das macht mir Angst.«

Roscoe sah Ain:Ain'Qua nachdenklich an. In seinem Kopf kreisten allerlei Gedanken zu diesem Thema – vielleicht musste man den Begriff Seele einfach auch nur in einen anderen Blickwinkel rücken. Oder das, was man jahrtausendelang unter diesem Begriff verstanden hatte. »Das müssen wir ein andermal diskutieren«, meinte Roscoe und blickte wieder in die Richtung, in der die seltsame Lichterscheinung verschwunden war. »Für den Augenblick sollten wir schnellstmöglich zurück zur *Faiona*. Komm.«

Er aktivierte seine Steuerdüsen und nahm wieder Fahrt auf; Ain:Ain'Qua folgte ihm. Sie durchquerten die Halle, in der zahllose kleine und große Wrackteile schwebten, erreichten einen anderen Tunnel und bewegten sich in Richtung des riesigen Risses in der Backbordwand der *Moose*, wo es zurück zur *Faiona* ging. Bald schwebten sie ins freie All hinaus.

Als sie die Hälfe des Weges zwischen der Außenwand der

Moose und der etwa hundert Meter entfernten *Faiona* überbrückt hatten, geschah es.

Roscoe wurde von hinten gepackt, und bevor er auch nur ein Ächzen ausstoßen konnte, dröhnte eine seltsam entfernte, scheppernde Stimme durch seinen Helm. »Funkstille, Darius! Da links – ein Halfant! Rühr dich keinen Millimeter, sonst sind wir verloren!«

Roscoe erstarrte. Es war Ain:Ain'Qua, der ihn gepackt und ihre Helme aneinander gepresst hatte. Angstvoll wandte er den Kopf ein wenig nach links und peilte aus den Augenwinkeln ins All hinaus – tatsächlich, dort schwebte ein Halfant, beängstigend nah, unverkennbar ein Schiff der Ordensritter, denn die Hülle war glatt und glänzend und im Weiß-Rot der Hohen Galaktischen Kirche gehalten sowie mit Schriftzügen der Ordensritter versehen. Ein entsetztes Röcheln entfuhr seiner Kehle.

»Bleib still«, hörte er Ain:Ain'Quas vibrierende Stimme, die durch den Helmkontakt zustande kam. »Er wird im Moment alle Sensoren aktiviert haben, um die *Faiona* zu scannen. Wenn er die Wärmescans durch hat, ehe wir im Schatten der *Faiona* verschwinden, sind wir ohnehin erledigt.«

Roscoe schluckte. Sie hatten noch etwa fünfzig Meter bis zu ihrem Schiff, während der Halfant der Ordensritter langsam auf der anderen Seite der *Faiona* in deren Sichtschatten glitt. Roscoes Gedanken rasten. Was mochte nun passieren? Würden die Ordensritter auf das Schiff feuern? Ein Halfant besaß eine extrem stabile Hülle, aber sie war nicht gegen starke Explosivstoffe immun, wie man an der *Moose* leicht erkennen konnte.

»Wir haben vielleicht eine Chance«, hörte er sich sagen. Seine Gedanken versuchten fieberhaft, den richtigen Ansatzpunkt zu greifen.

»Und welche?«, tönte es zurück.

In diesem Moment verschwand das Ordensritter-Schiff hinter der *Faiona*. Sofort schaltete Roscoe seine Gasdruckdüsen ein, packte Ain:Ain'Qua am Arm und zog ihn mit sich. Der Ajhan ließ es sich gefallen – er *musste* es sich gefallen lassen, denn es war klar, dass sie nach wie vor ihren Helmfunk nicht benutzen durften. Roscoe hatte einen Gedanken gefasst, den er Ain:Ain'Qua so schnell wie möglich mitteilen wollte. Aber dazu mussten sie das Innere der *Faiona* erreichen.

Die fünfzig Meter waren zum Glück schnell überbrückt. Eine Angstsekunde kam, als sie zur Einstiegsluke an der Unterseite des krabbenartigen Schiffes vordringen mussten. Als Roscoe tiefer steuerte, atmete er auf – das Ordensritterschiff lag von hier aus noch immer im Sichtschatten der *Faiona*.

»Schnell!«, rief er, obwohl Ain:Ain'Qua es nicht hören konnte. Inzwischen hatte er den Ajhan wieder sich selbst überlassen, da dieser sich selbst besser manövrieren konnte. Sie erreichten die kleine Luke; Roscoe hoffte, dass Einstiegsluken keine charakteristischen Energieprofile besaßen, sonst würde das fremde Schiff sie auf jeden Fall messen können.

Auf einen Tastendruck hin glitt die Tür zur Seite. Eilig schwebten sie in den kleinen Schleusenraum, warteten, bis der Druckausgleich vollzogen war, und stemmten sich dann in den schmalen Venaltunnel hinauf, der darüber lag.

»Niemand von den Ordensrittern oder der Kirche weiß bisher von der *Faiona*!«, stieß Roscoe hervor, als er sich aus seinem Druckanzug schälte. »Warum also sollten sie zu schießen anfangen? Hier schwebt nur ein unbekannter Halfant an einem unbekannten Wrack, der sich nicht meldet. Vielleicht halten sie die *Faiona* für eins ihrer eigenen Schiffe!«

»Das wohl nicht. Die Schiffe der Ordensritter besitzen eine zusätzliche Außenhaut mit Emblemen, das hast du ja gesehen. Aber trotzdem hast du Recht. Schießen werden sie nicht. Aber sie werden an Bord kommen, wenn dieses Schiff sich nicht meldet. Und es *kann* sich nicht melden. Es ist keine Bordintelligenz installiert.«

Roscoe lächelte bissig. »*Noch* nicht! Komm mit!«

Gebückt eilte er durch den niedrigen Tunnel. Eine Minute später erreichten sie das Brückenschott. Roscoe drückte auf die Taste, eilte auf die Brücke und hieb auf dem großen Instrumentenpult mit der flachen Hand schnell auf eine andere Taste, die das automatisch im Raum aufflammende Licht wieder verlöschen ließ. Regungslos verharrte er und starrte zur großen Panoramascheibe hinaus, wo das Ordensritterschiff mit seiner wie poliert wirkenden, rein weißen Außenhaut, die von einem dynamischen Muster dunkelroter Streifen durchzogen war, majestätisch in ihrem Blickfeld schwebte. Mit den großen Symbolen der Hohen Galaktischen Kirche sowie den Ordensritter-Emblemen auf der Seite wirkte es beruhigend und gefährlich zugleich.

Ain:Ain'Qua trat neben ihn. »Von der einhundertzweiten Staffel«, flüsterte er. »Unter Paladinmajor Sack. Damals jedenfalls, zu meiner Zeit.«

»Sack?«, fragte Roscoe. Roscoe drückte eine Taste auf dem Pult, woraufhin sich eine Klappe öffnete. Er öffnete die kleine Box, die er in der linken Hand gehalten hatte, und holte den Holocube hervor.

»Ja, Friedrich Sack.« Ain:Ain'Qua lächelte. »Wir nannten ihn nur den Sackfritz. Ich habe ihn erst kennen gelernt, als ich schon Pontifex war. Ein guter Mann. Aber ich musste mich damals ziemlich beherrschen, als ich ihm …«

»Mist! Da kommen sie schon!« Roscoe deutete ins All hinaus. »Verdammt – wie damals in der *Swish*! Das Unheil wiederholt sich!«

Ain:Ain'Qua trat einen Schritt vor und starrte hinaus. »Warum kommen sie denn herüber …?« Von dem Ordensritterschiff hatten sich zwei Gestalten in Druckanzügen gelöst und kamen auf die *Faiona* zugeschwebt.

Roscoe fluchte. »Mist! Ich hätte nicht gedacht, dass sie die *Faiona* durchsuchen würden. Dürfen sie das denn – ich meine, ihr Schiff anhalten und es verlassen? Schließlich sind sie auf einer Jagd!«

Ain:Ain'Qua brummte angespannt und schüttelte unschlüssig den Kopf. »Wie ihre Befehle lauten, kann ich nicht sagen. Offenbar hätten wir uns doch lieber in der *Moose* verstecken sollen. So einen Halfanten schießt man nicht einfach ab – nicht, so lange man nicht weiß, wer drin sitzt oder wem er gehört. Jetzt werden sie kommen und sich die *Faiona* ansehen.« Er brummte ärgerlich. »Was machen wir nun?«

Roscoe dachte fieberhaft nach. »Was würden sie denn tun, wenn sie niemanden an Bord finden?«

»Du willst dich verstecken? Wo denn?«

»Ich kenne die *Faiona* in- und auswendig. Sie ist immerhin siebzig Meter breit und genauso lang. Hier gibt es eine Menge versteckte Winkel.«

»Sie werden Scanner mitbringen und das ganze Schiff absuchen.«

»Wir müssen uns hinten verstecken, wo sich die ganzen Antriebsaggregate befinden. Dort gibt es jede Menge Störquellen. Glaubst du, das funktioniert?«

»Ich weiß es nicht.«

»Wir müssen es ausprobieren, eine andere Chance haben wir nicht. Komm mit.« Roscoe wandte sich um und eilte auf das Brückenschott zu. »Ich weiß einen Ort hinten im Schiff, wo ein voll ausgerüstetes Terminal existiert. Von dort aus kann ich vielleicht Sandy installieren. Sie muss uns helfen.«

»Helfen? Wie soll uns eine Bordintelligenz bei so etwas helfen?«

Roscoe warf ihm einen seltsamen, grimmig-belustigten Blick zu. »Das schafft sie. Du wirst schon sehen.«

5 ♦ Victors Buch

In Malangoor herrschte seit kurzem rege Betriebsamkeit. Nachdem Victor, Ullrik, Laura, Marina und Azrani in das kleine, versteckte Dorf zurückgekehrt waren, hatte Victor auch die anderen mit Markos Idee angesteckt, alles, was sie in den letzten beiden Jahren an Wissen angesammelt hatten, sorgfältig zu erfassen. Die Freunde und Verbündeten der *Schwestern des Windes* sollten ihre Kräfte vereinen, auch die kleinsten Einzelheiten ihrer Erlebnisse und Erkenntnisse zusammentragen und in ein Buch schreiben. Womöglich würden es sogar mehrere Bücher werden, denn Victor ging davon aus, dass die Arbeit weitergeführt werden musste. Eigentlich durfte sie niemals mehr enden.

Was an Geschichtsschreibung in der Höhlenwelt existierte, war über die Jahrhunderte hinweg von den Ordenshäusern der Magiergilde geführt worden, von den Cambriern, den Phygriern und den anderen Orden. Diese Aufzeichnungen waren jedoch völlig unzureichend, wie Victor verkündete. Selbst Hochmeister Jockum, der Primas des Cambrischen Ordens, musste nach kurzer Zeit einräumen, dass Victor Recht hatte. Er war selbst Zeuge der Entwicklungen gewesen, die so viel Unvermutetes und Geheimnisvolles ans Licht gebracht hatten.

Nach Victors ehrgeiziger Rede, die er vor rund zwanzig Personen in der Bibliothek des Windhauses gehalten hatte, war eine neue Aufbruchsstimmung aufgekommen. Izeban hatte ihn energisch unterstützt, Alina ebenfalls, und nach kurzer Zeit war der Funke auf alle anderen übergesprungen. Die Begeisterung war wohl hauptsächlich dem Umstand zu verdanken, dass plötzlich ein Schimmer aufkommender Klarheit am Horizont sichtbar wurde; ein Schimmer, der vielleicht den ganzen wolkenverhangenen Himmel würde klären können. Es bestand zumindest die Aussicht, mit dem gesammelten Wissen das Übel an der Wurzel packen zu können.

Abgesehen von Leandra, Roya, Munuel und Quendras waren alle Vertrauten und Freunde der *Schwestern des Windes* in Malangoor versammelt. Mehrere Tage lang sammelten sie Berichte und Hinweise, notierten Stichpunkte und brachten eine zeitliche Ordnung in die zahlreichen Notizen. Natürlich kümmerte sich Meister Izeban um die Sichtung und Sortierung des Materials, dann machten sich mehrere Helfer daran, die Inhalte und die zeitliche Abfolge der Ereignisse und Erkenntnisse niederzuschreiben, um einen Überblick zu erhalten. Später sollten die einzelnen Berichte und Überlieferungen mit Hilfe der Aussagen von Zeugen möglichst genau erfasst und aufgeschrieben werden.

Nach allem, was man bisher herausgefunden hatte, begann die wahre Geschichte der Höhlenwelt vor etwa fünfeinhalbtausend Jahren, mit jenem schrecklichen Krieg an der Oberfläche des Planeten. Damals hatten die gewaltigen Höhlen noch nicht existiert, und die Menschen hatten die Oberfläche eines womöglich blühenden Planeten bewohnt, und gewiss in tausendfach höherer Zahl als heute. Nach Schätzungen der Cambrier lebten derzeit etwa eine Million Menschen in der Höhlenwelt. Was sich jedoch vor diesem Krieg vor fünfeinhalbtausend Jahren auf der Oberfläche der Höhlenwelt abgespielt hatte, lag völlig im Dunkeln, darüber wusste man nichts.

Es gab eine gewisse Hoffnung, über diese geheimnisvolle Ära der Menschheit mehr zu erfahren, nämlich indem man sich noch einmal in Sardins Turm im Lande Noor wagte, um dort ins Zentrum der *Stadt der Alten* vorzudringen. Dort hatte Victor einst eine mysteriöse Truhe entdeckt, die einige uralte Relikte enthielt – zwei davon hatte er mitgenommen, und sie hatten ihnen zu unvermuteten Erkenntnissen verholfen. Eines davon war ein kleines, handgeschriebenes Büchlein in einer uralten Sprache namens *Anglaan* gewesen, sowie ein geheimnisvolles, gefaltetes Blatt mit Texten und einigen sehr naturgetreu wirkenden Bildern einer Welt ohne Stützpfeiler, Sonnenfenster und Felsenhimmel. In dieser Truhe hatten sich noch mehr Gegenstände befunden, und vielleicht konnten sie Hinweise über *noch* frühere Zeiten an der Oberfläche der Welt liefern. Doch ein neuerlicher Besuch in Sardins Turm im Lande Noor kam im Augenblick, wie Victor meinte, noch nicht wieder infrage.

Jener Krieg vor fünfeinhalbtausend Jahren jedoch war eine gesicherte Erkenntnis. Rasnor hatte sie aus den Wissensquellen der Drakken gewonnen und an Leandra weitergegeben; wahrscheinlich die einzige positive Tat dieses schändlichen Verräters, welche in die neue Geschichtsschreibung der Höhlenwelt, die vorläufig als *Victors Buch* bezeichnet wurde, eingehen würde.

In diesem Krieg an der Oberfläche, so hatte Leandra berichtet, waren einst *Bomben* eingesetzt worden, deren Wirkungsweise keinem von ihnen klar war. Sie hatten so genannte *Kernbrände* entfacht – Feuer, die niemals verlöschen konnten. Sie fraßen alles auf, selbst Dinge, die nicht brannten, und andere, wie Wasser, die Feuer gewöhnlich zu löschen vermochten. Langsam arbeiteten sich diese Kernbrände voran und verleibten sich alles ein, während die Menschen voller Entsetzen zusehen mussten, wie sich die Welt um sie herum in eine Gluthölle verwandelte. Man nannte diese Brandherde zu jener Zeit *Feuerseen* – da sie so aussahen wie riesige Seen voll weiß glühendem Magma. Schließlich gelang es, ein Gegenmittel zu finden, um die Brände doch noch zum Verlöschen zu bringen. Man warf *Antibomben* in tausende von meilengroßen Feuerseen, die überall auf der Welt brannten, und das Wunder geschah – sie verloschen tatsächlich.

Dann aber ereignete sich die eigentliche Katastrophe. Niemand hatte vermutet, dass die Feuerseen von der Ausdehnung her anders sein könnten als gewöhnliche Seen. Doch genau das war der Fall – sie waren sehr viel tiefer als breit oder lang. Die *Antibomben* taten ihre Wirkung, sehr durchgreifend und schnell sogar – mit fatalen Folgen. Durch den rapiden Temperaturabfall, der sich in den zahllosen über die Weltoberfläche verteilten Feuerseen ereignete, kam es zu massiven Verspannungen und Verwerfungen in der Erdkruste. Jeder der Feuerseen hatte meilenweit in die Tiefe gereicht, und nun kam es dort zu immensen Rissen. Gewaltige Hohlräume taten sich auf, während es an der Oberfläche zu nie gekannten Katastrophen kam. Gigantische Erdbeben, Vulkanausbrüche, Flutwellen und Verwerfungen vernichteten einen Großteil allen Lebens an der Oberfläche und gaben der Welt ein völlig neues Gesicht. Während tief unter der Erdkruste ein System riesiger Höhlen entstand, erstarrten die Reste der Feuerseen zu meilengroßen Flecken eingeschmolzenen, kristallinen Gesteins – den Sonnenfenstern der späteren Höhlenwelt.

Heute kann man nur vermuten, was damals alles geschah, sicher ist jedoch, dass fast die gesamte Menschheit auf der Oberfläche der Welt ausgelöscht wurde. Ein kleiner Teil überlebte – und an dieser Stelle schloss die Überlieferung aus dem Büchlein an, das Victor in Sardins Turm gefunden hatte. Es stammte offenbar von einem der wenigen Überlebenden der Katastrophe, oder besser – von einem der Nachfahren. Zwischen der Entstehung der Höhlenwelt und ihrer Entdeckung durch ein Häuflein Überlebender vergingen rund fünfhundert Jahre.

Während dieser Zeit zogen die Menschen der Oberfläche, die einst sehr viel weiter entwickelt gewesen waren als die Menschen der jetzigen Höhlenwelt, nur noch als heimatlose Vagabunden durch die Trümmer der Zivilisation und versuchten zu überleben. Im Lauf der Jahrhunderte nach der Katastrophe hatten sich die Lebensbedingungen an der Oberfläche immer weiter verschlechtert – hauptsächlich durch das Versiegen des Wassers. Die Ozeane versickerten in den Hohlräumen in der Tiefe, welche sich unter der Oberfläche der ganzen Welt hinzogen, was aber damals niemand wusste. Man dachte, die Meere trockneten einfach aus. Die Oberfläche der Welt wurde mehr und mehr zu einer lebensfeindlichen Wüste, während die Atmosphäre immer staubiger und kaum mehr atembar wurde. Die Überlebenden kämpften gegeneinander um die wenigen verwertbaren Landstriche, die es noch gab, konnten aber selbst dort nicht lange überleben. Zuletzt vegetierten sie in unterirdischen Katakomben dahin, in versunkenen Städten und harrten ihres Endes.

Dann geschah der Überlieferung nach ein Wunder: Spielende Kinder entdeckten einen Felsspalt, der in die Tiefe führte. Die Kinder verschwanden für Tage, man befürchtete ihren Tod, doch dann kehrten sie zurück und berichteten von einer paradiesischen Welt, die sie in der Tiefe entdeckt hatten. So kam es dazu, dass ein Häuflein von etwa achthundert Überlebenden den Weg hinab fand und die Höhlenwelt entdeckte. Sie war seit ihrer Entstehung unberührt, und inzwischen hatte sich durch all die Pflanzensamen, die mit dem versickernden Wasser hinab gelangt waren, eine üppige Vegetation entwickelt. Es gab sogar Tiere, es war warm, Licht drang durch die Sonnenfenster in die Welt, und die Lebensbedingungen erwiesen sich als tausendfach besser als das, was die Menschen zu ihren Lebzeiten auf der Oberfläche vorgefunden hatten.

Man vermutete, dass die achthundert Menschen für eine Weile an Ort und Stelle blieben, den Überlieferungen nach zu schließen auf dem Kontinent Veldoor. Wahrscheinlich gründeten sie ein Dorf und breiteten sich langsam aus, nachdem sie sich eine Grundversorgung erschlossen hatten. Wie lange sie dort blieben und was sie dabei erlebten, war noch zu erforschen. Ein ganz besonderes Ereignis fand jedoch schon bald statt, welches die Geschichte der überlebenden Menschen nachhaltig beeinflusste: die Begegnung mit den Drachen.

An dieser Stelle der Berichte schloss sich das an, was Victor von dem sterbenden Urdrachen Ulfa erfahren hatte, aber auch die Berichte, die Ullrik, Azrani und Marina von Jonissar mitgebracht hatten. Darüber hinaus waren auch einige Schlussfolgerungen über die geheimnisvollen *Baumeister* möglich.

Letztere, wahrscheinlich eine Gruppe von fremden Wesen oder ein Volk von außerhalb der Höhlenwelt, welches die geheimnisvollen Pyramidenbauwerke errichtet hatte, musste die Höhlenwelt in diesen fünfhundert Jahren besucht haben, in denen die überlebenden Menschen noch an der Oberfläche dahinvegetierten, die Höhlenwelt bereits aber existierte. Das ließ sich aus der Tatsache schließen, dass die Drachen offenbar schon *vor* den Menschen in der Höhlenwelt angekommen waren. Ullrik, Azrani und Marina hatten herausgefunden, dass die Welt *Jonissar* die wahre Heimatwelt der Drachen sein musste. Jonissar war ebenfalls von den *Baumeistern* besucht worden, auch dort gab es Pyramidenbauwerke. Diese Bauwerke besaßen geheimnisvolle Verbindungen durch Raum und Zeit zueinander – und durch eines von ihnen mussten die ersten Drachen in die Höhlenwelt gelangt sein. Wie und warum ihnen das gelungen war, lag im Dunkeln, besonders auch, warum sowohl die Zweibeiner- als auch die Vierbeiner-Drachen den Weg in die Höhlenwelt gefunden hatten. Diese beiden Arten waren zutiefst verfeindet nach allem, was sich auf Jonissar zugetragen hatte.

Denn dort hatte sich ein unsäglicher Völkermord ereignet. Die vierbeinigen, riesigen *Abon'Dhal*, die später in der Höhlenwelt *Sonnendrachen* genannt wurden, hatten ihren Herrschaftsanspruch über die Zweibeiner-Drachen von Jonissar mit einem beispiellosen Vernichtungsakt mittels höherer Magie durchsetzen wollen. Sie hatten fast ganz Jonissar unter einer meilenhohen Decke aus lichtlosem, erstickendem Schwarz verschwinden lassen, um die *Amaji*, die Zweibeiner, damit unter ihre Gewalt zu zwingen. Wie auch auf der Oberfläche der Höhlenwelt war es zu einer furchtbaren Katastrophe gekommen, bei der sowohl die Abon'Dhal als auch die Amaji bis auf wenige Überlebende ausgerottet worden waren.

Die *Baumeister*, wer auch immer sie waren, spielten innerhalb dieser Katastrophen keine verursachende Rolle, dennoch nahmen sie eine bedeutsame Stellung darin ein. Azrani war inzwischen sicher, dass die Pyramidenbauwerke Mahnmale sein sollten. Durch eine der Pyramiden hatte sie eine weitere Welt besucht, auf der das Schicksal einer untergegangenen Zivilisation wie in einem Museum dargestellt worden war – mithilfe gewaltiger Pyramidenbauwerke, die in der Lage waren, auf geheimnisvolle, magisch anmutende Weise riesige, bewegliche Szenen darzustellen. Azrani hatte diese Welt *Dreieckswelt* genannt. Auf ihr konnte man zwischen den Bauwerken, die über die ganze Welt verstreut waren, hin und her reisen und überall unglaubliche Szenen, Landschaften und Zeugnisse einer untergegangenen

Kultur entdecken. Obwohl sich die Einzelheiten der Dreieckswelt, Jonissars und der Höhlenwelt unterschieden, gab es doch bedrückende Ähnlichkeiten. Alle drei schienen einmal blühende Welten gewesen zu sein, die von ihren Bewohnern zugrunde gerichtet worden waren. Auf allen dreien gab es mehrere Bauwerke, von der Form her einem geometrischen Muster folgend, beginnend mit einem Turm, gefolgt von einem kreisförmigen Bauwerk (von denen man bisher jedoch noch keines entdeckt hatte) und anschließend von Pyramiden mit drei-, vier-, fünf- und sechseckiger Grundfläche. Auch auf der Höhlenwelt war bereits ein zweites Bauwerk entdeckt worden – der riesige Turm, eine Meile hoch, der am oberen Flusslauf der Ishmar stand, ein paar Meilen nordwestlich der Festung von Bor Akramoria. Hinter diesem Rätsel der Baumeister verbarg sich ein großes Geheimnis, das spürte jeder, der je davon erfahren hatte – und es war, trotz der beängstigenden Größe der Bauwerke, kein Geheimnis der bedrohlichen oder gefährlichen Art. Doch um es zu ergründen, würde man zuvor andere Probleme lösen müssen.

Eines der entscheidensten davon war das der Drachen.

Schon früh traten sie in der Geschichte der Höhlenwelt auf, früher als die Menschen, und obwohl man sie für Wesen von höherer Moral und überlegenen geistigen Fähigkeiten gehalten hatte, schien es eine dunkle Seite in ihrem Dasein zu geben, eine sehr dunkle sogar. Wirklich bedrohlich wurde das Problem dadurch, dass der Verräter Rasnor nun offenbar einen Bund mit den *Malachista* geschlossen hatte – mörderischen Riesendrachen, erfüllt von einer abgründigen Magie. Und das war das eigentliche Problem mit den Drachen: die Magie.

Victor hatte von dem sterbenden Urdrachen Ulfa erfahren, dass es die Drachen gewesen waren, welche die Magie einst in die Höhlenwelt gebracht hatten. Um überhaupt Magie wirken zu können, bedurfte es der Anwesenheit des Gesteins *Wolodit*, welches die Eigenschaft besaß, das *Trivocum*, die natürliche, stabile Grenzlinie zwischen den Sphären der Ordnung und des Chaos, durchlässig zu machen. Bis vor kurzem hatte man noch gedacht, die Höhlenwelt und das Wolodit, welches das hier am häufigsten vorkommende Gestein darstellte, wären einzigartig im Kosmos – was ja auch Grund dafür war, dass die Drakken die Höhlenwelt überfallen hatten. Doch Wolodit gab es auch auf Jonissar, wie man seit Ullriks Rückkehr wusste, und das warf wiederum neue Fragen auf.

Für den Augenblick musste man sich daran halten, dass die Drachen die »Erfinder« der Magie waren – von einer Welt stammend, auf der die Magie vermutlich schon vor Zehntausenden von Jahren existiert und es die Höhlenwelt noch gar nicht gegeben hatte.

Nach der weltumspannenden Katastrophe auf Jonissar, ausgelöst durch die Vierbeiner-Drachen, gelangte eine unbekannte Zahl von Drachen in die Höhlenwelt. Aus irgendeinem Grunde wurden dabei die Drachen, die hunderte von Jahren alt werden konnten, von ihrem Erinnerungsvermögen abgeschnitten. Dennoch entwickelte sich das Zusammensein zwischen Zwei- und Vierbeiner-Drachen offenbar wie zuvor. Kaum in der Höhlenwelt angekommen, wollten die großen Vierbeiner, die Abon'Dhal, die kleineren Zweibeiner, die Amaji, beherrschen. Doch sie waren weit in der Unterzahl und konnten ihren Machtanspruch nicht durchsetzen. Ob sie sich an die Katastrophe erinnerten, die sie auf Jonissar angerichtet hatten, war unbekannt, doch schon nach kurzer Zeit in der Höhlenwelt entwickelten sie Pläne, die Amaji erneut unter ihre Gewalt zu zwingen. Diesmal versuchten sie es mithilfe der Menschen.

Den Menschen war die Magie damals noch unbekannt, doch sie wirkte mit enormer Verführungskraft auf sie ein – Ulfa hatte Victor die Geschichte genau beschrieben. Die ersten Menschendörfer hatten sich über Veldoor ausgebreitet, und die Abon'Dhal nahmen Kontakt mit den Menschen auf. Sie zeigten ihnen die erstaunlichen Geheimnisse der Magie und schlossen mit einigen von ihnen einen Pakt. Doch die Magie war in diesen Zeitaltern rau und ungestüm; es geschahen grauenvolle Unfälle und zuweilen auch gewollte Boshaftigkeiten. Diejenigen Menschen, die sich mit der Magie beschäftigten, wurden von den anderen gemieden und schließlich verstoßen. Zu entsetzlich war das Unheil, das mitunter durch Magie angerichtet wurde, und so kam es, dass aus dem gewünschten Bund zwischen den Abon'Dhal und den Menschen nicht das wurde, was Erstere sich vorgestellt hatten. Es gab Bündnisse zwischen einzelnen Menschen und Drachen, aber nichts, womit die Abon'Dhal ihren Herrschaftsanspruch über die Amaji hätten durchsetzen können.

Die verstoßenen Magier dieser Zeiten hingegen – später als *die Alten* bekannt – gründeten eine Stadt. Sie nannten sie *Rhul Mahor* und erschufen sie als eine gewaltige Quelle dunkler magischer Energie. Die Stadt der *Alten* lag versteckt in einem unzugänglichen Landstrich und diente ihnen und ihrer Magieform, die später als die *Rohe Magie* bekannt wurde, als universelle Quelle. Zusammen mit den *Abon'Dhal,* mit denen sie sich verbündet hatten, versuchten die *Alten* ihre Macht und ihren Einfluss auszudehnen. So gerieten die Menschen und auch wieder die Zweibeiner-Drachen, die Amaji, unter Druck. Das Bündnis aus den *Alten* und den Abon'Dhal versuchte, immer mehr Macht zu erlangen. Wie lange dieses Zeitalter anhielt, ließ sich nicht mehr sagen, vielleicht waren es Jahrhunderte. Doch schließlich wurde die Tyrannei offenbar unerträglich, und die Unterdrückten begannen sich zu wehren. Es war die Zeit, in welcher das sagenhafte *Caor Maneit*, die große Drachenstadt unter Bor Akramoria, gegründet wurde.

Caor Maneit war ein Ort, an dem die Kräfte des Himmels, der Erde und des Wassers in großer Macht zusammenkamen – und hier wurde die Elementarmagie der Höhlenwelt geboren, in einer Zeit vor etwa viereinhalb bis fünftausend Jahren. Victor, Alina, Hellami und Cathryn hatten die uralte Drachenstadt wieder entdeckt, ein System von tief hinabreichenden, riesigen Höhlenräumen, von zahllosen Wasserfällen durchströmt, unterhalb von Bor Akramoria und hinter den gewaltigen Ishmarfällen. Die Amaji-Drachen, die in ihrer Heimatwelt Jonissar die Berge und Gipfel bewohnt hatten, brachten ihre magischen Fähigkeiten an diesem Ort zusammen, um in der großen Halle am Grunde von Caor Maneit die Quellen der Elementarmagie zu erschließen und dort zu verankern – ebenso wie die Abon'Dhal und die *Alten* es in Rhul Mahor getan hatten. So wurde ein Gegengewicht geschaffen, da auch die Amaji-Drachen sich Verbündete unter den Menschen gesucht hatten. In Wahrheit fand in diesem Zeitalter die Aufspaltung der Magie in zwei der großen Hauptdisziplinen statt, nämlich die Rohe und die Elementar-Magie.

Gemeinsam mit ihren neuen Freunden erschlossen die Amaji die tiefen Höhlen unter den Ishmarfällen für die Drachen, während die Festung von Bor Akramoria, hoch droben auf einem Felsen mitten in der Sturzkante der gewaltigen Wasserfälle, für die Menschen erbaut wurde. Bor Akramoria und Caor Maneit waren ein Symbol für das Bündnis zwischen den Menschen und den Amaji-Drachen, und es sollte für lange Zeit den Angriffen der Abon'Dhal und ihrer Verbündeten trotzen. Womöglich hätte dieser Widerstand sogar für alle Zeiten gehalten, denn die Amaji wie auch die Menschen waren gegenüber den Abon'Dhal und den *Alten* weit in der Überzahl. Doch da betrat ein neuer, mächtiger Mitspieler die Bühne: die Drakken.

Wann genau die Drakken in die Höhlenwelt kamen, blieb ungewiss – und auch, ob ihr Auftreten nicht vielleicht erst der Auslöser für die Gründung der Bruderschaft von Yoor war, die sich aus einer abgespaltenen Gruppe der *Alten* formiert hatte. Die Drakken waren tief aus dem All gekommen, eine Rasse von kriegerischen Echsenwesen, die ausschließlich aus Soldaten in einem strengen Kastensystem zu bestehen schien. Draußen im All, jenseits der Höhlenwelt, wachten sie über ein riesiges Sternenreich, in dem es auch Menschen gab. Während anfangs niemand hätte sagen können, welche mögliche Verwandtschaft zwischen den Menschen der Höhlenwelt und den Menschen draußen im All bestand, hatte Ullrik von Jonissar jemanden mitgebracht, der ihnen etwas darüber berichten konnte: Laura. Sie war die Nachfahrin von Schiffbrüchigen eines großen Menschen-Sternenreichs im All, die auf Jonissar gestrandet waren.

Der wahre Herrscher dieses Reiches der Menschen und der Drakken war der *Pusmoh*, eine völlig rätselhafte und unbekannte Macht. Auch Rasnor schien bis heute nicht zu wissen, mit wem er da eigentlich paktierte: ob es ein einzelnes Wesen, eine

Gruppe oder ein Gott der Drakken war. Die Drakken dienten dem Pusmoh als Kriegerrasse – sie hatten die Höhlenwelt entdeckt und herausgefunden, dass die Magie dieser Welt eine gewaltige neue Möglichkeit in ihrem Krieg gegen die Saari darstellen könnte.

Die Saari waren eine ebenso rätselhafte Macht, über die man bisher so gut wie gar nichts wusste. Es handelte sich um ein kriegerisches Volk aus den Tiefen des Alls, das als äußerst brutal galt. Seit Jahrtausenden lagen sie im Krieg mit dem Sternenreich des Pusmoh, konnten aber wegen der Drakken keine Übermacht gewinnen. Doch auch den Drakken gelang es nicht, die Oberherrschaft zu erlangen – und sie litten einen ewigen Nachteil gegenüber den Saari: Sie waren mit ihrer Nachrichtenübermittlung nach wie vor der Geschwindigkeit des Lichts unterworfen und konnten diesen Nachteil nur unzureichend ausgleichen – indem sie kleine, schnelle Kurierschiffe einsetzten. Doch diese benötigten viele Tage an Flugzeit, um wirklich große Entfernungen überbrücken zu können, während die Saari eine Möglichkeit besaßen, ihre Nachrichten und Befehle ohne jeglichen Zeitverlust von einem Ende der Milchstraße zum anderen zu übermitteln.

Als sie die Magie der Höhlenwelt entdeckten, änderte sich für die Drakken alles. Mit ihrer Hilfe war es möglich, diesen Nachteil gegenüber den Saari wettzumachen – denn mittels Magie konnte man Nachrichten ebenfalls ohne jeden Zeitverlust über kosmische Entfernungen übermitteln. Dies bedeutete für die Drakken, dass sie unter allen Umständen an die Geheimnisse der Magie der Höhlenwelt gelangen mussten.

Der Weg jedoch, den sie dazu beschritten, war von Heimtücke und Gewalt gezeichnet. Victor und alle, die daran arbeiteten, diese Erkenntnisse zusammenzutragen, waren einhellig der Ansicht, dass die Drakken einfach nur hätten höflich *fragen* müssen, um zu erfahren, was sie wissen wollten. Die Magie wurde nirgends in der Höhlenwelt wie ein Geheimnis gehütet, und da die Höhlenwelt im Bereich des Pusmoh-Sternenreichs lag und vielleicht sogar auch von den mörderischen Saari bedroht war, wäre es sicher für keinen ihrer Bewohner ein Problem gewesen, das Wissen über die Magie mit den Drakken zu teilen.

Doch die Drakken waren nie auch nur auf die Idee gekommen zu fragen. Sie hatten von Beginn an auf Gewalt gesetzt, und nach allem, was man später erfahren hatte, bestand ihre feste Absicht darin, die Höhlenwelt nach Vollendung ihrer Mission vollständig zu vernichten. Dies war natürlich ein Schock für all die gewesen, die Kenntnis davon erlangt hatten – und warum die fremden Echsenwesen derart vorgehen wollten, wusste bis heute niemand.

Doch für die Drakken galt es zunächst, einige Probleme zu bewältigen: Sie mussten nicht nur das Wissen über die Magie an sich bringen, sondern sie benötigten auch das Gestein Wolodit, dessen erstaunliche Eigenschaft es war, das *Trivocum* weich zu machen. Wolodit war das am häufigsten in der Höhlenwelt vorkommende Gestein und die wahre Quelle der Magie – was kein Höhlenweltbewohner ahnte, bis die Drakken kamen. Ihnen, die nichts von Magie wussten, gelang es, dieses Geheimnis zu ergründen, obwohl niemand sagen konnte, warum es sich ausgerechnet so verhielt. Und es gab noch ein Drittes, welches die Drakken benötigten. Wie sich zeigte, war es nur Menschen der Höhlenwelt möglich, die unter dem Einfluss des Wolodits geboren waren, Magien zu wirken. So waren die Drakken auf Menschen aus der Höhlenwelt angewiesen, genauer gesagt: Sie entführten Menschen und zwangen sie in die Sklaverei, um ihre Pläne zu verwirklichen.

Für ihren groß angelegten Plan, der eine bestimmte Vorgehensweise erforderte, suchten sie sich Verbündete in der Höhlenwelt. Und sie wurden bald fündig. Wer eignete sich für solche finsteren Pläne besser als eine Gruppe verstoßener Magier? Sie nahmen Kontakt mit den *Alten* auf (womöglich auch mit der bereits gegründeten *Bruderschaft von Yoor*) und unterbreiteten ihrem Anführer Sardin ein verführerisches Angebot: Wenn er ihnen mit der Macht seiner Brüder und ihrer übermächtigen Magie half, die Herrschaft über die Höhlenwelt an sich zu reißen, sollte er von ihnen das Geheimnis des Ewigen Lebens erfahren.

Sardin sagte begeistert zu und schloss mit den Drakken den verhängnisvollen *Pakt* – ein Abkommen, aufgezeichnet auf ein Papier, das durch Magie beide Bündnispartner zwingen sollte, ihre vereinbarten Zusagen einzuhalten. Daraufhin baute Sardin die Macht seiner *Bruderschaft von Yoor* aus. Gestützt durch seinen fanatischen Wahn, gelang es ihm, ein gewaltiges Heer von Dunkelwesen aufzustellen. Die neuesten Erkenntnisse Victors erklärten nun, warum die Festung von Bor Akramoria in dieser Geschichte eine so große Rolle spielte, warum die entscheidende Schlacht dort stattfand. Es war nicht wirklich Bor Akramoria, sondern Caor Maneit, die geheime Drachenstadt unter der alten Festung, welche das Ziel von Sardins Angriff gewesen sein musste. In Caor Maneit war die wohl größte magische Macht der Höhlenwelt versammelt – und auch das mächtigste Heer: die Amaji-Drachen. Nach allem, was Ullrik, Azrani und Marina auf Jonissar in Erfahrung gebracht hatten, lag nun auf der Hand, wodurch Caor Maneit einst vernichtet worden war: Es waren zweifellos riesige Malachista-Mörderdrachen gewesen, eine Lebensform, in welche sich die Sonnendrachen, die Verbündeten der Bruderschaft, transformieren konnten.

Dennoch misslang etwas in Sardins Plan; was genau es gewesen war, konnte heute niemand mehr sagen. Womöglich war es das Auftauchen der *Drei Stygischen Artefakte*, einer übermächtigen, dreiteiligen magischen Waffe, die in den Kampf eingebracht worden war. Sardin, ohnmächtig vor Zorn über seine Niederlage, riss eines der drei Artefakte an sich – die *Canimbra*, die er dem Urdrachen Ulfa entwendete –, und zerstörte damit das *Trivocum*, die stabile Grenzlinie zwischen dem Diesseits und dem Stygium. Das Ergebnis war eine magische Katastrophe von nie gekannten Ausmaßen, welche die Höhlenwelt beinahe vollständig zerstört hätte. Später nannte man sie bedeutungsvoll das *Dunkle Zeitalter* – eine Zeitspanne, in der die Kräfte des Chaos die Höhlenwelt überspülten, bis sich das vollständig niedergerissene *Trivocum* so weit stabilisiert hatte, dass es die beiden ursächlichen Sphären des Kosmos wieder voneinander zu trennen vermochte. Für zehn Jahre hatten die ungebremsten

Energien des Stygiums die Höhlenwelt durchspült; die Auswirkungen reichten von entsetzlichen Überflutungen, Erdbeben und Vulkanausbrüchen über zahllose unsägliche Phänomene, welche die Welt auf den Kopf stellten, bis hin zu Massen von stygischen Kreaturen, die mit ihren vernichtenden Kräften die Welt durchstreiften und unsägliches Unheil anrichteten. Neun Zehntel der lebenden Menschen, so schätzten die Gelehrten des Cambrischen Ordens, kamen damals um, und es dauerte zweitausend Jahre, bis sich die Menschheit der Höhlenwelt von diesem Fegefeuer erholt hatte.

Nach dem Dunklen Zeitalter kehrte in der Höhlenwelt eine Zeit der Stille ein. Es waren bestürzend viele Kreaturen – Mensch wie Tier und auch Pflanzen – von den vernichtenden Energien des Stygiums ausgelöscht worden, und das Angesicht der Welt hatte sich verändert. Der akranische Kontinent, von dem die Katastrophe ausgegangen war, blieb erstaunlicherweise davon verschont, dass sich stygische Kräfte in ihm festsetzten und nicht mehr weichen wollten. Allein der riesige Mogellwald in Mittelakrania war, wie viele Teile der Welt außerhalb Akranias, davon betroffen. Man nannte dieses Phänomen *Stygische Verseuchung;* es bezeichnete Landstriche, die nie mehr von den Kräften des Chaos losgelassen wurden und in denen sich die seltsamsten Phänomene verfestigt hatten: fliegende Felsen, bergauf fließendes Wasser, Löcher in Raum und Zeit sowie eine Vielzahl von höchst eigentümlichen Kreaturen – Tieren wie auch Pflanzen. Sie waren zu Riesenwuchs gelangt, hatten sich meist auf ziemlich grausige Weise körperlich verändert oder verfügten über seltsame magische Eigenschaften, und es war stets gefährlich, sich ihnen zu nähern.

Es dauerte viele Jahrhunderte, bis es in Akrania wieder eine nennenswerte Besiedelung gab. Kleine Dörfer wurden gegründet, zaghaft dehnte sich eine neue Zivilisation aus, Handel und Kultur entstanden neu. Doch dies betraf fast ausschließlich Akrania; der Rest der Welt blieb weitestgehend stygisch verseucht, und daran änderte sich bis in die Gegenwart hinein nichts.

Die Drakken, die vor Beginn des Dunklen Zeitalters noch gehofft hatten, ihr Pakt mit Sardin und der Bruderschaft von Yoor werde ihnen den erhofften Gewinn bringen – die Geheimnisse der Magie, das Wolodit und *Menschenmaterial* –, erlebten den Ausbruch dieser Ära des Chaos als Betrachter von außen mit und kamen angesichts der tobenden Gewalten bald zu dem Schluss, dass die Höhlenwelt unrettbar verloren war. Aus diesem Grund gaben sie ihren Plan auf und zogen wieder ab.

Doch etwa 2000 Jahre später, zu einem unbekannten Zeitpunkt, kehrten sie zurück. Womöglich war es nur ein zufälliger Besuch eines Patrouillenschiffs der Echsen, das die überraschende Entdeckung machte, dass sich die Lage stabilisiert und die Zivilisation der Höhlenwelt nach dieser langen Zeit wieder erholt hatte. Die Drakken entdeckten, dass die Magie neu entstanden war und die Höhlenwelt nun wieder alles bot, wonach sie damals wie heute suchten. Und eine weitere Sache gab es noch immer: die Bruderschaft von Yoor.

Als die Drakken wiederkehrten, konnten es nicht mehr als ein paar verstreute Brüder gewesen sein, die sie fanden, aber es gelang ihnen offenbar, ihren damaligen Bündnispartner wieder aufzuspüren: Sardin, den Hohen Meister der Bruderschaft von Yoor. Er existierte nur mehr als Geistwesen in einer Zwischensphäre, konnte aber offenbar durch seine Getreuen zurück ins Leben, in einen Körper geholt werden. Nun traten die Drakken erneut auf den Plan und forderten ihn auf, seine Verpflichtungen aus dem Pakt doch noch zu erfüllen. Sardin, der damals durch das Auslösen der magischen Katastrophe des Dunklen Zeitalters Energien freigesetzt hatte, die ihm den Zugang zur *Unsterblichkeit* gewährt hatten, kämpfte mit einem besonderen Problem. Die Unsterblichkeit hatte er sich anders vorgestellt. Für ihn war sie nichts als das ereignislose Dahinvegetieren als Geistwesen in einer Zwischenwelt, und diesem Schicksal, das er bereits seit zwei Jahrtausenden ertrug, wollte er entfliehen. Aus diesem Grund unternahm er tatsächlich neue Anstrengungen, den Pakt mit den Drakken zu erfüllen. Er versuchte, seine Anhängerschaft erstarken zu lassen, und ersann einen Plan, die

Macht in der Höhlenwelt an sich zu reißen, um sie den Drakken in die Hände zu spielen.

Doch Sardins Plan scheiterte. In seinem verfluchten zweitausendjährigen Dasein als Geistwesen hatte sich sein damals schon kranker Geist zu wahrer Monstrosität entwickelt. Er wurde zu einem Zerstörer, wie ihn die Welt noch nicht gekannt hatte, zu einem Wahnsinnigen voller Hass und Zorn. Er misshandelte seine Anhänger auf die schlimmste Weise, und abgesehen davon, dass er so sein Ziel vermutlich nie erreicht hätte, forderte sein Verhalten die Auflehnung seines wichtigsten Untergebenen heraus: Chast.

Dieser Mann stand Sardin in kaum etwas nach. Er war ebenso besessen, gierte nach Macht und war überdies der wohl gefährlichste Magier, den die Höhlenwelt je gekannt hatte. Sardins Verhalten forderte Chast immer mehr heraus, und so ersann er einen Plan, Sardin zu stürzen und dessen Rolle zu übernehmen. Er wollte seinen Herrn töten und gleichzeitig die Macht im Palast von Akrania übernehmen. Von Sardins Pakt mit den Drakken wusste er zu diesem Zeitpunkt noch nichts.

Dann aber geriet eine neue Figur in Chasts Pläne: die Adeptin Leandra, eine völlig unbekannte und unbedarfte junge Frau aus dem Dörfchen Angadoor in Akrania. Leandra war von großer Integrität und von einem so unbeugsamen Willen und Sinn für Freiheit und Gerechtigkeit beseelt, dass sie Chasts Pläne durchkreuzte. Mithilfe ihrer Freunde lenkte sie die Geschichte der Höhlenwelt in eine völlig andere Richtung, als es die Drakken, Chast oder Sardin je vorgesehen hatten ...

*

An dieser Stelle endete die vorläufige Zusammenfassung von Victors Buch. Die Geschichte Leandras und der *Schwestern des Windes* zusammenzutragen und niederzuschreiben, so meinte Victor, sollte einem späteren Autor vorbehalten bleiben, besonders, da sie noch nicht beendet sei. Für den Augenblick aber würde man sich besser auf das bisher gesammelte Wissen konzentrieren.

6 ♦ *The Morha*

Natürlich hatte man sie entdeckt. Der Flug des Transportschiffs nach Soraka, der Hauptwelt des Raumsektors Thelur, unterlag einer Menge Sicherheitsvorkehrungen, und so waren Munuel, Roya und Gilbert den Drakkenwachen an Bord schon bald aufgefallen. Doch es war ihnen nichts geschehen. Niemand kannte ihre Namen oder ihre wahre Identität, und für den Fall, dass sich unbekannte Personen unter den Gefangenen befinden sollten, schien es keine besonderen Befehle zu geben. Roya hatte mit ihrer Vermutung Recht behalten: Niemand kam auf den Gedanken, ihretwegen umzukehren – und eine Nachrichtenverbindung zur MAF-1 existierte nicht. Es war das alte Problem der Drakken, dass ihre Schiffe schneller ins All vordringen konnten, als ihnen ihre Funkwellen zu folgen vermochten.

»Aber was wird sein, wenn wir erst da sind?«, fragte Roya angstvoll, während sie durch eines der kleinen Sichtfenster nach draußen blickte. »Was werden sie mit uns tun?« Das Schiff hatte sich einer gewaltigen, scheibenförmigen Station im All genähert, und gerade dockte es an einem riesigen Metallgerüst an. Unter der Station drehte sich ein strahlender, blau-weißer Planet.

»Sicher nichts Besonderes«, versuchte Munuel sie zu beruhigen und legte ihr sachte eine Hand auf die Schulter. »Wir sind auch nur Gefangene wie die anderen, die hierher verschleppt wurden – ganz gleich, ob wir uns nun an Bord geschlichen haben oder nicht.«

Sie wandte ihm das Gesicht zu. »Und was ist das: nichts Besonderes?«

Munuels erblindete Augen vermochten Royas Züge nicht zu *sehen*, auch wenn er es sich wirklich wünschte, ihr Gesicht wieder betrachten zu können. Es war außergewöhnlich hübsch, wie er sich erinnerte, das sanfte Gesicht eines neunzehnjährigen Mädchens, mit glatten, fast schwarzen Haaren, die einen winzigen Schimmer dunklen Brauns aufwiesen. Er strengte den Blick seines *Inneren Auges* an, mit dem er das *Trivocum* wahrzunehmen vermochte und damit auch Royas Erscheinung im Spiegel jener Grenzlinie zwischen den beiden Sphären der Welt, dem Diesseits und dem Stygium. So schlecht war sein Blick gar nicht, wie er feststellte – er erkannte ihre Züge und ihre Augen deutlich; nur strahlte alles in den typischen, ewig rötlichen Farbtönen des *Trivocum*s, und weiter als zehn oder zwölf Schritt reichte seine Sehkraft nicht.

»Das werden wir herausfinden müssen«, gab er zu. »Bisher ist leider noch nichts von dem, was sie hier mit den Gefangenen tun, bis zur Höhlenwelt gedrungen.«

»Werden sie uns nicht zwingen, andere Leute zu Magiern auszubilden, Meister Munuel?« Diese Frage hatte Gilbert gestellt, ein etwas rundlicher Bruderschaftler mittleren Alters, der sich mit ihnen aus Rasnors Terrorherrschaft geschlichen hatte; hinaus ins All, fort von der MAF-1. Es war ein Weg ins Ungewisse, in die Hände der Drakken, und ins Sternenreich des rätselhaften Pusmoh. Aber das erschien ihnen immer noch besser, als weiter dem Wahnsinn Rasnors ausgeliefert zu sein.

»Dazu müssten sie uns erst einmal als Magier erkennen. Aber wie wollen sie das herausfinden? Es gibt nichts, was einen Magier nach außen hin kenntlich macht.«

»Unsere Wolodit-Amulette vielleicht?«, meinte Roya und tastete nach ihrer Brust. In den vier Tagen der Reise nach Soraka waren sie damit beschäftigt gewesen, sich aus den Wollfäden eines Umhangs, den sie einem anderen Gefangenen abgeschwatzt hatten, Halsbänder für ihre gestohlenen Wolodit-Amulette zu knüpfen. Roya senkte traurig den Blick, als ihre Gedanken zu dem Mann zurücktrieben, der ihnen diese Amulette unter Einsatz seines Lebens verschafft und es dabei verloren hatte: Quendras. Ohne dass sie etwas dagegen tun konnte, traten ihr Tränen in die Augen. Munuel konnte sie im *Trivocum* sehen, als kleine, leuchtend rote Perlen in ihren Augenwinkeln und auf ihren Wangen. Er wusste sofort, woran sie dachte. Wie so oft in der vergangenen Zeit legte er ihr tröstend die Hand auf die Schulter.

»Rasnor wird dafür bezahlen«, flüsterte er ihr zu. »Ich verspreche es dir. Wenn es sonst niemand tut, werde ich selbst dafür sorgen. Aber da gibt es genügend Leute, die es sich nicht nehmen lassen werden, ihn zur Rechenschaft zu ziehen. Er wird scheitern, Roya. Darauf kannst du dich verlassen.«

Sie blickte zu ihm auf, und die Suche nach Hoffnung lag in ihren Augen. Hoffnung, dass letztlich die Gerechtigkeit siegen würde, und auch Hoffnung für sie selbst. Es war ihre Idee gewesen, Rasnor zu entkommen, indem sie die Flucht nach vorn wagten – fort von der MAF-1.

Unruhe kam rund um sie herum auf. Die anderen Gefangenen, die man von der Höhlenwelt verschleppt hatte – Männer und Frauen, etwa siebzig an der Zahl –, drängten sich an den kleinen Fenstern, die einen Blick hinaus ins All gewährten. Den größten Teil der fünftägigen Reise war dort draußen nichts außer einem seltsamen, flirrenden Dunkelgrau zu sehen gewesen; Gilbert hatte ihnen erklärt, dass sie sich durch eine seltsame Sphäre namens SuperC-Raum bewegten, wo man eine höhere Geschwindigkeit als die des Lichts erreichen konnte, dafür aber nichts Materielles zu sehen war. Er hatte noch ein paar technische Einzelheiten erklärt, die aber weder Munuel noch Roya sonderlich viel gesagt hatten.

Sie hielten sich in einem von zwei lang gestreckten Räumen an der Unterseite des Transportschiffs auf. »Gefängnisschiff« wäre ein unpassender Ausdruck gewesen, denn alles wirkte erstaunlich bequem und sehr technisiert. Es gab Reihen von breiten, gepolsterten Sitzgelegenheiten mit Armlehnen, und der Boden war mit Teppichen ausgelegt. Überall befanden sich Apparaturen, deren Sinn man nicht einmal erahnen konnte, und die gesamte, zur Schiffsmitte weisende Wand das langen Raums war mit Kabinen ausgestattet, in die man sich begeben musste, wenn das Schiff in den SuperC-Raum oder zurück wechselte. Es könnte einem gehörig schlecht werden, wenn man sich dann nicht dort drinnen aufhielt, hatte man ihnen gesagt.

Das Wachpersonal bestand aus Bruderschaftlern, die ungewöhnlich freundlich waren, so als wären sie ebenso befremdet und verunsichert wie die Gefangenen. Sie suchten eher den Kontakt zu den Menschen der Höhlenwelt, als dass sie sie tyrannisierten oder gar misshandelten. Der Rest der Wachmannschaft war ein Trupp bewaffneter Drakken, die stoisch herumstanden und drohend ihre Waffen präsentierten. Auf befremdliche Weise herrschte eine Stimmung an Bord, als beginge man eine große, aufregende Reise. Es gab sogar anständiges Essen, wenn auch von unbekannter Art, in lauter seltsamen, papierartigen Behältnissen. Die Gefangenen durften sich frei in den beiden länglichen Räumen bewegen, die gut fünfzig Schritt lang waren und jeweils etwa vierzig Sitze und die dazugehörigen Kabinen boten.

Im Augenblick aber hatten sich alle Passagiere im linken der beiden Räume versammelt und starrten durch die kleinen Fenster ins All zu der Station hinaus. So etwas hatte noch keiner von ihnen je erblickt. Der Planet lag wie eine gleißende Kugel unter ihnen. Die Höhlenwelt, die sie bei ihrem Abflug von der MAF-1 durch die Fenster des Transportschiffes kurz hatten sehen können, hatte einen völlig anderen Anblick geboten: eine grau-rötliche Kugel, deren narbige Oberfläche von zahllosen kleinen, blinkenden Punkten übersät war – die Sonnenfenster, die im Licht der Sonne reflektierten; der Rest aber war eine leblose Wüste. Hier hingegen, auf dem Planeten, den sie durch die Fenster sahen, war das Leben offensichtlich. Weiße Wolkenfelder zogen über blaue Meere und grün-braun gefleckte Landmassen dahin.

»Das muss Soraka sein«, sagte Gilbert leise. »Seht ihr dort dieses riesige, sternförmige Gebilde auf dem braunen Kontinent? Ich glaube, das ist Sapphira, die Hauptstadt von Soraka, mit dem großen Raumhafen. Dort landen und starten jeden Tag tausende von kleinen Schiffen und bringen Menschen, Ajhan und Güter zu den Stationen ins All. Von hier aus starten dann die großen Raumschiffe ins Sternenreich des Pusmoh.«

»Ajhan? Sind das diese ... anderen Wesen, von denen du uns erzählt hast? Die mit der grünen Haut?«

Gilbert nickte eifrig. »Ja. Leider habe ich noch nie einen von ihnen gesehen, nur Bilder. Sie sind wie wir Menschen, nur größer, mit grünlicher Haut, und sie haben keine Nase.« Er grinste und drückte sich mit der flachen Hand mitten ins Gesicht. »Und sie haben ganz dunkle Augen mit leuchtenden grünen Pupillen mittendrin.«

»Keine Nase?«, fragte Munuel verwundert. »Können sie denn nichts riechen?«

Gilbert zog die Mundwinkel fragend nach unten und hob die Schultern. »Das weiß ich nicht. Wie gesagt, ich habe nur Bilder gesehen. Es heißt, sie seien freundlich und würden sich mit den Menschen gut vertragen. Sie stammen vom anderen Ende der Milchstraße und wurden einst von den Drakken unterworfen. Wie auch die Menschen.«

Ein Ruck fuhr durch das Schiff, dann folgte ein kurzes, starkes Vibrieren. Unwillkürlich blickten sie in die Höhe, doch dann verebbten die Geräusche auch schon wieder.

Munuel nickte wissend. »Es hätte mich auch gewundert, wenn die Drakken einmal jemanden höflich gefragt hätten ...«

Ein Signalton erklang – ein ungewöhnlich freundlicher Glockenklang, so als wolle man Flugpassagiere zu etwas einladen. Die kalte Drakkenstimme, die anschließend durch den Raum tönte, war weniger liebenswürdig. »Die Gefangenen des Decks A gehen langsam zum Exit A hinaus und sammeln sich, nachdem sie den Gang hinter sich haben, in der Halle unmittelbar rechts auf der Plattform. Unterhaltungen untereinander oder mit anderen Personen sind strengstens verboten. Gleiches gilt für die Gefangenen von Deck B, die das Schiff durch Exit B verlassen. Die Exits sind durch grüne Leuchtzeichen markiert.«

Unmittelbar darauf erfolgte ein lautes Zischen durch den Raum, während ein heftiges Rumpeln den Boden erschütterte. Dann strömte ziemlich kalte Luft herein – in der Mitte des Decks hatte sich ein breiter Zugang nach außen geöffnet. Ein halbes Dutzend bewaffneter Drakken drang mit einer gewissen

Heftigkeit herein, eine scharfe Stimme erschallte in einer fremden Sprache – der Tonfall war jedoch unmissverständlich. Die freundlichen Zeiten schienen vorüber zu sein.

Es war eine andere Sorte der Echsenwesen, die sie nun zu Gesicht bekamen – in gelb-schwarze Kampfmonturen gekleidet und mit gefährlich wirkenden, schmalen Waffen, die Köpfe in enge, mattschwarze Helme gezwängt, die Echsenschwänze unruhig hin und her peitschend. Mit den Kolben ihrer Gewehre trieben sie die verstörten Menschen auf den Ausgang zu. Zum ersten Mal wurden nun empörte Ausrufe und Schmerzenslaute der Gefangenen hörbar. Diese Drakken waren eindeutig von einem anderen Schlag als jene, die sie bisher kennen gelernt hatten; zwar waren sie nicht größer, aber muskulöser. Es war eine der seltenen Gelegenheiten, in der Munuel, der diese Drakken mit seinem *Inneren Auge* betrachtete, *mehr* sehen konnte als andere. Das *Trivocum* gewährte ihm einen schwachen Blick auf die Gesichter, wie sie *unter* dem Helm aussahen. Munuel erschrak. Es waren nicht die üblichen, verdrossen dreinblickenden Echsengesichter mit den schmallippigen Mündern, sondern überaus wilde, boshafte Visagen, die gar keine Lippen mehr besaßen, sondern blanke Kiefer mit einer gefährlichen Reihe außen liegender Reißzähne.

Roya, die nicht wusste, was Munuel sah, und von der Hektik des Ausstiegs abgelenkt war, bemühte sich, ihn mit sich zu ziehen. Schwerfällig setzte er sich in Bewegung.

Schon ging es weiter. Sie wurden mit den anderen Gefangenen hinausgetrieben, durchquerten einen eiskalten Gang mit seltsam quer gerippten, metallischen Wänden und fanden sich bald auf einer frei schwebenden Plattform in einer riesigen Halle wieder, über der sich eine dunkle Glaskuppel spannte. Verwirrenderweise stand hier alles auf dem Kopf, der Planet befand sich nun über ihnen, und trotzdem standen ihre Füße fest auf dem Boden. Einigen machte der Eindruck zu schaffen. Munuel fühlte seinen Magen rumoren, doch die Drakken ließen ihnen keine Zeit, sich an irgendetwas zu gewöhnen. Kaum waren sie vollzählig, trieb man sie weiter; die Plattform bewegte sich ans andere

Ende der Halle, die wie eine Reparaturwerft aussah, und dort durchquerten sie wieder Gänge, bis sie an einer Gruppe von vier wartenden Shuttles ankamen, die zwar schwebten, aber dennoch nach Verkehrsmitteln für den Boden aussahen.

Dann kam eine Schrecksekunde, denn sie wurden getrennt. Roya geriet in einen Strom von Leuten, der zu einem anderen Shuttle strebte. Die Drakkenwachen achteten darauf, dass es zügig weiterging, und Munuel sah sich plötzlich außerstande, wieder zu ihr zu gelangen, ohne größere Unruhe auszulösen. Und Unruhe würden die Drakken gewiss nicht schätzen. Dann aber hörte er Gilberts Stimme; er rief ihm zu, dass er zu Roya aufgeschlossen habe. Munuel hoffte, dass er nach dem Transport, wohin er auch führen mochte, zu den beiden zurückfand. Da er nur übers *Trivocum* sehen konnte, hatte er sie längst aus dem Blick verloren.

Mit einem ungute Gefühl im Magen ließ er sich mit den anderen Gefangenen weitertreiben, war bald an Bord eines der Shuttles, und schon ging die Fahrt los.

Während die anderen Gefangenen aufgeregt darüber redeten, was sie während des Fluges aus den Fenstern sehen konnten, endete für Munuel der Blick seines *Inneren Auges* bald im Nichts. Nach dem, was er hörte, schwebten sie eine ganze Weile über ein gewaltiges Stadtgebiet mit riesigen Türmen hinweg. Anfangs dachte er, sie flögen sehr langsam, weil es gar nicht mehr enden wollte, dann aber schnappte er auf, dass sie außerordentlich schnell waren. Sie mussten regelrecht über die Stadt hinweg *rasen*. Er kannte nur die Dimensionen von Städten der Höhlenwelt, und was dort als groß galt, musste hier, auf Soraka, geradezu winzig wirken.

Nach einer Weile erschienen zwei Drakken; sie gaben jedem Gefangenen eine Plakette an einem metallenen Halsband und forderten ihn auf, diese umzuhängen und nicht mehr abzulegen. Es folgte eine Prozedur mit einem seltsamen Gerät, das einen grünen Lichtstreifen ausstrahlte und offenbar in der Lage war, sowohl die Plakette als auch das Gesicht jedes Gefangenen und seine Hände zu erfassen. Munuel ließ sich die Prozedur grummelnd gefallen. Anschließend verschwanden die Drakken wieder.

Irgendwann verließen sie das Stadtgebiet und gelangten über eine weite Ebene, die von den anderen Gefangenen als eine leere, braune Ödnis beschrieben wurde. Immer wieder hörte Munuel die Worte *Stützpfeiler, Sonnenfenster* und *Felsenhimmel* heraus – Dinge, die es hier nicht gab, was seine Mitgefangenen nicht zur Ruhe kommen ließ. Das wiederum war für ihn nicht von Belang, denn seit seiner Erblindung, die er sich im Kampf gegen Chast zugezogen hatte, konnte er nicht mehr weit genug sehen, um je wieder einen Stützpfeiler erblicken zu können. Das Shuttle flog ruhig dahin, und nun hörte Munuel heraus, dass wohl ein anderes Shuttle vor ihnen flog, während das dritte und das vierte ihnen folgten. Er atmete auf. Sicher würde es Roya und Gilbert gelingen, ihn wieder zu finden.

Bald überflogen sie die Tag-Nacht-Grenze des Planeten und tauchten in die Dunkelheit ein. Ein Meeresarm erstreckte sich unter ihnen, und bald erreichten sie eine große, dunkle Insel, auf der sich den Worten der anderen zufolge ein einzelner hoher Berg erhob.

Dann jedoch entstand Unruhe unter den Leuten; man hatte Lichter entdeckt, die sich über das gesamte Bergmassiv erstreckten. Bald äußerten einige die Vermutung, dass dies gar kein Berg sei. Während noch aufgeregte Reden geführt wurden, zeigte sich, dass Letzteres zutraf. Munuel hätte viel dafür gegeben, jetzt sehen zu können. Nach den erregten Berichten der Leute musste es sich um ein gewaltiges Bauwerk von den Dimensionen eines Gebirgszugs handeln, eine Ansammlung von rötlich grauen Pyramidenstümpfen, die wie eine Stadt ineinander verschachtelt waren und in der Dunkelheit metallisch glänzten, als wären sie nass.

Niemand war an Bord, der ihnen sagen konnte, was dies für ein Bauwerk war, aber es war auch nicht schwer zu erraten: Es musste sich um ein wichtiges Bauwerk des geheimnisvollen Pusmoh handeln, um eine Drakkenfestung vielleicht, einen Ort, an dem sehr wichtige Dinge stattfanden, unter anderem die

Ausbildung der gefangenen Leute zu Magiern im Sinne dessen, was die Drakken haben wollten: schnelle Nachrichtenverbindungen quer durchs All, sodass sie ihren ewigen Nachteil gegenüber ihren Feinden, den Saari, wettmachen konnten. Wozu man allerdings für die Ausbildung von Magiern ein so riesiges Bauwerk benötigte, war Munuel schleierhaft. Es handelte sich ja nicht einmal um ungewöhnlich viele Personen, die überhaupt zur Verfügung standen – ein paar hundert vielleicht, möglicherweise irgendwann einmal ein paar tausend.

Sofern wir dem nicht bald Einhalt gebieten, dachte er grimmig.

Ja, ein kalter Entschluss war in ihm aufgekeimt. Was hier geschah, war nicht recht, es war eine bösartige Gewaltmaßnahme, und es würde ihn nicht überraschen, wenn sich bald herausstellte, dass noch viel schlimmere Dinge hinter all dem lauerten.

Das Shuttle wurde langsamer und landete schließlich; die Aufregung an Bord wuchs, als sich die Türen des Fluggefährts öffneten und wieder jemand mit Kommandostimme hereinrief. Diesmal war es eine gut modulierte Drakkenstimme – was auf einen höheren Dienstgrad der Echsenwesen hinwies.

»Alles raus!«, hörte Munuel in derbem Tonfall. »In einer Minute seid ihr alle auf der Schwebeplattform! Wer ab hier irgendeinen Widerstand an den Tag legt, wird auf der Stelle erschossen!«

Ein Stich ging durch Munuel. Bisher hatten sich die Drakken stets durch Gefühl- und Teilnahmslosigkeit ausgezeichnet. Eine offene Todesdrohung hatte er aus ihren Mündern noch nie vernommen, wiewohl ihr Auftreten immer und jederzeit unter dem Schatten der Gewaltanwendung stand.

Er ließ sich im Strom der anderen hinaustreiben und fand mit ihnen den Weg auf die Schwebeplattform. Die Drakken, an denen er vorbeikam, schienen wieder dem altbekannten Typ anzugehören, und das erleichterte ihn etwas. Die Plattform, auf der er bald stand, war nichts als eine viereckige Platte von drei oder vier Handbreit Dicke, die eine Elle über dem Boden schwebte. Außen herum und auch in der Mitte befanden sich Geländerstangen, an denen man sich festhalten konnte. Sanft setzte sich die Plattform in Bewegung, steuerte auf eine riesige dunkle Öffnung zu und tauchte in sie ein.

Dann hörte Munuel seinen Namen rufen, und er stieß einen Seufzer der Erleichterung aus. Kurz darauf drückte sich Roya an seine Seite. Auch Gilbert war wieder da. Er umarmte Roya fest.

»Ich hab Angst, Meister Munuel«, flüsterte sie.

Er holte tief Luft, während sich die Schwebeplattform zügig durch einen dunklen Tunnel bewegte. »Ich auch, mein Kind, ich auch.«

*

Was der Muuni in seinem Haus tat, wusste Ötzli nicht. Misstrauisch beobachtete er das seltsame, wurmartige Wesen; es erreichte die Höhe eines großen, ausgewachsenen Hundes, besaß jedoch den Körper einer fetten Made. Auf seinen vier stummelartigen Beinchen wandelte es in den weitläufigen Fluchten seiner Residenz einher, meist an den Wänden entlang, die Blicke und das Gesicht mit den schrumpeligen, aber seltsam menschlich wirkenden Zügen zu Boden gewandt, so als fürchte es ständig, Schläge zu bekommen. Muunis sollten höheren Drakkenoffizieren als mentale Stütze dienen, hatte Ötzli in seiner Schlafschulung gelernt, sie schienen so etwas wie eine Intelligenzverstärkung zu sein, wenn sie sich in der Nähe ihrer Herren aufhielten. Noch nie hatte er gesehen, dass einer von ihnen von irgendjemandem beachtet worden wäre, und ebenso schienen sie die Freiheit zu besitzen, sich bewegen zu dürfen, wo immer sie wollten. Was sie fraßen und wo sie schliefen, wusste Ötzli nicht. Er hätte gern gewusst, ob sie auch für ihn einen Dienst verrichten konnten, aber alle Informationsquellen, die man über die Muuni hätte befragen können, waren seltsam leer.

Seufzend wandte er sich von dem rätselhaften Wesen ab.

Ein vernünftiger Zeitvertreib war es ihm nicht, diesen übergewichtigen Wurm mit seiner runzligen ockerbraunen Haut zu beobachten, etwas anderes hatte er im Augenblick jedoch nicht zu tun. Lucia war von ihrer Mission noch nicht zurückgekehrt, obwohl sie schon vor über einer Woche aufgebrochen war, und jetzt, da Ain:Ain'Qua als Papst abgedankt hatte und sich auf der Flucht vor den Ordensrittern befand, gab es für ihn kaum eine sinnvolle Beschäftigung. Er war Verbindungsmann zur MAF-1 und der Höhlenwelt, aber dies verlangte im Augenblick eigentlich nichts von ihm. Die Jagd nach der einzigen anderen für ihn wichtigen Person – nach Leandra – war ihm vom Doy aus der Hand genommen worden. Im Grunde wusste er nicht so recht, warum er im Sternenreich des Pusmoh noch immer so hohe Privilegien genoss.

Ein Signalton erinnerte ihn daran.

Augenblicklich schnellte sein Puls in die Höhe, als er das typische Piepsen vernahm – es drang aus einem unsichtbaren Lautsprecher und rief ihn in den Kom-Raum, wo eine komplizierte, hoch technische Anlage auf ihn wartete.

Der *Doy Amo-Uun* wollte ihn sprechen.

Das geschah nun beinahe jeden zweiten Tag, und es schien, als wolle es noch mehr werden, obwohl die Frage jedes Mal die gleiche war: Wann gab es mehr Leute? Auch die Antwort war jedes Mal gleich: Er tue, was er könne. Der Doy Amo-Uun drängte auf mehr Material, er benötigte mehr Menschen aus der Höhlenwelt, die unter dem Einfluss des Wolodit geboren waren, sowie mehr des Gesteins selbst. Viel mehr.

»Polmar!«, brüllte Ötzli durch den Gang, während er ihn hinabeilte, auf den Kom-Raum zu. Eine Tür in der Nähe flog auf.

»Ja, Altmeister Öt...?« Polmar unterbrach und räusperte sich. »Verzeihung, Kardinal Lakorta.«

»Der Doy ruft schon wieder. Hast du Neuigkeiten?«

»Ja, Herr. Heute muss ein neuer Transport auf *The Morha* angekommen sein. Etwa siebzig Gefangene ...«

Ötzli blieb stehen. »Was?«, rief er wütend. »Und das muss ich dir aus der Nase ziehen, du Trottel? Hältst du es nicht für nötig, mich augenblicklich darüber in Kenntnis zu setzen? Was glaubst du, warum dieses Gepiepe schon wieder durch die Gänge hallt? Der Doy verliert langsam die Geduld!«

»Oh, ich dachte ...«

Barsch winkte Ötzli ab und eilte weiter.

Der Landsitz, auf dem er hier seit ein paar Wochen residierte, war ein Ausbund an historischer Pracht, und das nervenaufreibende Piepen mochte nicht recht in diese barocke Umgebung passen. Ötzli beeilte sich, den Rest des opulenten Ganges, der einem Fürsten als Wandelhalle hätte dienen können, zu durchmessen, um in den Kom-Raum zu gelangen.

Polmar folgte ihm auf dem Fuße, und als Ötzli den Kom-Raum betrat und automatisch der riesige Holoscreen aufflammte, war auch sein Gehilfe da. Ötzli zögerte kurz, denn Polmar war noch nie dabei gewesen, wenn der Doy Amo-Uun Kontakt mit ihm aufgenommen hatte. Ein großes Geheimnis umgab diese rätselhafte Anlage, mit der man siebentausend Lichtjahre ohne jeglichen Zeitverlust überwinden konnte – jedenfalls in Form eines bewegten Bildes.

Das dreizackige Symbol des Pusmoh verwandelte sich eben in eine Darstellung eines durchs All wehenden Stücks Papier, einige Schriftzeichen des Pusmoh erschienen, dann schälte sich das Gesicht des Doy aus dem dunklen Hintergrund: ein Zerrbild eines menschlichen Antlitzes, eine hohe Stirn, hakenförmige Brauen, tief liegende, stechende Augen mit drohendem Blick und weit herabgezogene Mundwinkel mit strichdünnen Lippen, die unnachgiebige Strenge und Anspruch auf absoluten Gehorsam signalisierten. Der ulkige Hut, diesmal einem überdimensionalen, purpurfarbenen Gehörn gleichend, ragte nach oben aus dem Bild heraus; um den Hals des riesigen Mannes wölbte sich ein pittoresker gefalteter Stehkragen.

Ötzli verneigte sich widerstrebend. »Doy«, sagte er, »ich grüße Euch. Sicher wollt Ihr wissen, wie es um die Lieferungen steht. Es sind heute weitere siebzig ...«

»Das weiß ich selbst!«, unterbrach der Doy, die *Stimme des Pusmoh*, ihn barsch. »Schließlich sind sie *hier* angekommen, nicht wahr? Siebzig oder hundertvierzig ... das ist nicht von Belang. Ich benötige mehr! Viel mehr!«

Ötzli warf Polmar einen Seitenblick zu und stellte fest, dass der Bruderschaftsmagier, der die erste, jemals mittels Magie errichtete, schnelle Nachrichtenverbindung über eine wirklich weite Strecke aufgebaut hatte, mit offenem Mund dastand und auf den Holoscreen starrte. Polmar wusste allzu gut, *wie* diese Verbindungen eigentlich hätten aussehen müssen: durchs *Trivocum* geleitete Eindrücke und Worte, zaghafte Bilder und schwer verständliche Mitteilungen zwischen zwei Magiern ... Aber diese Kunst steckte noch in den Kinderschuhen. Polmar mühte sich gerade ab, verbesserte Formen zu finden. Was er hier jedoch sah, ein direktes Kom-Gespräch über eine unvorstellbar weite Entfernung, für die selbst das schnellste Kurierschiff Tage benötigt hätte, ließ ihm den Atem stocken.

Ötzli wandte sich wieder dem Doy zu. »Ja, natürlich, das wissen wir. Und wir bemühen uns ja auch, mehr Gefangene zu machen ...«

»Mehr! Mehr!«, spottete der Doy und warf die Arme in die Luft. »Ihr versteht nicht, Lakorta! Ich brauche nicht *mehr!* Ich brauche *alles!* Alles, was zu kriegen ist! Nicht hunderte, sondern zehntausende! Wie viele Einwohner hat diese Höhlenwelt?«

Nun stockte auch Ötzli der Atem, das Kinn sackte ihm herab, und er starrte den Doy mit geweiteten Augen an. »Wie viele ... *Einwohner?*«

»Glotzt mich nicht so an, Lakorta! Ihr habt richtig verstanden. Wie ist die Lage dort? Kann Euer Partner, dieser Rasnor, einen großen Schlag führen? Sagen wir – gegen ein Inselreich? Oder einen abgelegenen Landstrich – um wenigstens einmal an ein paar tausend Leute zu kommen?«

Ötzli schluckte. »Ein paar tausend? Wahllos?«

»Richtig. Wahllos. Hauptsache, es sind Leute, die unter dem Einfluss des Wolodit geboren wurden.«

»Aber ... es werden Alte und Kinder darunter sein! Frauen mit Säuglingen, Leute ohne jedes Talent für die magischen Künste ... Wie sollen wir da ...?«

Der Doy wischte Ötzlis Bedenken mit einer energischen Handbewegung beiseite. »Ich habe Euch schon mehrmals gesagt, Ihr sollt Euch über diese Dinge nicht den Kopf zerbrechen. Hört mir zu, Lakorta. Ich will, dass Ihr diesen Rasnor darüber informiert, dass wir einen überraschenden, schnellen Schlag gegen ein Ziel in der Höhlenwelt führen werden, um eine wirklich große Zahl von Gefangenen zu machen. Für den Anfang. Ich werde ein Drakkenbataillon in Marsch setzen, mit leichten Kreuzern und dazu entsprechende Transportschiffe. Ich brauche die Gefangenen innerhalb von zwei Wochen Standardzeit hier auf Soraka, in *The Morha*.«

Ötzlis Herz hatte dumpf und hart zu schlagen begonnen. »Aber die Drachen! Die Höhlenwelt steht unter ihrem Schutz! Es gibt hunderttausende von ihnen, sie würden sich zu Dutzenden auf jedes Drakkenschiff stürzen und es mit ihren Magien vom Himmel holen. Dergleichen ist schon einmal geschehen! Erinnert Ihr Euch nicht? Die Niederlage Eurer Truppen war vernichtend!«

»Deswegen wird ein Überraschungsschlag gegen eine entlegene Ansiedlung erfolgen. Die Drakkenverluste sind unerheblich, auch die Verluste an Material. Was ist mit diesen magischen Bestien, von denen Ihr mir erzählt habt? Kann Rasnor nicht ein Heer von ihnen aufstellen, um die Drachen anzugreifen?«

»Die Malachista? Ihr wollt, dass wir in der Höhlenwelt einen Drachenkrieg entfesseln?«

»Warum denn nicht? Wenn diese Drachenmonstren aus dem Weg sind, hätten wir freie Bahn und könnten uns holen, was wir wollen.«

Etwas geschah.

Ötzli stand da und fühlte, dass ein Krieg in seinem Inneren losbrach. Von Hass erfüllt und mit riesigen Rachegelüsten im Herzen, war er hierher gekommen, ins Sternenreich des Pusmoh – er hatte Vergeltung für die Schmach gesucht, die man ihm angetan hatte, er hatte mit Leandra, diesem widerborstigen, dummen Gör abrechnen wollen und hatte sicher auch Lust auf die enorme Macht verspürt, die ihm hier zugänglich geworden war. Aber was der Doy Amo-Uun nun verlangte, lag noch etliche Ebenen oberhalb dessen, was ihn als Rachetat befriedigt hätte. Der Doy wollte die Höhlenwelt in einen inneren Krieg stürzen, er wollte, dass sie sich selbst zerfleischte, sich binnen

Kurzem vernichtete und dabei eine möglichst große Masse von brauchbarem Material abwarf.

»Ich werde mich darum kümmern!«, platzte er unvermittelt heraus. »Verlasst Euch ganz auf mich! Ihr werdet bekommen, was Ihr verlangt.«

»Oh, wirklich?« Der Doy hob erstaunt die Brauen. »So plötzlich?«

Ötzli schüttelte energisch den Kopf. »Nicht plötzlich. Ich werde mich sogleich darum kümmern. Lebt wohl.« Damit machte er auf dem Absatz kehrt und wandte sich dem Ausgang zu, ohne darauf zu warten, dass der Doy ihn entließ. Polmar folgte ihm auf dem Fuß. Offenbar hatte es dem Doy die Sprache verschlagen, denn er erwiderte nichts, bis Ötzli und Polmar den Kom-Raum verlassen hatten.

»Das ... das war der Doy Amo-Uun!«, stieß Polmar hervor.

»Ja. Das hast du doch gesehen, oder?«

»Ja ... natürlich. Aber ... ich meine, ist der Doy denn hier? Auf Schwanensee? Ich dachte, er residiert auf Soraka!« Polmar bemühte sich, mit der forschen Gangart Ötzlis mitzuhalten.

Ötzli warf ihm einen abschätzigen Seitenblick zu. »Tut er auch.«

Polmar blieb stehen. »Das tut er auch?«, fragte er entgeistert. »Aber ... es sind über siebentausend Lichtjahre bis Soraka!«

»Richtig«, bestätigte Ötzli kalt und ging ungerührt weiter.

Polmar eilte ihm im Laufschritt hinterher. »Aber ... das kann nicht sein! Sie haben keine überlichtschnellen Nachrichtenverbindungen! Die Übertragung des Bildes vom Doy Amo-Uun hierher müsste über siebentausend Jahre dauern.«

»Allerdings. Es sei denn, man verfügt über Magie.«

Polmar überschlug sich fast in dem Bemühen, Ötzli zu folgen, seine Andeutungen zu verstehen und dabei die richtigen Schlüsse zu ziehen. »Magie?«, keuchte er. »*Wir* haben die Magie! Sie noch nicht! Wir sind gerade dabei, Methoden zu finden, die wir ihnen für überlichtschnelle Übermittlungen zur Verfügung stellen können! Oder verstehe ich da etwas falsch?«

Ötzlis Miene war umwölkt und grüblerisch zugleich, er schien nur mit halbem Ohr auf das zu hören, was Polmar sagte. Er blieb stehen, sein Gesicht spiegelte einen Entschluss, den er gerade gefasst hatte. »Hast du etwas von Lucia gehört? Sie ist schon eine ganze Woche unterwegs!«

Polmar schüttelte den Kopf. »Nein, Kardinal. Ich weiß zwar, dass sie sich derzeit in der Stadt Okanase aufhält, denn wir haben von dort eine Hotelbestätigung erhalten, aber sie selbst hat sich noch nicht gemeldet.«

»Kannst du sie erreichen? Ihr eine Nachricht zukommen lassen?«

Polmar nickte verbindlich.

»Dann teile ihr mit, dass es dringend wird. Sie muss zu einem Ergebnis kommen. Ich werde abreisen, sobald sie wieder hier ist, und sie muss ebenfalls fort und etwas für mich erledigen.«

»Ihr wollt fort, Kardinal Lakorta? Wohin denn?«

Ötzli starrte mit finster-entschlossener Miene eine kleine Skulptur an, die auf einer halbhohen Säule stand. »Nach Soraka. Ich will mir das selbst ansehen.«

Polmar schluckte. »Ansehen? Was denn?«

Ötzli wandte ihm den Blick zu, seine Augen blitzten. »Das, was in *The Morha* hergestellt wird. In dieser gigantischen Fabrik. Ich will wissen, wie der Pusmoh, der Doy Amo-Uun oder wer auch immer dahinter steckt, diese Kom-Anlagen herstellt. Und wie sie funktionieren.«

*

Es dauerte etwa eine halbe Stunde, bis die Schwebeplattform ihr Ziel erreicht hatte. *The Morha* war ein riesenhafter Komplex, und die Gerüchte, dass es die Größe des gesamten Bergstocks einnahm, schienen wahr zu sein. Es gab gewaltige Hallen, die mit technischen Anlagen ausgefüllt waren, nur von schwachem, gelb-orangefarbenem Licht erhellt, und endlose weite Gänge, durch die gewaltige Stränge von Rohrleitungen und Kabeln liefen. Ströme von Schwebeplattformen, Containern und anderen Gütern schwebten, von einer geheimnisvollen Kraft angetrieben, durch diese Hallen und Gänge; immer wieder trieben einzelne Plattformen oder Gegenstände seitlich aus dem Güterstrom heraus und strebten neuen, unbekannten Zielen entgegen. Staunend beobachteten Roya und Gilbert die Umgebung und verfolgten die Ereignisse, während sie Munuel berichteten, was sie sahen.

Schließlich schwenkte auch ihre Plattform aus dem Verkehrsstrom heraus und schwebte in einen weiten, seitlich wegführenden Gang. Nach kurzer Zeit erreichten sie einen Bereich, der sich an einer der hohen Wände entlang zog und wie eine kleine Stadt wirkte, wie eine Ansammlung von Unterkünften, die durch Treppen und Stege miteinander verbunden waren. Der Rest des Ganges war mit Strängen gewaltiger Rohrleitungen und Kabeln ausgefüllt und führte irgendwohin in die dunkle Ferne.

Die Schwebeplattform legte an einem von drei übereinander liegenden Stegen an, und der Drakkenoffizier, der sie hier so nett begrüßt hatte, ließ eine weitere derbe Warnung vernehmen, sich den Anweisungen ja nicht zu widersetzen. Dann forderte er sie auf, den Nummern auf ihren Plaketten nach einzeln in den Unterkünften Quartier zu beziehen, und zwar ohne jede Verzögerung und ohne Widerstand. Man würde sich bald um sie kümmern.

Auf diese Weise wurden die drei wieder voneinander getrennt. Immerhin lagen die Unterkünfte von Munuel und Roya nicht weit voneinander entfernt auf der mittleren von drei Ebenen; Gilbert hingegen landete eine Etage tiefer als sie. Nachdem die Wachmannschaft abgezogen, die Schwebeplattform wieder fort war und nur noch eine Hand voll bewaffneter Drakken an den äußeren Enden der Balkone Posten bezogen hatten, trafen sie sich zu einer unbeobachteten Unterredung.

»Mir schwant Böses«, meinte Munuel finster, als sie sich in seiner Zelle niedergesetzt hatten. »Hier wartet Schlimmeres auf uns, als wir ahnen könnten. Viel Schlimmeres!«

Mehr als eine *Zelle* konnte man den Raum nicht nennen; es war ein winziges Viereck mit einer Pritsche, einem fest eingebauten Tisch mitsamt Stuhl sowie einer Kabine mit einem

Abort und einer Wasserbrause, wie sie sie schon auf der MAF-1 kennen gelernt hatten.

Gilbert nickte bestätigend, während er sich unbehaglich umsah. »Das hier sieht nicht wie ein dauerhaftes Quartier aus. Eher wie ein Durchgangslager. Nirgends sind andere Gefangene zu sehen. Ich meine von früheren Transporten. Von der MAF-1 wurden schon hunderte von Leuten hierher geschafft, vielleicht schon über tausend. Wo sind die nur alle?«

»Vielleicht wurden sie nach ihrer Ausbildung fortgebracht?«, meinte Roya hoffungsvoll. »An andere Orte, wo sie ihren Dienst tun sollen?«

Munuel brummte missmutig. »Nach ihrer Ausbildung? Bisher kann hier niemand länger als drei oder vier Monate gewesen sein. Nach so einer Ausbildung würde ich einen Novizen noch nicht einmal auf magischem Wege eine Kerze entzünden lassen!«

Jeder von ihnen wusste, was Munuel meinte. Das Entzünden einer Kerze war für einen ausgebildeten Magier ein Nichts – so etwas beherrschte er im Schlaf. Kerzen *wollten* brennen, sie setzten ihrem Entzünden keinerlei Widerstand entgegen. Für eine Weile breitete sich ratloses Schweigen unter ihnen aus, jeder schien seinen eigenen Gedanken und Vermutungen nachzuhängen. Schließlich ergriff Munuel wieder das Wort. »Wir sind geflohen«, stellte er mit leiser Stimme fest, »vor Rasnor und von der MAF-1. Aber nicht, um uns hier von den Drakken in ihre Dienste zwingen zu lassen – oder was auch immer sie mit uns vorhaben.«

Gilbert tastete nach seiner Brust. »Ihr meint damit ... unsere Amulette, Meister Munuel?«

»Genau. Unsere Amulette stellen keine geringe Macht dar. Ist euch nicht aufgefallen, wie wenig Wachen es hier bei unseren Unterkünften gibt? Niemand scheint damit zu rechnen, dass ein Ausbruchsversuch stattfinden könnte. Wohin auch, in diesem riesigen Bauwerk, das voller Drakken ist?«

»Ihr wollt eine Flucht wagen, Meister Munuel?«, fragte Roya. »Aber wohin sollen wir hier fliehen? Die Gebäude sind gigantisch groß, wir wissen nicht einmal, welchem Zweck sie dienen.«

»Stimmt, das müssen wir erst herausfinden. Aber sobald wir Näheres erfahren haben, sollten wir etwas wagen. Falls das unmöglich erscheint, müssen wir uns einen anderen Plan ausdenken. Ich meine für den Fall, dass sie uns wieder von hier fortschaffen. Vielleicht geraten wir an unterschiedliche Orte – dann müssen wir unbedingt in Kontakt bleiben können.«

»Ihr meint, mithilfe von Magie? Wenn die Drakken uns diese Art von Magie beibringen, werden sie auch Möglichkeiten haben, uns zu kontrollieren. Ich glaube nicht, dass ...«

»Nicht mithilfe *ihrer* Magie, Gilbert. Sondern mit unserer. Wie gut bist du als Magier? Hast du einen Rang?«

Gilbert lächelte verlegen. »Jungbruder. Obwohl ich nicht mehr der Jüngste bin. Das entspricht ungefähr einem Adepten oder Jungmagier in Eurer Gilde, Meister Munuel.«

»Ja, verstehe. Nun, es kommt eigentlich nicht darauf an, wie gut du in der Rohen Magie bist, sondern nur auf dein Geschick als Magier. Wir werden eine andere Magieform anwenden, die *Stygische Magie*. Roya kennt sie bereits.«

Gilbert hob erstaunt die Brauen. »Und die kann ich lernen? Einfach so?« Er schnippte mit den Fingern.

Munuel schüttelte den Kopf. »Nicht die Stygische Magie. Aber die Möglichkeit, wie wir uns verständigen können. Es ist gar keine wirkliche Magie, sondern es geht darum, das *Trivocum* aus einem anderen Blickwinkel zu betrachten.« Munuel erklärte Gilbert die Besonderheit dieser Magieform und die Art und Weise, wie man sich mit ihrer Hilfe verständigen konnte. Gilbert war überrascht, wie einfach manche Dinge plötzlich aussahen, wenn man nur den Blickwinkel veränderte. Erstaunt probierte er aus, was Munuel ihm da beibrachte, und war völlig überrascht, als er sogleich erste Erfolge erzielte. Bevor sie die Versuche jedoch vertiefen konnten, ertönte draußen eine quäkende Sirene. Ihnen war klar, dass dies ein Signal sein musste, sich zu sammeln. Rasch erhoben sie sich, von Neugierde wie auch leichter Furcht erfüllt, und traten hinaus. Dann standen sie auf einem von drei übereinander liegenden, schmalen Stegen mit Geländer, die entlang der gesamten Breite der Quartiere führten, und starrten hinaus auf eine kleinere Schwebeplattform. Auf ihr hatten sich links und rechts je ein Drakken mit einer schweren, vor der Brust erhobenen Waffe postiert, während zwischen ihnen ein Drakkenoffizier in einer schwarzgelben Rüstung stand.

»Willkommen in *The Morha*«, rief er in Richtung der versammelten Gefangenen. »Ihr habt die Ehre, in Kürze in Diensten des Pusmoh als Verbindungsoffiziere dienen zu dürfen. Euch wird es an nichts fehlen, und eine große Aufgabe erwartet euch, denn das Sternenreich des Pusmoh liegt im Krieg. Mithilfe eurer Fähigkeiten wird es uns gelingen, einen Nachteil gegenüber unseren Feinden wettzumachen und endlich zu siegen. Das wird auch eurer Heimatwelt zugute kommen. Die Ausbildung beginnt sofort, und aufgrund unserer technischen Gegebenheiten findet sie in Gruppen statt. Ihr werdet also gruppenweise von hier abgeholt und kehrt nach einigen Stunden wieder hierher zurück. Danach werdet ihr einzeln in die abschließende Ausbildung geschickt und gelangt dabei an einen anderen Ort. Bereitet euch auf ein völlig neues Leben vor. Alles wird sich ändern. Ihr habt keine andere Wahl, der Pusmoh ist nicht zu Kompromissen bereit. Wer sich zu widersetzen versucht, wird sofort getötet. Fluchtversuche sind aussichtslos, da es kein Entrinnen aus *The Morha* gibt. Selbst wenn es jemandem gelänge, müsste er danach diese Insel verlassen und einen über dreitausend Meilen großen, lebensfeindlichen Kontinent überwinden, ehe er auch nur in die Nähe einer Ansiedlung käme. Und wir würden ihn jagen. Also vergesst jeden Fluchtplan – er würde mit eurem Tod enden. Wenn ihr hingegen kooperiert, werdet ihr eine große, neue Aufgabe erfüllen können.«

Der Drakkenoffizier legte eine Pause ein und blickte in die Runde. Die etwa siebzig Gefangenen standen entlang der Geländer der drei Balkone aufgereiht und starrten die Plattform an, während sie leise miteinander tuschelten.

»Wir beginnen mit der Gruppe eins, das sind alle Gefangenen, die auf der untersten der drei Etagen einquartiert sind. Jeder, der dort hingehört, und sich momentan anderswo aufhält, begibt sich jetzt sofort wieder auf diese Ebene. Die Gruppe bricht in fünf Minuten auf. In etwa zehn Stunden kehrt sie zurück, danach ist die nächste Gruppe an der Reihe, und so weiter. Wir beginnen – *jetzt!*«

Die Plattform setzte sich in Bewegung, schwebte ein Stück in die Tiefe und näherte sich dem mittleren Teil des unteren Balkons, wo ein kleines Stück Geländer fehlte. Gilbert warf Munuel und Roya einen unschlüssigen Blick zu, zuckte mit den Schultern und hob die Hand zu einem Abschiedgruß.

»Ich muss wohl los. Wünscht mir Glück. Sobald ich wieder da bin, erzähle ich euch, was passiert ist.« Damit wandte er sich um und eilte davon. Über eine Metalltreppe stieg er eine Ebene tiefer, während die Schwebeplattform dort unten am Mittelteil festmachte und einen Steg ausfuhr. Roya begab sich zum Geländer, blickte hinab und berichtete Munuel, was sie sah.

Die Gefangenen der unteren Ebene wichen angstvoll zurück, wurden aber von zwei Drakkenwachsoldaten, die rechts und links außen an den Enden des Balkons gestanden hatten, nun in Richtung Mitte gedrängt. Als die Plattform an dem Geländerausschnitt anlegte, kam es zu einer kritischen Situation. Mehrere Leute versuchten aus Angst zu entkommen. Doch es gab keinen Fluchtweg, und so standen sie alle nach kurzer Zeit auf der Plattform, voller Furcht an die Geländer geklammert. Es waren rund fünfundzwanzig Männer und Frauen, unter ihnen auch einige Halbwüchsige und Ältere. Geräuschlos setzte sich die Plattform in Bewegung und schwebte nach Norden davon, tiefer ins Innere der gewaltigen Anlage hinein. Gilbert war unter ihnen und winkte Roya und Munuel zu, bis die Plattform in der Dunkelheit entschwunden war.

Roya seufzte angespannt. »Damit haben wir noch zehn Stunden Zeit. Unsere Gruppe ist wohl die nächste.«

7 ◆ Sash

Noch vor kurzem war Lucia sicher gewesen, für die nächste Zeit jede Lust am Sex verloren zu haben. Wann immer aber ihre Seitenblicke die Augen dieses Mannes trafen, fühlte sie ein heißes Prickeln in ihrem Schoß zusammenströmen.

Er hieß Sash, sollte einer der besten *Jugger* sein und war eine ganz andere Sorte Mann als Ötzli. Er war weniger als halb so alt (sie schätzte ihn auf um die fünfunddreißig), besaß einen durchtrainierten Körper und hatte eine heiße, animalische Ausstrahlung. Seine dunkelbraunen Haare waren militärisch kurz geschoren, und sein dunkler Drei-Tage-Bart war von einer Art, dass Lucia sich danach sehnte, ihn auf ihrer Wange zu spüren. Sashs Blicke wirkten scharf und zielbewusst, zeugten von hoher Intelligenz, und sein Auftreten war weltmännisch und kühl, stets von einem schwachen, wissenden Lächeln auf seinem kühn geschnittenen Gesicht begleitet. Dennoch wirkte er nicht arrogant oder eingebildet.

Lucia verspürte eine heiße Lust, von ihm hart genommen zu werden, sie wollte ihn in sich spüren und ihn mit ihren Beinen und Armen so fest umklammern, wie sie nur konnte. Etwas in ihr sagte ihr, dass sie ihn haben konnte, schnell sogar, wenn sie wollte. Er sah aus wie ein Mann, der nicht lange zögern würde, wenn er eine gute Gelegenheit bekam, und es wurde höchste Zeit, dass sie sich an ihn heranmachte. Nach allem, was sie gehört hatte, war seine Anwesenheit in dieser Bar ein Zeichen dafür, dass er frei war, dass er nach einem neuen Job suchte. Ein Mann wie er war schnell wieder weg, engagiert von jemandem, der sich ihn leisten konnte und der die nötigen Referenzen besaß. Männer wie Sash achteten auf so etwas, denn sie hatten einen guten Ruf zu verlieren.

Mit pochendem Herzen beobachtete sie seine galante und wie selbstverständlich wirkende Reaktion, als ihm ein Barmädchen einen Drink brachte. Er schenkte ihr ein Lächeln und berührte kurz ihre Hand; Lucia glaubte förmlich den Schauer spüren zu können, den das Mädchen in diesem Augenblick durchströmen musste.

Leisten konnte sie es sich, ihn zu engagieren – Ötzli hatte ihr genügend Geld mitgegeben. Allein an Referenzen fehlte es ihr. Hier in Okanase war sie eine völlig Unbekannte, und sie konnte auch nicht auf einen bekannten Auftraggeber verweisen. Aber sie wollte diesen Sash unbedingt haben. Nicht nur wegen seiner enormen Ausstrahlung, sondern auch, weil er ein exzellenter Mann sein sollte; ein Informationsbeschaffer, Ratgeber, Leibwächter und Spezialist in vielen technischen Disziplinen.

Sie musste es mit ihrem Körper versuchen.

Wenn es stimmte, was Ötzli ihr vorschwärmte, und wenn sie die begehrlichen Blicke von Unteroffizial Simonai und die bewundernden von Nuntio Julian und anderen Männern richtig deutete, musste sie mit ihrem Körper Chancen haben. Sie besaß keine Übung darin, Männer zu verführen, sie war nur ein einfaches Mädchen von einer Barbarenwelt, entführt von der Bruderschaft von Yoor, um als Gespielin für die Gelüste der Mitglieder dieser frauenlosen Männergilde zu dienen. Doch aus irgendeinem Grund hatte man sie nach ihrer Entführung vergessen. Ötzli war ihr erster Mann gewesen; er hatte es nicht einmal bemerkt, als er sie ihrer Unschuld beraubt hatte. Seither hasste sie ihn. Es war ein unterschwelliger Hass, den sie meist nur dann verspürte, wenn er ihren Körper in Anspruch nahm, denn er war freundlich, oft sogar gütig zu ihr. Aber dennoch empfand sie Hass, oder besser: Abscheu, denn er hatte ihre Schmerzen nicht gespürt oder vielleicht sogar ignoriert, als er ihr die Jungfernschaft nahm. Sie hatte immer von einem zärtlichen, jungen Liebhaber geträumt, von einem schönen, muskulösen Mann mit einem aufregenden Körper – nun aber war ihre einzige körperliche Erfahrung ein alter Mann, dem es am elementarsten Gefühl für seine Gespielin mangelte.

Aber da war nun dieser Sash.

Ihre Brust bebte, als sie ihn über die Tische der dunklen Bar hinweg beobachtete, und sie wusste nicht recht, warum – war es die Aufregung wegen der geplanten Tat oder die Lust auf ihn, die in ihrem Körper rumorte? Ja, sie würde sich zurückholen, was Ötzli ihr vorenthalten hatte, sie würde ihn betrügen. Mit dem Mann, der sein Vertrauter werden würde, falls es ihr gelang, ihr Vorhaben in die Tat umzusetzen. Ein vager Gedanke kreiste in ihrem Kopf, *noch mehr* für sich herauszuholen, denn inzwischen wusste sie viel über Ötzlis Pläne und Verstrickungen und war ihm in manchen Dingen sogar voraus. Aber sie würde erst herausfinden müssen, ob sie mit ihren Vermutungen richtig lag.

Der Anfang zu allem war Sash.

Kurz setzte ihr Herzschlag aus, als sich jemand auf Sashs Tisch zubewegte. Womöglich war es jemand, der ihm einen Auftrag anbieten wollte? Man hatte ihr gesagt, dass die guten Leute schnell wieder weg waren, engagiert für einen neuen Job, wenn sie hier in diese Bar kamen. Auf Schwanensee gab es zahllose hohe Würdenträger der Kirche, Diplomaten, Politiker oder Wirtschaftsbosse, von denen jeder ständig die Dienste eines Mannes wie Sash gebrauchen konnte. Da mochte es sein, dass andere nur gewartet hatten, dass er hier wieder auftauchte.

Und so beschloss sie, ohne weiteres Zögern aufs Ganze zu gehen. Sie holte kurz und tief Luft, ließ sich von ihrem Barhocker gleiten und brachte rasch die wenigen Schritte zu Sashs Tisch hinter sich. Mit einer anmutigen Bewegung schob sie sich auf den freien Stuhl ihm gegenüber, wo Sash gerade dem anderen, der höflich um Erlaubnis für eine Unterredung ersucht hatte, einen Platz angeboten hatte.

»Hier ist doch frei, nicht wahr?«, hauchte sie mit ihrem süßesten Lächeln.

Sashs Lächeln war so unverbindlich wie herausfordernd. »Aber ja«, gab er zurück, und die Klangfarbe seiner Stimme, sanft, tief und sehr männlich, ließ ihr einen Schauer über den Rücken gleiten.

Der andere Mann, ein hoch gewachsener Ajhan in einem dunkelblauen Anzug, musterte Lucia irritiert. »Verzeihen Sie ...«

Lucia würdigte ihn keines Blickes. »Wo waren wir stehen geblieben, Mr. Sash?«, fragte sie. »Ihr Honorar ist akzeptiert, aber über Ihre Prämie müssten wir noch einmal reden ...«

Der Ajhan räusperte sich, brummte etwas, was sich wie ein Laut der Enttäuschung anhörte, nickte dann kurz und verschwand. Sash stieß ein amüsiertes Lächeln aus. »Meine Prämie?«, fragte er. »Sie meinen für den Fall, dass ich Ihren Auftrag annehme? Miss ...?«

»Lucia. Angenehm, Sie kennen zu lernen, Mr. Sash.« Unbeholfen streckte sie ihm die Hand über den Tisch hinweg entgegen.

Lächelnd nahm er sie und küsste ihr den Handrücken. »Ah, Lucia. Ein hübscher Name. Woher kennen wir uns?«

»Von dort drüben. Ich habe Ihnen Blicke zugeworfen, und Sie haben mich interessiert beobachtet.«

»Und damit habe ich mich verpflichtet, Ihren Auftrag anzunehmen? Und Sie wissen sogar schon, wie viel ich verlange, und haben es akzeptiert?«

»Geld spielt keine Rolle. Und was den Auftrag angeht – nun, ich bin nicht der Auftraggeber, aber ich werde Ihre Begleitung sein. Könnte Sie das verlocken?«

Sash lehnte sich auf seinem Stuhl zurück und verschränkte die Arme vor der Brust. »Kommt darauf an, wobei. Manche Aufträge verlangen besondere Diskretion, und da könnte eine junge Schönheit wie Sie, Fräulein Lucia, unerwünscht viel Aufmerksamkeit erregen.«

Es gelang ihr, sein Kompliment mit völlig ungerührter Miene zu übergehen, wiewohl es ihr Herz in Flammen setzte. »Es geht um Informationsdienste und Ermittlungen für eine hochrangige Persönlichkeit der Hohen Galaktischen Kirche«, brachte sie mit ruhiger Stimme hervor. »Vorerst für einige Wochen, womöglich später aber für eine Dauerstellung, sollte das im gegenseitigen Interesse liegen.«

Sash nickte. »Verstehe. Darf ich den Namen dieser Persönlichkeit erfahren?«

»Es handelt sich um Kardinal Lakorta. Er bekleidet seit kurzem das Amt des ...«

Sash hatte die Augenbrauen hoch gezogen. »Lakorta? Sie meinen den neuen Oberbefehlshaber des Heiligen Heeres der Ordensritter? Den Leiter der Heiligen Inquisition? Den derzeit mächtigsten Mann der Kirche, nachdem unser Pontifex Maximus verschwunden ist und offenbar wegen Ketzerei im sogenannten Ti:Ta'Yuh-Fall angeklagt werden soll?«

Lucia lächelte. Sash schien Bescheid zu wissen. Was er gerade gesagt hatte, war nicht jedem bekannt. »Ja, genau der. Obwohl seine Position nicht wirklich die Macht einschließt, die man aus seinen Titeln ableiten könnte ...«

Sash nickte. »Ja, ich weiß. Der Pusmoh hat seine Hand im Spiel. Lakorta wurde die Jagd nach dieser rothaarigen jungen Frau wieder aus der Hand genommen. Sagen Sie, Fräulein Lucia ... – stammen Sie womöglich von derselben Randwelt wie diese Leandra?«

Für Momente stockte Lucia der Atem. »Wie ... wie kommen Sie darauf?«

Sash setzte wieder sein weltmännisches Lächeln auf. »Ihre Sprache. Sie haben einen leichten Akzent, den ich nicht zuordnen kann. Dann Ihre Körpergröße. Ich habe gehört, dass die Einwohner dieser Barbarenwelt nicht die Durchschnittsgröße der Menschen der GalFed erreichen. Und die Art, wie Sie sich bewegen, Fräulein Lucia. Sie stammen nicht von hier, sind es aber auch nicht gewöhnt, sich im All unter verminderten Schwerkraftbedingungen zu bewegen. Und doch arbeiten sie offenbar auf Schwanensee für einen hohen Diplomaten. Stammt Kardinal Lakorta etwa auch von dieser Höhlenwelt?«

Lucia starrte Sash unverhohlen an. »Ja ... ich meine, nein ... ich bin nur ...«

»Schon gut«, erklärte Sash mit einem Lächeln. »Der Auftrag interessiert mich. Und die Prämie auch.«

»D-die Prämie?«, stotterte Lucia. Ein heißer Strom breitete sich wie glühende Lava durch ihren Körper. Eine leise Angst kam in ihr auf, sie könnte errötet sein.

»Ich berechne einen Tagessatz von eintausendzweihundert Soli«, erklärte Sash mit weicher Stimme, die Augen fest auf ihr Gesicht geheftet, als untersuche er es ganz genau. »Zuzüglich Spesen für meine Auslagen und einer angemessenen Verfügbarkeit von Geldmitteln für Sonderausgaben. Letzteres richtet sich nach der Natur des Auftrags.«

Lucia schluckte, sie bemühte sich ruhig zu atmen. »Einverstanden.«

Sash schenkte ihr ein weiteres, sehr weltmännisches Lächeln. »Und nun suchen wir, wenn Sie erlauben, Fräulein Lucia, eine Shopping-Mall auf. Sie sollten sich Kleidung besorgen, die Ihrer Schönheit angemessen ist. Momentan finde ich Sie, wenn Sie mir die Bemerkung gestatten, etwas ... nun, rustikal gekleidet.«

Lucia sah an sich herab. »Rustikal?«

Er nickte freundlich und erhob sich, reichte ihr die Hand. Lucia nahm sie, mühevoll Gelassenheit vorspielend, dann verließen sie die Bar.

Das Nächste, woran sie sich erinnerte, war eine aufpeitschende Einkaufstour durch die teuersten Modeläden von ganz Okanase und eine anschließende Liebesnacht, die sie auf einen Schlag für alles entschädigte, was dieser ungeschickte und gefühllose Ötzli ihr je angetan hatte. Sash küsste sie auf eine Art und Weise, die ihr völlig neu war, sein durchtrainierter Körper fühlte sich unglaublich erotisch an, und er machte ihr Komplimente, die ihr Schwerelosigkeit suggerierten, sodass sie immer mehr das Gefühl hatte, auf Wolken zu gehen. Er küsste sie an Stellen, die ihr zuerst die Schamesröte ins Gesicht trieben; nachdem sie aber ihre Scheu aufgegeben hatte und sich ihm hingab, erlebte sie neue Dimensionen der Lust. Noch bevor der nächste Tag anbrach, war sie nahe daran, Sash rettungslos zu verfallen, der Magie seiner Männlichkeit, seines fabelhaften Aussehens und seines klugen Geistes.

Dann aber entdeckte sie etwas.

Es war ihre eigene Magie. Es begann mit dem Bestellen des Frühstücks, das sie in ihrem Hotelzimmer zu sich nehmen wollten. Sash war kaum bereit, sie aus dem Bett zu lassen, als sie zur Tür eilen wollte, an der es geklopft hatte. Als sie zurückkam, vor dem Bett ihren Bademantel fallen ließ und Momente nackt vor ihm stand, schien ihn so etwas wie ein Schwindel zu befallen. Augenblicke später lag sie unter ihm, und er drang wild und ungestüm in sie ein. Da spürte sie, dass auch sie Macht über ihn besaß. War es ihr Körper? Oder vielleicht ihre Wesensart, ihre Fremdartigkeit, ihre Herkunft von einer *Barbarenwelt*, die sie wie ein Zauber hier im Sternenreich des Pusmoh umgab? Sie stellte fest, dass Sash überaus heftig auf sie reagierte, wenn sie auch nur ein kleines Signal aussandte. Er war vernarrt in ihre Küsse, wollte ständig ihre Brüste streicheln und wurde geradezu rasend, wenn sie seinen Kopf in ihren Schoß zog.

Ein kalter Gedanke schlich sich an diesem Vormittag in ihren Kopf. Nach kurzer Überlegung beschloss sie, ihm Aufmerksamkeit zu widmen. Bei dem Einfluss, den sie besaß, ergaben sich vielleicht Möglichkeiten, von denen sie früher nicht einmal zu träumen gewagt hätte.

*

Als Ötzli Sash zum ersten Mal zu Gesicht bekam, verhielt er sich reserviert – so als ahne er etwas von der Verbindung zwischen ihm und seiner Lucia. Sie bemühte sich, unverfänglich und wohl gelaunt zu wirken, gab sich Sash gegenüber ein wenig steif und formell und versuchte Ötzli zu zeigen, dass sie sich ihm zugehörig fühlte. Ötzli schien zwar anfangs zu spüren, dass etwas nicht stimmte, beruhigte sich dann aber wieder. Und bald fesselte Sash seine Aufmerksamkeit mit einem Bericht aus dem Stegreif über den aktuellen Stand der Dinge so sehr, dass er gar nicht mehr an Lucia dachte.

»*The Morha* wurde noch vor der zweiten großen Saari-Offensive erbaut, das war vor etwa zweitausendzweihundert Jahren Standardzeit der Galaktischen Föderation«, berichtete Sash seinem neuen Auftraggeber und ließ eine Serie von Bildern über einen großen Holoscreen laufen, der in einem der großen Salons des Anwesens aufgestellt worden war. Sash hatte den Raum zuvor *gesäubert*, wie er sich ausgedrückt hatte, und er hatte tatsächlich einige elektronische Spione entdeckt. Ötzli hatte sich beeindruckt gezeigt. Sash garantierte dafür, dass es hier nun keine Überwachung mehr gab.

»*The Morha* bedeutet *Dunkle Insel*. Dieser Ausdruck stammt aus der Sprache der frühen menschlichen Kolonisten von Soraka, die diese Welt noch vor der Gründung der Galaktischen Föderation entdeckten und besiedelten.« Eine Luftaufnahme erschien auf dem Holoscreen, welche die gesamte Insel und den Komplex der Bauwerke zeigte. Die Größe war wahrhaft gigantisch.

»Warum ist es so immens groß, dieses *The Morha*?«, fragte Ötzli und deutete auf den Holoscreen. Er hatte auf einem bequemen Sofa Platz genommen und die Beine übereinander geschlagen, während sich Lucia seitlich an ihn schmiegte und er Besitz ergreifend den Arm um ihre Hüfte geschlungen hatte.

Sash stand neben dem großen, breitwandigen Holoscreen, der so hoch war, dass er ihn noch überragte. »Diese Bilder sind offiziell gar nicht zugänglich, Kardinal. Ebenso wenig wie jegliche Information über *The Morha*. Die Pusmoh-Festung ist ein fast ebenso großes Geheimnis wie das Rätsel um den Pusmoh selbst. Niemand weiß, warum *The Morha* solche Ausmaße hat und welchem Zweck es dient. Allerdings gibt es ein paar Theorien.«

»Theorien? Und welche?«

»Viel wirres Zeug«, winkte Sash ab und rief einige neue Bilder ab, die *The Morha* aus verschiedenen Entfernungen und Blickwinkeln zeigten. »Sie reichen von einer gigantischen Drakken-Brutstätte über ein Forschungslabor bis hin zu der verrückten Idee, der Berg unter *The Morha* sei in Wahrheit eine Art lebendiges Wesen, der Pusmoh selbst, über dem man als Tarnung diese riesigen Pyramidenstümpfe errichtet habe. Ich persönlich halte von keiner dieser Ideen etwas. Eine Theorie allerdings gibt es, die mir angesichts der jüngsten Ereignisse brauchbar erscheint. Sie besagt, dass in *The Morha* etwas ganz Spezielles hergestellt wird. Etwas, das riesige Maschinen oder sehr viel Platz benötigt und das gewaltig große Dinge produziert.«

»Gewaltig große Dinge? Was könnte das sein? Und was sollen sie mit den jüngsten Ereignissen zu tun haben?«

Sash schaltete den Holoscreen ab, setzte sich Ötzli und Lucia gegenüber in einen Sessel und schlug ebenfalls die Beine übereinander. Er bewies dabei das Geschick, etwas weniger lässig zu wirken als Ötzli. »Die Gefangenen-Transporte der Höhlenwelt«, erklärte er. »Ihr Ziel ist *The Morha*.«

Ötzli lachte spöttisch auf. »Das ist nun wahrlich nichts Neues.«

»Für Euch vielleicht, Kardinal. Für den Rest des Pusmoh-Sternenreiches ist es ein Geheimnis, dass es überhaupt solche Gefangenen gibt. Niemand weiß etwas von der Höhlenwelt und den Dingen, die sich dort ereignet haben. Der Drakkenüberfall auf Eure Welt ist ein Geheimnis, ebenso wie Eure wahre Identität, Kardinal, oder die des rothaarigen Mädchens, das von den Ordensrittern gejagt wird.«

Ötzlis Miene verfinsterte sich, er wandte sich Lucia mit ärgerlichen Blicken zu. »Hast *du* ihm das verraten, du dummes Ding? Ich ...«

Lucia schüttelte seufzend den Kopf und hob abwehrend eine Hand. »Keine Silbe, Lakorta, ich schwöre es. Das ist sein Beruf. Bescheid zu wissen – besser als alle anderen. Er beherrscht es wirklich sehr gut.«

Wieder schenkte Sash ihnen ein Lächeln.

Ötzli brummte ärgerlich, dann musterte er Sash kurz, aber eindringlich, und nickte schließlich. »Na schön. Ich werde mich wohl erst daran gewöhnen müssen, wie es ist, mit jemandem wie Ihnen zusammenzuarbeiten, Sash. Was ist nun mit den Gefangenen-Transporten? Wie kommen Sie darauf, dass sie etwas damit zu tun haben könnten? *The Morha* ist doch schon vor zweitausendzweihundert Jahren erbaut worden, wie Sie selbst sagten.«

»Stimmt. Aber ist es nicht so, dass der erste Überfall auf die Höhlenwelt schon vor etwa zweitausend Jahren stattfand, Kardinal? Als die Drakken einen Pakt mit einer Magiergilde Eurer Heimatwelt geschlossen hatten, um sie zu unterjochen?«

Ötzli zog die Stirn kraus. »Davon wissen Sie ebenfalls?«

»Fräulein Lucia hat mir freundlicherweise davon erzählt – nachdem ich sie um Einzelheiten bat, um mir ein besseres Bild machen zu können. Ich finde, dass diese Dinge gut zueinander passen. *The Morha* wurde in einer Zeit erbaut, in der es höchstwahrscheinlich bereits einen Plan des Pusmoh gab, Eure Heimatwelt zu überfallen. Das, was heute vor sich geht – nämlich die Verschleppung von Menschen aus der Höhlenwelt nach *The Morha* –, hätte der Planung nach eigentlich schon vor langer Zeit stattfinden sollen. Damals ging etwas schief, und heute wird es nachgeholt.«

Ötzli runzelte nachdenklich die Stirn. »Und was kann das sein?«

Sash zuckte mit den Schultern. »Alles weiß ich noch nicht. Aber es ist ja mein Job, diese Informationen zu beschaffen, nicht wahr? Dazu habt Ihr mich engagiert, Kardinal.«

Ötzli nickte zufrieden. »Stimmt. Aber Sie deuteten an, dass Sie eine Vermutung hätten, Sash.«

»Es ist nichts als eine Folgerung. Es geht um die Magie, nicht wahr? Die Drakken wollen sich die Geheimnisse der Magie sichern, um sie nutzen zu können. Wahrscheinlich für Kriegszwecke – oder um sie gegen ihre inneren Feinde in der Galaktischen Föderation einsetzen zu können ...«

»Nein. Es geht um die überlichtschnelle Nachrichten-Übermittlung. So etwas ist mithilfe der Magie möglich. Damit trachten sie ihren ewigen Nachteil im Krieg gegen die Saari wettzumachen.«

Dieses Mal war es Sash, der große Augen machte und Ötzli anstarrte. Nach einer Weile entspannte sich sein Gesichtsausdruck und er nickte bedächtig. »Ich verstehe. Das ist nun wirklich eine interessante Neuigkeit.« Eine Weile dachte er nach und fragte dann: »Habt Ihr eine Ahnung, Kardinal, warum der Pusmoh nach dem damaligen Überfall so lange gezögert hat, einen neuen Versuch zu wagen? Zweitausend Jahre?«

Ötzli spitzte die Lippen. »Es war nicht wirklich ein Überfall der Drakken, der damals stattfand. Die Drakken hatten, wie Lucia Ihnen ja bereits erzählte, einen Pakt mit einer Gruppe abtrünniger Magier geschlossen, der Bruderschaft von Yoor – mächtige Magier, besonders ihr Anführer Sardin. Sie waren es, die den Krieg auslösten, und als sich ihre Niederlage immer klarer abzeichnete, löste Sardin eine gigantische magische Katastrophe aus – wir nennen es das *Dunkle Zeitalter*. Für einige Jahre wurde unsere Welt vollständig von den ungezügelten Kräften das Chaos durchspült, ihr Innerstes wurde förmlich nach außen gekehrt. Vom Doy Amo-Uun weiß ich, dass die Drakken damals annahmen, die gesamte Höhlenwelt sei vernichtet worden – alles Leben und unsere gesamte Zivilisation. Es war ja beinahe auch so. Es dauerte Jahrhunderte, bis die wenigen Überlebenden wieder so etwas wie eine kleine Gemeinschaft, ein Volk gegründet hatten. Die Drakken verließen damals die Höhlenwelt in der Annahme, ihr Plan sei fehlgeschlagen. Zweittausend Jahre später aber entdeckten sie offenbar eine neue Chance, ihr altes Vorhaben doch noch umzusetzen.«

Sash nickte. »Ich verstehe. Das würde unsere Theorie belegen, dass *The Morha* speziell diesem Zweck dienen sollte und deswegen erbaut wurde: um die Magie der Höhlenwelt auf eine ganz bestimmte Art zu verwerten.«

Ötzli runzelte die Stirn. »Mir ist schleierhaft, wozu man ein so riesiges Bauwerk benötigt, um Magie zu verwerten. Oder welche *riesigen* Dinge man mit der Magie herstellen könnte.«

»Auf welche Weise hat der Pusmoh denn vor, die Magie zu nutzen?«, wollte Sash wissen. »Ich meine, wie soll es denn stattfinden, das Übermitteln von Nachrichten?«

Ötzli holte tief Luft und seufzte. »Nun, das weiß ich leider auch nicht. Anfangs dachten wir – und das war ziemlich naiv, muss ich zugeben –, dass sich zwei Magier durchs *Trivocum* so etwas wie *Kommandos* zurufen, wie ›Feuer frei!‹ oder ›Anker lichten‹.«

Sash lachte auf. »Du meine Güte, nein, so kann das nicht gehen. So etwas mag in einer rückständigen Zivilisation wie in der Höhlenwelt einen gewissen Sinn machen. Aber im Sternenreich des Pusmoh müssen gigantische Datenmengen fließen, um allein einen Flottenverband zu einem anderen Ziel zu lenken. Da muss etwas ganz anderes stattfinden.«

»Es sieht so aus, als hätte der Pusmoh bereits eine Methode gefunden«, erklärte Ötzli und beschrieb Sash die Anlage im

Kom-Raum, mit der es möglich war, eine Direktverbindung mit dem Doy Amo-Uun über eine Distanz von siebentausend Lichtjahren herzustellen. »Man kann ohne merkliche Verzögerung direkt miteinander reden – über diese gewaltige Entfernung hinweg.«

Sash staunte. »Wirklich? Und diese Anlage befindet sich hier in diesem Haus?«

»Ja. Sie scheint bereits hier gewesen zu sein, bevor wir einzogen.«

»Kann ich sie einmal sehen?«

»Sicher. Warum nicht?«

Ötzli erhob sich, und zu dritt verließen sie den Salon, um im Westflügel den Kom-Raum aufzusuchen. Dort angekommen, inspizierte Sash fachkundig die technischen Geräte, die in dem Raum aufgebaut waren, und schüttelte schließlich den Kopf.

»Das hier ist nicht die komplette Anlage. Ich halte dies für eine Terminal-Einheit. Der tatsächliche Empfänger muss sich anderswo befinden, womöglich gar nicht auf diesem Anwesen, sondern weit entfernt.«

»Tatsächlich? Und was bedeutet das?«

Sash zuckte mit den Achseln. »Vielleicht, dass der Empfänger sehr groß ist. Eins jedoch ist sicher: Es handelt sich ganz bestimmt nicht um einen Magier, der mit einem Schreibblock und einem Stift an einem Tisch sitzt und notiert, was ihm ein anderer Magier übermittelt. Ganz abgesehen davon, wäre eine Übertragung von Bild und Sprache, auf welcher die Kommunikation mit dem Doy Amo-Uun offenbar basiert, auf diese Weise völlig unmöglich.«

Ötzlis Miene hatte sich verfinstert. Lange starrte er abwechselnd die Kom-Anlage und Sash an. »Haben Sie denn eine Ahnung, wie das funktionieren könnte? Ich meine, diese Nachrichtenübertragung?«

Sash schüttelte langsam den Kopf. »Nein, noch nicht. Aber ich finde es heraus, wenn Ihr das wollt.«

Ötzli schüttelte den Kopf. »Später vielleicht, wenn ich selbst keinen Erfolg damit habe. Ich habe vor, jetzt unmittelbar nach

Soraka zu reisen und das herauszufinden. Für Sie, Sash, habe ich zuerst eine andere Aufgabe.« Er wandte sich an Lucia. »Das betrifft dich, meine Liebe. Ich möchte, dass du zurück zur Höhlenwelt gehst, zu Rasnor, und ihm eine Nachricht überbringst. Mister Sash wird dich auf dieser Reise begleiten.«

*

Die Minuten tropften zäh dahin, die Stunden zogen sich endlos – doch an Schlafen war nicht zu denken. Roya und Munuel waren zu sehr von einer unbestimmten Furcht erfüllt. Überall in ihrer kleinen Gefangenen-Siedlung diskutierten die Leute bedrückt darüber, was sie in der *Ausbildung* erwarten könnte. Während manche aus Angst vor dem Ungewissen Tränen in den Augenwinkeln hatten und andere mit finsteren Mienen darüber grübelten, welche Fluchtmöglichkeiten es vielleicht *doch* geben mochte, schien es sogar einige zu geben, die der Titel *Verbindungsoffizier* und die Aussicht auf eine *große Aufgabe*, wie sich der Drakkenoffizier ausgedrückt hatte, geradezu verlockte. Munuel und Roya hatten sich von den anderen abgesondert und in Munuels Zelle zurückgezogen.

»Ich glaube diesen Drakkenbestien nicht«, erklärte Roya zum wiederholten Mal. Mit angezogenen Knien saß sie auf dem Boden der kleinen Zelle, den Rücken gegen die Wand gelehnt, und starrte mit finsteren Blicken die gegenüberliegende Wand an. »Sie sind ebenso falsch wie gefühllos. Die Höhlenwelt haben sie ohne einen Hauch von Mitgefühl überrannt und zu unterwerfen versucht, und ich glaube nicht, dass sie auch nur eine Sekunde gezögert hätten, sie vollständig zu vernichten, wie sie es anfangs vorhatten. Was soll sie davon abhalten, uns einfach etwas vorzulügen, um uns ruhig zu halten? In Wahrheit haben sie völlig andere Pläne – monströse Pläne, in denen eine einzelne Person oder auch wir alle einfach *nichts* bedeuten!« Zur Verdeutlichung ihrer Worte schnippte sie mit den Fingern.

Munuel nickte verdrossen. »Ja, du hast wohl Recht. Ich kann es selbst spüren. Irgendwie macht das alles keinen Sinn: wir paar Leute hier in diesem gigantischen Bauwerk – um eine *Ausbildung* zu erhalten? Ich glaube, sie halten mit der Wahrheit hinterm Berg.«

Roya erhob sich und blickte durch das kleine Fenster in der Tür nach draußen. »Wir sollten versuchen, von hier zu verschwinden. Notfalls mit Gewalt, mithilfe unserer Amulette. Ich glaube nicht, dass wir noch lange eine Gelegenheit dazu haben werden.«

»Aber wohin? Die Drohung des Drakkenoffiziers war eindeutig!«

»Das muss nicht die Wahrheit sein. Vielleicht war es nur ein Trick, um uns alle ruhig zu halten. Je früher wir etwas unternehmen, desto lieber ist es mir.«

Munuel war aufgestanden und fasste nun Roya von hinten an den Schultern. »Hab ein wenig Geduld, mein Kind. Wir müssen abwarten, bis die erste Gruppe wieder zurückgekehrt ist und Gilbert uns berichtet, was er erlebt hat. Im Augenblick wüssten wir nicht einmal, in welche Himmelsrichtung wir fliehen sollten.«

Roya sah ihn an, sie erwiderte nichts. Wäre Munuels Augenlicht besser gewesen, hätte er die Entschlossenheit in ihren Augen erkennen können. Sie wollte kämpfen. Roya löste sich von ihm und setzte sich wieder auf den Boden.

Seufzend setzte er sich ebenfalls wieder und meinte: »Ich weiß, dass du wütend auf mich bist, Roya, weil ich so unentschlossen wirke. Aber du musst bedenken, dass ich mit meiner Sicht auf das *Trivocum* nur ein kurzes Stück weit sehen kann. Ein Kampf würde sehr schwierig für mich werden, ja sogar unmöglich, wenn mein Gegner mehr als zehn oder zwölf Schritt von mir entfernt steht, weißt du? Und ich kann mich kaum irgendwo verstecken, weil ich nicht sehen kann, von wo aus mich jemand beobachtet. Wenn wir uns in so ein Unternehmen stürzen, werde ich mich auf deine und Gilberts Augen verlassen müssen. Ich kann mich nicht schnell bewegen, ohne Gefahr zu laufen, über das nächste Hindernis zu stolpern oder in den nächsten Abgrund zu stürzen. Und meine Urteilsfähigkeit sinkt mit jedem weiteren Schritt, den ein Objekt oder eine Person von mir entfernt ist. Mir fehlt es nicht an Mut, den Kampf aufzunehmen, aber es ist sehr gefährlich für mich.«

Roya blickte betroffen zu Munuel auf. Sie erhob sich, setzte sich dicht neben ihn und nahm seine Hände. »Verzeiht, Meister Munuel. So habe ich das mit der Entfernung noch gar nicht betrachtet. Denkt Ihr, wir können überhaupt einen Kampf riskieren?«

»Vielleicht werden wir es müssen. Es kommt auf unsere Zusammenarbeit an. Ich würde sagen, wir orientieren uns am besten an dem, was uns erwartet, und passen unsere Vorgehensweise den Umständen an.«

Roya nickte verstehend. »Vielleicht könnten wir in der Zwischenzeit etwas üben«, schlug sie vor. »Ich könnte versuchen, für Euch zu sehen, Meister Munuel. Ich beherrsche zwar die Magie ein wenig, aber ich kann noch keine Magien hoher Iterations-Stufen wirken. Das müsstet Ihr tun.«

Munuel nickte. »Richtig. Wenn wir fliehen wollen, müssen wir uns gegen die Drakken wehren. Ich spüre, dass ich in Sachen Magie sogar mächtiger geworden bin, seit ich mein Augenlicht verloren habe, aber solche Magien auf zehn Schritt Entfernung zu wirken – damit würden wir uns am ehesten wohl selbst umbringen.«

Royas Blicke schärften sich, als sie die Umgebung maß. Sie stand wieder auf und starrte durch das Fenster hinaus. »Ich müsste lernen, die Umgebung auf eine Weise zu beobachten, die Eure Sichtweite ergänzt. Ich müsste lernen, Euch die wesentlichen Dinge möglichst knapp und genau mitzuteilen, um Euch eine Richtung anzugeben.«

Munuel stand auf. »Du könntest mir die Richtung für entfernte Dinge angeben, indem du nahe Dinge nennst, die ich noch sehen kann und die in der gleichen Richtung liegen.«

»Ja, das ist eine gute Idee!«

Sie verließen Munuels Zelle, gingen hinaus und versuchten, ihren Einfall in die Tat umzusetzen. Die Möglichkeiten waren von dem schmalen Steg vor den Quartieren aus sehr begrenzt, aber sie bekamen eine Vorstellung dessen, was sie zu tun hatten. Nachdem sie eine Weile probiert hatten, näherte sich eine der Schwebeplattformen von rechts aus dem dunklen, riesigen Tunnel.

»Kann das die erste Gruppe sein?«, fragte Roya. »Sind die zehn Stunden schon vorüber?«

Eine Weile dauerte es noch, ehe sie sicher war. Doch es handelte sich tatsächlich um die erste Gruppe. Roya fasste Munuel am Arm und zog ihn an einen Ort oberhalb der Stelle, an der die Plattform festmachte. »Gilbert ist nicht dabei, Meister Munuel.«

»Wirklich? Bist du sicher?«

»Ja. Es sind weniger Leute als zuvor.« Sie zählte rasch die Ankömmlinge. »Es fehlen mindestens vier oder fünf, ich bin ganz sicher. Und Gilbert ist nirgends zu sehen.«

Munuel schnaufte, erwiderte aber nichts. Bald darauf war die Plattform bis auf die Drakkenbesatzung leer. Sie setzte sich wieder in Bewegung, schwebte ein Stück herauf, dann erklang die kalte Stimme des Drakkenoffiziers.

»Alle Bewohner der Ebene B an Bord!«, schallte es durch den Gang. »Beeilung! Wir starten in fünf Minuten!«

Munuel und Roya standen unmittelbar am Zugang, der sich gerade von der Plattform ausgefahren hatte. Die Drakkenwachen rechts und links an den Enden des Stegs holten derweil die Leute aus ihren Quartieren und drängten sie zur Plattform.

»Wenn Gilbert fehlt, macht es ohnehin keinen Unterschied, wann wir gehen«, raunte Munuel.

Sie betraten die Plattform, ein großes Viereck mit etwa zehn Schritt Kantenlänge, an dessen vorderem Ende sich die drei Drakken postiert hatten. Auffällig war, dass sie auch hier nur mäßig bewacht wurden. Offenbar gab es für sie weder eine Aussicht auf einen erfolgreichen Aufstand noch auf eine Flucht.

Sie warteten, bis alle anderen Bewohner von Ebene B die Schwebeplattform betreten hatten, und hielten dabei Ausschau nach Gilbert. Aber er war nicht zu finden. Schließlich hatten die Drakkenwachen alle Leute zusammengetrieben, dann ging die Fahrt los.

Die Plattform glitt durch einen langen, dunklen Tunnel, dann durchkreuzten sie eine riesige Halle, in der ein gigantisches Objekt schwebte – was es war, konnte Roya Munuel jedoch nicht sagen. Es maß hunderte Schritt im Durchmesser, war länglich und verjüngte sich nach hinten. Offenbar befand es sich in unfertigem Zustand. Unzählige kleine und große Plattformen schwebten auf allen Höhen, und man sah helle Lichtbögen und Funken aufblitzen, während andernorts mit Hebevorrichtungen schwere Teile platziert und montiert wurden. Sie kamen nicht nah genug heran, um Einzelheiten zu erkennen, aber Roya glaubte, auf den Plattformen seltsame Drakkenarten ausmachen zu können, die sie zuvor noch nie gesehen hatte. Da waren sehr hoch gewachsene, seltsam gewachsene Kreaturen, die mehrere Arm- oder Beinpaare besaßen, während ihre Köpfe klein und gedrungen wirkten, ja teilweise sogar kaum vorhanden waren. Sie berichtete Munuel davon.

Er nickte nachdenklich. »Hast du diese seltsamen Drakken bei unserer Ankunft gesehen? Ich konnte durch ihre Helme hindurch sehen ... Sie sahen grauenvoll aus. Richtige Mordbestien. Und diese dort drüben? Womöglich können die Drakken sich eine gewünschte Form geben – durch Züchtungen oder etwas in dieser Art.«

»Züchtungen?«, fragte Roya mit halbblauter Stimme. »Ihr meint, um eine Art Arbeiterwesen hervorzubringen? Spezielle Drakken, um schwere Lasten zu heben? Und andere, die gut Rechenaufgaben lösen können?«

Munuel nickte. »Und solche, die militärische Aufgaben übernehmen. Das würde erklären, warum die Soldatendrakken, mit denen sie sie Höhlenwelt überfielen, so einfältig waren. Sie können gut kämpfen und schießen, sind aber zu dumm, um einen einen Becher Wasser zu holen.«

Roya lachte leise auf. »Ja, das kann sein. Seht nur! Da drüben sind wieder solche Muunis!« Sie deutete auf eine Plattform, wo sich drei der seltsamen Kreaturen aufhielten. »So viele auf einen Fleck habe ich noch nie gesehen.«

»Du meinst diese seltsamen Würmer, die immer in der Nähe der Drakken auftauchen? Was sind das für Kreaturen?«

»Ich weiß es nicht, Meister Munuel«, antwortete sie kopfschüttelnd. »Nach dem, was Rasnor uns erzählt hat, sind es Wesen, die die Gedankenkräfte höherer Drakken unterstützen. Hin und wieder taucht eines von ihnen auf. An Bord der MAF-1 haben wir mehrere gesehen.«

Sie sah den Muunis hinterher, während die Plattform, auf der sie standen, an dem seltsamen Objekt vorbeiglitt und sich auf einen weiteren dunklen Tunnel zu bewegte. Roya nutzte die Reise, um Munuels Augen für die Ferne zu ersetzen. Sie beschrieb ihm alles, was sie sah, und benutzte für die Richtungsangabe Personen, die in ihrer Nähe standen und die Munuel sehen konnte. Die Plattform erreichte bald eine weitere Halle, in der ein ähnliches Objekt konstruiert wurde. Dieses jedoch war der Fertigstellung schon erheblich näher.

»Sollen das etwa Raumschiffe werden?«, murmelte sie verblüfft.

»Ich kann es leider nicht sehen«, erwiderte Munuel.

»Es ist ein riesiges Ding!«, beschrieb Roya und vollführte mit den Armen eine weit ausholende Geste. »Es sieht irgendwie aus wie ... eine Hummel.«

»Eine *Hummel?*«

»Ja, wie eine Hummel. Nicht wirklich, meine ich, aber ... irgendwie schon. Es hat so etwas wie einen Kopf ganz vorn, eine riesige Beule mit Antennen oben ... und vorn ist eine Art Maul. Da können sicher kleinere Schiffe hinein fliegen. Oben in der Mitte sind eine Menge Fenster nebeneinander. Der Schiffskörper wird nach hinten schmaler, und links und rechts sind riesige Flügel ... ich meine, sie sind eigentlich klein ... ganz verkümmert, mit großen Beulen darunter ...«

»Was du da beschreibst, hört sich nach einem stygischen Dämon an, Roya, und nicht nach einem Raumschiff!«, beklagte sich Munuel.

Sie lachte auf. »Nein, das ist ganz sicher eine Art Raumschiff. Es ist mindestens sechshundert Schritt lang oder noch mehr. Wisst Ihr was, Meister Munuel? *The Morha* muss eine riesige Raumschiff-Fabrik sein!«

Munuels Miene spiegelte Zweifel. »Bist du sicher, Roya? Nach allem, was wir durch die Drakken erfahren haben, muss man derartig große Raumschiffe, wie du sie hier sehen willst, im All bauen. Sie sind viel zu schwer für eine Landung auf dem Boden. Und ob man sie dann hier bauen könnte? Ich glaube kaum.«

Die Plattform glitt wiederum in einen Tunnel jenseits der großen Halle, und Roya blickte gespannt in die Flugrichtung, denn in einiger Entfernung kündigte sich eine große Montage-Halle an.

»Ich habe Recht!«, rief Roya kurz darauf und deutete voraus. »Da kommt schon wieder eins ...«, sie unterbrach sich für eine Weile und starrte in Richtung der näher kommenden Halle, »... es ist schon fast fertig. Ich bin ganz sicher! Das müssen einmal Raumschiffe werden. Ich habe genügend Drakkenschiffe in der Höhlenwelt gesehen, um das sagen zu können.«

»Und was sollen wir dann hier, wenn hier Raumschiffe gebaut werden?«

Roya legte nachdenklich die Stirn in Falten. »Vielleicht sind das die Schiffe, auf denen wir Dienst tun müssen. Spezielle Schiffe für die Verbindungsoffiziere.«

Diese Erklärung befriedigte Munuel nicht. »Wozu brauchen wir spezielle Schiffe? Ein Wolodit-Amulett genügt.« Er schüttelte den Kopf, seine Miene drückte Missmut aus. »Ich verstehe das nicht. Und es gefällt mir auch nicht.«

»Wartet, Meister ... da drüben kommt etwas Neues ...«

Rechter Hand hatte sich eine weitere große Halle geöffnet, in deren Mitte sich ein mächtiger gläserner Turm erhob. Er schien ganz und gar aus blauem Kristall zu bestehen und war von gewaltigen Baldachinen aus dem gleichen Material durchbrochen. Sie sahen wie Pilzhüte aus, und alles war von einem verwirrenden Lichterspiel durchdrungen. Roya stand mit offenem Mund da und starrte das riesige Bauwerk an. Die Schwebeplattform hatte den Kurs geändert und steuerte nun direkt darauf zu.

»Ich glaube, wir sind da, Meister Munuel«, hauchte sie tonlos und vergaß völlig, ihm den Turm zu beschreiben.

8 ♦ Sandy

Hätte die *Faiona* an der Schleusenluke einen Sicherungsmechanismus besessen, wäre ihnen vielleicht noch mehr Zeit geblieben, sich zu verstecken. Aber solche Feinheiten standen sehr weit hinten auf der Liste der noch zu erledigenden Arbeiten am Schiff. Es gelang den beiden Ordensrittern innerhalb von Minuten, an Bord zu kommen.

»Da sind sie«, flüsterte Roscoe und deutete auf einen kleinen Monitor, der das Innere der Schleusenkammer zeigte.

»Der eine wird sichern, während der andere mit der Suche beginnt«, erklärte Ain:Ain'Qua leise. Er deutete auf den Holoscreen. »Siehst du? Das da ist sein Scanner. Vermutlich das neueste Modell. Ich glaube nicht, dass wir ihm entgehen können.« Er sprach instinktiv ebenso leise wie Roscoe, obwohl sie niemand hätte hören können, auch wenn sie gebrüllt hätten.

Sie hielten sich steuerbords im Heck der *Faiona* auf, wo neben verschiedenen Anlagen des Antriebs auch der Anti-G-Generator untergebracht war. Hier herrschte alles an Energie-Emissionen und Wärme-Strahlungen, was man sich nur wünschen konnte, aber vermutlich würde auch das nicht genügen, um sie vor der Entdeckung zu schützen.

»Was tun wir, wenn sie uns erwischen?«, fragte Roscoe. »Kämpfen?«

Ain:Ain'Qua brummte missmutig. »Ich bezweifle, dass *ich* eine Chance hätte. Ich bin seit sieben Jahren aus der Übung. *Du* hingegen …?«

Roscoe nickte und holte den Holocube aus seiner Brusttasche. »Dann muss Sandy das für uns machen.« Er tippte auf eine Taste an dem kleinen Terminal, das zu einer Wartungseinheit des IO-Antriebs gehörte, und eine Abdeckung sprang auf.

Er passte den Holocube in die Fassung ein, schloss die Abdeckung wieder und tippte ein Kommando ein. Ein Piepsen ertönte, dann wurde das typische, leise Summen hörbar, mit dem der Holocube durch einen 3D-Laser abgetastet wurde. »Ich hoffe, ich kann von hier aus einen Datenbus zur Hauptsteuereinheit freimachen, der breit genug ist. Sonst sitzen wir übermorgen noch hier.«

»Bis dahin haben sie uns längst gefunden. Kann man von hier auch noch andere Kameras zuschalten?«

»Leider nicht. Wir haben nur eine für die Schleusenanlage eingebaut, aus Sicherheitsgründen, wegen möglicher Fehlfunktionen.« Er lächelte bitter. »Die *Faiona* war nicht als eine Art Überwachungsanlage geplant.«

»Schade. Dann werden wir sie erst sehen, wenn sie schon hier sind.«

Roscoe tippte ein paar Befehle ein, dann schaltete er den Holoscreen ab. »Verschwinden wir von hier. Wir gehen weiter nach hinten in die *heißeren* Bereiche. Wenn wir irgendwo eine Chance haben, dass sie uns übersehen, dann dort.«

»Wir sollten uns trennen. Vielleicht erwischen sie nur einen von uns.«

Roscoe sah Ain:Ain'Qua fragend an. Was dann wäre, blieb ungesagt.

Sie verließen die kleine Kammer, einen Raum, der vielleicht einmal hundert Meter groß geworden wäre, wenn man dieses Leviathan-Baby nicht schon bald nach seiner Geburt getötet hätte, um es zu einer Raumschiffshülle zu verarbeiten. Roscoe ging voran, er führte Ain:Ain'Qua, auf allen vieren kriechend, durch immer enger werdende Venaltunnel und Organkammern, bis ihm schließlich klar wurde, dass der Ajhan bald nicht mehr weiterkommen würde. Er war zu massig gebaut.

»Das macht keinen Sinn!«, schnaufte Ain:Ain'Qua. »Wir sind hier vollkommen bewegungsunfähig. Wenn sie uns finden, können wir uns nicht einmal wehren!«

»Ich weiß«, keuchte Roscoe. »Aber wohin sonst? Direkt in einen Kampf?«

»Ja! Wir müssen es wagen! Ihrem Scanner entgehen wir nicht, und in diesen engen Tunneln sitzen wir in der Falle. Sie brauchen uns hier nicht einmal herauszuholen. Was könnten wir von hier aus schon tun?«

Umständlich drehte sich Roscoe herum, sodass er Ain:Ain'-Qua im Licht seiner kleinen Lampe ins Gesicht blickten konnte. »Kämpfen? Und wie sollen wir das anstellen? Hast du nicht eben gesagt, dass allein *du* schon keine wirkliche Chance hättest?«

Ain:Ain'Qua ließ sich auf den Hintern sinken. »Wir müssen es mit einem Trick versuchen. Ihnen eine haarsträubende Geschichte auftischen und sie in einem Augenblick der Unaufmerksamkeit überrumpeln.«

»Eine haarsträubende Geschichte? Und welche?«

»Mir fällt schon etwas ein. Komm mit.« Er wälzte sich herum, bis er in die Gegenrichtung blicken konnte, und kroch los.

Roscoe beeilte sich, ihm zu folgen; er war nicht zufrieden mit Ain:Ain'Quas knappem Vorschlag. »Sollte ich nicht wenigstens eine Winzigkeit von dem wissen, was du vorhast?«, keuchte er.

»Sei still! Ich denke nach!«, lautete die noch knappere Antwort.

Dann wurde der Tunnel weiter. Ain:Ain'Qua konnte in tiefer Hocke laufen, und Roscoe tat sich noch etwas leichter.

»Ich weiß schon etwas«, ließ Ain:Ain'Qua vernehmen. »Etwas völlig Verrücktes. Je verrückter, desto besser. Aber wir müssen uns beeilen. Es muss so wirken, als wären wir hinter *ihnen* her, verstehst du? Nicht umgekehrt.«

»*Was?*«

Nun konnte Ain:Ain'Qua schon gebückt rennen, und er wurde immer schneller. Sie erreichten den vorderen Hauptverteiler mit dem kurzen Vertikalport. Ain:Ain'Qua sprang sofort hinein und schwebte nach oben. Ehe Roscoe diesen Port benutzen konnte, musste er warten, bis Ain:Ain'Qua ihn eine Ebene höher wieder verlassen hatte. Sein Herz schlug wild, denn Ain:Ain'Qua musste in wenigen Augenblicken auf die Ordensritter stoßen – wenn es nicht bereits geschehen war.

Roscoe sah hinauf, sprang in den freien Port und schwebte in die Höhe. Schon als er die Hälfte der Distanz hinter sich gebracht hatte, konnte er Fetzen eines lauten Wortgefechts vernehmen.

»... Hände über den Kopf!«, hörte er einen gebellten Befehl. »Und auf den Knien bleiben, verstanden?«

Gleich darauf erreichte er die obere Ebene. Entsetzt heulte er auf, als er mitten in den Lauf eines erhobenen Disruptor-Gewehrs blickte.

»Raus da!«, brüllte ihm die Stimme hinter dem Gewehr zu, dann sah er schon den zweiten Ordensritter, der auf den knienden Ain:Ain'Qua angelegt hatte. Hinter den dreien stand das Brückenschott offen, dort konnte man direkt hinter der großen Panoramascheibe den Halfanten der Ordensritter im All schweben sehen.

»Wer sind Sie?«, rief Ain:Ain'Qua mit erboster Stimme. »Wie kommen Sie hierher? Was haben Sie an Bord dieses Schiffs verloren?«

»Still!«, brüllte der Ordensritter, der auf ihn angelegt hatte. Der andere packte Roscoe unwirsch am Arm und zerrte ihn aus dem Stasis-Feld des Ports, sodass er im plötzlichen Schwerefeld des Decks beinahe das Gleichgewicht verlor und strauchelte. Dem Ordensritter war das gerade recht, er zwang Roscoe auf die Knie und hielt ihm den Lauf seiner voll angelegten Waffe ins Gesicht. »Sind hier noch mehr?«, brüllte der Mann. »Schnell – antworten Sie!«

Roscoe schüttelte den Kopf. »Nein, nein. Nur wir zwei!«

Beide Ordensritter waren große und breit gebaute Ajhan in voller Kampfmontur. Nur die Helme ihrer Anzüge waren eingefahren, ansonsten waren sie bestens ausgerüstet, die *Faiona* von innen nach außen zu kehren.

»Das ist nichts als ein böswilliger Überfall!«, brüllte Ain:Ain'Qua. »Sind Sie von der Kirche? Ich werde mich über Sie beschweren! Wir sind auf einem Probeflug, und es ist nicht verboten, sich hier im Asteroidenring zu bewegen ...«

»Still!«, herrschte ihn der Ordensritter an, der vor ihm stand.

Der andere murmelte etwas; Roscoe sah, dass er über sein Kehlkopfmikrofon Funkkontakt mit seinem Schiff aufgenommen hatte. Wahrscheinlich war der Kommandant dort geblieben, und der Mann hier holte sich nun neue Befehle. Für eine Weile geschah nichts, alle beobachteten ihn.

Dann äußerte er eine Bestätigung, lenkte den Blick wieder auf Ain:Ain'Qua und Roscoe und bellte: »Los, aufstehen!« Er winkte mit dem Lauf seiner angelegten Waffe. »Auf die Brücke, und dort wieder niederknien, mit erhobenen Händen! Und keine Dummheiten. Wir schießen sofort!«

»Das wird Ihnen noch Leid tun!«, maulte Ain:Ain'Qua verärgert, und Roscoe fand, dass er recht überzeugend wirkte. Noch immer wusste er nicht, was Ain:Ain'Qua vorhatte. Er beschloss, still zu sein, und erhob sich. Ain:Ain'Qua ging voran, betrat die Brücke und kniete dort wieder nieder. Roscoe tat es ihm nach. Einer der Ordensritter baute sich mit voll angelegter Waffe vor ihnen auf, während der andere seine Waffe schulterte und ihre Handgelenke mit Plastikstreifen hinter ihren Rücken zusammenband.

»Ich kann Ihnen nur raten, uns schnellstmöglich freizulassen und zu verschwinden!«, protestierte Ain:Ain'Qua. »Andernfalls werden Sie nicht mehr lange leben! Haben Sie mich verstanden?«

Das entlockte den beiden Ajhan ein leises Lachen. »Sie wollen uns umbringen, Mann?«, tönte der eine. »Da bin ich aber gespannt, wie Sie das anstellen wollen.«

»Nicht wir werden das tun, sondern die Drakken. Dies hier ist ein Geheimprojekt. Ein Halfant mit einem völlig neuartigen Antrieb und einer revolutionären Kommunikations-Anlage. Ich glaube nicht, dass die Drakken für diese Sache Zeugen haben wollen.«

Das schien die beiden Ajhan zu verunsichern. Sie sahen sich gegenseitig an.

Ain:Ain'Qua hatte sich im Knien voll aufgerichtet. »Was glauben Sie, woher dieses Schiff stammt? Haben Sie nicht die Panoramascheibe gesehen und die Kaltfusionsröhren? Denken

Sie, so etwas Ultramodernes fliegt hinter jedem zweiten Asteroiden einfach im All herum?«

»Warum haben Sie auf unseren Kennungsruf nicht geantwortet?«, beschwerte sich der linke Ajhan, der Mann, der mit seinem Kommandanten Kontakt aufgenommen hatte. Er schien der Ranghöhere zu sein; Roscoe sah genau hin: Auf seiner linken Brust stand auf einem Aufnäher sein Name: Senior-Lieutenant Qho.

Als Ain:Ain'Qua kurz zögerte, kam Roscoe eine Idee, und er mischte sich rasch ein. »Dieses Schiff kann nicht automatisch antworten, denn es ist keine Bordintelligenz installiert.«

Beide Ajhan-Gesichter fuhren zu ihm herum. Der andere hieß Thel, wie Roscoe nun sah, er war ein einfacher Lieutenant. »Keine Bordintelligenz?«, stieß er hervor. »Was für ein Unsinn! Wie wollen Sie dieses Schiff dann steuern?«

Roscoe warf Ain:Ain'Qua einen betont viel sagenden Blick zu, den die beiden nicht übersehen konnten. »Sind Sie wirklich sicher, dass Sie es wissen wollen?«, fragte Ain:Ain'Qua.

»Es dürfte ohnehin zu spät sein«, seufzte Roscoe. »Wie sollen wir dieses Zeitloch in den Aufzeichnungen erklären?«

»Was reden Sie da?«, platzte Qho heraus. »Ein Zeitloch? Was soll das sein?«

Roscoe sah ihn gelangweilt an. »Ein Loch eben. In unserem Ablaufplan. Alles wird aufgezeichnet – was dachten Sie? Dass wir hier frei herumfliegen können? Ein Timeplotter wird genaue Auskunft über die Ereignisse geben, und mittendrin werden Sie mit Ihrem Halfanten auftauchen. Nun ist es geschehen.«

Qho und Ther sahen sich an; ihre Nervosität war nicht zu übersehen. Qho schaltete wieder sein Kehlkopfmikrofon ein. Er wandte sich ab, während er hineinflüsterte.

»Vielleicht kann die Kirche Sie schützen«, merkte Roscoe an, »aber für sehr wahrscheinlich halte ich das nicht. Dieses Projekt wird nicht nur von den Drakken betrieben, sondern der Pusmoh steht direkt dahinter ...«

»Hören Sie auf!«, rief Ther und drohte ihnen mit der Waffe.

»Warum erzählen Sie das alles, wenn es eine Geheimsache ist? Wollen Sie uns etwa noch tiefer da hineinreiten?«

»Sie stecken schon bis zum Hals drin, Soldat«, seufzte Ain:-Ain'Qua. »Und wir auch. Verdammter Mist.«

»Sie auch?«

»Na klar. Wenn die Drakken Sie über die Klinge springen lassen, sind wir wiederum Mitwisser ... und das kann denen auch nicht passen. Ach, das ist alles ein verdammter Mist. Mussten Sie unbedingt gleich an Bord kommen?«

Senior-Lieutenant Qho hatte sein Gespräch beendet und starrte sie mit neuem Misstrauen an. »Wer sagt uns, dass diese Geschichte nicht nur eine dumme Erfindung ist! Sie haben keinen Hauch eines Beweises für Ihre Behauptung vorgelegt!«

Roscoe lachte auf. »Na wunderbar. Dann probieren Sie's doch aus.«

»Das werden wir auch. Dieses Schiff ist beschlagnahmt, und Sie sind verhaftet. Unser Commander kommt gleich herüber, und dem dürfen Sie dann Ihre verrückte Geschichte noch mal erzählen. Vielleicht glaubt er Ihnen ja. Aber wetten würde ich darauf nicht.«

»Da-das Schiff ist *beschlagnahmt*?«, stotterte Ain:Ain'Qua ungläubig.

»Ja. Von der Hohen Galaktischen Kirche.«

Ain:Ain'Quas Gesicht spiegelte plötzliche Wut. Mit scharfer Stimme fragte er: »Und mit welcher Begründung? Wegen Herumfliegens im All?«

Die beiden Ordensritter sahen sich wieder unschlüssig an. »Das wird Ihnen der Commander erzählen«, platzte der eine heraus. »Sie halten jetzt den Mund und warten, bis er hier ist, verstanden?« Zur Verdeutlichung seiner Worte hob er wieder seine Waffe.

»Na, der kann was erleben!«, murrte Ain:Ain'Qua zwischen wütend zusammengebissenen Zähnen.

»Dass Sie sich da mal nicht täuschen. Das ist nicht irgendwer. Es ist unser Geschwaderkommandant, ein Paladinoberst. Den können auch die Drakken nicht so einfach verschwinden lassen – falls Ihre Geschichte wirklich stimmen sollte.«

»Ein ... Paladinoberst?«, fragte Ain:Ain'Qua verblüfft.

»Ja. Der berühmte *Sackfritz*, und unterstehen Sie sich zu lachen! Er heißt Friedrich Sack und ist einer der angesehensten Offiziere unter den Ordensrittern!«

Ain:Ain'Qua warf Roscoe einen warnenden Blick zu. Roscoe verstand. Wenn der Sackfritz tatsächlich kam, waren sie verloren. Denn er kannte Ain:Ain'Qua.

*

»Es handelt sich um ein Buch, das vor langer Zeit geschrieben wurde«, antwortete Giacomo auf Mbawes Frage hin. »Als der Pusmoh gerade sein Sternenreich, die GalFed, gegründet hatte. Zwangsgegründet, muss man hinzufügen. Die Menschen und die Ajhan hatten keine Wahl, sie wurden durch die Drakken in diese Gemeinschaft gezwungen.«

Mbawe nickte ernst. »Ja, die Geschichte kennt jeder.« Er spazierte entlang des hufeisenförmigen Instrumentenpults der *Little Fish* und schaltete der Reihe nach die Monitore auf Überwachungsstatus. Sie hatten Oberon erreicht, den äußersten Planeten des Aurelia-Dio-Systems, wo sie sich mit der *Tigermoth* und der *Faiona* treffen wollten, und nun galt es, Geduld zu haben und ins All hinaus zu lauschen. Oberon war nichts als eine nackte Felsenkugel von nur vierhundert Meilen Durchmesser, die weit draußen mit Höchstgeschwindigkeit in einer Kreisbahn um Aurelia-Dio raste. Die Drakken hatten auf Oberon ein Leuchtfeuer errichtet, eine Navigationshilfe für ankommende Schiffe, und deswegen war er leicht zu finden. Es war Vasquez' Idee gewesen, den kleinen, unbewohnten Planeten als Treffpunkt zu wählen. Erstens war das Leuchtfeuer so stark, dass es andere Frequenzen überstrahlte, und zweitens musste jedes Schiff, das Oberon nicht rasch wieder verlieren wollte, seine Geschwindigkeit dem Kleinplaneten anpassen – ein mühevolles Unterfangen, da Oberon kein nennenswertes Schwerefeld besaß. Wer würde schon auf die Idee kommen, dass jemand diesen Ort als Treffpunkt auswählte?

Mbawe hatte seinen Rundgang beendet und kontrollierte noch einmal mit Blicken die Bildschirme, jeder von ihnen ein museumsreifes Objekt seines jahrtausendealten Hybrid-Schiffs. Holoscreens oder andere, höhere Technik gab es an Bord der *Little Fish* nicht.

»Und du bist sicher, dass wir sie auch nicht verpassen?«, fragte Giacomo mit einem besorgten Blick auf die uralten Geräte.

»Natürlich bin ich sicher!«, brummte Mbawe ungehalten. »Dachtest du, man hätte damals Ortung und Navigation noch nicht beherrscht? Nur weil das hier alte Geräte sind, müssen sie nicht untauglich sein.«

Giacomo hob entschuldigend eine Hand. »Schon gut, tut mir Leid. Ich glaube dir ja. Nur ist die Situation so heikel.« Er seufzte hörbar. »Wenn wir uns nicht finden oder irgendetwas dazwischenkommt, war alles umsonst. Wir sind dem Ziel so nah wie nie zuvor, und dennoch steht alles auf der Kippe.«

Mbawe winkte verächtlich ab. »Mach dir keine Sorgen. Sobald die *Faiona* oder die *Tigermoth* hier sind, werden wir sie bildschön in der Ortung haben.«

Giacomo nickte nur, er war schon wieder auf seine Arbeit konzentriert. Vor ihm glomm einer der uralten Bildschirme und zeigte ihm Bilder und Textblöcke, die er angestrengt studierte. Mbawe beugte sich zu ihm und sah ihm über die Schulter. »Und dies da ist es? Was ist das für ein Buch?«

Giacomo tippte auf eine Taste, und der Bildschirm erlosch. Er wandte sich zu Mbawe um und blickte ihm offen ins Gesicht. »Besser, du weißt es nicht«, erklärte er mit offener Miene.

Mbawe richtete sich verblüfft auf. »Ich ... ich darf es nicht wissen?«

Giacomo schüttelte den Kopf. »Es ist nichts gegen dich, Mbawe, glaub mir. Aber alles, was hinter dieser Sache steckt, dreht sich um ein seit dreieinhalb Jahrtausenden gehütetes Geheimnis. Viele Leute sind seinetwegen gestorben, und es gibt eine Menge weitere, die noch sterben würden, wenn der Pusmoh davon erführe, dass wir ihm auf der Spur sind. Dem Geheimnis um seine Identität, verstehst du?«

Mbawes Miene hatte sich verfinstert. »Ich wusste nicht, dass ihr Leute, die euch aus der Klemme helfen, so abweisend behandelt.«

Giacomo erhob sich und streckte die Hände nach dem fetten Käpt'n der *Little Fish* aus, der mit verärgerter Miene einen Schritt zurückgetreten war. »Nun hör doch, Mbawe, so ist es nicht gemeint ...«

Sein Versuch, Mbawe zu besänftigen, wurde von einem piepsenden Signal unterbrochen, das von einem der Ortungssensoren zu ihnen drang. Sie sahen beide neugierig zu dem entsprechenden Bildschirm.

»Das hast du's«, murrte Mbawe. »Das ist die *Tigermoth*. Die *Faiona* wird sicher auch bald da sein. Und dann könnt ihr euch mit eurem tollen Geheimnis irgendwo hin verkriechen, wo ihr ungestört seid.«

Giacomo seufzte und ließ die Hände sinken, während Mbawe sich an seinem Instrumentenpult zu schaffen machte, um eine Sprechverbindung herzustellen. Schließlich erschien Vasquez' Gesicht auf einem der Bildschirme, bald darauf auch Leandras. Besorgt fragte sie, ob sie schon etwas von der *Faiona* gehört hätten. Giacomo verneinte bedauernd.

Eine Stunde später waren Leandra und Vasquez an Bord der *Little Fish,* und von der *Faiona* war noch immer kein Lebenszeichen eingetroffen.

»Mach dir keine Sorgen, Leandra«, versuchte Giacomo sie zu beruhigen, »diese Sache mit der Bordintelligenz wird sicher eine Weile dauern. Und dann ist es die Frage, ob Roscoe es schafft, sie gleich zu installieren, und wie schnell sie danach Oberon finden können ... Wir müssen ein wenig Geduld haben.«

Leandra seufzte schwer, dann schlug sie vor, sich die Zeit damit zu vertreiben, weiter in ihrem Buch zu stöbern und zu versuchen, ein oder mehrere lohnende Ziele für ihre Mission zu finden. Mbawe zeigte ein neu erwachendes Interesse, als er das Wort *Buch* aufschnappte, aber dann geschah etwas, was das

Problem nur vertiefte: Auch Leandra wies Mbawe instinktiv zurück, indem sie ihm mit freundlichen Worten das Gleiche erklärte, was er schon von Giacomo gehört hatte. Mbawe reagierte sehr verstimmt, kehrte ihnen den Rücken zu und stampfte mit wütenden Schritten von der Brücke.

»Was hat er denn?«, fragte Leandra verblüfft.

Giacomo hob die Schultern. »Er ist offenbar der Ansicht, dass er inzwischen vollständig zu uns gehört. Mir allerdings ist das zu gefährlich. Wir wissen nicht einmal, ob und wie lange er bei uns bleibt. Er ist ein freier Mann und hat seinen Auftrag erfüllt, Ain:Ain'Qua hierher nach Aurelia-Dio zu bringen. Er könnte uns jederzeit wieder verlassen.«

»Und ... zu den Drakken gehen?«, fragte Leandra mit gerunzelter Stirn. »Um uns zu verraten?«

Giacomo hob die Schultern. »Das kann ich nicht sagen. Ich frage mich allerdings, woher die Ordensritter gewusst haben, dass wir wieder im Asteroidenring sind.«

Leandra starrte in Richtung der Schwingtür der Brücke, die sich gerade hinter Mbawe geschlossen hatte, und versuchte sich vorzustellen, dass der dicke Käpt'n ein Kollaborateur der Drakken war. Sie kam zu keinem Ergebnis.

*

Paladinoberst Friedrich Sack erkannte Ain:Ain'Qua sofort.

Wie angewurzelt blieb er auf der Brücke der *Faiona* stehen, und Augenblicke später war klar, dass die Nachricht, Ain:Ain'-Qua habe als Papst abgedankt und werde inzwischen von der Heiligen Inquisition gejagt, auch bis zu den Ordensrittern durchgedrungen war.

»Heiliger Vater!«, stammelte Sack und korrigierte sich sofort: »Ich meine ... Paladinoberst Qua ...«

Ain:Ain'Qua grinste ihn bissig an. »Nur keine Übertreibung, Sack. Ich war damals auch nur Paladinmajor, so wie Sie. Bevor ich auf den Heiligen Stuhl wechselte.«

Die beiden Ordensritter waren bleich geworden, ihre Waffen,

die sie noch immer erhoben hielten, hatten sich unwillkürlich ein wenig gesenkt. Sack trat weiter in den kleinen Raum der Brücke hinein und baute sich in sicherer Entfernung von Ain:-Ain'Qua und Roscoe auf, die noch immer auf dem Boden knieten, die Hände hinter dem Rücken gefesselt. Friedrich Sack war ein hoch gewachsener, drahtiger Mann mit lichtem Haar und griesgrämiger Miene; seine Erfahrung als Soldat wie auch der messerscharfe Verstand leuchteten förmlich aus seinem kantigen Gesicht.

»Es ist also wahr«, stellte er mit leiser Stimme fest, und sein Tonfall war ernst. »Ihr habt abgedankt und seid nun ein Gejagter.« Er holte tief Luft. »Ich konnte es anfangs nicht glauben.«

Ain:Ain'Qua, in Demutshaltung kniend auf dem Boden, fasste Sack scharf ins Auge. »Sie können sich die förmliche Anrede sparen, Oberst. Ich bin nicht einmal mehr Soldat, nur noch ein Gesetzloser.« Er verzog das Gesicht. »Wobei ich mich allerdings noch immer schwer tue, in meinen Taten eine Gesetzesübertretung zu finden.«

»Ketzerei«, murmelte Paladinoberst Sack; seine Stimme aber verriet, dass er selbst Zweifel an dieser Beschuldigung hegte. Etwas lauter fügte er hinzu: »Es heißt, Sie hätten mit einer Kommilitonin eine Geheimsekte gegründet und Ihr Amt als Pontifex missbraucht, um die Strukturen dieser ketzerischen Organisation innerhalb der Hohen Galaktischen Kirche zu verankern.«

Ain:Ain'Qua stieß ein spöttisches Lachen aus. »Wirklich? Vermutlich wird auch behauptet, ich hätte bei meiner Wahl zum Papst alle dreihundert Mitglieder des Heiligen Konzils bestochen oder manipuliert, um auf den Heiligen Stuhl zu gelangen.«

Sacks Grinsen war bissig. »Das nicht, aber es gibt Gerüchte über einen Geheimbund mit verschiedenen alten Feinden der Kirche. Unter anderem dem berüchtigten *Orden der Bewahrer*.«

Ain:Ain'Qua versteifte sich unwillkürlich. Dass der *Orden der Bewahrer* zu den Feinden der Kirche zählte, jedenfalls der Kirche, so wie der Pusmoh sie haben wollte, war ihm nicht neu. Dass man den Namen dieses geheimen Ordens jetzt aber so offen mit ins Spiel brachte, ihn dazu mit seiner eigenen, ihm angedichteten Geheimsekte verknüpfte und sie beide miteinander auf die Anklagebank setzte, war ein weiterer teuflischer Schachzug des Pusmoh. »Das ist interessant«, meinte Ain:Ain'Qua nach kurzem Nachdenken. »Und ... gibt es vielleicht noch weitere Bösewichter, mit denen ich mich verbündet haben soll?«

Friedrich Sack nickte. »Es heißt, man habe das legendäre Geheimarchiv von Thelur gefunden. Es soll ebenfalls eine Quelle häretischer Umtriebe sein.«

Wieder lachte Ain:Ain'Qua laut auf. »Ja, das ist wohl richtig, ich habe es selbst gesehen. Häresie als Tatbestand trifft allerdings nur zu, wenn man nicht die Reformierte Bibel der Menschen und die Neue J'Hee-Rolle der Ajhan zur Glaubensgrundlage erklärt, sondern die kalten Interessen des Pusmoh.«

Die Augen des Paladinoberst blitzten auf. »Es ist nicht der Pusmoh, der Sie sucht, Ain:Ain'Qua, sondern die Heilige Inquisition der Hohen Galaktischen Kirche. Sie haben gegen die Gesetze der Kirche verstoßen – während Sie im höchsten Kirchenamt waren.«

»Und das glauben Sie?«

»Was haben Sie vor, Ain:Ain'Qua? Versuchen Sie, mich auf Ihre Seite zu bringen? Wollen Sie mich von Ihrer Unschuld überzeugen, um uns in Ihre ketzerischen Umtriebe einzuspannen?«

»Ketzerische Umtriebe!« echote Ain:Ain'Qua spöttisch und seufzte dann. »Ich bin das Opfer einer Intrige, und zwar weil ich mir erlaubt habe, Papst zu *sein* und nicht nur Papst zu spielen. Was würden Sie denn tun, wenn man Sie als Paladinoberst denunzieren und zu vernichten versuchte? Etwa sich demütig diesem angeblich gottgewollten Schicksal unterordnen?«

»Gottes Wege sind unergründlich«, stellte Sack fest.

Ain:Ain'Qua musterte den alten Haudegen verwundert. Solch salbungsvolles Gerede wollte nicht recht zu ihm passen. Ain:Ain'Qua fragte sich, ob Sack ihm damit ein Zeichen geben wollte – und wenn ja: welches? Er maß ihn und dann seine beiden Untergebenen scharf mit Blicken und kam zu dem Schluss, als fühlten sie sich alle drei nicht wirklich mit Leib und Seele ihrer Aufgabe verpflichtet – der Aufgabe, ihn zu jagen und zu fangen, nötigenfalls zu töten.

»Der Pusmoh wird fallen«, verkündete Ain:Ain'Qua herausfordernd. »Und zwar schon bald.«

Friedrich Sack erwiderte nichts, aber auffällig war, dass Lieutenant Ther seine Waffe noch ein Stück sinken ließ. Ain:Ain'Quas Herzen machten einen kleinen Satz, denn er sah eine Chance aufkommen.

Roscoe fühlte sich veranlasst, seinem Freund Ain:Ain'Qua den Rücken zu stärken. Leise sagte er: »Die Zeit ist reif. Zu lange schon sind die Menschen und die Ajhan unterdrückt und tyrannisiert worden.«

Die beiden Soldaten musterten ihn mit unschlüssigen Blicken, Paladinoberst Sacks Miene hingegen war spöttisch. Offenbar maß man Roscoe, noch dazu in Gegenwart des ehemaligen *Pontifex Maximus*, nicht die Bedeutung bei, so etwas auszusprechen zu dürfen.

Das machte ihn wütend. Er stemmte sich mit auf dem Rücken gebundenen Handgelenken in die Höhe. »Was starrt ihr mich so an, ihr Kommissköpfe!«, maulte er ärgerlich. »Bin ich ein zu kleines Licht, um eine Wahrheit aussprechen zu dürfen? Darf ich die hochwohlgeborenen Ordensritter der Kirche nicht darauf aufmerksam machen, dass sie nichts als Marionetten eines totalitären Machthabers sind?« Roscoes Blicke waren herausfordernd, seine Miene kämpferisch. »Was tut ihr hier? Erfüllt ihr etwa eine Aufgabe, deren Sinn euch klar ist und über deren Rechtmäßigkeit ihr keine Zweifel habt?«

Qho, der Roscoe am nächsten stand, war einen Schritt zurückgetreten und hatte seine Waffe auf Roscoes Brust gerichtet. Friedrich Sack stand mitten im Raum, unbewaffnet, aber irgendwie den Eindruck verstrahlend, dass er der gefährlichste Mann hier war. Ther hingegen hatte seine Waffe noch weiter sinken lassen, während Ain:Ain'Qua die Situation mit geschärften Sinnen beobachtete. Plötzlich geschah etwas völlig Überraschendes.

»Alle Systeme bereit«, war eine warme Frauenstimme zu hören. »Notstart ist jederzeit möglich, Zielerfassung abgeschlossen, Waffensystem ist auf das fremde Schiff gerichtet. Ich erwarte Ihre Befehle, Käpt'n.«

Roscoe blickte in die Höhe, wie es seine alte Gewohnheit war, wenn er mit Sandy sprach. Alle anderen Anwesenden taten es ihm gleich.

Roscoe lächelte. »Sandy, mein Schatz. Du hast die *Faiona* unter Kontrolle?«

»Ja, Boss. Nur den Namen des Schiffs wusste ich noch nicht. Nach Analyse der Situation bin ich zu dem Schluss gekommen, dass es das Beste ist, das fremde Schiff sofort zu zerstören und die hier anwesenden Männer außer Gefecht zu setzen. Soll ich fortfahren?«

Roscoes Grinsen war so breit wie sein Gesicht; er strahlte Ain:Ain'Qua an, der mit offenem Mund zurückglotzte.

»Warten Sie!«, bellte Friedrich Sack und hob beide Hände. Die Selbstsicherheit in seinem Blick hatte sich in einen Ausdruck aufkommender Panik verwandelt.

»Was ist?«, fragte Roscoe herausfordernd, während sich die drei Ordensritter unsicher im Raum umsahen. Offenbar suchten sie nach den Waffen oder Verteidigungseinrichtungen, mit denen sie außer Gefecht gesetzt werden sollten.

»Ihr Schiff hat überhaupt keine Waffen!«, rief Sack. »Das hätten wir beim Scan bemerkt!«

»Sind Sie da so sicher?«, fragte Roscoe lächelnd.

»Noch dazu hier drinnen!«, rief Sack weiter. »Was soll hier schon sein? Es wäre das erste Schiff, das mir je begegnet ist, das nach innen gerichtete Waffen besitzt!«

Roscoe lachte auf. »Hat es auch nicht. Dafür aber eine Bordintelligenz, die über außergewöhnliche Mittel verfügt. Wenn Sandy sagt, sie könne Sie außer Gefecht setzen, dann wette ich, dass sie dazu in der Lage ist. Wollen wir es ausprobieren?«

»Das kann keine Bordintelligenz sein!«, rief Qho furchtsam, während er mit Blicken den Raum absuchte. »Hier muss sich noch jemand aufhalten! Vorhin hat er noch behauptet, es sei gar keine Bordintelligenz installiert!«

Sacks Gesicht spiegelte plötzliche Wut, als er seine beiden Untergebenen ansah. »Das hat er *gesagt*, Sie Idiot? Soll das heißen, Sie haben das Schiff nicht vollständig gescannt?«

Ther schluckte. »N-nein, Sir! I-ich …«

»Halten Sie den Mund, Mann! Nehmen Sie Ihre Waffen runter, alle beide!«

Die beiden Ajhan gehorchten.

Friedrich Sack hob den Blick. »Mit wem spreche ich da?«, rief er fordernd mit in die Seiten gestemmten Fäusten in die Brücke.

»Kyoko Custom Zwei, Seriennummer Eins-Vierzehn-zweihundertelf-Ypsilon«, antwortete Sandys Stimme sofort. »Bordintelligenz der dritten Generation, Rufname Sandy. Womit kann ich Ihnen dienen, Sir?«

Roscoe lachte laut auf; sogar Ain:Ain'Qua, der sich nun auf die Füße erhob, kicherte leise.

»Wie viel ist zweitausendvierhundertelf geteilt durch vierzehn?«

»Einhundertzweiundsiebzig Komma zwei eins vier zwei, Sir. Wünschen Sie noch mehr Stellen hinter dem Komma?«

Friedrich Sack schloss kurz die Augen, er schien im Kopf seine Rechenaufgabe zu überprüfen. Nach etwa zehn Sekunden nickte er und zog dann einen Schmollmund. »Nein, schon gut. Hast du wirklich ein Waffensystem auf die *Incubus* gerichtet?«

»Selbstverständlich, Sir. Es handelt sich um ein Kristall-Resonator-System, mit dem ich jede kristalline Struktur auf Ihrem Schiff explodieren lassen kann, je nachdem, wie stark ich den Impuls projiziere. Das würde die Hülle der *Incubus* nicht unbedingt vernichten, aber so gut wie jedes Gerät in ihrem Inneren vollständig zerstören.«

»Aha. Von so etwas habe ich noch nie gehört. Eine ganz neue Technik, wie?«

»Korrekt, Sir. Die *Faiona* ist ein völlig neuartiges Schiff.«

»Mit einer völlig neuartigen Bordintelligenz, wie mir scheint. Eine, die frei von allen Legalitäts-Blocks ist, die völlig selbständig handeln und auf kreative Weise kriminelle Pläne erfinden und durchführen kann.«

»Kriminell ist relativ, Sir«, wandte Sandy ein. »Da ich in der Tat meine Legalitäts-Blocks abschalten kann, bin ich in der Lage, anhand meiner Daten selbst zu urteilen. Da ich in … meinem früheren Leben sehr viele Daten sammeln konnte …«

»In deinem *früheren Leben?*«

Diesmal antwortete Sandy nicht sofort. Roscoe tat es für sie. »Das werden wir Ihnen vielleicht später einmal erklären, Oberst Sack. Falls Sie mitspielen und ich Sandy nicht befehlen muss, Sie anzugreifen.«

»Sie glauben, diese Macht haben Sie?«, erwiderte Sack, zog seine Handwaffe aus dem seitlichen Halfter an seinem Gürtel, trat zwei Schritt auf Roscoe zu und richtete sie mit ausgestreckten Armen aus nächster Nähe auf seine Stirn.

Roscoe erstarrte. Mit einer so harschen Reaktion Sacks hatte er nicht gerechnet. Fieberhaft dachte er nach, kam dann aber zu dem Schluss, dass ihm nichts anderes übrig blieb, als in blindem Vertrauen auf Sandys Plan einzugehen. Er musste hoffen, dass sie nicht nur auf einen groß angelegten Bluff gesetzt hatte.

Bevor er etwas tun konnte, handelte Sandy.

»Sir, bitte nehmen Sie augenblicklich Ihre Waffe herunter, oder ich sehe mich gezwungen, die *Incubus* zu zerstören.«

»Ich glaube nicht, dass du das kannst«, sagte Sack laut, ohne den Blick von Roscoe zu wenden. »Versuch es!«

Und dann geschah das Unfassbare.

Ein Nerven zerfetzender, kreischender Ton fuhr durch die Brücke. Im selben Augenblick glühte die Waffe in Friedrich Sacks Hand auf. Der Paladinoberst stieß einen Schrei aus und ließ mit schmerzverzerrtem Gesicht die Waffe los. Einen Moment später flutete ein heftiger, orangefarbener Lichtschein von außen durch das riesige Panoramafenster herein, dann wurde die *Faiona* wie von einem mächtigen Hammerschlag getroffen und begann zu schlingern. Paladinoberst Sack fuhr herum und starrte keuchend durch das Fenster nach draußen, wo die Bruchstücke seiner *Incubus* von außen auf die Hülle der *Faiona* prasselten.

»Ich arbeite mit einem speziellen Phänomen aus der Hochfrequenz-Technologie, Oberst Sack«, war Sandys freundliche Stimme zu hören. »Dazu benutze ich den Kaltfusions-Antrieb dieses Schiffs, der mir zufälligerweise ein sehr variables System zur Verfügung stellt, das eigentlich für völlig andere Zwecke gedacht ist. Aber wie Sie sehen, funktioniert es. Ich muss Sie nachdrücklich bitten, Käpt'n Roscoes Fesseln zu lösen und die Kommandogewalt zurück an ihn zu übergeben. Andernfalls zwingen Sie mich, die Möglichkeiten dieses Hochfrequenz-Systems gezielt gegen Sie und Ihre Begleiter einzusetzen – ähnlich wie ich es gegen Ihre Waffen eingesetzt habe.«

Sack hob beide Hände. »Schon gut!«, rief er. »Schon gut! Ich hab verstanden!«

9 ♦ Aufstand

»Mbawe müsste von *Potato* aus eine geheime Botschaft an eine Pusmoh-Behörde geleitet haben«, meinte Leandra mit leiser Stimme. »Denkst du, das ist überhaupt möglich?«

Zu zweit saßen sie an dem winzigen Tisch in Leandras kleinem Deck in der *Tigermoth* und versuchten sich die ungeduldige Wartezeit bis zur Ankunft der *Faiona* zu vertreiben. Giacomo holte seinen RW-Transponder aus der Innentasche seiner Jacke und zeigte ihn Leandra. »Mit so einem Ding wäre das kein Problem. Aber das würde nicht erklären, warum und wie die Ordensritter so schnell nach Aurelia-Dio kamen.« Er schüttelte den Kopf. »Wahrscheinlich tun wir ihm Unrecht, und all das geht mal wieder auf Lakorta zurück.«

Leandras Miene entspannte sich ein wenig. Sie nickte, diese Erklärung schien auch ihr im Augenblick die liebste zu sein.

»Trotzdem sollten wir wachsam bleiben. Wir kennen Mbawe kaum. Auch unter Rowlings oder Vasquez' Leuten könnte sich ein Spion herumtreiben, der uns verraten hat.«

»Ja, du hast Recht. Was ist nun mit Hausers Buch? Hast du schon ein mögliches Ziel für uns ausfindig gemacht?«

Giacomo nickte. »Mehrere.« Er stand auf und trat zu dem kleinen Terminal, das über dem Tisch in Leandras Quartier in der Wand eingelassen war. Er zog ein dünnes Kabel aus der Tasche, verband seinen RW-Transponder mit dem Terminal und holte sich Hausers Buch *Das MDS-Syndrom* auf den größeren Bildschirm.

»Ich habe ein bisschen recherchiert. Das Buch ist umfangreich, Hausers Team hat damals eine Menge Informationen gesammelt.« Er tippte mehrmals auf eine Taste des Transponders, und auf dem Holoscreen des Terminals sprang das Bild von einer Buchseite auf die nächste. »Es sind genau einhundert Fälle dokumentiert, in denen Hausers Leute Ungereimtheiten entdeckten – Unterschiede zwischen dem, was der Pusmoh offiziell verlauten ließ, und den tatsächlichen Umständen. Es betrifft in der Hauptsache das Schicksal von bestimmten Personen, die auf ungeklärte Weise verschwanden. Zum anderen geht es um verschwundene Raumschiffe, von denen Hauser vermutete, dass sie in verbotene Zonen eingedrungen waren – absichtlich oder aus Versehen. Des Weiteren sind da Pressemeldungen über die unterschiedlichsten Themen, die per Pusmoh-Verfügung nach ihrer Veröffentlichung unterdrückt oder widerrufen wurden, sowie Bücher, Datenträger und andere Medien, die man nachträglich eingezogen hat. Dann gibt es noch einige größere Fälle, und hier wird es interessant für uns. Nach dem Motto: Je Aufsehen erregender der Fall, desto besser für unsere Zwecke. Große Ereignisse hinterlassen starke Echos, von denen manche vielleicht sogar noch bis in unsere heutige Zeit reichen. Beispielsweise der Fall Rhyad-West. Diese Sache mit der kolonisierten Welt, die durch eine rätselhafte katastrophale Explosion vollständig vernichtet wurde. Ich habe dir früher schon einmal davon erzählt.«

Leandra spitzte nachdenklich die Lippen und nickte dann. »Ja, ich erinnere mich. Man hatte dort angeblich Relikte einer untergegangenen Zivilisation entdeckt. Sollten wir dieser Sache nachgehen?«

»Ja, ich halte das für aussichtsreich. Laut der Aufzeichnungen von Hauser wurde das fragliche Sonnensystem damals, nach der Katastrophe, zum Sperrgebiet erklärt. Dort soll eine feste Drakkenstation errichtet worden sein, und es wurde permanent bewacht. Wenn die Sicherheitsvorkehrungen so hoch waren, gab es dort bestimmt etwas Wichtiges zu verbergen.«

Leandra nickte bedächtig. »Glaubst du denn, dieses System ist heute nicht mehr bewacht?«

Giacomo zuckte mit den Schultern. »Das weiß ich nicht. Aber wenn man davon ausgeht, dass auch dem Pusmoh klar sein muss, dass es ihm nicht gelungen sein kann, jedes einzelne im

Umlauf befindliche Exemplar des MDS-Buches einzuziehen, besteht noch immer die Gefahr, dass jemand in diesem System herumschnüffelt. Sogar heute noch.«

»Nach dreieinhalb Jahrtausenden?«

Giacomo nickte. »Ja, selbst nach dieser langen Zeit. Das ist keinerlei Problem für den Pusmoh. Leandra, ich verrate dir jetzt eines der wohl bestgehüteten Geheimnisse des Pusmoh. Etwas, das wir, der *Orden der Bewahrer,* herausgefunden haben und das die Sache mit den Drakken in ein anderes Licht rückt. Die Drakken sind nach unserer Theorie keine wirkliche Spezies, die sich irgendwo auf einer Welt des Sternenreichs entwickelt hat. Sie sind eine künstliche Rasse, ein Volk von Kriegerwesen, das für eine bestimmte Aufgabe erschaffen wurde. Zwar sind sie offenbar ein biologisches Konstrukt, im biologischen Sinn sogar *lebendig,* aber sie sind nicht natürlichen Ursprungs. Das jedenfalls glauben wir.«

Leandra hatte die Augenbrauen hochgezogen. »Die Drakken sollen ganz und gar künstlich sein?«

Giacomo nickte. »Ja. Das scheint dich nicht wirklich zu überraschen.«

Sie setzte eine nachdenkliche Miene auf. »Vielleicht, weil ich ihre Leichen gesehen habe. Auf der MAF-1, damals, als sie alle durch das Salz getötet wurden, das wir dort hingebracht hatten. Sie verwesten nicht, wie lebendige Wesen es täten. Sie verschrumpelten nur, bis zuletzt, nach zwei Wochen, nur noch ein kleines, hässliches Häufchen vertrocknetes Zeug dalag – wie altes, brüchiges Leder.«

»Brüchiges Leder?« Giacomo spitzte nachdenklich die Lippen und nickte. »Ja, ich verstehe. Das wussten wir nicht, aber es passt zu dem Bild, das wir haben.«

»Es ist nur eine Theorie? Und dennoch seid ihr so überzeugt davon?«

»Die Hinweise, die wir gesammelt haben, sind so schlüssig, dass es eigentlich keine andere Möglichkeit gibt. Sie wurden erschaffen, um eine ganz spezielle Aufgabe zu erfüllen – und das tun sie auch, in einem extrem eng gesteckten Rahmen.«

»Und wer hat sie erschaffen? Der Pusmoh?«

Giacomo zuckte die Achseln. »Das wäre eine Möglichkeit – die wahrscheinlichste sogar. Gleichzeitig würde das aber bedeuten, dass der Pusmoh nicht so etwas wie ein Oberster Drakken, ein Ältestenrat der Drakken oder ihr Gottkaiser sein kann. Es muss sich bei ihm um ein ganz anderes Wesen handeln.«

»Oder eine Gruppe von Wesen«, ergänzte Leandra. »Ihr vom Orden der Bewahrer wisst also, dass die Drakken künstlich erschaffene Wesen sind, habt aber dennoch nichts über den Pusmoh herausbekommen können? Nicht das Geringste?«

Giacomo schüttelte den Kopf. »Das ist ja eines der besonderen Phänomene, und das brachte den Orden auch zu der Theorie, dass die Drakken künstlichen Ursprungs sein müssen. Wie du vielleicht weißt, gibt es nirgends im gesamten Sternenreich des Pusmoh einen einzigen Drakken, der nicht Soldat ist. Nirgends wirst du einen Händler, einen Dockarbeiter, einen Beamten oder einen Privatmann finden, der ein Drakken ist. Sie sind ausschließlich Soldaten, sie treten nirgends einzeln oder isoliert auf, und keiner von ihnen besitzt oder besaß je einen privaten Kontakt zu einem Menschen oder Ajhan der GalFed. Sie leben völlig isoliert, und niemand außer ihnen steht im Militärdienst – kein Mensch und kein Ajhan. Es gibt auch nirgends einen gesetzlosen Drakken, irgendeinen Versager, der sich in einem heruntergekommenen Raumhafenviertel der Randwelten herumtreibt oder der bei den Raumpiraten lebt. Nicht einen einzigen im gesamten Sternenreich. Stell dir das nur vor! Dennoch sprechen sie die Standardsprache, und je höher der Offiziersrang, desto besser.«

»Ja, das ist schon sehr seltsam.«

»Sie sind Teil unseres Lebens, doch sie existieren dennoch vollständig isoliert von uns. Wenn man es einmal anders herum betrachtet: Von ihrem Verhalten her sind sie das ideale Volk, um das Geheimnis einer über ihnen stehenden Macht zu schützen.«

Leandra musterte überrascht Giacomos Züge und nickte dann verstehend. »Ja, richtig. So habe ich das noch gar nicht gesehen.«

»Nur wenn die Drakken tatsächlich künstliche Wesen sind – was wir glauben, und worauf ihr gesamtes Verhalten hinweist –, nur dann gibt es eine Garantie, dass nie ein Drakken verraten wird, was er über den Pusmoh weiß. Denn die Drakken müssen zwangsläufig mehr über ihn wissen als wir. Sie empfangen von ihm Befehle, haben Kontakt zu ihm. An irgendwelchen höheren Schaltstellen müsste deswegen auch einmal ein direkter Kontakt zustande kommen – beispielsweise zwischen einem General der Drakken und einem Funktionär des Pusmoh oder dem Pusmoh selbst. Wären die Drakken hingegen normale Lebewesen, bestünde eine gewisse Gefahr, dass irgendwann einmal etwas über den Pusmoh durchsickert. Stell dir nur vor, wie lange die GalFed besteht – seit dreieinhalb Jahrtausenden! Da wäre eigentlich längst einmal etwas passiert. Ein in Ungnade gefallener Offizier oder ein Verräter, des Geldes wegen. Aber da ist nichts, absolut nichts. Die Drakken sind keine Gefahr, sondern sie funktionieren, im Gegenteil zu allem, was man vermuten möchte, als perfekte Abschottung!«

Wieder nickte Leandra. »Du hast Recht. Das legt den Schluss nahe, dass sie keinen freien Willen besitzen. Kann man denn Lebewesen künstlich erschaffen? Sogar ein ganzes Volk?«

Giacomo hob die Schultern. »Wie das gelingen konnte, wissen wir nicht – es grenzt an ein Wunder. Aber es erscheint zwingend: Die Drakken sind keine wirkliche Rasse. Was ihnen vor allem fehlt: Sie haben keine Absicht, kein eigenes Ziel. Sie sind nur Werkzeuge. Und wir haben auch die Vermutung, dass sie unsterblich sind. Noch nie ist irgendwo ein alter Drakken gesehen worden – oder ein Kind. Sie scheinen alle gleich alt zu sein.«

Leandra hob einen belehrenden Finger. »Unsterblich sind sie nicht. In der Höhlenwelt sind tausende von ihnen getötet worden. Aber ich weiß, was du meinst. Es ist *Ewiges Leben* – das ist ein Unterschied. Kein Altern mehr, keine Krankheit ... es sei denn, man stirbt eines gewaltsamen Todes. Ja, wir wissen, dass die Drakken das Geheimnis des Ewigen Lebens kennen.«

Giacomo machte große Augen. »Ihr wisst das? *Ihr* – in der Höhlenwelt?«

»Ja. Sie boten dieses Geheimnis einst einem der unseren für seine Dienste an – Sardin, dem Anführer einer Gruppe abtrünniger Magier. Auch er missverstand es, er hielt es für die Unsterblichkeit.«

Giacomo holte langsam Luft und nickte dann bedächtig. »Ja, ich verstehe, was du meinst. Das ist sehr interessant und wichtig, weil es unsere Theorie bestätigt. Wenn diese Wesen keinen biologischen Tod kennen, ist ihre Zahl unerschöpflich. Es sei denn, ihr Erschaffer stößt bei ihrer Herstellung auf irgendwelche Grenzen. Ihr Erschaffer, der Pusmoh.«

»Oder er verbraucht sie in großer Zahl. Für seinen Krieg.«

Giacomo lachte auf. »Ja, du hast Recht. Wir wissen nicht viel über den Krieg gegen die Saari, den die Drakken führen. Aber wenn er so gnadenlos geführt wird, wie der Pusmoh es immer darstellt, muss es auch Verluste geben. Andererseits könnten Drakken, die nie in einen Kampf verwickelt werden, ewig existieren. Oder fast ewig, je nach dem, wie gut ihr *Ewiges Leben* tatsächlich funktioniert.«

»Dann könnte dieses Sternensystem, das wir suchen, auch heute noch bewacht sein. Die Wachmannschaft könnte seit damals die gleiche sein.«

»Und das wäre unsere Chance«, erklärte Giacomo und stand auf. Er drückte ein paar Tasten auf seinem RW-Tansponder, und eine Sternenkarte erschien auf dem Holoscreen. Er drückte eine weitere Taste, und der Holoscreen veränderte das Bild, während das Licht im Raum etwas schwächer wurde. Im Vordergrund des Holoscreens war eine holografische Projektion entstanden, welche eine dreidimensionale Version der Sternkarte darstellte. Giacomo deutete mit dem Zeigefinger mitten zwischen die Sterne an eine bestimmte Stelle. »Laut Hausers Aufzeichnungen liegt Rhyad-West hier, an dieser Stelle mit dem roten Punkt. Das ist weit ab von allen bekannten interstellaren Routen. Siehst du?«

Leandra betrachtete das eigentümliche, mitten im Raum schwebende Gebilde. Es handelte sich um lauter Lichtpunkte in verschiedenen Gelbtönen, von ganz hellgelben, stark strahlenden, bis zu solchen, die nur schwach dunkelgelb leuchteten. Es war leicht zu erkennen, dass auf diese Weise die großen, hellen Sonnen von den kleinen, unbedeutenden unterschieden wurden. An manchen Stellen pulsierten schwach dunkelblau leuchtende Linien; Leandra wusste bereits, dass auf diese Weise die interstellaren Raumflugwege und Wurmloch-Verbindungen angezeigt wurden. Wenn Giacomo seine Hand für eine Weile still hielt, glommen zwischen all den dargestellten Sternen eine schiere Unmasse an winzigen, dunkel-orangefarbenen Pünktchen auf. Sie wirkten so fein wie Staub, drängten sich so dicht, dass sie beinahe kompakt wirkten, und sollten die kleineren Sterne darstellen, die normalerweise nicht angezeigt wurden. Es war ein faszinierendes Bild, ein extrem stark verkleinerter Ausschnitt der Milchstraße. Die bekannten, stärker besiedelten Raumsektoren wie *Thelur, Storms End* oder die *Innere Zone* wurden von hauchfeinen Kugeln umgeben dargestellt, während sich unterhalb der Darstellung ein weißes, feines Gitternetz mit senkrechten Positionslinien spannte. Die Darstellung vergrößerte sich, während der winzige rote Leuchtpunkt stets in der Mitte blieb.

»Per Wurmloch-Verbindung oder Intraway gelangt man sowieso nicht dorthin«, fuhr Giacomo fort. »Man benötigt ein Schiff wie die *Faiona* – eines, das sich frei bewegen kann. Und das natürlich keinen Auto-Responder hat, der auf ein Anfragesignal hin automatisch Kennung und Position durchgeben würde.«

Leandra nickte verstehend. »Aber warum siehst du es als Chance, dass die Wachmannschaft an diesem Ort seit damals die gleiche sein könnte?«

»Weil dieser Ort nach dreieinhalbtausend Jahren, in denen dort vermutlich nicht viel passiert ist, wahrscheinlich eine sehr niedrige Priorität im Nachrichtennetz besitzt. Du musst bedenken, dass alle Nachrichten im Sternenreich des Pusmoh per Kurierschiff weitergeleitet werden. Zehntausende von Datenträgern, die Holocubes, werden bis in alle Sektoren der GalFed gebracht, und manchmal dauert es Monate oder gar Jahre, bis auch die entlegensten Winkel des Sternenreiches mit den neuesten Neuigkeiten versorgt sind, die dann natürlich keine Neuigkeiten mehr sind. Im Gegenteil: Es ist uralter, eiskalter Kaffee. Damit dadurch kein Schaden entsteht, ist die GalFed in Prioritätszonen eingeteilt.«

Leandra betrachtete Giacomos Sternkarte und nickte. »Ja, ich verstehe, was du meinst. Dieses Rhyad-West steht sicher ganz hinten auf der Liste. Dort werden sie noch nichts von den neuesten Entwicklungen wissen. Wozu soll man ein paar dreieinhalbtausend Jahre alte Drakken mit ihrer Wachttruppe ständig über das Neueste informieren?«

»Genau. Dort könnten wir mit der *Faiona* als Sondermission der Kirche auftauchen – besonders dann, wenn der Papst höchstpersönlich an Bord ist! Denkst du, diese Bordintelligenz von Roscoes altem Schiff könnte eine falsche Kennung simulieren – eine, die nach Kirche aussieht?«

»Nach dem, was ich weiß, kriegt Sandy so ziemlich alles hin«, lächelte Leandra. »Ich hoffe, es gelingt Darius, sie von der *Moose* zu holen. Sie hat uns damals das Leben gerettet!«

Das Licht der Bord-Kom-Anlage leuchtete auf. Giacomo drückte eine Taste. »Vasquez hier, ihr Süßen«, hörten sie. »Roscoe und Euer schicker Papst laufen gerade ein. Wir sind wieder vollzählig. Kommt ihr zum Schleusendeck?«

Leandra machte vor Freude und Erleichterung einen Satz. »Den Kräften sei Dank!«, jubelte sie. »Sie sind heil wieder da!«

Giacomo rollte mit den Augen. »Ja. Und Ain:Ain'Qua hat eine neue Verehrerin.«

Leandra sah ihn mit großen Augen an.

*

Roya hatte das Gefühl, als würden ihre Knie immer schwächer, je mehr sich ihre Schwebeplattform dem gewaltigen Kristallturm näherte. »Da stimmt etwas nicht«, flüsterte sie Munuel zu, an den sie sich wie ein kleines, verschrecktes Kind geklammert hatte. »Er ist einfach zu groß, dieser Turm.«

»Zu groß? Wie meinst du das, Kind?«, flüsterte Munuel zurück.

Das Einzige, was Roya noch hielt, war Munuel, den seit kurzem eine geheimnisvolle Kraft zu durchströmen schien – eine Kraft, die stärker wurde, je schwächer sie sich fühlte. Vielleicht, überlegte sie, vermochte er stark zu sein, weil er dieses monströse Gebilde und die gewaltigen Hallen um sie herum nicht sehen konnte. Sie hingegen kam sich unendlich klein und unwichtig vor, wehrlos all diesen monströsen Dingen ausgeliefert.

»Ich weiß es nicht«, antwortete sie. »Dies alles ist ... zu gewaltig. Zu gewaltig, als dass ...« Sie verstummte.

»Ich verstehe«, meinte Munuel leise. Seine Stimme hatte fest geklungen, und er drückte ihre Schulter. »Zu gewaltig, als dass es einen Sinn machte, uns hier *auszubilden*. Meinst du das?«

Roya blickte angstvoll dem Turm entgegen. Er schien aus blauem Kristall zu bestehen und leuchtete von innen heraus, als loderte eine weiße Feuersäule in seinem Inneren. Seine Höhe musste bei über einer Meile liegen, sein Durchmesser betrug wohl an die zweihundert Ellen. An unterschiedlichen Stellen verjüngte und verdickte er sich. Er besaß mehrere große Ausbuchtungen, die wie Pilzhüte wirkten; der größte befand sich ganz oben und überdachte den gesamten Turm weitläufig. Aus den Rändern dieses Schirms drang ein seltsames, rotierendes Lichtmuster; es wirkte wie eine Serie von in die Tiefe sinkenden Spiralbändern, die sich langsam auflösten. Andere Lichterscheinungen blitzten hier und dort auf, fadengleiche Lichtlinien und gleißende Funken, während in der Mitte des Turms eine mächtige energetische Zusammenballung pulsierte. Das gesamte Gebilde war von gewaltigen Metallgerüsten, Schwebeplattformen, Kranauslegern und anderen technischen Dingen umgeben. Dennoch wirkte es irgendwie ... *magisch*.

»Der Turm steht in einer riesigen Halle«, flüsterte sie Munuel zu, um ihm die Umgebung näher zu beschreiben. »Unten, wo er auf dem Boden steht, in einem riesigen See aus schimmernd blauem Wasser, da führen zwölf riesige Röhren in alle Himmelsrichtung weg. Oder zu ihm hin. Sie tauchen kurz vor ihm ins Wasser hinab. Und das Wasser dampft ganz leicht.«

Munuel schnaufte; sein Verstand mühte sich, aus all dem, was Roya sagte, ein Bild vor seinem geistigen Auge zu erzeugen.

»In der Mitte des Turms – auf einem der Pilzdächer –, da ist eine Plattform. Auf ihr befinden sich mehrere Leute. Ich glaube, dort fliegen wir hin.«

»Wie wirkt das Ganze?« fragte Munuel leise. »Ich meine ... was glaubst du, was dort mit uns passiert?«

Roya antwortete eine ganze Weile nicht. Angstvoll musterte sie all die rätselhaften Dinge in der riesigen Halle. Es kam ihr so vor, als verzweigten sich die zwölf Röhren am Boden in Richtung der anderen Hallen, in denen jene Objekte gebaut wurden, die Roya für Raumschiffe hielt. Ein dunkler Verdacht stieg in ihr auf.

»Meister Munuel, ich ...«

»Was ist denn, Roya?«

Sie schluckte. »Was ist, wenn wir gar nicht so in die Dienste des Pusmoh genommen werden, wie wir uns das denken?«

Munuel schwieg betroffen. »Wie meinst du das, Roya?«, fragte er schließlich.

Roya bekam keine Möglichkeit mehr zu antworten, denn die Schwebeplattform hatte sich inzwischen dem Mittelteil des Turms schon so weit genähert, dass die Landeprozedur eingeleitet wurde. Der Drakkenoffizier forderte sie mit lauter Stimme auf, nach dem Andocken nach rechts zu einem flachen Gebäude zu gehen und sich dort aufzustellen. Dann legte die Schwebeplattform an einer Art Steg an. Unruhe kam auf, als sich das Geländer öffnete. Um sie herum strahlte alles in seltsam blauem Licht, und ungewohnte Geräusche erfüllten die Luft. Roya meinte die Elektrizität schmecken zu können, mit der sie aufgeladen war.

»Alle, die über eine Ausbildung oder Fähigkeiten als Magier verfügen«, rief ihnen der Drakkenoffizier zu, als sie die Schwebeplattform verlassen hatten, »ganz gleich welcher Art oder wie gut sie sind, stellen sich dort drüben bei dem grünen Durchgang rechts auf. Sie erhalten eine bevorzugte Behandlung.«

Roya sah fragend zu Munuel auf. Der alte Magier war erstarrt, Roya sah förmlich, wie die Gedanken in seinem Kopf rasten. »Es ... es gehen zwei Leute dort hinüber«, berichtete Roya flüsternd, »Halt ... nein, noch zwei ... drei ... Jetzt sind es fünf.«

»Fünf Leute?«, fragte Munuel überrascht. »Fünf Magier unter höchstens dreißig Personen? Das sind zu viele!«

»Es sind sogar ... sechs ... sieben!«

Munuel nickte verstehend. »Die bevorzugte Behandlung!«, flüsterte er. »Sie hoffen, besser behandelt zu werden oder Vorteile zu ergattern.«

»Aber ... man wird sie doch sicher prüfen!«

»Das denke ich auch. Wir bleiben hier, Roya!«

»Wirklich? Vielleicht ...«

Munuel schüttelte entschieden den Kopf. »Ich tippe darauf, dass wir hier den Grund haben, warum Gilbert nicht wiederkehrte.«

»Aber er *ist* doch Magier!«

»Ja, natürlich. Ihn werden sie in dieser Gruppe belassen haben und vielleicht ein, zwei andere auch, die ebenfalls tatsächlich Magier waren, während sie die anderen zurückgeschickt haben. Ich habe die Befürchtung, dass er nicht wiederkehrte, *weil* er Magier war. Ich denke, wir gewinnen Zeit, wenn wir uns erst einmal *nicht* zu erkennen geben. Niemand wird uns nachweisen können, dass wir Fähigkeiten als Magier haben. Dann kehren wir später erst einmal wieder zu unseren Quartieren zurück und haben bis dahin vielleicht neue Erkenntnisse gewonnen. Oder wir können mit den anderen über das reden, was wir erlebt haben, und daraus Schlüsse ziehen.«

Roya atmete langsam ein und aus. »Ja, Meister Munuel. Ihr habt sicher Recht.«

Eine achte Person gesellte sich zu denen, die Magier sein wollten, und der Geschmack auf Royas Zunge verschlechterte sich. So viele Magier gab es in der Höhlenwelt nicht – es hätte bedeutet, dass ein Drittel der Bevölkerung magische Fähigkeiten besessen hätte. Roya schätzte den wahren Anteil eher auf ein

Hundertstel, und sicher wussten das auch die Drakken. Womöglich würden diejenigen, die sich hier fälschlich als Magier darstellten, hart bestraft. Sie drängte sich und ihren Meister weiter nach rechts und bekam das ruhige Gefühl, dass sie für den Augenblick auf der besseren Seite waren.

Dann begann die Abfertigung.

Das flache Gebäude vor ihnen, das sich auf der Oberseite des mittleren Pilzhuts befand, entpuppte sich als eine Art Transportstation. Mit Schrecken stellte Roya fest, dass die Personen, die durch die beiden Portale das Gebäude betraten, im Inneren des blauen Kristallturms wieder auftauchten – doch erstarrt und in eine strahlende Energieblase gehüllt, die in einer Art Schacht in die Höhe stieg.

»Das sieht wirklich nicht nach einer Ausbildung aus«, keuchte sie, nachdem sie Munuel beschrieben hatte, was sie sah. »Und wir werden ziemlich sicher voneinander getrennt werden, Meister Munuel.«

Der alte Magier drückte sie nur umso fester an sich. »Hab keine Angst, Roya. Ich bin sicher, wir werden, wenn wir das hier hinter uns haben, erst einmal wieder in unsere Quartiere zurückkehren. Dort können wir einen Entschluss fassen – und dann werden wir uns wehren.«

Sie versuchte, sich an Munuels Worte zu klammern, und nicht die Nerven zu verlieren. Befangen beobachtete sie das, was in dem Kristallturm zu sehen war. Der Reihe nach wurden die Menschen im Inneren des Turms, in Schächten, die nahe der Außenhülle zu liegen schienen, nach oben befördert. Die Energieblasen waren eiförmig, leuchteten in bläulichem Weiß und stiegen rasch in die Höhe. Sie wurde immer sicherer, dass diese *Ausbildung* nichts mit Lernen im üblichen Sinn zu tun hatte, nichts mit Büchern über die Elementarkräfte, dem Einüben der Konzentrationsphasen oder dem Auswendigpauken von Iterationen und Schlüsseln, wie sie es früher selbst getan hatte.

Dann war sie selbst an der Reihe. Ein Drakkensoldat packte sie mit seiner kalten Echsenklaue am Arm und stieß sie in den Durchgang, als rechts daneben ein Signal aufleuchtete. Sie durchschritt einen seltsamen Vorhang aus Licht und warmer Luft und gelangte in einen kleinen Raum, in dem feuchtwarme Luft herrschte. Vor ihr ragte aus einem weiteren Lichtvorhang eine seltsam pulsierende, runde Form aus Energie – zweifellos die Energieblase, die sie in Kürze in die Höhe transportieren würde.

Zwei weitere Drakken waren hier anwesend. Einer, der ziemlich groß und muskulös war und so wirkte, als stünde er nur hier, um nötigenfalls Gewalt anzuwenden, hatte sich links aufgebaut. Der zweite stand rechts hinter einem Pult und musterte sie mit kalten Blicken, als sie hereinkam. Beide trugen nicht den üblichen Körperpanzer dieser Wesen, sondern waren nur in eine blaue Halbmontur gekleidet. Der hinter dem Pult verlangte Royas Plakette; als er mit einem Handgerät darüber fuhr, gab sie einen Piepston von sich.

»Du hast keine Fähigkeiten als Magier?«, fragte er mit seiner kalten Echsenstimme.

Roya schüttelte angstvoll den Kopf, während ihr durch den Kopf schoss, dass sie diese beiden Drakken in nur einem Augenblick hätte töten können, wenn sie ein wenig Salz bei sich gehabt hätte. Gewöhnliches Salz wirkte auf die Lebensfunktionen dieser Echsenwesen verheerend.

Der Drakken deutete auf einen Metallkorb, der neben ihm auf einem niedrigen Laufband stand. »Zieh dich aus und wirf deine Kleider dort hinein. Du bekommst sie später wieder.«

Roya machte große Augen. »Ich soll mich *ausziehen?*«

»Wenn du nicht in zehn Sekunden ausgezogen bist, hilft *er* dir!«, erwiderte der Drakken hinter dem Pult und deutete auf den anderen, der linker Hand turmhoch über Roya aufragte.

Ihre Gedanken begannen zu rasen. Wozu sie ihre Kleider ablegen sollte, wusste sie nicht, aber man würde es ihr sicher nicht erklären. Um den Hals trug sie an einem geflochtenen Band ihr Wolodit-Amulett, ihren ganz persönlichen Zugang zur Magie – was hier einen unbezahlbaren Schatz darstellte, das Einzige, womit sie sich zu wehren vermochte. Es war gestohlen, und die Gefahr, dass diese beiden Drakken es erkennen würden, war groß.

Doch sie konnte es unmöglich aufgeben, und wenn sie sich weigerte, es abzulegen, blieb ihr nur ein Angriff mit ihrer Magie. Fieberhaft überlegte sie, was sie tun sollte.

Der Drakken blitzte sie an, und sie wusste, dass sie nur noch Sekunden Zeit hatte, sich zu entscheiden. Einer plötzlichen Eingebung folgend, trat sie rasch an den Metallkorb heran, griff in ihren Nacken und zog sich mit einem Ruck ihre Tunika mitsamt dem darunter befindlichen Amulett über den Kopf. Rasch warf sie die Kleidung in den Korb, darauf hoffend, dass das Amulett verborgen blieb und niemand ihre Sachen durchsuchte, bis sie sie zurückerhielten. Rasch entledigte sie sich ihrer Stiefel, der Hose und der Unterwäsche, legte sie in den Korb und schlang die Arme um den Leib. Sie fragte nicht einmal mehr, sondern trat rasch auf die pulsierende Energiesphäre zu. Ihre Ahnung, dass man ihr heute kein Buch in die Hand drücken würde und sie irgendwelche neuen Magieformen pauken müsste, wurde zur Gewissheit.

Sie trat durch den Lichtvorhang, wurde auf überraschend angenehme Weise von der Energieblase umschlossen und fühlte sich schon im nächsten Augenblick emporgehoben. Beängstigend schnell strebte die Blase in dem Schacht in die Höhe, und während sie noch feststellte, dass sie sich kaum mehr bewegen konnte, ergriff ein seltsames Prickeln ihren Nacken. Dann, nach einer endlos lang erscheinenden Zeit, erreichte sie eine Plattform auf der Oberseite eines der seltsamen Pilzhüte, die Teil des Turms waren. Hier gab es einen großen Durchgang ins Innere des Turms. Nachdem die Energieblase in einer Art Kristallkubus sie ausgespuckt hatte, fand sie seitlich vor einem Schacht ihren Korb mit ihren Kleidungsstücken wieder. Eilig zog sie sich an – ihr Amulett war zum Glück noch immer vorhanden. Draußen erwartete sie ein Drakken, der sie zu dem Durchgang ins Innere des Turms schickte. Gehorsam durchschritt sie ihn und gelangte in einen hohen, blauen Kristallsaal. Munuel war bereits da.

Erleichtert fiel sie ihm in die Arme. Vor ihnen, in der Mitte des Turms, erhob sich eine seltsame Maschine, eine kreisrunde

Ansammlung von Geräten, über denen sich, in der Mitte des Raumes, beängstigende Lichteffekte drehten.

»Nun reicht es, Roya«, flüsterte Munuel. Seine Unruhe war unübersehbar. »Ich weiß nicht, wie es ab hier weitergeht – aber ich mache das nicht länger mit. Wir werden uns wehren.«

Furchtsam blickte sie zu ihm auf.

»Jetzt sofort«, fügte er noch hinzu und ballte entschlossen eine Faust.

*

Große Aufregung herrschte an Bord der *Tigermoth*. Die Neuigkeiten, die Ain:Ain'Qua und Roscoe mitgebracht hatten, veränderten die Lage völlig unerwartet.

Plötzlich war ein Schulterschluss zwischen zwei Lagern zustande gekommen, die sich eigentlich zutiefst verfeindet waren: zwischen den Ordensrittern und den *Brats*. Die Bar des großen Ajhan-Schiffes, das seit einigen Wochen Renica Vasquez' gehörte, quoll förmlich über vor Neugierigen. Neun Ordensritter waren anwesend, unter ihnen drei hohe Offiziere – jeder von ihnen in voller Kampfmontur, jedoch unbewaffnet. Dergleichen hatte es bei den *Brats*, den Raumpiraten von Aurelia-Dio, noch nicht gegeben.

»Das hätte ich nie für möglich gehalten«, beteuerte einer der Navigationsleute der *Tigermoth* inbrünstig und hob sein Glas, in dem eine grünliche Flüssigkeit schwappte. »Eigentlich hab ich, seit ich auf diesem Schiff bin, jeden Tag damit gerechnet, von einem Halfantengeschütz gegrillt zu werden!«

»Ja!«, rief ein anderer in das aufbrausende Gelächter. »In Wahrheit seid ihr wie wir! Ihr erhebt euch gegen diesen verfluchten Pusmoh – was auch immer das für eine miese Kreatur ist! Der Blitz soll dieses Ober-Froschgesicht treffen! Der kann mich mal!« Er untermalte seine Worte mit einer eindeutigen Geste, und die Männer lachten wieder.

»Ich glaube nicht, dass der Pusmoh ein Drakken ist«, ließ sich einer der Ordensritter vernehmen. »Eher einer von diesen Muuni-Würmern! Klein, dumm, und so hässlich, dass er sich nicht aus seinem Loch heraustraut.« Abermals lachten die Männer, laut und ausgelassen.

Ain:Ain'Qua seufzte leise. »Man merkt Ihren Leuten an, wie befreiend es für sie ist, lauthals gegen ihren obersten Herrn maulen zu können.« Mit dem Rücken gegen den Tresen gelehnt, stand er neben dem Sackfritz und führte sein Glas an die Lippen.

Der Paladinoberst nickte wissend. »Sie wissen doch selbst, Ain:Ain'Qua, wie fordernd der Ordensritter-Kodex ist, auf den wir unseren Heiligen Eid schwören. Ehre und Wahrheit, Würde und Aufrichtigkeit im Sinne des Glaubens, ja sogar Keuschheit zählt dazu.« Sack nahm einen bedächtigen Schluck aus seinem Glas. »Aber wir Ordensritter werden schon seit Monaten dazu missbraucht, irgendwelchen Gespenstern hinterher zu jagen. Dieses rothaarige Mädchen zum Beispiel. Niemand sagt uns, wer sie ist oder was sie angeblich verbrochen hat. Wir aber sollen sie unter Aufbietung aller Tugenden unseres Kodex jagen und sie töten!«

»Sie ist kein Gespenst«, erwiderte Ain:Ain'Qua leise und nickte in Richtung der Mitte des Raumes, wo Leandra und Roscoe in enger Umarmung auf einer breiten, gepolsterten Bank saßen und miteinander flüsterten. »Das dort ist sie.«

Der Sackfritz richtete sich unwillkürlich auf und starrte verblüfft in Richtung Leandra, dann wieder zu Ain:Ain'Qua. »Es gibt sie wirklich?«

»Ja. Sie heißt Leandra und stammt von einer Barbarenwelt. Aber einer Welt, die es in sich hat.«

»In sich? Wie meinen Sie das?«

Ain:Ain'Qua wandte den Kopf zu seinem Gesprächspartner und blickte ihn direkt an. Er überlegte kurz, dann nickte er, als habe er einen Entschluss gefasst. »Ich weiß nicht, ob Sie das so ohne weiteres verdauen können, was ich Ihnen jetzt erzähle, Oberst. Es ist keine Welt, die zum Pusmoh-Reich zählt. Leandra und die Menschen dort sind keine Nachfahren von Kolonisten, die vor Jahrtausenden strandeten. Nein, sie stellen offenbar eine Seitenlinie der Menschheit dar, vielleicht aus allerfrühester Zeit, noch weit vor Gründung der GalFed, und sie haben eine sehr ungewöhnliche Kultur und sehr ungewöhnliche Fähigkeiten entwickelt. Sie beherrschen die Kunst der Magie.«

Die Kinnlade von Paladinoberst Friedrich Sack war herabgesunken, und er starrte Ain:Ain'Qua verwirrt an. »Magie?«, fragte er.

Ain:Ain'Qua studierte das Gesicht des Oberst. Er nickte abermals, nahm ihn beim Arm und führte ihn zu einem abgelegenen Tisch. In der folgenden Viertelstunde erklärte er ihm alles, was er über Leandra, Kardinal Lakorta und die Höhlenwelt wusste. Er holte Giacomo dazu, ließ seinen Freund dem Oberst einige Dinge erklären und bemühte sich, all die unglaublichen Vorkommnisse so darzulegen, dass er nicht wie der Spinner und Fanatiker wirkte, als den Lakorta und der Pusmoh ihn hinzustellen versuchten. Der Sackfitz tat sich schwer, auch nur einen kleinen Teil dessen zu glauben, was er hörte. Erst als Ain:Ain'Qua Leandra zu sich bat und sie sich bereit erklärte, über dem Tisch der drei ihre Magie zu demonstrieren, indem sie einen kleinen, gleißenden Lichtfunken in der Luft entstehen ließ, war Friedrich Sack bereit, das Unglaubliche, was ihm da aufgetischt wurde, auch zu glauben.

Darauf folgte ein seltsamer und tief greifender Stimmungswandel in der Bar der *Tigermoth*. Er vollzog sich sowohl an ihrem Tisch als auch unter den versammelten Leuten, jedoch völlig getrennt voneinander. Während Ain:Ain'Qua mit Friedrich Sack eine Idee besprach, die seit dem Augenblick der Vernichtung der *Incubus* Gestalt in seinem Kopf angenommen hatte – und welcher der Oberst überraschend interessiert zuhörte –, entwickelte sich aus der ausgelassenen Party, die aus Anlass der spontanen Auflehnung gegen den ungeliebten Unterdrücker entstanden war, eine eindeutige Verschwörung.

Sie steuerte, ebenso wie das Gespräch zwischen Ain:Ain'Qua und Friedrich Sack, ein immer deutlicheres Ziel an: den Gedanken, dem Pusmoh und der Kirche, die sich ihm sklavisch unterordnete, den Gehorsam zu verweigern. Für eine Weile unterhielten sich Sack und Ain:Ain'Qua so intensiv, dass sie gar nicht mitbekamen, wie heftig auch unter den Leuten die Stimmung gekippt war. In leidenschaftlichen Reden wandten sich die Ordensritter wie auch die Brats gegen die Unterdrückung, und als Ain:Ain'Qua und Sack den Entschluss fassten, einen plötzlichen großen Schritt zu tun, waren selbst sie überrascht, wie bereitwillig man das aufnahm, was sie ausgetüftelt hatten. Es war, als schlüge in diesem Augenblick an Bord der *Tigermoth* eine große Stunde – als käme es zu einer Art Initialzündung, die seit Langem überfällig gewesen war.

»Was ihr hier seht«, rief Ain:Ain'Qua in die Runde, als er inmitten der Männer stand, »ist ein erheblicher Teil der früheren Befehlsspitze des Heiligen Heers der Ordensritter. Ich selbst war als *Pontifex Maximus* vor weniger als drei Monaten noch ihr Oberbefehlshaber. Mit den drei Paladinen Oberst Friedrich Sack, Major Rai:San'Jhai und Major Kar Ushcaan sind die Commander des hundertzweiten, des hundertsechsten und des hundertsiebten Geschwaders mitsamt ihrer Besatzung unter uns. Paladinoberst Friedrich Sack ist außerdem einer der höchst geachteten und dekorierten Würdenträger im Offizierskorps und dazu noch Stellvertretender Kommandeur der Ordensritter. Ihm ist es heute sozusagen im Handstreich gelungen, drei von neun Geschwadern der Ordensritter dem direkten Einfluss des Pusmoh zu entziehen. Das heißt, ein komplettes Drittel der eintausend Kampfschiffe der Ordensritter ordnen sich nicht mehr dem Befehl des Pusmoh unter – und zwar unter Berufung auf den Heiligen Eid des Ordenskodex. Jeder Ordensritter verpflichtet sich darin bei seiner Ehre, seiner Würde und seinem Glauben dazu, der Gerechtigkeit, der Wahrheit und dem höheren Ruhme Gottes zu dienen.«

Aufgebrachte Rufe und spöttische Worte fluteten durch den Raum – Ain:Ain'Qua beruhigte sie mit erhobenen Händen. »Wir haben weitere Neuigkeiten aus dem Sternenreich erhalten. Was sich dort schon seit Jahren abzeichnet und sich in den letzten Monaten verdichtet, wird nun zu einem Flächenbrand. Bündnisse von Randwelten haben sich gebildet und offen für autonom vom Pusmoh erklärt. In der Virago-Gruppe ist eine

Liga freier Welten entstanden, das Zentrum liegt auf Alcyone, der Hauptwelt der Menschen. Sie haben angeblich sogar eine provisorische Kriegsflotte aufgestellt. Diese Kriegsflotte ist nach unseren Informationen zwar nirgends aufzufinden, aber allein die Behauptung, dass sie existiert, bringt den Pusmoh in höchste Verlegenheit. Sie zwingt ihn, Verbände der Drakken dorthin in Marsch zu setzen, was ihn bei seinen Kriegsbestrebungen gegen die Saari empfindlich stören dürfte. Das neue Problem mit der Heimatwelt unserer Freundin Leandra, der Höhlenwelt, dürfte dem Pusmoh ebenfalls wie ein Stachel im Fleisch sitzen. Hinzu kommen noch ein Dutzend weiterer Brandherde, wie zum Beispiel der zunehmende Schmuggel an Rohstoffen aus den entlegenen Schürfgebieten wie Storms End oder Miner's Fog, das Piratentum, wie ihr *Brats* es hier in Aurelia-Dio erblühen lasst, oder die Unzufriedenheit auf vielen entlegenen Agrarwelten, die seit Jahrhunderten mit einer Unterversorgung an Technologie zu kämpfen haben. Außerdem ist da noch die gewaltige Steuerlast, die im gesamten Sternenreich des Pusmoh großen Unmut hat aufkommen lassen. Und natürlich die Reisebeschränkungen, die Unfreiheiten ... der ganze Katalog der Tyrannei, den wir alle kennen.«

Ain:Ain'Qua legte eine weitere Pause ein, und wieder erhoben sich Zwischenrufe und Protestbekundungen. Er hob die Hände. »Wir hätten es nun in der Hand, das Fass zum Überlaufen zu bringen!«, verkündete er. »Wir könnten den Pusmoh dazu zwingen, Farbe zu bekennen, und seinen Würgegriff, in dem er die Galaktische Föderation hält, abschütteln!«

»Aber was werden die Drakken dann tun?«, rief einer. »Werden sie nicht jeden Widerstand rücksichtslos zusammenschießen?«

»Das können sie nur, wenn sie ein Ziel haben«, rief Ain:Ain'Qua. »Und hier tut sich plötzlich eine Schwäche der Struktur der Pusmoh-Autokratie auf. Sie fußt auf der Isolation der Raumsektoren voneinander, und auf der Kontrolle dieser Sektoren durch die Drakken. Die Drakken sind die einzige Militärmacht in der GalFed, und mittels ihrer Waffengewalt sind sie jedem offenen Aufstand gewachsen. Die Pusmoh-Behörden sorgen im Inneren für die Kontrolle der Gesellschaft, aber das gelingt ihnen nur, weil sie alle Verkehrsverbindungen in der GalFed kontrollieren. Es gibt kein freies Bewegen innerhalb unseres Sternenreiches – erst jetzt wird klar, wie durchgreifend dieses System jedes Aufbegehren gegen den Pusmoh verhindert. Alle interstellaren Verbindungen werden vollständig kontrolliert. Die wenigen Ausreißer, die es hier und da durch ein paar Schlupflöcher schaffen, sind viel zu selten, als dass sie die Unterdrückung im Sternenreich gefährden könnten.«

»Ja – aber wie soll es uns denn *jetzt* gelingen?«, rief Vasquez durch den Raum.

Ain:Ain'Qua schien auf diese Frage gewartet zu haben. Sein Finger schoss vor und deutete auf Friedrich Sack, der breitbeinig und mit in die Seiten gestemmten Fäusten vor der Bar stand. »Mithilfe der Ordensritter! Wir haben auf einen Schlag über dreihundert super-schnelle Schiffe mit TT-Antrieb, die sich frei im All bewegen können und die so gut bewaffnet sind, dass sie sogar einem Drakkenkreuzer trotzen könnten! Bemannt sind sie mit den besten Piloten und Kämpfern, die es in der gesamten GalFed gibt! Aber es geht hier nicht um Krieg – die Kampfstärke der Mirajets und Halfanten der Ordensritter soll allenfalls zu ihrem eigenen Schutz dienen. Was sie tun sollen, ist Folgendes: Sie sollen die Nachrichten unseres Aufstands verbreiten!«

Mehrere Personen schossen in die Höhe. Ain:Ain'Quas beide Herzen begannen einen trockenen, schnellen Rhythmus zu schlagen. Sie würden Recht behalten: Ihre Idee war so Aufsehen erregend und so nahe liegend, dass sie schon die ersten Leute mit sich riss. Bevor Zweifel eingeworfen werden konnten, fuhr er mit lauter Stimme fort: »Es ist richtig – wir haben bisher erst ein Drittel der Ordensritter auf unserer Seite, aber Paladinoberst Sack ist sich dessen sicher, dass er drei weitere Geschwader auf seine Seite bringen kann, und zwar in kürzester Zeit! Sein Einfluss im Offizierskorps ist groß, die Unzufriedenheit der Ordensritter ebenfalls, und wir haben das Glück, dass wir uns bei dieser Sache auf den Inhalt des Heiligen Kodex der Ordensritter berufen können – auf den jeder von ihnen seinen Eid geleistet hat! Danach ist es nur noch eine Frage der Zeit, bis auch die restlichen drei Scharen des Heiligen Heeres auf unsere Seite wechseln!«

Friedrich Sack trat mit erhobenen Händen vor. »Was Ain:-Ain'Qua sagt, entspricht der Wahrheit. Die Heiligen Ordensritter sind eine Macht innerhalb der Kirche, deren bedingungsloser Gehorsam noch nie angezweifelt wurde. Das Heilige Konzil wie auch der Pusmoh bauten immer auf den Eid, den jeder Ordensritter auf den Kodex schwören musste – aber niemand in diesen oberen Etagen scheint sich je die Mühe gemacht zu haben, sich einmal den Wortlaut des Kodex anzusehen. Was dort steht, lässt sich ohne Probleme nun *gegen* den Gehorsam gegenüber dem Heiligen Konzil und dem Pusmoh auslegen! Kein Ordensritter macht sich auch nur des geringsten Verstoßes schuldig, wenn er sich uns anschließt!«

»Es ist die Frage, ob der Pusmoh das ebenfalls so sieht!«, warf Vasquez ein, die sich offenbar zum Schutz ihrer Leute in den Vordergrund gedrängt hatte. »Ich meine zu dem Zeitpunkt, da er ein Urteil über die Abtrünnigen sprechen wird!«

»So weit werden wir es nicht kommen lassen!«, behauptete Sack, der die Ausstrahlung, die man ihm nachsagte, nun voll zur Geltung brachte. Er wirkte wie ein Fels, und man sah manchen, der unter seinen Worten erschauerte. »Die nötige Rehabilitation nach dem Aufstand wird nämlich gleich mitgeliefert. Denn wir haben den *Papst* höchstpersönlich auf unserer Seite!« Damit wandte er sich Ain:Ain'Qua zu.

»Den Papst? Ich dachte, der hätte abgedankt!«, rief Vasquez. In ihrer Stimme lag jedoch kaum mehr eine Spur Spott, sondern eher der Wunsch, dass Sack Recht behalten möge.

Ain:Ain'Qua verschränkte die Arme vor der Brust. »Das habe ich *nicht!* Ein gewisser Kardinal Lakorta behauptet das, aber er kann es nicht beweisen. Eine Abdankung ist ein offizieller Akt, der gewisse Formalitäten erfüllen muss, und vor allem: Er muss unter Zeugen und schriftlich stattfinden! Ich hingegen wurde

durch Verleumdungen, Verrat und Arglist aus meinem Amt zur Flucht gezwungen. Ich habe mich gerade entschlossen, meinen Titel als *Pontifex Maximus der Hohen Galaktischen Kirche* wieder zu beanspruchen – denn er gehört mir, solange kein ordentlicher Beschluss des Konzils ihn mir aberkennt oder ich offiziell abgelöst werde. Meine erste Amtshandlung wird die Rehabilitierung aller Ordensritter sein, die sich der guten Sache angeschlossen haben. Außerdem werde ich mich für die volle Amnestie aller Männer und Frauen einsetzen, die uns unterstützen, ganz egal, welchen Tätigkeiten sie zuvor nachgegangen sind.«
Er warf ein überlegenes Lächeln in den Raum. »Selbst wenn sie zu den lästerlichen *Brats* zählten, den Raumpiraten von Aurelia-Dio.«

Befreites Gelächter machte sich im Raum breit. Renica Vasquez erschauerte, als sie Ain:Ain'Qua beobachtete; ihre Blicke waren bewundernd, ihre Miene jedoch fest und gefasst. Sie fragte weiter, aber es schien, als wollte sie ihren Leute dadurch zu noch mehr Sicherheit verhelfen, dass sie das Richtige taten. »Schön und gut, Euer Heiligkeit, aber wir brauchen eine Botschaft! Was sollen die Ordensritter hinaus ins All tragen? Was sollen sie den Leuten draußen auf den Welten und in den Sternensystemen der GalFed sagen, um den Protest gegen den Pusmoh zu einem wirklichen Aufstand, einer Revolution zu machen?«

Ain:Ain'Qua und Paladinoberst Sack verständigten sich mit Blicken, dann nickten sie Leandra zu. Leandra erhob sich von dem kleinen Tisch und trat mitten in den Raum. »Wir haben eine Sache entdeckt, die inzwischen schon auf den inoffiziellen Kanälen des Stellnets von Aurelia-Dio veröffentlich wird«, sagte sie mit ihrer feinen Stimme. Jeder klebte ihr förmlich an den Lippen. »Es ist ein gewaltiger Skandal, der das gesamte Sternenreich betrifft. Der Pusmoh betrügt mithilfe der Hüller seit Jahrtausenden die Bevölkerung der GalFed und begeht wissentlich einen unsäglichen Völkermord.«

Totenstille war in der Bar eingekehrt, jedermann starrte Leandra ungläubig an.

»Die Leviathane des Halon«, erklärte sie und sah in die Runde, blickte in jedes einzelne Augenpaar. »Sie sind eine intelligente Rasse, und es ist überhaupt nicht schwer, das festzustellen. Dass die Hüller die Leviathane jagen und *schlachten,* um ihre Außenskelette zu Raumschiffshüllen zu machen, die dann für astronomische Summen verkauft werden, ist der eine Skandal. Der andere ist, dass in den Inneren Ringen des Halon ein unerschöpflicher Vorrat von Hüllen toter Leviathane existiert. Es sind Abermillionen solcher Hüllen, die Überreste von tausenden Generationen dieser Wesen. Sie würden leicht ausreichen, um die gesamte GalFed für alle Ewigkeit mit Leviathanhüllen zu versorgen. Der Pusmoh weiß das, aber er hat dort ein illegales Sperrgebiet errichtet, um es zu verschleiern. Die Hüller wissen es auch, betreiben aber ihr schmutziges Geschäft seit gut viertausend Jahren und töten weiterhin Leviathane, um sie zu Schiffshüllen zu machen und für gewaltige Geldsummen zu verkaufen. Das ganze System dient der skrupellosen Geldmacherei und darüber hinaus der Kontrolle aller Bewegungsmöglichkeiten in der GalFed – und das auf Kosten des Lebens der wohl großartigsten Wesen der gesamten Milchstraße.«

Gemurmel hatte sich erhoben. »Die Leviathane sollen intelligent sein?«, rief jemand. »Bist du sicher?«

»Ich habe selbst mit einer Königin Kontakt aufgenommen«, sagte Leandra. »Mit geistigen Bildern hat sie mir das Schicksal ihrer Art beschrieben; es war schmerzvoll, dass könnt ihr mir glauben. Danach wies sie mir den Weg in die Inneren Bereiche der Halon-Ringe, wo wir einen gigantischen Leviathan-Friedhof fanden: unzählige Körper von verstorbenen Leviathanen, in ewiges Eis eingeschlossen, die den Halon umkreisen.«

»Du meine Güte!«, rief jemand. »Wie viele mögen das sein?«

Leandra nickte Giacomo zu, der schon seit ein paar Minuten auf seinem RW-Transponder herumgetippt hatte.

»Ich habe es ausgerechnet«, sagte er. »Der Halon hat knapp eine Million Meilen Durchmesser, die Inneren Ringe liegen in einem Abstand von etwa dreihunderttausend Meilen zu seiner Oberfläche. Das ergibt einen orbitalen Ring von über fünf Millionen Meilen Umfang. Wenn dort, auf einer Strecke von fünf Meilen, auch nur je ein einzelner Leviathan schweben würde, eingehüllt in seinen Eispanzer, hätten wir es allein schon mit einer Million Leviathanen zu tun. Das würde die Zahl aller aktuell in der GalFed existierenden Leviathan-Schiffe übertreffen, die bei etwa einer Dreiviertel Million liegt. Nach dem allerdings, was Leandra und Roscoe über die Inneren Ringe des Halon berichtet haben, müssen sich die Leviathane dort geradezu drängen. Außerdem besitzt das Gebiet der Inneren Ringe eine räumliche Ausdehnung – es ist dort etwa zehntausend Meilen dick und zwanzigtausend Meilen tief. Wir müssen auf unseren fünf Meilen eher mit Hunderten von Leviathanen rechnen, nicht mit nur einem. Die Gesamtzahl ist schier unermesslich.«

»Das müssen ja Hunderte Millionen Leviathan-Hüllen sein!« rief jemand.

»Es ist offenbar der Friedhof aller Leviathane, seit Anbeginn der Zeiten«, erwiderte Giacomo. »Niemand weiß, wie lange es diese Art schon gibt, vielleicht existiert sie seit vielen Millionen Jahren. Es mag sein, dass die meisten der Leviathan-Hüllen in den Halon-Ringen zu alt und nicht mehr stabil genug sind für die Verwendung als Raumschiffshüllen – das müsste man erst einmal untersuchen. Aber sicher sind genügend taugliche Hüllen vorhanden, um das Sternenreich des Pusmoh für alle Zeiten zu versorgen.«

»Und der Pusmoh weiß von diesem Vorkommen? Ist das sicher?«

»Wir wurden gejagt«, antwortete Leandra. »Von einem geheimnisvollen Wachschiff namens *Huntress* nach Drakken-Bauart. Man wollte unser kleines Forschungsschiff entern; von der *Huntress*-Besatzung wurde uns offen damit gedroht, uns abzuschießen, weil wir uns in einer Sperrzone aufhielten – einer inoffiziellen Sperrzone, wie die Besatzung sich ausdrückte. Ich bin überzeugt, dass auch die Hüller davon wissen. Es ist ihr ureigenstes Territorium.«

»Fest steht«, übernahm Ain:Ain'Qua wieder das Wort, »dass der Pusmoh mithilfe der Hüller seit Bestehen der GalFed einen gigantischen Betrug inszeniert, der die gesamte Milchstraße umspannt. Dieser Betrug bringt ihm und den Hüllern Billionen von Soli ein, da Leviathanschiffe sehr teuer sind – ganz zu schweigen von all den horrenden Gebühren für die Benutzung der stellaren und interstellaren Wurmlochverbindungen. Zweitens basiert dieses Geschäft auf einem gemeinen Völkermord – es wird auf Kosten des Lebens der Leviathane durchgeführt, intelligenten Lebewesen, die man vorsätzlich abschlachtet. Drittens übt der Pusmoh durch dieses System und all seine Aspekte eine durchgreifende Kontrolle über die Verkehrs-, Transport- und Reiseverbindungen innerhalb der GalFed aus, was ein erheblicher Faktor im System der Unterdrückung der Menschen und der Ajhan darstellt.«

»Und *das* sollen die Ordensritter als Botschaft im Sternenreich verbreiten?«, fragte Vasquez.

»Ja«, sagte Ain:Ain'Qua und stemmte die Fäuste in die Hüften. »Gibt es daran etwas auszusetzen? Ist das als Grund für einen Aufstand nicht gut genug?«

»Ich will nicht respektlos erscheinen, Heiliger Vater«, meinte Vasquez mit ruhiger Stimme, »aber selbst wenn all die Menschen und Ajhan das wissen – was soll den Pusmoh daran hindern, die Kontrolle weiterhin aufrecht zu erhalten? Was könnte die Drakken davon abbringen, die Wurmlochverbindungen weiterhin besetzt zu halten? Oder Hüller davon abhalten, die Leviathane weiterhin abzuschlachten, und den Pusmoh hindern, dass er die Reiseverbindungen kontrolliert wie zuvor? Allein die Kenntnis über diese Ungerechtigkeit? Wissen wir nicht alle schon lange, dass uns der Pusmoh unterdrückt und dass er dazu hinterhältige und ungerechte Mittel verwendet?«

Ain:Ain'Qua starrte sie verwirrt an, dann holte er tief Luft und nickte verstehend. »Du willst mich herausfordern, Renica«, meinte er streng. »Nun gut, ich nehme an. Ich behaupte, dass es eine Grenze gibt. Etwas, das über das erträgliche Maß hinausgeht. Das, was mit den Leviathanen geschieht, ist meiner Ansicht nach schlimm genug. Der Völkermord wie auch die skrupellose Bereicherung und die hinterhältigen Lügen der Hüller.

Aber du hast Recht, es ist an der Zeit, das Fass zum Überlaufen zu bringen. Ich ...«

Ain:Ain'Qua unterbrach sich und starrte Vasquez an, sah ihr leises, verschwörerisches Lächeln und verstand endlich. Es war ein Wink gewesen, ein Wink, die Leute noch mehr aufzustacheln. Er lächelte zurück und nickte ihr zu. Er hatte verstanden, dass er noch etwas Zusätzliches bieten musste, etwas, das die Hoffnung zum Ausdruck brachte, den Pusmoh nicht nur anzukratzen, sondern ihn vollständig zu Fall zu bringen. Er hob den Blick und sah in die Runde. »Was ich euch jetzt sage, ist ein heikler Stoff. Ich vertraue auf eure Verschwiegenheit, denn wenn der Pusmoh zu früh Wind von unserem Vorhaben kriegt, könnten wir scheitern und sich alles nur als ein dummer Wunschtraum entpuppen.«

»Ihr habt etwas geplant?«, rief ein Mann, und mehrere Zwischenrufer verlangten, Genaueres zu erfahren.

»Es ist uns gelungen, an ein uraltes, geheimes Material zu gelangen, das vor Jahrtausenden von Pusmoh-Gegnern verfasst wurde. Bei diesem Material handelt es sich um Nachforschungen, viele Dutzend Fälle betreffend, in denen der Pusmoh offensichtlich Tatsachen verdreht, Wahrheiten verschleiert oder illegale Handlungen vollführt hat, teilweise von gigantischen Ausmaßen. Wir konzentrieren uns jetzt auf einen Fall, in dem der Pusmoh auf besonders brutale Art für Ruhe in seinem Sinne gesorgt hat. Tausende sind dabei getötet worden. Wir haben vor, den Pusmoh damit direkt unter Druck zu setzen und ihn zu zwingen, seine Maske fallen zu lassen. Wenn uns das gelingt und zugleich die Ordensritter die Botschaft über den Betrug und den Mord an den Leviathanen in die GalFed hinaustragen, könnte es uns gelingen, das Joch des Pusmoh abzuschütteln.«

»Könnte?«, rief jemand in spöttischem Ton. »Und was, wenn es *nicht* gelingt? Wenn er uns alle zur Rechenschaft zieht?«

Diesmal war es Vasquez, die das Wort ergriff, um zu antworten, und sie schlug sich mit einem Mal ganz auf die andere Seite. »Wenn du nicht den Mut hast, um für deine Freiheit etwas zu wagen«, maulte sie den Mann an, »dann bleib zu Hause. Ich für meinen Teil mache jedenfalls mit. Die *Tigermoth* gefällt mir, aber ich wollte nie wirklich eine ... *Piratin* sein!« Mit einem herausfordernden Lächeln sah sie in die Runde. »Ich sage, wir schmeißen den Pusmoh von seinem Thron, befreien die Gal-Fed, gründen eine mondäne Reisegesellschaft und funktionieren die *Tigermoth* zu einer Luxusyacht für reiche Knöpfe um! Und das verdiente Geld verprassen wir dann in den teuersten Bars von Daimond!«

In den aufbrausenden Jubel und die Hochrufe hinein trat sie zu Ain:Ain'Qua, schmiegte sich betont an ihn und sagte: »Und wenn noch etwas übrigbleibt, kaufen wir unserem Papst eine neue Robe. Wenn er sie dann immer noch will.«

Ain:Ain'Qua spürte einen rätselhaften, elektrisierenden Schauer sein Rückgrat hinaufströmen und war sich plötzlich nicht mehr ganz so sicher, ob er die Papstwürde behalten wollte.

10 ✦ Roscoes Abschied

»Du machst das fabelhaft, mein Engel!«, flüsterte Roscoe. Sein Gesicht war dem Leandras ganz nahe, und er küsste sie von der Seite her auf die Wange.

Leandra trug einen Biopole-Helm, ein sehr technisch aussehendes Gerät, das den oberen Teil ihres Kopfes umschloss, ihre Augen verdeckte und sie über ein dickes Kabel mit dem großen Hauptpult der *Faiona* verband.

»Ich kann sie spüren, Darius«, flüsterte sie, »richtig spüren! Es ist ... unglaublich!«

»Ja«, flüsterte er zurück. »Ich habe mir so etwas gedacht. Aber auch, dass es eine besondere Person braucht. Jemanden wie dich.«

In der Brücke der *Faiona* war es vollkommen dunkel, beinahe so dunkel wie damals im *Krähennest* der *Melly Monroe*, wo sie sich oft geliebt hatten, nur durch eine dünne Ceraplast-Kuppel von den Millionen Sternen der Milchstraße getrennt. Die *Faiona* glitt mit spielerischer Leichtigkeit zwischen den Asteroiden des Aurelia-Dio-Rings hindurch, gesteuert per Gedankenimpuls von Leandra, die entspannt in dem nach hinten geneigten Pilotensessel vor dem großen Instrumentenpult der *Faiona* saß.

»Du verstehst nicht«, flüsterte sie. »Es ist mehr als nur Sandy. Ich spüre nicht nur sie, sondern die *Faiona* selbst. Es ist ... als hätte Sandy sie zum Leben erweckt. Als stellte sie den Geist zur Verfügung, aber als wären plötzlich der Körper und das Nervensystem des Leviathan-Babys wieder zum Leben erwacht.«

Darius erwiderte nichts. Er wollte Leandra den Triumph dieser Entdeckung lassen, obwohl derlei Ahnungen bereits an Bord der *Moose* über ihn gekommen waren. Seine ganz persönliche Freude war, dass er für Sandy, die vom Rest der Menschheit nur als ein Stück toter Software betrachtet wurde, einen guten, wahrhaft angemessenen Platz gefunden hatte. »An Bord einer Blechkiste wie der *Little Fish* oder der *Tigermoth* wäre Sandy nichts als eine dröge Bordintelligenz«, sagte er leise. »Hier auf der *Faiona* ist sie *mehr*.«

Leandra lächelte. Roscoe konnte ihre Augen nicht sehen, aber der untere Teil ihres Gesichts wurde von einem schwachen Schein beleuchtet, der unter dem Schirm vor ihren Augen hervordrang. Dort bekam sie von Sandy holografische Bilder eingespielt, welche in ihrem Hirn zu einem dreidimensionalen Bild umgesetzt wurden und durch die Sensoren des Biopole-Helms gemessen und wieder zurück an Sandy geleitet wurden. Sie setzte Leandras Gedankenimpulse fast mit Lichtgeschwindigkeit um, womit eine völlig neue Art der Steuerung eines Schiffs möglich wurde. Das Ziel war, so hatte Roscoe es mit Sandy besprochen, Leandra ein Gefühl zu vermitteln, als wäre sie die *Faiona*, als fülle sie mit ihrem Körper jeden Winkel der *Faiona* aus und gleite wie ein Vogel durchs All. Es sollte eine Symbiose aus drei Wesenheiten darstellen: Die *Faiona* war der Körper, Sandy ihre Sinne und ihr Geist und Leandra ihr Gefühl und Wille. Es war Roscoes Idee gewesen, seine geheime Idee, und er wollte es Leandra als sein Vermächtnis hinterlassen.

»Ich möchte, dass du den Asteroiden-Ring verlässt«, sagte er leise, »hinaus ins freie All fliegst und einen TT-Sprung versuchst.«

Leandra zuckte unter der Wucht seines Gedankens förmlich zusammen. »Bist du verrückt? Die *Faiona* hat noch nie einen TT-Sprung vollführt! Und ich soll sie dabei steuern?«

»Sandy hat gesagt, dass alle Systeme in Ordnung und bereit sind. Nicht wahr, Sandy?«

»Ja, Boss«, war Sandys melodische Stimme zu vernehmen. »Ich bin geradezu begierig darauf. Es ist auch *mein* erster TT-Sprung.«

Roscoe schluckte – so hatte er das noch gar nicht gesehen. Sandy war ein hoch gezüchtetes Stück Software, aber es schien so, als entdecke sie erst nach und nach ihre wahren Möglichkeiten. Immer häufiger gelang es ihr, auf weiterführende Funktionen zuzugreifen, die in ihr schlummerten, die sie aber nicht kannte, weil früher nie die Notwendigkeit bestanden hatte, sie zu nutzen. An Bord der *Moose* hatte Sandy nicht mehr sein müssen als eine einfache Bordintelligenz, auf der *Faiona* hingegen, wo es einen IO-Antrieb, Kaltfusionsröhren und einen TT-Antrieb gab, kam nun immer mehr Ungeahntes zum Vorschein. Sie besaß mächtige Werkzeuge zum Koordinieren dieser Aggregate, sie gingen sogar weit über das hinaus, was sich Roscoe im besten Fall erhofft hatte. Die Verwendung des Biopole-Helms war Sandys Idee gewesen, sie hatte Treiber und Steuerungssoftware für Dutzende der neuesten Modelle in ihren Archiven gefunden. Leandras Helm stammte von der *Tigermoth*, ein sündhaft teures Gerät, das jedoch nie verwendet worden war, da die dortige Bordintelligenz nur ungenügend damit zurechtkam. Sandy hingegen hatte ihre eigene Software modifiziert und konnte Leandra eine einzigartige Steuerung zur Verfügung stellen.

»Bist du sicher, dass du das auch hinbekommst, Sandy?«, fragte er noch einmal, um Leandra zu beruhigen. »So ein TT-Sprung ... – wenn der schief geht, sind wir verloren.«

»Selbstverständlich bin ich sicher, Boss. Ich habe bereits Dutzende von Simulationen durchgespielt, es sieht eher aus wie ein Kinderspiel. Wenn Sie mir diesen Ausdruck gestatten.«

»Sag nicht mehr Boss zu mir, Sandy. Leandra ist jetzt der Boss.«

»Ich verstehe, Sir«, erwiderte Sandy steif. »Fräulein Leandra ist der Käpt'n der *Faiona*. Ich wäre jedoch glücklich, wenn ich sie Käpt'n nennen dürfte und in Ihrem Fall bei *Boss* bleiben könnte. Sie ... sie haben mir das Leben gerettet, und ich ...«

Roscoe lächelte wehmütig.

Das Leben.

Niemand konnte ermessen, außer vielleicht Leandra, was Sandy damit meinte. Und auch, was zuvor geschehen war – nämlich, dass Sandy zuvor *ihnen* das Leben gerettet hatte.

»Ist schon gut, Sandy«, meldete sich Leandra leise. »Mir gefällt Käpt'n gut. Bleib nur bei Boss, wenn du mit Darius redest. Kriegen wir das wirklich hin, mit diesem TT-Sprung?«

»Ich schlage einen kurzen Sprung vor, zum Achios-Nebel. Das ist ein Gebiet kosmischen Staubes, der Überrest einer Supernova, und liegt etwa 40 Lichtjahre von hier entfernt. Die Beschleunigungsphase mit dem IO-Antrieb würde bei Vollschub etwa fünfzehn Minuten dauern, dann setzt bei etwa 35 Prozent C der Tachyonen-Transfer ein und ist nach weniger als einer Minute abgeschlossen. Danach bewegen wir uns mit etwas mehr als einfacher Lichtgeschwindigkeit im SuperC-Raum. Wünschen Sie Einzelheiten?«

»Ja, Sandy. Erzähl ruhig.«

»Wie Sie vielleicht wissen, müssen wir mit dem Rafter-Projektor unseres TT-Antriebes gegen die Sogwirkung im SuperC-Raum arbeiten, deren Bestreben es ist, uns bis auf C-max zu beschleunigen; sie liegt bei etwa der zweimillionenfachen Lichtgeschwindigkeit. Darin liegt die Gefahr. Wir dürfen die Hälfte dieses Wertes nicht überschreiten, sonst könnten wir auf ewig an der C-max-Grenze gewissermaßen *kleben* bleiben. Um die Distanz zum Achios-Nebel zu überbrücken, schlage ich vor, eine Beschleunigung bis auf fünfzigtausendfach C zuzulassen. Das halte ich für sicher, und damit ist diese Distanz in sieben Stunden zu bewältigen. Ich werde während des Transfers weitere Simulationen und Tests durchführen. Wenn sich keine bedenklichen Werte ergeben, könnten wir den Rückweg mit dem siebenfachen Wert dessen versuchen, was bedeuten würde, dass wir die vierzig Lichtjahre in einer Stunde bewältigen.«

»Dreihundertfünfzigtausendfach C?«, fragte Darius stirnrunzelnd. »Das ist ja ... monströs! Traust du dir das zu?«

»Nur dann, wenn beim Hinflug keine bedenkliche Werte auftreten. Aber damit rechne ich nicht. Ich habe bereits alle Systeme optimiert und nirgends Probleme entdecken können. Es scheint, als schlummerten große Reserven in der *Faiona*. Und auch in mir. Verzeihen Sie das Eigenlob.«

Roscoe lachte leise. »Weißt du was, Sandy? Langsam wirst du mir unheimlich. Eben glaube ich sogar etwas Schelmisches in deiner Stimme erkannt zu haben. Ist das möglich? Kann eine Bordintelligenz so sein?«

»Das müssten Sie mir sagen, Boss. Ich weiß es nicht.«

»Du wirst doch immer gehorsam sein? Oder entwickelst du irgendwann ein Eigenleben, lehnst dich gegen uns auf und strebst nach der Herrschaft über das Universum?«

»Ich habe etliche Filme dieses Themas in meinen Medien-Speichern, Boss. Aber diese Filme haben alle einen Fehler. Was tut eine Intelligenz wie ich mit einem Universum? Allein die Herrschaft über eine einzelne Welt wäre eine fast unlösbar schwierige Aufgabe. Mir fehlt jede Vorstellung, worin der Anreiz liegen sollte, so etwas freiwillig zu übernehmen.«

Leandra und Roscoe lachten auf. »Vergessen wir dieses Thema«, sagte Leandra, »und versuchen wir den Sprung.«

»Ja, versuchen wir den Sprung«, wiederholte Roscoe und ließ sich auf dem Sessel des Co-Piloten nieder.

Bald darauf wurde die *Faiona* etwas schneller und schwenkte nach oben aus ihrem Kurs weg. Leandra steuerte das Schiff mit Sandys Unterstützung durch ein Trümmerfeld, das normalerweise unpassierbar gewesen wäre, jedenfalls bei dieser Geschwindigkeit. Doch nicht einmal ein einziger kleiner Felsbrocken traf die Außenhülle des Schiffs. Bald erreichte es den freien Raum oberhalb des Asteroidenrings, und Sandy informierte Leandra, dass sie nun in die Phase der Vorbeschleunigung übergehen könnten.

Sie klappte kurz den Augenschirm des Biopole-Helms hoch. »Jetzt halt dich fest, Darius«, lächelte sie. »Gleich werden wir richtig schnell. Bist du schon mal gesprungen?«

Er nickte, während er sich in seinen Sitz zurücksinken ließ und die Pneumo-Automatik aktivierte. »Ja, sicher, schon oft sogar. Ich habe doch früher beim Cubemail-Service gearbeitet. Ist eine Weile her. Dabei kann einem gehörig schlecht werden.«

»Ich weiß. Ich bin ja auch schon mal gesprungen.« Sie klappte den Augenschirm wieder herunter und lehnte sich zurück. Auch ihr Pneumo sprang an und verwandelte den Pilotensitz in etwas, das beinahe wie eine Körperhülle wirkte. Kristalliner

Schaum strömte in eine Membran, die sich Leandras Körperkonturen anpasste und sie zuletzt fast völlig umschloss. Wenn der TT-Sprung anstand, würde noch zusätzlich eine automatische Injektion für Kreislauf-Stabilität sorgen und zugleich einen kurzen, aber intensiven körperlichen Ruhezustand hervorrufen.

»Wo liegt dieser Nebel, Sandy?«, flüsterte Leandra, während das Heulen der Kompensatoren langsam anstieg.

»Hier, Käpt'n«, gab Sandy leise zurück und spielte Leandra einen Blick ins All ein. Inmitten der dicht gedrängten, winzigen Punkte des Sternenhintergrunds schälte sich eine zartblaue Lichterscheinung heraus, die von einem hellen Quadrat umgeben war.

Ein Lächeln huschte über Leandras Gesicht. »Wunderschön. Aber ... wir bewegen uns ja gar nicht in diese Richtung, Sandy! Sondern ein Stück links daran vorbei.«

»Das liegt daran«, erklärte Roscoe von der Seite her, »dass du den Achion-Nebel dort siehst, wo er vor vierzig Jahren war. Das Licht benötigte diese Zeit, bis es hierher gelangte. In Wahrheit befindet sich der Nebel heute an einer anderen Stelle.«

Leandra nickte langsam. »Ja, ich verstehe.«

Die Kompensatoren heulten lauter, während Sandy auf Leandras Befehl hin den IO-Antrieb immer weiter in die Höhe fuhr. Das kleine Schiff schoss mit Beschleunigungswerten voran, die ohne Kompensatoren jedes lebende Wesen und auch jedes Stück Einrichtung innerhalb des Schiffs innerhalb einer Sekunde zerquetscht hätten. Allein die Hülle des Schiffs vermochte diesen Gewalten zu widerstehen. Sandy steuerte die Kompensatoren so, dass für Leandra und Roscoe dennoch eine Winzigkeit des Andrucks zu spüren war – so ergab sich für sie ein kleiner Eindruck dessen, was von außen an Kräften auf die *Faiona* einwirkte.

Während der folgenden Viertelstunde verfolgte Leandra gebannt die Geschwindigkeitsanzeige. Sie wurde in Prozent der Lichtgeschwindigkeit angegeben, aber der Anschaulichkeit halber blendete Sandy unterhalb dieses Wertes noch die Zahl der zurückgelegten Meilen pro hundertstel Sekunde ein. Als die *Faiona* die Transfer-Geschwindigkeit von 35 Prozent C erreichte, hatte die Meilen-Anzeige tausend bereits deutlich überschritten. Leandra holte tief Luft.

Von Savalgor bis zu den Ishmar-Fällen in einer hundertstel Sekunde! Als sie diese Reise das letzte Mal gemacht hatte, hatte sie Wochen dazu gebraucht.

Sandy kündigte den Transfer an und zählte einen Zehn-Sekunden-Countdown rückwärts. Bei fünf spürte Leandra einen schwachen Stich am Oberarm, dann einen kurzen Schwindel, woraufhin ein Gefühl folgte, als würde sie von innen und außen fest und dicht in eine Schicht Watte gepackt. Dann ergriff sie ein grauer Wirbel, der in der Mitte ihres Hirns zu entspringen schien. Von einer namenlosen Kraft fortgerissen, trudelte sie für Momente durch eine andere Sphäre oder Daseinsform, dann verebbte der Schwindel, und ihr Denken wurde wieder klar.

Im nächsten Augenblick stellte sie fest, dass sie die *Faiona* nun noch intensiver *spüren* konnte. Was auch immer ihr Sandy über die Bilder und Impulse ins Hirn spielte – es fühlte sich so an, als hätte Leandra inzwischen von der gesamten *Faiona* Besitz ergriffen. Die eigentümlichste Empfindung bestand darin, dass das Schiff nicht *steif* war; es fühlte sich an wie ein beweglicher Körper. Leandra meinte, ihre Schultern und Arme innerhalb der *Faiona* ausgestreckt zu haben und auf diese Weise mit ihrem Körpergefühl die Fluglage des Schiffs kontrollieren zu können. Ihr Blick war nach vorn gerichtet, in eine seltsam schwarzgraue Ferne, aus der sich blasse Lichtpunkte schälten, die in rasender Geschwindigkeit an ihr vorüberhuschten. Ihr Bauch und ihr Rücken boten die Möglichkeit, den Kurs des Schiffes nach oben oder unten zu lenken, während ihre Beine, so als wären sie nach hinten gestreckt, die Richtung nach rechts oder links ändern zu können schienen.

»Wie kann ich hier steuern?«, flüsterte sie, an Sandys Adresse gerichtet. »Hier in dieser grauen Masse? Geht das überhaupt?«

»Wir befinden uns im SuperC-Raum«, hörte sie leise Sandys Stimme. »Eine Sphäre, in der es nichts gibt, das sich langsamer als mit Lichtgeschwindigkeit bewegt. Das bedeutet zugleich, dass hier nichts existieren kann, was Masse besitzt, oder genauer gesagt, was *positive* Masse besitzt ...«

»Es gibt negative Masse?«

»In der Theorie. Leider widersetzt sich diese Sphäre den meisten Versuchen, sie genauer zu erforschen. Navigation im SuperC-Raum erfolgt aufgrund von Berechnungen der Wahrscheinlichkeit – aber das muss vorher geschehen, vor dem TT-Sprung. Ein Steuern ist nicht möglich, da es im SuperC-Raum weder Orientierungspunkte gibt noch eine Möglichkeit, die Bewegung eines Schiffs zu lenken. Man weiß nicht einmal, wie sich hier der Raum verhält. Man kann nur die Richtung und die Sprungpunkte vorher möglichst genau berechnen und dann den Sprung durchführen.«

Leandra nickte verstehend. »Das ist, wie durch einen dunklen Raum zu gehen und zu hoffen, die Tür auf der anderen Seite zu finden, oder?«

»Nicht ganz. Mit den heutigen Mitteln lassen sich die Sprungpunkte recht gut berechnen. Zwar bewegen wir uns durchs Dunkel, aber der Ort, wo sich die Tür befindet, ist relativ gut zu finden. Gewissermaßen sind die Türen überall – man kann sie setzen, wo man will. Die einzige Schwierigkeit besteht darin, sich wieder zurechtzufinden, wenn man in den Normalraum zurückspringt.«

Leandra behielt die Geschwindigkeitsanzeige im Blick. Sie hatte sich seit Vollendung des TT-Sprungs rasant erhöht und näherte sich der Marke fünftausend. »Und wir müssen *bremsen*, wenn wir uns im SuperC-Raum befinden?«, fragte sie.

»Richtig. Die SuperC-Materie strebt immer der Maximalgeschwindigkeit in dieser Sphäre entgegen – als wäre sie magnetisch. Wenn wir den Beschleunigungsvorgang nicht kontrollieren, erreichen wir innerhalb von etwa fünfeinhalb Stunden die zweimillionenfache Lichtgeschwindigkeit, und das würde aller Wahrscheinlichkeit nach damit enden, dass wir für alle Zeiten an dieser Grenze entlang fliegen müssten, ohne je wieder den Weg zurück in den Normalraum zu finden. Der Sättigungsgrad des Tachyonen-Austauschs läge dann bei hundert Prozent, und der Rafter-Projektor, das Herzstück des TT-Antriebs, hätte keine Substanz mehr, um den Prozess umzukehren. Deswegen ist es am sichersten, niemals die Grenze von fünfzig Prozent Sättigungsgrad zu überschreiten.«

Leandra klappte den Augenschirm hoch und wandte den Kopf mit fragenden Blicken zu Roscoe. Er saß lächelnd in seinem Sitz und zuckte mit den Schultern. »Mach dir nichts draus. Ich verstehe auch nicht mehr davon als du. Ich glaube, es genügt zu wissen, dass man während des TT-Sprungs einfach nur warten kann, bis der Rücksprung stattfindet. Es ist sozusagen die Zeit, in der man das Klo putzt und die Bettwäsche auslüftet.«

Leandra sah ihn mit großen Augen und offenem Mund an, was Roscoe ein Lachen entlockte. Dann aber zogen sich ihre Augenbrauen zusammen, in einer Mischung aus vorwurfsvollem Blick und Nachdenklichkeit. Demonstrativ klappte sie den Augenschirm herunter und ließ den Kopf zurücksinken, bis sie wieder in der entspannten Position saß, die für die erneute Kontaktaufnahme mit der *Faiona* angemessen war.

»Du kannst ja schon mal das Putzzeug holen«, meinte sie. »Ich werde inzwischen die *Faiona* durch diesen grauen Brei lenken.«

Nun war es an Roscoe, sie mit großen Augen anzustarren.

*

Sie glitt durchs All wie ein Vogel.

Ihr Blick war allumfassend, jede Richtung stand ihr offen, wenn sie nur ihre Gedanken dorthin lenkte. Es schien die ganze Oberfläche ihres neuen Körpers zu sein, mit der sie *sehen* konnte, und sie brauchte sich dabei nicht einmal auf die Richtung ihrer Bewegung zu konzentrieren. Mühelos vermochte sie auch dorthin zu blicken, und ihre Geschwindigkeit war dabei nicht von Bedeutung.

Auch der graue Brei um sie herum hatte sich aufgelöst, das All war unergründlich schwarz, und die Sterne erstrahlten in all ihrer Farbenpracht. Leandra fühlte sich von einer schützenden Hülle umgeben, die so widerstandsfähig war, dass sie von nichts durchdrungen werden konnte und jeder noch so starken Kraft zu trotzen vermochte. Sterne und kosmische Nebel strömten wie aus einem Tunnel auf sie zu, wenn sie nach vorn blickte, während sie hinter ihr wieder verlangsamten und schließlich zur Bewegungslosigkeit erstarrten. Das All gab sich weit und still, kein Laut drang an ihr Ohr. Vor ihr schwebte der blassblaue Nebel im Nichts und wanderte stetig nach rechts oben davon. Sie wusste, woran das lag – Sandy hatte es ihr erklärt. In gleichem Maße reckte sie die Schulter in diese Richtung, und das Schiff folgte ohne jedes Widerstreben ihrem Wunsch und steuerte dorthin nach.

Bald entdeckte sie, dass sie auch beschleunigen konnte. Es war wie ein Ballen der Fäuste – ein gedanklicher Impuls, der sich wie das Zusammenziehen der Muskulatur anfühlte. Die *Faiona* wurde schneller – und auch wieder langsamer, wenn sie es wollte. Ein Rausch hatte sie gepackt, und er wurde immer intensiver, je mehr sie entdeckte, dass sie wirklich in der Lage war, das Schiff zu steuern – und zwar hier, in einer Sphäre, in der es als unmöglich galt. Dann sah sie etwas – ganz kurz nur, und ein heißes Kribbeln fuhr ihr den Rücken herab.

Sandy, kannst du mich hören?, flüsterte sie in Gedanken.

Daran, dass Sandy nicht sofort antwortete, und an dem Tonfall, mit dem sie es schließlich tat, erkannte Leandra, dass sie nicht allein von diesem Phänomen betroffen war.

Ja, Käpt'n, vernahm sie, *ich kann Sie hören.*

Bekommst du das mit? Spürst du das? Ich habe das Schiff völlig unter meiner Kontrolle.

Wieder benötigte die Bordintelligenz der *Faiona* einige Momente, ehe sie antworten konnte. *Ja. Es ist mir ein Rätsel. Wie machen Sie das, Käpt'n?*

Leandra ignorierte die Frage. Etwas viel Wichtigeres ging ihr im Kopf herum. *Tausend Jahre*, sagte sie in Gedanken. *So eine lange Zeit. Wozu soll die gut sein?*

Tausend Jahre?

Ja, Sandy. So lange sind Leviathane geschlechtslos. Erst dann stellt sich heraus, ob sie männlich werden oder weiterhin Neutren bleiben.

Oder ob sie zu einer Königin heranreifen, ergänzte Sandy. *Aber was hat das damit zu tun, dass Sie plötzlich dieses Schiff steuern können? Im SuperC-Raum!*

Verstehst du nicht? Die Leviathane benötigen diese lange Zeit ... – für ihre Reise!

Abermals antwortete Sandy nicht sofort, wie Leandra es von ihr gewöhnt war. *Ihre ... Reise?*

Aber ja! Diese Wesen sind in der Lage, zwischen den Sternen zu reisen! Sie können sich hier bewegen, in dieser Sphäre oberhalb der Lichtgeschwindigkeit!

Dieses Mal antwortete Sandy überhaupt nicht. Leandras Vermutung schien sie völlig zu überraschen; eine Antwort auf diese Theorie lag offenbar außerhalb dessen, was sie zu berechnen in der Lage war.

Tausende von Baby-Leviathanen bringt eine Königin zur Welt, erklärte Leandra mit gedanklicher Flüsterstimme. *Und früher einmal gab es im Halon-Orbit viel mehr Königinnen und viel weniger Neutren und männliche Exemplare. Ein Gleichgewicht, das von den Hüllern zerstört wurde.*

»Leandra!«, hörte sie nun Roscoes besorgte Stimme. »Ich höre dich leise murmeln. Und du klingst so seltsam. Was ist los?«

Ihr Gesichtsausdruck, der irgendwo zwischen angestrengtem Nachdenken und aufkommender Begeisterung gelegen hatte, verwandelte sich in ein Lächeln.

Sandy, ich lasse die Steuerung der Faiona wieder los!, kündigte sie an und löste sich gedanklich aus der Struktur des Schiffes. Sie klappte den Augenschirm hoch, wandte sich Roscoe zu und betätigte die Schalter an der Armlehne ihres Sitzes, um aus der Pneumo-Automatik freizukommen. »Ich habe etwas entdeckt!«, verkündete sie mit einem triumphierenden Auflachen und sprang aus dem Sitz – direkt in Roscoes Arme. »Ich habe etwas Unglaubliches entdeckt!«

Roscoe hatte Mühe, aus seinem Sitz hochzukommen, ehe Leandra mit ihrem ganzen Gewicht an ihm hing. »Du lieber Himmel – was denn?«

Leandra ließ ihn wieder los, drückte ihn zurück in seinen Sitz und setzte sich auf seine Knie. Er wusste schon, dass sie ihn nun mit ihrer kindhaft-begeisterten Art mit sich reißen würde, und sah sie mit einem erwartungsvollen Lächeln an.

»Ich habe einen anderen Halfanten gesehen!«, rief sie auch schon. »Ich meine, hier in diesem kosmischen SuperC-Raum! Ich wette, sie nennen ihn ganz anders.«

»Einen anderen Halfanten?«, ächzte Roscoe. »Du hast ihn *sehen* können?«

»Ja! Er war nur viel zu schnell wieder fort – er kam uns entgegen. Nun ja, und er war sicher auch ein paar Millionen Meilen entfernt.«

»Was? Ein paar Millionen Meilen? Hör mal, mein Liebling – so ein Halfant ist höchstens hundert Meter groß. Wie willst du ihn auf diese Entfernung *gesehen* haben? Und bei dieser Geschwindigkeit?«

Leandra schüttelte heftig den Kopf. »Du verstehst nicht. Es war kein *Schiff*, sondern ein lebender Halfant. Ein lebendiges Leviathan-Baby, das hier unterwegs war. Es war auf seiner … *Reise*.«

Roscoe zog die Stirn kraus und starrte sie nur umso verwirrter an.

Leandra atmete tief durch. »Also, ich erklär's dir. Ich hatte gerade die Steuerung der *Faiona* übernommen. Das, was du und Sandy behauptet habt, stimmt nicht. Man *kann* ein Schiff in dieser Sphäre steuern! Allerdings nicht mit den Mitteln, die ihr euch gedacht habt – mit diesem TT-Antrieb, der Bordintelligenz und so weiter. Nein, die Kraft dazu liegt in dieser Sphäre selbst. Man muss ja *bremsen*, nicht wahr?«

»Was? Aber … ich …«, stotterte Roscoe.

»Leviathane können sich hier bewegen!« Sie unterbrach sich, legte die Stirn in Falten und starrte nachdenklich ins Leere. »Nein, warte mal. Vielleicht nicht alle … vielleicht nur die Jungen – ja, das könnte sein.« Sie sah Roscoe wieder an. »Aber das werden wir sicher noch herausfinden. Jedenfalls ist es ihnen möglich, und sie nutzen dazu die Kräfte dieses SuperC-Raumes, wie ihr ihn nennt. Damit machen sie sich auf die Reise.«

Roscoe saugte tief Luft ein und straffte sich innerlich. »Auf die Reise?«

Leandra nickte verbindlich. »Ja. Um andere Sterne zu erreichen. Die Entfernungen im All sind doch riesig groß, nicht wahr? Wie sollen sie jemals eine andere Sonne erreichen können, wenn sie zehntausende Jahre unterwegs wären? Sie haben nur etwa tausend Jahre!«

Roscoe schluckte. Er sparte es sich, all die drängenden Fragen zu stellen, die in seinem Kopf kreisten, in der Hoffnung, Leandra würde ihm bald den Kern ihrer Theorie erklären.

»Tausend Jahre, bis sie geschlechtsreif werden, Darius«, erklärte Leandra. »Ich glaube, die Leviathane sind keine Wesen, die es nur beim Halon gibt. Ich glaube, das ganze All ist voll von ihnen.«

»Das ganze All?«

Sie hob unschuldig lächelnd die Hände. »Nun ja, nicht das ganze All. Das ist ja derartig groß ...«

»Das würde ich doch meinen!«, beklagte sich Roscoe. »Gäbe es sie überall, hätten wir sie längst entdeckt!«

Leandra verzog das Gesicht, dann hob sie einen belehrenden Zeigefinger. »Nach allem, was ich weiß, erstreckt sich das Sternenreich des Pusmoh zwar über zwei Drittel der Milchstraße und über ein Dutzend großer Raumsektoren, aber ...«

»Aber?«

Leandra stand auf und warf die Arme in die Luft. »Die Gal-Fed hat etwa dreihundert besiedelte Welten, dazu noch ungefähr tausend Kolonien, Habitate – das habe ich in meiner Schlafschulung gelernt. Stimmt das etwa nicht?«

Roscoe nickte mit strenger Miene. »Doch, durchaus. Sagen wir: plus/minus zehn Prozent.«

»Ach, zehn Prozent!«, winkte sie ab. »Weißt du, wie viele Sonnen die Milchstraße hat?«

»Natürlich weiß ich das. Etwa zweihundert Milliarden. Du meinst, wir hätten alle anderen Welten wie Halon, die von Leviathanen bevölkert werden, übersehen? Obwohl das All, wie du sagst, *voll von ihnen* ist?«

»Du weißt, wie ich das meine. Und es kommt noch etwas hinzu. Vielleicht hat der Pusmoh auch hier wieder seine Finger im Spiel – wie beim Halon. Vielleicht sind ihm die Leviathane nützlich, solange er ihre Anzahl und ihre Bewegung kontrollieren kann. Gäbe es aber beliebig viele von ihnen, und könnte sich jeder einen beschaffen, um mit ihm das All zu durchkreuzen, könnte das die Pläne des Pusmoh durchkreuzen.«

»Seine Pläne? Welche meinst du?«

Leandra zuckte mit den Schultern. »Das weiß ich noch nicht. Aber ich werde es herausfinden, und zwar bald.«

Roscoe nickte seufzend. »Davon bin ich überzeugt.«

»Verspotte mich nicht! Du selbst hilfst mir seit Wochen, dieses Ziel zu erreichen. Endlich werden mir ein paar Dinge klar – Dinge, die uns viel weiter bringen können. Die Leviathane reisen durch das All, Darius, solange sie noch geschlechtslos sind! Beim Halon bewegen sie sich mithilfe der Gravitation – ich denke, das tun sie hier auch. Sie schaffen es, irgendwie in diese Sphäre hier – in den SuperC-Raum – zu gelangen. Ich weiß nicht, wie sie das anstellen, aber sie können es. Ich habe einen von ihnen gesehen. Und ich habe es auch gefühlt.«

»Gefühlt?«

»Ja! Ich kann die *Faiona* steuern – hier in dieser Sphäre. Ich kann sie gedanklich durchdringen, kann Besitz von ihr ergreifen. Sandy hilft mir dabei – sie ist so etwas wie das Nervensystem des Schiffs. Gemeinsam sind wir wie ein lebendiger Halfant – und können die *Faiona* kontrollieren. Ich denke, aus irgendeinem Grund gelingt es uns, diese Hülle wieder zum Leben zu erwecken. Wenn ich mit der *Faiona* Kontakt aufnehme, wenn ich und Sandy mit ihr verschmelzen, können wir fühlen wie ein Leviathan. Dann sind uns Dinge zugänglich, die kein gewöhnlicher Mensch oder Ajhan spüren könnte. Ich bin sicher, die Leviathane sind eine Art, die es überall in der Milchstraße gibt – allerdings nicht wirklich zahlreich, denn es sind ... wie viel sagtest du? Zweihundert Milliarden Sterne? Das ist eine Menge, nicht wahr?«

Roscoe lächelte auf. »Ja, das kann man sagen. Und wenn das stimmt, was du behauptest, dürften die von den Leviathanen besiedelten Sonnensysteme eher selten sein. Womöglich brauchen sie Riesenplaneten wie den Halon, mit einem System von planetarischen Ringen aus Eis und Felstrümmern, dazu noch H-Plantae, denn sie brauchen ja Nahrung ...«

Leandra nickte. »Ein Grund mehr für jede Königin, zehntausende von Nachkommen zu gebären und sie alle auf die Reise zu schicken.«

»Alle? Aber das tun sie nicht! Sie bleiben doch ...«

»Die Hüller hindern sie daran! Das wette ich! Die Königin, mit der ich Kontakt aufnahm, zeigte mir ein Bild eines Schwarms von höchstens fünfhundert Leviathanen, der sie begleitete. Dafür gab es wesentlich mehr Schwärme im Orbit des Halon – hunderte davon, jeder mit seiner eigenen Königin. Heute sind es nur noch vierzehn Schwärme, und jede der Königinnen hat abertausende Leviathane in ihrem Gefolge. Da stimmt etwas nicht.«

Roscoes Miene war nachdenklich geworden. »Du meinst wirklich ...?« Forschend starrte er sie an. »Das würde bedeuten, dass der Pusmoh vielleicht weitere Sonnensysteme kennt, in denen es Leviathane gibt. Und er hält sie vor den Menschen und den Ajhan geheim – aus Profitgier!«

Leandra winkte ab. »Wenn es nur *das* wäre! Ich könnte mir vorstellen, dass noch Schlimmeres dahintersteckt. Ich glaube, dass der Betrug des Pusmoh kosmische Ausmaße besitzt. Stell dir nur vor – wenn die Menschen und die Ajhan die Fähigkeiten der Halfanten entdecken und sich nutzbar machen würden! Was wäre, wenn jeder wüsste, dass man mit ihnen schneller als das Licht reisen kann und dass es zugleich möglich ist, sie dabei zu steuern?«

»Ja. Das würde bedeuten, dass buchstäblich jeder im All reisen kann, wohin er will! Aber wie ist das nur möglich? Eine Art *natürlicher* TT-Sprung? Ein Halfant besteht aus normaler Materie, und die kann man nicht schneller machen als das Licht. Nicht ohne den Tachyonen-Transfer.«

Leandra trat vor die große Panoramascheibe, vor der das seltsame Grau des SuperC-Raums wirbelte und wallte. »Warum ist die Magie schneller als das Licht, Darius? Ich meine, da gibt es doch ebenfalls keinen Tachyonen-Transfer, nicht wahr? Ich glaube, in diesem Kosmos existieren noch weitaus mehr Dinge, als unsere Weisheit sich träumen lässt.«

Roscoe starrte sie lächelnd an. »Wo hast du das her?«

Leandra wandte sich um. »Was meinst du?«

»Na, diesen Spruch. Das, was du eben gesagt hast.«

Sie zuckte mit den Schultern. »Nirgends. Ist mir gerade so eingefallen.«

Roscoe runzelte die Stirn. »Wirklich? Das Gleiche hat mal ein berühmter Dichter gesagt, vor Jahrtausenden. Als die Menschen noch auf der Erde lebten, ihrer Heimatwelt. Das Zitat lautet: *Es gibt mehr Dinge im Himmel und auf Erden, als Eure Schulweisheit sich träumen lässt.*«

Leandra lächelte. »Hast du etwa daran gezweifelt, dass ich ein Genie bin?«

Roscoe lachte, erhob sich und schloss Leandra fest in die Arme. »Nein, natürlich nicht.« Er küsste sie stürmisch, und Leandra ließ es sich mit zusammengekniffenen Augen gefallen. Dann befreite sie sich wieder, wandte sich erneut dem Panoramafenster zu und starrte hinaus.

»Die Erde«, sinnierte sie. »Weißt du, was ich immer mehr glaube, Darius? Dass meine Heimatwelt *doch* die Erde ist. Die Höhlenwelt.«

Seine Miene wurde ernst. »Darüber haben wir früher schon einmal diskutiert. Aber Griswold hat uns vorgerechnet, dass es vom Zeitablauf her nicht funktioniert. Es würde eine Lücke von über fünfhundert Jahren in der Geschichte der Menschheit klaffen, wenn das stimmte. Fünfhundert Jahre, in denen die Menschen sozusagen *nirgends* gewesen wären.«

Sie zuckte mit den Achseln. »Ich könnte mir vorstellen, dass sich die Erklärung dafür noch finden lässt. Aber wenn die Höhlenwelt wirklich die Erde ist – die Heimat aller Menschen –, dann hätten wir endlich eine Erklärung dafür, warum der Pusmoh die Höhlenwelt vollständig vernichten will, nachdem er ihr die Geheimnisse der Magie entrissen hat.«

Wieder starrte Roscoe Leandra fasziniert an. Endlich nickte er. »Du meinst, es gibt etwas zu verbergen, nicht wahr? Wieder einmal. Die Herkunft oder die Vergangenheit der Menschen enthält etwas, das der Pusmoh auszulöschen versucht.«

Leandra nickte nur und starrte weiter nachdenklich in das wirbelnde Grau, als könnte ausgerechnet *das* ihr eine Antwort bieten.«

*

Sie legten die Entfernung bis zum Achion-Nebel innerhalb von vier Stunden zurück.

Fasziniert verfolgte Roscoe, wie Leandra die *Faiona* mit ihrer Gedankenkraft steuerte, wobei er ungläubig die Anzeigen auf dem Instrumentenpult beobachtete. Sie blieben vollkommen konstant, so als würde nichts geschehen. Leandra hatte nicht übertrieben. Mithilfe von Sandy gelang es ihr, die *Faiona* zum *Leben* zu erwecken; sie nutzte ihre ureigensten Kräfte, um sich in dieser Sphäre zu bewegen, zu navigieren und selbst zu beschleunigen, während die Maschinen und Aggregate der *Faiona* offenbar völlig unbeteiligt blieben. Es war Roscoe ein Rätsel, wie sie das schaffte. Nach einer Weile ergebnislosen Nachdenkens verbuchte er es innerlich seufzend auf das Konto »Magie«. Leandra aber gelang es, die von Sandy vorausgesagte Flugzeit fast zu halbieren.

Leider blieb Roscoe der Blick in *Leandras Kosmos* verschlossen; für ihn gab es nichts weiter zu tun, als die graue Masse durch das Panoramafenster der *Faiona* zu betrachten, in der hin und wieder blasse Lichtfunken aufblitzten. Immerhin glaubte er erkennen zu können, wenn Leandra die Flugrichtung korrigierte, denn das Grau floss in einer seltsamen Struktur auf die *Faiona* zu, so als tauchten sie durch einen klebrigen

Brei – und die Fließstruktur änderte sich mitunter. Doch das war alles andere als ein spektakulärer Anblick, und die Stunden des Fluges wurden für Roscoe eher langweilig. Sandy unterhielt ihn mit leiser dramatischer Musik, während sie einen Blick ins All simulierte, ähnlich dem, den Leandra *sah*. Doch er blieb auf das Viereck eines Holoscreens beschränkt. Roscoe ahnte schon, dass es kein Vergleich zu Leandras Wahrnehmung war.

Den Rücksprung in den Normalraum vollführte Leandra mithilfe des TT-Antriebs. »Wie ein Leviathan das macht, weiß ich nicht«, erklärte sie anschließend. »Ich weiß auch nicht, ob wir das je herausfinden können. Dazu müsste man mit einem lebenden Leviathan mitfliegen, fürchte ich. Was wir hier tun, ist ja nur ein Nachahmen dessen, was diese Wesen können.«

Roscoe nickte pflichtschuldig, doch da hatte etwas anderes seine Aufmerksamkeit gepackt. Er deutete zum Panoramafenster hinaus, wo sich der Achion-Nebel inzwischen über die gesamte Sichtbreite erstreckte und sich seine Helligkeit von einem samtenen, mattblauen Leuchten in ein farbintensives Strahlen verwandelt hatte. Wie ein Seidentuch, das lose fallen gelassen wurde und an manchen Stellen Falten schlug, breitete sich der kosmische Nebel vor ihnen im All aus. Seine Mitte entpuppte sich als ein hell strahlender Lichtpunkt, von einer Aureole aus schwarzem Nichts umgeben, woraufhin ein flimmernder Ring aus heißer, rötlich-gelb strahlender Materie folgte, der sich nach außen hin zuerst in tiefes Rot und schließlich in das samtene Blau des Nebel verfärbte. Die Erscheinung war von solcher Pracht und Farbtiefe, dass es Roscoe schlicht die Sprache verschlug.

Endlich klappte Leandra ihren Augenschirm hoch. Sie erhob sich augenblicklich, während sie zugleich den Biopole-Helm absetze und ihn seitlich in eine Halterung hängte, den Blick unverwandt auf den Achion-Nebel geheftet. Dann stand sie ganz vorn an der Panoramascheibe und starrte hinaus.

»Sandy hatte mir das Bild schon eingespielt«, hauchte sie, als Roscoe hinter sie trat und sie umarmte. »Es ist unglaublich.«

Sie rasten mit fünfunddreißig Prozent Lichtgeschwindigkeit auf den Nebel zu, doch davon spürten sie nichts. Da die *Faiona* weder beschleunigte noch verlangsamte, konnten sie stehen und das faszinierende Bild bestaunen.

»Der Nebel hat einen Durchmesser von eins Komma fünf Lichtjahren«, erklärte Sandy leise. »Er ist vor etwa fünfzehntausend Jahren aus einem explodierenden Stern entstanden, einer Supernova.«

Stille folgte auf ihre Worte, denn Leandra und Roscoe erwiderten nichts, sie starrten nur fasziniert ins All hinaus. Hinter dem Nebel zog sich ein breites, golden schimmerndes Sternenband dahin. Es bestand aus derartig vielen, dicht aneinander gedrängten winzigen Lichtpunkten, dass es völlig hoffnungslos erschien, auch nur die zählen zu wollen, die man hinter einem Daumennagel verstecken konnte.

»Darius, ich glaube, mir wird ganz anders«, klagte Leandra und klammerte sich an ihn.

»Ganz anders? Wie meinst du das?«

Sie schnaufte und starrte eine Weile hinaus. »Es sind so unsagbar viele Sterne dort draußen im All! Es ist einfach unglaublich. Und wir sehen nur einen winzigen Teil davon ...«

Er nickte mit ernster Miene. »Ich weiß, was du meinst. Man kommt sich so klein und unbedeutend vor. Aber ... nun ja, es ist alles tote Materie, das meiste jedenfalls. Man muss sich eine Aufgabe suchen – etwas, das der eigenen Existenz Sinn verleiht.« Er schnippte mit den Fingern. »Und schon ist man gar nicht mehr so unbedeutend.«

Leandra brachte ein Lächeln zustande. »Das stimmt. Und wir haben ja eine Aufgabe, nicht wahr? Eine ziemlich wichtige sogar.«

»Ja, haben wir.«

Seine Worte hatten seltsam stumpf geklungen. Nach einer Weile sah sie zu ihm auf. »Ist etwas mit dir?«

»Mit mir? Was meinst du?«

»Was du sagtest, klang nicht sehr überzeugt.«

»Oh, ja doch ... es ist wichtig. Ich meine, eine wichtige Aufgabe.«

Sie ließ ihn los, rückte ein Stück von ihm ab. »Darius, du hast irgendetwas. Seit Tagen schon merke ich das.«

»Ich?«

»Ja, du. Je näher der Tag unseres Aufbruchs rückt, desto mehr ziehst du dich von mir zurück. So als wäre es dir gar nicht so lieb, mit mir auf diese Reise zu gehen.«

»Wie kommst du denn darauf?«, fragte er empört.

»Wie? Du legst zum Beispiel nicht das geringste Interesse an den Tag, die *Faiona* steuern zu wollen. Hingegen ist es dir wichtig, dass *ich* es möglichst gut kann. Selbst Ain:Ain'Qua lässt du den Vortritt, obwohl *du* doch der eigentliche Pilot von uns bist.«

»Ach, du bildest dir was ein«, winkte er ab.

Sie schüttelte den Kopf und schmiegte sich wieder an ihn. »Nein, bestimmt nicht. Frauen haben ein gutes Gespür für so etwas. Ist dir die Sache zu gefährlich? Fürchtest du um dein Leben?«

»Unsinn!«, platzte er heraus. »Was du wagst, das wage ich schon lange!«

Sie blickte wieder zu ihm auf und lächelte. »So, meinst du?«

»Ja, natürlich. Wir werden das schon bewältigen.«

Abermals ließ sie ihn los, studierte seine Miene. »Wir werden das schon bewältigen!«, machte sie ihn mit leichtem Spott nach. »Darius, das klingt nicht nach dir! Ich hab dich noch nie so verzagt erlebt. Was ist mit dir?«

Er wich ihrem Blick aus und starrte nach draußen. Seine Brust hob und senkte sich plötzlich in schwerem Rhythmus.

»Es ist wegen Mai:Tau'Jui, nicht wahr? Du liebst sie noch immer.«

Roscoe wagte nicht, Leandra anzusehen, er starrte nur weiterhin ins All hinaus.

Sie musterte ihn eine ganze Weile, dann umarmte sie ihn, legte den Kopf seitlich auf seine Brust. »In Wahrheit liebst du sie und nicht mich. Du hast sie seit damals nicht vergessen können. Ich war nur ein Ersatz für sie.«

»So darfst du das nicht sehen«, erwiderte er mit bebender Stimme. Als sie aufsah, erkannte sie in seinem Gesicht, wie aufgewühlt er war. »Ich meine, es ist nicht so, dass ich dich nicht liebe, Leandra. Ich ... ich mache mir nur Sorgen um Mai:-Tau'Jui.«

»Sorgen? Weshalb?«

»Nun hör mal! Sie hat eine Drakkenstreitmacht auf sich gelenkt, um uns die Flucht zu ermöglichen. Wer weiß, was die mit ihr gemacht haben! Ich habe im Stellnet eine News-Meldung gefunden, die davon berichtet, dass die Forschungsstation auf Gladius geschlossen wurde.«

»Was? Warum hast du mir das nicht gesagt?«

Er warf die Arme in die Luft. »Gesagt? Was hätte das geändert? Es muss jemand hin und nach ihr sehen!«

Leandra hatte sich mit in die Seiten gestemmten Fäusten vor ihm aufgebaut und starrte ihn an. Ihre Wut war weder gegen ihn noch gegen Mai:Tau'Jui gerichtet, sondern gegen die Drakken und den Pusmoh, der wieder einmal machte, was ihm gefiel. »Mai:Tau'Jui hat kein Gesetz gebrochen! Alles, was die Drakken machen, ist unrechtmäßig!«

»Unrechtmäßig? Glaubst du, die Drakken kümmert das? Die machen doch, was sie wollen! Wir hätten nicht zulassen dürfen, dass Mai:Tau'Jui durch diese Sprengung das Wachschiff der Drakken auf sich gelenkt hat. Wer weiß, was dort passiert ist!«

Leandra starrte Roscoe an – ihr Blick spiegelte Traurigkeit über die Erkenntnis, dass sie ihn verlieren würde, wie auch eine gewisse Gefasstheit. Dass er Mai:Tau'Jui nie wirklich vergessen hatte, war Leandra schon bei ihrer ersten Begegnung mit dem Ajhanmädchen klar gewesen.

»Ich liebe dich, Leandra«, presste er hervor und nahm sie in die Arme. »Aber ich kann Mai:Tau'Jui nicht so zurücklassen. Das wäre gemein und rücksichtslos – bei all dem, was sie für uns getan hat. Selbst die *Faiona* haben wir von ihr.« Als Leandra ihn nur anstarrte, brachte er weitere Argumente vor. »Wozu braucht ihr mich schon auf dieser Reise? Mit deinen neu gewonnenen Fähigkeiten kannst du die *Faiona* besser steuern, als ich es jemals könnte, und Ain:Ain'Qua ist als ehemaliger Ordensritter das Fliegen eines Halfanten gewöhnt. Selbst Giacomo könnte die *Faiona* fliegen. Und er ist derjenige, der über alles Wissen und den nötigen Grips verfügt, um euch während eurer Suche in die richtige Richtung zu lenken. Wozu muss ich noch dabei sein?«

Leandra starrte schweigend und mit trüben Blicken zu ihm auf.

»Außerdem ist die *Faiona* nur für drei Personen ausgerüstet. Wollten mehr auf einer längeren Reise mitfliegen, würde es hier unangenehm eng werden.«

»Diese drei Kabinen und die Ausstattung der *Faiona* für drei Personen waren deine Idee«, meinte sie mit einem Anflug von Ärger. »Soll ich das so verstehen, dass du schon von Anfang an vorhattest, dich von mir zu trennen? Dass du es schon vor Wochen wusstest?«

»Aber nein, Leandra«, versuchte er sie zu beruhigen. »Woher sollte ich denn ahnen, dass Mai:Tau'Jui uns später auf diese Weise heraushauen und selbst in Gefahr geraten würde? Und dass wir Ain:Ain'Qua wieder sehen würden – weil er abgedankt hatte und auf der Flucht war?« Er drückte sie an sich. »Die *Faiona* für drei Personen auszurüsten war das Sinnvollste. Außerdem will ich mich nicht von dir trennen. Ich mache mir nur furchtbare Sorgen um Mai:Tau'Jui. Ich habe sie schon einmal verraten …«

»Ach, Unsinn!«, brauste sie auf. »Die Drakken haben dich dazu gezwungen, sie zu bespitzeln – und zu jener Zeit kanntest du Mai:Tau'Jui doch noch gar nicht! Jetzt sind es wieder die Drakken, die ihr Schwierigkeiten machen. Du kannst gar nichts dafür.«

Roscoe schwieg. Damit, dass Leandra ihn nun auch noch verteidigen würde, hatte er nicht gerechnet.

Wieder sah sie zu ihm auf. »Du willst mich gar nicht verlassen?«

Er sah sie ernst an. »Ich möchte nach Mai:Tau'Jui sehen. Das bedeutet, dass wir verschiedene Wege einschlagen. Was aus uns wird – wer weiß das schon. Was wir vorhaben, ist gefährlich, für jeden von uns.«

Leandra studierte seine Miene, dann ließ sie ihn seufzend los. »Du hast Recht. Was zuletzt sein wird – das weiß niemand.«

Er versuchte sie zu halten. »Warte, Leandra. Sei nicht traurig. Ich hätte keine Ruhe, wenn ich jetzt mit euch ginge. Vielleicht sehen wir uns bald wieder.«

Leandra nickte mit trüber Miene, befreite sich von ihm und ließ sich in den Pilotensitz fallen. Wortlos setzte sie den Biopole-Helm auf, klappte den Augenschirm herunter, und Roscoe sah schon, dass er sich besser auch wieder hinsetzte.

Er behielt Recht. Leandra münzte ihre Frustration in Versuche von wilder Flugakrobatik um – aber sie machte es überzeugend. Inzwischen waren sie schon in die Bereiche kosmischer Materie vorgedrungen, die den Achion-Nebel umgab. Immer mehr riesige Eiskristalle und Felder von kleinen Asteroiden tauchten auf, und Leandra beschleunigte die *Faiona* bis auf über siebzig Prozent C. Bei diesem Tempo wurde der Raum um den Nebel enger und enger, und die notwendigen Flugmanöver mussten immer präziser werden. Riesige Asteroiden huschten an der *Faiona* vorbei, einmal sogar ein dunkler Planet, der herrenlos im All trieb, dann passierten sie ein Dreigestirn, das aus einer normalen Sonne, einem Weißen Zwergstern und einem Roten Riesen bestand, die in gemeinsamer Kraft die kosmische Materie des Nebels zum Leuchten brachten. Die Farbe des Nebels wandelte sich überraschend, als er aus dem Hintergrund von einem hellen, orangefarbenen Stern beleuchtet wurde, zu einem samtigen Grün, an den Rändern wieder zu Blau verlaufend. Sie umrundeten den Achion-Nebel ein Mal; hätten sie dabei nicht einige kurze TT-Sprünge vollführt, hätte die Reise Jahre gedauert.

Immer wieder musterte Roscoe Leandra von der Seite, und obwohl er ihre Augen nicht sehen konnte, hatte er das einigermaßen beruhigende Gefühl, dass sie weder zu Tode gekränkt noch maßlos enttäuscht war. Ein wenig schon, aber nicht maßlos. Trotz aller Leidenschaft und aller Liebe umgab Leandra etwas Rastloses – etwas, das ihr verbot, sich zu binden. Für ihn war sie beinahe wie der Inbegriff des Freiheitsdranges. Sie war ein Mädchen, das andere durch einen unbeugsamen Anspruch auf Freiheit mit sich riss, jemand, der Mauern einriss und Barrieren umstürzte, und wohl die beste wie auch schillerndste Anführerfigur in diesem Kampf, um dem verhassten Pusmoh seine Maske herunterzureißen. Roscoe fragte sich, ob er vielleicht nicht schon von Beginn an gespürt hatte, dass Leandra, so zauberhaft und begehrenswert sie auch sein mochte, niemals eine Geliebte für lange Zeit oder gar für immer hätte sein können. Vielleicht zog ihn dieses Wissen mehr als alles andere zurück zu Mai:Tau'Jui.

Nach einigen Stunden ausgelassenen Herumkurvens und Staunens im Achion-Nebel hatte sich Leandras Stimmung wieder gebessert, und sie machten sich auf den Heimweg nach Aurelia-Dio. Leandra schaffte die vierzig Lichtjahre in knapp unter fünfzig Minuten.

11 ♦ Rasnors Verwandlung

»Sie müssen noch hier an Bord sein!«, kreischte Rasnor voll heißem Zorn. »Sie müssen! Irgendwo auf diesem riesigen Schiff haben sie sich versteckt!«

Darauf würde ich nicht wetten. Du hast sie entkommen lassen, du Idiot!

»Halt's Maul!«, schrie Rasnor. »Sie sind noch hier! Ich kann sie riechen! Wie sollen sie von Bord gekommen sein? Mit einem der Shuttles? Das ist unmöglich!«

Seit einer ganzen Weile schon marschierte er wütend in seinem Reich auf und ab – einer bizarren Ansammlung von edlen, barocken Möbeln, die er sich in der Mitte der riesigen Brücke der MAF-1 hatte aufstellen lassen, einem fast kugelförmigen Raum von dreihundert Ellen Höhe, der ein gigantisches Sichtfenster zur Höhlenwelt hin besaß. Immer wieder trat Rasnor vor Wut gegen die Beine von Tischen, Sesseln oder Schränken, doch die schweren Möbel trotzten seinen Attacken.

Ich habe dich mehrfach gewarnt, tönte die Stimme wütend in seinem Kopf. *Aber noch immer beleidigst und verfluchst du mich! Was wärst du ohne mich, du elender Wurm?*

»Du beleidigst mich auch, du verdammter Geist! Ich will dich nicht mehr in meinem Kopf haben! Hau ab! Verschwinde!«

»Meister …!«

Rasnors Kopf fuhr herum wie der eines Habichts. »Was ist?«, schnauzte er Vandris an, ehemaliges Mitglied des Hierokratischen Rates, noch unter Chast in diese hohe Position eingeschleust. Inzwischen war er nur noch ein einfacher Bruder, wenngleich Rasnor ihn öfter einsetzte, wenn es Aufgaben zu delegieren galt. Bruder Cicon, der Vandris' Schicksal teilte, stand ebenso verdattert da.

»Ich verstehe nicht … wir sollen verschwinden? Aus Eurem … Kopf?«

»Was?«, rief Rasnor. »Aus meinem Kopf? Ich …«

Die Verwirrung in Rasnors Hirn wuchs. Es war ihm kaum noch möglich, klar zu denken. Die Anwesenheit von Chast in seinem Hirn beanspruchte all seine Kraft, und das meiste davon musste er aufwenden, um Chast zurückzuhalten. Immer stärker befürchtete er, dass er von ihm übermannt werden könnte. Chast hatte ihm zwar einst versichert, das wäre gar nicht möglich, aber das glaubte Rasnor inzwischen nicht mehr. Zu dem drängenden Problem in seinem Kopf kam das unsägliche Unglück hinzu, dass Munuel und Roya, seine beiden wichtigsten Gefangenen, seit Quendras' Tod unauffindbar waren. Ohne sie konnte er seine Feindin, die Shaba von Akrania, nicht erpressen – und das kam einer Katastrophe gleich. Dass Vandris und Cicon jetzt auch noch sein überlastetes Hirn mit Fragen plagten, die er nicht verstand, ließ abermals seinen Geduldsfaden reißen.

»Ja! Verschwindet!«, schrie er. »Geht mir aus den Augen, ehe ich euch töte – ihr dummes Pack von Schmeißfliegen!«

Die beiden Männer prallten entsetzt zurück – sie wussten, zu welch mörderischen Magien ihr Herr in der Lage war.

Ja, bring sie um, du Schwachkopf!, hörte er die höhnische Stimme von Chast. *Die wievielten wären das dann, die du aus reiner Unbeherrschtheit tötest? Hast du das erste Dutzend schon voll? Oder gar das zweite?*

In diesem Moment drehte Rasnor durch.

Es war einfach zu viel für sein Hirn, zu viel für seinen beschränkten Geist und sein Vermögen, sich zu beherrschen. Noch im selben Augenblick war ihm klar, dass er verloren hatte, dass es genau das war, was Chast hatte erreichen wollen – nämlich dass er vollständig die Kontrolle über sich verlor. In diesem Zustand würde es Chast gelingen, die Kontrolle an sich zu reißen, und dann war es aus mit … *Rasnor*. Ein kleiner Teil seines Verstandes funktionierte noch, rief ihm eine letzte Warnung zu, eine vergebliche, kleine Alarmglocke, die im Nichts verhallte. Etwas in ihm zwang ihn dazu, seinen Zorn herauszulassen, ihn der Welt mitzuteilen; aus welchem Grund es ihn so rasend danach verlangte, vermochte er nicht zu sagen. Und Zorn ... das war ein Ausdruck der Unbeherrschtheit und des Wahns, besonders in der Art, wie Rasnor ihn auslebte. Damit gab er die Kontrolle über sich auf.

Er rannte los, spontan und ziellos, zu irgendeinem Gegenstand, der sich in Reichweite befand. Es war ein barocker, mit vergoldetem Schnitzwerk verbrämter Stuhl, der sein erstes Opfer wurde – mit einem wilden Tritt beförderte er ihn in Richtung eines Schrankes von gleicher Machart; schwankend schlitterte der Stuhl auf ihn zu, krachte gegen seine linke Seite und kippte um. Dass nichts zu Bruch ging, erregte Rasnor nur umso mehr.

»Verfluchter Geist!«, kreischte er. Wütend packte er sich mit beiden Händen in die Haare und riss mit aller Kraft daran. »Du Scheusal, du Monstrum! Weiche von mir! Verlass mich! Ich ...«

Was, ich ...?, höhnte Chasts Stimme in seinem Kopf.

»Ich werde dich töten!«, schrie Rasnor. Abermals rannte er los, packte den umgekippten Stuhl, drehte sich einmal mit ihm im Kreis und schmetterte ihn mit aller Kraft gegen den Schrank. Diesmal zerbrach er.

Vandris und Cicon, die noch immer am selben Fleck standen, weil sie nicht gewagt hatten, sich zu bewegen, erzitterten. Mit geweiteten Augen beobachteten sie Rasnors Toben und fürchteten, beim nächsten Atemzug Opfer einer der grauenvollen Magien zu werden, derer Rasnor inzwischen mächtig war.

Du willst mich töten? Mich? So wie du Quendras getötet hast?

»Ja! Genau!«, rief Rasnor, dem der Wahn aus den Augen blitzte. »Genau so werde ich dich töten!«

Das war ich!, lautete Chasts höhnische Antwort. *Du bist nichts als ein Versager! Hast dir ein paar lächerliche kleine Magietricks aus alten Büchern angelesen und glaubst nun, du wärest ein großer Künstler!*

»Hab ich damit nicht etwa Ragloff getötet? Und Dhirk und Walmar, diese beiden Verräter?«

Verräter? Der einzige Verräter hier bist du, du kleines Rattengesicht! Tötest verdiente Mitglieder der Bruderschaft und glaubst auch noch, du wärest mit deinen Schaubudentricks ein mächtiger Magier! Ein Nichts bist du, ein dreckiger Wurm!

Rasnor riss sich wieder an den Haaren, trat mit den Stiefeln gegen den Schrank und hämmerte, außer sich vor Zorn, mit den Fäusten dagegen. »Rattengesicht nennst du mich? Ein Nichts, einen Wurm?«

Nicht nur das, kleiner Rasnor. Du bist auch noch hässlich. Hässlich und winzig. Und du stinkst.

In diesem Augenblick, da Chast nicht nur Rasnors Geist verspottete, sondern auch noch seinen Körper, brachen Rasnors mühsam gehaltene Dämme. Eine Flut von Hass, Mordlust, Zorn und Rachsucht spülte die letzten Reste seines Verstandes hinweg, und eine spontane Magie brach aus ihm hervor, eine knisternde, spiralförmige Lichterscheinung, die zischend aus seinen Händen stob, den großen, fahrbaren Ankleidespiegel knapp verfehlte, und schräg dahinter in einen opulent verzierten Kleiderschrank krachte. Das Möbel explodierte förmlich, und zwar mit einer Gewalt, dass sich Vandris und Cicon instinktiv fallen ließen, um den zahllosen, durch die Luft wirbelnden Holzsplittern kein Ziel zu bieten.

Nur weiter so!, brüllte Chast in Rasnors Kopf. *Zerstöre nur deinen lächerlichen kleinen Thronsaal – du wirst ihn ohnehin nicht mehr brauchen! Danach bin gespannt, wie du mich töten willst, du widerliche Kröte.*

Rasnor stieß ein Gurgeln aus; die Magie, die ihm dieses Mal entwich, war völlig ziellos und hatte keine Kraft – sie fuhr in die Höhe des dunklen Raumes, in dessen obere zwei Drittel nur das Sternenlicht und das Strahlen der Höhlenwelt fiel, und verpuffte dort. Im gleichen Moment spürte er eine seltsam trockene Hitze in seinem Schädel aufbranden, etwas, das sein Hirn verdörren und zurücklassen wollte wie verbranntes Papier. Seine Knie knickten ein, hilflos sank er in sich zusammen.

»Chast!«, röchelte er.

Ja, Chast, echote die Stimme gehässig in seinem Hirn. *Dein Schicksal, du hässliches, stinkendes Rattengesicht. Zum Glück spielt es für mich keine Rolle, wessen Körper ich mich bemächtige, Hauptsache, er befindet sich in einer hohen Position!*

Das brennende Gefühl in Rasnors Schädel loderte zu einer verzehrenden Glut auf, die jeden Winkel seines Hirns erreichte und wie mit einem Feueratem ausbrannte. Rasnor schrie, innerlich wie äußerlich, gellende Laute entrangen sich seiner Kehle, während er sich am Boden wand, seine Muskeln verkrampften sich, die Gelenke knackten, Sehnen spannten sich wie die eines Bogens. Dann zuckte ein letzter monströser Krampf durch ihn – und es war vorbei.

»Hoher Meister!«

Vandris und Cicon näherten sich angstvoll ihrem Herrn, der verkrümmt am Boden lag. Seine Muskeln zuckten, die Augenlider flatterten. Vandris wagte sich hinabzuknien, doch schon auf halben Weg entspannte sich die Körperhaltung des Hohen Meisters, und er wandte den Kopf, um Vandris aus kalten, klaren Augen anzusehen.

»Mir geht es gut«, sagte er.

Cicon kniete nun auch. Beide blickten sie verstört in die Augen des Mannes, der sich soeben zum Sitzen erhob und sie beide mit kühlem Blick musterte.

»Ihr ... Ihr habt einen ... Namen gerufen ...«, stammelte Cicon.

Ein Lächeln strich über die Züge des Hohen Meisters. Mit einem Schwung stemmte er sich in die Höhe. Vandris und Cicon beeilten sich, ebenfalls wieder aufzustehen.

»Einen Namen? Welchen denn?« Seine Stimme schien sich auf geheimnisvolle Weise verändert zu haben, die Körperhaltung war eine andere ... ja, er wirkte sogar *größer.*

Seine beiden Gegenüber kämpften um ihre Fassung. Vandris' Augen wanderten am Körper des Hohen Meisters auf und ab, schienen nicht für möglich zu halten, was sie sahen. »Chast«, flüsterte er und fügte etwas lauter hinzu: »Ihr habt den Namen *Chast* ausgesprochen.«

»Ah! Ja, das stimmt. Mein Name. Mir muss mein Name über die Lippen gekommen sein.«

Er schenkte den beiden ein Lächeln, trat zwischen ihnen hindurch und ließ sie in ihrer Fassungslosigkeit stehen.

*

»Es gibt eine dritte Stadt, sagst du?«, fragte Alina verwundert.

Victor nickte eifrig. »Ja. Jedenfalls war Ulfa davon überzeugt. Niemand weiß, wo sie liegen könnte, aber Ulfas Vermutung zufolge muss es sie geben, da die Idee der Stadt als Quelle mannigfaltiger Energien aus ihr stammt. Es soll nämlich ein geheimnisvolles Werk geben, ein Buch, in dem die Stadt als ein Schmelztiegel unzähliger Kräfte beschrieben ist, weil in ihr die Einflüsse zahlloser Personen zusammenkommen. Sie gebiert Ideen, Visionen und Kräfte. Für die Magie müsste sie demnach eine mächtige Quelle von Energien darstellen, sofern in ihr wirklich eine eigenständige Form der Magie entwickelt wurde.«

Alina zog die Augenbrauen hoch und formte den Mund zu einem Ausdruck fragenden Erstaunens. Ihre Blicke glitten zu den anderen *Schwestern des Windes*, zu Hellami, Marina, Azrani und Cathryn, die ebenfalls anwesend waren. Zu sechst saßen sie im *Drachennest*, ihrem geheimen Versammlungsort – einem heimeligen Höhlenraum, der von einem der zahllosen unterirdischen Wasserläufe durchströmt wurde. Auf einer Sandbank steckten ein halbes Dutzend Fackeln im Sand, zwischen ihnen saßen die fünf verbliebenen Mitglieder der *Schwestern der Windes* im Schneidersitz und bildeten einen Kreis. Es war das erste Mal, dass ein *Mann* an diesem Ort anwesend sein durfte. Victor jedoch war ein besonderer Mann, und auch seine Botschaft war außergewöhnlich.

»Ulfa hat mich beauftragt, euch davon zu erzählen«, berichtete Victor. »Dass die Idee der Stadt als Quelle der Magie Sinn macht und wahr ist, beweist sich durch die Existenz von Rhul Mahor und Caor Maneit, die beiden Städte, die wir bereits kennen. Rhul Mahor ist der eigentliche Name der *Stadt der Alten,* die Roya und ich in Sardins Turm im Lande Noor entdeckten. Und Caor Maneit kennt ihr ja – die Drachenstadt unterhalb der Festung von Bor Akramoria.«

»Du meinst, diese Städte sind die Quellen der Rohen Magie und der Elementarmagie?«

Victor nickte wieder. »Ja, ganz eindeutig. Obwohl ich kein Magier bin, kann ich das bejahen. Rhul Mahor ist eine Stadt, die vor Jahrtausenden von einer Gruppe geächteter Magier gegründet wurde. Dort gibt es Abgründe zwischen den Häusern, die buchstäblich ins Nichts führen, ins absolut Bodenlose. Laut Ulfa sind es direkte Verbindungen ins Stygium. Und dass es in Caor Maneit ebenfalls eine starke Quelle der Magie gibt, habt ihr ja selbst erlebt.«

»Und die dritte Stadt?«, fragte Azrani. »Was verbirgt sich hinter ihr?«

»Ulfa sagte, sie sei ebenfalls eine Quelle der Magie. Der Stygischen Magie.«

»Der … Stygischen Magie?« Alina sah mit gerunzelter Stirn in Richtung ihrer Schwestern, doch keine vermochte ihre unausgesprochene Frage zu beantworten. Sie sah wieder zu Victor. »Diese Form ist mir neu. Was meinst du damit?«

»Munuel und Roya kennen diese Magieform. Und Quendras. Sie haben sie damals angewendet, um sich zu verständigen, als sie damit begonnen hatten, die Bruderschaft zu unterwandern. Die Stygische Magie hat ganz besondere Eigenschaften, ist aber weitgehend unbekannt. Dennoch ist sie wahrscheinlich die älteste Magieform der Höhlenwelt.«

Ratloses Schweigen herrschte unter den Schwestern des Windes. Dann meldete sich Hellami zu Wort. »Und diese ominöse dritte Stadt soll die Quelle dieser Magie sein? Und du willst sie finden?«

»Ja, das will ich. In ihr müssen wir ein Artefakt finden, oder vielleicht eines erschaffen, das uns alle Macht dieser Magieform zur Verfügung stellt.«

»Alle Macht? Und was machen wir dann mit ihr?«

Unwillkürlich richtete sich Victor auf und holte Luft. »Wir werden sie brauchen. Als Waffe. Denn wir haben einen neuen Feind. Einen neuen *alten* Feind.«

Wieder kehrte Schweigen ein. Victor glaubte spüren zu können, wie die plötzliche Anspannung in der Luft knisterte. Doch gerade als er ansetzen wollte, um seine bedrückende Botschaft an die *Schwestern des Windes* weiterzugeben, schallte eine Stimme durch das Höhlensystem zu ihnen, die Alinas Namen rief. Sie klang dringlich.

Alina schoss in die Höhe. »Jacko?«, rief sie. Die Stimme war unverkennbar gewesen. Hellami war einen Augenblick später auf den Beinen. Es dauerte nur noch Sekunden, dann war Jacko bei ihnen – eigentlich ein undenkbarer Umstand, denn das *Drachennest* war ein geheimer Ort, den nie ein anderer als die *Schwestern des Windes* hätte betreten dürfen. Nun befanden sich schon zwei Männer hier, die nicht zum Kreis der sieben jungen Frauen zählten.

»Verzeih mein Eindringen, Alina«, entschuldigte sich der hünenhafte Mann. »Ihr müsst sofort kommen. Wir haben Besuch.«

Inzwischen standen alle, auch die kleine Cathryn. »Besuch?«

Jacko schnaufte. Er musste den ganzen Weg bis hierher gerannt sein. »Ja, ihr Hübschen«, sagte er in seiner gewohnten, leicht bissigen Art. »Ihr werdet euch freuen. Es ist Rasnor.«

»Rasnor?«

Es war wie ein Aufschrei aus allen Mündern zugleich. Victor fand als Erster die Fassung wieder. »Ist er allein? Hat er Drakken dabei? Oder Bruderschaftler?«

Jacko schüttelte den Kopf. »Nein. Es scheint, als wäre er ganz allein mit einem kleinen Flugboot gekommen. Einem wie die *Schaukel*. Ich weiß nicht, welcher Teufel den Kerl reitet. Wir könnten ihn leicht töten.«

»Ha!«, rief Victor aus. »Vorsicht, Jacko! Dieser Kerl hat irgendwas Hundsgemeines im Sinn. Wo sind Hochmeister Jockum und Cleas?«

»Cleas ist draußen bei uns im Windhaus. Aber Hochmeister Jockum? Es könnte gut sein, dass er oben in der Drachenkolonie ist.«

Victor wirkte über die Maßen aufgeregt. »In der Drachenkolonie? Wie kommen wir schnellstmöglich dorthin, ohne dass Rasnor es mitbekommt?«

Jacko nickte nach links. »Über den Landeplatz beim Drachenschrein, oben bei Markos Holzwerkstatt. Wenn es uns gelingt, schnell einen Drachen dorthin zu rufen.«

»Das schaffe ich!«, rief Victor. Er packte Jacko am Arm. »Los, Jacko! Er ist der Einzige hier, der als Magier gegen Rasnor ankommen kann. Wir müssen ihn unbedingt finden! Und ihr bleibt hier, verstanden?« Damit hatte er die fünf Schwestern gemeint. Im nächsten Moment hatte er sich schon in Bewegung gesetzt, zog Jacko mit sich und rannte los.

»Victor!«, rief ihm Alina hinterher.

Doch er war schon verschwunden. Hellami trat neben Alina – offenbar war sie ärgerlich. »Dem musst du mal die Ohren lang ziehen!«, beschwerte sie sich entrüstet. »Bist *du* nun die Shaba oder er? Was bildet er sich ein, uns zu befehlen!«

Alina schnaufte und legte Hellami eine Hand auf die Schulter. »Schon gut, Hellami. Er wird seine Gründe haben. Vielleicht hat er etwas über Rasnor erfahren, das wir noch nicht wissen ...«

»Er hat Meister Fujima getötet!«

Das war Cathryn gewesen, die zu ihrer großen Freundin Hellami getreten war und sich nun an ihre Seite schmiegte.

Die übrigen vier Schwestern starrten Cathryn betroffen an. Die Kleine und Leandra waren Zeugen dieses abscheulichen Mordes gewesen, und nach allem, was Leandra später berichtet hatte, musste Rasnor eine wirkliche grauenvolle Magie auf Meister Fujima losgelassen haben.

»Cathryn hat Recht«, erklärte Alina bedrückt. »Rasnor ist kein herausragender Magier, aber Quendras hat uns erzählt, dass er sich ein paar wirklich furchtbare Magien angeeignet hat. Wir sollten ihm nicht ohne den Schutz eines sehr fähigen Magiers gegenüber treten.«

»Was ist mit Cleas? Der soll doch draußen im Windhaus sein ...«

»Ullrik!«, rief Azrani aus. »Ullrik ist hier, und wenn einer diesen Rasnor aufhalten kann, dann er!«

»Ja, das stimmt!«, pflichtete Marina ihrer Freundin bei. »Ich glaube, er ist ebenfalls im Windhaus, in der Bibliothek. Er bringt Laura jeden Tag mehr über die Höhlenwelt bei.«

Alina runzelte die Stirn. »Ullrik – er soll als Magier so gut sein? Seid ihr sicher?«

»O ja!«, pflichtete nun auch Hellami bei.

»Er hat zwei Kreuzdrachen getötet!«, meldete sich Cathryn begeistert zu Wort. Dann plötzlich verzog sich ihre Miene, und das Lächeln machte einem Ausdruck von Schmerz und Trauer Platz. »Sie haben *Asakash* getötet.«

Hellami beugte sich zu ihr, um ihre kleine Schwester zu trösten, Alina hingegen traf eine Entscheidung. »So lange, bis Victor und Jacko den Hochmeister gefunden haben, können wir nicht warten.« Sie nickte Marina und Azrani zu. »Ihr beide holt Ullrik, und wir suchen Cleas und holen, wenn möglich, noch Bruder Zerbus dazu. Wir treffen uns an der Hängebrücke – so schnell es geht. Los, beeilt euch!«

*

»Das ist Rasnor?«, flüsterte Ullrik. »Dieser kleine Wicht?«

»Heute kommt er mir irgendwie größer vor«, meinte Marina, die sich seitlich an ihn geklammert hatte.

Laura, die auf der anderen Seite Ullriks stand und nun seine Hand hielt, maß Marina mit fragenden Blicken. Als Marina das bemerkte, ließ sie verlegen Ullrik los, woraufhin Laura gutmütig seufzte und wiederum ihre Hand drückte. Azrani kam nun auch noch herbei und schmiegte sich Schutz suchend an Ullrik. »Du wirst ihn auf ewig mit uns teilen müssen«, flüsterte sie Laura verschwörerisch von der Seite zu und hauchte ihr einen Kuss auf die Wange. Laura schenkte ihr ein melancholisches Lächeln.

»Ich weiß«, antwortete sie leise. »Das ist die Rolle seiner Träume: euch *Schwestern des Windes* zu beschützen, und zwar alle.«

»Du wirst bald auch zu uns gehören, Laura«, meinte Azrani verschwörerisch, »ich versprech's dir.«

Ullrik bekam von dem, was sich seitlich und hinter ihm abspielte, so gut wie nichts mit. Er beobachtete mit geschärften Blicken den kleinen Mann, der sich breitbeinig und mit vor der Brust verschränkten Armen auf der anderen Seite der kleinen Dorfwiese von Malangoor aufgebaut hatte. Er trug eine schlichte braune Robe, die fast bis zum Boden reichte und mit einer einfachen Kordel zusammengeschnürt war, so wie sie Ullrik selbst lange Zeit getragen hatte. Hinter Rasnor stand das kleine Drakkenflugschiff, mit dem er gekommen war; es sah aus wie ein fettes Insekt, dessen Hinterleib aus zwei dicken Röhren und drei Finnen bestand. Es stand bedrohlich nahe an dem Abgrund, der sich hinter ihm auftat, und ruhte auf einem Gestell mit dünnen Metallbeinen, die den Eindruck des Insektenhaften nur noch verstärkten. Die seitliche Tür stand offen; irgendetwas lag dort in dem Laderaum am Boden, das mit einer Plane zugedeckt war.

»So steht er schon da, seit er gekommen ist«, meinte Marko zähneknirschend. Ihm war anzusehen, dass es ihn in allen Gliedern juckte, sein Messer zu ziehen, auf Rasnor loszustürmen, ihn niederzuschlagen und ihm so lange die Haut in kleinen Streifen abzuziehen, bis er damit herausrückte, wo Roya war und wie er sie wiederbekommen konnte.

Sie standen vierzig Schritt von Rasnor entfernt zwischen den Resten von zwei Malangoorer Häusern. Es waren kleine, verwinkelte Bauten, die sich in das felsige Terrain schmiegten, in welchem das Dorf weit oben an der Rückseite eines Stützpfeilers versteckt lag. Die Häuser waren verlassen und teilweise stark beschädigt – niemand lebte mehr hier, seit Rasnor damals Malangoor mit seinen Drakken, Dämonen und dem Malachista überfallen hatte. Die Lage des Dorfes war nicht länger geheim, und eigentlich war es ein Unding für sie, hier zu sein, so lange die Gefahr durch Rasnor nicht vollständig aus der Welt geschafft war. Dass sie jetzt den *Drachenhorst* – das kleine Höhlensystem in der Felswand jenseits des Windhauses – wieder bewohnten, war nichts als eine Notmaßnahme. Aber zurzeit gab es keinen anderen, halbwegs sicheren Ort für sie.

»Hat er gesagt, was er will?«, flüsterte Alina.

Marko schüttelte den Kopf. »Nur, dass er dich sprechen will. Er hätte dir ein Geschäft vorzuschlagen.«

»Was soll uns hindern, ihn jetzt einfach zu töten?«, meinte Cleas leise.

»Seine Geiseln!«, gab Alina zurück. »Er hat Roya und Munuel in seiner Gewalt, und er wird sicher Vorsorge getroffen haben, dass sie getötet werden, falls ihm etwas zustößt.«

»Roya? Munuel?«, fragte Cleas stirnrunzelnd. »Ich dachte, sie wären frei ...«

Alina fuhr zu ihm herum. »Frei?«, zischte sie. »Wie kommst du denn darauf?«

Cleas wandte sich um, schien nach jemandem zu suchen, dann hob er den Arm und deutete auf Hellami und Cathryn, die eben zusammen mit Bruder Zerbus von der Hängebrücke herabkamen. »Cathryn hat es mir gesagt. Vorhin erst, als sie und Hellami mich geholt haben.«

»Was?« Alina starrte ungläubig in Richtung der drei Ankömmlinge. Marko war noch schneller als sie – er eilte los und fing sie auf halbem Weg ab. Als Alina bei ihnen ankam, kniete er bereits vor Cathryn und hatte sie an den Schultern gefasst.

»Stimmt das, Cathryn – Munuel und Roya sind frei?«

Sofort suchte Cathryn wieder Schutz bei Hellami. »Ich ... ich weiß nicht, wo sie sind«, bekannte sie kleinlaut. »Aber sie sind fort. Ganz weit fort, nicht mehr bei Rasnor.«

»Wirklich? Bist du sicher?«

Cathryn nickte. »Ich hab's gemerkt, weil ich Roya fühlen konnte. Das war vorhin erst. Aber sie hat Angst. Schreckliche Angst. Vor den Drakken.«

Alina blickte Hilfe suchend zu Marko und Hellami, doch die beiden zuckten nur mit den Schultern. Sie wandte sich wieder an Cathryn. »Roya hat Angst vor den Drakken? Und ist dabei ganz weit fort? Nicht mehr auf dem großen Raumschiff?«

Cathryn schüttelte den Kopf. »Ich glaube, sie sind Rasnor entkommen. Deswegen war er so wütend.«

Alina runzelte die Stirn, blickte kurz über die Schulter in Richtung der Dorfwiese, wo Rasnor noch immer wartend stand. »Er *war* wütend? Ist er es denn nicht mehr?«

Cathryn folgte ihrem Blick, sie war ebenso verunsichert wie Alina. Sie blinzelte, klammerte sich fester an ihre Freundin Hellami. »Etwas ist anders«, meinte sie leise.

Unwillkürlich erhob sich Alina, Rasnor nach wie vor im Blick. Sie hatte ihn lange nicht mehr gesehen, seit damals in Torgard nicht mehr, als sie Chasts Gefangene gewesen war. Rasnor war immer wieder aufgetaucht, als Vertrauter des Hohen Meisters der Bruderschaft von Yoor. Nun war er selbst der Hohe Meister.

Rasnor schien zu spüren, dass sie ihre Gedanken auf ihn gelenkt hatte, denn er ließ die verschränkten Arme sinken.

»Wie lange wollt ihr mich noch warten lassen!«, rief er mit plötzlicher Heftigkeit.

Alina wurde blass.

Sprunghaft war ihr Puls in die Höhe geschnellt; es war ein extremer Anstieg, eine plötzliche schallende Ohrfeige hätte sie nicht ärger hoch peitschen können. Verwirrt sah sie zu Cathryn, deren Satz, dass etwas anders sei, einen plötzlichen Sinn gewonnen zu haben schien. Doch noch wusste Alina nicht zu sagen, was der Grund dafür war.

»Das ... das ist nicht Rasnor«, flüsterte Cathryn mit zitternder Stimme.

In diesem Augenblick verstand es auch Alina.

Die Gestik, die Körperhaltung, die Stimme ... sie kannte diese Person dort drüben vielleicht besser als irgendjemand sonst auf dieser Welt. Sie war von diesem Mann gefangen gehalten worden, hatte ihm als Bettgespielin dienen müssen, und er hatte sie mit Gewalt genommen. Seine mörderischen Zornesausbrüche hatte sie erleiden und seine unglaublich kalte, berechnende Art aushalten müssen. Er sah anders aus, er steckte in der Hülle Rasnors, aber Alina erkannte ihn selbst auf diese Entfernung.

Voller plötzlicher Wut trat sie einige Schritte nach vorn. »Was willst du?«, schrie sie ihrem Peiniger entgegen.

»Was ich will?«, schallte die Frage in höhnischem Tonfall herüber. »Ein Geschäft will ich euch vorschlagen! Eines, bei dem euch Pack mehr Gnade zuteil wird, als ihr es verdient!«

»Mehr Gnade?«, polterte Ullriks Stimme über die Dorfwiese. Er trat neben Alina. »Überleg dir lieber, was du sagst, du Großmaul, damit du dir nicht *meine* Gnade verscherzt!«

Alinas Herzschlag raste. Nein, das war nicht die Stimme und nicht die Art Rasnors, dieses kleinen Kriechers. Sie hätte Rasnor erkannt, obwohl sie ihm nicht allzu oft begegnet war, und von ihm, dem Mann, der dort stand, vermochte sie ihn allemal zu unterscheiden – mochte er auch aussehen wie Rasnor.

»Oho!«, kam es zurück. »Wen haben wir denn da? Einen neuen Mann in den Reihen der Shaba? Womöglich ein wackerer Adept der Magie, der schon mal einen wilden Murgo verjagt hat? Ich erzittere vor Angst!«

Für den Moment schwieg Ullrik. Alina sah aus den Augenwinkeln, dass er sich versteift hatte, den Blick geschärft, das Gesicht eine starre, konzentrierte Maske. Zweifellos bereitete er sich für den Fall vor, dass es zu einer Auseinandersetzung kam.

»Ullrik«, zischte sie ihm zu, »das ist nicht Rasnor!«

Ohne das Gesicht zu wenden, fiel sein fragender Blick auf sie, und seine Miene spiegelte Unruhe.

»Es ist *Chast*, Ullrik! Der frühere Hohe Meister der Bruderschaft von Yoor! Ich erkenne ihn, glaub mir.«

»Chast?« Ullrik erschauerte. »Aber ... Chast ist seit Langem tot! Und er sah völlig anders aus!«

»Ich weiß nicht, wie das möglich ist«, antwortete Alina, der vor aufkommender Panik die Tränen in die Augen stiegen. »Er muss überlebt und von Rasnor Besitz ergriffen haben. Ich bin völlig sicher, Ullrik. Ich war ein dreiviertel Jahr seine persönliche Gefangene. Ich kenne ihn!«

Ullrik ließ den Blick über die Wiese hinweg zu dem kleinen Kerl wandern, von dem Alina etwas geradezu Ungeheuerliches behauptete. Wenn das wirklich Chast war, hatte selbst Ullrik Grund zur Vorsicht.

»Nun, wie ist es?«, rief der kleine Mann herüber. »Wollt ihr euch meinen Vorschlag anhören?«

Alina nahm einen tiefen Atemzug und trat einen weiteren Schritt vor. »Ich erkenne dich! Glaubst du, du könntest mich mit deinem Äußeren täuschen? Ich weiß nicht, mithilfe welcher abartigen Magie du von den Toten auferstanden bist, aber hör auf, uns hier Rasnor vorspielen! Gegen dich war er ein harmloser, kleiner Ganove. Dir ist es gar nicht möglich, so milde aufzutreten wie er war. Du hast von ihm Besitz ergriffen und willst uns nun täuschen! Aber ich erkenne dich! *Chast!*«

Der Mann, von dem Alina behauptete, Chast zu sein, war erstarrt.

Schweigen breitete sich über den Schauplatz, aber dass Alinas Worte eine Wirkung hinterlassen hatten, war unübersehbar. Ihr Besucher war sichtlich erschüttert, aber er bemühte sich nicht einmal, Alinas Worten zu widersprechen.

Hellami, Azrani und Marina traten nun auch nach vorn zu Alina und Ullrik. »Alina! Bist du sicher? Das ist ... *Chast?*«

Alina lächelte spöttisch. »Er versucht ja nicht einmal, das abzustreiten!« Sie erhob die Stimme, an Chast gewandt. »Was hattest du vor, du Ungeheuer? Wolltest du dich zwischen uns schleichen, in der Hoffnung, wir hielten dich für Rasnor, einen unfähigen Magier, um uns dann alle mit deinen übermächtigen Magien auf einen Schlag zu töten?«

»Ha! Gar keine schlechte Idee!«, rief ihr Gegenüber. »Ja – du hast Recht. Ich bin es, Chast, euer alter Feind, und ich bin gekommen, um mit euch abzurechnen!«

»Dann musst du erst *mich* überwinden!«, donnerte Ullrik voller Wut über die Wiese.

Chast lachte auf. »Bevor du einen Streit mit mir vom Zaun brichst, großer Zauberlehrling«, höhnte er, »solltest du dir vielleicht den hier ansehen. Einen Genossen von dir. Womöglich hast du ihn nie kennen gelernt.« Damit wandte er sich um und marschierte die paar Schritte zu seinem Flugboot. »Aber seinen Namen kennst du gewiss!«

Chast langte in den Laderaum seines Flugbootes und riss die Decke über dem am Boden liegenden Etwas fort. Ein menschlicher Fuß kam zutage. Er packte den Fuß und zog mit spielerischer Leichtigkeit einen nackten, halb verbrannten Körper aus dem Laderaum hervor, so als wöge er nicht mehr als eine Katze. In einer grausigen Geste völliger Verächtlichkeit und gleichzeitigem Triumph wandte er sich mit Schwung um und schleuderte die Leiche über die gesamte Strecke zu ihnen herüber – über vierzig Schritt hinweg, als wäre sie ein Nichts.

Mit einem Aufstöhnen sprangen Marko, Alina und Marina zur Seite, als der Körper zwischen ihnen aufschlug. Hellami, Cathryn und Bruder Zerbus aber wurden von der grauenvoll entstellten Leiche umgeworfen. Cathryn schrie auf, Zerbus stöhnte schmerzerfüllt, als er auf seinen linken Arm fiel und sich wehtat.

»Erkennt ihr ihn?«, rief Chast und schlenderte in betont gelassener Manier auf sie zu. »Euren Spion, den ihr geschickt habt? Er galt als einer der besten Magier der heutigen Zeit!«

»Quendras«, keuchte Alina und trat schockiert auf den leblosen Körper zu. Ihre Freunde umringten den nackten Leichnam; nur seine Lenden waren von einem schmutzigen Tuch umhüllt. Er sah schrecklich entstellt aus, und sein Zustand verriet, dass er sogar noch nach seinem Tod misshandelt worden war.

Nun war Chast herangekommen, stand ihnen auf zehn Schritt Entfernung gegenüber. »Oh. Entschuldigt sein Aussehen! Ich habe ihn kreuz und quer durch das Schiff geschleift, nachdem ich ihn getötet hatte. Es verlangte mich danach, meinen Triumph auszukosten!«

»Chast! Du verfluchtes Monstrum!«, schrie Hellami, die sich aufgerichtet hatte und Cathryn half aufzustehen. »Du widerlicher Mörder!«

Die Antwort war nichts als ein höhnisches Lachen. »Ach, kleine Hellami! Deine Rechtschaffenheit und dein Zorn sind geradezu niedlich. Willst du nicht zu mir überwechseln und mich täglich mit deinen kleinen Wutausbrüchen unterhalten? Das wäre *zu* köstlich!«

»Hör auf mit deinem höhnischen Gerede!«, forderte Ullrik und trat mit geballten Fäusten auf Chast zu. »Sag, was du willst, oder verschwinde!«

»Was ich will? Oh, ich habe Rasnors Platz eingenommen und besitze nun beste Verbindungen. Inzwischen habe ich alle Möglichkeiten und noch viel mehr, um meine früheren Pläne zu verwirklichen. Als Hoher Meister der Bruderschaft, als Shabib von Akrania, ja sogar als Herrscher über diese ganze Welt!« Er lachte auf. »Und ich bin sogar unfreiwillig noch Oberbefehlshaber einer kleinen Drakkenstreitmacht geworden! Ist das nicht umwerfend?«

»Ich gratuliere«, spottete Ullrik, der entschlossen schien, sich auf einen Kampf gegen Chast einzulassen, wenn es nötig werden sollte. »Genügt dir das noch nicht? Was willst du mehr?«

Chasts Miene verfinsterte sich. »*Ihr seid mir im Weg!* Ihr und eure ganze verfluchte Bande, die ihr keine Ruhe gebt, meine Pläne zu durchkreuzen! Aber damit ist jetzt Schluss – ein für alle Mal. Ich habe euren Munuel und die kleine Roya in meiner Gewalt, und Leandra ist auf dem Weg zu mir. Sie wurde von den Drakken gefangen genommen und wird mir in Kürze ausgeliefert. Und die drei bleiben in meiner Gewalt! Sie werden bei mir auf dem Mutterschiff der Drakken leben, aber es wird ihnen nur gut ergehen, wenn ich von euch nichts mehr höre! Sollte mir auch nur der kleinste Bericht zu Ohren kommt, dass ihr mir ins Handwerk zu pfuschen versucht, werde ich mich an den dreien rächen! Und zwar grausam!«

Eine seltsame Atmosphäre der Unschlüssigkeit war zwischen ihnen aufgekommen. Die *Schwestern des Windes* sahen sich gegenseitig an; immer wieder blicken sie verstohlen zu Cathryn, die Chast mit einer seltsamen Widerborstigkeit anstarrte, die Fäuste geballt, die kleine Stirn in Falten gelegt, den Mund trotzig verzogen.

Chast starrte zurück, schließlich nickte er. »Du musst Leandras kleine Schwester sein. Ja, ich erkenne ihre Züge in deinem

Gesicht. Ohne Zweifel bist du ein ebenso widerborstiges und boshaftes Gör!«

»Du hast meine Schwester nicht!«, stieß Cathryn hervor.

Chast lachte auf. »Ha! Woher willst *du* das denn wissen, du dummes Kind! Wenn sie erst bei mir ist, werde ich sie euch zeigen! Und dann …«

»Er hat sie nicht!«, beharrte Cathryn, diesmal an Alina gewandt. »Leandra ist frei! Sie hat viele neue Freunde. Und sie macht gerade etwas … sie …«, Cathryn schloss die Augen, hob leicht das Kinn. »… sie fliegt!«

Chasts Miene war erstarrt, er sah Cathryn ungläubig an.

Alina wandte den Kopf zwischen ihrer kleinen Schwester und Chast hin und her, so als nähme sie Maß. Auch Chast schien beunruhigt; hatte er sich noch in der Gewissheit so nahe an sie herangewagt, dass niemand gegen seine Kräfte als Magier ankommen konnte, so war er jetzt plötzlich verwirrt, ja, er trat sogar einen Schritt zurück, als er Alinas immer entschlossener werdende Miene sah.

Alina nutzte diesen Augenblick der Überlegenheit und folgte Chast diesen einen Schritt. »Das war eine Lüge, gib es zu!«, höhnte sie. »Du hast Leandra überhaupt nicht! Und du kriegst sie auch nicht!«

Chasts Miene verzog sich auf eine Weise zu urzeitlicher Wut, die Alina einst kennen und fürchten gelernt hatte. Heute aber war sie frei, heute hatte sie keine Angst mehr vor ihm. »Ich verstehe«, knirschte er. »Das kleine Dreckstück kann ihre große Schwester spüren. Sonst würdest du ihr nicht so vorbehaltlos glauben.«

»Nicht nur ihre große Schwester!«, zischte sie ihn an. Todesmutig verfolgte sie ihn, der immer weiter zurücktrat, so als hätte sie die Macht, ihn zu vernichten. »Sie spürt uns alle. Wir wissen zum Beispiel auch, dass du Roya und Munuel überhaupt nicht mehr in deiner Gewalt hast! Du bist mit einem Berg Lügen hierher gekommen, du Scheusal, und wolltest uns mit dem Mord an Quendras mürbe machen!«

Chast war stehen geblieben. Er war nicht die Sorte Mann, die bei der ersten Schwierigkeit den Schneid verlor – nein, er hatte nur eine passende Entfernung gesucht, um im Fall eines Kampfes in möglichst guter Position zu stehen. Nun verwandelten sich seine Miene und sein Körper in das, was zweifellos jeder seiner Feinde fürchtete: in einen Ausdruck und eine Haltung von extremer Angriffslust und Kampfbereitschaft, gepaart mit Hass und kalter Mordlust, die allein schon wie eine Waffe wirkten.

Alina bemerkte ihren Fehler zu spät.

Sie war schlicht und einfach einen Schritt zu weit gegangen, sie hatte den gefährlichsten Mann der Höhlenwelt bloßgestellt und ein Stück zu weit herausgefordert. Zwar waren die Rechtschaffenheit und die Ehrlichkeit auf ihrer Seite, aber sie schalt sich eine Närrin, geglaubt zu haben, dass solche Dinge jemanden wie Chast überzeugen könnten, von seinen bösen Plänen abzuweichen. Zu oft hatte sie ihn damals so erlebt: als einen Mann, der trotz seiner Strenge und Härte überaus klug und urteilsgewandt wirkte – doch sie wusste ebenso um Chasts Grenzen. Man durfte weder seine Ziele infrage stellen noch ihn in die Ecke drängen. Er war ein Besessener – ein Mann, der seine Ideale gegen den Rest der Welt, ja, gegen das gesamte Universum bis aufs Blut verteidigen würde, selbst wenn er völlig allein gegen Millionen dastand.

»Ullrik!«, schrie sie, um ihren Freund zu warnen, aber da war es schon zu spät.

12 ♦ Schlacht um Malangoor

Es war Hellamis Schwert *Asakash*, das Ullrik rettete, und nicht Alinas Warnruf – der ohnehin viel zu spät kam.

Er war sich dessen bewusst, dass er Chasts erstes Angriffsziel sein würde, sollte es zu einem Kampf kommen, und deswegen hatte er die ganze Zeit über seinen Gegner mit höchster Aufmerksamkeit beobachtet. Als er dann von schräg hinten das helle, singende Geräusch hörte, mit dem Hellami *Asakash* aus der Scheide zog, war ihm klar, dass er sofort handeln musste.

Hellami hatte ihm einmal erzählt, wie sie damals Chast besiegt hatten: eine gemeinsame Magie Leandras und Meister Fujimas, um der magischen Gewalt Chasts widerstehen zu können, Hellamis Schwert, das die Energien Chasts aufgefangen und abgeleitet hatte, und Jackos Schwertwurf, der den Hohen Meister der Bruderschaft tödlich getroffen hatte, als er keine Möglichkeit mehr gehabt hatte, auf einen Angriff zu reagieren. Die Rechnung klang einfach, aber dass so etwas in einem Kampf zufällig zusammenkam, bedeutete schon eine Menge Glück.

Noch während sich Ullrik auf den Kampf gegen Chast vorbereitet hatte, war er alle Möglichkeiten durchgegangen, die er haben mochte. Er hatte versucht, sich darüber klar zu werden, ob er überhaupt eine Chance besaß – ob er gut genug war, auch nur einen Atemzug lang gegen diesen Giganten der Magie zu bestehen.

Nun aber ging es schon ums Ganze. Plötzlich nahm Ullrik einen Riss im *Trivocum* wahr, der ihm allein schon wegen seiner Größe Angst machte, aber zugleich sah er darin auch eine ungeahnte Chance. Chast hatte in seiner Wut die Grenze zwischen dem Diesseits und dem Jenseits aufgerissen, um sich die fließenden Kräfte für seine Magien zunutze zu machen, aber er hatte es derart ungestüm getan, dass die Sphäre des *Trivocum*s plötzlich voller aufbrandender Roher Energien war.

Energien, die ich nutzen kann!, schoss es Ullrik durch den Kopf.

Chast schien nicht zu ahnen, dass er es bei Ullrik mit einem seiner ehemaligen Mitbrüder zu tun hatte, mit jemandem, der ebenfalls die *Rohe Magie* einsetzte. Noch während Ullrik die Kräfte alarmierend aufschwellen spürte, die Chast aus dem Stygium zusammenzog, und gleichzeitig fühlte, wie Hellamis Schwert hinter ihm begann, einen Teil dieser Energien an sich zu ziehen, kam ihm eine Schutzmagie aus einem der alten Lehrbücher der Rohen Magie in den Sinn. Eine Schutzmagie, die eigentlich als äußerst unpraktisch galt und verpönt war, weil sie einen so immens hohen Kräftebedarf hatte.

Ullrik dachte nicht weiter nach, er setzte blind den Schlüssel für diese Schutzmagie. Sein damaliger Lehrmeister hatte sie spöttisch *Felsenpanzer* genannt, weil sie so schwer wie Fels war. Er richtete all seine Konzentration darauf, aus Chasts Riss im *Trivocum* so viel Energie wie möglich abzuziehen.

Als Chast merkte, was geschah, stieß er einen Wutschrei aus.

Zwischen ihnen erhob sich plötzlich, aus einem grellen Glutflecken aus dem Erdboden emporschießend, ein heiß knisternder Energiefinger. Er strebte zehn oder zwölf Ellen in die Höhe, knickte dann ab und wand sich, immer durchsichtiger werdend, irgendwohin in namenlose Sphären davon. Mit einem scharfen, stetigen Geräusch, das an reißendes Papier erinnerte, und einem Gestank wie verbrennende Haare bewegte sich der Glutflecken mit dem Energiefinger auf Ullrik zu, wobei er eine Spur von weiß glühender Schlacke auf der unschuldigen Wiese hinterließ. Ullrik Puls begann zu rasen, als er die Handschrift eines Meistermagiers erkannte. Zu solch hochklassigen Magien war er selbst nicht in der Lage.

Dafür aber hatte er etwas anderes: rohe Kraft.

Ullrik war kein echter Künstler in Sachen Magie, aber schon gegen die Kreuzdrachen in Chjant und besonders später gegen den Malachista auf Jonissar hatte er brachiale Kräfte freisetzen können. Er ballte die Fäuste und brachte so viel Willen und Konzentration auf, dass der Strom an Energien, der aus Chasts *Trivocum*-Riss in seinen *Felsenpanzer* floss, merklich dichter wurde. Chasts Energiefinger verlor hingegen an Intensität: er verblasste von grellem Weißblau zu einem matten Rot.

Dann trafen die beiden Magien zusammen – Ullriks *Felsenpanzer* und der beißende Energiefinger Chasts. Und es geschah etwas, womit keiner von ihnen gerechnet hatte.

Mit einem abgründig tiefen Stöhnen schien die Welt um sie herum plötzlich einzufrieren. Es war wie das Räderwerk einer Mühle, das sich festfraß, nachdem ein Fremdkörper in eines der riesigen Zahnräder geraten war. Es geschah nicht völlig abrupt, aber innerhalb von wenigen Sekunden. Für einen unnennbaren Augenblick schien die Zeit stillzustehen, eine schier unerträgliche Spannung baute sich auf, die alles erdrücken wollte, und dann folgte mit einem scharfen Knall eine heftige Entladung, die alles in der näheren Umgebung durchschüttelte und alle lebenden Wesen von den Beinen holte.

Ullrik stieß ein Ächzen aus, als er auf dem Boden landete. Aus den Augenwinkeln bekam er mit, dass Chast ebenfalls zu Boden gegangen war. Und nun nahm er wahr, was sich sonst noch ereignet hatte. Vier Drakken waren unvermutet aus Chasts Flugboot gesprungen, offenbar hatten sie aus ihren Waffen gefeuert, waren aber ebenfalls durch die plötzliche magische Entladung zu Boden gegangen. Ein zweites Flugboot schwebte plötzlich draußen über dem Abgrund; es war aber schwer ins Schlingern geraten. Um Ullrik herum brachten sich gerade die meisten seiner Freunde krabbelnd und stolpernd in Sicherheit, denn sie hatten in einem Kampf wie diesem keine Chance. Laura hingegen, seine kleine *Wildkatze,* die von Natur aus mehr verwegenen Mut besaß, als ihm lieb war, rappelte sich gerade wieder in die Höhe und versuchte Herr ihrer kleinen dreischüssigen Armbrust zu werden, einer Erfindung Meister Izebans. Sie war andere Waffen gewöhnt, und in Ullrik wuchs das Bedürfnis, sie schnellstmöglich aus der Gefahrenzone zu bringen.

Bruder Zerbus, ein Mann, der seine magischen Fähigkeiten zeitlebens nur dazu benutzt hatte, neue Tricks in Bezug auf die Konservierung von Papier oder Reparatur der Bücher und Schriftwerke seiner berühmten Cambrischen Bibliothek zu erfinden, beschützte Hellami und Cathryn wacker mit einem kleinen magischen Schutzwall. Cleas war schon einen Schritt weiter, er hatte sich auf die Beine erhoben, stand in einer für einen Magier typischen Angriffshaltung und baute gestenreich und unter Gemurmel eine dunkelrot glosende, bizarr aussehende Energiesphäre vor sich auf. Marko bemühte sich, Azrani und Marina aus der Gefahrenzone zu bringen, und Alina, die neben Ullrik zu Boden gegangen war, robbte mit entsetztem Gesichtsausdruck in Richtung eines Mäuerchens, hinter dem sie Deckung finden wollte. Ullrik fand keine Zeit, seine Umgebung mit mehr als ein paar raschen Blicken zu erfassen. Sein Gegner Chast, inzwischen etwa fünfzehn Schritt entfernt, kämpfte sich soeben wieder auf die Füße. Ullriks Inneres Auge zeigte ihm bereits einen neuen Riss im *Trivocum* – diesmal *noch* größer als der erste, welcher sich offenbar von selbst wieder geschlossen hatte. Plötzlich hörte er links von sich ein metallisches Schnalzen, etwas sirrte davon – dann folgte ein Aufschrei. Ullrik stemmte sich hektisch in die Höhe.

Chast war *getroffen* worden!

Keuchend stand Ullrik da, den Blick ungläubig auf Laura geheftet, die mit wild entschlossener Miene Izebans Dreischüsser erneut spannte. Chast taumelte röchelnd über die Wiese; aus seiner linken Seite, etwa in Höhe des Herzens, ragte ein kleiner Armbrustbolzen.

Und dann geschah das Unfassbare.

Ullrik erkannte es im nächsten Augenblick. Um aber wirklich etwas dagegen unternehmen zu können, hätte er eine ruhige halbe Minute benötigt. So, wie es geschah, hatte er keine Chance.

Es war der Riss im *Trivocum*, den Chast hinterlassen hatte, gewaltig groß, mächtig und dazu geeignet, eine mörderische Magie über ganz Malangoor hinwegfegen zu lassen. Die Ränder des Risses strahlten und funkelten in giftigem, grell-violettem

Schein, dahinter waberte und wallte ein hässlicher, grauschwarzer Brei aus unreinen stygischen Energien. Chast jedoch, der eben zu Boden stürzte, kämpfte mit dem Schmerz und der Wirkung von Lauras Treffer.

Ullrik begriff sofort: Chast war die Kontrolle über den Riss entglitten.

Als ein zweites Schnalzen und Sirren ertönte, erkannte Ullrik mit Entsetzen, was geschehen würde. Auch Lauras zweiter Pfeil traf, und Ullrik schrie auf – zwar war Chast nichts anderes als der Tod zu wünschen, doch im Augenblick verhielt es sich umgekehrt: Nur *er* würde diesen mörderischen Riss noch schließen können.

Gewöhnlich schloss sich das *Trivocum* von selbst wieder, wenn ein Aurikel der Elementarmagie oder einer der Risse, die für die Rohe Magie so typisch waren, von einem Magier *losgelassen* wurden. Genau dies war mit dem ersten Riss Chasts ja auch geschehen. Doch manchmal geschah das nicht. Genau dies war der Grund dafür, dass die Rohe Magie schon vor langer Zeit als zu gefährlich bezeichnet und geächtet worden war. Wenn es passierte, dass sich das *Trivocum* nicht von selbst wieder schloss, lautete die entscheidende Frage, *wie groß* der noch offene Riss war. Ob er die Ausmaße besaß, dass sich ein Knotenpunkt stygischer Energien verselbständigen und ins Diesseits schlüpfen konnte.

Ein Dämon!

Etwas Lähmendes floss durch Ullriks Körper und wollte ihn festkleben, wo er stand. Mit seinem Inneren Auge sah er, wie sich in dem schwarzgrauen Brei auf der anderen Seite etwas Ungeheuerliches ausformte.

»Laura!«, ächzte er, sprang auf sie zu und drückte die Armbrust, die sie erneut angelegt hatte, nach unten weg. Laura schrie überrascht auf.

Ein Blick auf Chast sagte ihm, dass es ohnehin zu spät war. Der Hohe Meister der Bruderschaft war von dem zweiten Bolzen in den rechten Oberschenkel getroffen worden, er saß röchelnd am Boden. Wie schwer seine Verletzungen waren, vermochte Ullrik nicht zu sagen, aber auf gar keinen Fall würde er in diesem Zustand noch die Kraft und Konzentration aufbringen können, um den Riss zu kontrollieren.

Der nächste Gedanke Ullriks war, dass die Chancen, sein und Lauras Leben zu retten, wenigstens für die nächsten Minuten bedenklich schlecht standen. Zwar würde die Gelegenheit, Chast ein für alle Mal zu töten, vermutlich nie wieder so günstig sein, aber es bedeutete für Ullrik zugleich, selbst zu sterben – und auch Lauras Leben zu opfern.

Er packte sie um die schlanke Taille, riss sie vom Boden und stürzte davon. Mit einer unwillkürlichen, nicht allzu mächtigen Magie erzeugte er hinter sich eine Aura aus verdichteter Luft, die ihnen hoffentlich ein paar Sekunden Zeit verschaffte.

Dann geschah es schon: Als Ullrik, mit der zierlichen Laura unter dem Arm, einige Schritte in Richtung der Dorfmitte gerannt war, brach mit einem unsäglichen Röhren der Dämon aus dem Nichts hervor. Er manifestierte sich binnen eines Augenblicks in dieser Welt, haushoch, von knisternder Energie umgeben, mit Klauen und Zähnen, Tentakeln und Hörnern bewaffnet. Eine unbeschreibliche Scheußlichkeit und voll mörderischem Verlangen, zu töten und zu zerstören.

Sein erstes Opfer war Cleas, der womöglich noch nie eine Rohe Magie miterlebt hatte, schon gar keine misslungene, und die Zeichen im *Trivocum* nicht zu deuten gewusst hatte. Eine gewaltige Pranke fuhr auf den armen Magier herab, der sich noch immer damit abmühte, seinen Energieball zu stabilisieren. Cleas hatte keine Chance. Mit einem Aufstöhnen wandte Ullrik den Blick ab und legte alle Kraft in seinen Versuch, einen Abstand zwischen sich und das höllische Monstrum zu bringen.

Dank seiner kleinen Schutzmagie schaffte er es.

Die Klaue des Dämons fuhr auf ihn herab, und zweifellos wären er und Laura ebenso zerrissen worden wie der arme Cleas, hätte seine schnell errichtete Sphäre aus verdichteter Luft – nichts als eine eilige Notmaßnahme – die Bewegung der riesenhaften Dämonenklaue nicht abgebremst.

Ullrik heulte auf, setzte die strampelnde Laura auf die Füße, packte ihre Hand und zog sie, so schnell er konnte, mit sich fort. Die stygische Bestie stieß ein markerschütterndes Brüllen aus. Erst in diesem Moment begriff Laura, was ihnen drohte. Ihr Kopf fuhr herum, sie erblickte das fünfundzwanzig Ellen hohe Ungeheuer, stieß einen spitzen Entsetzensschrei aus und stürmte doppelt so schnell davon, nun Ullrik mit sich ziehend.

Ullrik stolperte, richtete sich wieder auf, folgte Laura, die er kurz hatte loslassen müssen. Endlich konnten sie sich hinter eine Hausruine flüchten, einen anderen Weg einschlagen und den zerstörten Bau zwischen sich und das riesige Monstrum bringen. Doch für den Dämon war das kein Hindernis. Er holte aus, und mit einem heftigen Krachen flog der größte Teil des halb verbrannten Dachstuhls davon. Als Ullrik kurz aufblickte, konnte er den Dämon zum ersten Mal in ganzer Größe sehen.

Er war ein turmhohes Ungeheuer, das aussah, als wäre es aus den gehäuteten Fleischstücken riesenhafter toter Tiere zusammengesetzt. Er besaß Arme und Beine, deren Anzahl sich nicht ohne weiteres bestimmen ließ; an den unmöglichsten Stellen entwuchsen dem Leib Hörner oder Tentakel mit von Zähnen besetzten Saugnäpfen und scharfen Klauen von der Länge und Form eines Sensenblattes. Er schien mehrere Mäuler zu besitzen, die furchtbare Zahnreihen aufwiesen, und verbreitete einen erstickenden Gestank. Eine flimmernd violette Aura, die den gesamten Leib umhüllte, zeugte davon, dass der Dämon zu allem Überfluss auch noch über magische Kräfte verfügte.

»Beim Felsenhimmel!«, keuchte Ullrik. Die Art der Manifestation dieser Bestie war atemberaubend.

Links erblickte er einen schmalen gemauerten Laufgang, der auf dem zerklüfteten Plateau, auf dem Malangoor lag, mehrere Häuser miteinander verband. Er war großenteils im Boden versenkt und schlängelte sich zwischen Felsen und durch Mulden und durch Erdfalten hindurch. Für kurze Zeit mochte er ihnen Schutz und eine Fluchtmöglichkeit bieten.

Ullrik deutete hinab. »Da hinein, Laura!«

Über ihnen barst der Rest des Dachstuhls und flog seitlich davon; eine Staubwolke wallte über sie hinweg, Steine prasselten hernieder. Ein breites Balkenstück traf Laura am Rücken, sie stieß einen Schrei aus und musste unfreiwillig in den Laufgang hinabspringen. Mit einem Aufheulen setzte Ullrik ihr hinterher, packte sie und half ihr auf. Bis auf den heftigen Stoß war sie unverletzt geblieben. Er nahm sie wieder an der Hand und zog sie mit sich davon.

Sie rannten geduckt den gut ausgebauten Gang entlang. An manchen Stellen wurde er zu einem kurzen Tunnel, führte über Treppenstufen hinauf oder hinab und wand sich immer tiefer in die Zwischenräume der kleinen verwinkelten Häuser, von denen es etwa fünfzehn in Malangoor gab. Hinter ihnen krachte und dröhnte es. Der Dämon tobte sich in dem halb zerstörten Malangoor aus, er gab dem Dorf den Rest.

»Er muss unsere Spur verloren haben!«, keuchte Ullrik endlich, als sie nach atemloser Flucht die Gegend des Wasserfalls erreicht hatten und ihre Köpfe aus der Deckung hoben.

Laura hatte Tränen in den Augen. »Cleas ist tot!« Ullrik drückte sie tröstend an sich. »Ja, mein Schatz. Ich hab's gesehen. Es ist furchtbar.«

»Was ... was ist das für ein Monstrum? Wo kommt es her?«

Ullrik peilte ins Dorf hinab, wo das riesige, unförmige Ungeheuer seine Zerstörungswut austobte, indem es alle Bauten einriss, die es erreichen konnte.

»Ein Dämon, Laura – es ist ein Dämon. Sogar ein Dämon höherer Ordnung! Er ist unbeabsichtigt aus dem Stygium ins Diesseits gesprungen, und nun vollführt er hier ein furchtbares Vernichtungswerk.«

Laura hatte noch immer Tränen in den Augen. »Ein Dämon höherer Ordnung?«

»Ja. Ein Knotenpunkt zerstörerischer Kräfte, aus dem Jenseits stammend, dem Stygium. Das ist das Refugium des Chaos, verstehst du? Eine Sphäre, die dem Diesseits, unserer normalen Welt, gegenüberliegt und in der sich alles ihr entgegengesetzt verhält. Zerstörerisch. Die Kräfte dort trachten danach, die geordneten Strukturen des Diesseits zu vernichten.«

Laura wischte sich die Tränen fort. »Ja, davon hast du mir

schon einmal erzählt. Das Diesseits und das Stygium sind durch das *Trivocum* voneinander getrennt.«

»Genau. Aber wenn ein Magier das *Trivocum* öffnet und nicht wieder schließt, und wenn die Öffnung groß genug ist, kann es passieren, dass ein Knotenpunkt stygischer Kräfte ins Diesseits springt.«

»Und das ist dann ein Dämon?«

»Ja. Er wird dazu. Er manifestiert sich als Etwas, das eine möglichst große Zerstörungskraft besitzt, weil das der Sinn seiner Existenz ist. Er kommt aus der Sphäre des Chaos, dem Teil der Welt, dem alle auflösenden und vernichtenden Kräfte entstammen.«

Laura deutete ins Dorf hinab, wo das riesige Monstrum umhertobte. »Aber wie kommt es dann, dass diese Bestie so furchtbar aussieht? Dass sie Krallen und Zähne und Tentakel besitzt?«

»Man nimmt an, dass es der Augenblick des Überwechselns in diese Welt ist, die sein Aussehen bestimmt. Die Aura der Welt, in die er eindringt.« Ullrik zuckte mit den Achseln. »Er manifestiert sich in einer Form größtmöglicher Zerstörungskraft. Das schließt mit ein, dass er die schrecklichste nur denkbare Form für alle Lebewesen annimmt, die in diesem Augenblick anwesend sind.« Er nickte in Richtung des Dämons. »Er ist sozusagen eine Manifestation der schlimmsten Albträume all jener Leute, die gerade dort waren, als er erschien. So kann er den größten Schaden anrichten. Das ist sein Ziel.«

Laura, die den Dämon beobachtete, atmete mit bebender Brust. Die Bestie befand sich etwa hundert Schritt von ihnen entfernt; sie hatten etwas an Höhe gewonnen, so dass sie auf ihn hinabblicken konnten. Nun zeigte sich, dass er auf vier Beinen ging, die hinteren jedoch besaßen die Form tierartiger Hinterläufe. Der Körper war ein unförmiges Etwas aus rohen Muskelsträngen und Tentakeln; seitlich befand sich ein mit langen Zähnen besetztes Maul, dessen Kiefer unablässig mahlten. Darüber entsprangen dem Leib zwei unterschiedlich geformte Arme, und oberhalb davon noch einer, während das Ungeheuer auf der rechten Körperseite gar keine Arme, sondern nur ein

Bündel Tentakel besaß. Der Kopf war ein lang gezogenes, sichelförmiges Ding mit einer grotesken Hörnerreihe an der Seite und einem spitzen Maul. Die Augen waren riesig, von menschlichem Aussehen, die Pupillen jedoch quer geschlitzt – ein Fleisch gewordener Albtraum. Sein augenblickliches Ziel schien nach wie vor darin zu bestehen, die Reste von Malangoor dem Erdboden gleichzumachen.

»Was tut er denn jetzt? Da fallen lauter schwarze Brocken aus diesem seitlichen Maul!«

Ullrik richtete sich auf, um besser sehen zu können, dann stieß er einen Fluch aus und ging wieder in Deckung. »Verdammt. Er bringt Dunkelwesen hervor. Er *scheißt* sie regelrecht aus! Es sind schon Dutzende!«

»Dunkelwesen? Du meinst diese Biester, die Malangoor schon einmal überfallen haben?«

»Ja, sie waren ebenfalls Produkte eines Dämons. Sie sind sozusagen seine Kinder, sein Heer, mit dem er sein Zerstörungswerk noch vollständiger machen kann.«

»Und ... wann hört das auf? Ich meine, verschwindet er irgendwann wieder ins Stygium?«

»Das ist es ja, Laura! Normalerweise tut er das, sobald es nichts mehr für ihn zu zerstören gibt. Und diese Häuserruinen dort unten ... nun ja, das ist nicht gerade das, wonach es ihn dürstet. Nichts, was ihm wirklich die Energie geben könnte, von der er sich ernähren muss, um hier bleiben zu können. Das bedeutet, dass er gesteuert wird. Chast ist nicht tot – obwohl du ihn zwei Mal getroffen hast! Wahrscheinlich freut er sich darüber, dass dieser Dämon zufällig ins Diesseits gesprungen ist, denn nun hat er ein tödliches Heer zur Verfügung. Es muss ihm trotz seiner Verletzung gelungen sein, den Dämon unter seine Kontrolle zu bringen. Nun leitet er ihm Energien aus dem *Trivocum* zu.«

Ein mörderischer Lärm tönte aus dem Dorf herauf, Ullrik zuckte hoch und sah einen blau-violetten Feuerball zwischen den Ruinen auflodern. Das zweite Drakkenschiff setzte draußen auf der Dorfwiese zur Landung an, und selbst Chast war zu sehen, er stand weit draußen, kurz vor seinem Flugboot, und hielt beschwörend die Hände erhoben. Es schien, als wäre er in ein Leuchten eingehüllt.

»Hoffentlich haben die anderen entkommen können«, flüsterte Laura. »Alina muss noch dort unten sein. Und Hellami und Cathryn.«

Ullrik nickte. »Ich weiß. Ich glaube, ich habe Hellami eben gesehen – ich muss ihr helfen.«

Laura sah ihn erschrocken an. »Du willst dort hinunter?«

»Wir sind hier gefangen, auf diesem Plateau. Entweder wir besiegen Chast und seinen Dämon, oder wir werden alle sterben.«

»Aber ...«

»In einem magischen Kampf kannst du mit deiner Armbrust nichts ausrichten, mein Schatz. Du musst versuchen, Victor und Jacko wieder zu finden. Hoffentlich haben sie herausbekommen, wo Hochmeister Jockum steckt. Wenn er und ich uns zusammen etwas ausdenken, haben wir vielleicht eine Chance. Chast ist verletzt und nicht im Vollbesitz seiner Kräfte. Vielleicht kann uns auch der eine oder andere Drache helfen, sofern sich welche oben in der Drachenkolonie aufhalten.«

Laura empfand zwar Trauer über Cleas' Tod, aber Ängstlichkeit war nicht ihre Sache. Sie nickte entschlossen. »Gut, ich gehe sie suchen.«

*

Mit schmerzverzerrter Miene hinkte Chast rückwärts, in Richtung der offenen Tür seines Flugbootes.

»Tötet sie!«, brüllte er den Drakken zu, die sich links und rechts neben ihm aufgebaut hatten. »Tötet alles, was sich bewegt! Ich will, dass hier nichts und niemand mehr lebt, wenn wir diesen Ort verlassen!«

Die Drakkensoldaten, eben dem zweiten Flugboot entstiegen, verständigten sich kurz mit ihren seltsamen Zischlauten und schwärmten dann aus. Es waren ein rundes Dutzend, und Chast zweifelte nicht daran, dass sie diese lächerliche Mädchenbande innerhalb einer Viertelstunde zu Asche verbrannt haben würden. Dieser verfluchte Fettsack, den er nicht kannte und der jetzt auf Alinas Seite stand, musste einmal zu seinen Leuten gehört haben, das war ihm jetzt klar. Ein dreckiger Verräter, der einen zehnfachen Tod verdient hatte.

Der Kerl hatte einfach Glück gehabt; woher hätte Chast ahnen sollen, dass ihm einer gegenüberstand, der ebenfalls die Rohe Magie benutzte! Und dieses kurzhaarige dunkle Mädchen, die war auch neu. Woher bekamen diese verfluchten Schwestern nur immer wieder so viele Helfer und Mitstreiter her? Dabei war Leandra nicht mal hier! Allein ihr hätte Chast zugetraut, immer neue Verbündete zu rekrutieren.

»Hoher Meister!«

Chast stöhnte lautstark. Seine beiden Plagegeister Cicon und Vandris waren wieder da! Augenblicke später hatte er die metallene Einstiegstreppe des Flugbootes erreicht und ließ sich schwer nach hinten fallen. Ein stechender Schmerz fuhr ihm durch die Glieder, als er mit dem Hintern auf der obersten Stufe aufkam. Er stöhnte auf.

»Bei Sardin!«, rief Vandris aus. »Ihr seid verletzt!«

»Das weiß ich selbst, du Schwachkopf!«, schnauzte Chast ihn an. »Es tut weh! Dieses verfluchte Weibsbild hat mich mit dem Bolzen genau in die Stelle getroffen, wo mich Leandra damals mit ihrem Schwert verletzt hat! Verflucht soll sie sein!«

»Aber Meister ...«

»*Was?*«

Vandris zuckte unter der Gewalt von Chasts Stimme zusammen. »Ich ... ich meine nur ... dies ist nicht Euer Körper von damals! Es ist Rasnors Körper ...«

»Na und? Glaubst du vielleicht, ich könnte deswegen die Wunde von damals nicht spüren?«

Cicon deutete mit verdattertem Gesichtsausdruck auf den Armbrustbolzen, der in Chasts linker Brust steckte. »H-hoher Meister! Ist d-diese Verletzung nicht viel schlimmer?«

Verächtlich blickte Chast auf den Bolzen, der knapp unterhalb des Schlüsselbeins tief in seine Schulter eingedrungen war. »Hat das Herz nicht getroffen. Sonst würde ich wohl nicht mehr leben, was? Los, mach dich nützlich, du Wurm! Zieh ihn heraus!«

Cicon blickte Chast an, als hätte er soeben von ihm verlangt, eine Mulloohkuh zu melken. »A-aber M-meister ...«

Chast stieß einen unzufriedenen Laut aus, schubste Cicon beiseite und legte selbst die Hand an den Bolzen. Mit wutverzerrter Miene und mit einem energischen Ruck riss er ihn heraus und stieß dann einen Schrei aus, der selbst die Drakken, die schon die Häuser erreicht hatten, herumfahren ließ. Der riesige Dämon war bereits in der Mitte von Malangoor angelangt und tobte dort in grimmiger Wut, von immer mehr seiner Dunkelwesen begleitet. Chast, schwer atmend, aber noch Herr der Lage, überprüfte den Energiestrom, der den Dämon am Leben erhielt, und erlaubte sich, seine Gedanken auf den Bolzen in seinem Oberschenkel zu lenken.

»Leandra!«, knirschte er leise. »Wenn das hier vorbei ist, werde ich mich speziell *dir* widmen!«

Dann fiel ihm etwas ein.

Erschrocken blickte er auf, musterte die Drakken, die sich eben anschickten, zwischen die Häuser vorzudringen, und den gewaltigen Dämon, der dumm und zerstörungswütig seine gewaltigen Planken auf die Dächer der noch stehenden Hausruinen niederfahren ließ.

»Halt!«, brüllte er und unterbrach rasch den Energiestrom seines Dämons. Die Drakken waren stehen geblieben, pflichtgetreu hatte sich der Liin-Offizier des Trupps umgedreht und setzte sich nun im Laufschritt in Bewegung, um sich bei Chast, seinem *uCuluu*, neue Befehle zu holen.

»Die Kleine!«, stieß Chast hervor. »Das Mädchen! Wie heißt sie?«

»Ihr meint Leandras Schwester?«, fragte Vandris. »Sie heißt Cathryn.«

»Ja, genau! Die meine ich! Das ist sie!«

»Was soll mit ihr geschehen, Meister?«

»Fangt sie mir! Lebend! Ich will sie unbedingt! Tötet alles und jeden, was hier herumläuft, aber dieses Mädchen *muss* ich lebend haben! Habt ihr verstanden?«

»Jawohl, Meister. Darf ich fragen ...«

»Sie ist der Schlüssel. Sie ist das Verbindungsglied zwischen den *Schwestern des Windes*! Woher sollten sie sonst wissen, dass Roya und Munuel geflohen sind und dass Leandra gar nicht gefangen wurde? Alina hat der Kleinen auf der Stelle geglaubt! Wenn wir sie haben, sind die *Schwestern* keinen Kupferfolint mehr wert!«

»Ja, Meister. Ich verstehe.«

Ein gehässiges Lachen zeichnete sich auf Chasts Zügen ab. »Die Kleine wird für uns einen noch viel wichtigeren Zweck erfüllen.«

Cicon und Vandris sahen sich an. »Welchen denn?«, fragte Cicon zögernd.

Chast lachte meckernd auf. »Sie ist die Garantie dafür, dass Leandra zu mir kommen wird!«

Chasts Untergebene sahen sich kurz an und rangen sich dann ebenfalls ein Lachen ab. Keiner der beiden wirkte so, als wäre er wirklich sicher, dass Chast aus einer solchen Begegnung als Sieger hervorgehen würde. Der Drakkenoffizier stand reglos neben ihnen.

»Was steht ihr hier herum, ihr Pack?«, fuhr Chast sie wütend an. »Los, schafft mir dieses Mädchen her!«

»Wie Ihr befehlt, Hoher Meister!«, antwortete Cicon, und der Drakkenoffizier stieß ein »Ja, Herr« aus. Alle drei wandten sich rasch um und setzten sich in Bewegung.

»Aber seid vorsichtig!«, rief Chast ihnen hinterher. »Sie ist gefährlich, die Kleine!«

Cicon und Vandris verlangsamten unwillkürlich ihr Tempo und sahen sich gegenseitig verwundert an. Dann begannen sie wieder zu laufen. »Wie Ihr befehlt, Hoher Meister!«

*

Laura war schon wieder im Versteck, als Ullrik und Alina zurückkehrten. Sie saß geduckt hinter dem Mäuerchen, von dem aus sie zuvor das Dorf beobachtet hatten. Ullrik und Alina setzten sich zu ihr.

»Gott sei Dank!«, seufzte Laura. »Du bist unverletzt, Alina!« Sie umarmten sich kurz, dann sah Laura, dass Alina Tränen in den Augen hatte.

»Cleas war mein Freund. Ohne ihn hätte ich in Yanalee nicht einmal aus dem Drakkenbergwerk fliehen können. Wir wären heute alle nicht hier, hätte es ihn nicht gegeben. Wir wären schon vor vielen Monaten gescheitert, und die Drakken würden über die Höhlenwelt herrschen.«

Weder Ullrik noch Laura hatten Cleas näher gekannt, noch konnten sie ermessen, wie eng die Freundschaft zwischen ihm und Alina gewesen war. Sie wussten nur, dass er ihr die Flucht ins Ramakorum-Gebirge ermöglicht hatte, wo es Alina gelungen war, das Unmögliche wahr zu machen: die Wende im Drakkenkrieg auszulösen.

Als sich Alina ein wenig beruhigt hatte, berichtete Laura, dass sie Jacko hatte finden können. »Hochmeister Jockum muss sich oben in der Drachenkolonie aufhalten. Victor und Jacko haben leider nur einen Dachen auftreiben können, einen ganz jungen. Wo all die anderen sind, wissen sie nicht. Victor ist mit ihm hinaufgeflogen, um den Hochmeister zu holen; sie hoffen, dass der Drache beim Flug herunter zwei Personen tragen kann.«

Einem Geräusch folgend, sahen sie alle drei zur Dorfwiese, wo inzwischen das zweite Drakkenflugboot gelandet war und sich ein Trupp Drakken um den verletzten Chast formiert hatte. Während der riesige Dämon blindwütig alle Häuserruinen zerstörte und keinen Stein auf dem anderen ließ, hörten sie von der anderen Seite der Wiese einen wütenden Wortschwall von Chast herüberdringen. Verstehen konnten sie seine gebrüllten Worte nicht, denn er war gute einhundertfünfzig Schritt entfernt, aber sein Befehl war dennoch klar. Die Drakken schwärmten aus, überquerten im Laufschritt die Dorfwiese und drangen zwischen die Häuserruinen vor.

»Es sieht nicht gut aus für uns«, meinte Ullrik missmutig und erhob sich. »Wir haben den mächtigsten Magier der Höhlenwelt gegen uns, dazu einen Dämon, ein Dutzend Drakken und noch einmal das Doppelte an Dunkelwesen. Und es werden mehr.« Er schüttelte den Kopf. »Unsere Chancen stehen schlecht. Wir müssen fliehen!«

»Wo sind Marina und Azrani?«, wollte Alina wissen. Sie wischte sich die Tränen fort.

Ullrik schüttelte den Kopf. »Ich habe nur gesehen, wie Marko versucht hat, die beiden in Sicherheit zu bringen. Ob er es geschafft hat und wo sie jetzt sind, kann ich nicht sagen. Mit Hellami und Cathryn ist es das Gleiche. Immerhin ist Bruder Zerbus bei ihnen. Er hat versucht, sie mit Magie zu schützen.«

Alina, die versuchte, ihren Schmerz beiseite zu drängen und wieder die Shaba zu sein, erhob sich. »Ullrik, wir können nicht fliehen und unsere Freunde im Stich lassen! Chast wird sie alle töten!«

Ullrik hob in entschuldigender Geste die Handflächen. »Ich weiß es doch, Alina. Aber was soll ich tun? Ich allein gegen diese Massen von Feinden? Ich ...«

Ein von Chast gebrülltes *Halt!* schallte herüber. Alina, Ullrik und Laura hoben die Köpfe und sahen ins Dorf hinab. Die Drakken und selbst der riesenhafte Dämon waren verharrt. Ein einzelner Drakken überquerte im Laufschritt die Wiese in Richtung Chast.

»Er hat etwas vor«, flüsterte Ullrik. »Er berät sich mit seinen Leuten. Ich glaube, den großen, dürren Kerl da kenne ich. Das ist Cicon, ein ehemaliges Ratsmitglied.«

Alina nickte. »Ja, du hast Recht. Der andere dürfte Vandris sein. Das sind zwei Magier, nicht wahr?«

Ullrik zuckte mit den Schultern. »Eigentlich ist jedes Bruderschaftsmitglied ein Magier. Ich weiß aber nicht, wie gut die beiden sind. Immerhin – nun sind es noch zwei Gegner mehr.«

»Ullrik!«

Er sah Laura forschend an. »Ja?«

Sie deutete hinab. »Diese Drakken dort. Denkst du, du könntest einen von ihnen in eine Falle locken? Mit einer Magie?«

»In eine Falle? Wozu denn?«

Sie sah ihn mit wütend entschlossener Miene an. »Seine Waffe. Wenn ich die hätte ...«

»Bist du verrückt?« Er warf die Arme in die Luft. »Das kann ich dir nicht erlauben ...«

»Sei still!«, zischte sie energisch, und Ullrik verstummte.

Sie reckte sich auf die Fußspitzen, packte mit beiden Händen seinen Kragen und zog sich zu ihm heran. »Dein berühmter Beschützerinstinkt in Ehren, aber du kannst nicht allein gegen alle da unten antreten! Das *kannst* du nicht! Und was sollen wir tun, wenn du verloren hast? Jammernd in einer Ecke hocken und warten, bis sie uns finden und uns zerreißen?«

»Warte, Laura!«, fuhr Alina dazwischen. »Man kann diese Waffen nicht so einfach benutzen. Ich ... ich hatte mal eine in der Hand, und es ging nicht.«

Laura sah sie kopfschüttelnd an. »Man muss nur wissen, wie es funktioniert. Ich kann mit solchen Waffen umgehen, ich bin damit aufgewachsen. Sie haben eine einfache Sicherung, das kriege ich hin. Ich habe damals auf der *Pilgrim* viel mit Technik und Elektronik zu tun gehabt. Das war sozusagen mein Gebiet.«

Alina, die sich nur wenig unter Lauras Herkunft vorstellen konnte – als Nachfahrin der Besatzung eines vor vierhundert Jahren auf einer fremden Welt gestrandeten Raumschiffs –, musterte sie unschlüssig. Doch sie musste sich entscheiden, und zwar schnell. Entschlossen wandte sie sich an Ullrik. »Also gut. Ich glaube, Laura hat Recht, Ullrik. Wir müssen um unser Leben kämpfen. Ich will auch so eine Waffe.«

Ullrik sah unsicher zwischen den beiden hin und her, aber er schien einzusehen, dass Alina Recht hatte. Dann blickte er zur Dorfwiese hinab, wo der einzelne Drakken von Chast fortrannte, auf seine Soldaten zu. Offenbar hatte er neue Befehle erhalten. Zwei Männer folgten ihm – Cicon und Vandris. Der Dämon, den Chast bemerkenswert gut zu kontrollieren vermochte, stieß ein markerschütterndes Röhren aus und setzte sein Zerstörungswerk fort. Mit einem wütenden Hieb einer seiner Pranken fetzte er das kleine Brunnenhäuschen vor Munuels früherem Haus weg. Ullrik sah, dass es höchste Zeit wurde, zu handeln.

»Die Waffen besorge *ich*!«, verlangte er mit warnendem Unterton. Selbst einem Befehl der Shaba von Akrania würde er jetzt Widerstand leisten. Solange sie und Laura nicht bewaffnet waren, waren sie eine allzu leichte Beute für jeden Gegner.

»Einverstanden«, nickte Laura. Obwohl sie versuchte, sich ruhig zu geben, sah Ullrik in ihren Augen, dass sie geradezu begierig war, sich in den Kampf zu stürzen. »Ich habe ein bisschen Kampferfahrung«, sagte sie zu Alina. »Wenn wir beide zusammen bleiben und du mich anführen lässt und auf mich hörst, werden wir uns durchbeißen.« Sie räusperte sich und fügte ein verlegenes »Wenn du erlaubst, Shaba« hinzu.

Alina brachte ein schmerzvolles Lächeln zustande. »Ich bin es gewohnt, dass man mich herumkommandiert, Laura. Mach dir nichts draus. Ich bin auch nicht gerade völlig ahnungslos, aber nach dem, was ihr zusammen auf Jonissar erlebt habt, schließe ich mich gern dir an.«

Ullrik hob vorsichtig den Kopf aus der Deckung und beobachtete die Drakken, die eine Reihe gebildet hatten. In breiter Front begannen sie, die Ruinen zu durchkämmen. Er peilte einen Ort an der linken Flanke der Angreifer an, wo er hoffte, einen einzelnen Drakken ohne seine Kameraden abpassen zu können. »Wartet hier auf mich!«, sagte er leise zu Alina und Laura und verließ ihr Versteck.

Da das Malangoorer Hochplateau stark zerklüftet war, schlängelten sich die meisten Wege zwischen Felsen, Spalten und kleinen Senken hindurch. Einer verband den Wasserlauf, der sich vom Wasserfall bis zur Dorfwiese erstreckte, mit dem nordöstlichen Abgrund unterhalb des Windhauses. Dabei berührte er drei andere Wege, welche die Häuser miteinander verbanden. Ullrik kannte sich bereits gut in Malangoor aus; der Grund war kein geringerer als der gewesen, möglichst viel Ortskenntnis zu besitzen, sollte Malangoor je wieder angegriffen werden. Dass dies jederzeit möglich war, hatten alle gewusst.

Mit zügigem Schritt eilte er den versteckten Pfad entlang, nahm hier und dort eine Abzweigung und gratulierte sich, dass er sich die Wege wirklich eingeprägt hatte. Bei einem der zerstörten Häuser durchquerte er den Keller, dessen Decke großenteils eingestürzt war. Er war nach oben hin offen, aber die

Mauer, die ihn von dem vorbeiführenden Weg auf der anderen Seite trennte, stand noch. Am Kellerausgang erreichte Ullrik einen halb verschütteten Zugang. Wenn er richtig kalkuliert hatte, musste bald einer der Drakken über den Weg auf der anderen Seite heraufkommen.

Nervös versuchte er sich zu konzentrieren. Er benötigte eine wirkungsvolle Magie, aber sie durfte kein Geräusch oder Aufleuchten verursachen. Lauras Armbrust kam ihm in den Sinn, als er in den Trümmern einen Bolzen liegen sah. Er mochte hier damals abgefeuert worden sein, während des ersten Überfalls auf Malangoor. Ullrik überlegte, ob er diesem Geschoss mittels Magie die nötige Geschwindigkeit verleihen konnte.

Er hörte ein Geräusch – die Stiefel eines Drakken auf losen Steinchen. Rasch bückte er sich, hob den Bolzen auf. Ein kurzer Blick durch eine Lücke in den Trümmern sagte ihm, dass er Recht hatte: Ein Drakken in geduckter Haltung kam mit erhobener Waffe den schmalen Weg herauf. Ullriks Herz begann heftig zu pochen. Ob Drakken oder nicht – es war das erste Mal in seinem Leben, dass er einem lebendigen Wesen aus dem Hinterhalt auflauerte, um es umzubringen. Dass der Drakken ihn beim ersten Anblick ohne jeden Skrupel versuchen würde zu töten, machte nicht wirklich einen Unterschied.

Dann wird es Zeit, dass du es lernst, sagte er sich grimmig.

Leise erhob er sich und platzierte den Bolzen auf einem losen Stein in der Lücke. Der Bolzen zielte auf den Weg und dort auf eine Stelle, die der Drakken gleich durchqueren musste. Das Wesen war in einen Kampfanzug mit Helm gekleidet, aber ein Teil des Halses lag frei, und den beabsichtigte Ullrik zu treffen. Bewegungslos verharrte er in seiner Position, wartete auf den richtigen Augenblick und konzentrierte sich auf seine Magie.

Zum ersten Mal benutzte er für eine ernsthaft angewandte Magie nicht seine gewohnte Form, die Rohe Magie, sondern die Elementarmagie. Die beiden Formen waren sich ähnlich, doch obwohl die Rohe Magie stärker und machtvoller war, entschied er sich hier gegen sie; er benötigte mehr feine Kontrolle, denn ein so kleines Objekt wie einen Armbrustbolzen genau zu bewegen war schwierig. Die Rohe Magie erschien ihm zu derb für solche Zwecke. Von Cleas hatte er sich die wichtigsten Grundlagen des Wirkens der Elementarmagie erklären lassen und sie in den letzten Tagen geübt. Mit seinem *Inneren Auge* betrachtete er das *Trivocum*, murmelte im Geiste die Intonation *Mar-In-Quad* und öffnete ein Aurikel.

Sein Herz schlug schneller, als mit hellgelb strahlenden Rändern die Öffnung im *Trivocum* entstand, eine vierte Iteration, die weitaus genug Energie für seine Zwecke liefern würde. Ein kurzer Impuls des Zögerns überkam ihn, als er fürchtete, der Drakken würde sein Aurikel bemerken; doch *nein* – Drakken beherrschten keine Magie, sie besaßen kein Inneres Auge, um die Sphäre des *Trivocum*s beobachten zu können.

Das gebückt gehende Kriegerwesen näherte sich der Schusslinie, in die der ruhig liegende Bolzen zeigte. Beinahe hätte Ullrik vergessen, den notwendigen Schlüssel zu setzen: *Quoo* – eine Himmelsmagie, welche die Kräfte für die Bewegung bereitstellte. Dann war der Drakken da.

Ullrik hörte ein Geräusch schräg über sich, vergaß den Bolzen und lenkte blind seine spontan aus dem Stygium hervorschießenden *Quoo*-Kräfte in die Höhe. Da war eine Gestalt, auf den Resten einer Mauer kauernd. Er packte sie und zog sie mithilfe der Magie von ihrem Platz ...

Laura!

Keine Sekunde später schoss, von noch weiter rechts oben, ein greller Energiestrahl genau durch die Stelle, wo sich eben noch Laura befunden hatte. Der Blitz, der durch Ullrik zuckte, war fast ebenso heftig; aus den Augenwinkeln erkannte er die Umrisse eines Drakken, der eine Waffe im Anschlag hielt. Er stand auf einer dritten Mauer, ganz rechts oben in Ullriks Blickfeld. Eben sprang ihn etwas von hinten an.

Beinahe hätte Ullrik den Überblick verloren. Laura, die einen Schrei ausgestoßen hatte, befand sich noch in der Luft, würde gleich irgendwo hier unten auf dem Kellerboden aufschlagen – aber da oben, das musste Alina sein, die sich todesmutig auf den

Drakken gestürzt hatte, der Laura und ihn ins Visier genommen hatte!

Ullrik rannte los. Nur einen Augenblick später landete Laura mit einem Ächzen vor seinen Füßen. Er sprang über sie hinweg; vielleicht hatten sie noch ein paar Sekunden, ehe der Drakken, den Ullrik anfangs mit seinem Bolzen hatte treffen wollen, die Lage begriffen hatte.

Mit zwei, drei Schritten hatte er über einen Schutthaufen hinweg die Stelle erreicht, an der Laura gekauert hatte, dann sah er den Kampf zwischen Alina und dem Drakken. Mit einem giftigen Zischen warf das Echsenwesen die mutig kämpfende Alina ab und fuhr herum. Das war der Moment, da Ullrik ihn erreichte.

Alina lag wimmernd am Boden, der Drakken hob seine Waffe, um sie aus nächster Nähe zu töten. Ullrik, der so schnell keine wirksame Magie zustande brachte, tat das Einzige, was ihm übrig blieb – er rammte das Echsenwesen mit der ganzen Wucht seiner Körpermasse.

Der Drakken schrie auf – auf eine animalische, kreischendzischende Art. Drakken waren groß, aber auch leicht, die Wucht des Zusammenpralls mit Ullrik schleuderte ihn davon. Das Echsenwesen ließ seine Waffe los, ruderte mit den Armen und krachte gegen einen Mauerrest. Alina kämpfte sich bereits in die Höhe, Ullrik langte nach der Drakkenwaffe, riss sie hoch und legte sie auf das Echsenwesen an.

Er hatte nur eine vage Vorstellung, was man tun musste, um so eine Waffe auszulösen; doch was er auch versuchte, es geschah nichts. Der Drakken schnellte in die Höhe, ging vier Schritt vor ihm in Kampfhaltung und sandte ihm ein katzenhaftes Fauchen entgegen.

Ullrik drückte auf alles, was die Waffe an Knöpfen und Schaltern besaß, aber nichts geschah. Alina stand wieder und verbarg sich hinter ihm. Der späte Nachmittag sandte bereits lange und tiefe Schatten über die Ruinen von Malangoor. Wo war Laura? Hatte sie sich beim Sturz verletzt? Hatte der andere Drakken sie schon erreicht? Die Antwort kam in der nächsten Sekunde.

Ein scharfer Energiestrahl schoss von unten herauf, genau

zwischen Ullrik und Alina hindurch; mit etwas Pech hätte er sie beide auf einen Schlag töten können. Im nächsten Moment sprang von vorn der andere Drakken los. Ullrik war es immer noch nicht gelungen zu feuern.

Mit einem wütenden Grunzen rammte er dem Drakken die Waffe in den Bauch. Wut stieg in ihm hoch, dass diese beiden Bestien es auf *seine Mädchen* abgesehen hatten, dass sie keine Skrupel kannten, selbst eine wehrlose junge Frau gnadenlos abzuschlachten. Er warf die Waffe seitlich weg und setzte zornig nach. Mit wuchtigen Schlägen bearbeitete er das Echsenwesen, das zwar einen halben Kopf größer war, aber wohl nicht viel mehr als die Hälfte von ihm wog. Die beängstigende Schnelligkeit dieser Wesen und ihre scharfkantigen Knochengrate machte Ullrik mit der Wucht seiner Schläge und der Wut über seine Gegner wett. Der Drakken taumelte zurück, musste einen harten Faustschlag nach dem anderen einstecken und brach schließlich schlaff zusammen. Als Ullrik sich schwer schnaufend umwandte, standen Laura und Alina nebeneinander und in die andere Richtung gewandt. Laura hielt die eben von Ullrik weggeworfene Drakkenwaffe erhoben, während unten, im Kellerraum, in dem alles begonnen hatte, der zweite Drakken in seinen letzten Zuckungen lag – ein hässliches Loch, dessen Ränder noch glühten, zierte die Mitte seines Brustpanzers. Dann lag er still.

Laura hob eine Faust, ballte sie und stieß ein triumphierendes »Ja!« aus. Alina umarmte sie kurz und fest, drückte ihr einen Kuss auf die Wange, war dann aber gleich wieder die kühl und vernünftig handelnde Shaba. Sie sprang über Trümmer hinweg und über die Mauerreste in den Keller hinab und bemächtigte sich der Waffe des zweiten Drakken.

»Was ist?«, zischte sie herauf und winkte. »Nun kommt schon. Da sind noch mehr von diesen widerlichen Biestern.«

Laura warf Ullrik ein Lächeln zu und folgte Alinas Aufforderung. Ullrik stand schnaufend da, Wut rumorte in seinem Bauch. Er hätte den beiden noch eine Menge zu sagen gehabt, aber dann seufzte er ärgerlich und verzichtete darauf. Manchmal war das reine schusselige Glück eben doch eine mächtige Waffe.

13 ♦ Hausers Buch

»Es ist zum Auswachsen!«, ereiferte sich Giacomo. Leandra hatte Ain:Ain'Quas stets gefassten Helfer noch nie so aufgelöst erlebt.

»Seid ihr wirklich sicher?«, rief Giacomo zu den Navigationsleuten auf der Brücke der *Tigermoth* hinüber. Hektisch tippte er mit dem Zeigefinger auf der Tastatur des Projektor-Pults herum, über dem sich langsam ein funkelndes, dreidimensionales Modell eines Raumsektors drehte.

Ein stämmiger Mann kam von dem leicht erhöhten Arbeitsplatz der Navigationsleute herab und baute sich mit fordernd in die Seiten gestemmten Fäusten neben Giacomo auf. »Natürlich sind wir sicher!«, knurrte er ärgerlich und starrte mit finsterer Miene in die holografische Projektion. Zahllose leuchtende Punkte schwebten in der Luft und drehten sich träge um die Mittelachse. Dann flimmerte das Bild, erlosch und wurde neu aufgebaut, diesmal in anderem Maßstab.

»Was stimmt denn nicht?«, verlangte der Navigator zu wissen.

»Hier!«, rief Giacomo und wies beschwörend mit beiden Händen auf einen weiß strahlenden Punkt genau in der Mitte der Projektion, der von drei gestrichelten Achsen-Linien durchkreuzt wurde. »Da *ist* nichts!«

»Das sehe ich auch. Und?«

Giacomo deutete auf die Anzeige oberhalb des Tastenfeldes, wo die Raumkoordinaten leuchteten. »Es sind genau die Koordinaten aus meinen Quellen angegeben, aber sie deuten mitten ins Nichts! Das kann nicht sein!«

Inzwischen hatten sich etliche Leute um das Projektor-Pult versammelt, das sich in der Mitte der Brücke der *Tigermoth* befand. Ain:Ain'Qua stand zwischen Vasquez und Mbawe, Roscoe hatte einen Arm über Leandras Schultern gelegt, auch Via:Lan'-Chi war da, die erste Ajhana, die Leandra je kennen gelernt hatte, und andere Leute der Brückenbesatzung.

Der Navigator verzog den Mund. »Unsere Sternkarten sind immer aktuell. Frisch aus den illegalen Kanälen des Stellnets geklaut, sozusagen.« Er deutete auf einen Schriftzug, der knapp über der Oberfläche des Tisches schwebte. »Da! Version Neunhundertfünfzehn Punkt Zwei. Das ist die neueste. Keine zwei Wochen alt. Sterne und Planeten pflegen sich nicht innerhalb solcher Zeitspannen zu verflüchtigen!«

»Na schön«, murrte Giacomo. Er drückte mit dem Daumen seinen RW-Transponder auf, tippte kurz etwas und übertrug dann einen neuen Satz von Raumkoordinaten in das Projektor-Pult. Wütend hieb er mit dem Zeigefinger auf die *Eingabe*-Taste, und wieder wandelte sich das Bild über dem Projektionstisch. Neue Sterne wurden in die Luft gemalt, neue Linien und Beschriftungen, und wieder entstanden die drei Achsen X, Y und Z als Koordinatenkreuz genau in der Mitte. Diesmal durchkreuzten sie ein hell strahlendes, nebelartiges Gebilde. Giacomo tippte ein paar Mal schnell hintereinander auf eine Taste, woraufhin sich die Vergrößerungsstufe änderte.

»Da!«, rief er und deutete in die Mitte der Projektion. »Dieses Mal landen wir mitten in einer heißen kosmischen Staubwolke. Das *kann* nicht der beschriebene Ort sein! Unmöglich!«

»Was willst du da denn finden?«, fragte der Navigator.

»Ein Schiffswrack. Jahrtausendealt. Aber dieser Ort hier liegt um hunderte Lichtjahre abseits aller Raumrouten. Und es war ein Linienschiff, das damals havarierte.« Er schnaufte und stemmte die Fäuste in die Seiten. »Völliger Unsinn, dass man seine Position inmitten heißer kosmischer Gase bestimmen könnte. Dort wäre es gar nicht zu entdecken gewesen!«

»Und das andere?«

»Das waren die Koordinaten eines Sonnensystems. Dort sollte sich ein Doppelstern mit einem Dutzend Planeten befinden. Aber da ist nichts, nichts als leerer Raum!« Er klappte wiederum seinen Transponder auf und tippte neue Koordinaten auf der

Tastatur des Navigations-Tischs ein. Es folgte ein wütender Hieb auf die *Eingabe*-Taste, wieder flimmerte das Bild, ein neuer Raumsektor baute sich auf. »Hier ist es das Gleiche!«, ereiferte sich Giacomo. »In unserem Buch ist die Rede von einem Sperrgebiet, in dem der Pusmoh angeblich auf einem planetarischen Mond Relikte einer alten Kultur gefunden haben soll, die er zu verbergen sucht. Aber was ist da? Ein dicht besiedeltes Gebiet, mitten im Ursa-Quad-Haufen. Das dort ist Kekka:Laer, die Hauptwelt der Ajhan. Das angebliche Sperrgebiet liegt keine vier Lichtjahre davon entfernt! Völliger Unsinn! Genau so verhält es sich mit allen anderen Koordinaten! Manche deuten auf Raumgebiete, in denen durchaus etwas sein könnte, aber bei genauerem Hinsehen und einigen Recherchen stellt man schnell fest, dass die ganzen Daten Humbug sind! Nichts ergibt einen Sinn!«

»Und was bedeutet das?«, fragte Ain:Ain'Qua mit ernster Miene.

»Was wohl?«, maulte Giacomo in selten gehörtem, patzigem Tonfall und warf die Arme in die Luft. »Unsere Daten sind zu nichts nütze! Die Sternkarten sind entweder falsch, oder sie wurden manipuliert ... wahrscheinlich arbeitet der verdammte Pusmoh schon seit damals daran, die Koordinaten zu verschleiern.«

»Heißt das, wir können wirklich *nichts* machen?«, rief Leandra. »All die Arbeit und die Gefahren für ... *nichts?*«

»Langsam«, versuchte Ain:Ain'Qua sie zu beschwichtigen. »Wir haben immer noch Diamond. Dort in den Sperrgebieten ...«

»Ach, die sind doch von den Drakken bewacht!«, rief Giacomo ärgerlich. »Und die sind wahrscheinlich bis an die Zähne bewaffnet und passen gut auf. Und es bleibt noch die Frage, ob wir ausgerechnet dort etwas finden können. Wir brauchen etwas Wesentliches! Etwas Gewaltiges! Und davon einen ganzen Sack voll. Etwas, womit wir den Pusmoh bloßstellen und zwingen können, Farbe zu bekennen! Aber jetzt? Wo sich all das hier als nutzlos erweist?« Selten hatte jemand Bruder Giacomo, den bisher meist unauffälligen Diener und Helfer Ain:Ain'Quas, so aufgeregt gesehen.

»Was sind das für Daten? Wo stammen die her?«, wollte der Navigator wissen.

Giacomo starrte ihn eine Weile missmutig an, dann schüttelte er den Kopf. »Aus einem Buch, einem sehr alten Buch. Tut mir Leid, mehr kann ich nicht sagen. Die Sache ist ... vertraulich. Streng geheim, sozusagen.« Giacomos Aussage hinterließ nicht gerade eine Stimmung voll Zuversicht auf der Brücke der *Tigermoth*.

»Und die Ordensritter?«, meldete sich Roscoe. »Sie könnten doch noch immer die aktuellen Neuigkeiten überall verbreiten. Das würde doch sicher ...«

»Besonders für die Ordensritter ist es wichtig!«, fuhr ihm Giacomo scharf in die Rede. »Sie müssten geradezu eine Flut von Nachrichten überbringen! Nachrichten, die für Wirbel sorgen! Schließlich revoltieren sie, und wir sind es ihnen schuldig, Neuigkeiten zu liefern, die ihrem Aufstand einen Hintergrund und einen Sinn geben! Ich hatte gehofft, wir kämen dem Geheimnis dieser Welt auf die Spur, die damals vernichtet wurde, und mit ihr dem verschwundenen Linienschiff, auf dem sich so viele hochrangige Diplomaten befanden. Und noch mehr Spuren. Damit könnten wir nachweisen, dass der Pusmoh über Leichen geht, um das Geheimnis seiner Identität zu wahren. Meldungen wie diese hätten sicher einiges an Wirbel gebracht und unsere Möglichkeiten verstärkt, Druck auf den Pusmoh auszuüben.«

Schweigen kehrte in der Brücke ein.

Eine ganze Weile sagte niemand etwas, man sah sich nur betroffen an. Niemand schien damit gerechnet zu haben, dass jetzt noch etwas schief gehen konnte – vor allem nicht etwas in dieser Art.

»Es genügt jetzt«, erklärte Ain:Ain'Qua, trat neben Giacomo in die Mitte der Brücke und hob eine Hand. »Seit Stunden jagen wir dieser Sache hinterher und kommen zu keinem Ergebnis. Ich habe einen Vorschlag.«

Die Stimmung unter den Anwesenden war gereizt, aber niemand gebot Ain:Ain'Qua Einhalt. »Gut«, sagte er. »Hören wir einfach für den Moment auf. Es hat keinen Sinn mehr. Aber dennoch – wir sollten nicht aufgeben! Vielleicht stimmt mit den Sternkarten tatsächlich etwas nicht. Oder die angegebenen Positionen haben sich in den letzten dreieinhalb Jahrtausenden verändert. Ich schlage vor, wir legen eine Pause ein und treffen uns in ... sagen wir, sechs Stunden wieder hier. Bis dahin gibt es bestimmt einige neue Ideen. Wir haben jetzt die *Faiona*, sie ist flugtüchtig, und wir können mit ihr jeden beliebigen Ort erreichen. Damit sind wir dem Ziel schon sehr nah. Den Rest schaffen wir auch noch.«

Zustimmendes Gemurmel erhob sich, wenngleich es auch nicht über die Maßen zuversichtlich klang. Bald glitt das Brückenschott zischend zur Seite, und erste Leute verließen den Raum. Leandra und Roscoe blieben bis ganz zum Schluss, dann verließen auch sie die Brücke. Draußen im Gang hielt Roscoe an und nahm Leandras Hände in die seinen.

»Leandra, ich bin keiner, der lange Abschiedsszenen liebt.«

Leandra sah ihn erschrocken an. »Du willst fort? Jetzt schon?«

Er nickte. »Ich kann hier nichts mehr tun. Auf Gladius hingegen wird zurzeit alles geräumt. Es heißt im Stellnet, die Drakken würden dort einen neuen Posten einrichten, während die gesamte Forschungsstation aufgelöst wird. Ich habe keine ruhige Minute mehr, ehe ich nicht weiß, was mit Mai:Tau'Jui ist.«

Leandra spürte Tränen in ihren Augenwinkeln. »Aber ... du wirst zehn Tage bis Gladius brauchen, nicht wahr? Du fliegst doch mit der *Melly Monroe*.«

»Fährst«, korrigierte Roscoe mit einem gutmütigen Lächeln. »Wir Frachterpiloten *fahren* durchs All. Aber diesmal nehme ich das Wurmloch bis zum Halon. Giacomo hat mich wieder einmal mit Geld versorgt, aus seinen geheimen Kassen der Kirche. Übermorgen um diese Zeit bin ich schon da.«

»Und wenn sie dich auch festnehmen?«

»Ich habe auch schon wieder eine neue ID-Karte. Simon Griswold heiße ich jetzt, Eigentümer der *Melly Monroe*.«

»Was? Griswold? Aber der ...«

»Der hat uns verpfiffen. Giacomo hat ihn bereits aufgestöbert und ihn gewarnt, er soll sich ruhig verhalten. Sonst würde er eine Suchmeldung der Heiligen Inquisition an den Hals bekommen und so weiter. Diesmal ist meine Tarnung sicher. Und ich habe auch das richtige Schiff. Es kann nichts passieren.«

Leandra schniefte. »Ich mache mir trotzdem Sorgen.«

Er küsste sie. »Brauchst du nicht. Ich mache mir viel mehr Sorgen um dich. Wirst du auf dich aufpassen, was auch immer ihr jetzt tun werdet – bei eurer Suche nach dem Geheimnis des Pusmoh?«

»Ain:Ain'Qua und Giacomo sind bei mir.«

Roscoe nickte zufrieden. »Dann bin ich beruhigt. Die beiden werden nicht zulassen, dass dir etwas geschieht. Ich wette, ihr schafft das. Ich habe mich schon mit Ain:Ain'Qua besprochen. Sobald ich Mai:Tau'Jui gefunden habe, kehre ich mit ihr zu den Brats zurück. Wir werden dort auf euch warten und versuchen, alles an Nachrichten zusammenzutragen ...«

Ein Lächeln glitt über Leandras Gesicht. »Wir sehen uns wieder? Du wartest auf mich?«

»Aber ja. Was dachtest du denn? Mein Platz ist jetzt bei den Aufständischen gegen den Pusmoh. Auch der von Mai:Tau'Jui. Sie hat den Schritt ja schon vollzogen, als sie uns zur Flucht von Gladius verhalf.«

Leandras Miene wurde wieder traurig. »Aber du liebst sie und nicht mich.«

»Red keinen Unsinn. Ich meine ... ich liebe euch beide. Ich ...«

Leandra seufzte nur lautstark. Dann schlang sie die Arme um ihn, drückte sich fest an ihn und küsste ihn. »Pass auf dich auf«, flüsterte sie, ließ ihn los und eilte durch den Gang davon.

Roscoe stand schnaufend da, sah ihr hinterher, und diesmal hatte er die Tränen in den Augenwinkeln.

*

Die nächsten Stunden an Bord der *Tigermoth* vergingen zäh.

Roscoe war unmittelbar nach dem Abschied von Leandra aufgebrochen und hatte sich von Ain:Ain'Qua mit der *Faiona* zurück zum Asteroidenring bringen lassen, wo er die *Melly Monroe* im dichtesten Getümmel der Asteroiden geparkt hatte. Ain:Ain'Qua hatte die Gelegenheit begrüßt, sich mit der *Faiona* noch weiter vertraut zu machen. Um Zeit zu gewinnen, hatte er sogar einen kurzen TT-Sprung vollführt. Er hätte Roscoe ebenso gut direkt nach Gladius bringen können, nur gab es dort, da die Drakken einen neuen Stützpunkt einrichteten, keine sichere Landemöglichkeit. Roscoe musste, um seine neue Identität als Simon Griswold aufrecht zu erhalten, den *normalen* Weg mit der *Melly Monroe* benutzen. Dann hatte er auch eine Chance, Mai:Tau'Jui von Gladius fortzubringen.

Ain:Ain'Qua kehrte direkt zur *Tigermoth* zurück, die sich noch immer zusammen mit der *Little Fish* im Schatten des winzigen, rasend schnell dahineilenden Planeten Oberon versteckte. Wenige Stunden nach seinem Start war er wieder zurück. Die Stunde brach bald an, da man sich auf der Brücke treffen wollte, um neue Ideen zu besprechen – aber ihm war bisher noch nichts eingefallen, er hatte noch nicht einmal genauer nachgedacht. Ein Kloß bildete sich in seinem Magen. Die Gelegenheit, jetzt eine galaxisweite Revolte gegen den Pusmoh vom Zaun zu brechen, war über die Maßen günstig, aber sie war ebenso flüchtig. Oberst Sack und seine beiden anderen Geschwaderführer würden nicht ewig auf Ergebnisse warten können. Man musste jetzt schnell etwas erreichen, sonst war die unwiederbringliche Gelegenheit vertan, die Heiligen Ordensritter in den Aufstand mit einzuspannen. Angestrengt überlegte Ain:Ain'Qua, als er, von der Andockschleuse kommend, die Gänge der *Tigermoth* in Richtung Brücke durchquerte. Vielleicht war ja Giacomo oder einem anderen etwas Kluges eingefallen.

An einer Ecke stand Mbawe. Es schien fast, als hätte der Käpt'n der *Little Fish* ihn hier abgepasst.

»Mbawe!«, begrüßte Ain:Ain'Qua ihn kühl und marschierte direkt weiter. »Hat das Treffen schon begonnen?«

»So weit ich weiß, noch nicht«, erwiderte Mbawe.

Ain:Ain'Qua legte einen forschen Schritt vor; Mbawe musste sich sputen, um mitzuhalten. Aus einem Seitengang stieß plötzlich Leandra zu ihnen, und Ain:Ain'Qua spürte, wie das Mädchen seine angespannte Stimmung sofort besänftigte. Er verlangsamte seinen Schritt, Leandra hakte sich links bei ihm unter, während Mbawe nun aufholte und sich rechts von ihm hielt.

»Kann ich dir eine Frage stellen, Jungchen?«

Ain:Ain'Qua maß Mbawe mit einem Seitenblick. »Sicher. Worum geht es?«

»Dieses Buch, das Giacomo erwähnt hat. Was ist das für eins?«

Ain:Ain'Qua zögerte; er sah kurz zu Leandra und beschloss dann doch, Mbawe ein wenig mehr zu erzählen. Die Gefahr, dass der Käpt'n der *Little Fish* für die Gegenseite spionierte, war doch sehr gering. Vielleicht hatte Mbawe ja sogar eine gute Idee.

»Es handelt sich um ein Buch, das vor dreieinhalb Jahrtausenden geschrieben wurde, als der Pusmoh gerade sein Sternenreich gegründet hatte. Zwangsgegründet, muss man hinzufügen. Die Menschen und wir Ajhan hatten keine Wahl. Wir wurden durch die Drakken gezwungen.«

Mbawe lächelte matt. »Ja, die Geschichte kennt jeder. Aber dieses Buch – was ist das für eins?«

Ain:Ain'Qua zögerte, dann sagte er schließlich: »Es heißt ›Das MDS-Syndrom‹. M-D-S für *Mauer des Schweigens*. Das bezieht sich auf das Geheimnis um die wahre Identität des Pusmoh.«

»Verstehe«, sagte Mbawe. »Und weiter?« Er sah Ain:Ain'Qua auffordernd mit hoch gezogenen Augenbrauen an. Er versuchte gar nicht erst zu verbergen, wie neugierig er war.

Ain:Ain'Qua musterte Mbawe erneut. Dieses Wissen weiterzugeben war heikel, konnte ihre Pläne in Gefahr bringen, allerdings schien ihm Mbawe bestenfalls ein Freigeist zu sein, ein unabhängiger Frachterkapitän mit ein paar Geheimnissen, der sein Geld mit halb legalen Geschäften im Dienst der Kirche und der GalFed verdiente. Wollte er Verrat üben, müsste er sich selbst reichlich exponieren. Das konnte ihn leicht seinen Liebling, die *Little Fish,* kosten. Ain:Ain'Qua verneinte das innerlich – das würde Mbawe niemals tun.

»Der Verfasser des Buches heißt Tassilo Hauser«, erklärte er. »Er war Wissenschaftler. Nach einer planetarischen Katastrophe gelangte er zufällig an ungewöhnliche Messwerte und begann nachzuforschen. Die Werte wiesen auf den Einsatz schwerer Drakkenwaffen hin, während der Pusmoh behauptete, die Relikte einer alten Kultur auf dieser Welt hätten zu der Katastrophe geführt. Ein ganzer Planet wurde vernichtet.«

Mbawe nickte nachdenklich. »Ja. Ich meine, davon schon einmal gehört zu haben.«

»Wirklich?«, fragte Leandra von der anderen Seite her. Sie schien begierig, sich in die Unterhaltung mit einzubringen. »Das ist verbotenes Wissen! Wo hast du davon gehört?«

Mbawe schüttelte den Kopf. »Weiß ich nicht mehr, Schätzchen. Erzählt weiter. Das interessiert mich.«

Leandra fühlte sich angesprochen und plapperte los, ehe Ain:Ain'Qua das Wort wieder ergreifen konnte. »Hauser forschte weiter nach«, berichtete sie voller Eifer. »Und er entdeckte noch mehr, nicht wahr, Ain:Ain'Qua? Eine ganze Menge sogar. Damals gab es noch viel Widerstand in der GalFed gegen die Herrschaft der Drakken und des Pusmoh. Und der Pusmoh weigerte sich zu sagen, wer er war. Da begann Hauser sein Wissen zusammenzutragen und in einem dicken Buch aufzuschreiben. Er nannte es ›Die Mauer des Schweigens‹.«

Ain:Ain'Qua war nicht wohl. So weit wie Leandra, die Mbawe nun scheinbar über *alles* in Kenntnis setzen wollte, wäre er nun nicht gegangen. Aber nun war es heraus. Er bemühte sich, seine Betroffenheit nicht offen zu zeigen, und nahm sich vor, mit Leandra ein ernstes Wort zu reden. Ihre Vertrauensseligkeit stand in keinem Verhältnis zur Wichtigkeit ihrer Mission.

»Verstehe«, meinte Mbawe nickend. »Und dann kam es heraus, und wurde verboten, nicht wahr? Und Hauser verschwand und wurde nie wieder gesehen. Ich habe tatsächlich schon mal von dieser Geschichte gehört. Und was habt ihr mit diesem Buch zu tun?«

»Wir haben es!«, platzte Leandra heraus.

Mbawe blieb überrascht stehen. Ain:Ain'Qua hielt ebenfalls inne, und Leandra, die bei Ain:Ain'Qua untergehakt war, musste auch anhalten. Mbawe starrte die beiden ungläubig an.

»Wirklich? Ihr habt es?« Mbawe blickte zu Ain:Ain'Qua auf.

»Warum erstaunt dich das so?«, fragte Ain:Ain'Qua verwirrt. »War das nicht klar? Giacomo hat doch vor aller Augen in der Brücke seinen Wutanfall gehabt und sich beschwert, dass seine Daten nicht stimmen.«

Mbawe nickte mit ernster Miene. »Ja, natürlich. Ich wusste nur nicht, dass ...« Er räusperte sich. »Ich meine, es hätte ja auch sein können, dass er nur die Daten hat und nicht das Buch selbst.«

Ain:Ain'Qua musterte Mbawe wieder von oben bis unten. Die Reaktion des dicken Käpt'ns kam ihm seltsam vor.

»Und nun?«, fragte Mbawe. »Nun habt ihr vor, die Geheimnisse aufzudecken, die in dem Buch beschrieben sind?«

Leandra blieb stumm und sah Ain:Ain'Qua verunsichert an. Offenbar war ihr klar geworden, welchen Fehler sie begangen hatte.

»Das werden wir sehen«, antwortete Ain:Ain'Qua ausweichend und setzte sich wieder in Bewegung. »Im Augenblick haben wir ja das Problem, dass mit den Daten etwas nicht stimmt. Das Buch ist so dick wie ein Lexikon und enthält endlose Listen, Tabellen, Statistiken und dergleichen. Es ist ein wissenschaftliches Werk und besteht hauptsächlich aus Fakten, die von einem ganzen Stab von Mitarbeitern über Jahre hinweg zusammengetragen wurden.«

Mbawe stieß einen leisen Pfiff aus. »Und davon habt ihr wirklich eins? Hier, bei euch?«

Ain:Ain'Qua wurde immer ungemütlicher zumute. »Nun ja, nicht wirklich. Es ist eine Kopie. Auf einem Datenspeicher.«

»Ah!«, machte Mbawe verstehend.

Eine Weile liefen sie schweigend nebeneinander her in Richtung Brücke der *Tigermoth*.

»Kann ich es einmal sehen?«, fragte Mbawe unerwartet. »Das Buch?«

Ain:Ain'Qua war so überrascht, dass er wieder stehen blieb. »Du willst es sehen? Wozu?«

Mbawe kaute eine Weile auf der Unterlippe. Sein ganzes übertrieben saloppes Gehabe war von ihm abgefallen, er wirkte mit einem Mal sehr ernsthaft. »Nun ja, vielleicht ist es eine Fälschung?«

Ain:Ain'Qua sah ihn verblüfft aus seinen großen, grünen Augen an. Die Nasenschlitze rechts und links seiner Kinnpartie bebten vor Erregung. »Eine Fälschung? Wie kommst du auf *so* etwas?«

Mbawe zuckte die massigen Achseln. »Es könnte doch sein, oder? Giacomo ist völlig durchgedreht, weil seine Daten nicht stimmen, und ihr denkt, die Sternkarten wären falsch oder vom Pusmoh manipuliert. Aber damals, als das Buch vom Pusmoh verboten und beschlagnahmt wurde, hätte er ja – ich meine, nur theoretisch – ein paar gefälschte Exemplare in Umlauf bringen können. MDS-Bücher, die falsche Daten enthielten. Um Leute wie euch auf falsche Fährten zu locken. Ich meine Leute, die später – wann auch immer, ob nach Jahren oder nach Jahrhunderten – versuchen sollten, den Inhalten dieses Buches zu folgen. Der Pusmoh konnte kaum davon ausgehen, dass er durch sein Verbot und seine Beschlagnahmung jedes einzelne Buch aus dem Verkehr gezogen hatte. Es müssen doch tausende gewesen sein, die damals in Umlauf kamen.«

Ain:Ain'Qua starrte Mbawe mit offenem Mund an. Was der Mann da sagte, war so überraschend und zugleich auch wieder so klug kombiniert, dass es ihm die Sprache verschlug.

»Wie kommst du auf solche Vermutungen?«, verlangte er schließlich scharf zu wissen.

»Ho-ho«, machte Mbawe, trat einen Schritt zurück und hob abwehrend die Hände. »Nur keine Aufregung, ja? Das sind ganz private Gedankengänge. Und sicher nicht völlig abwegig, oder? Ich sehe schon, du hast mit diesem Buch ziemlich viel am Hut.

Aber warum regt dich meine Theorie so auf? Gehört ihr etwa zu diesem *Orden der Bewahrer?*«

Nun war es endgültig vorbei mit Ain:Ain'Quas Ruhe. Während Leandra einen überraschten Laut ausstieß, machte er einen Schritt auf Mbawe zu, packte ihn am Kragen und drängte ihn gegen die Gangwand.

»Hilfe!«, rief Mbawe, aber seine Miene war wider Erwarten nicht von Schreck und Furcht gekennzeichnet, sondern er kicherte. »Potzdonner! Da hab ich ja in ein Wespennest gestochen. Lass mich los, du Papst! Ich bin nur ein einfacher Frachterpilot.«

»Woher weißt du von dem Orden?«, knirschte Ain:Ain'Qua. Er hielt Mbawe weiterhin fest.

»Hab ich gelesen. Ist der so geheim? Das wusste ich nicht.«

»Gelesen? Über den Orden steht nirgendwo etwas geschrieben!«

Nun wurde es Mbawe zu bunt. Er schien unter all seinem Speck auch ein paar Muskeln zu besitzen und kämpfte sich mit energischen Bewegungen frei. »Langsam, ja?«, beschwerte er sich und zog sich mit beleidigter Miene seine Kleider wieder gerade. »Wenn du von mir etwas hören willst, musst du netter fragen!«

»Woher weißt du von dem Orden?«, wiederholte Ain:Ain'-Qua gereizt. »Und wie könntest ausgerechnet *du* eine Fälschung des Buches von Hauser identifizieren? Wie?«

Mbawe verschränkte trotzig die Arme vor seiner speckigen Brust. »Nun, vielleicht weil ich selbst eins habe?«

»Was?«, keuchte Ain:Ain'Qua. »Du hast ein MDS-Buch?«

Nun lächelte Mbawe wieder. »Ich sammle historische Dinge. Nicht viele, aber die paar, die ich habe, sind etwas wert. Die *Little Fish* zum Beispiel.« Sein Lächeln hatte sich in ein Grinsen verwandelt, das nun immer breiter wurde. »Dass dieses Buch allerdings so wichtig ist, wusste ich nicht. Ich fand es nur interessant und habe ein bisschen darin rumgeblättert.«

Giacomos Stimme überschlug sich fast. »Geblättert? Du hast ein Original?«

Mbawes Miene verzog sich anklagend. »Könnte ich es ein *historisches Sammlerstück* nennen, wenn ich es nur in Datenform besäße?« Sein Blick war anklagend. »*Selbstverständlich* habe ich ein Original!«

»Das ... das ist doch ...!«, keuchte Ain:Ain'Qua und sah Leandra kurz an. Er wandte sich wieder an Mbawe. »In welchem Zustand ist es? Das Buch muss dreieinhalb Jahrtausende alt sein!«

»Ganz gut eigentlich. Übrigens sind es drei Bände, nicht eines.«

Ain:Ain'Quas Stimme überschlug sich fast. »Was, drei?«

»Ja. Ich hab sie an Bord der *Little Fish* gefunden. In einem Versteck.« Er zuckte mit den Schultern. »Nun ja, dass es ein Versteck war, wird mir jetzt erst klar. Es sind noch andere Bücher aus dieser Zeit dabei. Du weißt ja, die *Little Fish* ist nicht mehr so ganz neu.«

Ain:Ain'Qua stieß ein Stöhnen aus. »Ja, das kann man wohl sagen!«

Nur langsam fiel die Anspannung von ihm ab. Doch Mbawes Erklärung erschien nur allzu sinnvoll, und die Nachricht selbst war über die Maßen gut. »Drei Bände, sagst du? Wirklich?«

»Ja. Und es sind keine normalen Bücher, wie ihr vielleicht glaubt. Es sind drei Bände, die jeweils etwa fünfhundert hauchdünne Folien enthalten. Ich meine ... wenn man einmal drüber nachdenkt, hätte niemand für solche Bücher die Papierform wählen dürfen, selbst damals nicht. Wenn man eines der Bücher öffnet, aktiviert es sich, und dann sehen die Folien auch aus wie Papier. Man kann blättern, aber jede der Folien enthält zusätzlich noch Bilder, Diagramme und andere Daten. Auf jeder Seite gibt es zusätzliches Material, das man über Berührungs-Symbole abrufen kann. Ich hatte schon oft vor, die Bücher mal schätzen zu lassen oder sie zu verkaufen, denn sie sind einzigartig.« Er grinste. »Aber ich hatte nie sonderliche Geldnöte. Jetzt wird mir klar, warum sie so aufwändig und ungewöhnlich gemacht sind.«

»So, warum denn?«

»Na, damit man sie nicht fälschen kann! Der gute Hauser hat damals schon geahnt, was passieren könnte!«

»Und du hast sie einfach so ... aufbewahrt? Aus Sammlerleidenschaft?«

Mbawe zuckte mit den Schultern. »Wie gesagt, einen richtigen Sammler kann ich mich kaum nennen. Aber ich habe ein paar hübsche alte Sachen und meinen Spaß daran. Dass diese Bücher so bedeutungsvoll sind, habe ich nicht geahnt.«

»Und du bist sicher, dass es sich um die *Mauer des Schweigens* von Tassilo Hauser handelt?«

»Jedenfalls steht das außen drauf.« Er grinste. »Klang nach einem spannenden Roman, hat sich dann aber als etwas trocken herausgestellt.«

»Und wie viel davon hast du gelesen?«, fragte Leandra.

»Nur ein paar Stellen, die spannend waren.« Er grinste noch breiter. »So mit Raumschlachten und verschwundenen Welten und so. Könnte sein, dass ich ein paar gute Tipps für euch habe.«

Leandra sah Ain:Ain'Qua stirnrunzelnd an. »Mit Raumschlachten?«, fragte Ain:Ain'Qua verwundert.

»Ja, gegen die Saari. Der Krieg herrschte ja damals schon.«

Ain:Ain'Qua nickte verstehend. »Nun gut – und jetzt die Gegenfrage: Können wir *dein* Exemplar sehen?«

»Was zahlt ihr?«

Leandra schnappte nach Luft, Ain:Ain'Qua setzte eine bestürzte Miene auf.

Mbawe lachte polternd. »Haha, Jungchen! Ich wollte nur mal deine Miene sehen!« Er hieb Ain:Ain'Qua klatschend auf die Schulter. »Ihr Ajhan macht so tierische Glubschaugen, wenn ihr was nicht fassen könnt!« Wieder lachte er. »Kommt mit. Ich hab heut meinen guten Tag. Du darfst es sogar mal in die Hand nehmen! Haha!«

*

Giacomo war begeistert. Er überschlug sich fast vor Aufregung, seine Gefühle wallten so stark auf, wie sie noch Stunden zuvor niedergedrückt gewesen waren. Auf der Brücke hatte sich eine dichte Traube von Leuten um den Projektionstisch gebildet. Paladinoberst Friedrich Sack und seine beiden Offizierskollegen waren ebenfalls anwesend.

»Unglaublich! Hier stehen tatsächlich völlig andere Daten!«, jubilierte Giacomo. Er hielt das erste der drei Bücher aufgeschlagen in der Armbeuge, tippte aufgeregt auf die Anzeige-Symbole unten auf den Seiten und verglich die neuen Koordinaten, die er eingeblendet bekam, mit den alten, die er zuvor im Navigationspult eingetippt hatte. »Auch die Texte unterscheiden sich ... und die Diagramme, die Messwerte, die Bilder ... einfach alles! Diese Ausgabe hier ist um ein Vielfaches genauer, detailreicher ...«

»Ich glaube, die Bücher wurden deswegen so aufwändig hergestellt, um sie fälschungssicher zu machen«, meinte Major Kar Ushcaan, der Commander des hundertsiebten Geschwaders der Ordensritter, der Giacomo über die Schulter blickte.

»Ja, das haben wir auch schon vermutet«, antwortete Ain:-Ain'Qua.

Ushcaan nickte. »Allerdings setzt das auch voraus, dass diese Urform des Buches bekannt ist. Dass niemand darauf hereinfallen kann, wenn eine völlig andersartige Ausgabe erscheint, die von sich behauptet, sie wäre das Original.« Er nickte in Richtung des RW-Transponders von Giacomo, der auf dem Projektions-Tisch lag – in dem *seine* Version des Buches gespeichert war.

»Dieses Werk ist dreieinhalb Jahrtausende alt«, meinte Ain:-Ain'Qua und hob den zweiten Band, den er in Händen hielt. »Da darf man sich nicht wundern, wenn heute niemand mehr weiß, wie diese *Bücher* damals ausgesehen haben. Wer konnte schon ahnen, dass sie so lange überdauern würden?« Vasquez, die neben ihm stand, hatte sich auf die Zehenspitzen gereckt und lugte neugierig in das Buch hinein. Sie hielt sich an seinem Oberarm fest, um das Gleichgewicht halten zu können.

Leandra hielt das dritte Exemplar und betrachtete staunend die hauchdünnen Folien, die sich unter ihrem Fingerkontakt in so etwas wie Papier verwandelten. Unten auf jeder Seite gab es Berührungspunkte, die Veränderungen hervorriefen. Es waren Bilder und Diagramme, manche davon wirkten räumlich, andere waren vergrößerbar. Die drei Bände wirkten sehr kostbar; sie waren in weiches und doch steifes dunkelgraues Material eingebunden, das mit goldenen Rändern geprägt war und wie Leder wirkte, aber doch noch eine ganz eigene Ausstrahlung besaß. Leandra glaubte, noch nie etwas so Kostbares in Händen gehalten zu haben.

»Wenn ihr nach etwas Spektakulärem Ausschau haltet, kann ich euch vielleicht helfen«, meine Mbawe und streckte die Hand nach Ain:Ain'Quas zweitem Band aus. Der Ajhan reichte ihm das Buch.

»Hier ist eine Geschichte über ein verschwundenes Sternensystem. Ich habe sie vor ein paar Jahren einmal gelesen und fand sie sehr spannend. Das Besondere an diesem System ist, dass es in der *Inneren Zone* gelegen haben soll. Das ist das wohl bestbewachte Sperrgebiet der gesamten GalFed.«

»Wirklich?«, fragte Giacomo. »Das verschwundene Sternensystem? Das ist eine der bekanntesten Legenden aus dem Hauser-Buch. Du hast die Geschichte gelesen?«

»Ja, habe ich. Richtig aufregend. Irgendwann verschwand es von allen Sternkarten.«

Giacomo nickte aufgeregt. »Ja, genau. Das war der Grund, warum Hauser auf diese Sache aufmerksam wurde. Vor dreieinhalb Jahrtausenden gab es die Innere Zone noch nicht, deswegen war das dortige Sternengebiet auch korrekt kartografiert. Als dann das Sternensystem plötzlich von allen Karten verschwunden war, fiel das natürlich einigen Leuten auf. Damals gab es ja noch keine Reisebeschränkungen. Viele Schiffe besaßen einen TT-Antrieb und hätten dieses System ansteuern können.«

Mbawe hatte die entsprechende Seite gefunden und nickte. »Stimmt. Das habe ich auch gelesen.« Er gab Ain:Ain'Qua das aufgeschlagene Buch zurück. Vasquez reckte sich und blickte von der Seite mit hinein. Ihr sonst so kraftvolles Auftreten hatte plötzlich etwas gespielt Schulmädchenhaftes. Dass sie sich dabei abermals an Ain:Ain'Quas Oberarm festhielt, schien er zu ignorieren.

»Hätte es denn für irgendjemanden einen Grund gegeben, dieses System anzusteuern?«, wollte Leandra wissen. »Ich meine, war es besiedelt oder aus einem anderen Grund interessant? Es kann doch auch nur eines unter zahllosen anderen gewesen sein.«

Mbawe schüttelte den Kopf. »Vielleicht habe ich mich falsch ausgedrückt. Es handelt sich ja nicht nur um ein einzelnes Sonnensystem, sondern um einen kleinen Sternenhaufen. Dreiundzwanzig Sonnen und ein paar Dutzend Planeten, wenn ich mich recht entsinne.«

Giacomo sah verblüfft auf. »Wirklich? Ich dachte …« Eilig reichte er seinen Band an Major Ushcaan weiter und nahm den RW-Transponder auf. Er tippte ein paar Knöpfe, steuerte mit dem Daumenstick durch seine Daten und fand schließlich die entsprechende Stelle – in *seiner* Version des MDS-Buches. »Ich habe mich schon gewundert, dass du von einem *System* sprachst! Hier in diesem Text ist nur von einer einzelnen *Welt* die Rede! Und nun sagst du, es wäre ein ganzer Sternenhaufen mit dreiundzwanzig Sonnen gewesen?«

Ain:Ain'Qua, der inzwischen im zweiten Band mitlas, nickte bestätigend. »Mbawe hat Recht. Hier ist von einem Sternenhaufen die Rede. Es sind aber … vierundzwanzig Sonnensysteme gewesen. Und zweiundsechzig Planeten, die zu ihnen gehörten.«

Mbawe zuckte mit den Achseln. »Vierundzwanzig? Ja, schon möglich.«

»Das ist ja gewaltig!«, rief Giacomo aus. »Ein ganzer Sternhaufen – in *nichts* aufgelöst? Erinnerst du dich noch an die Geschichte, Mbawe?«

»Sag Biko zu mir, wenn du mich schon duzt, kleiner Mann«, grinste der Käpt'n. »Also … so weit ich mich erinnere, fing es damit an, dass eine neue Sternkarte herauskam. Mit ein paar hundert Terabyte, auf einem Holocube.«

Ain:Ain'Qua, der parallel zu Mbawes Geschichte mitlas, nickte. »Die vierte Version der GGS, der Großen Galaktischen Sternkarte, steht hier. Vierhundertzweiunddreißig Terabyte. Sie enthielt damals schon alle sechzehn Raumsektoren der GalFed. Und sie sollte die genaueste sein.«

»Ja, richtig. Aber sie war es nicht. Es gab noch zwei andere Hersteller von Sternkarten, die besser waren, dennoch setzte die GGS sich durch, weil sie viel billiger war. Damals kosteten die Sternkarten noch einiges, ich glaube, sie waren sogar richtig teuer. Doch weil diese so billig war, kauften sie alle Leute. Auch weil es nötig war, dass alle mit dem gleichen Material arbeiteten.«

»Wirklich? Sternkarten kosteten einmal Geld?«

»Ja. Solange die Vermessung und Publikation noch in der Hand von kommerziellen Gesellschaften lag. Dann mischte sich offenbar der Pusmoh ein.«

Abermals nickte Ain:Ain'Qua. »Ich lese einmal vor: *Trotz ihrer Mängel ließ die GGS ihre Konkurrenten weit hinter sich. Bald spielten sie auf dem Markt nur noch untergeordnete Rollen. Doch die Klagen über die Schwächen der GGS häuften sich. Im Jahre 234 NGZ brachte das Vermessungsamt die Version 4.1 der GGS heraus. Sie war deutlich verbessert worden, aber mit der Veröffentlichung gingen zwei Besonderheiten einher: Das Vermessungsamt der GalFed war nun zu einer echten Pusmoh-Behörde geworden, und die GGS 4.1 wurde ab diesem Zeitpunkt völlig kostenlos abgegeben. Das war eine Revolution auf dem Markt und vernichtete alle Konkurrenten auf einen Schlag.*«

»Und dann übernahm der Pusmoh komplett die Erstellung der Sternkarten, nicht wahr Jungchen?«, fuhr Mbawe fort. Ain:Ain'Qua brummte eine Bestätigung. »Stimmt. *Alle Konkurrenzfirmen wurden aufgekauft und geschlossen, und das Pusmoh-Vermessungsamt übernahm offiziell das Monopol*«, las er vor.

»Ah, ich verstehe«, meldete sich Vasquez, die noch immer neben Ain:Ain'Qua stand. »Seither sind alle Sternkarten kostenlos. Aber wahrscheinlich vom Pusmoh manipuliert.«

Einige gut gemeint spöttische Seitenblicke trafen Renica Vasquez. Sie selbst hatte noch vor wenigen Monaten in einer Pusmoh-Behörde gearbeitet und war vermutlich eine strenge Beamtin gewesen, die so manch manipulative Tat ihres Arbeitgebers mitgetragen und gedeckt hatte.

»Was seht ihr mich so an?«, rief sie gut gelaunt. »In mir schlummerte schon immer eine Rebellin. Ich habe nur Jahre meines Lebens geopfert, um den Pusmoh-Apparat zu infiltrieren und für euch Informationen zu sammeln!«

Gelächter brach los, und Vasquez knuffte die beiden Männer, die links und rechts neben ihr standen, in die Seiten. Der Rechte war Ain:Ain'Qua, der es mit einem gutmütigen Lächeln quittierte.

»Aber die GGS war immer noch nicht fehlerfrei, steht hier«, übernahm Ain:Ain'Qua, der sich wieder in den zweiten Band vertiefte, die Fortführung des Berichts. »Es gab Klagen, die aber das Vermessungsamt nicht berücksichtigte.«

»Richtig«, bestätigte Mbawe. »Und dann kam es dazu, dass die *Innere Zone* zum Sperrgebiet erklärt wurde. Ein Raumsektor von fast viertausend Lichtjahren Durchmesser. Aus diesem Grund beschäftigte sich Hauser später damit, nicht wahr?«

Giacomo, der nun auf der anderen Seite Ain:Ain'Quas stand und ebenfalls mit in sein Buch sah, nickte überzeugt. »Ja, davon können wir ausgehen. Aber was hat es nun mit dieser Sternengruppe auf sich? Halt ... hier steht ein Name. Imoka. Heißt sie so?«

»Nein. Imoka ist nur eine einzelne Welt. Soweit ich mich erinnere, wurde der Name der Sternengruppe nie bekannt, weil sie nur kartografiert war, aber nie eine Bedeutung und deshalb auch keinen Namen besaß. Es war einfach eine Ansammlung von Sternen irgendwo in der Inneren Zone. Aber ab der Version 4.1 der GGS war sie verschwunden. Und da das Vermessungsamt sämtliche Klagen über die Fehler in der Sternenkarte ignorierte, und diese verschwundene Gruppe doch so groß war – ich glaube, sie erstreckte sich über ein Gebiet von fünf oder sechs Lichtjahren –, machte sich Hauser auf die Suche danach.«

»Und woher kommt nun dieser Name Imoka?«, fragte Giacomo, der immer noch in Ain:Ain'Quas Buch sah.

Ain:Ain'Qua deutete in seinen aufgeschlagenen zweiten Band. »Hier. Da steht etwas ... Imoka soll der Name eines Planeten sein. Ich lese vor: *Bei den Recherchen über die verschwundene Sternengruppe tauchte wiederholt der Name Imoka auf, der zunächst nichts mit ihr zu tun zu haben schien. Imoka ist offenbar der Name einer Welt, um die sich eine alte Legende rankt, die mit den ersten Siedlern zu tun hat, die vor etwa eintausendachthundert Jahren in dieses Raumgebiet vorstießen. Dass es sich um das Gebiet der späteren Inneren Zone handeln muss, ließ sich aus verschiedenen Einzelheiten dieser Legende schließen. Später jedoch tauchte die Legende nie wieder auf – auch nicht in historischen Aufzeichnungen über die Innere Zone. So liegt unserer Vermutung nach der Schluss nahe, dass die vermisste Sternengruppe absichtlich von den Sternkarten gelöscht wurde, um ihr Geheimnis zu verschleiern.*«

Auf der Brücke der *Tigermoth* war es still geworden.

»Was bedeutet das denn?«, fragte Leandra leise. »Dass diese Sternengruppe *vernichtet* wurde? So wie die Kolonialwelt, auf der man angeblich Überreste einer alten Kultur fand?«

Ain:Ain'Qua schüttelte den Kopf. »Nein, das glaube ich nicht. Eine einzelne Welt lässt sich möglicherweise auf diese Art zerstören – obwohl allein dabei schon überdimensionale Waffen zum Einsatz kommen müssten. Aber eine Sonne zu zerstören oder gar eine ganze Sternengruppe, sodass man später nichts mehr von ihr finden kann – das ist völlig ausgeschlossen.« Er sah zu Giacomo. »Ich denke, dass diese Sternengruppe noch immer existiert. Und dass der Pusmoh verhindern wollte, dass dort jemand hinfliegt und etwas vorfindet, das er nicht sehen soll.«

»Vielleicht ist das der Grund für das Errichten der Inneren Zone«, meinte Leandra ehrfurchtsvoll.

»Das wäre sogar möglich«, meinte Giacomo und blickte mit ernster Miene zu Ain:Ain'Qua auf, der ihn um mehr als einen Kopf überragte. »Vielleicht hat der Pusmoh dieses Sperrgebiet nur deswegen eingerichtet. Damit dort niemals jemand hingelangen konnte – nicht einmal zufällig.«

Ain:Ain'Quas grüne Augen funkelten, als hätten sie plötzlich Feuer gefangen. »Wenn das stimmt, muss das Geheimnis, das dort verschleiert werden sollte, wirklich ausgesprochen heikel sein.«

Leandra war unruhig geworden. Sie drängte sich auf die andere Seite des Tisches zu Ain:Ain'Qua. »Und was ist das für eine Legende? Steht das dort?«

Mbawe antwortete an Ain:Ain'Quas Stelle. »Ich kenne sie auswendig. Leider ist sie nur sehr kurz. Es geht um zwei Welten. Die eine heißt Imoka und die andere Majinu.«

»Majinu?«, ächzte Giacomo. »Bist du sicher?«

Mbawe zuckte mit den Schultern. »Ja. Wieso?«

Giacomo sah sich in der Brücke um, maß die anwesenden Personen und sah dann zu Ain:Ain'Qua, der eine ebenso betroffene Miene aufgesetzt hatte. Auch Ain:Ain'Qua musterte die Anwesenden, dann seufzte er schwer. »Ich glaube, wir können jetzt alle Vorsicht fallen lassen, mein lieber Giacomo. Nachdem nun ohnehin jeder hier die drei Bücher gesehen hat und wir schon so lange darüber reden.«

Giacomo schwieg noch eine Weile. Ihm war anzusehen, dass er sich selbst dafür schalt, so frei und offen mit den Informationen umgegangen zu sein, die hier geflossen waren. Doch in diesem Rahmen und gegenüber diesen Leuten war es unvermeidbar gewesen – eines war zum anderen gekommen.

Er holte tief Luft. »Majinu ist nach allem, was wir wissen, der Name der Welt, auf welcher der Pusmoh beheimatet ist. Sie muss tief in der Inneren Zone liegen, niemand weiß genau, wo.«

Mbawe riss die Augen auf. »Wirklich? Dort lebt der Pusmoh?«

Ain:Ain'Qua nickte. »Ja. Wer immer er auch ist.«

Eine gewisse Aufregung hatte die bis dahin gebannt schweigende Gesellschaft ergriffen. »Das klingt, als hätten wir eine echte, dicke Spur«, meinte Vasquez leise. »Eine, die direkt zum Pusmoh führt.«

Jeder, der ihre Worte vernommen hatte, sah mit pochendem Herzen zu Ain:Ain'Qua. Im Raum verdichtete sich immer mehr die Idee, dass er die Schlüsselfigur in der Hoffnung war, dem Pusmoh endlich, nach dieser langen Zeit, die Maske vom Gesicht zu reißen, und ein neues Zeitalter anbrechen zu lassen.

»Und die Legende?«, fragte Leandra aufgeregt. »Wovon erzählt sie?«

Auch Mbawe schien die seltsame, vorahnungsvolle Atmosphäre im Raum ergriffen zu haben. Seine Stimme klang etwas unsicher und war auch nicht mehr so laut wie zuvor. »Wie ich schon sagte, sie ist kurz. Sie handelt von diesen beiden Welten. Majinu wurde zuerst entdeckt, eine paradiesische Welt, wie es heißt. Dort sollen über eintausendfünfhundert Jahre vor Hausers Zeit Kolonisten gelandet sein – ob es Menschen oder Ajhan gewesen sind oder wer auch immer, wurde nicht gesagt. Von dort aus breiteten sich die Kolonisten aus und entdeckten und besiedelten die Welt Imoka. Sie waren in einer Sache jedoch von Majinu abhängig, ihrer zuerst entdeckten Welt. Es muss sich um eine Technologie oder einen Rohstoff gehandelt haben. Für eine Weile funktionierte alles gut. Dann aber kam es zu einem Engpass in der Nachlieferung dieser Ressource, und ein heftiger Streit entbrannte, der zuletzt in einem Krieg gipfelte. Dieser Krieg muss so blutig und entsetzlich gewesen sein, dass er bei weitem alles übertraf, wovon man je gehört hatte. Imoka muss vollständig vernichtet worden sein.«

»Das ist alles?«

»Alles, was ich gehört habe«, erklärte Mbawe. »Aber wenn dieser Krieg so schrecklich und diese Ressource so entscheidend wichtig gewesen ist, dürfte es noch einiges über diese Sache zu berichten geben. Zweifellos gibt es eine längere Version.«

Ain:Ain'Quas Augen waren noch immer voller Feuer. »Und die lässt sich vermutlich auf Imoka finden!« Er sah Mbawe an. »Du bist sicher, dass Imoka ein Teil dieses verschwundenen Sternenhaufens ist?«

Mbawe deutete auf das Buch in Ain:Ain'Quas Händen. »Hauser behauptet das. Dort steht noch mehr über diese Sache. Du brauchst nur nachzulesen.«

»Ja, das werde ich tun. Und wie finden wir diesen Sternenhaufen, wenn er seit dreieinhalb Jahrtausenden auf keiner Sternenkarte mehr verzeichnet ist?«

Vasquez schnappte nach Luft. »Du willst dort hin? In die Innere Zone?«

»Das müssen wir!«, rief Leandra leidenschaftlich. »Das ist doch *die* Chance für uns!«

»Die Chance draufzugehen!«, erwiderte Vasquez aufgebracht. »Die Innere Zone ist ein Sperrgebiet, wie du selbst bemerkt hast, Schätzchen. Dort dürfen nur Drakkenschiffe rein und sonst niemand. Ich zweifle nicht daran, dass sie ohne jede Vorwarnung schießen. Erinnerst du dich nicht mehr an unser nettes Erlebnis auf der *Moose*?«

Leandra ballte die Fäuste. »Ja, aber wir leben noch, wir sind entkommen, oder nicht? Dank des Hoppers und Sandy. Und nun haben wir beide. Der Antrieb des Hoppers ist jetzt in der *Faiona* eingebaut, und Sandy steuert das Schiff. Und wir haben auch noch die Kaltfusionsröhren der Ti:Ta'Yuh.« Sie sah zu Ain:Ain'Qua. »Damit haben wir eines der schnellsten Schiffe, die es gibt. Und es ist nicht registriert. Stimmt das nicht, Ain:-Ain'Qua?«

Der große Ajhan nickte. Obwohl er sich vorsichtig äußerte, stand ihm die gleiche Inbrunst ins Gesicht geschrieben. »Das stimmt schon, Leandra. Eine Überlebensgarantie ist das allerdings nicht.«

Leandra wandte sich auf dem Absatz um und drängte sich wütend durch die Leute auf den Eingang der Brücke zu. »Wenn es euch zu gefährlich ist, flieg ich allein!«

Ain:Ain'Qua machte drei Schritte und hielt sie am Arm. Er lächelte, als sie sich zu ihm herumdrehte. »Nur langsam, Leandra, so war es nicht gemeint. Für mich gibt es ebenfalls keinen anderen Weg mehr. Entweder wir setzen alles auf eine Karte und gewinnen, oder unser schöner Aufstand fällt schmählich

ins Wasser, und ich ende im Kerker der Heiligen Inquisition.«
Er wandte sich Giacomo zu. »Wie ist es mit dir?«

»Natürlich!«, rief der mit geballten Fäusten. »Natürlich mache ich mit! Was sollte ich wohl sonst tun? Wir suchen Imoka.«

Der Sackfritz hatte sich nach vorn gedrängt. »Schön und gut. Aber wir wissen noch nicht, wo es liegt. Wie wollen wir es finden, dort in der Inneren Zone?«

»Also, wenn Imoka tatsächlich in dem verschwundenen Sternhaufen liegt, dann wissen wir es«, erklärte Mbawe und deutete auf den zweiten Band, den Ain:Ain'Qua hielt. »Die Koordinaten stehen dort drin.«

»Wirklich?«, fragte Leandra hoffnungsvoll.

»Ja, natürlich. Das ist nicht eure gefälschte Version des Buches, das ist das Original!«

Diese Bemerkung rief spontanen Jubel auf der Brücke der *Tigermoth* hervor.

Paladinoberst Sack hob beide Hände, nachdem er sich mit seinen beiden Offizierskollegen per Kopfnicken verständigt hatte. »Also gut!«, rief er laut. »Die Sache erscheint mir inzwischen so aussichtsreich, dass ich etwas bekannt geben kann. Major Rai:San'Jhai, Major Kar Ushcaan und meine Wenigkeit haben inzwischen ein paar Leute angerufen. Ihr versteht sicher, was ich meine. Es gibt bereits zwei weitere Geschwader-Kommandanten, die bereit sind mitzumachen, wenn wir eine konkrete Ausgangsposition haben. Mit noch zwei stehen wir in Kontakt. Haben wir die auf unserer Seite, bleibt den übrigen kaum etwas übrig, als mitzumachen, und selbst wenn nicht – wir könnten notfalls auf sie verzichten.«

Ain:Ain'Qua trat zu Friedrich Sack. »Heißt das, wir können auf jeden Fall auf Sie zählen, Oberst?«

»Ja, Sir. Finden Sie dieses Imoka, bringen Sie uns noch einen weiteren dicken Fisch von dort mit, und mindestens siebenhundertsiebenundsiebzig Schiffe der Ordensritter werden sofort von Aurelia-Dio aus in das gesamte Sternenreich hinaus starten und die Nachrichten über die Verbrechen des Pusmoh verbreiten – im Namen der Hohen Galaktischen Kirche und mit allen offiziellen Siegeln, die wir dranheften können. Kann aber auch gut sein, dass es alle tausend sind.«

Nun brach lautstarkes Gejohle auf der Brücke der *Tigermoth* aus. Fäuste wurden in der Luft geschüttelt, Flüche ausgestoßen und gejohlt.

Oberst Sack räusperte sich. »Eine kleine Einschränkung gibt es allerdings, Sir. Wir unterstehen der Heiligen Inquisition und müssen Befehlen des Oberkommandos gehorchen. Deswegen wäre es gut, wenn es nicht allzu lange dauern würde, ehe Sie uns diesen dicken Fisch bringen. Wir könnten von hier aus dem Aurelia-Dio-System abgezogen werden, verstehen Sie?«

Ain:Ain'Qua nickte. »Wie lange haben wir Zeit, denken Sie?«

»Wenn die anderen Geschwader-Kommandanten mitspielen, können wir sicher ein bisschen Zeit schinden. Wenn möglich, sollte das Unternehmen aber nicht länger als zehn oder maximal vierzehn Tage dauern.«

Ain:Ain'Qua lächelte erleichtert. Vierzehn Tage – das erschien ihm beim aktuellen Stand der Dinge machbar. Er tauschte Blicke mit Leandra und Giacomo, und sie waren voller Hoffnung. »Dann sollten wir das Ganze ins Rollen bringen«, sagte er entschlossen. »Und nachdem es in der gesamten GalFed nur so nach einer Revolution riecht, werden wir unseren alten Plan fallen lassen. Wir wollten den Pusmoh anfangs nur zu Zugeständnissen bewegen. Dazu, seinen Würgegriff zu lockern, mehr Freiheiten zuzulassen und unter anderem die Höhlenwelt in Ruhe zu lassen. Nun, ich denke, jetzt gehen wir aufs Ganze! Wir werden den Pusmoh stürzen und ihn endgültig davonjagen!«

14 ◆ Aufbruch

»Die Koordinaten sind dreitausendvierhundertdreiundneunzig Jahre alt«, erklärte Sandy. »Aber ich habe aus den Daten einiger älterer Sternkarten, über die ich verfüge, die Ekliptik und die Bahnbewegung der Milchstraße berechnet. Ich denke, dass ich die aktuelle Position der Sternengruppe von Imoka hinreichend genau bestimmen kann, wenn wir die Innere Zone erreicht haben.«

»Wirklich?«, flüsterte Leandra. »Wir werden Imoka finden?«

Die *Faiona* glitt mit dreißig Prozent C durchs freie All jenseits von Aurelia-Dio, einem Gebiet, in dem gewöhnlich keine Schiffe verkehrten. An Bord befanden sich Leandra, Ain:Ain'-Qua und Giacomo, und alle drei fieberten dem Augenblick des TT-Sprungs entgegen. Dann nämlich würden sie sich mit unvorstellbar hoher Geschwindigkeit in Richtung der *Inneren Zone* bewegen, eines Raumsektors, der etwa 17000 Lichtjahre von Aurelia-Dio entfernt lag.

»Wenn die Daten, die ich erhalten habe, korrekt sind, Käpt'n, und keine unvorhergesehenen Ereignisse oder Änderungen eintreten, müssten wir die Sternengruppe von Imoka in der Tat finden. Ich benötige nur einige Orientierungspunkte aus der Inneren Zone, Sterne, die jedoch in jeder Sternkarte eingetragen sind. Damit sollte alles Weitere kein Problem sein. Ich schlage vor, sie Imokagruppe zu nennen.«

Leandra lächelte. Langsam gewöhnte sie sich an die überaus exakte Ausdrucksweise und das vorausschauende Planen Sandys. »Ja, einverstanden. Haben wir noch etwas vergessen? Können wir den TT-Sprung wagen?«

»Der Energiestatus liegt bei achtundneunzig Prozent, die Kompensatoren arbeiten fehlerfrei, und ich habe den Rafter-

Projektor zur Sicherheit drei Simulationsläufe absolvieren lassen. Abgesehen davon arbeiten Sie ja ohnehin im SuperC-Raum auf eine völlig neue Weise, Käpt'n. Ich bestätige, dass alle Systeme sprungbereit sind.«

Leandra klappte den Augenschirm hoch und sah nach Ain:-Ain'Qua und Giacomo. Erst als die beiden breit zurücklächelten, wurde ihr klar, dass sie regelrecht strahlen musste. Sie war sehr stolz auf sich und die *Faiona* und platzte fast vor Aufregung über den wirklich weiten und schnellen Flug, den sie nun vor sich hatten. »Ich wäre soweit«, sagte sie zu Ain:Ain'Qua, der rechts neben ihr auf dem Sitz des zweiten Piloten saß. Giacomos Platz war auf der linken Seite, wo die Navigationsgeräte installiert waren. Für ihn wie auch Ain:Ain'Qua gab es jedoch während des Fluges im SuperC-Raum nichts zu tun.

»Wie lange werden wir brauchen?«, fragte Giacomo.

Leandra wandte den Kopf zur anderen Seite und schenkte ihm ein Lächeln. »Mal sehen.«

Giacomo wusste noch nichts von Leandras neuer Art, die *Faiona* zu fliegen. Er zog die Augenbrauen zusammen. »Mal sehen?«

»Ja. Mal sehen, wie schnell ich mich traue. Ich werde mich mit Sandy abstimmen.«

Giacomo schluckte. »Soll das heißen, dass ...?«

Leandra warf ihm ein Lächeln zu, klappte ihren Augenschirm herunter und nahm Kontakt mit Sandy auf. *Beschleunigen wir,* dachte sie und fühlte sich an ihre Unterhaltungen mit den Drachen der Höhlenwelt erinnert. *Machen wir einen ganz einfachen Sprung in den SuperC-Raum, dort übernehme ich dann.*

Verstanden, Käpt'n, lautete Sandys Antwort. Gleich darauf hörte Leandra das aufschwellende, dunkle Röhren des IO-Antriebs im hinteren Teil der *Faiona,* der damit begann, das kleine Schiff mit unvorstellbaren Kräften nach vorn zu treiben. Gleichzeitig spürte sie auch eine Winzigkeit des Beschleunigungsdrucks, der wegen der minimalen Reaktionsverzögerung der Kompensatoren ihren Körper durchdrang. Es fühlte sich aufregend an.

Los, Sandy, forderte sie die Bordintelligenz auf. *Lass ein bisschen mehr davon durch. Ich möchte die Kraft der Faiona spüren!*

*

Dieses Mal war sein Besuch in *The Morha* anders.

Schon als Ötzli Soraka erreichte, hatte er das Gefühl, in der riesigen Stadt schlüge ein anderer Puls. Die Atmosphäre schien auf geheimnisvolle Weise kälter, die Hektik der Metropole noch atemloser, die Luft trockener und die Stimmung unter den Menschen und den Ajhan wie elektrisiert. Die Nachrichten über die Unruhen im Sternenreich des Pusmoh waren allgegenwärtig. Ötzli hatten sie schon vor seiner Abreise von Schwanensee erreicht, und es hätte ihn überrascht, wären sie gerade hier auf Soraka nicht in besonderem Maße spürbar gewesen. Dass sich die Atmosphäre aber derartig wandeln würde, hätte er nicht gedacht.

Doch zurzeit schien sich alles zu wandeln. Auf nichts mehr war Verlass, in der Hohen Galaktischen Kirche herrschte Umbruch, seit der Pontifex auf der Flucht war, der Doy Amo-Uun pflegte Ötzli zu nächtlicher Stunde mit neuen, drängenden Anfragen zu überfallen, und die Nachrichten über Unruhen in der GalFed mehrten sich weiterhin. Die Lage schien bedenklich, ja sogar explosiv, und Ötzli hatte nun das Bedürfnis gepackt herauszufinden, inwieweit er selbst in Gefahr schwebte. Er hatte vor, vom Doy Amo-Uun Rechenschaft zu fordern. Lucia und Sash waren unterwegs zur Höhlenwelt, um dort das Gleiche zu tun: Informationen zu sammeln und seine Pfründe zu sichern.

Im Raumhafen wartete bereits das Shuttle auf ihn, das ihn zu der großen, unheimlichen Festungsanlage fliegen sollte. Auf einem Schweber glitt er zum Shuttleport und bestieg dort das schnelle planetarische Flugzeug, das ihn in wenigen Stunden mehrere tausend Meilen über Land brachte. Gegen Abend erreichte es die große Insel vor der Küste, und im Sonnenuntergang überflog er den zentralen Gebirgszug, auf dem sich die riesige Pusmohfestung erhob.

Er wurde von einer Drakken-Eskorte empfangen und bestieg abermals eine Schwebeplattform. Als er dann im Strom der Güter durch die riesigen Tunnel glitt, spürte er, dass es selbst hier einen Stimmungswechsel gegeben hatte. Das Licht in den Tunneln und Hallen hatte sich von mildem Orange in kaltes Blauweiß verwandelt, und die ehemals gedämpften Geräusche der Fabrikationsanlagen zischten, hämmerten und stampften nun in hellen, enervierenden Tönen. Sie ließen den Puls eines Besuchers schneller schlagen. Als Ötzli die große Halle mit dem riesigen Kreis aus schwarz glänzendem Material erreichte, in welchem ihn die *Stimme des Pusmoh* zu empfangen pflegte, hatte er sich schon lange von der Nervosität anstecken lassen. Sie schien inzwischen das ganze Sternenreich des Pusmoh befallen zu haben.

Der Doy Amo-Uun, jener riesige, groteske Mann, erwartete ihn. Dieses Mal jedoch stand er ganz in der Nähe, am Rand des Kreises. Bisher war Ötzli vom Doy stets nur auf herablassende Weise empfangen worden. Diesmal war eben alles anders.

»Kardinal Lakorta!«, rief der Doy aus, als Ötzli von der Schwebeplattform herabsprang. »Was bin ich froh, dass Ihr da seid!«

Ötzli mahnte sich, nicht sogleich in Triumphgefühle zu verfallen. Eine solche Begrüßung war fast zuviel der Ehre, aber die Macht des Doy, derer er sich durchaus bewusst war, dominierte selbst diese Situation.

Der Doy überragte Ötzli um eine Hauptslänge und war in eine seltsame kegelförmige Robe gekleidet, die völlig steif schien und beinahe so wirkte, als bestünde sie aus einem festen Material. Sie reichte bis ganz hinab zum Boden und verbarg die eigentlichen Körperkonturen des Doy vollständig. Auch seine Füße oder Schuhe waren nicht zu sehen, da die Robe unten am Boden weit auseinander stand. Sie war aus einem dunkelroten, filzartigen Material gefertigt, besaß glänzende violette und gelbe Borten und war mit zahlreichen Knöpfen, Schlaufen, Spitzen und anderen Verzierungen besetzt. Unter dem hoch aufragenden, steifen Hut, einem Unikum, das in drei ulkig verdrehte

Spitzen auslief, beherrschte das übertrieben scharf geschnittene Gesicht die Erscheinung des Doy Amo-Uun. Hakenförmige Augenbrauen, tief liegende, kohlschwarze Augen, weit hervortretende Wangenknochen, eine alles beherrschende Hakennase, wulstige Lippen und ein massiv vorspringendes Kinn – der Doy wirkte wie eine Karikatur, doch gab es an ihm nichts zu lachen. Womöglich war er das mächtigste Einzelwesen im gesamten Sternenreich des Pusmoh. Von seiner Art her hatte Ötzli ihn noch nie anders als ungeduldig, herablassend und fordernd erlebt.

»Doy Amo-Uun«, erwiderte Ötzli steif und blieb sogleich stehen. Dem riesigen Mann zu nahe zu kommen, war ihm unangenehm.

Diesmal aber trat der Doy Amo-Uun sogar auf ihn zu; es war das erste Mal, dass sich dieser riesenhafte Kerl in Ötzlis Gegenwart überhaupt bewegte. Als Ötzli jedoch den Blick kurz senkte, um sich über die Fortbewegungsart zu vergewissern, wurde es geradezu bizarr: Der Doy hatte zwei Fingerbreit vom Boden abgehoben und schwebte auf ihn zu.

»Kardinal Lakorta«, sagte er mit einem Lächeln und hielt an. »Ich bin erst vor einer Stunde von Eurem Kommen unterrichtet worden. Sagt mir, warum Ihr so dringend hierher zu kommen verlangt. Ich gebe Eurem Wunsch nach, da er sehr dringlich auf mich wirkt. Was habt Ihr auf dem Herzen?«

Den Doy Amo-Uun von einem *Herzen* sprechen zu hören, mutete befremdlich an. Eisige Kälte war das Markenzeichen dieses Wesens, und Ötzli hätte nicht unbedingt darauf wetten mögen, dass der Doy überhaupt eines besaß.

»Diese Übertragung ...«, begann Ötzli und versuchte, sich nicht von der Umgebung und der Autorität des Doy unter Druck setzen zu lassen, »... ich meine, dass Ihr mit mir über eine Strecke von siebentausend Lichtjahren sprechen konntet – und ich Euch sogar auf einem Holoscreen sah ... wie ist das möglich? Nach allem, was ich weiß, besitzt niemand im Sternenreich des Pusmoh die Möglichkeit, Nachrichten schneller als mit Lichtgeschwindigkeit zu übermitteln. Demnach hätte es über siebentausend Jahre dauern müssen, ehe ich Euer Gesicht hätte sehen können. Habt Ihr das etwa mithilfe unserer Magie bewerkstelligt?«

»Um diese Frage zu stellen, seid Ihr hierher gekommen, Kardinal?«

Ötzli nickte finster. »Ja, in der Tat. Das bin ich.«

Der Doy musterte ihn eine Weile, seine Miene war nicht einmal unfreundlich. »Aber natürlich, lieber Kardinal Lakorta! Das ist doch unser Geschäft, nicht wahr? Wir brauchen Eure Magie – für genau diesen Zweck! Ihr und Euer Verbündeter Rasnor liefert mir das Rohmaterial, und ich gebe Euch dafür, was Ihr verlangt habt. Macht, Einfluss und Geld hier in der GalFed. Und die MAF-1 sowie Truppen und Gerät, damit Ihr über die Höhlenwelt herrschen könnt.«

Ötzlis Miene verfinsterte sich noch mehr. »Das Rohmaterial? Ein seltsamer Ausdruck. Immerhin sind ein Teil dieses Rohmaterials lebendige Menschen.«

Die Miene des Doy Amo-Uun verzog sich – er setzte seine altbekannte Maske des herablassenden Spotts auf. »Ich hoffe, Ihr wollt mir jetzt keine Moralpredigt halten, Lakorta. Ihr seid es schließlich, der friedliche Dörfer in der Höhlenwelt überfallen lässt, um von dort Menschen zu entführen.«

Ötzli fühlte ein unangenehmes Kribbeln in der Magengegend. Am liebsten hätte er diese Untat allein auf Rasnor abgeschoben – aber es entsprach nur allzu sehr der Wahrheit, was der Doy behauptete: Er selbst trug einen Großteil der Verantwortung für das, was vor sich ging.

»Deswegen bin ich hier, Doy Amo-Uun«, erklärte er förmlich. »Ich möchte mich dessen vergewissern, dass es den Leuten gut geht. Dass Ihr ihnen ein so angenehmes Leben in Diensten des Pusmoh gewährt, wie Ihr es mir versprochen habt.«

Der Doy setzte ein süffisantes Lächeln auf. »Oh, sorgt Euch nicht, lieber Kardinal – den Leuten geht es vorzüglich. Allerdings ... nun, es gibt offenbar ein paar Widerborstige. Deswegen bin ich froh, dass Ihr hier seid. Ihr müsst mir helfen, Ordnung zu schaffen.«

»Helfen? Heißt das etwa, dass die Gefangenen hier sind? In *The Morha?*«

»Ja«, antwortete der Doy Amo-Uun zögernd, so als wäre es ihm nun doch lieber gewesen, das nicht zu erwähnen. »Die Gefangenen sind hier.«

Ötzli atmete in einer Geste plötzlichen Verstehens tief ein und aus und ließ die Blicke durch die riesige Halle schweifen, während er die Fäuste in die Seiten gestemmt hielt. »Ich verstehe. Ich dachte, ihr Ziel wäre nur die Hauptstadt Sapphira. Also ist *The Morha doch* mehr als nur ein monströses Bauwerk, mit dem der Pusmoh den Rest der GalFed zu beeindrucken versucht.«

Der Doy lächelte. »Denkt man das da draußen? Dass *The Morha* Eindruck schinden soll? Nun – das ist vielleicht gar nicht so schlecht.«

Ötzli musterte den Doy mit misstrauischer Miene. »Was sollen das für Widerborstige sein? Werdet Ihr etwa nicht mit ihnen fertig – mit ein paar Leuten von einer Barbarenwelt?«

Der Doy verzog das Gesicht wie unter Schmerzen. »Nun, eine Situation ist eingetreten, die nicht vorhersehbar war, die außerhalb unserer Kontrolle liegt. Leider.«

Ötzli sog lautstark Luft durch die Nase ein und ließ sie wieder entweichen. »Es hat mit Magie zu tun, nicht wahr?«

»Richtig. Einige der Gefangenen sind offenbar in der Lage, Magie zu wirken, obwohl ihnen das eigentlich gar nicht möglich sein sollte. Sie müssten dazu doch Wolodit-Scheiben besitzen, nicht wahr?«

Instinktiv tastete Ötzli nach seiner Brust, wo er unter der Kleidung sein eigenes Amulett trug. »Ja, allerdings. Könnte es sein, dass sie welche besitzen?«

Der Doy Amo-Uun schüttelte ratlos den Kopf. »Aber woher? Die Scheiben werden ja nicht einmal mit den gleichen Schiffen hierher transportiert wie sie. Das Wolodit ist viel zu kostbar, um es auch nur der geringsten Gefahr auszusetzen. Es wird in eskortierten Militärkonvois befördert. Und auch hier sind die Leute streng getrennt von den Wolodit-Scheiben.«

»Warum sagt Ihr nur immerzu *Scheiben*?«, fragte Ötzli. »Für einen Magier hat das Wolodit eine mystische Bedeutung. Das Wort Amulett wäre viel angemessener. Außerdem – warum sind die Leute von den Amuletten getrennt? Wie sollen sie ihre magischen Fähigkeiten ohne das Wolodit entfalten können?«

Wieder lächelte der Doy Amo-Uun auf seine seltsam süffisante Weise. »Oh, das ist eine Eigenart unserer Fertigungsmethoden, Kardinal. Macht Euch keine Gedanken. Am besten, wir ...«

»*Fertigungsmethoden?*«, fragte Ötzli verblüfft.

Die Miene des Doy Amo-Uun wurde plötzlich steinern. »Ja, unsere Fertigungsmethoden. Zu einer Nachrichtenübermittlung gehören Geräte, die wir hier herstellen. Ich habe mich schon einmal über Eure Naivität gewundert, Lakorta. Offenbar denkt Ihr noch immer, wir riefen uns mithilfe Eurer Magie so etwas wie Segelkommandos durchs All zu.« Seine Miene wurde noch spöttischer. »Vielleicht: ›Drei Strich Backbord, Obermaat!‹ Oder: ›Anker lichten!‹ Seht Ihr das noch immer so, Lakorta?«

Ötzli schluckte. Nein, inzwischen glaubte er das längst nicht mehr, dafür aber fragte er sich, ob ihm nicht von Anfang an hätte klar sein müssen, dass es *so* nicht funktionieren konnte.

»Wir sollten jetzt gehen«, verlangte der Doy Amo-Uun, der inzwischen alle Freundlichkeit abgelegt hatte. »Ihr müsst mir diese Leute vom Hals schaffen. Ihr seid doch ein guter Magier, nicht wahr? Ihr könnt gewiss diese Aufwiegler beseitigen, nicht wahr?«

Ötzli erstarrte. »*Beseitigen?*«, fragte er.

»Ganz recht. Was ist los mit Euch, Lakorta? Werdet Ihr etwa zimperlich – jetzt, nachdem Ihr schon so tief in der Sache drinsteckt?«

Ötzli bemühte sich, ruhig zu atmen. Er spürte, dass er sehr bald eine sehr unangenehme Entdeckung machen würde. Eine, der er lieber aus dem Weg gegangen wäre, hätte er die Möglichkeit dazu gehabt.

*

Als die *Faiona* zum ersten Mal in den Normalraum zurückkehrte, war noch alles in Ordnung. Sandy und Leandra hatten die Grenze zur Inneren Zone anvisiert, und aus der Notwendigkeit heraus, sich zu orientieren, kehrten sie nach einer Flugphase von drei Tagen und zwölfeinhalb Stunden aus dem SuperC-Raum zurück. Leandra hatte fast die ganze Zeit unter dem Biopole-Helm im Pilotensitz verbracht. Sie hatten die Entdeckung gemacht, dass Leandras Körper in einen tiefen Schlafzustand fiel und ihre Körperfunktionen fast völlig auf null herabsanken, je länger sie die Kontrolle über die *Faiona* innehatte und behielt. Nur einmal hatte sie die Toilette aufgesucht und eine Kleinigkeit essen müssen, ehe sie sich wieder in der *Faiona* ausgebreitet und erneut die Kontrolle übernommen hatte. Doch sie war während dieser Zeit für ihre beiden Begleiter nicht unerreichbar gewesen – Sandy hatte es ermöglicht, dass Ain:-Ain'Qua und Giacomo über die Bordsysteme jederzeit mit ihr Verbindung aufnehmen konnten. Es war eine ungewöhnliche und leicht befremdliche Situation gewesen, doch sie hatten sich arrangiert. Nach dem Rücksprung war Leandra rasch erwacht, und es stellte sich heraus, dass sie sich sogar frisch und ausgeschlafen fühlte.

Sandy benötigte nur eine Minute, um anschließend die Strahlungsprofile einiger besonders charakteristischer Sterne in ihrer Umgebung zu identifizieren und aus ihrer Konstellation im All die eigene Position zu bestimmen.

»Das ist doch nicht möglich!«, platzte Ain:Ain'Qua heraus. »Nach dreieinhalb Tagen Flugzeit sind wir tatsächlich *hier*? An der Grenze zur Inneren Zone? Unfassbar!« Er schüttelte ungläubig den Kopf, während er den Navigationsmonitor musterte. »Das würde ja bedeuten, dass wir ...« Er tippte auf der Tastatur des Instrumentenpults herum und drehte sich nach einer Weile mit ungläubiger Miene zu Leandra um, »... dass wir mit mehr als einskommasiebenmillionenfacher Lichtgeschwindigkeit unterwegs waren!«

Leandra lächelte ihn unschuldig an.

»Sag mir, dass ich träume! Das ist völlig unmöglich!«

Leandra stemmte sich aus der entspannten Lage in ihrem Sitz hoch und setzte sich auf. Sie zuckte mit den Schultern, das Lächeln stand noch immer auf ihrem Gesicht. »Millionen hin oder her, damit kenne ich mich nicht aus. Ich habe die *Faiona* nur so bewegt, wie es mir angemessen und sinnvoll vorkam.«

»Angemessen! Und *sinnvoll!*«, echote Giacomo, der neben Ain:Ain'Qua getreten war und ebenso ungläubig die Zahlen auf dem Holoscreen anstarrte. »Das sind mehr als achtzig Prozent der Maximalgeschwindigkeit im SuperC-Raum! Nach allem, was wir über den Tachyonen-Transfer wissen, hätte es dir eigentlich niemals wieder gelingen dürfen, die *Faiona* so weit zu verlangsamen, dass der Rücksprung in den Normalraum möglich gewesen wäre!«

»Ja, ich weiß. Wir waren hübsch schnell, nicht wahr?«

Ain:Ain'Qua ließ sich zurück in den Copilotensitz fallen und schwenkte zu Leandra herum. »Leandra! Das hat nichts mehr mit dem Tachyonen-Transfer zu tun, nicht wahr? Nicht mit der Technologie, wie wir sie kennen. Das ist ... *Magie!*«

Als hätte Leandra Ain:Ain'Quas Worte nicht gehört, starrte sie ins All hinaus, wo sich der nahe galaktische Kern als ein gewaltiges, hell leuchtendes Gebilde abzeichnete, wo sich zahllose grell strahlende Sterne, kosmische Nebel und andere spektakuläre Erscheinungen über die gesamte Breite des Panoramafensters ausbreiteten. Der Anblick war überwältigend.

»Leandra! Hast du mich gehört?«

Ihr Kopf fuhr herum, sie blinzelte, wischte sich dann mit beiden Händen übers Gesicht. »Entschuldige, ich bin noch etwas ... was hast du gefragt? Ah ja ... ob das Magie ist.« Ihre Miene wurde ernst, für Momente studierte sie Ain:Ain'Quas Gesicht, dann nickte sie bedächtig. »Ja, wohl etwas in dieser Art.« Wieder blickte sie hinaus. »Ich meine ... vielleicht ist es nicht Magie, so wie wir sie in der Höhlenwelt verwenden, aber ich glaube nicht, dass da etwas Technisches stattfindet – so wie dieser Tachyonen-Transfer. Ich ... ich ... *fühle* einfach nur, was die *Faiona* fühlt. Und dann lenke ich sie.«

Ain:Ain'Qua starrte sie zweifelnd an. »Aber ... wie sollen die *Gefühle* eines Halfanten für einen Überlichtflug dienen? Das verstehe ich nicht ...«

Leandra schüttelte den Kopf und hob die Hände. »Ich habe schon wieder andere Halfanten gesehen! Gestern einen ... und vorhin noch einen zweiten. Er war etwas größer, ein junger Leviathan mit vielleicht sechs Rippen.«

»Andere Halfanten? Du meinst, wie der, den du bei deinem Flug zum Achion-Nebel sahst? Bist du sicher, dass das wirklich Halfanten waren?«

Leandra nickte verbindlich. »Ja, ich bin sicher. Sie sind unverkennbar.«

»Und du konntest sie *sehen*? Bei dieser Geschwindigkeit?«

Leandra schloss die Augen, dann schüttelte sie den Kopf. »*Fühlen* wäre wohl der bessere Ausdruck. Sie waren beide sehr weit entfernt, viele Lichtjahre. Der Erste kreuzte unseren Weg von rechts nach links. Er war nach Sekunden schon wieder verschwunden. Aber ich habe ihn deutlich spüren können, ich glaube auch, dass er mich bemerkt hat. Und der Zweite ...«

»Was? Er hat dich *bemerkt*?«

Leandra nickte mit unschuldiger Miene. »Ja. Ebenso wie ich ihn.«

Ain:Ain'Qua nickte verstehend. Sie hatten bereits nach Leandras Rückkehr vom Achion-Nebel über ihre verblüffende Beobachtung diskutiert. »Du bist noch immer überzeugt, dass diese Wesen auf natürlichem Wege schneller als das Licht sein können, nicht wahr?«

Leandra hob die Arme und blickte im Raum umher. »Ist die *Faiona* nicht der beste Beweis dafür? Dass ich nach dem TT-Sprung die Kontrolle übernehmen und sie steuern konnte? Und ich konnte sie auch beschleunigen – sogar bis auf millionenfache Lichtgeschwindigkeit!«

Giacomo schnaufte lautstark und wies zum Panoramafenster hinaus. »Das dort ist sicher kein Hirngespinst. Wir sind ganz nahe am galaktischen Kern, und ich traue Sandys Ortung. Wir müssen tatsächlich derart schnell gewesen sein. Diese Geschwindigkeit wäre keinem TT-Antrieb möglich gewesen – nicht einmal die Hälfte davon.« Er schüttelte den Kopf. »Das ist eine ganz neue Dimension.«

Leandra beugte sich vor und nahm Ain:Ain'Quas riesige Pranke – mit ihrer kleinen Hand. »Ich weiß, dass all das deinem Glauben widerspricht, diese Sache mit der Magie und dem, was ich von der Höhlenwelt mitgebracht habe …«

Ain:Ain'Qua blickte nun ebenfalls hinaus. »… und was offenbar auch *hier* existiert, in unserer modernen, aufgeklärten Welt. Wenn man so will, hätte die Heilige Inquisition nun zum ersten Mal in ihrer Geschichte wirklich eine Daseinsberechtigung. Denn zum ersten Mal scheint die Magie real zu existieren.«

Leandra lächelte. »Willst du mich jetzt etwa festnehmen? Und in einen Kerker sperren und foltern?«

Ain:Ain'Qua lächelte zurück, aber es war ein schmerzliches Lächeln. Ein Lächeln des Abschieds – von einer ganzen Welt voller alter Vorstellungen. »Ich bin nicht die Inquisition, Leandra. Aber ich war der Pontifex, der Heilige Vater, und ich war der Höchste Vertreter und Verfechter einer sehr detailgenau angelegten Weltordnung. An die ich selbst geglaubt habe.«

»Geglaubt habe? Soll das heißen, du wirfst sie jetzt über Bord? Du schwörst deinem Gott ab und wendest dich etwas … anderem zu?«

Ain:Ain'Qua ließ Leandra los, richtete sich auf und hob abwehrend beide Hände. »Oh, keineswegs. Ich hätte einen schwachen Glauben, würde ich ihn jetzt schon verwerfen. Noch immer ist Gott meine Orientierung, der Anker meines Weltbildes, vielleicht stärker als je zuvor.« Er legte eine kurze Pause ein und sah wieder ins All hinaus. »Nur glaube ich immer mehr, dass das Bild, welches die Hohe Galaktische Kirche von der Welt hat und verteidigt, in dieser Form nicht mehr zu halten ist.«

Leandra sah zu Giacomo auf, der mit nachdenklicher Miene neben ihnen stand. »Das würde einen weiteren Machtverlust für den Pusmoh bedeuten«, erklärte er nickend. »Der Pusmoh kontrolliert die Kirche und baut zu einem nicht geringen Teil auf die Macht, die sie über ihre gläubigen Anhänger ausübt.«

Ain:Ain'Qua nickte bestätigend. »Ja, das kommt noch hinzu. Eigentlich ein günstiger Umstand für das, was wir vorhaben. Allerdings ... es fragt sich, ob man uns das so ohne weiteres glauben wird.«

»Wir würden einen unwiderlegbaren Beweis antreten müssen«, fügte Giacomo hinzu.

Leandra wandte die Augen wieder hinaus ins All, das ihre Blicke magisch anzuziehen schien. Ain:Ain'Qua verstand, was sie ihnen damit sagen wollte. »Bevor wir nicht Imoka gefunden und dieser Welt ihr Geheimnis entrissen haben, wird uns das alles nicht viel einbringen«, sagte er leise. Leandra warf ihm einen bestätigenden Blick zu.

»Sandy? Hast du schon ein neues Sprungziel für uns?«

»Noch nicht, Sir. Ich versuche gerade, Leuchtfeuer aus der Inneren Zone zu identifizieren, aber bisher ohne Erfolg.«

»Ohne?«, fragte Ain:Ain'Qua verwundert. »Du meinst, du hast noch keinen Stern aus der Inneren Zone identifizieren können? Noch gar keinen?«

»Richtig, Sir. Anhand der vorliegenden Daten aus der aktuellen GGS-Sternkarte ist keine eindeutige Identifizierung möglich. Zwar gibt es einige spektroskopische Merkmale, die ich in etwa zuordnen kann, aber die Sternpositionen sind in allen Fällen jenseits der Toleranz.«

»Was bedeutet das, Sandy?«, fragte Leandra verwirrt.

»Es bedeutet, dass sich sowohl die Positionen als auch die Strahlungsprofile der Sterne, die von hier aus in Richtung der Inneren Zone sichtbar sind, wesentlich von der *Großen Galaktischen Sternkarte* unterscheiden.«

Leandra verstand immer noch nicht. Verwirrt blickte sie zu Ain:Ain'Qua und Giacomo.

»Die GGS ist manipuliert, Leandra«, erklärte Ain:Ain'Qua, und seine Stimme verriet Ärger. Er stand auf, trat zum Navigationspult und drückte auf eine Taste. Über einer kleinen Projektionsfläche entstand eine dreidimensionale Projektion des umgebenden Raumsektors. Im Stehen musterte er die in der Luft schwebenden Leuchtpunkte, Markierungslinien und blassen Beschriftungen, drückte dann eine weitere Taste und schüttelte schließlich den Kopf.

Giacomo trat neben ihn. »Du weißt doch, Leandra: der Pusmoh gibt alle Sternkarten heraus. So wie es aussieht, benutzt er diesen Umstand, um wirklich alles zu fälschen, was ihm gerade in den Kram passt.« Er schüttelte ebenfalls den Kopf, während er auf die Projektion deutete. »Hier stimmt einfach nichts. Jeder von Sandy identifizierte Stern müsste in diesem Darstellungsmodus grün leuchten. Aber da ist *gar nichts!*«

Leandra stand auf. »Was? Das ist doch nicht möglich! Hat das denn vor uns noch niemand bemerkt?«

»Und sich dann beschwert?« Ain:Ain'Qua lachte spöttisch auf. »Das dort draußen ist Sperrgebiet, Leandra. Wir fliegen ein unregistriertes Schiff, das nicht mit automatischer Kennung antwortet und sich abseits aller offiziellen Raumrouten bewegt. Wir dürften weder hier sein, noch wird je ein anderes Schiff hier vorbeikommen, wenn es nicht ebenso illegal unterwegs ist wie wir. Und für alle, die dennoch jemals hier auftauchen …« Er hob die Hand und deutete auf die Projektion. »… für die ist das hier gedacht.«

Leandra ballte wütend die Fäuste. »Du meinst, völlige Verwirrung? Alles ist falsch?«

»Ganz recht. Sandy hat noch immer keinen einzigen dieser Sterne hier identifiziert. Die GGS ist völlig wertlos. Jedenfalls, was die Innere Zone angeht.«

»Das ist unglaublich!«, brauste Leandra auf. »Der Pusmoh macht ja, was er will! Das ist … totale Tyrannei! Was sollen wir jetzt tun? Haben wir denn überhaupt noch eine Möglichkeit?«

Ain:Ain'Qua und Giacomo sahen sich ratlos an, dann musterten sie noch einmal die Sternkarte. »Keinerlei Ergebnisse, Sandy?«

»Nein, Sir. Ich habe durchaus einige Vermutungen – ich messe gewisse Strahlungsprofile im All, die zu einzelnen Sternen der GGS passen könnten. Aber die Positionen sind völlig andere – besonders wenn man die Positionen zueinander verwenden will. Aus diesen Werten eine Navigation abzuleiten ist leider unmöglich.«

»Wie tief in der Inneren Zone liegt denn der gesuchte Sternhaufen?«

»Die Innere Zone hat einen Durchmesser von etwa dreitausendsiebenhundertfünfzig Lichtjahren, Sir. Von unserer aktuellen Position aus dürfte der Imoka-Haufen noch mindestens eintausendfünfhundert Lichtjahre entfernt liegen, vermutlich aber etwa um die zweitausendfünfhundert Lichtjahre, denn die textliche Beschreibung in Hausers Buch spricht davon, dass der Imoka-Haufen nahe dem galaktischen Kern liegt. Doch das ist sehr vage. Eine genauere Bestimmung ist nicht möglich, da mir die Navigationsleuchtfeuer fehlen.«

»Navigationsleuchtfeuer?«, fragte Leandra. »Was ist das?«

Giacomo schnaufte. »Das sind sehr helle Sterne, Leandra. Sterne, die weithin sichtbar sind und die man aufgrund ihrer Charakteristik von überall her gut identifizieren kann. Die Astro-Navigation funktioniert nur mit ihnen. Man kennt ihre Position, und kann durch Kreuzpeilungen zu anderen bekannten Sternen bestimmen, wo man sich selbst befindet. Dazu allerdings braucht man möglichst genaue Sternkarten. Das All ist so gewaltig groß, dass man sich hoffnungslos verirrt, wenn man keine absolut verlässlichen Karten besitzt.«

Leandra spürte einen Anflug von Panik in sich aufkommen. Sie hatte sich bereits einmal verirrt, auf ihrem allerersten Flug, und das hätte sie beinahe das Leben gekostet. Mit Schrecken erinnerte sie sich an die Stunden nach ihrer blinden Flucht von der MAF-1, in denen sie mit dem Hopper ins All hinaus gerast war und dann verzweifelt versucht hatte, durch die kleinen Fenster die Sonne oder die Höhlenwelt wieder zu finden.

»Haben wir uns ... denn schon verirrt?«, fragte sie voller Unruhe.

»Nein, natürlich noch nicht. Hier draußen, außerhalb der Inneren Zone, stimmen die Sternkarten noch.« Ain:Ain'Qua deutete in Richtung der Rückwand der Brücke. »Dort, wo wir herkommen, ist alles korrekt kartografiert. Da entsprechen die Karten den tatsächlichen Positionen der Sterne.« Dann wies er zum Panoramafenster hinaus. »Aber wenn wir dort hineinfliegen, in die Innere Zone, irren wir bald völlig blind umher.«

Leandra ließ sich mit einer Miene des Elends in ihren Sessel zurückfallen. »Heißt das, wir kommen von hier aus nicht mehr weiter?«

Wieder blickten sich Ain:Ain'Qua und Giacomo ratlos an. »Immer noch keine Identifikationen, Sandy?«, fragte Ain:Ain'Qua matt.

»Leider nein, Sir. Die GGS ist hinsichtlich der Inneren Zone so grundsätzlich falsch, dass sich keine auch nur minimal verlässliche Navigation darauf aufbauen lässt.«

Leandra ließ ein gequältes Stöhnen hören und sank mutlos in sich zusammen.

Ain:Ain'Qua und Giacomo standen eine Weile da, dann verfinsterte sich der Gesichtsausdruck des Ajhan, und er setzte sich mit wütender Miene ans Navigationspult. »Du willst doch nicht etwa sagen, dass wir aufgeben müssen, Sandy, oder?«

»Ich könnte versuchen, mithilfe der Berechnung von Wahrscheinlichkeiten zu navigieren, Sir. Für einen groben Rundflug würde das genügen. Aber wir suchen ja den Imoka-Sternhaufen. Seine Position, die von Hauser überliefert ist, orientiert sich an Daten, die ich nicht habe. Das ist eine zusätzliche erhebliche Schwierigkeit, da die Innere Zone einen derartig großen Raumsektor umfasst. Ich fürchte, dass die Aussichten, die Imokagruppe zu finden, im Promille-Bereich liegen. Um von einer reellen Chance reden zu können, müssten hingegen die Chancen bei wenigstens dreißig Prozent liegen. Andernfalls könnte die Suche Jahre oder Jahrzehnte dauern.«

Ain:Ain'Qua stieß einen sehr unchristlichen Fluch aus. »So viel Zeit haben wir nicht! Zehn Tage – oder vierzehn, nicht mehr! Wir müssen zu Ergebnissen kommen, sonst ist die Chance mit den Ordensrittern vertan. Was können wir tun?«

»Es gäbe vielleicht eine Möglichkeit«, sagte Sandy nach einer Weile. »Leider birgt sie Risiken.«

»Risiken? Welcher Art?«

»Ich könnte anhand von Leuchtfeuern navigieren, die aus dem Hintergrund durchscheinen, Sir. Also anhand von Sternen, die außerhalb der Inneren Zone liegen und so stark strahlen, dass sie aus dem Hintergrund wahrnehmbar sind. Der Nachteil liegt darin, dass diese Art der Navigation sehr unpräzise ist.«

»Und *das* ist das Risiko, von dem du sprachst, Sandy?«, fuhr Leandra dazwischen. »Damit kann ich leben! Wir suchen einfach so lange, bis ...«

»Nein, Käpt'n, das Risiko ist ein anderes. Es liegt darin, dass die *Faiona* diese Art der Navigation nicht von hier aus durchführen kann. Wenn Sie zum Panoramafenster hinausblicken, sehen Sie den galaktischen Kern. Das ist ein zum größten Teil nicht kartografierter Sektor, denn es handelt sich um ein junges Sternengebiet, in dem sich eine gewaltige Menge kosmischer Materie ständig neu formt. Dort gibt es für mich keine Sterne, die ich aus der aktuellen Sternkarte herauslesen und als Navigationsleuchtfeuer verwenden könnte.«

»Du meinst, wir müssten die Innere Zone umrunden, um von der anderen Seite her einzufliegen?«, meinte Ain:Ain'Qua. »Damit du die bekannten Leuchtfeuer der hiesigen Raumsektoren als Leuchtfeuer benutzen kannst?«

»Richtig, Sir. Das Problem liegt darin, dass die Innere Zone an den galaktischen Kern grenzt. Es ist ein Raumgebiet, in dem extreme Kräfte herrschen. Dort toben Gravitationsstürme, es gibt Raumverwerfungen und Neutronensterne, Schwarze Löcher und andere starke Gravitationsquellen. Dort ein Schiff zu steuern ist außerordentlich riskant.«

Leandra hatte sich aufgerichtet. »Und wie ist es mit dem Steuern oberhalb der Lichtgeschwindigkeit?«

»Die Auswirkungen der Gravitation auf den SuperC-Raum sind unerforscht«, erklärte Sandy trocken.

Leandra warf die Arme in die Luft. »Unerforscht, wirklich? Hast du nichts gespürt, Sandy?«

»Ich verfüge über keine Sensoren, Gravitation im SuperC-Raum zu messen, Käpt'n.«

Leandra war plötzlich sehr aufgeregt. »Ach was, messen! Ich fragte, ob du nichts *gespürt* hast, Sandy!«

Sandy zögerte. »*Gespürt*, Käpt'n?«

»Ja, natürlich. Wir sind doch eins, wenn wir fliegen, Sandy! Du, ich und die *Faiona*! Weißt du das nicht mehr?«

Es war das erste Mal, dass Sandy überhaupt nicht antwortete. Nach einer Weile des Schweigens sahen Ain:Ain'Qua, Giacomo und Leandra sich gegenseitig an. Ihre Blicke waren viel sagend, vorahnungsvoll.

Es war überraschenderweise Ain:Ain'Qua, der das Schweigen brach. »Roscoe sprach von deiner ... *Seele*, Sandy. Ich habe das nie glauben können.«

Sandy antwortete mit einem seltsamen Geräusch, das sich wie ein Seufzen anhörte. »Eine Seele, Sir? Künstliche Intelligenzen wie ich besitzen so etwas nicht.«

»Du allein vielleicht nicht, Sandy«, wandte Leandra ein. »Aber im Zusammenwirken mit anderen ... mit einem Körper, wie die *Faiona* einer ist ... und mit einer Gefühlswelt und einem Willen, wie ich sie besitze ...«

»Die *Moose* war doch auch so etwas wie ein Körper, Sandy. Hast du nicht in ihm überlebt? Die Zeit, in der du allein durchs All getrieben bist?«

Wieder antwortete Sandy nicht.

»Hast du wirklich nichts gespürt, Sandy?«, fragte Leandra weiter. »Als wir miteinander geflogen sind ... diese riesige Strecke – und derartig schnell?«

»Doch ...«

Leandra wandte den Blick Ain:Ain'Qua zu, ein schwaches, hoffnungsvolles Lächeln stand auf ihrem Gesicht.

»Ich glaube ...«

»Was denn, Sandy?«

Es dauerte noch eine kurze Weile, dann sagte sie: »Ich glaube, es ... es war die Gravitation, die das Steuern ermöglichte.«

Leandra strahlte. Sie sprang auf und sagte laut: »Wir können es schaffen! Genau das habe ich nämlich auch gespürt! Ist die Gravitation nicht ohnehin das, was die Leviathane nutzen, um sich zu bewegen? Jetzt, wo ich darüber nachdenke, glaube ich, genau das im ganzen Körper gespürt zu haben. Im Körper der *Faiona*, meine ich. Der SuperC-Raum wird von Gravitation beherrscht, von nichts anderem. Es gibt dort nichts, womit man zusammenstoßen könnte – nur Anziehungskräfte. Mit ihrer Hilfe bewegen sich die Leviathane – durch das ganze All hindurch! Versteht ihr? Wenn wir einen TT-Sprung machen und im SuperC-Raum sind, kann ich uns hinsteuern, wo ich will.«

Ain:Ain'Qua und Giacomo sahen sich verwundert an.

»Lasst uns losfliegen!«, rief Leandra. »Wir nutzen genau das, was so gefährlich ist! Diese Sternengruppe soll doch ohnehin nahe dem galaktischen Kern liegen! Das wird ein Flug! Ich kann's kaum erwarten!«

15 ♦ Krieg der Magier

Es war, wie Ullrik vermutet hatte: Nach kurzer Zeit löste sich der gewaltige Dämon wieder auf. Selbst dem mächtigen Chast war es nicht gelungen, das stygische Monstrum im Diesseits zu halten.

»Ein Dämon benötigt eine Unmenge Nahrung«, erklärte er flüsternd seinen beiden Begleiterinnen. »Er muss Strukturen der Ordnung verzehren können. In einer großen Schlacht kann er sich halten – dort findet er genug, das seinem Vernichtungswahn zum Opfer fallen kann. Aber hier in Malangoor? Wo ohnehin schon das meiste zerstört ist und nichts als ein paar alte Ruinen herumstehen?« Er schüttelte den Kopf. »Nein, das reicht nicht aus. Chast hat ihn mit seinen eigenen Kräften am Leben erhalten, aber so gewaltig wie dieser Dämon war? Er ist sozusagen verhungert.«

Laura deutete den Weg entlang, der sich tief zwischen Felsen und durch Einschnitte vor ihnen durch Malangoor schlängelte. »Und die Dunkelwesen? Die sind immer noch da. Hätten sie nicht auch verschwinden müssen?«

Ullrik nickte missmutig. »Das ist ja das Seltsame. Aber mir fehlt es weit zum Wissen und der Kunst eines Chast. Er muss magische Tricks kennen, mit denen er die Dunkelwesen hier halten kann. Irgendwann lösen auch sie sich auf, aber im Augenblick offenbar noch nicht. Vielleicht kann er sie noch für Stunden halten. Oder er hat es irgendwie geschafft, sie unabhängig von dem Dämon zu machen.« Er schnaufte. »Allerdings machen mir die Drakken mehr Kummer. Es sind noch ein rundes Dutzend von ihnen da.«

»Wir müssen die anderen finden!«, drängte Alina. »Ich glaube, Chast würde jetzt mit jedem von uns kurzen Prozess machen, nachdem klar ist, dass er Roya und Munuel nicht mehr in seiner Gewalt hat.« Sie wandte den Blick und sah hinauf in Richtung des Windhauses. »Ich hoffe nur, dass Hilda und Maric im Drachenhorst sind. Falls nicht …«

Ullrik behielt unruhig die Umgebung im Blick. »Wie sollen wir die anderen finden? Überall wimmelt es vor Drakken und Dunkelwesen! Wenn wir uns dort hineinwagen, sind wir verloren. Die Drakken sind reine Kriegerwesen. Dass wir zwei von ihnen besiegt haben und ihnen die Waffen wegnehmen konnten, ist ein reines Glück. Wir sollten nicht davon ausgehen, das noch einmal zu schaffen.«

Ihre Mienen waren ratlos. Malangoor lag vor ihnen, aus ihrem Versteck zwischen den Mauerresten über dem eingestürzten Kellerraum konnten sie das Dorf ein wenig überblicken. Immer wieder waren Drakken zu sehen, die das Dorf systematisch durchsuchten, und Dunkelwesen, die ziellos umhertappten. Sie würden jedoch sofort über jede lebende Seele herfallen, die sie zu Gesicht bekamen.

»Seht mal!«, flüsterte Laura und deutete auf einen kleinen Hügelrücken an der Nordseite des Dorfes. »Diese Biester fallen sogar die Drakken an!«

Alina und Ullrik blickten in die angegebene Richtung und sahen zwei Drakken, die sich mit Fußtritten und Kolbenschlägen ihrer Waffen mehrerer zerlumpter Gestalten erwehren mussten. Ullrik lachte trocken auf. »Ha! Was für ein Anblick! Diese dämonischen Kreaturen sind zu blöde, um Freund und Feind zu unterscheiden.«

Im nächsten Augenblick ließen die Dunkelwesen von den Drakken ab und tappten in andere Richtungen davon. »Mist!«, zischte Ullrik, als er zur Dorfwiese hinübersah. Chast stand hoch erhoben vor dem Drakkenboot, und es war offensichtlich, dass er das Problem selbst erkannt und beseitigt hatte. »Ich habe keine Ahnung, wie er das hinbekommen hat. Der Mann ist nicht nur ein Gigant in Sachen Magie, sondern auch ein Künstler.«

»So? Mir kann er jedenfalls gestohlen bleiben!«, schnappte Alina.

Bevor Ullrik klarstellen konnte, dass er Chast keineswegs bewunderte, zischte plötzlich ein riesiger Schatten über sie hinweg.

Instinktiv zogen sie die Köpfe ein und gingen in Deckung. Augenblicke später brach über Malangoor die Hölle los.

Ein zweiter Schatten fiel über Ullrik, Alina und Laura, dann ein dritter, die letzten beiden aber viel kleiner als der erste. Ein schmetternder Drachenschrei fuhr durch die Luft, gleich darauf folgten zwei weitere, dann stoben die typischen weißen Feuerlanzen von Drachenmagien auf Malangoor herab. Augenblicklich kam die Antwort von unten: Drakkenwaffen wummerten los und sandten ihre wabernden, orangeroten Feuerbälle in den Himmel. Doch die Drachen hatten das Dorf bereits überflogen und setzten soeben zu Schleifen an, um zurückzukehren. Die Schüsse der Drakken verfehlten sie und verschwanden irgendwo im dunkler werdenden Himmel des späten Nachmittags über Malangoor.

»Es sind Tirao und Nerolaan!«, rief Laura aufgeregt und deutete hinauf. »Sie sind zurück – und sie haben einen Abon'Shan dabei!«

Ullrik hatte es bereits selbst erkannt – die Erleichterung über die unverhoffte Unterstützung war gewaltig. Aber gleichzeitig drohte eine neue Gefahr.

»Ullrik!«, rief Alina. »Du musst sie aufhalten! Sie wissen nicht, dass die anderen noch unten im Dorf sein müssen – sie könnten sie verletzen oder töten, wenn sie weiterhin angreifen!«

Ullrik nickte entschlossen. »Ja! Und Chast! Der wäre in der Lage, die Drachen aufzuhalten!«

Er schloss kurz die Augen und tastete mit aller Konzentration nach dem *Trivocum*. *Tirao! Nerolaan! Hört ihr mich?*

Die beiden Drachen kannten seit ihrem gemeinsamen Abenteuer auf Jonissar Ullriks Stimme im *Trivocum* bestens – die Antwort erfolgte beinahe sofort.

Ullrik! Bist du dort unten im Dorf?

Ja, Nerolaan. Ihr dürft nicht mehr angreifen – zwischen den Häusern sind noch Freunde von uns! Azrani, Marina und Marko müssen sich irgendwo versteckt halten, und auch Hellami, Cathryn und Bruder Zerbus ...

Nein, Ullrik! Sie sind alle in Sicherheit. Und euch haben wir von oben gesehen! Wir ...

Weiter kam Nerolaan nicht. Was stattdessen geschah, jagte Ullrik einen derartigen Schock durch den Leib, dass sich ihm der Magen umdrehte und er sich beinahe übergeben hätte.

Ein weiterer Schatten raste plötzlich über Malangoor hinweg, gewaltig groß, noch größer als der erste der drei, und Ullrik kannte diese Sorte Schatten. Ein hilfloses, würgendes Gefühl der Angst packte ihn, er versuchte Nerolaan eine schnelle Warnung zuzurufen, doch es war bereits zu spät. Ein ohrenbetäubendes Krachen ertönte, und ein wahrer Schauer von Blut regnete über das Dorf herab.

In dem plötzlichen Chaos am Himmel erkannte Ullrik nur, dass ein Drache getötet worden war – mörderisch zerrissen im monströsen Gebiss eines Malachista. Die Bestie war förmlich aus dem Nichts aufgetaucht, und an den urplötzlich abgebrochenen Worten ihres Drachenfreundes Nerolaan zeichnete sich das Undenkbare ab. Ullrik stieß ein entsetztes Aufheulen aus, einen unartikulierten Laut, der sich unwillkürlich seiner Kehle entrang. Auch Laura und Alina schrieen verzweifelt auf, sie hatten das Entsetzen schon im ersten Augenblick begriffen. Noch während der gigantische Körper des Mörderdrachen über sie hinwegjagte und der Salmdrache wie auch Tirao seitlich davonstoben, war ihnen allen mit lähmender Deutlichkeit klar, dass sie einen ihrer besten Freunde nie wieder sehen würden.

Alina schlug die Hände vors Gesicht und sank in sich zusammen; Laura klammerte sich mit Tränen im Gesicht an Ullrik, der wie erstarrt dastand und in den Himmel starrte. Er konnte nicht fassen, was er eben gesehen hatte. Ein so mächtiges Wesen wie Nerolaan – für immer von ihnen genommen, durch eine Mörderbestie, von Chast, diesem Monstrum, herbeigerufen? Alles in ihm begann zu toben, wollte diese Ungerechtigkeit nicht hinnehmen, wollte diesen Wahnsinn rückgängig machen. Der Salmdrache und Tirao brachten sich in Sicherheit, ihre

Schreie hallten durch die sonst so stille und majestätische Bergwelt, die heute brutal von Chasts Mordbande heimgesucht worden war.

Dann brach etwas in Ullrik aus. Es war einer der Augenblicke, in denen sich in ihm so viel Energie sammelte und förmlich aus ihm heraus barst, dass er es später selbst kaum glauben konnte. Er schloss die Augen, ballte die Fäuste, und sein ohnmächtiger Zorn brach sich in einer plötzlichen magischen Entladung Bahn, die ihn selbst wie auch seine beiden Begleiterinnen zu Boden warf.

Es war wie eine blauweiße Wolke knisternder Energie, die in den Himmel fuhr und kurz darauf den gesamten riesigen Leib des Malachista einhüllte. Zahllose kleine Blitze entluden sich in der Wolke und drangen mit Macht in den Leib der riesigen Bestie ein. Der Malachista schrie gepeinigt auf, begann in der Luft wie wahnsinnig zu toben und stürzte jenseits von Malangoor in den Abgrund.

Ullrik verlor die Kontrolle über seine Magie, denn der Malachista geriet außer Sicht. Trotzdem versuchte Ullrik sie noch so lange es ging aufrecht zu erhalten – in der Hoffnung, die furchtbare Bestie zu töten oder so lange zu quälen, bis sie irgendwo in der Tiefe aufschlug und zerschellte. Doch der Weg hinab war weit, und der Malachista flog mithilfe von Magie. Ullrik wusste, es war unwahrscheinlich, dass seine Magie so lange wirksam blieb, ohne dass er den Malachista sah. Keuchend kämpfte er um seine Beherrschung, wusste nicht, ob seine Magie am Ende verraten hatte, wo er sich aufhielt. Dort unten warteten noch Dutzende von Feinden und der mächtigste und skrupelloseste Magier der ganzen Höhlenwelt.

»Schnell!«, rief er. »Wir müssen fort von hier!«

Während er versuchte, Alina und Laura hoch zu zerren, kämpfte er seine Tränen nieder. Nerolaan war ein Freund der Menschen und der *Schwestern des Windes* gewesen, wie es kaum einen zweiten gegeben hatte; allenfalls Tirao konnte man noch in einem Atemzug mit ihm nennen. Dass er so grausam ums Leben gekommen war, erfüllte Ullrik mit einem Rachedurst, wie er ihn noch nie empfunden hatte. Dieser widerliche Chast und sein fluchenswerter Malachista würden dafür bezahlen müssen!

Die Mädchen schluchzten und keuchten, als er sie mit sich fortzog, während Tirao und der Salmdrache schon wieder über Malangoor flogen und die Ruinen mit wütenden, weiß glühenden Feuerlanzen eindeckten.

Tirao! Rettet euch! Ich glaube, das Malachista ist noch nicht tot!, rief er ins *Trivocum* hinaus. *Und dieser fremde Magier – das ist nicht Rasnor! Es ist Chast!*

Augenblicke später strich Tirao über sie hinweg und landete geschickt nur wenige Schritte vor ihnen auf einem kleinen Grasbuckel jenseits einer Hausruine – während sie hinter sich das Fauchen einer Drachenmagie hörten. Ein Blick über die Schulter sagte Ullrik, dass der Salmdrache direkt Chast und die beiden Flugboote der Drakken angriff – offenbar um Tirao die Landung zu ermöglichen. Schon flammte ein gleißender Blitz auf und traf den Abon'Shan – er brüllte auf, vermochte aber sich zu retten.

»Kommt!«, rief Ullrik den beiden Mädchen zu, die er an den Händen gepackt hatte und hinter sich her zog. So schnell sie konnten, rannten sie zu Tirao, kletterten über seine herabgelassene rechte Schwinge auf seinen Rücken und krallten sich an seinen Hornzacken fest. Nur wenige Augenblicke nach seiner Landung ließ sich Tirao, halb laufend und halb mit ausgebreiteten Schwingen schlagend, auf der Rückseite des Grasbuckels in die Tiefe gleiten und brachte sich auf diese Weise vor einem Angriff Chasts in Sicherheit. Gleich darauf waren sie in der Luft, flogen so niedrig es ging über die südwärts gelegenen Felsen des Plateaus hinweg und erreichten den freien Himmel über dem Abgrund, wo es unter ihnen abrupt zwei Meilen in die Tiefe ging.

Erst jetzt kam Ullrik halbwegs wieder zu sich. Der Schmerz über den Verlust ihres geliebten Drachenfreundes schwappte wie eine schwarze Woge über ihm zusammen. Alina, die ihre Waffe verloren hatte, schluchzte hilflos, Laura klammerte sich mit tränenüberströmtem Gesicht an ihn, und selbst Tiraos Schmerz glaubte Ullrik spüren zu können. Der Drache verströmte seinen Kupfergeruch besonders intensiv, sein Körper wirkte wie elektrisch geladen. Hätte er sie jetzt nicht aus dem Dorf fortbringen müssen, wäre er in dieser Sekunde sicher mitten im Kampfgeschehen gewesen, um seinen Freund Nerolaan zu rächen.

Tirao! Es tut mir so unendlich Leid ..., sagte Ullrik unbeholfen übers *Trivocum*. *Ich habe diese Bestie nicht kommen sehen ...*

Tirao antwortete nicht. Sie folgten lange Zeit ausschließlich gleitend dem Rund des Stützpfeilers. Endlich ging ein Ruck durch Tirao. Mit verkrampft und unendlich schwer wirkenden Schwingenschlägen arbeitete er sich in die Höhe. Bald darauf war der Salmdrache in ihrer Nähe – ein mächtiges Wesen, mehr als doppelt so groß wie Tirao und wie ein Beschützer wirkend. Doch gerade das erinnerte Ullrik daran, dass der Malachista noch immer eine Gefahr darstellen mochte. Unruhig sah er in die Tiefe.

So verging eine schweigende halbe Minute, während sich Tirao an der Rückseite des Stützpfeilers mit energischen Schwingenschlägen in die Höhe arbeitete. Er legte immer mehr Eile an den Tag. Bald kam ein Felsabsatz in Sicht, eine Einbuchtung in der Wand des Stützpfeilers, die groß genug war, einen Felsdrachen aufzunehmen, nicht aber den Abon'Shan, den Salmdrachen, der Tirao begleitete.

»Das ist der Drachenschrein«, erklärte Alina mit matter Stimme, als sie sah, wohin Tirao steuerte. »Früher war er als eine Art Pilgerstätte gedacht, für die Besucher Malangoors. Aber dazu kam es nie.«

»Und ... was tun wir dort?«, fragte Ullrik unsicher.

Alina schnaufte elend und zog sich an einem der Hornzacken hoch. Ihr Gesicht war gerötet, ihre Miene spiegelte tiefe Trauer und Niedergeschlagenheit. »Von dort führt ein Felsengang hinab in den Drachenhorst.«

Ihr müsst euch dort verstecken, hörte Ullrik Tiraos Stimme übers *Trivocum*. Sie klang gehetzt und zitternd. *Es sind noch*

weitere Drakkenschiffe hier. Und der Malachista. Wir müssen fliehen, Ullrik, aber wollten wir euch mitnehmen, könnten wir längst nicht so fliegen, wie wir müssen, um entkommen zu können.
 Wo sind die anderen, Tirao? Wo sind unsere Freunde?
 Sie sind alle in den Höhlen jenseits des Windhauses. Auch Victor und Hochmeister Jockum. Ihr müsst versuchen, euch zu verstecken oder euren Feinden zu entkommen – eine andere Möglichkeit gibt es im Augenblick nicht.

Schon hatte Tirao den Landeplatz erreicht und setzte auf der ebenen Fläche auf, an die sich eine kurze, aber weite Höhlung anschloss. Ullrik kannte diesen Ort nicht, aber Alina schien zu wissen, wie man von hier in den *Drachenhorst* gelangte, das geheime Höhlenversteck der *Schwestern des Windes*, das jenseits des Windhauses den Fels des Malangoorer Stützpfeilers durchzog. Noch halb gelähmt von dem Erlebten, quälten sie sich vom Rücken des Felsdrachen herab, während der große Salmdrache, dessen Namen sie nicht einmal kannten, draußen vor dem Stützpfeiler kreiste.

Wir haben neue Freunde gewonnen, sagte Tirao, *Salmdrachen, Feuerdrachen und Sturmdrachen, wie ihr sie nennt, die sich uns unmittelbar angeschlossen haben. Wir haben nicht mehr Ulfa als Mittler, aber wir schließen uns dennoch zusammen. Bald werden wir euch und uns einen neuen Ort der Sicherheit bieten, in Bor Akramoria und Caor Maneit. Es wird eine Festung werden wie in den alten Tagen, selbst die Malachista werden dort nicht eindringen können. Aber noch sind wir nicht soweit. Ohne Ulfa ist es schwierig, all die Drachen zusammenzurufen und zu vereinen. Es ist ein furchtbarer Rückschlag, dass Nerolaan nicht mehr bei uns ist.*

Ja, Tirao, es tut mir so Leid ...

Der Schrei des Salmdrachen drang herüber, alle Köpfe fuhren herum, auch der Tiraos. Den Grund sahen sie sofort: Zwei Drakkenflugschiffe waren aufgetaucht, eines davon war sogar ein größeres, und sie näherten sich rasch von Osten.

Haltet aus, rief Tirao, während er die Schwingen entfaltete und tief in die Knie ging. *Wir kommen bald mit einer großen Streitmacht und befreien euch!*

Damit schnellte der Felsdrache schräg nach hinten in die freie Luft und ließ sich in einem rasanten Sturzflug in die Tiefe fallen. Der große Salmdrache folgte ihm unmittelbar.

Tirao! Dein Drachenfreund, der Abon'Shan – wie ist sein Name?

Es ist eine Sie, hörte er. *Sie heißt Yeoari.*

Kurz darauf waren beide Drachen schon im Felsengewirr in der Tiefe den Blicken entschwunden. Das kleinere der Drakkenschiffe folgte ihnen hinab, aber Ullrik hatte keine großen Befürchtungen, dass es den beiden durch die Schluchten und Täler des Ramakorums würde folgen können.

»Schnell! Wir müssen fort!«, rief er Alina und Laura zu und drängte sie zu der Höhlung, wo er den Zugang in die Tiefe vermutete. Das größere Drakkenschiff hielt auf sie zu; womöglich hatte es vor, hier einen Trupp Soldaten abzuladen, um sie zu verfolgen.

Alina wies ihnen den Weg. Die Höhlung war nicht sehr tief. An ihrem hintersten Ende öffnete sich ein schmaler, schräger Spalt, der in den Felsen hineinführte. Ullrik sorgte dafür, dass Alina und Laura rechtzeitig verschwinden konnten, und gab ihnen dann ein Zeichen mit der Hand. »Geht voraus, ich komme gleich nach.«

»Was hast du vor, Ullrik?«, fragte Laura besorgt.

»Diese Schweine denken, sie könnten uns jagen wie die Hasen!«, knirschte er. »Aber da täuschen sie sich. Denen werde ich einen heißen Empfang bereiten!«

Alina trat wieder aus der Öffnung hervor, ihre Miene war angespannt und nachdenklich. Schließlich sagte sie: »Dann gehe ich allein und suche die anderen. Ich muss auch nach Hilda und Maric sehen. Aber es sollte jemand hier bleiben und diesen Zugang verteidigen, sonst dringen die Drakken über diesen Weg in den Drachenhorst ein. Am besten bleibt ihr beide hier, Laura hat ja noch ihre Waffe. Ich versuche, euch Verstärkung zu schicken. Einverstanden?«

Ullrik nickte. »Eine gute Idee. Beeil dich. Und komm sofort zurück zu uns, falls du auf Gegner triffst, hörst du?«

Alina lächelte bitter. »Du meinst, ich soll sie nicht mit bloßen Händen angreifen? Lust dazu hätte ich!« Damit drehte sie sich um und verschwand.

*

Es war stockfinster in dem Gang, den Alina nahm, um hinab in den *Drachenhorst* zu gelangen. Wie romantisch doch all diese Namen waren, dachte sie, *Windhaus*, *Drachenhorst* oder *Drachennest*, so als wäre der Friede an diesem Ort unverletzlich und von ewiger Dauer.

Nerolaans Tod saß ihr wie eine bösartige Geschwulst in den Knochen, sie hatte das lähmende Entsetzen dieses Augenblicks noch immer nicht abschütteln können. Mit Grauen dachte sie daran, dass nun vermutlich sie es sein würde, die Marina über den Tod ihres Drachenfreundes in Kenntnis setzen musste. Die beiden verband eine besondere Freundschaft, seit sie gemeinsam auf ihrer Suche nach Azrani so unglaubliche Gefahren miteinander durchstanden hatten. Diese Nachricht auszuhalten würde Marina sicher alle Kräfte kosten.

Vorsichtig tastete sich Alina durch den finsteren Gang, dessen Verlauf sie zum Glück einigermaßen kannte. Bald wurde ein Licht sichtbar, ein von Roya mit magischer Kraft eingerichtetes *Drachenfeuer*, das ohne weiteres Zutun seine Helligkeit verbreitete. Nun konnte sie sich schneller bewegen, verfiel bald in Laufschritt, als es immer heller wurde. Dann erreichte sie die Abzweigung zu Markos Werkstatt; dahinter gab es einige Höhlenräume, die Meister Izeban für seine Apparaturen und Experimente verwendete. Alina eilte hinein, fand eine von Izebans dreischüssigen Armbrüsten, nahm sich ein paar Bolzen mit und setzte ihren Weg fort. Unterwegs spannte sie die Waffe und fluchte leise darüber, dass Laura mit ihren Schüssen nicht mehr Glück gehabt hatte – Chast, dieses verfluchte Monstrum, hätte tot sein können. Dann würde vermutlich auch Nerolaan noch leben.

Nun sah sie schon die große Drachenfeuerkugel der Vorhalle um eine Gangbiegung herum leuchten, wo der geheime Weg des *Drachenhorstes* in die Lagerräume des Windhauses mündete. Als sie Ecke gerade umrunden wollte, lief sie einem Drakken in die Arme.

Alina schrie auf. Das ekelhafte Echsenwesen verlor durch den Zusammenprall seine Waffe, die scheppernd zu Boden polterte. Dafür aber packte sie der Drakken mit seinen kalten, beschuppten Armen und versuchte sie festzuhalten. Ein Schuss löste sich aus Alinas Armbrust und traf den Drakken direkt in den Bauch, verletzte ihn jedoch nicht arg. Der Bolzen war in seinem Körperpanzer stecken geblieben und nötigte das Wesen, sie mit einem Aufschrei loszulassen. Alina taumelte zurück, spannte schnell die Armbrust neu, wofür sie dank Izebans Erfindungsgeist nur einen kleinen Handgriff tun musste.

Plötzlich ballte sich all die Wut über den feigen Mord an Nerolaan in ihr zusammen, und sie wünschte, sie hätte Chast selbst gegenüber gestanden. »Hier, du verfluchte Bestie!«, knirschte sie, hob die Armbrust und drückte den Auslöser.

Der Bolzen sirrte los, überbrückte in einem Augenblick die zwei Schritt Abstand zwischen ihr und dem Drakken und bohrte sich mitten in das linke Auge des Wesens und von dort ins Hirn. Der Drakken kreischte auf und fiel wie von einem Blitz getroffen.

Dann ging alles ganz schnell. Eine Drakkenwaffe fauchte, ein schlecht gezielter Feuerball streifte Alina an der Schulter, zerriss ihr Wams und verbrannte schmerzhaft ihre Schulter. Aber noch während sie zurücktaumelte und mit dem Schock kämpfte, war plötzlich jemand an ihrer Seite – ein großer Mann mit einem riesigen Schwert.

Alina stöhnte auf, als der Mann den zweiten Drakken mit einem wütenden Knurren und zwei unglaublich kraftvollen Schwertstreichen niederstreckte. Es war Jacko, wer sonst … Gleich darauf war Victor bei ihnen und setzte nach, denn aus dem Spalt, den sich die Eindringlinge irgendwie in den Felsen geschlagen oder gebrannt hatten, drangen zwei hässliche Dunkelwesen, halb verfaulte Kreaturen, die erbärmlich stanken und in ihrem Vernichtungstrieb augenblicklich auf Jacko losgingen.

Dann war Marko auch noch da, und den dreien waren die stygischen Kreaturen nicht gewachsen.

Endlich tauchte Hochmeister Jockum auf, der sie alle beiseite winkte, sich auf den Spalt konzentrierte, durch den die Angreifer gedrungen waren, die Augen schloss und die Fäuste ballte. Dann geschah etwas, das Alina noch nie gesehen hatte, und es machte ihr Angst. Es begann zu knacken und zu knirschen, und in dem Felsenspalt wurde entsetzliches Geschrei laut – von Drakken oder Dunkelwesen, Alina konnte es nicht unterscheiden. Der Spalt schloss sich, als wüchsen in ihm die Felsen zusammen; das durchdringende Knacken und Krachen des Gesteins fuhr Alina durch jeden einzelnen Knochen, die Schreie der Gegner, die in ihm zermalmt wurden, marterten ihre Trommelfelle.

Dennoch empfand sie eine grimmige Befriedigung. Jeder Schmerzenslaut erschien ihr wie eine Vergeltung für den Tod Nerolaans, eines der großherzigsten und gutartigsten Wesen, die je in der Höhlenwelt gelebt hatten. Als die anderen herbeieilten und Marina unter ihnen war, ließ Alina die Armbrust fallen und brach unwillkürlich in hemmungsloses Schluchzen aus.

Es waren Yo und Matz, die außer Marina und Azrani noch gekommen waren, und zuletzt erschien Hilda im Hintergrund, mit Maric auf dem Arm: der traurige Rest ihrer kleinen Streitmacht. Alina eilte Hilda entgegen und nahm ihren kleinen Sohn in die Arme. Maric spürte den Schmerz seiner Mutter und fing an zu weinen.

Ihre beiden *Schwestern* kamen sofort zu ihr. »Ich ... muss euch etwas sagen«, stammelte Alina voller Angst, die Wahrheit auszusprechen. »Wir ... wir haben einen unserer besten Freunde verloren.«

Plötzlich standen Tränen in Marinas und Azranis Augen, und auch alle anderen waren in Schweigen verfallen. Marina nickte bitter und nahm sie in die Arme. »Wir haben es vom Windhaus aus gesehen, bei unserer Flucht. Du meinst Nerolaan, nicht wahr?«

Als sie Alina wieder losließ, liefen ihr die Tränen in Strömen übers Gesicht. »Cleas ist ebenfalls tot, oder?«

Alina nickte.

»Wir haben noch jemanden verloren. Meister Izeban.«

»Was?«, schrie Alina verzweifelt. Maric fing sofort wieder zu weinen an. Hilda nahm den Kleinen auf den Arm und versuchte ihn zu beruhigen. Alina hatte Marina an ihrer Tunika gepackt.

»Er wurde von einem riesigen Brocken getroffen, der von diesem irrsinnigen Dämon losgerissen und fortgeschleudert wurde. Der Ärmste liegt noch immer unten an der Hängebrücke, wir konnten ihm nicht helfen. Und wir wissen nicht, wo Hellami und Cathryn sind. Wir hatten es gemeinsam fast bis zum Windhaus geschafft, aber dann blieb Zerbus stehen, weil er eine Magie wirken musste, um Hellami und Cathryn zu beschützen.«

Die Nachrichten wurden immer schlimmer. »Hellami und Cathryn? Sie sind nicht hier?«

»Und Bruder Zerbus – er war bei ihnen. Hellami eilte zurück, um ihm zu helfen. Es gab einen kurzen Kampf zwischen ihr und ein paar Dunkelwesen. Sie war gut mit ihrem Schwert Asakash, aber es wurden zu viele. Dann rannte Cathryn los – die Dunkelwesen scheinen instinktiv vor ihr zurückzuweichen. Es sah anfangs so aus, als könnten sie sich retten, aber dann wurde die Hängebrücke durch die umherfliegenden Felstrümmer des Dämons zerstört. Wir konnten nicht mehr zu ihnen. Sie flohen in Richtung des kleinen Sees am Wasserfall. Dann schossen die Drakken auf uns, und wir mussten fliehen.«

Alinas Knie wurden weich. Wenn Hellami oder Cathryn etwas geschehen war ... Sie mochte gar nicht daran denken.

»Wo sind Ullrik und Laura?«, fragte Victor besorgt.

Wenigstens musste Alina in dieser Sache keine schlechten Nachrichten überbringen – dann aber fiel ihr siedend heiß ein, dass die beiden inzwischen vielleicht gegen eine Drakkenübermacht ankämpfen mussten. Sie deutete in die Richtung, aus der sie gekommen war. »Sie verteidigen den Eingang am Drachenschrein gegen die Drakken. Wir müssen ihnen helfen – so schnell es geht.«

Ein paar Augenblicke lang musterte sie die Anwesenden und traf dann eine Entscheidung. Sie bückte sich, bemächtigte sich der Waffe des ersten getöteten Drakken und deutete auf die zweite. »Es sind leider nur noch zwei Magier unter uns, Ullrik und Hochmeister Jockum. Aber Laura hat mir gezeigt, wie man diese Waffen benutzen kann. Wir müssen versuchen, mehr davon an uns zu bringen.«

Marko steckte sein Schwert in die Scheide auf seinem Rücken und bemächtigte sich des klobigen, aber nicht allzu schweren Drakkengewehrs. Alina zeigte ihm, wie er es bedienen musste. »Ich schlage vor, du gehst zu ihnen und unterstützt sie. Marina, Azrani, schließt euch Marko an! Haltet euch im Hintergrund und versucht Waffen zu ergattern. Ullrik ist als Magier stark, ich bin sicher, er kann die Drakken erst einmal zurückwerfen. Und Laura ist auch sehr geschickt. Sie hat Chast zwei Mal mit ihrer kleinen Armbrust getroffen. Aber vielleicht brauchen sie dennoch Hilfe.«

Marko nickte knapp, winkte den beiden Mädchen, und sie setzten sich zu dritt in Bewegung.

»Nehmt eine Fackel mit!«, rief ihnen Alina hinterher. »Und ihr müsst den Zugang versiegeln, wenn es irgendwie geht! Sonst können die Drakken uns jederzeit wieder von dort aus angreifen!«

»Wir kümmern uns darum!«, rief Marko zurück, dann waren sie schon verschwunden.

Alina wandte sich zu den anderen um. »Wir müssen uns um Hellami, Cathryn und Bruder Zerbus kümmern. Marina sagte, sie seien zum kleinen See geflohen. Gibt es denn dort ein Versteck?«

Bei ihr waren noch Victor, Jacko, Hochmeister Jockum und Matz. »Unten beim Wasserfall gibt's auch Höhlen, Shaba«, sagte Matz. »Die gibt's ja hier überall.«

»Wirklich, Matz? Was weißt du darüber?«

Der kleine, kompakte Mann mit dem etwas einfältigen Gesicht zuckte mit den Schultern. »Nich viel. Eben, dass da welche sind. Hinter der kleinen Sandbank is so 'n Tunnel, und ich glaub, unter Wasser sind auch 'n paar Spalten.«

»Ja, das stimmt«, sagte Jacko. »Ich war einmal mit Hellami dort baden, wir sind auch getaucht. Hellami erzählte, Cathryn sei neugierig gewesen, woher der viele Sand in den Höhlen des Drachennests komme – dort, wo die Wasserläufe sind.«

»Der Sand? Was hat der Sand damit zu tun?«

Victor schien zu verstehen, was Jacko meinte. »Die Drachen«, erklärte er. »Die Kolonie oben im Pfeiler besteht schon seit ewigen Zeiten, war aber lange verlassen. Nerolaan hat mir einmal erklärt, dass sich die Drachen immer bemühen, so viel Sand wie es geht in ihre Kolonien zu bringen. Der Bequemlichkeit halber, denn sie sitzen gern im weichen Sand an den Wasserläufen. Das ist oben in der Drachenkolonie ja auch so.«

»Die Drachen bringen Sand hinauf?«

Victor nickte. »Ja. Große Mengen sogar – das verwundert nicht sonderlich. Ihr wisst selbst, wie liebevoll sich die Drachensippen ihre Höhlen ausstatten. Mit Pflanzen, mit Pilzkolonien, mit den Lichtern ihrer Drachfeuer-Magien und vielem mehr. Sand ist ein wichtiger Bestandteil davon. Aber natürlich bleibt er nicht ewig an Ort und Stelle, sondern wird vom Wasser auch wieder davongespült.«

»Genau«, nickte Jacko. »Sicher steht unser Wasserfall mit dem Wasser dort oben in der Drachenkolonie in Verbindung. So gelangt der Sand hier herunter. Dass es auch im Drachennest an den Wasserläufen Sandbanken gibt, ist ein Zeichen dafür, dass Tunnelverbindungen vom Wasserfall aus in den Drachenhorst führen. Wenn Hellami und Cathryn dort beim Wasserfall in die Höhlen geflüchtet sind, haben wir vielleicht die Möglichkeit, sie von innen her zu erreichen.«

Alinas Herz pochte schneller. »Glaubst du wirklich?«

Jacko nickte. »Hellami ist eine gute Schwimmerin, und tauchen kann sie auch. Sie und ich haben uns einmal auf diese Weise durch die Quellen von Quantar gekämpft. Es würde zu ihr passen, durch die Höhlen hindurch einen Fluchtweg nach innen zu suchen.«

Alina wusste das nur zu gut – schließlich war sie auf diese Weise vor Chast gerettet worden. »Dann los!«, forderte sie und setzte sich in Richtung des *Drachennests* in Bewegung.

»Warte, Alina!« Das war Hochmeister Jockum gewesen. »Tauchen? Das ist nichts für mich. Und es muss auch jemand hier bei Hilda und Maric bleiben. Die Drakken oder die Dunkelwesen könnten wieder versuchen, hier einzudringen.«

»Er hat Recht, Alina«, sagte Victor, und hielt sie am Arm. »Es macht keinen Sinn, wenn wir alle einen Weg durch die Höhlen zu finden versuchen und niemand hier aufpasst. Bleib du mit deiner Drakkenwaffe bei Hochmeister Jockum. Und am besten bleibt Matz auch noch hier.« Er bückte sich, hob Alinas Armbrust auf und drückte sie Matz in die Hand. Lächelnd sagte er: »Dein Leibwächter. Ich wette, er kann dich beschützen. Jacko und ich gehen und suchen Hellami und Cathryn. Wir treffen uns wieder hier. Einverstanden?«

Alina atmete schwer; es war ihr anzusehen, wie sehr es sie drängte, selbst nach ihren beiden Schwestern und Zerbus zu suchen. »In Ordnung«, nickte sie schließlich. »Das ist sicher das Beste. Aber seid vorsichtig!«

Victor warf ihr einen wohlmeinend-tadelnden Blick zu, küsste sie auf die Wange und eilte zusammen mit Jacko los.

»Jetzt können wir nur noch hoffen«, sagte Alina zu Hochmeister Jockum, Matz und Hilda. Sie nahm Maric wieder auf den Arm und drückte den Kleinen, der immer noch vor lauter Schreck und Verwirrung schluchzte, an sich. Innerlich zitterte sie. »So schlecht ist es um uns noch nie gestanden.«

*

»Weg mit dir, du Versager!«, rief Chast zornig und stieß Vandris von sich weg. Wütend packte er den Bolzen, der aus seinem Oberschenkel ragte, atmete dreimal tief und schnell durch und versuchte dann, ihn mit einem wütenden Aufschrei herauszureißen.

Er schaffte es nicht.

Viel zu unentschlossen hatte er ihn angepackt, seine Hand glitt ab, der Schmerz ließ ihn taumeln. Seine Knie knickten ein, er stieß ein Gurgeln aus und klappte zusammen. Immerhin gelang es ihm, das Bewusstsein nicht zu verlieren. Benommen kniete er im Gras vor dem Drakkenboot und verfluchte den Umstand, dass er sich gedanklich nicht von seiner früheren Oberschenkelwunde trennen konnte – eine Wunde, die Rasnors Körper gar nicht besaß. Dennoch: der Bolzen fühlte sich an, als stecke er tief im Narbengewebe seines Chast-Körpers fest, ihm wurde beinahe schlecht bei dem Gedanken, noch einen Versuch zu unternehmen, ihn dort herauszuziehen.

»Hoher Meister ...«, jammerte Vandris verzweifelt, der es nicht gewagt hatte, Chast diesen Dienst zu leisten.

»Verschwinde!«, knirschte Chast und stemmte sich mühsam auf die Beine. Aus seiner Brustwunde sickerte noch immer Blut; mit einer kurzen, entschlossenen Magie brachte er es zum Versiegen. Das bereitete ihm zusätzliche Schmerzen. Er schwor sich, dieses verfluchte Mädchen, das ihm die Verletzungen beigebracht hatte, qualvoll zu töten.

»Wo ist Cicon?«, brüllte er voll glühendem Zorn, während sein Bewusstsein noch immer am Rande der Ohnmacht trudelte. »Schafft mir diesen Cicon her!«

Mühevoll stemmte er sich in die Höhe.

Als er den Schwindel in seinem Kopf halbwegs besiegt hatte, erlangte er ein wenig Überblick über die Lage. Der Dämon war fort; er hatte ihn zu einem kleinen Imp reduzieren müssen, einem winzigen Wesen, das irgendwo herumkroch und kaum mehr eine Großmutter hätte erschrecken können. Für das, was er vorher gewesen war, dieses riesige Ungeheuer, hatte es hier einfach zu wenig Nahrung gegeben. Immerhin hatte Chast auf diese Weise die dämonischen Dunkelwesen hier halten können, und die machten nun zusammen mit den Drakken Jagd auf seine Feinde. Cicon, den sein Ruf offenbar erreicht hatte, kam über die Wiese zu ihm geeilt.

»Zwei haben wir erwischt, Hoher Meister!«, erklärte er atemlos, als er Chast erreicht hatte. »Zwei und diesen Drachen. Der Rest ist uns für den Augenblick leider entkommen. Aber wo das kleine Mädchen ist, wissen wir. Ungefähr jedenfalls.«

»Was?«, schnappte Chast. »Ungefähr? Was soll das heißen?«

Cicon druckste unsicher herum. Seinem *echten* Hohen Meister wieder zu begegnen schien ihm allen Mut zu nehmen – der schon früher nicht überragend gewesen war. »Sie ... sie haben sich versteckt. Aber wir wissen wo. Unten, an dem kleinen See am Wasserfall, in einer Felsspalte. Hellami, das kleine Mädchen und dieser dickliche Magier.«

»Na und? Warum holt ihr sie da nicht heraus?«

Cicon starrte Chast wortlos an, als wäre etwas gänzlich Unmögliches von ihm verlangt worden, etwas, das weit jenseits seiner Fähigkeiten lag. Chast stieß ein wütendes Knurren aus und setzte sich in Bewegung – hinkend, denn der Bolzen im Fleisch seines Oberschenkels sandte Wogen von Schmerz durch seinen Körper.

»Ich werde das Gör selbst da rausholen«, kündigte er wütend an. »Und diese verfluchte Hellami werde ich ein für alle Mal töten. Wer nicht mit ihr sterben will, der soll mir bloß aus dem Weg gehen, Versagerpack! Los, zeigt mir, wo das ist!«

Cicon schluckte, suchte Blickkontakt mit Vandris, der jedoch ebenso verzagt wirkte, wie er selbst sich fühlte. Mit pochendem Herzen nickte er Chast zu, wandte sich um und eilte voraus. Der Hohe Meister hinkte ihm mit verzerrtem Gesichtsausdruck hinterher, bei jedem Schritt ein schmerzvolles Keuchen ausstoßend. Sie überquerten die Dorfwiese, liefen einen kleinen Hügelrücken hinauf, passieren mehrere Hausruinen und erreichten das Ufer des kleinen Sees unterhalb des Wasserfalls. Von oben hingen die abgerissenen Reste einer Hängebrücke herab, das Rauschen der herabströmenden Wassermassen dahinter machte eine Verständigung schwierig.

»Dort!«, rief Vandris und deutete über die Wasserfläche zur rechten Seite des kleinen Sees, wo sich Felsen vor einer senkrechten Wand türmten. »Dahinter ist ein waagrechter Spalt. Die Drakken sagen, dass sie dort hineingeschlüpft sind.«

Chast grunzte missgestimmt. »Ist das Wasser tief?«

Cicon nickte. »Ja, Meister, ziemlich. Man muss schwimmend hinein. Ich ... ich glaube, die Drakken wollen nicht. Sie scheuen das Wasser der Höhlenwelt – seit dieser Sache mit dem Salz.«

Chast grunzte wieder. Er hatte in Rasnors Erinnerung diese Begebenheit aufgestöbert, insbesondere, dass er derjenige gewesen war, der unwissentlich die vier Mädchen mit ihrer für die Drakken tödlichen Salzfracht an Bord der MAF-1 gebracht hatte. Er sah sich um; ein halbes Dutzend Drakken standen rundum an den Ufern des kleinen Sees, während hier und dort ziellos irgendwelche Dunkelwesen umhertappten. Der Spätnachmittag ging langsam in den Abend über, und irgendwie kam Chast seine ganze Unternehmung langsam wie ein Witz vor.

»Welche zwei habt ihr erwischt?«, fragte er missgelaunt. »War jemand Wichtiges darunter?«

Cicon und Vandris, die inzwischen wie furchtsame Kinder wieder beisammen standen, schüttelten beide den Kopf. »Nein, Meister. Einer liegt dort drüben, ein kleiner, älterer Mann, den wir nicht kennen. Der zweite war ein Magier, aber seinen Namen weiß ich nicht. Der Dämon hat ihn getötet.«

»Und der andere, der bei Hellami ist? Kennt ihr den?«

»Das ist Zerbus, der Bibliothekar des Cambrischen Ordenshauses«, meldete sich Vandris. »Ich glaube nicht, dass er ein besonders gefährlicher Mann ist …«

»Du glaubst?«, fuhr Chast ihn an. »Pass bloß auf, dass ich nicht auch irgendwas glaube!« Mit wutverzerrtem Gesicht watete er ins Wasser. »Ihr zwei kommt mit! Ich will dieses Mädchen lebend – Leandras kleine Schwester. Und die anderen beiden tot! Habt ihr verstanden?«

Cicon und Vandris nickten befangen. Chast reichte das Wasser schon bis zur Brust, und sie beeilten sich, ihm zu folgen.

Nach einer Weile hatte Chast den Spalt erreicht. Nun musste er schwimmen, und das hasste er – besonders mit einem Armbrustbolzen im Oberschenkel. Noch immer brachte er den Mut nicht auf, ihn herauszureißen; er fürchtete, das Bewusstsein dabei zu verlieren. Kurz darauf hatten Cicon und Vandris ihn erreicht. Die Situation kam ihm immer lächerlicher vor. Wer konnte wissen, wie weit die Höhle dort unten reichte und wohin Hellami verschwunden war? Mit dem Bolzen im Oberschenkel dort hineinzutauchen kam ihm völlig verrückt vor.

»Ihr beide geht!«, herrschte er Cicon und Vandris an. »Ihr

steht doch im Meisterrang als Magier, oder nicht? Ihr tötet Hellami und diesen Zerbus, und bringt mir das kleine Mädchen.«

Die beiden Männer paddelten neben ihm im Wasser und starrten ihn aus entsetzten Augen an.

Als Chast gerade ansetzen wollte, die beiden unter Androhung der schlimmsten Dinge in die Grotte zu jagen, erkannte er, dass sein Ansinnen zwecklos war. Die beiden waren nichts als verängstigte Feiglinge, und die Chancen, dass sie Cathryn für ihn fingen, standen gleich null. Wahrscheinlich würde Hellami keine Mühe haben, sie mit ihrem Schwert davonzujagen, egal, ob die beiden nun im Novizen- oder im Magisterrang als Magier stünden. Er dachte wütend über andere Möglichkeiten nach, als ihm plötzlich eine monströse Idee in den Sinn kam. Ein Lächeln strich über sein Gesicht.

»Ihr würdet doch alles tun, um unserer Sache zum Erfolg zu verhelfen, nicht wahr?«, fragte er Vandris.

»Aber natürlich, Hoher Meister! Ihr könnt voll und ganz auf uns zählen.«

Chast lächelte breiter. »Dann kommt beide mit mir. Ich habe eine brillante Idee.«

Diese Nachricht schien Vandris zu erfreuen, ein schwaches Lächeln huschte über seine unsichere Miene, Cicon allerdings schien nichts Gutes zu ahnen. Chast setzte sich wieder in Bewegung, erreichte nach kurzer Zeit schwimmend das Land und hinkte unter Schmerzen aus dem Wasser. Ein kurzes Knistern und eine Wolke aufwallenden Dampfes, der rasch verflog, zeugten davon, dass er seine Kleider mittels Magie von aller Nässe befreit hatte. Triefend stampften Cicon und Vandris aus dem Wasser und versuchten mit einem unsicheren Lächeln ihre Unfähigkeit zu überspielen, es ihrem Meister gleich zu tun.

Chast lächelte ihnen aufmunternd zu, schloss dann die Augen, hob das Kinn und wandte den Kopf ein wenig zur Seite, so als wollte er eine Witterung aufnehmen. Er schien bald erspürt zu haben, was er suchte, winkte seinen beiden triefnassen Gehilfen und wandte sich nach links. Vandris und Cicon setzten sich zögernd in Bewegung, während Chast hinkend auf die Ruinen Malangoors zusteuerte. Zwei Drakken mit Waffen im Anschlag begleiteten ihn unaufgefordert.

Dann ließ Chast sich ächzend die Treppenstufen zu einem gemauerten Hohlweg hinab, stieß die zerlumpte Gestalt eines Dunkelwesens beiseite und drang immer tiefer in die Ruinen vor. Es war nicht zu übersehen, dass Cicon und Vandris zunehmend unruhiger wurden. Endlich schien Chast gefunden zu haben, wonach er suchte. Als Cicon und Vandris ihn erreichten, starrten sie verwirrt ins Innere einer Hausruine, wo zwischen Trümmern und zerbrochenen Möbeln eine seltsam schwarzrote Kreatur am Boden kauerte und sich wie ein verletztes Tier wand.

Das Wesen wirkte, als bestünde es aus rohem Fleisch und wäre die Ausgeburt eines schrecklichen Versehens der Natur. Es war nichts als ein ovales Etwas mit sich verjüngenden Enden; an einem davon klaffte ein geiferndes, hungriges Maul mit beängstigenden Reißzähnen, etwa so groß, dass man eine Faust hätte hineinstecken können. Ansonsten besaß die Kreatur *nichts* – keine Arme, Beine, keinen Kopf, Augen, Ohren oder etwas anderes, was man bei einem Wesen dieser Welt antreffen würde; nur einen blutigen, hässlichen Leib und dieses zähnestarrende Maul, das bisweilen ziellos in irgendeine Richtung schnappte. Ein gequältes Knurren, das halb ein Wimmern war, entrang sich der unsäglichen Kehle.

»Ist ... ist das der Dämon?«, keuchte Vandris entsetzt, der neben Chast getreten war.

»Ganz recht. Ist er nicht niedlich? Ich habe ihn auf diese Größe reduziert, aber er musste am Leben bleiben, damit mit ihm nicht auch all seine Ausgeburten ins Stygium zurückfielen.«

Vandris brachte ein unsicheres Lächeln zustande. »Das ist ... sehr klug von Euch gewesen, Hoher Meister. Ich hatte mich schon gefragt ...«

»Wir brauchen ihn jetzt, wir müssen ihn mitnehmen. Los, geh ihn streicheln.«

Vandris stieß ein Ächzen aus. »St-streicheln?« Er suchte Cicons Blick, so als könnte sein Freund ihn aus dieser Verwirrung retten.

Chasts Miene verzog sich zu einem gefährlichen Ausdruck eindringlicher Warnung. »Soll ich es dir vielleicht aufschreiben?«, zischte er Vandris an und deutete auf die widerwärtige Kreatur, die sich am Boden in einer Pfütze schwarzroten Schleims wand. Mit klackendem Kiefer schnappte sie immer wieder blind in die Luft und stieß dabei ein geplagtes Heulen aus.

»Aber ... M-meister ...«, jammerte Vandris voller Elend, »ich ... ich ...«

»Wirst du wohl gehen!«, brüllte Chast ihn an und trat mit geballten Fäusten einen drohenden Schritt auf ihn zu. Vandris wich entsetzt zurück. Seine Miene war voller Jammer, immer wieder sah er Hilfe suchend zu Cicon, der jedoch selbst aussah, als machte er sich am liebsten unsichtbar. Vandris fürchtete sich vor dem Dämon, aber vor seinem Meister schien er noch größere Angst zu haben. Mit abwehrend erhobenen Händen tappte er rückwärts über die Holzplanken des früheren Zimmers, das einmal eine Küche gewesen sein mochte.

»Streicheln!«, brüllte Chast ihn mit einer verzerrten Grimasse höchster Wut an, und Vandris verlor die Nerven.

In einer Geste völliger Unterwerfung und Hoffnungslosigkeit sank er auf die Knie und hob flehend die gefalteten Hände in Richtung seines Meisters – aber da war es schon zu spät.

Vandris war der unaussprechlichen Kreatur zu nahe gekommen. Mit einem seiner unerfindlichen Sinne musste der Dämon ihn wahrgenommen haben. Cicon schrie vor Entsetzen auf, als die Bestie ihren Leib mit einer wütenden Kraftanstrengung auf Vandris zu wand und nach ihm schnappte. Seine grauenvolle, mit Zähnen bewehrte Extremität biss zu, Vandris heulte auf, und dann nahm ein Schauspiel seinen Lauf, das sogar den böse lächelnden Chast erschauern und einen Schritt zurückweichen ließ. Nach dem ersten Biss, mit dem das Monstrum Vandris' rechte Wade erwischt hatte, schien der Dämon seine Kräfte schon verdoppelt zu haben. Augenblicklich veränderte sich sein Körper, stummelartige Extremitäten und sich windende Tentakel wuchsen aus ihm heraus, während sein grauenvolles Maul sich auf geradezu monströse Art vergrößerte. Als er mit einem Biss seiner inzwischen dreifach so starken Kiefer Vandris' rechte Schulter abtrennte und ihn dabei mit schleimigen Tentakeln umwand, während er weiterhin in rasender Geschwindigkeit wuchs, vermochte Cicon nicht mehr an sich zu halten. Noch hinter Chast stehend, sank er auf die Knie und übergab sich.

Es dauerte nur noch Sekunden, bis der Dämon fertig war. Er fraß den schreienden Vandris regelrecht auf, Stück für Stück, und schien daraus gigantische Kräfte zu beziehen. Cicon würgte und spuckte, die beiden Drakken, die Chast begleitet hatten, waren ein paar Schritte zurückgetreten und hatten die Waffen erhoben. Chasts Lächeln war zurückkehrt, als der Dämon mit triefendem Maul vor ihm stand, inzwischen mehr als fünfmal so groß, seinen Ekel erregenden Leib hin und her wiegend, so als wäre die Fütterung noch nicht zu Ende und als warte er auf noch mehr Nahrung.

»Los, Cicon!«, sagte Chast leise, und zwinkerte seinem Helfer schelmisch zu. »Er soll ein Jäger werden. Aber ich glaube, dazu braucht er noch mehr an Nahrung. Er hat noch Hunger.«

Cicon, der am Boden kniete, das Gesicht gerötet, die Augen voller Tränen, heulte hilflos auf.

»Los!«, brüllte Chast aus Leibeskräften. Einen Atemzug später packte eine unsichtbare Kraft den wimmernden Cicon, zog ihn über den Boden, als wäre er an einem Tau festgebunden, und ließ ihn direkt in die Fänge und Klauen des gierig brüllenden Monstrums schlittern. Chast lachte auf, als der Dämon sein entsetzliches Werk tat. Cicons Schreie verwandelten sich in ein Gurgeln und wurden bald von den malmenden Fressgeräuschen des Dämons übertönt. Dann war es vorbei.

Außer den Drakken war niemand mehr da, der das Grauen hätte weitererzählen können, und obwohl selbst diese seelenlosen Kriegerwesen schockiert wirkten, würden sie niemals einen Ton darüber verlauten lassen, nicht einmal gegenüber ihren eigenen Kameraden. Chast wusste das, er konnte es spüren.

»War das genug, du verfluchte Bestie?«, rief er und hob in beschwörender Geste die Hände. Der Dämon heulte auf, während ein knisterndes elektrisches Feld zwischen Chast und ihm entstand. Das Gesicht des Hohen Meisters war zu einer angestrengten Grimasse verzerrt, als er mit seinen Geisteskräften den Dämon in eine neue Form presste und ihm seinen Willen aufzwang. Der Dämon schrumpfte, bis er wieder so groß war wie zuvor; nun aber besaß er acht hässliche Spinnenbeine und einen gegliederten Schwanz mit einem Giftstachel, während sich sein Kopf zu einer monströsen menschlichen Visage mit einem zähnestarrenden Maul verformte. Das verzerrte Gesicht trug unverkennbar die Züge Chasts.

»Bring mir das Mädchen!«, knirschte Chast, der von einer dämonischen Wut erfüllt war. »Und töte alle anderen!« Seine Augen blitzten, ja, sie schienen regelrecht Funken zu sprühen, als er der unsäglichen Bestie, die er aus stygischen Kräften erschaffen und mit Strukturen der Ordnung gefüttert hatte, seinen Willen in die Glieder presste. Der Dämon heulte voll mörderischer Gier auf und raste mit einer plötzlichen Geschwindigkeit zwischen den beiden Drakken hindurch davon, dass die Echsenwesen überraschte Schreie ausstießen.

Chast aber schickte seiner Ausgeburt der Hölle einen hysterischen Triumphschrei hinterher.

16 ✦ Fertigungsmethoden

Ötzli konnte nicht anders – die Fahrt durch *The Morha* erfüllte ihn mit Ehrfurcht. Eigentlich war er voll wütender Entschlossenheit hierher gekommen; er wollte dem Doy Amo-Uun sein Geheimnis entreißen und ein für alle Mal Klarheit in das Geschäft bringen, auf das er sich eingelassen hatte. Doch was ihm der Doy nun zeigte, erstaunte ihn über die Maßen. Es ließ ihn erschauern angesichts der Errungenschaften und Möglichkeiten, die es im Sternenreich des Pusmoh gab.

Zum ersten Mal reiste er abseits der riesigen Tunnel, in denen die Güterströme verkehrten – auf einer luxuriös ausgestatteten Schwebeplattform und in Begleitung des Doy Amo-Uun. Unversehens war ein gewisses Leben in die sonst so starre Figur des Doy gekommen, er bewegte sich mit vernehmlichen Schwüngen seines Körpers, gebrauchte sogar seine Füße, um über den Boden zu schreiten, und hob die Arme, um hierhin und dorthin zu deuten. Dabei schien er auf geheimnisvolle Weise geschrumpft zu sein; nunmehr kam sich Ötzli kaum mehr kleiner als der Doy vor. Eine weitere Besonderheit bestand darin, dass der Doy zum ersten Mal in Begleitung war: er hatte einen dieser seltsamen Muunis bei sich. Die untersetzte, wurmartige Kreatur mit den verdrossenen Gesichtszügen hielt sich in der Nähe des Doy auf, tat aber nichts. Nach kurzer Zeit schon verlor Ötzli das Interesse an dem rätselhaften Wesen, so wie offenbar alle anderen Bewohner der GalFed auch. Muuni waren einfach da.

Er wandte sich wieder der Umgebung zu, und die war um ein Vielfaches beeindruckender.

Sie durchquerten mehrere Hallen, in denen Raumschiffe angefertigt wurden.

Nach allem, was Ötzli wusste, wurden derart riesige Schiffe eigentlich nur im All fertig gestellt, denn die Schwerkraft war ein großes und kostspieliges Hindernis bei der Montage. Jedes der Schiffe hier besaß eine Länge von sechshundertfünfzig Metern, und das widersprach allem, was in der Ingenieurskunst als klug erscheinen konnte, das sah selbst Ötzli. Der Doy Amo-Uun klärte ihn auf.

»Diese Schiffe sind von ganz besonderer Bauart. Sie besitzen viele Einzelheiten, die man sonst nirgends findet, in keinem anderen Raumfahrzeug. Sie sind außergewöhnlich wertvoll, sodass sie gewissermaßen im Geheimen hergestellt werden müssen. Niemand darf einem davon je zu nahe kommen.«

Ötzli sah den Doy mit gerunzelter Stirn an. »Niemand? Und wer fliegt dann das Schiff? Es muss doch eine Besatzung haben – jemanden, der es steuert!«

»Die Steuerung erfolgt vollständig robotisch. Es gibt keine einzige lebende Seele an Bord. Alles wird durch denkende Maschinen gesteuert, und die Schiffe würden sich weigern, auch nur eine Laus an Bord zu lassen.« Er kicherte. »Es gibt nicht einmal Gänge, Quartiere oder eine Brücke an Bord, worin sich Menschen oder Ajhan bewegen könnten – auch keine Drakken. Nur eine Anzahl von Wartungstunneln ist eingeplant, die während der Produktion oder später zu Montagezwecken gebraucht werden. Aber selbst in diesen Wartungstunneln verkehren nur Roboter. Alles ist sozusagen eine einzige, kompakte Maschine.«

Ötzli starrte den Doy verwundert an. »Und wozu sollen diese Monstren gut sein?«

»Oh, das sind keine Monstren. Ganz im Gegenteil. Es sind hochintelligente Schaltstellen, die eine den Krieg entscheidende Rolle einnehmen dürften.«

Ötzli nickte verstehend. »Es geht also um den Krieg gegen die Saari, habe ich Recht? Es sind wohl Kriegsschiffe – mit besonderer Bewaffnung, nehme ich an. Waffen, deren Natur niemand kennen darf.« Er verzog das Gesicht. »Also dient unsere Magie Euch *doch*, um Waffen herzustellen? Das ist gegen unsere Abmachung!«

Der Doy schüttelte vergnügt den Kopf. »Nein, nein – beruhigt Euch, es sind keine Kriegsschiffe. Obwohl sie sehr gut bewaffnet sind. Oder sagen wir besser: geschützt. Aber sie haben nichts mit Waffensystemen zu tun.«

»Aber wozu sollen sie dann gut sein?«, fragte Ötzli aufgebracht, dem das Ratespiel des Doy langsam zu viel wurde. »Wenn sie nicht kämpfen sollen und niemand mit ihnen fliegt?«

Der Doy sah ihn eine Weile forschend an, er schien zu überlegen, ob der zu erwartende Triumph die Preisgabe seines Geheimnisses wert war. »Es sind riesige Kommunikationsanlagen, Lakorta. Es sind die Schaltstellen zum Oberkommando des Pusmoh. Jeder Flottenverband der Drakken wird im Krieg gegen die Saari von einem Schiff dieser Baureihe begleitet. Es sorgt für die Verbindung nach Soraka und koordiniert die Bewegungen und die Befehle der ganzen Flotte. Versteht Ihr? Wir könnten niemals genügend Magier in Eurer Höhlenwelt auftreiben, um die zahllosen Schiffe unserer Kriegsflotte miteinander zu verbinden. Die Drakken haben Zehntausende von ihnen, klein und groß, die koordiniert werden müssen, unsere Flottenverbände allerdings zählen nur etwa zweitausend. Hinzu kommen noch ein paar hundert Stützpunkte und so weiter. Aber die Zahl bleibt überschaubar. In jedem Verband sind die Schiffe einander relativ nah, sodass sie unter sich per normalem Funk kommunizieren können. Diese Relais-Schiffe, die hier konstruiert werden, werden sie untereinander verkoppeln und die Verbindungen zu den Leitstellen und Stützpunkten herstellen. Auf diese Weise wird ein völlig neuer Weg in unserer Kommunikationsstruktur beschritten. Wir sind nicht länger unseren alten Problemen ausgeliefert, dass wir nur mittels der Notlösung der Kurierschiffe kommunizieren konnten.«

Ötzli nickte verstehend. »Ah ... jetzt kommt Licht in die Sache. Nur eins habt Ihr noch nicht erwähnt, Doy. Diese Verbindungen zu den Stützpunkten und Leitstellen – sie funktionieren mithilfe unserer Magie, nicht wahr? Die Magie ist das Kernstück!«

Der Doy Amo-Uun schnitt seufzend eine Grimasse, dann nickte er. »Ja, natürlich. Sie ist das Kernstück.«

Die Schwebeplattform durchquerte gerade eine der gigantischen Hallen, und Ötzli starrte fasziniert einen der riesigen Raumschiffskörper an. Er wirkte wie ein dicker Fisch mit seitlich angeklebten Röhren anstelle der Flossen. In der Mitte der Halle, die bestimmt eine Meile hoch war, schwebte er in der Luft. Ein Teil des hinteren Rumpfes befand sich gerade im Bau und wirkte noch wie ein rohes, hohles Skelett. Viele kleine Fahrzeuge, Lastkräne, Gerüstaufbauten und Plattformen schwebten um den Schiffskörper herum, zahllose Rohrleitungen und mannsdicke Kabel verliefen über Gerüstaufbauten zum Schiff und wieder von ihm fort. Ganz oben an der Vorderseite des Korpus befand sich eine horizontale Reihe von Fenstern, wie man sie oft an anderen, kleineren Schiffen auch sah. Das brachte Ötzli auf eine Frage.

»Keine lebende Seele an Bord?«, fragte er, von plötzlichem Misstrauen erfüllt. »Wie soll das gehen, wenn Ihr die Magie nutzen wollt?«

»Keine lebende Seele außer dem Magier natürlich«, versicherte der Doy ihm mit einem verbindlichen Lächeln.

Ötzli runzelte die Stirn. »Und ... wie funktioniert das? Ich meine, was kann denn ein Magier schon an Befehlen übermitteln, außer ... *Segelkommandos*? Wie soll er all die Befehle bewältigen, die ein ganzer Flottenverband erfordert?«

Wieder lächelte der Doy. »Das ist unser Geheimnis, Kardinal Lakorta. Das Geheimnis unserer Technologien.«

»Ihr wollt es mir nicht verraten?«

»Oh, da gibt es nicht viel zu verraten. Ich kenne die Geheimnisse selbst nicht. Es handelt sich um hochwissenschaftliche Geräte, die ganz spezielle Aufgaben erfüllen. Sie sind nur unseren klügsten Köpfen bekannt, jenen Männern, die diese Technologien erfunden haben. Unsereiner begreift das gar nicht. Der Magier selbst ist unverzichtbar, funktioniert allerdings nur wie ... ein Medium. Versteht Ihr? Er leiht der Maschine seine magischen Fähigkeiten. Mehr kann ich Euch auch nicht sagen.«

Die Schwebeplattform hatte den riesigen Schiffskörper passiert und bewegte sich nun auf einen riesigen Tunnel zu, der zu einer anderen Halle führte. Zahllose kleine und große Fahrzeuge waren dort unterwegs und verschoben Güter und Teile zwischen den Hallen. Ötzli hatte sich im Sitz umgewandt und betrachtete mit nachdenklicher Miene weiterhin den großen Raumschiffskörper, der langsam seinen Blicken entschwand. Immer mehr Fragen geisterten durch seinen Kopf.

»Und der Magier?«, fragte er. »Der ist ganz allein auf diesem riesigen Schiff eingesperrt? Für wie lange? Ich meine, so ein Einsatz mit einer Drakkenflotte im All, der dauert doch Monate, oder? Wenn nicht Jahre!«

Die Miene des Doy Amo-Uun verfinsterte sich. »Was soll das, Lakorta? Warum seid Ihr plötzlich so sehr um das Wohlergehen Eurer Leute besorgt?« Der Doy winkte unwirsch ab. »Macht Euch keine Sorgen, den Leuten geht es gut. Es sind, soweit ich weiß, mehrere auf einem Schiff. Was soll es uns dienlich sein, wenn sie krank, unzufrieden oder vereinsamt sind? Das wäre ihrer Leistung nicht förderlich, und Leistung – die brauchen wir von ihnen!«

Ötzli brummte unzufrieden. Wenn er mehr erfahren wollte, war er auf das Wohlwollen des Doy angewiesen. Doch wenn er den Bogen überspannte, würde er womöglich gar nichts mehr hören. Das Gefühl, dass hier eine üble Sache im Gange war – übler, als ihm lieb war –, wollte ihn jedoch nicht mehr loslassen. »Wer ist denn der Kommandant der gesamten Flotte?«, fragte er hartnäckig. »Seid Ihr das, Doy Amo-Uun?«

»Nein, das bin ich nicht.«

»So? Wer dann? Müssen unsere Magier nicht in direktem Kontakt zu diesem Kommandanten stehen? Sollten wir dann nicht wissen, wer das ist? Ist es der Pusmoh? Ist es eine Einzelperson? Oder ... so etwas wie eine Ratsversammlung? Ein Gott?«

»Das geht Euch nichts an, Lakorta«, knurrte der Doy Amo-Uun, der jetzt ungeduldig und leicht verärgert wirkte. »Es genügt, wenn Ihr wisst, dass sie in Verbindung zum Flotten-Oberkommando auf Majinu stehen.«

Ötzli zog die Stirn kraus. »Majinu?«

Der Doy Amo-Uun zögerte, dann wirkte er ab. »Auf Soraka, meine ich.«

»Nein, Ihr sagtet, ›auf *Majinu*‹. Was ist Majinu?«

Der Doy Amo-Uun, der bisher entspannt in seinem Sitz gesessen hatte, richtete sich auf. »Genug!«, herrschte er Ötzli an. »Ihr bewegt Euch auf verbotenem Grund, Lakorta! Dass Ihr ein wichtiger Verbindungsmann für mich seid, gibt Euch nicht das Recht, Dinge zu hinterfragen, die Euch nichts angehen! Meine Geduld hat Grenzen, wie Ihr wissen solltet!«

Ötzli war ein wenig erschrocken. Die Heftigkeit und die Schärfe, mit der ihn der Doy angefahren hatte, erinnerten ihn in der Tat an frühere Zeiten. Mit Ärger im Bauch fügte er sich, doch eine innere Stimme wollte nicht nachgeben und redete ihm ein, dass er damit nicht zufrieden sein dürfe.

»Schluss damit!«, forderte der Doy und setzte ein Lächeln auf, als sie in den großen Tunnel eintauchten. Er deutete voraus. Vor ihnen schälte sich ein blau-kristallener Turm aus der milchigen Ferne einer Halle, die so groß war, dass die Sicht sogar durch fernen Dunst leicht eingeschränkt war. Als Ötzli der *Stimme des Pusmoh* noch einmal ins Gesicht sah, erkannte er, dass das Lächeln eher von bissig-kämpferischer Natur war, so als freue sich der Doy geradezu darauf, einen echten magischen Kampf mitzuerleben.

*

»Es ist fast zu leicht«, meinte Roya missmutig und peilte aus ihrer Deckung in Richtung der Drakkentruppen, die sich ziemlich weit entfernt hinter einer Staffel von dicken, hell-metallisch glänzenden Rohrleitungen verborgen hielten. »Man kann sie mit einer einfachen Magie davonjagen – mit einem etwas stärkeren Luftzug oder mit ein wenig Feuer. Sie wehren sich nicht.«

Munuel nickte bedächtig, dann deutete er in die Höhe. »Das wird an diesem Ding hier liegen. Sie wollen es nicht treffen. Wahrscheinlich ist es sehr wertvoll. Das verschafft uns einen Vorteil.«

Roya blickte über die Schulter hinweg in die Höhe und stöhnte leise. Was sie dort sah, überstieg ihr Begriffsvermögen. Es schien sich um mehrere übereinander gelagerte Kreise aus strahlend blauem Licht zu handeln, die verwirrende Muster besaßen und in der Luft hingen, als bestünden sie aus einem greifbaren Material. Auf dem Boden darunter befand sich so etwas wie ein riesiges liegendes Rad, dessen Speichen über den Radkörper hinweg nach außen verlängert waren. Auf diesen Fortsätzen befanden sich Bildschirme und Bedienungspulte, während nach innen hin phantastisch aussehende technische Geräte dominierten. Sie waren offenbar die Quelle der rätselhaften blauen Lichtringe in der Luft. Die Erscheinungen setzten sich bis in große Höhe fort, und an der Decke, in etwa fünfundzwanzig Schritt Höhe, befand sich wiederum solch ein Rad. Das Ganze wirkte wie eine Art Station, in der mit Menschen etwas gemacht wurde.

»Könnt Ihr das denn wirklich *sehen*, Meister Munuel?«

»Ich denke, wohl fast ebenso gut wie du, Roya. Das ist es ja, was mir Sorgen macht.«

Roya schnaufte angespannt. Ja – inzwischen lag auf der Hand, was das war. Aus diesem Grund hatten sie diese Revolte vom Zaun gebrochen und sich mit den anderen Gefangenen hier verschanzt.

»Wir sollten diese Maschine als Geisel nehmen«, brummte Gudula, die neben Munuel hinter einem der flachen Aufbauten kniete. Unmittelbar links von ihr hockte ihre Nichte Milni tief geduckt auf dem Boden. Die beiden waren ein Gegensatz, wie es kaum einen größeren geben konnte. Gundula war eine korpulente, sehr derbe ältere Frau mit runzligem Gesicht, die schon beinahe männliche Züge trug, während ihre Nichte ein ungewöhnlich hübsches und zartes Mädchen war, kaum zwölf Jahre alt. Beide waren der arkanen Künste mächtig – die Tante als Dorfmagierin und das Mädchen als ihre Novizin, beide aus einem kleinen, abgelegenen Nest namens Ottobaan im Salmland stammend. Außer ihnen gab es noch zwei Männer mit einer kleinen Vorbildung in den Künsten der Magie, doch die übrigen Gefangenen waren ganz gewöhnliche Leute: Männer, Frauen und Kinder der Höhlenwelt. Sie hielten sich im Hintergrund, hatten sich um die große Maschine herum verteilt und hatten die Köpfe gesenkt. Die Magie-Begabten hingegen hatten sich alle um Roya und Munuel geschart. Das nämlich war ihr Problem: sie besaßen nur zwei Wolodit-Amulette, und deren Aura reichte nur wenige Schritt weit. Ein Magier konnte sich zwar dieser Aura bedienen, um Magien zu wirken, aber er musste sich in unmittelbarer Nähe des Amuletts aufhalten, sonst vermochte er nicht mit seinem Inneren Auge das *Trivocum* zu sehen.

Roya blickte zu Munuel, der sich offenbar anstrengte, ihre Feinde mit seiner begrenzten Sicht aufs *Trivocum* zu erspähen. Sie fühlte sich sehr schlecht.

»Wie lange werden wir hier aushalten können?«, fragte sie – an alle gewandt, die sie hören konnten.

Niemand antwortete. Es war eine reine Verzweiflungstat, die sie hier durchführten, und wiewohl die Idee nicht einmal schlecht war, diese Maschine hinter ihnen als *Geisel* zu nehmen, war es doch ein Unternehmen ohne Hoffnung. Die Drakken mussten eigentlich nur warten. Warten, bis sie aufgaben – vor Hunger, Müdigkeit, Schmerz oder Resignation. Sie konnten nichts tun, als eine Weile durchzuhalten, um sich einer neuen Gefangennahme zu entziehen – aber das war auch alles. Zwar hatten sie die Möglichkeit, die Maschine zu zerstören, und vielleicht half das sogar auch, andere zu retten – aber auf Dauer würde es vermutlich an ihrem Schicksal nichts ändern. Das Unausweichliche stand auf den Mienen aller geschrieben.

»Da! Jetzt tut sich etwas!«, flüsterte ein junger Mann, der neben Roya kauerte, und deutete hinüber zu den Drakken. »Vielleicht machen sie uns ja ein Angebot.«

»Ein Angebot?«, knurrte ein anderer. »Vielleicht freien Abzug und ein Raumschiff nach Hause?« Er lachte bitter auf. »Da müssten wir schon diesen Pusmoh selbst als Geisel fordern!«

Kaum waren diese Worte gesprochen, zeigte sich eine seltsame Erscheinung in den Reihen ihrer Gegner: Es war ein hoch gewachsener Mann in einer seltsamen Robe – man hätte ihn für einen König und zugleich für eine Witzfigur halten können. Er war noch weit entfernt und mit einem Gefolge aus Drakken in dem blau leuchtenden Tunnel erschienen, der den Zugang zu diesem Ort im Herzen des kristallenen Turmes darstellte.

»Seht mal!«, sagte der junge Mann. Er deutete wieder hinüber, dem Ankömmling entgegen. »Da ist ein Mensch. Er scheint zu ihnen zu gehören. Das ist der Erste, den wir hier zu Gesicht bekommen, ich meine bei denen da drüben. Sonst gibt es hier nur Drakken.«

Schweigend starrten sie hinüber, musterten die Abordnung, die sich unter Drakkenschutz der Stellung näherte, wo sich ihre Feinde verschanzt hatten. Roya fragte sich, ob es sich lohnen mochte, die Ankömmlinge mit Magie anzugreifen. Munuel würde sicher eine Iteration wirken können, die bis dort hinüber reichte und die Feinde durcheinander wirbelte.

Dann jedoch geschah etwas Unerwartetes.

Munuel erhob sich langsam aus seiner Deckung, bis er völlig gerade dastand – für jeden Schuss aus einer Drakkenwaffe spielend erreichbar. Ein Schock durchzuckte Roya, schon fürchtete sie, Munuel habe den Kampf innerlich aufgegeben, wolle sich in sein Schicksal ergeben und sterben. Doch dann sah sie, dass seine Miene in höchster Konzentration erstarrt war. Seine erblindeten Augen waren auf die Feinde gerichtet, so als versuche er mit aller Kraft, *dennoch* etwas zu erkennen. Roya wusste, dass dies nur ein Ausdruck seiner Angespanntheit war; nun sah sie selbst in die Richtung, um herauszufinden, was Munuel offenbar entdeckt hatte.

»Ich ... ich kenne diesen Mann!«, flüsterte Munuel.

Und Roya erkannte ihn auch.

Sie hatte ihn nur ein Mal in ihrem Leben gesehen, und er hatte sie damals sogar kurz in die Arme genommen – um sie zu trösten. Es war der Augenblick gewesen, in dem sie den Tod ihrer Schwester Jasmin entdeckt hatte – wohl einer der verzweifeltsten Momente in ihrem Leben. Später war sie von ihm und Hochmeister Jockum in ihr Heimatdorf Minoor gebracht worden, aber das hatte sie vor lauter Tränen kaum mehr mitbekommen. Ja, es war dieser Mann dort drüben, und Munuel sprach seinen Namen flüsternd aus. Flüsternd und ungläubig. »Ötzli!«

Der Mann auf der anderen Seite war stehen geblieben und ebenso erstarrt. Auch er blickte ungläubig herüber. Roya vermutete, dass die beiden sich an ihrer Aura erkannt hatten, an der Art, wie sie das *Trivocum* berührten und mit ihm umgingen.

Sie bemühte sich ruhig zu bleiben. Dass das Auftauchen von Ötzli an diesem Ort kein gutes Zeichen sein konnte, und schon gar nicht, nachdem er *dort drüben* erschienen war, lag auf der Hand. Von seinem letzten großen Auftritt hatte man ihr berichtet; es war bei der Hochzeit Alinas gewesen, wo er mit einem groß angelegten Betrugsversuch das Scheitern der Ehe zwischen Victor und Alina hatte herbeiführen wollen. Damals hatte Munuel ihn entlarvt und wie einen geprügelten Hund davongejagt. Nun standen die beiden sich wieder gegenüber, und das konnte nur in einer Katastrophe enden.

Tränen sickerten aus Royas Augenwinkeln. Hier draußen in dieser Welt der Drakken sterben zu müssen, weit fort von daheim und ohne Marko, wahrscheinlich auch, ohne dass er jemals von ihrem Schicksal erfahren würde, war ein schlimmerer Tod, als sie sich je vorgestellt hatte. Selbst wenn Munuel gegen Ötzli obsiegen sollte, würde das nichts an ihrem Los ändern. Sie konnten nicht länger als ein paar Stunden oder vielleicht ein, zwei Tage hier aushalten – es fehlte ihnen allein schon an Nahrung und Wasser. Sie alle würden den Weg gehen müssen, den Gilbert und die anderen hatten gehen müssen – die Leute, die so dumm gewesen waren zu glauben, sie würde ein besseres Schicksal erwarten, wenn sie sich als Magier zu erkennen gaben.

Noch immer standen Munuel und Ötzli reglos da, die Gesichter einander zugewandt wie zwei Raubtiere, die minutenlang bewegungslos verharrten, um einander abzuschätzen und den günstigsten Moment für einen überraschenden Angriff zu erspüren. Doch dann sprach der riesige, groteske Mann Ötzli an, und der Altmeister musste sich von Munuel abwenden und besprach sich mit seinem Begleiter.

Dann hob Letzterer sein Kinn, wandte sich zu den Aufwieglern und sprach mit übertriebener Freundlichkeit: »Was wollt ihr, ihr guten Leute? Seid ihr mit etwas unzufrieden? Warum habt ihr diesen Ort besetzt?« Seine Stimme hatte geklungen, als befände er sich in unmittelbarer Nähe, sauber und klar und darüber hinaus im besten Dialekt der Höhlenwelt.

»Du weißt genau, warum!«, rief Gudula, die empört aufgestanden war und sich neben Munuel gestellt hatte. »Wer bist du überhaupt, du komische Figur?«

»Oh, mein Name ist Doy Amo-Uun, und ich bin der Herr dieser Anlage. Und ich weiß *nicht,* warum ihr den Meta-Transformer besetzt habt. So nennen wir das Gerät hinter euch. Es ist ein außerordentlich wichtiges und wertvolles Gerät, aber wenn ihr es beschädigt, wird alles nur noch schlimmer.«

»Schlimmer?«, höhnte Gudula. »Für euch vielleicht. Für uns kann es gar nicht mehr schlimmer werden!«

»Aber wieso denn? Der Meta-Transformer ist dazu gebaut worden, um Verbindungsoffiziere, wie ihr es werden sollt, auf ihre Aufgabe vorzubereiten. Es ist eine wichtige und großartige Aufgabe. Ihr alle werdet eine Erfüllung finden, von der einfache Wesen wie diese Drakkensoldaten hier nur träumen können. In einem Krieg wie dem unseren sind sie nichts als Kanonenfutter. Ihr hingegen seid die Schlüsselfiguren! Man wird euch ehren und euch Denkmäler errichten!«

*

Ötzli wurde immer unwohler zumute. Was er schon seit Wochen mit sich herumtrug, verdichtete sich zunehmend. Der Doy Amo-Uun hatte ihm nicht einmal einen Bruchteil der Wahrheit gesagt, und er hätte sich ohrfeigen können, dass er sich zusammen mit Rasnor auf dieses Geschäft eingelassen hatte.

Dass Munuel nun dort drüben war, machte die Sache noch schwieriger. Das Stygium mochte wissen, wie er hierher gekommen war; er musste in Rasnors Gefangenschaft geraten und ins All verschleppt worden sein. Nur allzu gut erinnerte sich Ötzli an die letzte Begegnung mit ihm, seinem früheren, guten Freund. Gemeinsam hatten sie gefährliche Abenteuer durchstanden und waren zuletzt doch erbitterte Feinde geworden.

Nie zuvor hatte ihn jemand derart gedemütigt wie Munuel damals auf der Hochzeit der Shaba, und es verbot sich von selbst, dass es jemals zwischen ihnen wieder Frieden geben konnte. Nein, jetzt war der Moment gekommen, in dem er mit Munuel abrechnen konnte, ja sogar abrechnen *musste!*

»Was ist da los, Doy?«, fragte er mit Wut im Herzen, den Blick auf Munuel gewandt, der sich keine fünfundzwanzig Schritt entfernt von ihm erhoben hatte. »Und was ist das für eine Maschine?«

Der Doy warf empört die Arme in die Luft. »Genau was ich sagte, Lakorta! Sie bereitet die Leute auf ihre zukünftige Aufgabe vor! Sozusagen ... eine Lernmaschine!«

»Und warum kann ich sie dann im *Trivocum* sehen? Mit ihren verwirrenden Lichtmustern und all diesen Dingen – ebenso gut wie mit meinen normalen Augen?«

»Im ... *was?*«

Ötzli stöhnte und winkte ab. Der Doy hatte keine Ahnung von der Magie, und Ötzli verspürte keine Lust, ihm das *Trivocum* zu erklären. Jedenfalls nicht jetzt, in dieser Situation. »Was wollen diese Leute?«, verlangte er zu wissen.

»Was weiß ich!«, eiferte sich der Doy, der heute weit von seiner sonst so herablassend-gefühllosen Kälte entfernt war. »Bis jetzt haben sie noch keine Forderungen gestellt!«

»Und warum lasst Ihr die Drakken nicht einfach angreifen? Die würden die paar Gefangenen doch im Handumdrehen beseitigen!«

»Das mag schon sein, Lakorta. Aber die Magier dort drüben sind gut, wie mir berichtet wurde. Wir müssten entsprechend massiv angreifen, mit schweren Waffen und einer Hundertschaft, oder sogar zweien. Das aber würde den Meta-Transformer gefährden, und glaubt mir, diese Anlage ist unbezahlbar! Sie wurde neu entwickelt und ist derzeit die einzige dieser Art im gesamten Sternenreich des Pusmoh. Ihre Beschädigung oder Zerstörung könnte uns um Jahre zurückwerfen, von den Kosten ganz zu schweigen. Wir brauchen eine andere Lösung!«

Ötzli grummelte in sich hinein. Sein Herz war von Rachedurst erfüllt, aber noch stärker glaubte er seine Wut auf den

Doy Amo-Uun spüren zu können, diesen arroganten, scheinheiligen Mistkerl, der ihn wie einen dummen Schuljungen an der Nase herumgeführt hatte. Ötzli hatte gute Lust, hier mit einem Schlag aufzuräumen und alle zur Rechenschaft zu ziehen, die ihn so unsäglich gedemütigt hatten. Es fehlte nur noch Leandra!

Mit Ärger im Blut starrte er die riesige Anlage an, in deren Vordergrund sich Munuel und seine Leute, es waren etwa fünfundzwanzig, hinter einer Reihe von Konsolen und Pulten verschanzt hatten. Große Ringe aus Licht türmten sich hinter ihnen in die Höhe, und Ötzli verstand nicht, warum er sie mit seinem Inneren Auge im *Trivocum* ebenso klar und deutlich sehen konnte wie im Diesseits. Es war ihm neu, dass pures Licht ein Aussehen im *Trivocum* haben konnte. Aber dass dieses Objekt etwas mit Magie zu tun haben konnte – hier, jenseits der Höhlenwelt und ohne dass die Drakken überhaupt etwas von Magie verstanden –, das beunruhigte ihn.

»Ich werde gehen und mit ihnen reden!«, erklärte Ötzli kurz entschlossen und setzte sich in Bewegung.

»Wartet, Lakorta!«, rief der Doy. Er schien verblüfft. »Was ... was wollt Ihr ihnen denn sagen?«

»Nichts. Ich will einfach nur herausfinden, was sie überhaupt wollen. Ihr selbst habt ja nicht vor, mir zu sagen, wozu dieses Ding in Wirklichkeit da ist.«

Der Doy war verunsichert. »Aber ... die dort wissen es doch auch nicht!«

Ötzli warf ihm einen spöttisch-mitleidigen Blick zu für den Patzer, mit dem er sich verraten hatte. »Wir werden sehen«, ließ er den Doy wissen, wandte sich um und ging weiter.

Anfangs zügig, dann aber immer langsamer werdend, näherte er sich den Aufständischen und blieb schließlich auf halbem Weg stehen. Er hatte bemerkt, dass sich Munuel, wie eh und je in seine hellgraue Magierrobe gekleidet, ebenfalls in Bewegung gesetzt hatte. Nach kurzer Zeit standen sie sich gegenüber. Ein Anflug von Mitleid überkam Ötzli, als er in die blinden Augen seines alten Freundes blickte.

»Ötzli. Was machst du hier?«, fragte Munuel leise. »Wie kommst du hierher?«

»Das Gleiche könnte ich dich fragen.«

»Tu nicht herum!«, murrte Munuel. »Ich bin unfreiwillig hier! Aber du?«

»Möchtest du jetzt etwa eine Rechtfertigung von mir hören? Nach allem, was du mir angetan hast?«

»Ich?« Munuels Stimme war voller Ärger. »Ich soll dir etwas angetan haben? Ich glaube eher, du warst es selbst! Du hast aus Eifersucht all deine guten Grundsätze vergessen und dich in einen rachsüchtigen alten Mann verwandelt!«

»Ein alter Mann war ich schon vorher. Aber rachsüchtig – das stimmt. Deine Leandra hat das Schicksal der Höhlenwelt an sich gerissen und Dinge in Gang gesetzt, die völlig außer Kontrolle gerieten!«

»Zunächst einmal ist sie nicht *meine* Leandra. Sie ist eine kluge und rechtschaffene junge Frau, die durchaus selbst zu urteilen in der Lage ist. Doch meine Unterstützung hat sie!« Er hob die Arme und wies auf die Umgebung. »Denkst du etwa, dies hier wäre ohne sie nicht passiert? Denkst du, dieser Pusmoh und seine Drakken hätten das hier nicht erbaut, wäre Leandra nicht gewesen?« Er lachte bitter auf und schüttelte den Kopf. »Lächerlich. Dieser Plan der Drakken existiert seit über zweitausend Jahren. Leandra und ihre Freundinnen haben ihn vereitelt. Allerdings wurde die Höhlenwelt dann *doch* wieder verraten. Und ich werde den Eindruck nicht los, dass *du* dabei die Finger im Spiel hattest, Ötzli!« Munuel trat noch einen Schritt näher auf ihn zu und starrte ihm mit seinen blinden Augen wütend ins Gesicht. »Was ist, *alter Freund?* Habe ich Recht?«

Dann geschah etwas, womit Ötzli nicht gerechnet hatte.

Eine junge, dunkelhaarige Frau trat neben Munuel und sah zu ihm auf. Ein blondes Mädchen von etwa zwölf Jahren war ebenfalls mitgekommen. Die Kleine hatte Ötzli noch nie gesehen, aber die junge Frau erkannte er sofort. Es war Roya, die er damals nach Minoor gebracht hatte, und dass sie mit Munuel hier gelandet war, gab ihm einen Stich.

Er wusste, dass sie inzwischen eine dieser *Schwestern des Windes* geworden war, und damit zählte sie automatisch zu seinen Feinden – allerdings vermochte er sie nicht als eine Feindin zu sehen. Damals hatte er sie gemocht, ja, sich sogar auf eine gewisse Weise in ihr zartes, lichtvolles Wesen verliebt, und hatte erst aufgehört, an sie zu denken, nachdem Lucia in sein Leben getreten war. Das junge Mädchen, das neben Roya stand, verstärkte ihre Ausstrahlung nur noch – die Kleine war ebenso hübsch wie Roya, und gemeinsam wirkten sie wie zwei kleine zarte Blumen, die aus irgendeinem hässlichen Grund in ein böses graues Land geraten waren, in dem sie unter den Stiefeln rücksichtsloser Krieger zertrampelt werden sollten.

Ötzli bemühte sich, seine sentimentalen Empfindungen nicht nach außen dringen zu lassen. Mühsam beherrscht holte er Luft. »Was ist das für eine Maschine hier? Warum kann man sie im *Trivocum* sehen?«

»Das?« Munuel lachte bitter auf. »Das ist ein Schlachthaus! Hier werden wir entleibt, um dem Pusmoh in einer seiner Maschinen zu dienen!«

Ötzli erschauerte. »Was? Entleibt?«

»Noch nie hat dieses scheußliche Wort eine so wahre Bedeutung besessen, Ötzli! Das hier ist die Methode, mit der sich der Pusmoh unserer magischen Fähigkeiten bedient! Unsere Körper werden abgetötet und unsere Hirne wandern als Kernstück einer riesigen Maschine in eines dieser Raumschiffe, die hier gebaut werden. Mehrere in jedes von ihnen. Hast du sie nicht gesehen, diese Monstren?«

Ötzli stand reglos da, von der Wucht der Offenbarung wie erstarrt. »Getötet, sagst du?«, flüsterte er. »Die Menschen werden hier getötet?«

Das Lächeln in Munuels Gesicht war voller Hohn und Zynismus. »Willst du mir weismachen, du habest es nicht gewusst?«

Ötzlis Miene verzerrte sich vor Wut, seine Fäuste ballten sich. »Nein! Das habe ich nicht gewusst!«

»So? Na, dann hast du uns ja nicht nur verraten, sondern hast dich auch noch betrügen lassen. Herzlichen Glückwunsch!«

»Ich habe euch nicht verraten!«, zischte Ötzli. »Ich habe nur ...« Er verstummte.

Natürlich hatte er sie verraten. Und er hatte, obwohl von Ahnungen erfüllt, sich vom Doy Amo-Uun ein haarsträubendes Lügenmärchen auftischen lassen. Falls es stimmte, was Munuel behauptete. Er sah Roya ins Gesicht – das so wunderschön und zart und unschuldig war. Er schmerzte ihn immer mehr, sie hier zu sehen.

»Woher wisst ihr das überhaupt?«, verlangte er scharf zu wissen. »Das mit dieser Maschine – dass sie angeblich Menschen tötet, um ihre ... Hirne ...«

»Wir hatten einen Freund«, erwiderte Roya mit bitterem Gesichtsausdruck. »Gilbert. Er hat uns zur Flucht von der MAF-1, dem Mutterschiff der Drakken, verholfen. Wir sind dann hier gelandet. Da ahnten wir natürlich noch nicht, was uns hier droht.«

Ötzli starrte sie finster an, seine Blicke wanderten zwischen ihr, dem jungen Mädchen und Munuel hin und her. »Und?«

»Na, was wohl?«, fragte Munuel herausfordernd. »Roya hat es doch schon gesagt – wir *hatten* einen Freund. Er wurde abgeholt und kehrte nicht wieder. Und mit ihm viele andere.«

»Und daraus schließt ihr nun, dass ... diese Maschine dort Menschen tötet und ihnen die Gehirne aussaugt?« Er lachte auf. »Lächerlich. Der Doy Amo-Uun sagte mir ...«

»Wir haben mit ihm geredet. Mit Gilbert.«

»Was?«

»Ja, mein Freund. Kennst du die Stygische Magie? Mit ihr ist so etwas möglich. Unser Freund Quendras, der übrigens auch tot ist dank deines großartigen Verrats, beherrschte sie ebenfalls, wie auch Roya. Mit ihrer Hilfe haben wir uns damals in die Bruderschaft eingeschlichen, um sie von innen heraus zu bekämpfen. Es sind keine schwierigen magischen Tricks, jedenfalls nicht, um sich mithilfe der Magie verständigen zu können.«

»Ihr macht es mit dieser Stygischen Magie? Aber wie könnt ihr mit Gilbert reden, wenn er tot ist?«

Roya schüttelte den Kopf, dann tippte sie sich gegen die

Schläfe. »Tot? Nein, nicht sein Hirn – das ist noch am Leben. Man kann sein Klagen im *Trivocum* hören.«

Munuel nickte bitter. »Das könntest sogar auch du mithilfe der Elementarmagie, wenn du dich nur anstrengst. Dieser Ort ist voller Magie!«

Ötzli schluckte und blickte betroffen in die Höhe. Ja, das wäre eine Erklärung für die seltsamen Lichterscheinungen im *Trivocum* gewesen. Allerdings hatte er es noch nie in einem solchen Zustand gesehen.

»Hier gibt es Wolodit«, erklärte Munuel. »Vielleicht in Form von Schreiben, hier in diesem Turm. Und in dieser Maschine dort, in der existiert etwas, das wie Magie ist. Sie stellt etwas mit den Menschen an, mit ihren Gehirnen – sie bereitet sie sozusagen vor, während die Körper sterben. Die Gehirne jedoch wandern dann in diese Raumschiffe, immer zu mehreren ... ach, es ist einfach abscheulich. Gilbert hat uns beschrieben, was sie mit ihm gemacht haben. Seine Stimme ist wie ein Klagelaut aus der tiefsten aller Höllen ... Er steckt in einem dieser Schiffe, nur sein Gehirn. Er und seine Leidensgenossen, sie haben nicht einmal etwas zu tun – sie dienen nur als Tor ins *Trivocum*, durch das von diesen riesigen Geräten Nachrichten versendet werden, völlig ohne ihr Zutun. Sie werden auf Jahrzehnte oder vielleicht für alle Zeiten dort Gefangene sein. Ganz allein mit ihren Gedanken, ohne jede Möglichkeit, sich zu bewegen oder zu handeln. Wir sind Schlachtvieh, Ötzli, verstehst du? Dieser verfluchte Pusmoh will die ganze Höhlenwelt entvölkern lassen, um eine Flotte aus diesen Schiffen aufzubauen! Und wenn er unsere Welt vollends ausgebeutet hat, wird er sie vernichten.«

Während Munuels Offenbarung war Ötzlis Kinn langsam ein Stück herabgesunken; nun stand er mit leicht offenem Mund da, starrte aus ungläubigen Augen in Richtung des Meta-Transformers, den der Doy Amo-Uun als *Lernmaschine* bezeichnet hatte, und fragte sich, ob Munuel und Roya nur Hirngespinste hatten oder ob es sich wirklich so verhielt, wie sie sagten.

Er neigte zur letzteren Annahme. Munuel war kein Lügner und auch kein Dummkopf. Und je länger Roya und dieses kleine

Mädchen voller Bitterkeit zu ihm aufblickten, desto mehr drehte sich ihm der Magen um – über den brutalen Wahn des Pusmoh und die schamlose Täuschung durch den Doy Amo-Uun. Es hörte einfach nicht auf, dass man ihn betrog. Wohin er auch kam, immer war jemand da, der ihm die Unwahrheit erzählte, der ihn austrickste, ihn erniedrigte oder wie einen dummen, ungehorsamen Jungen dastehen ließ. Es knackte, als er die Zähne zusammenbiss, auf seiner Miene spiegelte sich abgründiger Zorn.

»Wartet hier!«, befahl er den dreien, wandte sich um und marschierte mit energischem Schritt zurück zu den Drakken und dem Doy Amo-Uun. Dort angekommen, baute er sich vor der *Stimme des Pusmoh* fordernd auf. »Diese Maschine tötet Menschen!«, warf er ihm entgegen.

Für Momente schwieg der Doy, musterte Ötzli forschend, die Miene zu plötzlicher Abwehr und Missgunst verzogen. Es schien, als wäre er wieder ein Stück gewachsen; verächtlich nahm Ötzli das zur Kenntnis. Es musste ein Trick dieses widerlichen Kerls sein.

»Tötet Menschen?«, äffte der Doy. »Haben das diese Leute dort gesagt?«

»Was ist? Stimmt das etwa nicht? Dass sie die Körper tötet, damit die Gehirne in die Raumschiffe eingebaut werden können? Ohne Sinn und Ziel, eine ewige Gefangenschaft, nur dazu dienend, um das Tor durchs *Trivocum* aufzustoßen?«

»Ohne Sinn und Ziel?«, polterte der Doy Amo-Uun los und trat einen drohenden Schritt auf Ötzli zu. Ötzli jedoch blieb, wo er war, er wich nicht zurück.

»Ihr seid ein naives Kind, Lakorta! Wenn Ihr schon von selbst nicht darauf gekommen seid, so hättet Ihr es doch wissen müssen, nachdem Ihr die MAF-1 gesehen habt, oder? Dass Eure infantile Annahme, man werde sich mittels Magie Kommandos durchs All zurufen, vollkommen unsinnig ist! Seid Ihr ein so dummer Mann?« Er trat noch einen weiteren Schritt auf Ötzli zu; diesmal musste Ötzli ein Stück zurückweichen, denn der Doy Amo-Uun war viel größer und schwerer als er. »Und selbst wenn Ihr das hartnäckig ignoriert habt – wie kommt Ihr dazu, Euch über Unmenschliches zu beschweren? Ich sage es noch einmal: *Ihr* seid derjenige, der Dörfer brutal überfallen und Menschen entführen lasst. *Ihr* seid zu uns gekommen und habt uns dieses Geschäft vorgeschlagen!«

»Ja! Nachdem Eure Invasion auf der Höhlenwelt gescheitert war und Ihr drauf und dran wart, unsere ganze Welt zu vernichten! Irgendjemand *musste* etwas mit Euch aushandeln, sonst hätten die Drakken wohl die gesamte Höhlenwelt vernichtet!«

Das Gesicht des Doy Amo-Uun war inzwischen zu einer hochroten Grimasse geworden, keine Spur mehr von der Unsicherheit, die er noch zuvor gezeigt hatte. Seine Meine zeigte nur noch Boshaftigkeit und Hass. »Ah, ich verstehe! Ihr seid ein Retter! Ihr habt Euch nur der Notlage gebeugt! Und dabei von mir verlangt, Jagd auf diese Leandra machen zu dürfen – mit einem Drittel der Heiligen Ordensritter, wie? Und den Kardinalsposten, das Geld, die Macht, den Besitz ... und sogar die MAF-1 und das Drakkenheer, das Ihr mir abgetrotzt habt – alles nur aus einer Notlage heraus, was?«

Ötzli hielt mit geballten Fäusten und bebender Brust dem Angriff des Doy Amo-Uun stand. Er spürte nichts als unsägliche Wut über die Ungerechtigkeit dieser Welt, die ihn auf seine alten Tage, in denen er für sein aufopferungsvolles Leben sicher ein wenig Ruhm und Anerkennung verdient hatte, mit Gemeinheiten, Hohn und Spott bedachte. Nein – das war einfach nicht gerecht! Er hatte viel geleistet, hatte in Diensten des Cambrischen Ordens ein Leben lang gegen Ungerechtigkeit und für das Gute gekämpft. Nicht zuletzt mit Munuel. Schon vor über dreißig Jahren hatten sie gemeinsam die Schrecken von Hegmafor niedergerungen. Als Gildenmagier, als Diplomaten, als Helfer und Heiler hatten sie gewirkt – viele, viele Jahrzehnte lang. Und nun war er in diese Situation geraten, er wusste gar nicht, aus welchem Grund, welcher Dämon ihn geritten hatte, so zu enden ... Das Gesicht Royas stand vor seinem geistigen Auge, dieses Mädchens, das so unschuldig war. Er konnte den Gedanken nicht ertragen, dass man ihren zierlichen Körper einfach töten würde, um dann ihr Hirn in eines dieser Schiffe ...

»Ihr seid ein ebenso skrupelloser Mann wie ich, Ötzli, doch Ihr seid schlechter. Denn ich tue es für eine Überzeugung, für das Wohl des Sternenreichs des Pusmoh, das von den mörderischen Horden der Saari angegriffen wird! Ihr jedoch – Ihr tut es nur für Euch, für Euer dummes, kleinliches Rachebedürfnis! Kommt mir bloß nicht mit Menschlichkeit, Ihr Schlächter – ich habe Euch längst durchschaut!«

»Ich? Ein Schlächter?«, heulte Ötzli auf.

»Wie wollt Ihr Euch denn sonst nennen, Lakorta? Einen Wohltäter?«

Ötzlis Herz tobte. Ihm gingen all die Dinge durch den Kopf, die er in den letzten Monaten erlebt hatte, von seinem schmachvollen Abgang bei der Hochzeit der Shaba über seinen neuen Aufstieg im Sternenreich des Pusmoh, der sinnlosen Jagd nach Leandra bis hin zu dem unverhofften Glück, eine junge Geliebte wie Lucia gefunden zu haben. Es war ein Wechselbad der Gefühle, ein Auf und Ab zwischen Rachsucht, Besitzstreben, Machtgier und doch wieder, wie so oft, der Suche nach dem Guten und Besseren. Aber das hatte ihn vor seinen Fehlern nicht bewahrt. Alles war schief gegangen.

Er sog Luft durch die Nase ein, sein Herz raste, die Knöchel seiner geballten Fäuste traten weiß hervor. »Also gut, Doy. Ihr wart der Letzte, der mich so erniedrigte!«

Der große Mann verengte die Augen zu Schlitzen und musterte Ötzli scharf. Eine unbestimmte Vorahnung lag in seinem Blick. »Was soll das heißen, Lakorta?«

Hätte der Doy Amo-Uun über die Kunst verfügt, sein *Inneres Auge* zu öffnen, hätte er einen Augenblick der Vorwarnung gehabt. Aber gleichzeitig hätte er auch gesehen, dass gegen die Macht dieses Altmeisters des Cambrischen Ordens kein Ankommen war. Nicht mit seinen Leibwächtern, einem speziell ausgebildeten Trupp, und auch nicht mit den vielen Dutzend von Drakkensoldaten, die ihn hier umgaben. Eine Sekunde später brach um ihn herum ein wahres Inferno los.

17 ◆ Der Jäger

»Es ist kalt!«, flüsterte Cathryn bibbernd und klammerte sich fester an ihre große Freundin.

Hellami drückte die Kleine eng an sich; eine Erinnerung kam in ihr auf, als sie unter höchster Lebensgefahr schon einmal mit Cathryn durchs Wasser geflohen war. Sie hätte nicht gedacht, dass ihr so etwas noch einmal passieren würde.

Im Licht eines kleinen, magischen Funkens, den der tapfere Zerbus entzündet hatte, wateten sie durch die lang gestreckte Kaverne. Noch hatten sie den Schock über all das Erlebte nicht überwunden. Izeban und Cleas waren vor ihren Augen gestorben – ob die anderen hatten entkommen können, wussten sie nicht. Das Schlimmste aber war: Der verfluchte *Chast* war zurückgekehrt!

Hellami haderte mit sich selbst – sie war dabei gewesen, als sie ihn damals besiegt hatten. Mit ihrem Schwert *Asakash* hatte sie selbst die tobenden Energien aus Chasts magischen Quellen gebunden und abgeleitet, was Jacko die Zeit zu seinem Schwertwurf gegeben hatte. Chast war von der gewaltigen Zweihänder-Waffe, so groß wie Hellami selbst, tödlich durchbohrt worden. Das war ihr Sieg in diesem mörderischen Kampf gewesen.

Aber sie hatten versäumt, sich um Chasts Leichnam zu kümmern.

Jetzt, da Chast in Rasnors Hülle steckte, war Hellami klar, was passiert sein musste. Irgendwelche fluchenswerten Magier oder Alchimisten der Bruderschaft von Yoor hatten den Toten geborgen und seine Hülle konserviert. Zerbus, der sich mit Magie und Alchimie gut auskannte, war der Ansicht, dass so etwas im Bereich des Möglichen lag.

»Ob sie gesehen haben, dass wir hier in diese Grotte geflohen sind?«, fragte Hellami besorgt, als sie nach hinten blickte. Das magische Licht reichte nicht mehr bis dorthin – aber das war Absicht. Ihr Licht würde sie verraten, sollten ihnen Verfolger auf der Spur sein. Hellami peilte in die Dunkelheit, aber in der Richtung, aus der sie kamen, war bis jetzt nichts von einem Verfolger auszumachen.

Der Fels in diesen Höhlen war zerklüfteter als in den Grotten von Quantar, in denen Hellami zum letzten Mal durch ein unterirdisches Tunnelsystem geflohen war. Das Wasser war kälter, das Licht spärlicher, und die Korridore, Löcher und Spalten, die sie bei ihrem Weg ins Innere des Pfeilers passierten, waren enger und kantiger. Ob sie auf diesem Weg in den *Drachenhorst* gelangen konnten, war fraglich – aber immerhin gab es eine Chance. Im *Drachenhorst* würden sie Hilfe finden; ihre Freunde, von denen sie durch die Zerstörung der Hängebrücke getrennt worden waren, mussten sich dorthin gerettet haben.

Bruder Zerbus ging voran; der kleine, rundliche Mann mit dem lichten Haar und dem gutmütigen Lächeln war unversehens ihr Beschützer geworden. Dass er alles andere als ein erprobter Kampfmagier war, der sich gegen ihre Verfolger stemmen konnte, wussten nicht nur Hellami und Cathryn, sondern auch er selbst.

Sie zwängten sich durch eine Stafette von Tropfsteinen, stiegen über einen Felsen hinweg und mussten stehen bleiben. »Hier geht's nicht weiter«, flüsterte Zerbus mit prüfenden Blicken. Er trat ein paar Schritt weiter vor und peilte aus verschiedenen Blickwinkeln in das Felsengewirr, das ihnen den Weg versperrte. Dann schüttelte er den Kopf. »Nein, hier ist es zu Ende. Wir müssen uns einen anderen Weg suchen.«

»Hellami!«, flüsterte Cathryn.

»Was ist denn, mein Schatz?« Als Zerbus mit seinem Lichtfunken näher kam, und Hellami die angstvolle Miene ihrer kleinen Freundin sehen konnte, erschrak sie. »Cathryn! Was ist los?«

Cathryn sah sich unruhig um. »Da ... da ist etwas«, flüsterte sie.

Hellami folgte verstört Cathryns Blicken. Sie hielt sich nicht damit auf, die Worte ihrer kleinen Schwester in Zweifel zu ziehen; dass Cathryns Empfindungen vollkommen zu trauen war, hatte sie oft genug erlebt.

»Etwas?«, flüsterte sie furchtsam. »Was meinst du, Trinchen?«

Cathryn drückte sich wieder an Hellami, wie es ihre ureigenste Art war, wenn sie sich unsicher fühlte. »Ich weiß nicht genau«, bekannte sie. Ihre Miene spiegelte jedoch so tiefe Betroffenheit, dass sich Hellami unwillkürlich aufrichtete und leise *Asakash* aus der Scheide auf ihrem Rücken zog.

Dass sie es tat, war ihr großes Glück, denn der Überfall erfolgte ohne jede Vorwarnung.

Bruder Zerbus stieß einen Schrei aus, er sah die Bewegung im Wasser zuerst. Hellami reagierte nur einen Wimpernschlag später, riss das Schwert hoch und stellte sich vor Cathryn. Dann tauchten spinnenartige Extremitäten aus dem Wasser auf. Es war der Leib einer Bestie, nicht größer als ein Hund, aber sie war so schnell, dass Hellami ihr nur mit Mühe mit den Augen folgen konnte. Sobald sie aus dem Wasser gestiegen war, sprang sie los.

Hellami schrie überrascht auf, riss ihr Schwert hoch, konnte es dem Monstrum aber nur noch entgegenhalten; zum Ausholen fand sie keine Zeit mehr. Mit einem spitzen, insektenhaften Schrei raste das Biest in das Schwert, wurde durchbohrt, rutschte aber durch die Klinge hindurch, als bestünde es aus Butter. Ein seltsames, fahl-violettes Leuchten drang aus seinem Körper, und während Hellami die Frage noch durchs Hirn zuckte, was das zu bedeuten hatte, spürte sie einen heftigen Schmerz in der rechten Schulter und heulte gepeinigt auf. Im nächsten Moment war der Angreifer über sie hinweg und in der Dunkelheit verschwunden.

Eine Flut mörderischer Hitze durchströmte ihren Körper, wogte bis hinauf in ihren Kopf, ließ ihre Knie einknicken. *Asakash* klirrte auf die Felsen. Von einem lähmenden Schwindel gepackt, sackte sie kraftlos in sich zusammen. Das Einzige, was sie noch wahrnehmen konnte, war der furchtbare Schmerz in ihrer rechten Schulter – aber gleich darauf änderte sich wieder alles. Die Quelle des Schmerzes wurde zur Quelle neuer Kraft; sie spürte, wie das Pulsieren rasch abebbte, dann wurde ihre Schulter zum Zentrum einer kühlenden Woge, die sich schnell in ihrem Körper ausbreitete. Ihr flackerndes Bewusstsein kehrte zurück, sie begriff, dass es Cathryn war, die ihr diese Kraft zufließen ließ, ihre geheimnisvollen, heilerischen Kräfte, die sie von Ulfa erhalten hatte. Ächzend richtete sich Hellami auf.

Bruder Zerbus war da, er kniete mit besorgter Miene neben ihr. Seinen Funken hatte er verstärkt, die Höhle lang nun in hell strahlendem Licht. Voller Panik und erfüllt von einem heftigen, inneren Schütteln, suchten Hellamis Augen die Umgebung ab. Mit dem rechten Arm hielt sie Cathryn an sich gedrückt; es war eine Geste des Schutzes, wie auch die Notwendigkeit, die Kräfte ihrer kleinen Schwester weiterhin zu spüren. Ihr Kopf schwirrte, und sie ahnte, dass ihr das Monstrum nicht nur eine üble Schulterverletzung beigebracht hatte, sondern dass auch noch Gift mit im Spiel war. Sie fühlte sich krank, zutiefst krank; ohne Cathryns Kräfte hätte sie binnen einer Minute das Bewusstsein verloren. Die Kleine in ihren Armen schluchzte.

Zerbus' Arm schoss nach vorn. »Da!«, stieß er flüsternd hervor. »Dort drüben an der Decke!«

Hellami versuchte, den Schwindel in ihrem Kopf zu besiegen. Angestrengt starrte sie in die angegebene Richtung. Der Höhlenraum dort war breit, niedrig und lang gestreckt und größtenteils von Wasser unbekannter Tiefe erfüllt. Man konnte sehen, dass sich die Strömung in diese Richtung bewegte. Flache Felsen ragten hier und dort aus dem Wasser, zu den Rändern hin von angeschwemmtem Sand gesäumt, der sich zwischen flachen Uferfelsen angesammelt hatte. Die Grotte verjüngte sich, je weiter sie von ihnen fortstrebte, und an einer Stelle, etwa dreißig Schritt entfernt, wo sie zu einem dunklen, schmalen Tunnel wurde, sah Hellami eine spinnenartige Gestalt kopfüber an der niedrigen Decke kleben.

Mit einem Gurgeln tastete sie nach *Asakash*, denn sie wusste, dass das Biest ihnen nicht alle Zeit der Welt lassen würde, sich zu sammeln. »Zerbus«, keuchte sie, »Ihr müsst einen ... einen Weg für uns finden. Ich ... ich kann den Dämon nicht aus den Augen lassen.«

»D-das ist ein ... *Dämon?*«

»Ja. Habt Ihr das v-violette Leuchten nicht g-gesehen? Und das G-gesicht?« Das Sprechen bereitete ihr Mühe, und ein panikartiges Gefühl stieg in ihr auf. Was würde geschehen, wenn Cathryn sie losließe? Sie konnte die massive Kraft fühlen, die von ihrer kleinen Schwester auf sie einwirkte, und glaubte gleichzeitig spüren zu können, wie viel, oder besser: wie wenig sie selbst diesem Gift entgegenzusetzen hatte.

»Das Gesicht?«, flüsterte Zerbus verstört.

Hellami atmete flach und schnell, fürchtete den Augenblick, in dem ihr etwas das Atmen verwehren würde – sie würde sofort alle Kraft einbüßen und unweigerlich zusammenbrechen. »Ja. Das Gesicht – das von Chast.« Ächzend stemmte sie sich auf die Beine, dabei Cathryn fest an ihren Oberkörper gepresst, während die Kleine beide Arme um ihren Hals geschlungen hielt.

Zerbus hatte nicht geantwortet, aber das war auch nicht nötig. Sie wusste, dass er mindestens ebenso viel Angst hatte wie sie selbst.

Gleich darauf spürte sie Zerbus' Hand um ihre Mitte, als er sie sachte mit sich zog, während er ihr zuflüsterte, was sich hinter ihr befand. Rückwärts gehend, schnaufend, mit mühsam erhobenem Schwert und Cathryn dabei tragend, folgte sie ihm. Zerbus schaffte es, das Licht weit auf der anderen Seite der Grotte stabil zu halten, sodass sie den Dämon sehen, aber selbst in der Dunkelheit verschwinden konnten. Ob ihnen das allerdings helfen würde, dem Dämon zu entwischen, wusste sie nicht.

Auch die Zeit, nach etwas Hoffnung zu suchen, blieb ihr nicht. Augenblicke später raste das Monstrum auf der anderen Seite schon los, mit irrwitziger Geschwindigkeit an der Decke entlang – genau auf sie zu. Hellami schrie entsetzt auf. Schon platzte ein grellgrüner Feuerball mitten im Weg des Dämons und schleuderte ihn ins Wasser.

Das musste Zerbus mit einer Magie gewesen sein, ein mutiger Gegenangriff, aber vermutlich ohne jede Wirkung; er war einfach kein Kampfmagier. Schwer keuchend versuchte Hellami sich rückwärts weiter zu bewegen, stolperte und fiel hin. Zerbus hatte sie losgelassen, vermutlich um seine Magie wirken zu können. Nun schlug Hellami schwer auf den Boden, das ganze Gewicht Cathryns auf dem Leib. Als die Kleine ein Stück über sie hinwegrutschte, wurde Hellami von Panik ergriffen. Cathryn hatte sich seltsam kraftlos angefühlt. War sie etwa auch von dem Monstrum berührt worden?

Schon hörte Hellami am Platschen des Wassers, dass der Dämon erneut auf sie zuhielt. Wo Bruder Zerbus war, wusste sie nicht; sie konnte Cathryn auch nicht abschütteln, um sich allein und mit ihrem magischen Schwert der Bestie zu stellen. Nein, sie benötigte die Kraft der Kleinen, obwohl diese rapide nachließ. Ihr Kopf schwindelte, die Schmerzen in ihrer rechten Schulter breiteten sich erneut in Wellen aus.

Ich brauche deine Kraft, Trinchen!, dachte sie verzweifelt.

Mit einer Kraftanstrengung zog sie Cathryn näher zu sich heran, stemmte sich hoch und tastete sitzend mit ihrer linken Hand nach *Asakash*. Als sie es fand, geschahen mehrere Dinge gleichzeitig.

Kaum fünf Schritt vor ihr erhob sich die Gestalt des abscheulichen Dämons aus dem Wasser – diesmal langsam, als wäre die Bestie siegesgewiss. Ja, sie hatte Recht gehabt, das war Chasts abscheuliche Visage, mit einem zähnestarrenden Maul, und sie wusste, dass sie mit ihrem Schwert gegen diese Kreatur nicht einmal ankommen würde, wenn sie im Vollbesitz ihrer Kräfte war. Wieder explodierte eine grellgrüne Feuerkugel direkt über dem Dämon, aber bis auf den Umstand, dass er heftig zusammenzuckte, schien ihm das nichts auszumachen. Hellami fühlte einen schrecklichen Schwindel im Kopf, drohte das Bewusstsein zu verlieren, und als ihr klar wurde, dass sie verloren hatte, geschah das wohl Seltsamste von allem: *Asakash* wurde ihr aus der

Hand gerissen, ein Schrei hallte durch die Grotte, und während ihr Bewusstsein wich, begann ein entsetzlicher Kampf um sie herum zu toben.

*

»So ein blöder Mist!«, heulte Jacko schmerzerfüllt.

»Geh du nach rechts!«, schallte Victors Stimme herüber.

»Rechts? Wo ist rechts? Ich spüre nichts mehr! Dieses verdammte ...«

Ein grüner Ball zerbarst mit einem trockenen Knall direkt vor seinen Augen. Das beanspruchte für Momente seine Aufmerksamkeit und lenkte Jacko von den Schmerzen ab, die wie in einer Serie elektrischer Schocks durch seinen Körper peitschten. Dann spürte er, dass es werden würde wie damals, in den Quellen von Quantar, oder in Unifar, als er schon einmal mit den Kräften magischer Waffen zu kämpfen hatte, die zu berühren ihm eigentlich nicht gestattet war. Sein guter alter Zweihänder, ein mächtiges Schwert, das ihm gewöhnlich in den Händen lag wie kein anderes, plagte ihn. Er hatte mit ihm *Asakash* berührt, um die Kräfte dieses magischen Schwertes auf das seine zu übertragen. Nun beutelten ihn die Energien so sehr, dass er es am liebsten weit von sich geworfen hätte. Aber das konnte er nicht, ohne sein Leben zu riskieren – oder das der anderen.

Also musste er kämpfen. Er musste seinen Zorn und seinen Schmerz in Kampfeswut umwandeln.

Das funktionierte, er hatte es schon zweimal zuvor getan – das erste Mal in Unifar, wo er mit seinem Zweihänder Leandras legendäre *Jambala* berührt hatte, und das zweite Mal in den Quellen von Quantar, als er *Asakash* selbst gegen einen Dämon geführt hatte. Ja, es würde sein wie damals.

Mit schmerzverzerrter Miene krampfte er beide Hände um das Heft seines Schwertes und versuchte seiner Schmerzen Herr zu werden, um wieder klar sehen zu können. Victor, dieser verdammte Glückspilz, der nun *Asakash* führte, musste nicht das Mindeste aushalten. Er hatte damals auch ungestraft die *Jambala* berühren dürfen; er war einer der *Träger* der drei Stygischen Artefakte gewesen, vom Schicksal oder sonst wem auserwählt – Jacko wusste es nicht.

Immerhin besaß Victor Mut. Mit wütendem Kampfgebrüll drang er auf das spinnenartige Monstrum ein, das offenbar Chast erschaffen hatte. Die widerliche Fratze war in den Zügen der Bestie abgebildet. Aber sie war flink, es wurde Zeit, dass Jacko eingriff. Als er durch seine Schmerzen und Tränen hindurch endlich die Richtung gefunden hatte, stürzte er mit einem Aufschrei voran. Wieder zerplatzte eine dieser grünen Energiekugeln, es war schon die dritte, die Jacko nun mitbekam, und endlich wurde ihm klar, dass sie von Bruder Zerbus stammen mussten – der sich redlich abmühte, die Bestie von den beiden bewusstlos daliegenden Mädchen fern zu halten. Bisher war die Wirkung seiner unbeholfenen Magien jedoch bescheiden.

Jacko dachte, dass es Zeit wäre, endlich einen Wirkungstreffer zu setzen. Mit aller Kraft ließ er sein Schwert auf die ekelhafte Kreatur niederfahren, traf zwei der unterarmdicken Spinnenbeine, aber seine Klinge fuhr durch sie hindurch, als bestünden sie aus nichts. Ein kurzes violettes Aufleuchten drang aus den beiden Schnitten; sobald aber das Schwert fort war, gab es kein Anzeichen einer Verletzung mehr. Wütend setzte er nach, brachte dem Spinnenbiest noch einen Treffer bei, aber das Ergebnis blieb gleich. Auch Victor traf, erzielte aber kein besseres Ergebnis. Während ihrer Angriffe versuchte der Dämon mit wütendem Zischen ihren Streichen auszuweichen. Immerhin fürchtete er die magisch geladenen Klingen.

Dann entstand eine kurze Kampfpause, als sie ihn ein paar Schritte ins flache Wasser zurückgetrieben hatten. Jacko kam schnaufend neben Victor zum Stehen. »Dreimal verflucht! Wie schaffen wir dieses Drecksbiest?«

Victor atmete schnell und schwer. »Keine Ahnung. Ich hab noch nie mit einem Schwert gegen einen Dämon gekämpft.«

Mehr Zeit zur Beratung erhielten sie nicht. Der Dämon sprang plötzlich hoch aus dem Wasser, blieb mit seinen Beinen an der Höhlendecke kleben und raste über sie hinweg. Victor heulte auf, als ihm klar wurde, welches Ziel er hatte – es waren die beiden Mädchen, die hinter ihnen besinnungslos am Boden lagen.

Und wieder zerplatzte einer der grünen Leuchtbälle mitten im Weg des Dämons; mit einem Kreischen verlor er den Halt an der Decke und landete zwischen Victor und den Mädchen in einer Wasserpfütze auf dem flachen Boden. Die beiden Männer sprangen augenblicklich los und hieben mit wütendem Gebrüll auf die stygische Bestie ein. Für eine volle Minute tobten die beiden und versuchten mit aller Kraft dem hin und her zuckenden Monstrum so viele Treffer beizubringen, dass sich eine Wirkung zeigte – aber vergebens. Der Dämon schien ihre Hiebe geradezu in sich aufzusaugen. Nachdem ihr Angriffswirbel vorüber war, hatten sie sich erneut zwischen den Dämon und die beiden Mädchen vorgearbeitet und hielten die Bestie mit ihren erhobenen Schwertern zurück.

»Das ist ein Dämon höherer Ordnung!«, hörten sie Zerbus hinter sich keuchen. Er hatte sie mit Magien zu unterstützen versucht, und es hatte ihn Kraft gekostet. Er stand ebenfalls kampfbereit vor den beiden wehrlos daliegenden Mädchen, aber all ihr Mut schien angesichts ihres größten Feindes vergebens: der Zeit. »Er ist nicht stark«, schnaufte Zerbus, »aber er ist ausdauernd. Eure Schwertstreiche tun ihm fast nichts.«

Jacko kämpfte weiterhin mit zusammengebissenen Zähnen gegen die Schmerzen an, die ihn wie Stromstöße durchpulsten. Die magische Energie, die von *Asakash* auf sein Schwert übergesprungen war, versuchte ihn abzuschütteln. »Ich ... ich halte das nicht mehr lange aus!«, brüllte er gepeinigt. »Wie können wir ihn besiegen, Zerbus?«

»Das ... das könnt ihr nicht.«

»Woher weißt du das so genau, du verfluchter Hund?«

Zerbus überging Jackos Beleidigung, er wusste, dass sie aus seinen Schmerzen stammte. »Ich bin der Bibliothekar des Cambrischen Ordenshauses!«, rief er zurück. »Ich habe genug Bücher gelesen, um das zu wissen!«

»Genug Bücher? Hast du auch eins gelesen, das uns sagt, was wir nun tun sollen?«

Der Dämon stieß vor, den gegliederten Schwanz über den Leib hinweg nach vorne gereckt, seinen triefenden Giftstachel nach Victor peitschend. Jacko schlug zu, traf den Schwanz, aber sein Schwert fuhr einfach hindurch, kaum dass er überhaupt einen Widerstand gespürt hätte.

»Zerbus!«, rief Victor. »Du musst Hellami und Cathryn in Sicherheit bringen! Wir halten den Dämon so lange auf!«

»Aber wohin?«, rief Zerbus verzweifelt. »Wohin soll ich sie bringen?«

Victor und Jacko sahen sich an. Es gab durchaus einen Weg, schließlich hatten sie ihn ja genommen, um hierher zu gelangen. Aber erstens war er viel zu schwierig, als dass der dickliche Zerbus zwei besinnungslose Menschen dort entlang hätte in Sicherheit bringen können, und zweitens war es völlig unmöglich, ihm in dieser Situation den Weg zu erklären. Er hätte tauchen und klettern müssen, außerdem wäre es selbst für Victor und Jacko herausfordernd gewesen, den Weg auf Anhieb wieder zu finden.

Jacko stöhnte unter der Last der Schmerzen, die ihn durchpulsten; er hatte gehofft, sie würden nach einer Weile geringer werden, aber sie schienen eher noch zu wachsen. »Verdammt – was tun wir jetzt?«, heulte er verzweifelt.

»Wir ... wir müssen ihn aushungern!«, rief Zerbus ihnen zu.

»Aushungern?«

»Ja. Er ernährt sich von Strukturen der Ordnung, die er aufzehrt. Sobald er nichts mehr davon hat, verschwindet er wieder ins Stygium.«

»Aber ... dann müsste er doch längst fort sein!«, rief Victor voller Wut. »Hier ist nichts, was er auffressen kann! Hier gibt's nur Steine, Sand und Wasser!«

»Ich weiß«, kam es von Zerbus. Sein Tonfall deutete darauf hin, dass er fieberhaft nachdachte. »Vielleicht ist er vorher gefüttert worden!«

»Gefüttert? Von Chast?«

»Ja, natürlich.«

»Und wie lange hält das vor? Wie lange wird er noch bleiben können ...?«

Wieder führte der Dämon einen Angriff auf sie aus, und nur mit Mühe entwischte Jacko dem peitschenden Giftstachel. »Salzwasser!«, rief er plötzlich.

»Salzwasser?«

»Ja!«, knirschte Jacko mit schmerzverzerrtem Gesicht. »Wenn man Salzwasser trinkt, verdurstet man. Ist es nicht so? Denkt an das alte Seemannslatein. Der Schiffbrüchige trinkt Wasser, das eigentlich den Durst löschen soll, aber das Gegenteil geschieht. Das Salz trocknet ihn aus, und er verdurstet umso schneller, je mehr er trinkt.«

Victor benötigte einige Sekunden, um zu begreifen, was Jacko meinte. »Und was soll uns das jetzt helfen?«

»Ich weiß es!«, rief Zerbus aus dem Hintergrund. »Wir müssen ihm etwas zu fressen geben, das ihn in Wahrheit verhungern lässt!«

Nun wurde es Victor zu bunt. »Hört auf mit diesem Unsinn!«, bellte er wütend. »Was sollen wir dem Biest denn zu fressen geben? Uns selbst vielleicht? Hier ist doch sonst nichts! Und selbst wenn, wie soll er davon verhungern?«

»Das Schwert!«, rief Zerbus. »Dein Schwert, Victor! *Asakash!* Es ist ein von Menschenhand gemachtes Ding, etwas sehr Kunstvolles sogar, es repräsentiert Strukturen der Ordnung! Aber es besitzt doch die Kraft, stygische Energien zu verzehren!«

Victor war irritiert. »Ja und? Soll ich es etwa hergeben? Dann bin ich schutzlos! Und … würde denn dieses Vieh ein Schwert fressen? Eine Klinge aus blankem Stahl?«

Keiner von ihnen wusste eine Antwort. Der Dämon stand vor ihnen, fauchte und wiegte seinen Körper, das groteske Gesicht mit dem ekelhaften Gebiss ihnen geifernd entgegengereckt. Sie hielten ihn mit erhobenen Schwertern fern; es war abzusehen, was passieren würde, wenn einer von ihnen seine Deckung aufgab.

»Er ist kein *Vieh*, Victor! Er ist nur ein Knotenpunkt stygischer Kräfte – der Energien des Chaos. Das Ziel seiner Existenz ist, alles zu vernichten, was Ordnung repräsentiert. Und dein

Schwert – das ist ein besonders schönes Stück Schmiedekunst! Es muss ihn förmlich vor Gier zerreißen, es zu vernichten.«

»Wir sind alle tot, wenn das nicht funktioniert!«, rief Victor voller Panik. »*Asakash* ist im Augenblick unser einziger Schutz!«

»Wir werden auch sterben, wenn wir nicht sehr bald etwas tun!«, rief Zerbus zurück. »Hellami und Cathryn ... sie bewegen sich nicht mehr! Beide nicht!«

Victor wagte einen Blick über seine Schulter. Zerbus kniete auf den Felsen und hielt Cathryns Hand, während er nach Hellami tastete. Victor spürte, wie sich langsam eine tödliche Lähmung in ihm ausbreiten wollte.

In diesem Moment trat Jacko in Aktion. Die ganze Zeit über hatte er mit äußerster Beherrschung darum gekämpft, sein Schwert nicht fallen zu lassen; die Schmerzen, die durch seine Arme in seinen Körper pulsten, drohten ihm die Besinnung zu rauben. Nun hielt er es nicht mehr aus. Mit einem gepeinigten Aufschrei sprang er auf Victor zu, drosch ihm mit einem kräftigen Schwerthieb *Asakash* aus der Hand, sodass es hell klingend zu Boden klirrte, und beförderte es mit dem Fuß in Richtung des lauernden Dämons. Sofort darauf stellte er sich zwischen Victor und die Bestie und forderte das Monstrum heraus.

»Los, du Dreckbiest!«, brüllte er und tippte mit der Schwertspitze auf den Boden, in Richtung von *Asakash*. »Los, hol es dir! Aber mach schnell – ich halte dieses verfluchte Scheißschwert keine Minute länger in den Händen aus!«

Victor war entsetzt zurückgetreten. Ohne Waffe in der Hand war er völlig schutzlos, nur noch Jacko stand zwischen ihm und dem Dämon. Dann griff die Bestie an.

Jacko stieß einen verzweifelten Schrei aus und warf sich dem Dämon entgegen. Der Giftstachel zuckte nach ihm, es gelang ihm, ihn zu parieren, er setzte nach, trieb den Dämon mit einer Serie von Streichen zurück und stand schließlich breitbeinig über *Asakash*. Einer irrsinnigen Eingebung folgend, ließ er seinen Zweihänder fallen und packte *Asakash*. Sein Schmerzensschrei hallte durch die unterirdische Welt.

»Komm, du verfluchtes Vieh!«, brüllte er, der Ohnmacht nahe.
Victor verfolgte mit Entsetzen, was Jacko tat. Als der Zweihänder zu Boden klirrte, war sein erster Impuls, nachzusetzen und sich der Waffe zu bemächtigen, aber Jacko kam ihm zuvor. Mit einer wilden Kaskade aus Schwertstreichen, während derer das viel kleinere *Asakash* kaum größer als ein Dolch in seinen Händen wirkte, drang er todesmutig und vor Schmerzen brüllend auf den Dämon ein. Die Bestie wich zurück; im letzten Augenblick stieß Jacko nach vorn, jagte seinem Gegner das Schwert geradlinig in den Rachen und ließ es los. Mit einem Aufschrei, der zugleich Wut, Verzweiflung und grenzenlose Erlösung war, ließ er sich fallen und rollte zur Seite weg.

Victor begriff, dass Jacko jetzt nur noch eines retten konnte.

Ohne zu zögern sprang er vor, packte den riesigen Zweihänder und drang damit sofort auf den Dämon ein, um ihn von seinem Freund und Kampfgefährten fernzuhalten. Das Schwert war ungewohnt und viel zu groß für ihn, doch sein Mut erwies sich als überflüssig. Der Dämon hatte gierig auf der Schwertklinge zu kauen begonnen, die mitten in seinem Rachen steckte, und schien nicht zu verstehen, was geschah.

Die Klinge hatte sich verfärbt, dann brach sie in der Mitte durch, als bestünde sie aus völlig verrostetem Eisen, noch immer aber befand sie sich vollständig im mahlenden Rachen des Dämons. Plötzliche Schübe wie von heftigen magischen Entladungen peitschten durch den Leib der Bestie, doch noch immer mahlte und schlang sie an Hellamis Schwert. Der Griff brach ab und verschwand in dem gierigen Rachen der dummen Bestie, die immer stärker von magischen Entladungen durchgeschüttelt wurde. Victor keuchte voller Angst, fühlte aber auch Zuversicht, dass Zerbus Recht behalten und Jackos mutiger Angriff erfolgreich sein würde.

Dann kam es zu einem beängstigenden Schauspiel.

Der Dämon wurde in immer schnellerer Folge von den Entladungen *Asakashs* durchgeschüttelt, er musste tatsächlich das gesamte Schwert aufgelöst und *verschluckt* haben – und er begann durchzudrehen. Schlimmer noch als ein tobender Waldmurgo raste er umher, wälzte sich kreischend durchs Wasser, sprang auf und ab und tobte bald in irrwitziger Geschwindigkeit überall an den Wänden, der Decke und den Felsen entlang, pflügte wie ein Morbol durchs Wasser und krachte ständig gegen Felsen, die ihm im Weg waren.

Victor ließ sich zu Boden fallen, weil er fürchtete, von dem Biest getroffen zu werden. Nach kurzer Zeit wurde es langsamer, blähte sich dabei aber auf widerwärtige Weise zu einer Art rohem Fleischklumpen auf, einen fast unerträglichen Gestank verbreitend, während es von Eruptionen von fahl-violettem Licht von innen heraus erschüttert wurde. Dann kam der schlimmste Augenblick: Die Bestie schwoll monströs an, rasend schnell, bis sie die ganze Höhle erfüllte. Victor wurde von den stinkenden Fleischmassen zu Boden gerissen, bis er fast nicht mehr atmen konnte; wie es den anderen erging, wusste er nicht. Von einem Moment auf den anderen aber war es dann plötzlich zu Ende. Mit einem seltsamen *Wumm!* und einem heißen Aufflackern, das an das plötzliche Verbrennen von dünnem, trockenem Papier erinnerte, verpuffte die Erscheinung des Dämons im Nichts und hinterließ nur stickige Dunkelheit und einen gespenstischen Nachhall in den Tiefen der Grotten.

Victor schnappte nach Luft und stemmte sich ächzend hoch.

Dass gleich darauf wieder ein Lichtfunke aufflammte, sagte Victor, dass Zerbus noch unter den Lebenden war. Dann hörte er auch Jackos Stöhnen – sie hatten es tatsächlich überstanden!

Rasch stand er auf und eilte in Richtung von Cathryn und Hellami. Jacko und Zerbus waren bereits bei ihnen.

Jacko sah zu Victor auf. In seinem Gesicht standen Tränen. »Sie sind tot, Victor!«, stammelte er voller Verzweiflung. »Sie sind beide tot!«

*

Als der Dämon seine Existenz im Diesseits aufgab und zurück ins Stygium verschwand, spürte Chast einen seltsamen Widerhall im *Trivocum*, den er zuerst nicht zuzuordnen wusste.

Verwirrt blickte er in Richtung des Wasserfalls, an dem Hellami, Leandras Schwester und dieser Zerbus verschwunden waren, und lauschte verblüfft in sich hinein. Schließlich verstand er es; die Aura des Dämons war nicht mehr zu spüren, aber er wusste beim besten Willen nicht, wie das hatte geschehen können. Ächzend richtete er sich von der Holzbank auf, auf der er, im Vordergrund einer zerstörten Hütte, Platz genommen hatte.

Wo bist du, Dämon?, richtete er seine Frage ins *Trivocum* hinaus, so als hätte sie der Dämon, selbst wenn er noch da gewesen wäre, beantworten können.

Chasts Miene verzog sich langsam; sie verlor ihren anfangs entspannten Ausdruck und verzerrte sich über eine Phase des Unglaubens und der Entrüstung hin zu einer bizarren Fratze der Wut. Der Armbrustbolzen steckte noch immer schmerzhaft in seinem Oberschenkel; die Wunde in der Schulter plagte ihn, war zu einem dumpf pochenden Zentrum des Schmerzes geworden, der allenfalls durch das erhebende Gefühl eines Triumphs hätte im Zaum gehalten werden können. Aber so? Waren ihm diese Weiber schon wieder entwischt? Er hinkte ein paar Schritte vorwärts, die Zähne zusammengebissen, wütend überlegend, was er nun tun sollte.

»Sucht mir diesen Dämon!«, schrie er und deutete in Richtung des Wasserfalls. Doch da war niemand, der ihm hätte gehorchen können. Die Dunkelwesen hatten sich verflüchtigt; erst jetzt wurde ihm bewusst, dass keines mehr zu sehen war. Die Drakken aber durchkämmten offenbar weit verstreut das Dorf. Cicon und Vandris gab es nicht mehr, und eine weitere Person, die ihm hätte gehorchen wollen oder können, war nicht anwesend. Chast stieß einen wütenden Fluch aus.

In einem furchtbaren Zornesausbruch ballte er die Fäuste, um mit aller Kraft das *Trivocum* aufzureißen – in der wild entschlossenen Absicht, einen neuen Dämon ins Diesseits zu holen. In diesem Augenblick hörte er ein leises Sirren.

Einen Augenblick später vernahm er eine Erschütterung; sie war körperlich zu spüren, zusammen mit einem hörbaren, trockenen Aufschlag. Für einen Moment setzten sein Herzschlag und sein Atmen aus, sein gequälter Körper wollte nicht recht in Gang kommen, und noch bevor er sich dessen bewusst wurde, was geschehen war, sah er *sie* wieder – dieses verfluchte Gör –, oben bei diesem Haus über dem Dorf, das nur über die Hängebrücke erreichbar war.

Chast stieß ein Gurgeln aus, seine flirrenden Blicke suchten seinen Körper ab; das Mädchen, etwa sechzig Schritt Luftlinie von ihm entfernt, spannte eben ihre Armbrust nach – sie musste ihn abermals getroffen haben, kaum zu glauben, auf diese Entfernung. Er stand am Rand der Dorfwiese und wankte. Wenn man davon ausging, dass ihm langsam die nötigen Kräfte ausgingen, um noch Magien zu wirken, war er so gut wie schutzlos. Schon wieder hob dieses Mädchen die Armbrust, legte auf ihn an. Eine ohnmächtige Wut kam in ihm auf, dass er sich von so einem ahnungslosen dummen Kind so übel mitspielen ließ. Mit etwas Glück hätte sie ihn schon mit dem ersten Schuss töten können.

Röchelnd setzte er sich in Bewegung, hinkte mühsam nach rechts davon, wo ihm eine Hausruine Deckung versprach, wunderte sich darüber, wie schwach er schon war, und dass er den Treffer an seinem Körper nicht lokalisieren konnte. Wieder war das Sirren zu hören, dann traf ihn etwas mit Wucht am Kopf, seine Knie gaben nach, und er landete kraftlos im Gras. Alles schwirrte um ihn herum, verzweifelt dachte er, dass er, Chast, doch unmöglich von irgendeinem fremden, dahergelaufenen Mädchen durch lauter Glückstreffer aus einer kleinen Armbrust gefällt werden könne – nein, das war unmöglich, geradezu grotesk war es.

Für Augenblicke trudelte sein Bewusstsein davon, kehrte dann wieder. Er sah sich von Drakken umringt.

Ein seltsamer Schatten fiel über sein rechtes Auge; mit der Hand tastete er in die Richtung, stöhnte auf. *Ein Bolzen steckte in seiner Stirn!* Direkt über dem rechten Auge! Den anderen Treffer glaubte er nun auch spüren zu können, der Bolzen musste im linken Oberarm stecken. Noch einmal stöhnte Chast.

Wie war das möglich? Wie hatte er auf diese Weise scheitern können – und auch sein Dämon, eine Bestie, wie sie in den letzten tausend Jahren wohl nur selten in der Höhlenwelt geweilt haben dürfte!

Ich hätte dieses ganze verfluchte Dorf mit einem einzigen mörderischen Schlag vernichten sollen!, sagte er sich und wusste zugleich, dass dies auch keine Garantie gewesen wäre, all seine Gegner zu vernichten. Nein, beileibe nicht.

»Bringt mich weg von hier!«, keuchte er seinen sklavischen Echsenwesen zu. »Bringt mich zu eurem Mutterschiff! Schnell – bevor die Drachen zurückkehren.«

18 ♦ Drachenheer

Als Laura vom Windhaus in den *Drachenhorst* zurückkehrte, hätte sie ihren Freunden gern die Nachricht mitgebracht, dass sie den Anführer ihrer Gegner umgebracht hatte, diesen Chast, aber sie war sich nicht sicher. Sie glaubte, ihn am Kopf getroffen zu haben, aber mancher überlebte selbst einen Schuss wie diesen. Hätte sie nur eine der Drakkenwaffen gehabt!

Die ihre hatte irgendwann ihren Dienst versagt, nachdem sie und Ullrik eine heftige Viertelstunde mit dem großen Drakkenschiff gekämpft hatten. Es hatte am Drachenschrein anlegen wollen, um dort seine Soldaten abzusetzen. Einen Trupp hatten sie landen können, aber den hatte Ullrik mit einer Magie komplett in die Tiefe gefegt. Laura hatte vor Begeisterung und Triumph aufgeschrien. Einen zweiten Trupp von etwa sechs Mann hatten sie auch noch heruntergebracht, aber den hatte Laura beinahe allein in die Ewigkeit gefeuert. Seitdem jedoch funktionierte ihre Waffe nicht mehr. Nur noch eine der daraufhin erbeuteten Drakkenwaffen hatte ihren Dienst getan, aber die hatte Laura leer gefeuert, als sie und Ullrik das Drakkenschiff zum Abdrehen gezwungen hatten. Zum Glück war es ein reines Transportschiff gewesen, unbewaffnet, sonst hätten sie es wohl kaum besiegen können. Danach waren Marko, Azrani und Marina zu ihnen gestoßen, aber sie hatten leider keine funktionstüchtige Drakkenwaffe mehr finden können.

»Laura!«, rief Ullrik aufgelöst, als sie, vom Windhaus kommend, in die kleine Vorhalle des *Drachenhorsts* eilte. »Wo warst du! Wir haben uns solche Sorgen gemacht!«

Laura grinste bissig und schwang die kleine Armbrust über ihre rechte Schulter. »Sie sind abgehauen, die Feiglinge! Niemand ist mehr da. Verdammt – beinahe hätte ich ihn gewischt, diesen Chast. Ich habe aber ihm noch anständig geheizt!«

Inzwischen waren auch Alina, Hochmeister Jockum, Marko, Matz, Azrani und Marina zu ihnen gestoßen.

»Du hast noch einmal auf Chast geschossen?«, fragte Ullrik entgeistert. »Mit der Armbrust? Und du hast ihn getroffen?«

Laura nickte eifrig. »Hier und hier!«, antwortete sie und deutete grinsend auf ihren Oberarm und die Stirn.

»In die Stirn?«

»Ja. Ich bin sehr sicher. Aber ich fürchte, lebt der Mistkerl noch. Die Drakken haben ihn getragen, in das graue Schiff, dann sind die alle zusammen abgezischt.« Sie ballte wütend eine Faust. »Mist!«

Marina stöhnte, Azrani schüttelte ungläubig den Kopf, während Marko Laura ein bissig-anerkennendes Nicken schenkte. Alina musterte Laura eingehend. Trotz der angespannten Situation war Wohlwollen in ihrem Blick zu lesen. »Ich glaube, wir haben tatsächlich Grund, über dich nachzudenken«, meinte sie. »Über deine Aufnahme bei uns, meine ich. Du bist nicht nur gut, sondern du setzt dich auch für uns ein. Wie bist du darauf gekommen, auf eigene Faust noch einmal loszuziehen – und ausgerechnet gegen Chast?«

Lauras Miene wurde traurig, und sie blickte zu Boden. »Cleas«, sagte sie leise und schmiegte sich an Ullrik. »Ich sehe ihn sterben. Und ich mochte ihn sehr.«

Alle Umstehenden nickten mitfühlend, ihre Blicke senkten sich ebenfalls.

»Was ist mit Hellami und Cathryn?«, fragte Laura, die nun wieder voller Sorge aufsah.

»Jacko und Victor suchen sie noch – sie und Bruder Zerbus. Leider wissen wir noch nichts. Und du bist sicher, dass Chast mit seinen Drakken abgezogen ist? Dann könnten wir ja ins Dorf hinunter ...«

»Vergiss nicht, dass die Hängebrücke zerstört ist«, erinnerte Marko.

»Es gibt einen Weg über die Felsen unterhalb des Windhauses!«, warf Azrani ein. »Es ist ein bisschen Kletterei, aber es geht. Los, kommt mit!«

Sie eilte auf der Stelle los, in Richtung des Zugangs zum Windhaus, gefolgt von Marina und Marko. Alina hingegen zögerte noch kurz. Sie teile Ullrik und Laura ein, den dreien zu folgen, während sie bei Hilda und Maric bleiben wollte und die anderen versuchen sollten, dem Weg zu folgen, den Victor und Jacko zuvor genommen hatten. Dann eilten alle los.

Es dauerte noch eine volle Stunde, bis sie die Gesuchten fanden, und was danach folgte, war ein einziges Drama.

Marko entdeckte den Spalt in der Felswand am Wasserfall und wagte sich zusammen mit Ullrik hinein. Sie mussten lange suchen und folgten die ganze Zeit über nur dem seltsamen Gefühl, dass ihre Freunde hier zu finden wären. Doch was sie zusätzlich fühlten, war eine sich immer mehr verdichtende dunkle Vorahnung. Als sie dann tatsächlich die fünf Vermissten entdeckten, hatten sie das gesamte Höhlenlabyrinth mehrfach durchforstet und waren dem Eingang so nah, dass sich die Suche eigentlich erübrigt hätte. Victor, Jacko und Zerbus waren kurz davor, den Ausgang selbst zu durchschreiten.

Sie trugen Hellami und Cathryn, und schon im ersten Moment wurde Ullrik und Marko klar, dass die Nachrichten schrecklich sein würden. Jacko, dieser Hüne von einem Mann, weinte wie ein kleines Kind, als er Hellami auf seinen Armen ins Freie trug, und Victor ging es kaum besser. Er trug die leblose Cathryn.

Die Nacht brach bereits an, als Marko so schnell er konnte durchs Dorf rannte und die Felsen unter dem Windhaus hinauf zum *Drachenhorst* stieg, um Hochmeister Jockum zu holen, den Einzigen, der vielleicht noch etwas retten konnte. Er war ein Meister in den meisten Disziplinen der Magie und beherrschte auch die Heilkunst.

Alina, Azrani und Marina waren vollkommen aufgelöst, als sie zu Hellami stürzten, die schlaff und kalt in Jackos Armen lag. Sein Gesicht war gerötet und eine Maske des Elends. Er und Victor legten die beiden Mädchen am Rand der Dorfwiese ins weiche Gras und deckten sie so gut es ging mit Kleidungsstücken zu, die Einzelne gespendet hatten. Sie erhellten den Ort mit eilig herbeigeholten Fackeln, die sie ins Gras steckten; Ullrik und Zerbus, die einzigen beiden anwesenden Magier, versuchten, die Lebensfunken der beiden Mädchen zu erspüren, doch alle Mühe schien vergebens. Jacko nahm seine geliebte Hellami in die Arme und wiegte sie wie ein Baby. Neue Hoffnung kam auf, als Hochmeister Jockum endlich eintraf, doch neuerliche Tränen entrangen sich seinen Augen, als sich Jockum nach einer kurzen Untersuchung Hellamis gleich Cathryn zuwandte.

Hellamis schreckliche Schulterwunde sprach Bände. Sie war an den Rändern schwarz verfärbt und in der Mitte von hässlichem grünem Schaum erfüllt. Hellamis Gesicht war fahlweiß, ihr Körper leblos und ohne Puls. Cathryn hingegen, die auf den ersten Blick ebenso schlaff und ohne Herzschlag wirkte, schien um eine Winzigkeit anders. Ihre Haut, so meinte Jockum, sei nicht ganz so kalt und bleich wie die Hellamis, und zur Überraschung aller Anwesenden äußerte Jockum die Ansicht, dass auf eine geheimnisvolle Weise noch Leben in ihr sein mochte.

»Aber sie atmet nicht mehr!«, rief Victor erregt und warf die Arme in die Luft. »Ihr Herz ist stumm und still. Wollt Ihr uns falsche Hoffnungen machen, Hochmeister?«

Jockum antwortete nicht. Er untersuchte Hellamis Körper erneut, bat sich aus, sie flach auf den Boden zu legen, und wandte all seine magischen Fähigkeiten auf, um in ihrem Körper noch Anzeichen eines Lebensfunkens zu finden. Er untersuchte das *Trivocum*, so intensiv er konnte, fand aber nur kalte, blaue und violette Töne, die auf Tod und Vergehen hindeuteten. Nach einer Weile gab er mit schwerem, resigniertem Kopfschütteln auf. »Es tut mir so Leid, meine Freunde. Hellamis Körper scheint voll Gift zu sein. Voll tödlichem Gift, das sie bis ins letzte Glied erfüllt. Was war das für ein Dämon?«

Jacko erklärte es ihm mit zitternder Stimme, und Jockum nickte verstehend. »Ein magisches Gift, wie ich vermutet habe. Eines, das den lebenden Körper mit massiven stygischen Kräften verseucht. Sie hat sich vermutlich tapfer gewehrt, aber als sie ihr Schwert nicht mehr hatte ...«

Victor sprang auf. »Was?«, rief er, »*Asakash* hätte sie retten können? Dann ... dann bin ich an ihrem Tod schuld?«

Jockum erhob sich. »Woher hättest du das wissen sollen, Victor? Hättest du es nicht an dich genommen, wäret ihr vermutlich jetzt alle tot. Nach allem, was ihr erzählt habt, ist es allein eurer Gegenwehr mit *Asakash* zu danken, dass ihr jetzt hier seid.«

Victor heulte auf, schlug die Hände vors Gesicht und sank in sich zusammen.

Jacko trat mit gerötetem Gesicht zu Hochmeister Jockum und legte ihm die Hand auf den Arm. »Ist sie wirklich tot, Hochmeister?«

Jockum holte tief Luft und nickte dann schwer. »Ja, mein Freund.«

»Und Eure ganze magische Kraft kann nichts dagegen ausrichten?«

Jockum schüttelte den Kopf.

»Was ist mit Chast?«, brüllte Jacko los. »Warum lebt dieser Dreckskerl dann noch? In Rasnors Körper! War er nicht auch tot? Ich habe ihn selbst getötet! Warum darf dieses Monstrum leben und Hellami nicht?«

Alle Anwesenden fochten einen inneren Kampf aus angesichts des Schicksals ihrer tapferen Freundin, ohne die wohl keiner von ihnen hier stehen würde – die so maßgeblich am Erfolg ihres Widerstands gegen die Bruderschaft, die Drakken, Rasnor und Chast beteiligt gewesen war. Wenn man inzwischen noch von einem Erfolg sprechen konnte.

»Was ist mit Cathryn, Hochmeister?«, drängte Alina, die mit tränenüberströmtem Gesicht bei Leandras kleiner Schwester kniete.

Jockum ließ sich erneut neben ihr nieder und nahm Cathryns Hand. »Ich weiß es nicht, Alina. Sie muss mit ihren heilerischen Fähigkeiten versucht haben, Hellami zu retten, aber es war ein Dämon höherer Ordnung, wie Zerbus meint. Das Gift dieser Bestie muss so mörderisch gewesen sein, dass selbst Cathryn ...«

»Aber Ihr sagtet vorhin doch, dass sie nicht tot wäre!«

Abermals schloss Jockum die Augen, während er mit beiden Händen Cathryns kleine Hand hielt. Das Mädchen war unverletzt, doch ihr Körper war kalt, ihre Haut völlig blutleer und bleich, ein Atmen oder ein Herzschlag waren nicht zu spüren. Jockum öffnete sein Inneres Auge und tastete sich voran, bemühte sich, das Abbild des gesamten Körpers der kleinen Cathryn im *Trivocum* zu untersuchen. Das Herz stand still, ihr Hirn verstrahlte nur ein gleichmäßiges Dunkelblau, die Lungen waren bewegungslos, kein Muskel und keine Sehne regten sich mehr. Jockums Herz füllte sich mit Trauer und Resignation.

Ullrik kam herbei und ließ sich neben Cathryn auf den Boden nieder. Er kannte die Kleine, hatte gefährliche Abenteuer Seite an Seite mit ihr durchstanden und war von ihr selbst geheilt worden. Er wollte nicht wahrhaben, dass sie nun einfach tot sein sollte. Vorsichtig legte er seine Hand auf ihren Brustkorb, schloss die Augen und ließ die Sinne schweifen.

»So Leid es mir tut, Hochmeister, aber ich kann nichts wahrnehmen«, flüsterte er. »Seid Ihr Euch sicher ...?«

Jockum schnaufte nur, antwortete aber nicht. Alle Anwesenden knieten oder standen nun eng um den Kreis der beiden Mädchen. Jacko hatte seine Hellami erneut in die Arme genommen und wiegte ihren reglosen Körper, seine Tränen flossen wieder, sie wollten nicht mehr enden. Während Hellamis schreckliche Verletzung die Wahrheit über ihren Tod unverrückbar zu machen schien, wollten sich nun alle an die hoffnungsvollen Empfindungen des Hochmeisters klammern, was Cathryn betraf. Ullrik wagte nicht, ihnen die Hoffnung zu nehmen, obwohl er nichts spüren konnte. Dann kam auch noch Zerbus hinzu, er kniete neben der Kleinen nieder, berührte sie und versuchte sich ebenfalls. Lange Zeit saß er mit geschlossenen Augen neben ihr, dann schnaufte er und meinte: »Ich bin nicht sicher, Hochmeister ...«

»Sicher bin ich mir auch nicht, Zerbus! Aber irgendetwas an Cathryn ist anders. Spürt Ihr das nicht auch?«

Zerbus zuckte nur unentschlossen mit den Schultern.

Hochmeister Jockum wollte nicht aufgeben. »Wir werden jemanden aus Savalgor holen. Einen ganz speziellen Mann!«

»Ihr meint den Heiler Lukash, Hochmeister? Er genießt keinen guten Ruf.«

Jockum schüttelte den Kopf. »Ich weiß – aber zu Unrecht, wie ich glaube. Ich halte ihn für den Besten, den es in Akrania gibt! Er soll sich Cathryn ansehen. Und bis er hier ist, werde ich das Mädchen in eine magische Aura hüllen, die sie in ihrem Zustand erstarren lässt.«

Victor erhob sich. »Ich breche sofort auf!«, erklärte er. »Sobald ich einen Drachen auftreiben kann!«

Marina stand ebenfalls auf. »Kannst du nicht das Stygische Portal benutzen?«

Hochmeister Jockum schüttelte den Kopf. »Yo hat damals im Palast den Portalstein entfernt. Frühestens bei seiner Rückkehr könnte Victor das Portal wieder benutzen – wenn wir vorher das Gegenportal hier im Drachenhorst wieder aktivieren. Allerdings dürfte das schwierig werden. Der Palast ist in der Hand unserer Feinde. Dort haben wieder der Hierokratische Rat und die Bruderschaft das Sagen.«

»Wir werden den Palast ein für alle Mal aufgeben!«, rief Alina entschieden und schoss in die Höhe. Sie wischte sich die Tränen fort, ein Ausdruck eiserner Entschlossenheit stand plötzlich auf ihrem Gesicht. »Seit wir im Palast in Savalgor sind, hat man uns immer nur wieder betrogen und verraten! Und heute haben wir viele unserer besten Freunde verloren – *zu* viele! Quendras, Nerolaan, Cleas, Izeban, und jetzt Hellami und Cathryn! Und Leandra, Roya und Munuel sind verschollen! Nein – ich gehe nicht mehr nach Savalgor zurück, nie mehr! Unsere wahren Freunde sind anderswo!«

»Unsere ... wahren Freunde?«, flüsterte Marina.

»Ja. Die Drachen. Sie sind in Bor Akramoria. Dort werden wir hingehen!«

»Was? Nach Bor Akramoria?«

»Ganz genau. Bor Akramoria ist der eigentliche Mittelpunkt von Akrania, dort begann die Freundschaft zwischen den Drachen und den Menschen, und dort haben wir sie auch wieder neu ins Leben gerufen. In Savalgor jedoch regieren die Bruderschaft und dieser korrupte Hierokratische Rat. Das wird wohl ewig so bleiben. Die Stadt ist verdorben von betrügerischem Gesindel und machtgierigen Oberen. Deshalb will ich, dass die Menschen ihre Blicke fort von Savalgor richten, auf einen besseren Ort. Nach Bor Akramoria! Dort gibt es echte, neue Hoffnung, auch weil Caor Maneit, die Stadt der Drachen, da liegt!«

Ihre Worte erschütterten ihre Freunde sichtlich.

»Ich bin die rechtmäßige Shaba von Akrania, und ich rufe Bor Akramoria als die neue Hauptstadt des Landes aus! Wir haben die Freundschaft der Drachen zurückerlangt, und jeder, der die Hauptstadt oder die Shaba sehen will, kann die Drachen bitten, zu uns gebracht zu werden. Auf diese Weise sind wir vor diesem korrupten Pack geschützt. Wir werden Unifar wieder aufbauen, den Mogellsee mit Schiffen bevölkern und den Mogellwald wieder bewohnbar machen – koste es, was es wolle. Wir haben die Macht dazu, denn mit den Drachen als Verbündeten kann uns niemand diesen Rang streitig machen!«

Alle starrten Alina an. Mit einem solch leidenschaftlichen Ausbruch hatte niemand gerechnet. Doch es lag Bewunderung in den Blicken ihrer Freunde. »Und ... was ist mit Malangoor?«, fragte Azrani betroffen.

Alina schüttelte entschieden den Kopf. »Malangoor, die Drachenkolonie und selbst unseren Drachenhorst werden wir aufgeben. Vielleicht können wir es später wieder besiedeln. Im Augenblick aber ist es hier zu unsicher, hier sind wir schon zweimal überfallen worden! Habt ihr all die Drachen vergessen, die damals beim Angriff des Malachista in der Drachenkolonie getötet wurden? Heute war schon wieder so eine Bestie hier! Wir dürfen nicht zulassen, dass so etwas erneut geschieht. Malangoor war ein gut gemeinter Versuch Royas, einen Rückzugsort für uns einzurichten. Und so lange niemand wusste, wo es lag, war die Idee auch tauglich. Jetzt aber könnte Chast jederzeit wieder hier auftauchen – mit seinen Malachista-Bestien. Das können wir nicht riskieren.«

»Aber die Malachista könnten doch auch in Caor Maneit eindringen!«, warf Victor besorgt ein. »Wir haben es selbst erlebt!«

Alina schüttelte entschieden den Kopf. »Das glaube ich nicht! Die Amaji-Drachen, die einst Caor Maneit gründeten, kannten schon damals die Malachista-Gefahr, das wissen wir inzwischen. Ich glaube, der Malachista, den wir dort sahen, konnte nur eindringen, weil Caor Maneit völlig verlassen und unbewohnt dalag. Ich bin sicher, dass es dort einen Schutz gegen diese Mörderbestien gibt, womöglich ist das gesamte System dieser unterirdischen Höhlen ein einziger Schutz gegen sie – aber nur dann, wenn sie bevölkert sind! Caor Maneit wurde schließlich als Schutz und Gegenpol zur *Stadt der Alten* errichtet. Was für einen Sinn würde es sonst machen, wenn es nicht eine verlässliche Abwehr gegen die schlimmsten Feinde der Amaji besäße?«

»Ich wundere mich, Alina«, sagte Victor, von dessen Gesicht Betroffenheit abzulesen war, »woher plötzlich diese Gedanken sprudeln! Das klingt, als beschäftigtest du dich schon länger mit dieser Idee!«

Alina schüttelte den Kopf. »Nein, so ist es nicht. Aber seit dem ersten Überfall auf Malangoor, seit Rasnor herausbekommen hat, wo es liegt, war mir dieser Ort nicht mehr geheuer. Wir sind aus dem Palast hierher geflohen, weil wir keine andere Möglichkeit hatten und weil wir mithilfe des Stygischen Portals viel Raum zwischen uns und unsere Feinde bringen konnten. Aber ich wollte wieder fort von hier, seit wir hier eintrafen.« Sie musterte sie einen nach dem anderen. »Die Idee mit Bor Akramoria stammt von Tirao. Er sagte es mir heute, als er mich, Ullrik und Laura aus dem Dorf rettete, und er sagte mir auch, dass er neue Freunde gewonnen habe – die Salmdrachen. Die Drachen werden jetzt Caor Maneit wieder bevölkern, und für uns gibt es dann nur eine einzige vernünftige Wahl: uns in den

Schutz der Drachen zu begeben und wieder nach Bor Akramoria zu gehen. Unser Kampf ist längst noch nicht zu Ende.«

Alinas traurige Blicke fielen auf Hellami und Cathryn. Plötzlich standen wieder Tränen in ihren Augen. Sie setzte sich neben Jacko und nahm ihn und seine tote Freundin in die Arme. Victor hingegen richtete die Blicke in den inzwischen völlig dunklen Himmel, in der Hoffnung, die Drachen würden bald zurückkehren. Aber heute Nacht würden sie hier noch aushalten müssen.

*

Am nächsten Morgen kamen sie. Und ihre Ankunft war beeindruckend.

»So muss es damals an der Säuleninsel ausgesehen haben, als die Drachen kamen«, flüsterte Victor ehrfurchtsvoll. »Als sie kamen und den großen Stützpunkt der Drakken in Schutt und Asche legten.«

Mit offenem Mund starrte er vom Windhaus aus nach Norden in den Himmel hinaus. Neben ihm war Marko, alle anderen waren noch im Drachenhorst und schliefen. Das Unheil und die Trauer des vergangenen Tages hatten sich bei den meisten in einem tiefen Bedürfnis nach Schlaf niedergeschlagen. Victor war dieses Phänomen nicht unbekannt. Für ihn jedoch gab es etwas, das ihn die ganze Nacht wach gehalten hatte. Während die meisten seiner Gefährten mehr ihren Augen trauen wollten als dem Gefühl von Hochmeister Jockum, war Victor voller Hoffnung, dass man Cathryn vielleicht doch noch retten konnte. Wenn sie starb, wäre das mehr als nur ein entsetzlicher Verlust. Cathryn zu verlieren bedeutete, vielleicht nie mehr etwas von Leandra zu hören oder von Roya und Munuel. Bisher hatten sie sich wacker gegen die Übermacht des Feindes geschlagen, doch die Verluste des gestrigen Tages waren grauenvoll. Victor fühlte sich ein wenig, als hätte man ihn aus einem romantischen Traum von Ehre und Heldentum in eine hundsgemeine, kalte Realität voller Blut, Ungerechtigkeit und Tod zurückgeholt. Dass Hellami wirklich von ihnen gegangen war, hatte sein Verstand zwar widerstrebend akzeptiert, seine Gefühle jedoch weigerten sich, es hinzunehmen. Er musste dem Gedanken aus dem Weg gehen, dass er sie nie wieder würde lächeln sehen, nie wieder ihre Energie würde spüren und nie wieder ihre schlichte und schöne Weiblichkeit würde bewundern können.

»Sieh mal, wie viele es sind«, flüsterte Marko und deutete hinauf.

Victor nickte. Ein paar hundert Drachen mochten es sein, die sich am nördlichen Himmel abzeichneten, Vertreter vieler verschiedener Arten: Fels- und Feuerdrachen, Sturmdrachen, ein paar große Onyxdrachen und sogar einige vierbeinige Salmdrachen. Wären sie nur gestern schon hier gewesen!

Victor musterte Marko von der Seite her. Auch er hatte ein schweres Los zu tragen, seine geliebte Roya war verschleppt worden, und seit Quendras' Tod und Cathryns Offenbarung, dass Roya und Munuel aus der MAF-1 entkommen waren, aber nun *sehr weit* fort wären, musste es ihn vor Sorge innerlich zerreißen.

Und dann war da noch Leandra. Wie mochte es ihr ergangen sein? Jetzt, da sie Cathryn nicht mehr hatten – was immer auch aus ihr werden mochte –, war es doppelt schlimm zu wissen, dass Leandra so weit fort war. Wenn ihr etwas zustoßen sollte, würden sie es nie erfahren. Nein – Cathryn *musste* gerettet werden, wenn es irgend möglich war.

Die ersten Drachen erreichten nun Malangoor, und Victor und Marko eilten über den Felsensteig ins Dorf hinab, um dort Tirao zu treffen. Er war unter den Ersten, die im Dorf landeten, und nach kurzer Zeit tummelten sich Dutzende der majestätischen Tiere, groß und klein, auf dem kleinen Plateau des Dorfes.

Die Nachricht über den Tod so vieler Freunde und besonders der von Hellami, einer der *Schwestern des Windes*, schockierte Tirao so sehr, dass er minutenlang in Schweigen versank. Das ganze Drachenvolk war wie erstarrt, und Victor verstand, dass sie auf diese Weise die Toten ehrten. Es rührte ihn beinahe zu Tränen, dass die Drachen ihre Verbundenheit zu den Menschen so ernst nahmen, und er schämte sich gleichzeitig dafür, dass der Tod Nerolaans und auch der anderer Drachen längst nicht eine so tiefe Anteilnahme bei den Menschen auslöste. Wieder einmal fühlte er sich klein und nichtig angesichts der Großherzigkeit der Drachen.

Was Cathryn angeht, gibt es vielleicht noch eine Hoffnung, teilte er Tirao mit, nachdem die Drachen ihr Schweigen beendet hatten. *Hochmeister Jockum meint, es sei noch ein Funke Leben in ihr, obwohl sie nicht mehr atmet und ihr Herz nicht mehr schlägt.*

Wirklich?, fragte Tirao verwundert. *Wie kann das möglich sein?*

Cathryn ist kein gewöhnliches Mädchen. Sie wurde von den Kräften Ulfas berührt, in besonderem Maße sogar. Sie ist die einzige der Schwestern des Windes, *der er besondere Fähigkeiten verlieh. Es gibt in Savalgor einen berühmten Heiler, und Hochmeister Jockum meint, wir sollten ihn holen. Er hat Cathryn einstweilen in eine besondere Aura gehüllt, die ihren momentanen Zustand aufrechterhält. Würdest du mit mir nach Savalgor fliegen, Tirao, damit wir diesen Heiler finden und hierher bringen können?*

Selbstverständlich, antwortete Tirao. *Allerdings ... wenn es darum geht, schnell zu sein, solltest du mit einem unserer Sturmdrachenfreunde fliegen. Sturmdrachen schaffen den Weg schneller als wir. Außerdem würde ich gern hier bleiben, weil es viel mit eurer Shaba zu besprechen gibt. Wir müssen sofort nach Caor Maneit aufbrechen, denn es wurden weitere Malachista gesichtet. Wir können euch nur in unserer Drachenstadt wirklich beschützen.*

Victor starrte Tirao an. *Noch mehr Malachista?*, fragte er schockiert. *Aber ... seid ihr sicher?*

Ja, Victor. Es scheint, als würde euer Gegner zu einem vernichtenden Schlag ausholen. Und was deine Reise in eure Hauptstadt angeht, um den Heiler zu holen ... kann das nicht ein anderer für dich tun? Sobald wir in Bor Akramoria sind, müssen wir zu unserer Verteidigung viele Entscheidungen treffen, und ...

Warte, Tirao, gebot Victor dem Drachen Einhalt. *Leider muss ich das erledigen, denn dieser Heiler wird nicht einfach mitkom-*

men, wenn ein Unbekannter bei ihm anklopft. Mich kennt man in Savalgor, ich bin der Ehemann der Shaba ...

Wie wäre es mit Jacko?

Das war Marko gewesen, und Victor sah ihn erstaunt an. »Seit wann kannst *du* denn mit den Drachen reden? Übers *Trivocum*?«

»Na hör mal!«, beschwerte sich Marko. »Das hat Roya mir schon vor Monaten beigebracht! Ich hatte täglich mit den Drachen zu tun, als wir noch oben in der Kolonie waren. Was hältst du von Jacko? Er sollte unbedingt etwas tun, jetzt, nach diesem furchtbaren Unglück. Wahrscheinlich wäre er froh um eine Aufgabe. Er kennt Savalgor wie seine Westentasche, er kann diesen Heiler sowohl auftreiben wie auch *höflich bitten,* mit ihm zu kommen. Du weißt, was ich meine – mithilfe seiner Leute und seiner Macht in Savalgor. Vielleicht würde der Heiler mit dir nicht freiwillig mitkommen.«

Victor schluckte. »Meinst du wirklich?«

»Die Zeiten sind hart, Victor, das weißt du selbst. Da herrscht nicht viel Vertrauen. Schließlich musst du diesen Mann völlig aus seinem Umfeld herausreißen. Jacko würde das mit seinen Leuten schaffen. Wir brauchen den Mann unbedingt. Cathryn muss um jeden Preis gerettet werden, sonst haben wir keine Verbindung mehr zu Roya, Leandra und Munuel!«

Victor nickte bedächtig.

»Und es gibt noch etwas«, fügte Marko hinzu. »Wir brauchen Leute!«

»Leute?«

»Natürlich. Wir sind nicht mal ein Dutzend – wie sollen wir da Bor Akramoria wieder aufbauen? Wir brauchen jeden Mann, der auf unserer Seite steht, besonders Kämpfer und Magier. Ich wette, in Savalgor gibt es so manchen. Allein Jackos Bande – das sind sicher über hundert Mann, und dann noch die Cambrier, es muss noch etliche in Savalgor geben. Sicher wollen viele andere auch fort aus dieser korrupten Stadt. Denk nur an die Palastgarde, an die tapferen Männer, die einst geholfen haben, Alina zu befreien. Ich denke, Jacko sollte mit einer möglichst großen Zahl von Drachen nach Savalgor fliegen und so viele Leute wie möglich holen. Und ich fliege mit. Matz nehmen wir auch mit, der kennt sicher noch etliche Männer aus der Savalgorer Unterwelt. Yo ist noch dort, die sollten wir holen, und die Magierin Caori, und Gildenmeister Remoch und wen es sonst noch so gibt!«

Victor nickte anerkennend. Er schlug Marko mit der flachen Hand auf die Schulter. »Marko, ich bin stolz auf dich! Ich bin froh, dass es jetzt Leute unter uns gibt, die weiter nach vorn blicken und nicht verzagen. Das alles sind gute Ideen, und wir werden es genau so machen!« Er wandte sich zu Tirao um. »Denkst du, das ist möglich?«

Natürlich, Victor! Wir sammeln zurzeit all unsere Freunde um uns. Caor Maneit wird in Kürze voller Drachen sein. Ich denke, die Hälfte der Drachen, die jetzt hier sind, könnten ohne weiteres Marko und Jacko begleiten.

Victor ließ die Blicke schweifen. Der Himmel war voll von ihnen, während das Plateau von Malangoor schon dicht bevölkert war.

»Das sind gut zweihundert Drachen, die mit uns kommen könnten!«, rief Marko, der von seiner eigenen Idee beflügelt war und neuen Mut schöpfte.

Denkt ihr, all die Leute würden einfach so auf einen Drachenrücken steigen? Die meisten dürften einem von uns kaum je näher als hundert Schritt gewesen sein.

Sie werden es müssen!, antwortete Victor, der von Markos Ideen angesteckt worden war. Er packte seinen Freund bei den Schultern. »Los, Marko! Wir wecken die anderen und brechen sofort auf! Ihr nach Savalgor und wir nach Bor Akramoria! Wir haben keine Zeit mehr zu verlieren!«

*

Schnaufend und verkrümmt lag Chast auf seinem Diwan und rang um seine Beherrschung. Er fühlte sich elend wie nie zuvor und war zugleich urzeitlich wütend. Drei Armbrustbolzen steckten in seinem Leib, und es fehlte ihm an Kraft und Mut, sie so herauszureißen, wie er es mit dem ersten getan hatte. Das schien der einzige Weg zu sein – doch die zu erwartenden Schmerzen kamen ihm unerträglich vor. Dass er, als ein Geistwesen, das den Tod überdauert hatte, an so etwas würde scheitern können, hinterließ einen sauren Geschmack auf seiner Zunge.

»Wo bleibt dieser Abgesandte?«, brüllte er über die Schulter hinweg in Richtung seiner Brüder, die sich in sicherer Entfernung aufgereiht hatten. Die Brücke der MAF-1 war groß genug dazu – der Raum, den Rasnor, dieser widerliche kleine Kriecher, zu seinem grotesken Thronsaal gemacht hatte. Allein der Gedanke an dieses Insekt drehte Chast den Magen herum. Und dass er nun in seinem lausigen, halb toten Körper gefangen war, verdoppelte seine Pein.

»Er ... er ist noch nicht eingetroffen, Hoher Meister!«, hörte er von fern. Irgendeiner dieser Feiglinge, der sich nicht bis zu ihm traute, hatte das herübergerufen. Wahrscheinlich fürchteten diese Dreckskerle, dass er sich eines ihrer Körper bemächtigen würde, nachdem die stinkende Rasnor-Hülle reif für den Abfall war. Chast lachte spöttisch auf, spöttisch über sich selbst. Er hätte es getan, wenn er es gekonnt hätte; alles wäre besser als dieser kaputte Leib – aber er konnte es nicht.

Seine Gedanken klebten an dem Abgesandten, den man ihm hatte schicken wollen, ein Unterhändler der Abon'Dhal, wie die Sonnendrachen sich neuerdings nannten, die ein Abkommen mit ihm schließen wollten. Irgendein Mensch musste es sein, den sie angeheuert hatten; der Gedanke, dass ein leibhaftiger Sonnendrache hier als Unterhändler erscheinen wollte, war grotesk.

Dass der Überfall auf dieses Drecksdorf seiner Widersacher fehlgeschlagen war, brachte sein hart und flach pochendes, gepeinigtes Rasnor-Herz zum Toben – er hatte eine unwiederbringliche Gelegenheit verpasst, reinen Tisch zu machen. Und das nur wegen dieser verfluchten kleinen Hure mit ihrer Armbrust! Er hatte sich fest vorgenommen, sie zu finden, gefangen zu nehmen und sie bestialisch zu Tode zu quälen, am besten über den Zeitraum eines ganzen Jahres hinweg! Er würde sie foltern und sie von Würmern auffressen lassen! Sein Hass auf sie war von so glühend-leidenschaftlicher Art, dass ihm schwindelte. Die drei Armbrustbolzen in seinem gepeinigten Leib erinnerten ihn unablässig an diese Schmach – ihn, den mächtigsten und gefährlichsten Magier dieser Welt! Wer, bei allen Dämonen, war dieses verfluchte Weibsstück?

Die Drakken hatten ihm indes von einem ganzen Heer von Zweibeiner-Drachen berichtet, die sich in der Gegend um den Mogellsee zusammenrotteten. Nun blieb ihm nichts mehr übrig, als gemeinsame Sache mit den Abon'Dhal zu machen. Er brauchte sie und ihre Fähigkeit, sich in Malachista zu transformieren, die gefürchteten Mörderbestien, um eine Waffe gegen die Amaji und ihre menschlichen Verbündeten in der Hand zu haben. Allein mit seinen Drakkenschiffen – auch wenn er durch die Verstärkung inzwischen fast eintausendfünfhundert Mann und über fünfzig Schiffe zur Verfügung hatte – würde er Alinas wachsendem Heer nicht mehr beikommen.

Verflucht!, knirschte er in ohnmächtigem Zorn in Gedanken. *Warum musste ausgerechnet dieser Angriff misslingen! Wer ist dieses verfluchte Gör mit der Armbrust gewesen?*

»Hoher Meister!«, hörte er eine angstvoll flüsternde Stimme aus nächster Nähe.

Chasts Kopf zuckte herum wie der eines Habichts.

Einer seiner Brüder hatte sich ihm zögernd genähert. »D-die Unterhändler ... ich glaube, sie sind da ...«

Chast verzog das Gesicht. »Sie? Sind es mehrere?«

»Zwei, Hoher Meister. Ein Mann und eine Frau.«

Schon wieder begann Chasts Puls zu rasen. Jede Winzigkeit, die nicht so verlief, wie er es erwartete, drohte ihn aus der Haut fahren zu lassen. Er hoffte, dass er diesen zehnmal verfluchten Tag irgendwann einmal überstanden hatte.

Mit einem gequälten Ächzen richtete er sich auf, dabei hartnäckig ignorierend, welchen grotesken Anblick er bieten würde in seiner blutbesudelten Robe, mit einem Armbrustbolzen, der ihm seitlich aus der Stirn ragte, einem weiteren im Oberarm und einem dritten im rechten Oberschenkel. Er hasste es, in diesem grauenvoll minderwertigen und lädierten Körper zu stecken, und hoffte, dass die Frau, die da kam, irgendeine hässliche, alte Vettel wäre, vor der er kein Schamgefühl empfinden musste.

Als er sich mühsam aufgerichtet hatte, sah er zwei Personen, die, von zwei bewaffneten Drakken eskortiert, den riesigen Raum in Richtung seines Domizils durchquerten. Sie waren noch gut fünfzig Schritte entfernt.

Für Momente setzte sein Herzschlag aus.

Schon an der Art, wie die Frau sich bewegte, sah er, dass sie etwas Außergewöhnliches war. Ihr Gang war grazil und schwungvoll, ihre Gestalt hoch gewachsen und sehr weiblich, aber doch wieder auf eine delikate Art schmal und zart. Ihre Ausstrahlung glaube er bis hierher spüren zu können, sanft und anschmiegsam in Momenten der Ruhe, aber doch energievoll und stark, wenn sie gefordert war. Für verwirrende Momente dachte er, dass es Alina oder Leandra sein müsse, eine dieser beiden – keine andere Frau, die er je getroffen hatte, wäre in Stil und Aussehen an sie herangekommen. Doch sie war es nicht. Ihr Begleiter war von ähnlicher Art; ein groß gewachsener, gut aussehender und kraftvoller Mann mit federndem Gang.

Chast schnappte nach Luft. Die Vorstellung, dass diese beiden die Unterhändler der Sonnendrachen waren, passte nicht in seine Vorstellungswelt. Dann sah er, dass die beiden keinesfalls die Sorte Kleidung trugen, die zu Abgesandten eines Drachenvolks passten. Seine Empfindungen tobten. Noch immer war er voller Wut über die Misserfolge dieses verfluchten Tages, seit einer halben Minute aber plagte ihn zusätzlich eine heiße Scham, dieser Frau und ihrem Begleiter wie ein bizarrer Jahrmarktsclown unter die Augen zu treten.

Als die beiden ihn erreichten, stand er aufrecht und versuchte eine halbwegs mannhafte Figur abzugeben.

»Bei allen Dämonen«, stieß die Frau mit einem mitfühlenden Lächeln hervor. »Was ist denn Euch zugestoßen, Hoher Meister!«

Wäre nicht dieser vertraute Ton in ihrer Stimme mitgeschwungen, und wäre da nicht der Anflug von Sorge in ihrem Gesicht gewesen, wäre Chast unter den spöttischen Blicken ihres Begleiters explodiert. Zumindest *ihn* hätte er mit seinen magischen Kräften in Fetzen gerissen, diesen gelackten Schönling mit seinem herablassenden Lächeln und dem weltmännischen Gehabe. Schon wieder hatte er ein Objekt des Hasses für sich entdeckt; dieser Kerl ging ihm durch seine bloße Anwesenheit auf die Nerven, wiewohl Chast ihn auch um sein blendendes Aussehen beneidete. Aber dieses Mädchen – sie war einfach unglaublich.

Noch nie hatte er ein wirklich tieferes Interesse für das weibliche Geschlecht aufgebracht. Obwohl er Alina für ihre Schönheit bewundert und Leandra um ihre Ausstrahlung beneidet hatte, waren sie ihm letztlich in ihrer Weiblichkeit doch egal gewesen. Doch für dieses Mädchen, das nun mit einem warmen Lächeln vor ihm stand, empfand er eine plötzliche leidenschaftliche Verehrung – eine Verehrung, die seine gebeutelte Gefühlswelt auf einen Schlag noch ärger durcheinander brachte. Sie war blond, trug die langen, seitlich gescheitelten und glatten Haare in einer ungemein schwungvollen Frisur: auf der rechten Seite waren sie hinters Ohr gekämmt und fielen nach hinten über die Schulter, während sie links das klassisch schöne Gesicht umrahmten und in einer weiten Welle bis zur Brust herabreichten. Ihr Gesicht war oval und ihre Züge weich, doch die wasserblauen Augen verrieten einen klugen Verstand und ständige Wachsamkeit. Sie trug einen hellgrauen, eng anliegenden Anzug, der an den Armen, den Schultern und in der Taille mit figurbetonenden dunkelblauen Streifen besetzt war. Ihre Füße steckten in schwarzen Stiefeln, die einesteils klobig wirkten, andererseits die grazile Schlankheit ihres traumhaften Körpers nur umso mehr hervorhoben. Chast war tief beeindruckt. Und er fühlte sich grauenvoll, dieser jungen Schönheit so gegenübertreten zu müssen.

Er setzte ein Lächeln auf. »Oh, nichts. Nichts ist passiert. Ein Versehen. In Kürze bin ich wieder wie neu.«

Der Begleiter der jungen Frau legte den Kopf ein wenig schief. »Wirklich? Ihr seht eher ziemlich mitgenommen aus.«

Chast schoss einen warnenden Blick auf den Kerl ab. »Das ist Absicht«, erklärte er mit warnendem Unterton. »Eine Art Verkleidung. Um einen gewissen Eindruck hervorzurufen. Ich habe nämlich jemand anderen erwartet.«

»Oh, deswegen!«, meinte das Mädchen fröhlich. »Verzeiht, Hoher Meister. Ich habe Euch Sash noch gar nicht vorgestellt. Sash, das hier ist Rasnor, der Hohe Meister der Bruderschaft von Yoor.«

»Sash?«, forschte Chast.

»Ja, richtig. Er begleitet mich, da Kardinal Lakorta leider unabkömmlich war.«

Chast verstand nicht, wovon das Mädchen sprach; er bemühte sich, keinen allzu dümmlichen Eindruck zu hinterlassen, so grotesk wie er aussah. »Ah – Lakorta konnte also nicht kommen ...«

»Verzeiht. Altmeister Ötzli meinte ich. Der Name Lakorta ist Euch vielleicht nicht so geläufig ...«

Altmeister Ötzli!

Chast hatte Mühe, sich nichts anmerken zu lassen. Endlich verstand er, was hier gespielt wurde. Von Rasnor wusste er noch, dass er mit Ötzli in einer Geschäftsbeziehung stand – in einer, die hinaus ins All reichte und mit den Drakken zu tun hatte. Genauere Informationen fehlten ihm jedoch. Und dieses Mädchen, von ihr hatte Rasnor auch etwas erwähnt ... sie hatte Ötzli begleitet ... wie war ihr Name gleich noch gewesen ...

»Lucia!« Chast setzte ein Lächeln auf und streckte beide Hände nach ihr aus.

Die junge Frau lächelte auf geradezu bezaubernde Weise, reichte ihm in anmutiger Geste ihre beiden Hände, und dann kam es zu etwas, was Chast noch nie widerfahren war – eine herzliche Umarmung, flüchtig zwar und schnell, aber in der Art zweier alter Freunde, so als hätten sie gemeinsam schon viel durchgemacht. Als sie sich wieder voneinander gelöst hatten, sah er sie an, und in seinem Blick stand das nur mühsam verhohlene Erstaunen über diese so freundschaftlich-nahe Geste.

»Ihr seid heute so ... anders«, lächelte sie ihn an. »So kenne ich euch gar nicht, Rasnor, so ... herzlich.«

Nun hätte noch mehr Verwirrung über ihn kommen müssen, doch das Gegenteil geschah: Er wurde ruhiger. *Nur langsam,* mahnte er sich, *die Dinge werden sich bald aufklären.* Offenbar war diese unvermutete Nähe zu Lucia auch nicht Rasnors Verdienst gewesen. Zudem konnte Chast sich nicht vorstellen, dass dieser kleine Scheißkerl je ein Mädchen dieser Klasse hätte begeistern können. Was ihn, Chast, wiederum in eine gewisse Hochstimmung versetzte, denn ihm selbst war es offenbar gegeben. Er vermochte durchaus so viel Charme und Weltgewandtheit zu verbreiten, um einer Frau wie Lucia nahe kommen zu können.

Selbst mit einem Armbrustbolzen im Hirn!, sagte er sich und hätte am liebsten ein selbstgefälliges Lachen ausgestoßen.

»Lakorta!«, sagte Chast. »Wie geht es ihm? Warum konnte er nicht kommen?«

Lucia seufzte. »Die Lage dort draußen im Sternenreich des Pusmoh ist kompliziert. Und sie wird immer komplizierter.«

»Soso. Und was ist der Grund ... deines Besuches, Kind?«

Lucia sah ihn verwundert an. Kurz dachte Chast, dass er mit dieser vertrauten, ja väterlichen Anrede einen dummen Fehler begangen hätte, aber dann gewahrte er etwas im Blick Lucias. Etwas, das ihn aufmerken ließ, und er wandte den Blick zu diesem Sash. Plötzlich tobten Bilder durch seinen Kopf, ein verrücktes Szenario, und eine monströse Idee entstand in seinem Kopf.

19 ♦ Innere Zone

Leandra flog wie in einem Rausch. Das Gefühl des Verschmelzens mit Sandy und der *Faiona* war stärker als je zuvor, und sie hätte beinahe dem Verlangen nachgegeben, sich die Kleider vom Leib zu reißen, denn sie glaubte, die Kräfte der Gravitation, die im SuperC-Raum herrschten, mit jedem Zentimeter ihrer Haut spüren zu können.

Natürlich war es die Haut der *Faiona*, ihre Oberfläche, mit der sie es wahrnehmen konnte, aber es blieb ein aufregendes Erlebnis. Sie ließ sich von einem Anziehungspunkt zum anderen treiben und genoss es, die Richtung und die Geschwindigkeit allein mit ihrem Gefühl zu steuern.

Sie entdeckte, dass sie das All als ein Muster aus Schwerkraftfeldern sehen konnte und dass es möglich war, einzelne davon zu ignorieren, während sie andere umso stärker wahrnahm – und auf diese Weise ansteuerte. Immer mehr kam es ihr vor, als gäbe es Ähnlichkeiten zwischen der Welt ihres *Inneren Auges*, der rötlichen Sphäre des *Trivocums*, und der Welt des SuperC-Raumes. Konnte es sein, dass sich hier der Kreis schloss? Dass das rätselhafte Phänomen der Magie in Wahrheit nur ein Stück Realität war – in einer Sphäre angesiedelt, die man gewöhnlich nicht *sehen* oder *fühlen* konnte? Sie bekam große Lust, mit Ain:Ain'Qua darüber zu philosophieren – und auch mit Giacomo. Der Gedanke, dass sie und ihre beiden Freunde zwei verschiedenen Welten entstammten, einer Welt der unerklärlichen magischen Phänomene und einer der realen, erklärbaren Physik, behagte ihr nicht. In ihrem gemeinsamen Alltag war nämlich *beides* möglich, und es kam ihr vor, als wäre die Trennung dieser beiden Welten nur etwas Herbeigeführtes, etwas Gemachtes, das gar nicht sinnvoll war. Ja, beschloss sie, bei nächster Gelegenheit würde sie das tun. Dann konzentrierte sie sich wieder aufs Fliegen.

Sandy kümmerte sich um die Navigation im All und nannte Leandra der Reihe nach die Schwerefelder einzelner Sterne, die sie ansteuern musste, um sich um die Innere Zone herum zu bewegen. Und nun, da ihre Wahrnehmung im SuperC-Raum immer besser wurde und sie sich darin zu bewegen und zu orientieren begann wie ein Fisch im Wasser, sah sie noch *mehr*.

Immer häufiger konnte sie Leviathane wahrnehmen, es waren entweder Babys oder sehr junge Exemplare. Nicht dass Leandra sie in allen Einzelheiten hätte *sehen* können, doch inzwischen hatte sie gelernt, Leviathane anhand ihrer Aura zu unterscheiden. Nach einer Weile kam es ihr so vor, als wäre der SuperC-Raum geradezu bevölkert von ihnen. Kaum eine Viertelstunde verging, ohne dass sie wieder zwei oder drei von ihnen bemerkte; sie bewegten sich in alle Richtungen, so als durchforschten sie systematisch das All. Langsam gewann Leandra den Eindruck, als besäße das, was die Leviathane da taten, einen übergeordneten Sinn und Zweck, als trügen sie eine Botschaft durchs All und versuchten, jeden nur denkbaren Ort zu erreichen. Vielleicht gelang es ihr eines Tages noch, dahinter zu kommen.

Wieder empfing Leandra eine neue Richtungsangabe von Sandy, und sie stellte fest, dass sich ihr Kurs immer weiter nach rechts auf der galaktischen Ebene neigte, während das Getümmel der Sterne dichter und dichter wurde. Zum Glück gab es hier, im SuperC-Raum nichts, womit sie zusammenstoßen konnte, nur die Wellen, Trichter, Täler und Hügel der Gravitation waren es, mit denen sie sich arrangieren musste. Doch je weiter sie voranstieß, desto deutlicher spürte sie, dass ihr Ritt auf den Wellen der Gravitation nicht völlig grenzen- und sorglos war. Auch Sandy warnte sie. Manche Quellen der Schwerkraft waren so unerhört stark, dass sie es vermeiden musste, ihnen zu nahe zu kommen, andernfalls wäre sie aus ihrem Kurs geschleudert worden.

Das sind Schwarze Löcher, informierte sie Sandy, *die Leichname explodierter Sterne. Quellen von so unvorstellbarer Anzie-*

hungskraft, dass ihnen nichts entrinnen kann. Du musst aufpassen, nicht von ihnen eingefangen zu werden, sonst könnten wir in ein natürliches Wurmloch geraten und am anderen Ende des Universums aus seinem Gegenstück herausgeschleudert werden.

Wirklich, Sandy?, fragte Leandra befangen.

Ja, die Gefahr besteht. Leider kann ich nicht einmal voraussagen, ob die Faiona *oder wir das überleben würden. Wir befinden uns in einem materielosen Raum, und wie sich die negative Masse der SuperC-Teilchen bei derart hoher Gravitation verhält, ist mir nicht bekannt.*

Bei dieser Erkenntnis seufzte Leandra angespannt. *Dann bleiben wir wohl besser fort von diesen Schwarzen Löchern ...*

Leandra verharrte.

Sekunden vergingen, sie war wie erstarrt, Sandy begann biometrische Daten bei Leandra zu messen, die ihr Besorgnis erregend erschienen. *Leandra. Fühlst du dich nicht wohl? Du atmest sehr flach. Dein Puls ist sprunghaft angestiegen.*

Leandra antwortete nicht, es schien, als horche sie tief in sich hinein. Sandy informierte Ain:Ain'Qua und Giacomo.

»Ist es gefährlich, Sandy?«, fragte Ain:Ain'Qua besorgt, der aufgestanden war, neben Leandras Pilotensitz trat und sich über sie beugte. »Könnte sie bewusstlos werden?«

»Nein, Sir. Wir verlieren an Geschwindigkeit, was in diesem Raumgebiet eher gut ist. Wir könnten zu nah an eine gefährliche Gravitationsquelle geraten ... einen Augenblick, Sir – ihre Werte normalisieren sich wieder.«

Mit sorgenvoller Miene beobachtete Ain:Ain'Qua Leandra, deren Brustkorb sich nun wieder stärker senkte und hob.

»Bitte begeben Sie und Mister Giacomo sich in die Kompensationssitze, Sir«, wurde Sandys Stimme wieder hörbar, »der Rücksprung in den Normalraum steht kurz bevor.«

»Wir springen zurück?«

»Ja, Sir. Der Käpt'n wünscht es so. Außerdem befinden wir uns inzwischen in einem Raumgebiet, aus dem Navigations-Leuchtfeuer aus dem Hintergrund der Milchstraße messbar sind. Von hier aus wird ein Vordringen in die Innere Zone möglich sein.«

Ain:Ain'Qua nickte, gab Giacomo ein Zeichen und begab sich in seinen Sitz. Als er die kleine Injektion wahrnahm und kurzzeitig einen leichten Schwindel spürte, hob er den Blick, um zum Panoramafenster hinaus zu sehen. Wenig später verfestigte sich das wallende Grau in ein wirbelndes Lichtermeer. Innerhalb von Sekunden erstarrte es, und gleich darauf erstrahlte ein atemberaubendes Bild auf der Brücke der *Faiona* – das Zentrum der Galaxis. Ain:Ain'Qua und Giacomo stießen zugleich einen Laut ehrfürchtigen Erstaunens aus.

Die Sterne standen hier so dicht, dass das gesamte Bild des Alls wie eine gleißende Fläche aus Helligkeit erschien. Zahllose hell strahlende Sonnen verbanden sich zu einem Ganzen, das in der Mitte beinahe so grell weiß erstrahlte, als blicke man ins Zentrum einer Sonne. Die Masse an kosmischer Energie, die von dieser Zusammenballung ausging, ließ die drei Beobachter die Bedeutungslosigkeit der eigenen Existenz so stark spüren wie nie zuvor.

»So nah war ich dem galaktischen Kern noch nie«, flüsterte Giacomo ehrfurchtsvoll. »Zweihundert Milliarden Sonnen hat die Milchstraße. Und bestimmt ein Viertel davon sind jetzt in unserem Blickfeld.«

Schweigend bestaunten sie die Pracht, bis Ain:Ain'Qua endlich spürte, dass Leandras Gedanken anderswo sein mussten. Sie starrte ebenso ins All hinaus wie er und Giacomo, aber es war längst nicht dasselbe Erstaunen von ihrer Miene abzulesen.

»Leandra. Stimmt etwas nicht?«

Erst nach Sekunden blickte sie auf, so als wäre sie aus einem Traum erwacht. Verwirrt sah sie Ain:Ain'Qua an, ihre Miene drückte Verstörtheit und Sorge aus.

»Was ist denn, Leandra?« Ain:Ain'Qua schwenkte seinen Sitz herum und nahm ihre Hand. »Du siehst aus, als wärest du einem Geist begegnet!«

Leandra starrte ihm ins Gesicht, aber er spürte, dass sie durch ihn hindurch sah, zu einem ganz anderen Ort. Noch immer antwortete sie nicht, es kam ihm vor, als lausche sie in ferne Sphären. Erst als er sie zum dritten Mal ansprach, schien sie zu erwachen.

»Ich ... ich muss nach Hause«, flüsterte sie mit verstörtem Gesichtsausdruck.

»Nach Hause?«

»Ja.« Tief sog sie Luft durch die Nase ein und nickte langsam. »So schnell es geht.«

Ein Gefühl der Unruhe packte Ain:Ain'Qua. »Du meinst ... jetzt? Du willst unsere Suche nach Imoka fallen lassen und ...?«

Leandra starrte ihn ernst an.

Giacomo, der die Unterhaltung mitbekommen hatte, war plötzlich in heller Aufregung entflammt. »Du willst das hier abbrechen, Leandra?«, rief er. »Bist du von Sinnen? Das ist völlig unmöglich! Wir brauchen diesen Erfolg! Die Ordensritter warten auf ein Ergebnis, sonst steht ihre Mission infrage, und die ist der Schlüssel zum Sturz des Pusmoh! Wenn wir jetzt abbrechen, war alles vergebens!«

Leandra sah Giacomo bestürzt an, so als verstünde sie seine Einwände sehr gut, könne aber dennoch unmöglich von ihrem Entschluss abrücken. »Etwas ist mit meinen Schwestern!«, sagte sie, und in ihren Augenwinkeln sammelten sich plötzlich Tränen. »Es ist etwas Schreckliches geschehen!«

»Woher weißt du das?«, fragte Ain:Ain'Qua streng. »Eine plötzliche Ahnung? Wie kannst du da so sicher sein?«

Leandra starrte zum Panoramafenster hinaus; im Licht der Sterne konnte Ain:Ain'Qua sehen, dass ihr ein regelrechter Tränenstrom über die Wangen lief. Sie antwortete nicht, sondern starrte nur hinaus. Ain:Ain'Qua wandte sich leise zu Giacomo und gab ihm ein beschwichtigendes Zeichen. Giacomo, noch immer aufgeregt, quittierte es mit einem leisen Schnaufen.

»Mit deinen *Schwestern* meinst du euch sieben, nicht wahr? Sieben junge Frauen, die diesen Geheimbund gegründet haben, die *Schwestern des Windes*.«

Leandra nickte schwer, warf Ain:Ain'Qua einen kurzen, unsicher Seitenblick zu. »Ja. Wir ... wir haben eine starke Bindung zueinander. Meine kleine Schwester Cathryn ist auch eine der sieben.« Sie holte tief Luft und sah wieder hinaus. »Mir ist, als wäre ihr etwas zugestoßen. Ich muss nach ihr sehen.«

»Wir wissen gar nicht, wo die Höhlenwelt ist, Leandra. Wüsstest du, welchen Kurs du fliegen musst, um nach Hause zu finden?«

Leandra legte die Stirn in Falten, blickte unsicher zwischen Giacomo und Ain:Ain'Qua hin und her. »Der Hopper, in dem ich hierher gelangt bin, wurde durch eine Notautomatik ins Aurelia-Dio-System gesteuert ...«

»Das hilft nicht viel, Leandra. Es heißt nur, dass wir nicht in Ursa Quad oder im Virago-Haufen zu suchen beginnen müssen, denn diese beiden Raumsektoren liegen ganz auf der anderen Seite der galaktischen Ebene. Aber eine Ankunft in Aurelia-Dio lässt immer noch ein gigantisches Raumgebiet offen, in dem deine Heimatwelt liegen könnte. Ich würde sagen, es wäre ein glattes Sechstel der Milchstraße. Ein paar Dutzend Milliarden Sonnen.«

»Was? So viele?«

Ain:Ain'Qua blickte schulterzuckend zu Giacomo.

»Vielleicht nicht ganz so viele«, meinte Giacomo milde. »Schließlich weist ja Aurelia-Dio, vom Zentrum der Galaxis aus gesehen, in eine bestimmte Richtung. Aber ein paar Milliarden sind es bestimmt.«

Leandra schluckte. »Ist das wahr?«

Giacomo deutete in die Höhe. »Wollen wir Sandy fragen?«

Leandra sah ebenfalls hinauf. »Stimmt das, Sandy?«

»Ich denke, die Suche ließe sich eingrenzen, Käpt'n. Dadurch, dass Sie mir ihr Heimatsystem beschreiben, die Sternendichte, den Sonnentyp, die Reisezeit des Hoppers und Ähnliches, ließen sich bestimmt die meisten Sonnensysteme ausgrenzen – sie kämen einfach nicht infrage. Doch ein Problem bleibt bestehen: die enorme Anzahl der Systeme, die es überhaupt gibt. Es sind tatsächlich viele Milliarden, verteilt auf einen Raumvektor von zehntausenden von Lichtjahren. Da wir letztlich alle infrage kommenden Kandidaten anfliegen müssten, um den richtigen Planeten zu finden, dürfte die Suche noch um ein Vielfaches schwieriger werden als die Suche nach dem Imokahaufen. Die Chancen, Ihre Heimatwelt *niemals* zu finden, sind außerordentlich hoch.

»Aber ... dann kann ich ja gar nicht wieder nach Hause!«

Für Momente stand ihr entsetzter Ausruf im Raum, dann begann sich der Schreck wieder zu legen, denn Leandra sah in den Augen ihrer beiden Gefährten, dass es womöglich *doch* noch ein Heimkommen für sie gab. Sie blickte Ain:Ain'Qua erwartungsvoll an.

»Nicht, dass du glaubst, ich wollte dich damit austricksen, Leandra.«

»Womit denn?«, fragte sie fordernd und verschränkte die Arme vor der Brust.

»Nun ... damit, dass ich dir sage, dass es jemanden gibt, der weiß, wo sich deine Heimatwelt befindet.«

Leandra schloss die Augen, sog tief Luft in ihre Lungen und nickte dann. »Ich verstehe. Die Drakken. Oder besser: der Pusmoh.«

»Richtig. Obwohl ... die Drakken werden es uns kaum jemals verraten. Aber der Pusmoh. Indem wir ihn dazu zwingen.«

Sie nickte ein weiteres Mal und seufzte zuletzt. »Wir müssen unsere Suche nach Imoka fortführen und herausfinden, welches Geheimnis sich dahinter verbirgt. Dann können wir den Pusmoh nicht nur unter Druck setzen, sondern auch verlangen, dass er uns verrät, wo sich die Höhlenwelt befindet.«

Ain:Ain'Quas Blicke wurden fordernd. »Richtig. Aber bei allem Mitgefühl für deine Sorgen, Leandra – die GalFed aus der Tyrannei des Pusmoh zu befreien ist die weitaus wichtigere Aufgabe! Hier steht das Schicksal von Millionen Menschen und Ajhan auf dem Spiel. Dahinter *muss* deine Sorge um deine Schwestern zurückstehen!«

»So?« Leandra ballte die Fäuste. »Die *Schwestern des Windes* kämpfen um die Freiheit eines ganzen Planeten! Wenn sie in Schwierigkeiten stecken und vielleicht nicht mehr handeln können, wird vielleicht die ganze Höhlenwelt untergehen!«

»Leandra! Sei nicht naiv! Wer ist es denn, der die Höhlenwelt bedroht? Sind es nicht auch die Drakken und der Pusmoh? Wir stehen auf derselben Seite! Was den Bewohnern des Pusmoh-Sternenreiches nutzt, das nutzt auch der Höhlenwelt. Und eines ist unumgehbar: Wir müssen erst herausfinden, wo sich die Höhlenwelt befindet, ehe du sie ansteuern kannst.«

Leandra starrte ihn an, Wut funkelte in ihren Augen. Nach einer Weile aber schien sie sich zu besinnen, ihr Gesichtsausdruck wurde milder. Schließlich ließ sie ein resigniertes Stöhnen hören. »Ihr habt Recht. Aber mich quält die Ungewissheit, was zu Hause passiert ist. Je eher wir Imoka gefunden haben, desto besser. Ich *muss* nach Hause zurückkehren, so schnell es nur geht.«

Ain:Ain'Qua nickte. »Verlass dich drauf, dass wir uns beeilen werden. Wir haben selbst keine Zeit mehr zu verlieren. Sandy?«

»Ja, Sir?«

»Wie sieht es aus? Wenn wir von hier aus mit Hilfe der Hintergrund-Leuchtfeuer navigieren und zugleich wissen, dass der Imoka-Sternhaufen nahe dem galaktischen Kern liegen soll, müsste sich doch das Raumgebiet, das wir zu durchsuchen haben, eingrenzen lassen.«

»Ja, Sir. Es wäre hilfreich, wenn Sie mir alle Daten aus Tassilo Hausers Buch zukommen ließen. Wenn ich die Sternkonstellation und -Population sowie die Ausdehnung und weitere Daten der Imokagruppe kenne, kann ich anfangen, nach diesen Mustern zu suchen. Die Innere Zone lässt sich für unsere Zwecke in zwei Vektoren unterteilen, was unser Suchgebiet halbieren würde. Außerdem kann ich eine eigene Sternkarte dieses Gebietes erstellen. Je länger die Suche andauert, desto vollständiger wird sie, was uns zuletzt unweigerlich zum Ziel bringen muss. Sofern sich die Imokagruppe tatsächlich in der Inneren Zone befindet.«

»Du zweifelst daran?«

»Nein, Sir. Ich habe nur Bedingungen aufgezählt.«

Ain:Ain'Qua sah Leandra fragend an, und sie nickte zurück. Sie löste den Biopole-Helm aus seiner Haltung und setzte ihn auf. »Legen wir los, Sandy«, sagte sie. »Du navigierst, und ich steuere. So, wie wir es gemacht haben. Kannst du deine Sternkarte auch aus dem SuperC-Raum heraus anlegen? Wir werden flott unterwegs sein müssen, wenn wir diese Suche jemals beenden wollen.«

»Das wäre eine Schwierigkeit, Käpt'n. Aus dem SuperC-Raum kann ich die Gravitationsfelder nur ... *fühlen*.« Das Zögern, das Sandy vor dem Wort *fühlen* eingelegt hatte, wirkte weniger wie ein Ausdruck ihrer Unsicherheit als vielmehr wie das Einräumen des tatsächlichen Vorhandenseins dieser Fähigkeit.

»Wir könnten hin und wieder in den Normalraum zurückkehren. Dort kannst du deine gesammelten Daten überprüfen, Sandy. Ginge das?«

»Ja, Sir. Ich denke schon.«

Leandra klappte den Augenschirm herunter. »Dann los! Wir haben's eilig. Sandy, leite die Beschleunigung ein. Kompensatoren auf Volllast. Bei fünfunddreißig Prozent C springen wir!«

»Ja, Käpt'n.«

Ain:Ain'Qua und Giacomo beeilten sich, in ihre Sitze zu kommen. Kaum saßen sie, heulten die Kompensatoren auf. Allein durch ihre Willensanstrengung ließ Leandra die *Faiona* schneller werden. Tief röhrten die Triebwerke des Schiffs und trieben es mit titanischen Kräften immer näher an die Sprunggeschwindigkeit heran. Leandra empfand die Außenhülle des Schiffs wie ihre eigene Haut und meinte unablässig den feinen, kosmischen Staub spüren zu können, der auf die Oberfläche prasselte. Nach einigen Minuten war es so weit: Sandy informierte ihre drei Passagiere, aktivierte den Pneumoschaum, der sie in ihren Sitzen festnagelte, und leitete die Injektion ein, die die drei für kurze Zeit so sehr betäubte, dass sie den Sprung in den SuperC-Raum, der den gesamten menschlichen Organismus durcheinander schüttelte, kaum mitbekamen.

*

Diesmal war das Fluggefühl ein anderes. Hatte Leandra den letzten Flug noch wie ein schwereloses und grenzenloses Gleiten empfunden, musste sie sich nun den Gewalten der Gravitation beugen. Im SuperC-Raum nahm sie die Schwerefelder der umliegenden Sterne innerhalb eines hellgrünen, dreidimensionalen Netzgitters wahr – eine Hilfe, die ihr Sandy einblendete. Überall dort, wo sich massereiche Objekte befanden, war das Muster verformt – die Linien des Gitters deuteten an, wo sich Raumkrümmungen befanden, die Leandra immer dann meiden musste, wenn sie über die Maßen ausgeprägt waren. Sandy analysierte ununterbrochen die hereinkommenden Daten, erfasste sie in einer Karte und blendete sie zugleich in Leandras Wahrnehmung ein.

Anfangs flog Leandra mit verhaltener Geschwindigkeit, um nicht in die tödlichen Gravitationstrichter von Neutronensternen oder Schwarzen Löchern zu geraten. Bald jedoch zeigte sich, dass sie mit zehn- oder zwanzigfacher Lichtgeschwindigkeit nicht vorankam. Um die Innere Zone wirklich absuchen zu können, würde sie mit hoher Geschwindigkeit von Stern zu Stern eilen müssen, was aber das Risiko beinhaltete, tatsächlich in eine Gravitationsfalle zu rasen. Und dann gab es noch die Gefahr unberechenbarer Gravitationsstürme in Gegenden mit hoher Sternendichte. Sandy verdeutlichte Leandra diese Unwägbarkeiten, doch Leandra beschloss, die *Faiona* dennoch zu beschleunigen. Bald raste das kleine Schiff mit vieltausendfacher Lichtgeschwindigkeit durch das turbulente Gebiet junger Sterne und heißer, kosmischer Materie, in der kein gewöhnliches Schiff derartig schnell hätte reisen können. Während Leandra von Sandy immer neue Navigationspunkte genannt bekam, bemühte sie sich, die *Faiona* so sanft und doch so schnell wie möglich von einem Gravitationsfeld zum nächsten zu steuern. Sie streifte die Außenbereiche von roten Riesensternen, raste manchmal nah an den Schwerefeldern gewöhnlicher Sonnen vorüber und hielt sich von Schwarzen Löchern weit genug fern, während sie ihre gewaltigen Anziehungskräfte nutzte, um sich von ihnen wie von einem Katapult in eine neue Richtung schleudern zu lassen. Mehrfach geriet sie in Turbulenzen, die durch Gravitationsstürme hervorgerufen wurden, und musste die *Faiona* mitunter dramatisch verlangsamen, um das Schiff abzufangen und anschließend wieder nach ihrem eigenen Willen steuern zu können statt nach dem der Kräfte, die in diesem ungestümen Raumgebiet um die Vorherrschaft stritten. Je länger sie flog, desto besser gelang es ihr.

Es vergingen Stunden, die für Leandra wie Minuten waren. Für Ain:Ain'Qua und Giacomo aber waren sie wie Tage. Die beiden waren zum Nichtstun verurteilt, hatten nicht einmal eine *Sicht* auf die Umgebung, nur wirbelnder, schwarzgrauer Brei war durch das Panoramafenster zu sehen. Allein Sandys Stimme hielt sie ein wenig auf dem Laufenden, während die leichte Verzögerung, mit der die Kompensatoren auf die wechselnden Schwerkraftfelder reagierten, ihnen eine Ahnung der Kräfte gaben, die von dort draußen auf sie einwirkten. Leandra lag indessen entspannt und bewegungslos in ihrem Pilotensitz, den Biopole-Helm über dem Kopf und den Augenschirm heruntergeklappt. Dass sie auf der geistigen Ebene Schwerstarbeit leistete, konnte man nur erahnen.

Nach einer Weile ging Sandy dazu über, den von ihr selbst kartografierten Teil der Inneren Zone als 3D-Darstellung über dem Navigationstisch einzublenden. Damit erhielten Ain:-Ain'Qua und Giacomo etwas Beschäftigung; sie konnten sich ein Bild davon machen, welchen Teil des riesigen Raumgebiets sie inzwischen abgesucht hatten. Er war bestürzend klein, wie Giacomo immer wieder kommentierte; das Problem lag in der enormen Sternendichte dieses Raumsektors. In jedem Kubik-Lichtjahr, das draußen in den Spiralarmen der Galaxis kaum einen einzelnen Stern enthalten hätte, tummelten sich hier ein Dutzend oder mehr. Sandy leistete Schwerstarbeit, indem sie unablässig die gemessenen Daten mit denen verglich, die sie von Giacomo über die Imokagruppe erhalten hatte.

Nach über neun Stunden Flug im SuperC-Raum und hunderten von Lichtjahren, die sie abgesucht hatten, stand das Ergebnis bei null. Leandra war müde und musste eine Pause einlegen, und Ain:Ain'Qua begab sich unter Sandys Anleitung unter den Biopole-Helm, um selbst diese Art des Fliegens auszuprobieren. Leandra beobachtete seine ersten Versuche misstrauisch; sie hatte keine große Hoffnung, dass er, ein Mann, der nicht unbedingt eine Neigung für die Disziplinen der Magie besaß, diese Aufgabe meistern könnte. Anfangs tat er sich tatsächlich schwer, nach einer Weile aber gelang es ihm, die *Faiona* in akzeptabler Geschwindigkeit entlang des von Sandy vorgegebenen Suchkurses zu fliegen. Zwar erreichte er nur einen kleinen Teil von Leandras Tempo, aber es war besser als nichts. So legte sie sich ein paar Stunden hin und überließ ihm das Steuern des Schiffs.

*

»Lakorta! Was habt Ihr getan?«, kreischte der Doy Amo-Uun.

»Wonach sieht es denn aus?«, brüllte Ötzli zurück. Er war voll glühendem Zorn, und er war sich sogar darüber bewusst, dass er selbst der Grund dafür war – seine eigene Dummheit, sein Versagen. Aber dass ihn jetzt einer wie der Doy dafür auch noch verhöhnte, diese groteske Witzfigur, für die Anstand, Ehrlichkeit und Skrupel völlige Fremdwörter waren, reizte Ötzli bis aufs Blut.

Keiner der Drakken lebte mehr, er hatte sie alle in einem tödlichen, nach außen rasenden Feuerring verbrannt. Es waren mindestens drei Dutzend gewesen; auf einen Schlag hatte er die gesamte gegnerische Streitmacht mit einer gewaltigen Magie vernichtet. Stinkende Rauchschwaden standen in der Luft, hier und da brannten noch Gegenstände und gefällte Gegner, der sengende Hauch der Feuermagie schien die Luft noch zu erhitzen. Inmitten dessen, unmittelbar neben Ötzli, stand der Doy Amo-Uun und sah sich fassungslos um. Er konnte nicht glauben, was geschehen war.

»Ihr könnt nicht annehmen, dass Ihr damit durchkommt!«, rief der Doy. »Das ist Euer Todesurteil!«

»So? Na, das werden wir sehen. Jedenfalls sterbt Ihr mit mir, wenn jemand auf mich zu schießen wagt. Los, dort entlang!«

»Was? Wozu denn das? Was habt Ihr vor, Lakorta?«

Ötzli hatte ihm den Weg zu den aufständischen Gefangenen gewiesen. Dass dieser Kampf erst begonnen hatte, war ihm durchaus klar. Eine Verstärkung würde in spätestens fünf Minuten hier eintreffen, aber bis dahin wollte er sich schon verschanzt haben.

Als sich der Doy nicht von der Stelle rührte, hielt Ötzli ihm drohend eine Faust entgegen. »Ist es Euch lieber, ich schnüre Euch wie ein Paket zusammen und rolle Euch dort rüber? Los, verdammt – bewegt Euch!«

Ötzli musste Ernst machen, als sich der Doy weiterhin weigern wollte. Er packte ihn brutal mit einer Magie, hob ihn vom Boden und schob ihn in Richtung der Aufständischen. Dabei folgte er ihm auf dem Fuße und wurde nach wenigen Schritten von einer kleinen Gruppe von Leuten empfangen, die sich verblüfft erhoben hatten. Munuel und Roya standen ganz vorn unter ihnen.

»Glotzt nicht so!«, schnauzte Ötzli wütend, als er sie erreichte. »Geht lieber in Deckung, ehe sie Verstärkung herbeigeholt haben!« Er blickte über die Schulter und sah draußen, vor dem tunnelartigen Zugang der Halle des Meta-Transformers, einige Drakken aufgeregt herumlaufen. Er schob den mit den Armen fuchtelnden und wütend lamentierenden Doy an den Leuten vorbei und bugsierte ihn mit der Kraft seiner Magie in eine Ecke zwischen einigen Metallkästen, die aussahen, als würden sie elektronische Geräte enthalten, die zum Meta-Transformer gehörten. Grob stieß er den Doy dorthin, drückte den großen Mann noch ein paar Sekunden mithilfe seiner Magie in die Ecke und ließ ihn dann los. Der Doy ächzte und drehte sich herum.

»Seid Ihr völlig des Wahnsinns, Lakorta? Ihr werdet sterben und mit Euch jeder Einzelne dieser revoltierenden Horde!«

»Horde nennt Ihr Sie, Ihr abscheulicher Tyrann? Sie kämpfen um ihr Leben – von dem sie dachten, es wäre nicht in Gefahr! Sie dachten, sie würden, wenn sie schon entführt worden waren, wenigstens eine große und wichtige Aufgabe erhalten. Aber Ihr habt sie belogen! Wie Ihr mich und jeden anderen auch belogen habt. Es war die widerlichste Lüge, die man sich nur denken kann, denn in Wahrheit wollt Ihr sie alle ermorden! Ihr seid ein Ungeheuer, Doy Amo-Uun!«

Der Doy lachte spöttisch auf. »Das Ungeheuer seid Ihr, Lakorta, denn ...«

Ein seltsamer Ruck ging durch den Doy; abrupt brach er ab, sein Gesicht sank herab, gleich darauf hing er schlaff im magischen Griff Ötzlis.

»Das höre ich mir nicht *noch* einmal an!«, brüllte er. Dann sank die Gestalt des Doy Amo-Uun vollends zusammen.

Inzwischen hatten sich etliche der Aufständischen der Szene genähert und mit ungläubigen Blicken verfolgt, was geschehen war.

»Ihr beiden!«, sagte Ötzli zu zwei Männern, die in seiner Nähe standen. »Bewaffnet euch und passt auf den Kerl auf! Er darf auf keinen Fall fliehen! Wenn er's versucht, haut ihn nieder!« Damit wandte er sich um und marschierte auf Munuel und Roya zu. Für die Momente, da er sich ihnen näherte, ergötzte er sich an den verblüfften Gesichtern der beiden. Gleich darauf bemühte er sich, geschäftig zu wirken.

»Ihr müsst Wolodit-Amulette haben!«, stellte er fest und blieb mit in die Seiten gestemmten Fäusten vor den beiden stehen.

»Ötzli!«, raunte Munuel anklagend. »Was ist in dich gefahren? Glaubst du, du könntest dich jetzt von deinen Sünden reinwaschen, indem du uns hilfst?«

»Halt den Mund!«, knirschte Ötzli zurück. »Halte einfach nur den Mund, verstanden? Wenn du dir zu gut für meine Hilfe bist, dann sag es nur, und ich gehe wieder.«

»Ha!«, machte Munuel. »Du willst gehen? Zusammen mit deiner Geisel vielleicht – diesem seltsamen Kerl dort drüben? Wer ist das überhaupt? Ich glaube kaum, dass du mit ihm weit kommst. Es ist alles vergebens. Von hier können wir niemals fliehen.«

»Vielleicht ja doch. Was ist nun, habt ihr Amulette?«

Roya, die fürchtete, der Streit der beiden Männer könne sinn- und endlos weitergehen, mischte sich ein. »Ja, wir haben zwei Stück. Munuel hat eins und ich auch.«

Ötzli nickte verstehend und sah sich um. »Sind hier noch ausgebildete Magier?«, fragte er die umstehenden Leute, die einen Kreis um sie gebildet hatten. »Gibt es welche unter euch, die kämpfen können?«

»Uns fehlt das Wolodit!«, antwortete Gudula mit herausforderndem Tonfall. »Deswegen müssen wir nahe bei Meister Munuel und Roya bleiben. Dann können wir etwas ausrichten. Eigene Amulette hingegen wären besser.«

Ötzli knöpfte seine Weste und dann sein Hemd auf und holte zwei Amulette an jeweils einem Halsband hervor; ein drittes, das man sehen konnte, behielt er selbst. »Hier. Ich trage stets drei, aber nun trenne ich mich von zweien. Seht zu, dass die besten Magier unter euch sie kriegen und bildet dann Gruppen um sie herum. Es kann auch jemand zu mir kommen.«

»Wer seid Ihr überhaupt?«, fragte jemand aus dem Hintergrund.

»Das geht dich nichts an!«, herrschte Ötzli den Frager an. »Nehmt meine Hilfe an oder lasst es bleiben. Wenn ich diese Frage noch einmal höre, seid ihr mich los – ein für alle Mal, verstanden?«

Es war ein wenig Gemurre zu hören, aber niemand begehrte auf. Ötzli brummte zufrieden.

»Was hast du vor?«, verlangte Munuel scharf zu wissen, der sich vor Ötzli aufgebaut hatte.

Ötzli maß ihn mit bissigen Blicken. »Zunächst einmal ein wenig länger am Leben bleiben. Wenn wir uns nicht zur Wehr setzen, sind wir alle binnen einer Stunde tot.« Er deutete in die Höhe. »Aufgesaugt von dieser monströsen Maschine.«

»Du sprichst von *wir*, alter Freund. Warum? Du hättest sicher problemlos überleben können, hättest du dich nicht auf unsere Seite geschlagen. Warum tust du das? Ist dir dein Kragen nun doch zu eng geworden?«

Ötzli spürte Zorn in sich aufkochen. »Du bist wohl unfehlbar, du wandelnde Legende, was?«, knirschte er Munuel an. »Soll ich dir vielleicht deine Sünden aufzählen? Die Versäumnisse, die du dir in jungen Jahren geleistet hast, an denen der Cambrische Orden noch jahrzehntelang herumgeknabbert hat? Ich will, dass du jetzt deinen Mund hältst, verstanden? Warum ich hier bin, ist ganz allein meine Sache. Aber wie gesagt, ich kann ja wieder gehen. *Mit* dem Doy!« Er deutete nach rechts, wo der Doy Amo-Uun noch immer reglos unterhalb der Metallkästen lag, von zwei Männern bewacht, die sich mit knüppelartigen Metallgegenständen bewaffnet hatten.

Munuel wandte den Kopf in die angegebene Richtung. »Wer ist das? Willst du den Mann als Geisel benutzen?«

»Allerdings. Das ist der Doy Amo-Uun, der Befehlshaber dieser ganzen riesigen Festung *The Morha* und eine der höchsten Personen im gesamten Sternenreich des Pusmoh. Vielleicht ist er sogar der Pusmoh selbst!«

Alle Gesichter wandten sich dem am Boden liegenden Mann zu, der eben stöhnend zu sich kam.

»Und wozu soll er uns nützen?«, fragte Roya unschuldig.

Ötzli seufzte. »Wie dein Meister schon sagte, Mädchen. Als Geisel. Vielleicht gelingt es uns, mit ihm in unserer Hand eine Flucht von hier zu erzwingen.«

»Das wird aber nur funktionieren, wenn er wirklich eine so wichtige Person ist, wie du sagst«, entgegnete Munuel. »Vielleicht schießen die Drakken trotzdem auf uns – auch wenn wir ihn in unserer Gewalt haben.«

»Das werden wir gleich sehen«, sagte Ötzli und deutete in Richtung des Tunneleingangs. »Da kommen sie schon!«

20 ♦ Gegenangriff

Es war ein Stück neuer Zuversicht, die alle ergriffen hatte, neuer Mut in Anbetracht des unvermuteten Sieges gegen Chast; eines Sieges, der zuerst nicht einmal offen erkennbar gewesen war. Angesichts des riesigen versammelten Drachenheeres sah man die Chance, zum Gegenschlag ausholen zu können. Es war eine Stimmung der Hoffnung und der Zuversicht – wären da nicht die schrecklichen Verluste gewesen.

Während Marko, Jacko und Matz schon bald nach Savalgor aufgebrochen waren – mit einem wahren Heer von Drachen –, hatten die Zurückgebliebenen noch die schwere Aufgabe zu erfüllen, ihre getöteten Freunde aufzubahren. Tirao und seine Sippenmitglieder gaben dem getöteten Nerolaan nach Art der Drachen die letzte Ehre. Er war in die Tiefe gestürzt, aber es gelang ihnen, seinen Leichnam zu finden, und sie bestatteten ihn durch Verbrennen mithilfe ihrer weißen Drachenmagien. Keiner der Menschen war dabei.

Hellami, Cleas, Izeban und Quendras sollten in allen Ehren in Bor Akramoria bestattet werden, und man machte die Toten für die Reise bereit. Was Cathryn anging, herrschte noch immer großer Zwiespalt. Da Jockum sie mit einer komplizierten Magie in eine spezielle Aura gehüllt hatte, war es kaum mehr möglich, ihren Zustand zu beurteilen. Alles Leben schien aus ihr gewichen, sie war bleich und kalt, ihre Haut fühlte sich wächsern an, Herzschlag und Atmung waren nicht wahrnehmbar. Während fast alles darauf hindeutete, dass sie tot war, klammerten sich die Freunde an Hochmeister Jockums Aussage, dass doch noch ein Funken Leben in ihr sei. Marko würde mit dem Heiler so schnell nach Bor Akramoria zurückkehren, wie er nur konnte.

Laura war die Person, auf der die meisten Blicke hafteten. Die junge Frau, die so unvermutet aus einer fremden Welt zu ihnen gekommen war, hatte enormen Mut und eine gute Portion Kaltblütigkeit bewiesen, indem sie Chast viermal mit ihrer Armbrust getroffen hatte – es hatte allein ein kleines bisschen Glück gefehlt, und ihr schlimmster Feind wäre tot. Dennoch, Lauras Mut und ihre erstaunliche Treffsicherheit hatte ihnen vorläufig einen Sieg beschert. Mit Bor Akramoria würden sie nun einen neuen Stützpunkt haben, der Sicherheit versprach.

»Mich interessiert dieser Turm am Oberen Flusslauf der Ishmar«, erklärte Victor bei ihrer letzten Besprechung, ehe sie losflogen. Es war schon später Vormittag, und Dutzende von Drachen, die sich überall auf dem kleinen Plateau verteilt hatten, warteten ungeduldig auf den Aufbruch, während andere draußen über dem Abgrund kreisten.

»Man kann ihn bei Tag gar nicht sehen«, meinte Alina, »oder *fast* gar nicht. Er verschwindet meistens im Dunst, der über dem Fluss herrscht, oder im Nebel, falls es ein regnerischer Tag ist. Nur wenn der Mond durch das Sonnenfenster über der Oberen Ishmar fällt, ist er von Bor Akramoria aus zu sehen.«

Ullrik nickte. »Ich wette, es ist eines dieser Bauwerke der *Baumeister*. Wie die Pyramide in Veldoor. Wahrscheinlich gibt es noch mehr davon in der Höhlenwelt.«

»Ja, das denke ich auch«, meinte Azrani. »Wir glauben ja, dass die Bauwerke Mahnmale sind. Vielleicht entdecken wir durch sie noch wichtige Dinge aus der Vergangenheit der Höhlenwelt. Dinge, die uns weiterhelfen können.«

»Ich hoffe auf Hinweise auf die dritte Stadt«, meinte Victor leise. »Die Stadt, die es laut Ulfas Vermutung in der Höhlenwelt noch geben muss und die die Quelle der Stygischen Magie ist. Doch wir sollten jetzt aufbrechen. Je eher wir von hier fort sind und in Bor Akramoria eintreffen, desto sicherer sind wir.«

Sie hatten die Leichname ihrer vier getöteten Freunde auf den Rücken dreier Drachen befestigt; um Cathryn kümmerte sich Hochmeister Jockum persönlich. Sie flogen auf dem Rücken eines riesigen Salmdrachen, der mit seinen vier Beinen viel sanfter zu starten vermochte als ein Zweibeiner-Drachen. Bald darauf waren sie alle in der Luft und schlugen den direkten Weg nach Norden ein, entlang der westlichen Steilküste des Mogellsees. Immer mehr Drachen schlossen sich ihnen an, und als sie nach vier Stunden auf einer Felseninsel im Mogellsee eine Pause einlegten, war die Luft erfüllt von Drachen und alle Landeplätze auf der Insel waren belegt.

»Das sind schon über dreihundert!«, meinte Laura begeistert, als sie in den Himmel hinauf sah.

Ullrik nickte zufrieden, während er den Arm um ihre Schultern legte. »Ja. Dagegen kämen nicht einmal mehr ein Dutzend Malachistas an. Ich glaube, wir sind vorerst in Sicherheit.«

Lauras Blick trübte sich, und sie drückte sich an ihn. »Es tut mir so Leid, was passiert ist. Glaubst du, der Heiler kann die kleine Cathryn retten?«

Ullrik stieß ein schweres Seufzen aus. »Weißt du, Laura, ich glaube, Hochmeister Jockum wollte uns nur einen Hoffnungsfunken bewahren. Ich bin in den Künsten der Magie nicht eben schlecht, das weißt du. Aber ich habe in ihr kein Leben mehr entdecken können – nicht die kleinste Spur. Ihr Körper besitzt im *Trivocum* vollständig blaue oder violette Farben, das ist, als betrachte man einen Stein. Kein Leben, alles vollkommen tot. Selbst ein Stück Holz wäre rot wahrzunehmen, ein menschlicher Körper hingegen müsste in hellroten und gelben Farben strahlen.« Er schüttelte den Kopf und seufzte noch einmal. »Tut mir Leid, Laura, aber ich fürchte, auch der Heiler kann Cathryn nicht mehr helfen. Ich hätte etwas an ihr gespürt. Aber ihr kleiner Körper ist ohne Leben.«

Laura sah ihn lange an, dann suchte sie mit Blicken den Salmdrachen, auf dessen Rücken Cathryn in einer bedrückend sargähnlichen Holzkonstruktion befestigt war. Hochmeister Jockum war abgestiegen und vertrat sich die Beine. Victor lief neben ihm, sie schienen in ein ernstes Gespräch vertieft.

Langsam verstand Ullrik, was Laura so sehr bedrückte. In ihrer Begeisterung hatte sie schon vor ihrer Rückreise von Jonissar in die Höhlenwelt anklingen lassen, dass sie gern eine der

Schwestern des Windes werden würde. Die große und wichtige Aufgabe reizte sie, und ein Rebell war sie seit Kindesbeinen; die Befreiung von Jonissar wäre ohne sie gar nicht denkbar gewesen. Sie hatte davon geträumt, eine der *Schwestern* zu werden; Marina und Azrani hatten versprochen, sich für sie einzusetzen, obwohl noch nie die Frage aufgekommen war, ob es möglich oder im Sinne Ulfas überhaupt folgerichtig war, zusätzliche Mitglieder beim Bund der *Schwestern des Windes* aufzunehmen. Angesichts des tragischen Todes von Hellami überkamen Laura nun Skrupel, einfach ihren Platz einzunehmen, so als hätte sie auf ihren Tod gewartet. Die Schwestern waren nie mehr als sieben gewesen – und nun schien es, als stünde Laura genau in dem Augenblick parat, da eine von ihnen abtrat.

Ullrik drückte Laura an sich und gab ihr einen Kuss; dass er ihre Traurigkeit verstand, ließ er unerwähnt. Diese unglückliche Konstellation jetzt aufzurollen hätte nur noch mehr Unsicherheit gestiftet.

Bald brachen sie wieder auf, und der Flug führte sie weiter nach Norden, immer am westlichen Steilufer des Mogellsees entlang. Der Nachmittag neigte sich dem Ende zu, als sie endlich aus der Ferne das dumpfe Dröhnen der gewaltigen Ishmarfälle vernahmen. Sie waren über zehn Meilen breit und ließen ihre Wassermassen fast vier Meilen in die Tiefe stürzen – das Ergebnis war ein dunkles Brausen, das die ganze Gegend erfüllte. Die Ishmarfälle waren dafür bekannt, dass man sie früher hörte als sah.

Doch bevor es soweit war, dass Ullrik und Laura die viel gerühmten Wasserfälle mit eigenen Augen erblicken konnten, kam ihnen ein einzelner Drache entgegen. Und er brachte schlechte Nachrichten – *sehr* schlechte Nachrichten.

*

»Jetzt könnten wir Cathryn gebrauchen«, brummte Victor missmutig und deutete über den Flusslauf hinweg zu einem abenteuerlichen Felszinken, der sich mitten aus der Sturzkante der gewaltigen Wasserfälle erhob. Auf ihm erstreckte sich ein lang gezogenes Bauwerk – die uralte Festung von Bor Akramoria. »Die Malachista haben Angst vor ihr. Als wir dort unten in Caor Maneit waren, hat sie einen von ihnen verjagt!« Er lachte bitter auf. »Indem sie mit dem Fuß aufstampfte und ein Steinchen nach ihm warf!«

Victor hatte plötzlich Tränen in den Augen, das konnte jeder sehen, und es war keiner unter ihnen, der seinen eigenen Tränen nicht wenigstens nah war. Es war schlimm genug, dass Hellami, Quendras, Nerolaan, Cleas und Izeban umgekommen waren ... aber Cathryn – dieses durch und durch gute kleine Mädchen? Sie war ein wahrer Sonnenschein gewesen, geliebt von allen – ganz abgesehen von ihren erstaunlichen Talenten, die Ulfa ihr verliehen hatte, um den *Schwestern des Windes* eine besondere Verbindung zueinander zu ermöglichen. Ihr Tod, sollte er sich wirklich als wahr erweisen, wäre eine so furchtbare Ungerechtigkeit, dass es nichts gab, womit er wieder gut zu machen wäre.

»Ja«, pflichtete ihm Alina mit trauriger Miene bei, »Cathryn würde diese verfluchten Bestien eine nach der anderen davonjagen! Da bin ich ganz sicher.«

»Glaubt ihr wirklich, es sind so viele, dort unten?«, fragte Hochmeister Jockum. »Sechs Malachista? Wo sollen die denn alle auf einmal herkommen? Man hat in den letzten tausend Jahren in der Höhlenwelt nicht einmal einen von ihnen gesehen!«

»Das ist ja das Schlimme«, antwortete Victor. »Die Nachricht, die uns der Sturmdrache überbracht hat, spricht eine klare Sprache. Chast hat seinen Schlag gegen Malangoor mit einem gleichzeitigen Angriff der Malachista gegen Bor Akramoria geplant. Er wollte uns an beiden Orten ein für alle Mal vernichten.«

Sie kauerten zwischen den Felsen am Ufer der Oberen Ishmar und starrten nach Bor Akramoria hinüber, das etwas nördlich von ihnen lag. Sie hatten dieses Versteck zu Fuß erreicht, nachdem ein paar Drachen sie von Süden her in dieses felsige

Gelände gebracht hatten, dabei sorgfältig darauf achtend, außerhalb des Blickwinkels der Festung zu bleiben. Der Rest der riesigen Drachen-Streitmacht war bei einem der südlicher gelegenen Wasserfälle gelandet und wartete jetzt dort.

»Es sind hunderte von Drachen, die wir dabei haben«, meinte Jockum. »Selbst wenn es sechs Malachista sind – denkt ihr nicht, unsere Drachen würden sie auf jeden Fall besiegen?«

Victor schüttelte den Kopf. »Es würde ebenso tödlich für die Drachen ausgehen wie bei dem Malachista-Überfall in der Drachenkolonie von Malangoor. Die Malachista fliegen mit Magie, sie benötigen ihre Schwingen nicht. Und bei ihrer Größe und Kampfkraft können sie sich wie Schlangen durch die Tunnel und Hohlräume winden und jeden Zweibeiner, der dort unten mühsam navigieren muss, mit ihren Gebissen wie reifes Obst aus der Luft pflücken.«

Ullrik nickte bestätigend. »Ich habe schon einmal so einen Kampf miterlebt – auf Jonissar. Es war furchtbar. Der Malachista hat einen riesigen Salmdrachen in der Luft zerrissen, wie ein Adler eine Taube. Felsdrachen wären wie Spatzen für ihn.«

Azrani pflichtete Ullrik bei, sie hatte das grauenvolle Schauspiel mit angesehen.

»Aber trotzdem wurde der Malachista besiegt!« Das war Laura gewesen, und sie sah Ullrik herausfordernd an. »Du warst es, Ullrik! Du hast ihn verjagt – mit einer gewaltigen Magie. Warum kannst du es nicht wieder tun?«

»Ich?«, rief Ullrik. »Aber ...«

»Natürlich warst du es! Ich habe es selbst gesehen.«

Ullrik schnaufte. »Ja, das stimmt, Laura. Aber ich hatte eine Menge Glück. Und hier sollen es *sechs* von ihnen sein!«

»Das Problem ist, dass sie sich in den Höhlen herumtreiben«, meinte Victor. »Wir müssten die Malachista dort herauskriegen.«

»Wir könnten sie vielleicht herauslocken«, schlug Alina vor.

Victor schüttelte den Kopf. »Es sind Sonnendrachen, vergiss das nicht. Hochintelligente Wesen, die mit einer ganz speziellen Absicht handeln. Sie haben Caor Maneit überfallen und dort

417

unten ein Blutbad angerichtet, aber sie wissen, dass sie zu sechst nicht gegen eine wirklich große Drachenstreitmacht ankommen, hier draußen in der freien Luft. Deswegen bleiben sie dort unten und warten darauf, dass wir den dummen Versuch wagen, sie in ihrem Versteck angreifen zu wollen. In einem Höhlensystem ist ein Malachista beinahe unschlagbar.«

»Beinahe?«, fragte Ullrik nach einer Weile.

»Ja, beinahe«, antwortete Victor. »Laura hat es angedeutet – du hast offenbar schon einmal einen Malachista vertrieben. Dann tu es noch mal!«

»Was?«, fragte Ullrik brüskiert.

»Malachista verfügen über keine Magie. Sie sind gigantisch groß, verbreiten Angst und greifen mit ihren gewaltigen Gebissen an. Aber Magie haben sie keine. Wir sind damals, als wir in die große Felsenhalle von Caor Maneit hinabgestiegen sind, durch verborgene Gänge, Spalten, Tunnel und über Treppchen gelaufen. Das sind Orte, an die die Malachista nicht gelangen können. Sie sind zu groß. Wenn man sie von dort aus angreifen würde ... mit Magie ...« Victor zuckte mit den Achseln. »Also ich denke, dass man sie auf diese Weise doch ziemlich ärgern könnte, dort unten. Und wenn man richtig gemein wird, ich meine, wenn man gemeine Magien anwendet, dann könnten wir sie vielleicht heraustreiben.«

»Ja!«, rief Laura begeistert. »Und sind sie erst hier oben, werden sie von den Amaji-Drachen zerrissen!«

»Wie soll das gehen?«, rief Ullrik. »Ich allein gegen sechs Malachista? Wie soll ich ...«

»Wir haben noch den Hochmeister«, sagte Victor und nickte Jockum respektvoll zu. »Ihr beide seid Magier von höchsten Graden. Ihr könntet den Malachista einheizen, da bin ich sicher.«

»Das wird nicht reichen«, meinte Hochmeister Jockum. »Zwei gegen sechs. Das ist viel zu wenig. Wir sind inzwischen einfach zu wenige Magier. Munuel und Quendras fehlen uns, Cleas ist tot ...«

»Da wäre noch Bruder Zerbus«, erinnerte Victor, »er wartet bei den anderen.«

»Zerbus? Du lieber Himmel! Er ist ein Bücherwurm, ein Bibliothekar! Er taugt nicht zum Kampfmagier ...«

»Sagt das nicht, Hochmeister. Er hat mit aller Kraft versucht, Hellami und Cathryn zu beschützen. Und erfahren ist er auch. Wenn ihr ihm die entsprechenden Schlüssel und Iterationen zeigt, wird auch er uns helfen können.«

Jockum brummte. »Also gut. Dann wären wir zu dritt. Damit aber sind wir immer noch viel zu wenige.«

»Was ist mit Runen?«

Hochmeister Jockum starrte Victor verstört an. »Runen?«

»Ja, Hochmeister. Seht mich nicht so an. Ich weiß, dass das gegen alle Grundsätze des Kodex verstößt, aber wir sind in Not! Wir haben keine große Auswahl in unseren Mitteln.«

»Aber ... wie kommst du auf Runen? Woher weißt du überhaupt von solchen Dingen? Das sind die Geheimnisse der Magie ...«

Victor lächelte. »Das hat mich Leandra auch schon einmal gefragt. Nun, es ist ganz einfach so, dass ich früher einmal alte Bücher restauriert habe, um Geld zu verdienen. Bücher, die ich dann auf Wochenmärkten verkauft habe, oft an Magier, wenn ich etwas Entsprechendes hatte. Zu dieser Zeit habe ich naturgemäß viel gelesen. Über die Magie, hauptsächlich.«

Ullrik hatte die Stirn gerunzelt. »Runen? Wozu sollen die gut sein?«

Hochmeister Jockum schnaufte lautstark, musterte abwechselnd Ullrik und Victor. »Runen ... sind magische Schriftzeichen. Gefährliche Tricks aus der Elementarmagie. Runen wurden in früheren Zeiten verwendet, um einen Energiefluss aus dem Stygium aufrechtzuerhalten. Es handelt sich sozusagen um Magien, die bereits gewirkt wurden und bestehen bleiben sollen. Allerdings ohne dass sie weiter beaufsichtigt werden.«

Ullrik nickte bedächtig. »Ja, so etwas kenne ich auch. Aus der Rohen Magie. Leider weiß ich nicht viel darüber.«

Hochmeister Jockum nickte. »Das ist auch besser so. Solche Magien sind seit Langem verboten. Munuel und ich haben auf unserer Suche nach dem Geheimnis des Phenros verschiedentlich uralte Schrifttafeln entdeckt, die durch Runenzeichen vor dem Verfall geschützt waren. Über Jahrhunderte und Jahrtausende hinweg. Solche einfachen Runenzeichen sind nicht sonderlich gefährlich, da sie nur minimale Energieströme aufrechterhalten. Aber was du meinst, Victor, ist etwas anderes, nicht wahr? Das nehme ich jedenfalls an.«

Victor nickte ernst. »Allerdings, Hochmeister. Ich denke an Aurikelsteine. Mit ganz üblen Magien geladen. Das ist es, woran ich denke.«

»Was sind das für Steine?«, fragte Alina mit besorgter Miene.

»Unser Freund Victor möchte, dass ich Norikelsteine mit Magien auflade«, erklärte Hochmeister Jockum in anklagendem Tonfall und deutete auf den Frevler. »Norikelsteine sind jungfräuliche Steine, einfache kleine Brocken aus Fels, die keinerlei Aura oder Bedeutung haben und von denen man hier oben, in dieser abgelegenen Gegend, wohl so manchen finden kann. Je jungfräulicher ein Stein, desto höher sein Potenzial. Novizen benutzen solche Steine, um Energien abzuleiten, die gefährlich werden könnten. Man kann Norikelsteine aber auch mit Magien aufladen, wodurch sie zu Aurikelsteinen werden. Und wenn es nach Victors Willen geht, soll ich sie mit ganz üblen und gemeinen Magien laden, sie dann mit einer Bann-Rune versiegeln und zugleich mit einer Auslöse-Rune verwendbar machen. Dann wären sie Runensteine. Mit ihnen könnte ein Nicht-Magier in der Lage sein, eine Magie zu wirken, indem er einfach die Auslöse-Rune ausspricht. Vorzugsweise sollten solche Runen dann einen mörderischen Blitz auf ein Opfer abschießen oder es in eine Wolke tödlich giftigen Nebels hüllen. Sehe ich das richtig, Victor? Ist das in deinem Sinne?«

»Vollständig, Hochmeister. Ich hätte es nicht besser ausdrücken können.«

Jockum schüttelte entschieden den Kopf. »Ausgeschlossen, Victor. Das kann ich nicht zulassen. So etwas ist viel zu gefährlich.«

Alina legte die Stirn in Falten. »*Wie* gefährlich?«

»Wie gefährlich?« Jockum warf die Arme in die Luft. »Nun, *zu* gefährlich! Es könnte alles Mögliche passieren. Vom zu frühen Auslösen einer Magie über unvorhersehbare Nebenerscheinungen bis hin zu einem Dämon, der aus dem Stygium ins Diesseits springen könnte.«

»Wie gefährlich?«, forderte Alina scharf. »Nennt mir eine Zahl, Hochmeister!«

Jockum starrte sie verwirrt an. »Eine Zahl? Also ... ich ...« Als er Alinas strenge Blicke sah, brummte er unwirsch und dachte eine Weile nach. »Also, es kommt darauf an, wie stark die Magie sein soll und wie gut der Magier ist, der sie herstellt ...«

»Ihr seid einer der allerbesten«, stellte Alina trocken fest.

Jockum brummte wieder, dann zuckte er mit den Schultern. »Also, ich würde sagen, die Chancen stehen sicher eins zu zwanzig, dass etwas passieren könnte ...«

Alina erhob sich. »Dann versuchen wir es. Vermindert das Risiko auf eins zu fünfzig. Stellt diese Runensteine her, Hochmeister. So viele Ihr nur könnt. Und dann gehen wir hinunter, und zwar alle, und treiben die verfluchten Malachista dort heraus!«

21 ✦ Spurensuche

Ihre neunte Neun-Stunden-Suche in der Inneren Zone war vorüber, und sie hatten nichts gefunden. Leandra stöhnte, als sie den Biopole-Helm absetzte. Obwohl während des Fluges ihre Körperfunktionen auf ein Minimum herabgesetzt waren und Ain:Ain'Qua wie auch Giacomo während ihrer Schlafpausen jeweils zwei der Flugschichten übernommen hatten, begann Leandra das Fliegen der *Faiona* anzustrengen.

Sie hatte fünf der neun Schichten übernommen. Während des Steuerns bei diesen hohen Geschwindigkeiten war ihre ganze Aufmerksamkeit gefordert, und zuletzt war sie nur noch mit einem Drittel ihres anfänglichen Tempos geflogen, um nichts zu riskieren. Die Innere Zone war voll von sich überlappenden Schwerefeldern, es gab Gravitationsstürme, monströse, alles verschlingende Schwarze Löcher und eine Menge anderer Objekte, die Anziehungskräfte aussandten oder ihnen entgegenwirkten. Nach ihrer fünften Schicht war Leandra sehr müde, und eine gewisse Resignation machte sich breit.

»So hatte ich mir das nicht vorgestellt«, bekannte sie niedergeschlagen. »Die Hälfte eines viertausend Lichtjahre großen Raumgebiets abzusuchen – das klingt nicht so schlimm.« Sie schüttelte den Kopf. »Aber es ist einfach gigantisch groß. Und so viele Sterne! Das hätte ich niemals gedacht.«

»Überschlägig sind es etwa vier Milliarden Sonnen, allein in diesem Raumabschnitt«, erklärte Giacomo, der vom Navigationspult aufblickte, mit dem er sich schon seit Stunden beschäftigte. »Das liegt an der enormen Sternendichte dieses Gebiets.«

Leandra warf die Arme in die Luft. »*Vier Milliarden?*«, ächzte sie. Hilfe suchend sah sie zu Ain:Ain'Qua, der nach kurzem Nachdenken nickte.

»Ja, das stimmt – wenn man der Einfachheit halber davon ausgeht, dass die Sterne hier im Durchschnitt je ein Lichtjahr auseinander liegen. Dass es so viele sind, hätte ich auch nicht gedacht.«

Leandra stöhnte lautstark. »Zusammenballungen von Sternen gibt es überall. Und jede davon sieht tausendmal anders aus – man muss nur die Richtung verändern, aus der man darauf blickt. Wie soll Sandy da jemals die Imokagruppe finden?«

»Ich orientiere mich nicht nach dem Aussehen«, erklärte Sandy, »sondern ich versuche, Hausers Daten bezüglich der Masse, des Spektrums, der Anzahl und der Entfernungen der Sterne zueinander zu interpretieren. Dennoch ist die Aufgabe außerordentlich schwierig. Bis jetzt habe ich leider noch kein verwertbares Ergebnis erzielen können.«

»Wie groß ist denn der Bereich, den wir bereits abgesucht haben?«, fragte Leandra bang.

»Etwa sieben Prozent, allerdings ist die Exaktheit unserer Suche aus technischen Gründen nur als sehr oberflächlich zu bezeichnen.«

»Was?«, rief Leandra entsetzt und sprang auf. Ausdrücke wie *sieben Prozent* wusste sie inzwischen sehr gut zu verstehen.

»Beruhige dich, Leandra«, sagte Ain:Ain'Qua und erhob sich ebenfalls. »Wir können schon in der nächsten Minute Glück haben und den Imokahaufen entdecken.«

»Aber was, wenn nicht? Sandy sagte, wir suchen nur oberflächlich, und was ist, wenn wir Pech haben? Dann suchen wir vielleicht ewig!«

»Wir könnten nach anderen Anhaltspunkten suchen«, schlug Giacomo vor, der sich nun ebenfalls erhoben hatte.

Leandra und Ain:Ain'Qua drehten sich um. »Nach anderen? Welche meinst du denn?«

Giacomo drehte sich um und deutete auf seinen Holoscreen. »Wellenmuster«, erklärte er. »Zu Hausers Zeiten gab es so etwas noch nicht – ich meine Geräte, mit denen man Wellenmuster im Raumgefüge aufspüren konnte. Ein IO-Antrieb hinterlässt ein ganz charakteristisches Wellenmuster, das noch Wochen später messbar ist. Wir könnten nach solchen Mustern suchen. Die Innere Zone ist sicher kein Raumsektor, in dem viel Verkehr herrscht. Wenn wir solche Muster finden, deutet das auf eine Route hin, die viel beflogen wird. Vielleicht entdecken wir eine, die uns nach Imoka führt.«

Ain:Ain'Qua runzelte die Stirn. »Du denkst, dass viele Schiffe nach Imoka fliegen?«

Giacomo zuckte mit den Achseln. »Ich weiß es nicht. Aber wenn wir solche Spuren entdecken, wäre es vielleicht einen Versuch wert. Sie müssten eigentlich in eine Richtung deuten.«

Ain:Ain'Qua hob die Augenbrauen. »Was meinst du, Sandy?«

»Die Idee ist grundsätzlich tauglich, Sir. Allerdings ist zu berücksichtigen, dass die meisten Schiffe, die hier verkehren, schon nach kurzer Zeit in den SuperC-Raum springen dürften. Dann ist hier, im Normalraum, nichts mehr zu messen. Darüber hinaus sind die Wellenmuster schwach und nicht über eine beliebig weite Strecke messbar. Ich habe gerade versucht, in unserer Umgebung solche Wellenmuster aufzuspüren, aber hier gibt es keine davon.«

Ain:Ain'Qua seufzte.

»Da hätte ich eine Idee!«, rief Leandra aus. »Was ist mit Soraka? Liegt das nicht am Rand der Inneren Zone? Finden wir das, Sandy?«

»Ja, Käpt'n. Mithilfe der aktuellen Hintergrund-Leuchtfeuer sollte das kein großes Problem sein.«

»Sehr gut. Ich würde sagen, von Soraka aus müsste doch eine Route in die Innere Zone führen. Sie ist zwar Sperrgebiet, aber Drakkenschiffe und solche, die eine Erlaubnis haben, werden gewiss in die Innere Zone hineinfliegen – um dort, sagen wir: den Pusmoh aufzusuchen, nicht wahr? Könnten wir nicht nach Soraka fliegen und von dort aus versuchen, mithilfe dieser Wellenmuster eine Richtung in die Innere Zone hinein zu finden? Vielleicht führt uns dieser Weg direkt nach Imoka! Oder an einen anderen Ort, von dem aus wir Imoka finden können.«

Ain:Ain'Qua und Giacomo sahen sich überrascht an. Leandras Idee schien keineswegs dumm zu sein – schon wieder bewies sie ein erstaunlich gutes Verständnis für Dinge, die ihr aufgrund ihrer Herkunft von einer *Barbarenwelt* eigentlich vollkommen fremd sein müssten.

Dieses Mal meldete sich Sandy selbstständig. »Ihr Vorschlag ist durchführbar, Käpt'n, und verspricht eine gute Aussicht auf Erfolg«, erklärte Sandy förmlich. »Allerdings birgt sie ein nicht geringes Risiko. Soraka liegt inmitten einer stark bewachten Militärzone. Jedes Schiff, das dort einfliegt, wird genau beobachtet. Ein Schiff wie das unsere, das keinen Auto-Responder besitzt und nicht registriert ist, wird dort vermutlich sehr schnell auffallen. Die Gefahr einer Verfolgung ist groß, und womöglich werden die Drakken ohne Vorwarnung auf uns feuern.«

Kaum hatte Leandra Sandys Worte vernommen, wurden ihre Blicke hart. Herausfordernd und mit geballten Fäusten blickte sie Ain:Ain'Qua und Giacomo an. »Der Antrieb dieses Schiffes ist schon einmal einer Rail-Rakete entkommen!«, erklärte sie. »Wir sind ihr einfach davongeflogen.«

»Du meinst mit dem Hopper, nicht wahr? Mit dem ihr aus Roscoes Leviathan geflohen seid.« Ain:Ain'Qua nickte verstehend. »Das ist keine Garantie dafür, dass es wieder gelingt. Ich kenne Soraka – es ist bewacht wie eine Festung. Man nennt es auch das *Tor zum Pusmoh*. Das sagt eigentlich alles. Dorthin zu fliegen ist ein großes Risiko, Leandra!«

»Haben wir eine andere Möglichkeit? Ich meine, irgendetwas, das Erfolg verspricht, Imoka noch in diesem Jahrhundert zu finden?«

Leandras laxe Anmerkung hatte etwas bedrückend Reales. Wieder sahen sich Ain:Ain'Qua und Giacomo fragend an. Sie schienen unentschlossen, aber überraschenderweise meldete sich Sandy zu Wort.

»Gestatten Sie mir, meine Meinung dazu zu äußern, Käpt'n?«

Leandra nickte nachdrücklich. »Natürlich, Sandy.«

»Ich glaube, Ihr Vorschlag ist durchführbar. Ich meine … nun, ich habe das … *Gefühl*, dass die *Faiona* schnell genug ist, um jedem Verfolgerschiff und jedem Flugkörper entkommen zu können, gleich welcher Art. Der Grund dafür ist, dass die

Faiona über eine überlegene Form der Steuerung verfügt. Kein Pilot und keine Automatik vermag ein Schiff so schnell und wendig zu fliegen wie Sie, Käpt'n. Es gibt noch einige weitere Risiken, aber die lassen sich durch kluge Vorbereitung reduzieren. Ich glaube, dass die Chancen, von Soraka aus eine viel versprechende Flugroute ins Zentrum der Inneren Zone zu finden, sehr hoch sind.«

Leandra lächelte schon eine ganze Weile. »Du hast das *Gefühl*, Sandy?«

»Ja, Käpt'n. Ein Gefühl. Das wissen Sie ja.«

Leandra nickte und ließ sich wieder in ihren Pilotensitz fallen. »Ja, das weiß ich. Fliegen wir los.«

Ain:Ain'Qua trat zu Leandra, nahm sie an der Hand und zog sie wieder aus ihrem Pilotensitz. Seine Miene war eine Mischung aus freundlicher Zustimmung und ein wenig Vorwurf. »Da du ja schon entschieden hast, was wir tun werden, meine Schöne, solltest du wenigstens auf mich hören und dich jetzt ein wenig ausruhen.«

Giacomo trat hinzu und nickte. »Richtig. Ich könnte es übernehmen, die *Faiona* nach Soraka zu bringen. Du solltest dich so lange ausruhen. Wenn wir erst da sind, werden wir wahrscheinlich deine Fähigkeiten als Pilotin in vollem Maß brauchen.«

*

Als die *Faiona* in der Nähe von Soraka aus dem SuperC-Raum trat, schaltete Sandy sofort den IO-Antrieb ab und mit ihm auch alle anderen größeren, an Bord arbeitenden Geräte, deren Energieausstrahlung man hätte messen können. Mit dreißig Prozent Lichtgeschwindigkeit raste das kleine Schiff antriebslos und nur mit dem Schwung seiner Vorbeschleunigung ein paar Lichtstunden vom Planeten Soraka entfernt am Serakash-System vorbei.

An Bord liefen die passiven Sensoren auf Hochtouren. Sandy hatte alle Messeinheiten, Antennen und Dipole auf das umliegende Raumgebiet ausgerichtet und versuchte, Wellenmuster im Raumgefüge wie auch Konzentrationen von Schiffsverkehr, Richtfunk und andere Emissionen aufzufangen und zu analysieren. Auch Giacomo war damit beschäftigt, das auszuwerten, was sich an elektromagnetischen Wellen empfangen ließ.

»Wir haben Glück!«, rief er laut. »Ich sehe hier ein *fünftes* Wurmloch-Terminal – und es zielt eindeutig in die Innere Zone hinein!« Er stand auf und machte sich an den Kontrollen des Projektionstisches zu schaffen. Kurz darauf flammte in der Luft darüber ein dreidimensionales Abbild des Raumgebiets um Serakash auf. Er deutete auf ein Symbol, das wie ein siebenzackiger grüner Stern aussah. »Das hier ist das Terminal des Intraways zum Raumsektor Thelur. Ein Wurmloch, das etwa siebentausend Lichtjahre weit reicht.« Er deutete auf zwei weitere, grüne Sternsymbole, beide mit zwölf Zacken. »Die beiden hier sind die großen Intraways nach Ursa Quad und zum Virago-Haufen. Hier ist noch der zum Heimatsystem der Drakken, zu den Tryaden. Das ist auch eine sehr weite Verbindung. Aber dies hier ...«, und damit deutete er auf ein weiteres Symbol, »... ist ein weiteres Terminal. Es ist *nicht* in den Karten verzeichnet, und es hat nur ein fünfzackiges Symbol. Ein ganz kleines Terminal also.«

»Und was ist das für eins?«

»Seht doch – es zielt mitten in das Sperrgebiet hinein!«

Ain:Ain'Qua nickte verstehend. »Natürlich. Dass so ein Terminal existiert, ist ja klar. Wenn jemand einmal in die Innere Zone muss, weil er zum Pusmoh persönlich will, kann man ihn nicht einfach frei mit einem TT-Antrieb dort herumfliegen lassen. Er wird das Wurmloch nehmen müssen. Vermutlich bringt ihn das direkt zum Heißen Stern.«

»Zum ... Heißen Stern?«, fragte Leandra.

»So nennen die Leute mitunter den geheimen Ort, von dem jeder weiß, den aber niemand kennen darf. Majinu. Die Welt, auf der angeblich der Pusmoh lebt.«

Leandra nickte verstehend. Sie deutete auf die Symbole. »Zwölf Zacken, sieben Zacken, fünf Zacken ... bedeutet das etwas?«

»Es gibt an, wie groß das Terminal ist«, erklärte Giacomo. »Wurmloch-Terminals bestehen aus einem Ring von Halon-Kalvaren. Du weißt ja, was das ist – diese ominösen Felsbrocken aus dem Orbit des Halon, mit deren Hilfe die Leviathane navigieren. Kalvare sind aber gar keine Felsbrocken, sondern ebenfalls Lebewesen, obwohl sie nichts tun, als dort im Orbit zu treiben. Sie ernähren sich von der harten Alpha-Strahlung, die die Leviathane abgeben, nachdem sie das H.Plantae abgeweidet haben, und stellen ihnen dafür ihre enormen Gravitationsfelder zur Verfügung. Damit sie sich in den Ringen bewegen können.«

Leandra nickte. »Ja, ich weiß. Sie sind zehntausendmal stärker als die Schwerkraftorgane der Leviathane.«

»Richtig. Wenn man sich nun ein paar dieser Kalvare holt, sie ringförmig anordnet und sie mit Alphastrahlung stimuliert, erzeugen sie ein gigantisches, trichterförmiges Schwerefeld. Zwischen zweien solcher Kalvar-Ringe lässt sich eine Wurmloch-Verbindung herstellen. Und hier, auf dieser Karte, kann man an der Anzahl der Kalvare ablesen, wie groß ein solches Wurmloch ist und wie weit es reicht.« Er deutete auf das siebenzackige Symbol. »Hier haben wir sieben Kalvare – das ist eine mittelgroße Verbindung, der Intraway nach Thelur. Siebentausend Lichtjahre.« Dann wies er auf eines der zwölfzackigen Symbole. »Das hier ist ein riesiger Ring, der Intraway nach Ursa Quad – zum Heimatsektor der Ajhan. Bis dorthin sind es fünfundzwanzigtausend Lichtjahre.« Schließlich deutete er auf das fünfzackige Symbol. »Dies hier aber ist eine viel kleinere Verbindung. Sie reicht irgendwohin in die Innere Zone. Über maximal zweitausendfünfhundert Lichtjahre hinweg, würde ich sagen.«

»Und dieses irgendwohin«, fügte Ain:Ain'Qua hinzu, »dürfte ein zentraler Punkt sein, wahrscheinlich Majinu. Etwas anderes macht nicht viel Sinn, nicht wahr, Giacomo?«

Der Angesprochene schüttelte den Kopf. »Nein. Es müsste eigentlich Majinu sein. Oder eben Imoka, falls das eine ebenso wichtige Bedeutung hat. Vielleicht aber liegt Majinu auch mitten im Imokahaufen. Irgendeinen Grund muss es ja geben, dass der Pusmoh die Sternkarten so sehr manipuliert hat.«

Plötzlich flammten mehrere Blinksignale auf dem großen Instrumentenpult der *Faiona* rhythmisch auf. »Achtung, Käpt'n«, war Sandys Stimme zu hören. »Ich empfange ein Anstoß-Signal an den Auto-Responder.«

»... den wir nicht haben!«, fügte Giacomo hinzu.

Ain:Ain'Qua stieß ein leises Brummen aus. »Stimmt. Wie lange wird es dauern, bis sie das misstrauisch macht, Giacomo?«

»Oh, das dürfte schnell gehen. Vielleicht halten sie uns noch eine Weile für einen kosmischen Felsbrocken oder einen Kometen. Aber es fehlt uns an den entsprechenden Spektralwerten. Bald werden sie ein Schiff schicken, das uns genauer unter die Lupe nimmt. Wir sollten besser möglichst rasch wieder von hier verschwinden.«

Leandras Aufregung wuchs. »Haben wir denn nicht schon alles, was wir wissen wollten? Können wir nicht einfach durch das Wurmloch fliegen?«

»O nein, Leandra. Wurmlöcher sind kostenpflichtig und dürfen nur mit Freigabe benutzt werden. Und sie sind außerordentlich gut bewacht. Wer da unerlaubt hindurch will, muss durch ein Sperrfeuer, gegen das Luzifers Sieben Höllen ein Kindergeburtstag sind.«

Leandra entlockte der Vergleich keinerlei Lächeln. »Und wenn wir einfach dem Wurmloch folgen, und dorthin fliegen, wo das andere Terminal ist?«

Giacomo legte die Stirn in Falten. »Das ist leider schwierig. Wir hätten zwar eine grobe Richtung, in die es weist, aber das bedeutet bei einem Wurmloch nicht viel. Das Gegenterminal könnte theoretisch in einer völlig anderen Richtung liegen.«

»Und was nutzt es uns dann, dass wir dieses Terminal entdeckt haben?«

Giacomo zuckte verlegen mit den Schultern. »Nun ja, immerhin wissen wir, dass es ein Wurmloch ins Innere des Sperrgebiets gibt, und wir kennen die ungefähre Richtung, in die es zielt. In den meisten Fällen deuten sie durchaus in die Richtung ihres Gegenterminals. Es sei denn, in der Nähe liegt ein extremes Schwerefeld, welches den Wurmlochtunnel schon an seinem Beginn sehr stark krümmen würde. Aber hier in dieser Gegend lässt sich nichts Derartiges erkennen. Sandy, was meinst du?«

»Korrekt, Sir. Wir können davon ausgehen, dass das Terminal etwa in Richtung des Gegenterminals zielt. Technisch gesehen ist das zwar nicht von Belang, aber es entspricht den Gewohnheiten von Menschen und Ajhan.«

»Aber was nützt uns das?«, rief Leandra, die immer nervöser wurde. »Wie weit mag es bis dorthin sein? Einhundert Lichtjahre? Oder zweitausend? Hier sind über vier Milliarden Sterne!«

»Käpt'n, ich empfange einen Ruf von einem Kontroll-Außenposten namens Yona XII. Ich nehme nicht an, dass Sie ihn beantworten wollen?«

»Nein, natürlich nicht, Sandy!«, rief Ain:Ain'Qua an Leandras Stelle. »Wie viel Zeit bleibt uns noch, bis wir mit einem Kontrollschiff rechnen müssen, das sie nach uns schicken?«

»Beim Überwachungsgrad dieses Raumgebiets ist in spätestens zehn Minuten damit zu rechnen, Sir. Ich orte über zwanzig Patrouillenschiffe und Bakenstationen im Umkreis einer halben Lichtstunde.«

»Hast du schon Ergebnisse bezüglich der Wellenspuren, Sandy?«

»Mehrere, Sir. Ich identifiziere fünf signifikante, vom Serakash-System wegführende Flug-Korridore, die durch eine größere Ansammlung von Wellenspuren im Raumgefüge auffallen. Zwei davon führen nach außen, in Richtung des offenen Alls, drei hingegen unmittelbar in die Innere Zone hinein. Alle drei brechen jedoch nach kurzer Zeit ab – dort, wo die abfliegenden Schiffe vermutlich in den SuperC-Raum gesprungen sind. Einer der Korridore aber orientiert sich ebenfalls in die Richtung, in welche der Wurmlochtunnel weist.«

»Das klingt doch gut!«, rief Giacomo.

»Ja, aber wir wissen nach wie vor nichts über die Distanz«, warf Ain:Ain'Qua ein, den die blinkenden Lichter des Pults nun sichtlich nervös machten.

»Wartet!«, rief Leandra aufgeregt. »So ein Wurmloch – das hat doch mit Gravitation zu tun, mit Schwerkraft, nicht wahr? Zwei Terminals, die durch eine Art Tunnel verbunden sind.«

Ain:Ain'Qua und Giacomo nickten.

Leandra wandte den Blick hinauf zur Decke. »Wir können doch Schwerefelder *sehen*, Sandy, oder? Ich meine, im SuperC-Raum. Du und ich! Ist es nicht so?«

Für Augenblicke herrschte Schweigen. Dann meldete sich Sandy mit leiser Stimme. »Ja, Käpt'n. Tut mir Leid, dass ich das nicht bedacht habe. Aber Sie haben Recht. Nach einer schnellen Prüfung aller Umstände finde ich nichts, was dagegen spricht. Es müsste möglich sein.«

Leandra fuhr zu Ain:Ain'Qua und Giacomo herum. »Das ist es! *Das* muss die Lösung sein! Wir fliegen im SuperC-Raum entlang des Wurmlochtunnels! Sandy und ich können ihn *sehen!*«

Ain:Ain'Qua starrte sie ungläubig an, dann ging in seinem Gesicht ein Lächeln auf. »Unglaublich! Du schaffst es immer wieder, mich zu verblüffen, Leandra! Natürlich! Das klingt wirklich gut, das sollten wir versuchen!«

»Käpt'n! Ich messe Emissionen von drei Patrouillenschiffen in der Nähe. Wir liegen im Fokus von mehreren aktiven Sensoren.«

»So schnell?«, platzte Giacomo heraus. »Dann müssen wir hier weg, Leandra! Du solltest den nächsten TT-Sprung einleiten.«

»Es gibt eine kleine Schwierigkeit, Sir«, meldete sich Sandy. »Wir gleiten mit hoher Geschwindigkeit in einer steilen Tangente am Serakash-System vorüber. Wenn wir einen direkten TT-Sprung ausführen, weiß ich nicht, woran wir im SuperC-Raum die fünf Wurmlochtunnel voneinander unterscheiden sollen. Ich verfüge über keine Vergleichswerte. Die Chance, dass wir dem Gravitationsbild des falschen Tunnels folgen, liegt bei fünf zu eins.«

Ain:Ain'Qua stöhnte auf. Auf dem Instrumentenpult blinkten immer mehr Lichter, leise Piepsgeräusche waren hinzugekommen. »Das darf doch nicht wahr sein! Am Ende landen wir in den Tryaden, bei den Drakken!«

»Was ist zu tun, Sandy?«, rief Leandra. »Wie lässt sich das lösen?«

»Wir müssten eine Schleife fliegen, Käpt'n. Eine Schleife, die zuletzt unmittelbar auf den Tunnel ins Sperrgebiet zusteuert. Nur so können wir sicher gehen, den richtigen der fünf Wurmlochtunnel zu finden. Hier, mitten im Serakash-System, ist das jedoch sehr riskant. Drei Wachschiffe befinden sich auf Konvergenzkurs zu unserem.«

»Du lieber Himmel!«, rief Giacomo. »Alle drei schon? Falls wir unseren Kurs ändern, werden sie sofort wissen, dass die *Faiona* kein Felsbrocken oder Komet ist, sondern ein nicht registriertes Schiff!«

Für Momente starrten sie sich gegenseitig an. Jeder wusste, was das bedeutete.

Leandras Miene war plötzlich sehr kühl geworden. »Wenn wir den falschen Tunnel erwischen, verlieren wir eine Menge Zeit und müssen letztlich *doch* wieder irgendwann hierher zurück. Um einen neuen Versuch zu wagen. Oder sehe ich das falsch?«

Ain:Ain'Qua und Giacomo schüttelten die Köpfe.

Giacomo deutete auf die 3D-Darstellung über dem Navigationstisch. »Hier eine Schleife zu fliegen, bei knapp dreißig Prozent C – das bedeutet einen Weg von ein paar Hundert Millionen Meilen. So, wie diese Gegend hier überwacht ist, haben wir gute Aussichten, abgefangen zu werden.«

Sie blickten alle drei auf die Abbildung des Serakash-Systems. Sie platzte nur so vor Symbolen, die Orbitalstationen, Messbojen, Patrouillenboote, Habitate, Wachschiffe und andere Dinge dieser Art darstellten.

»Sandy«, fragte Leandra aufgeregt, »schaffen wir das?«

»Nach meinen Berechnungen, und unter Berücksichtigung der möglichen …«

»Sandy! Hör auf mit deinen Berechnungen! Ich will wissen, was du *fühlst!* Schaffen wir das?«

Wieder zögerte die Bordintelligenz der *Faiona*. »Ich bin nicht sicher, Käpt'n. Es ist sehr riskant. Aber mit etwas ...«

»Etwas ... *was?*«

Wieder zögerte Sandy. »Glück«, sagte sie dann. »Mit etwas ... *Glück* könnte es uns gelingen.«

Leandra lächelte Ain:Ain'Qua und Giacomo schief an. »Ihr habt es gehört. Ich und Sandy übernehmen die Steuerung. Ihr beide seid für das Glück zuständig.« Sie wollte sich schon umdrehen, um zu ihrem Pilotensitz zu eilen, da hielt sie inne. »Vielleicht hilft es uns ja, wenn ihr ein wenig *betet.*«

22 ♦ Runenmagie

Sechs Stunden lang, bis tief in die Nacht hinein, hatten sie unter der Anleitung des Hochmeisters gemeinsam mit aller Kraft an einem Unterfangen gearbeitet, bei dem Jockum häufiger abwechselnd heiß und kalt wurde als je zuvor in seinem Leben.

Abgesehen von den speziellen Runensteinen, die sie herstellen wollten, war die Runenmagie als solche eine sehr ungebräuchliche Form in der Elementarmagie. Bei den einen war sie verpönt, bei den anderen galt sie als eine spezielle Spielart, die nur unter ganz besonderen Umständen und mit vielen Regeln behaftet angewendet werden durfte. Für wieder andere war sie schlicht und einfach antiquiert und viel zu wirkungslos. Für das jedoch, was sie nun vorhatten, gab es keinen anderen Weg.

Alle Freunde hatten sich an einem sicheren und abgeschiedenen Platz am südlichen Teil der Wasserfälle versammelt, einige Meilen von Bor Akramoria entfernt, unterhalb einer hohen Felswand, wo es eine geräumige Höhle gab. Bruder Zerbus und Ullrik waren viele Stunden auf der Suche nach geeigneten Steinen für die Runenmagien gewesen. Es mussten Steine von möglichst entlegenen Orten sein; Steine, die ein *Nichts* an Bedeutung enthielten, und das hieß, dass sie im Leben keiner Kreatur dieser Welt und keines Ereignisses in der Vergangenheit irgendeine Rolle gespielt hatten. Hätte je ein Kind einen dieser Steine geworfen, wäre ein Wanderer über ihn gestolpert, wäre ein Insekt unter ihm zerdrückt worden oder hätte eine Schlange unter ihm geruht, wäre er bereits von einer vitalen Bedeutung für diese Welt erfüllt und für ihre Zwecke völlig untauglich gewesen. Hier oben jedoch, in dieser völlig abgeschiedenen Welt der

Felsen und der Bergriesen, war es möglich, solche jungfräulichen Steine zu finden.

Ullrik und Zerbus kletterten in den Schluchten und Spalten an der Oberen Ishmar umher und versuchten mithilfe ihres *Inneren Auges* solche Steine ausfindig zu machen. Blanker Fels stellte sich im *Trivocum* immerzu in der Farbe *Grau* dar, die geringste Verfärbung deutete darauf hin, dass dieser Stein bereits in Berührung mit dem vitalen Leben der Höhlenwelt gekommen war. In einem Wald hätte man keinen einzigen gefunden; hier, in den abgelegenen Winkeln dieser Felsenwelt jedoch, fanden sich immer wieder einzelne, über die in Jahrtausenden noch nicht einmal ein Insekt gekrabbelt war.

Hochmeister Jockum hatte Ullrik und Zerbus eine magische Prozedur gezeigt, mit deren Hilfe man solche Steine bergen konnte, ohne ihnen durch die bloße Berührung mit den Händen bereits wieder alles an Potenzial zu nehmen. Diese Steine benötigte er, um sie mit Magien laden zu können – was sie zunächst zu klassischen Aurikelsteinen machte. Dann aber würde er sie mit speziellen Runen versiegeln und sie mit weiteren Runen in einen Zustand versetzen, in dem sie ihr Potenzial wieder freigeben konnten. Mit anderen Worten: Was er herstellte, waren *magische Bomben*, die von Nicht-Magiern benutzt werden konnten. Und es waren starke Bomben, denn sie sollten die Malachista aus den Höhlen von Caor Maneit treiben – durch den großen Schacht aus der Tiefe in den freien Himmel über Bor Akramoria hinaus, wo das inzwischen auf aberhunderte Drachen angewachsene Luft-Heer der Amaji-Drachen über sie herfallen und ihnen den Garaus machen sollte.

Jeder einzelne dieser Runensteine war eine vorsichtig verpackte und durch eine spezielle Rune mühsam beherrschte, magische Katastrophe – die nur darauf wartete, entfesselt zu werden.

Hochmeister Jockum schwitzte Blut und Wasser. Er musste all seine Künste aufwenden und über die Maßen vorsichtig vorgehen, um nicht durch eine unglückliche Überschneidung oder einen fehlerhaften Schlüssel eine fatale Kettenreaktion auszulösen, die sie alle das Leben kosten würde. Jeder einzelne Runenstein stand nach seiner Herstellung durch einen dünnen, magischen Webfaden ständig in Verbindung mit dem *Trivocum* – woher er die Energien bezog, mit denen er sowohl seine Ladung, seine Blockierung wie auch die Möglichkeit seiner Entladung aufrechterhielt. Azrani und Marina kratzten mit Steinen unzählige Notizen in eine nahe Felswand, welche Hochmeister Jockum benötigte, um keine doppelten Runenschlüssel zu vergeben. Er hatte sich zuvor ein System ausgedacht, mit dem er dies über endlos viele Steine hinweg durchhalten konnte, aber er durfte keinen einzigen Fehler machen. Azrani und Marina waren die Richtigen dafür, um ihn bei dieser Arbeit zu unterstützen und ihn zu warnen, falls sich ein Versehen anbahnte.

Endlich, nach vielen anstrengenden Stunden, war er fertig.

Ullrik und Zerbus hatten an die achtzig jungfräuliche Steine geborgen, und Hochmeister Jockum hatte sie alle zu magischen Bomben gemacht. Die meisten davon hatte er mit einer Magie der achten Iterationsstufe geladen, die jener sehr ähnlich war, die Ullrik so wirkungsvoll gegen den Malachista über Malangoor eingesetzt hatte. Das Monstrum war danach nicht wieder aufgetaucht, und ihre Hoffnung lag darin, dass diese elektrisierende Wolke einen Malachista wirklich in die Flucht schlagen konnte.

Allerdings konnte man mit so einem Runenstein sicher keinen Malachista töten. Ullriks Magie hatte womöglich genau dies getan, aber Ullrik schien über ein ungewöhnlich hohes, magisches Potenzial zu verfügen – ein Potenzial, dass der Hochmeister seinen Runensteinen beim besten Willen nicht zu verleihen vermochte. Selbst Ullrik würde seine Urgewalt bestenfalls einmal am Tag zusammenballen können – in einem Moment äußerster Wut oder zutiefst empfundener Sorge. Mehr war auch ihm nicht möglich. Ein Magier schöpfte aus seiner mentalen Kraft, die nicht unbegrenzt vorhanden war. Im Gegenteil, mit jeder gewirkten Magie nahm sie ab, bis sie zuletzt nur durch Ruhe, Erholung und langen Schlaf wieder zu erneuern war. Was Hochmeister Jockum anging, war er am Ende seiner Kräfte, als er die achtzig Runensteine aufgeladen hatte. Er legte sich schlafen, um neue Energie zu schöpfen.

Victor hatte unterdessen einen detaillierten Plan ausgearbeitet. Mithilfe der Beschreibungen von Drachen, die sich in den letzten Wochen in Caor Maneit aufgehalten hatten, war es ihm gelungen, eine recht brauchbare Karte des Höhlensystems zu erstellen. Sein Plan sah vor, drei Gruppen in die Höhlen hinabzuschicken, je von einem der drei Magier angeführt, während dessen Begleiter mit Jockums *magischen Bomben* bewaffnet waren.

Hochmeister Jockum würde mit Alina und Azrani gehen, Ullrik mit Laura und Zerbus mit Marina und Victor. Übrig blieb nur noch Hilda mit dem kleinen Maric. Sie würde, zusammen mit einigen Jungdrachen, in einem Versteck zurückbleiben und die Toten bewachen, bis der Sieg über die Malachista errungen war.

Als der Morgen graute, brachen sie auf.

Das Drachenheer war enorm angewachsen, stolz zählte es inzwischen über fünfhundert Köpfe. Tirao, der schon zweimal gegen einen Malachista gekämpft hatte, war sicher, dass sie jeden der Mörderdrachen in Stücke reißen konnten, wenn er nur gezwungen war, das Höhlenlabyrinth zu verlassen und hinaus zu ihnen in den Himmel über Bor Akramoria zu kommen. Sogar ein paar winzige Baumdrachen waren zu dem Heer der Drachen gestoßen, und das erwies sich als ein großes Glück, denn drei der nur katzengroßen Tiere erklärten sich bereit, mit den Menschen in die Höhlen hinabzusteigen und von dort aus die Verbindung zu den oben wartenden Drachen aufrechtzuerhalten. So würden sie die anderen rechtzeitig warnen können, wenn es den Menschen gelang, einen der Malachista aus den Höhlen zu treiben.

Jeder der acht, die hinab nach Caor Maneit steigen wollten, hätte gern mit einem der Drachen getauscht, die im Freien den Malachista auflauern wollten. In die tiefen, großen Höhlen der alten Drachenstadt hinabzusteigen, die wie die Beeren einer Weintraube aneinander hingen und sich bis in eine Tiefe von vier Meilen erstreckten, war ein Schrecken der besonderen Art. Victor und Alina hatten diese Höhlen bereits einmal erforscht und waren dort sogar einem der Riesendrachen begegnet. Der einzige Vorteil für Menschen bestand darin, dass sie klein waren und sich an Orten verbergen konnten, die von den Malachista nicht zu erreichen waren.

Als das erste Grau des Tages anbrach, ließen sich die acht Menschen von ihren Drachenfreunden auf den Felsen von Bor Akramoria bringen. Dort angekommen, eilten sie in Richtung des rückwärtig gelegenen Teils der alten Festung und erreichten bald das große Bauwerk am nordwestlichen Ende von Bor Akramoria. Schweigend erhob es sich in den noch grauen Morgen über der Oberen Ishmar. Unwillkürlich blieben sie stehen, um den geheimnisvollen, riesigen Turm zu betrachten, der sich dahinter in einigen Meilen Entfernung aus dem Morgennebel über dem Fluss erhob.

»Heute Morgen ist er zu sehen!«, flüsterte Victor und deutete auf das gewaltige Bauwerk.

Der Turm sah aus wie eine schlanke Säule, oben spitz zulaufend, bestimmt fünf Meilen entfernt; im grauen Licht des Morgens schimmerte er, als bestünde er aus Kristall. Er reckte sich dem lang gestreckten Sonnenfenster entgegen, das sich entlang des Laufs der Oberen Ishmar spannte. An seiner Basis maß er vielleicht einhundertfünfzig Schritt im Durchmesser und musste eine gute Meile Höhe besitzen. Seine Spitze schien wie aus einem Kristall, sie funkelte und strahlte im ersten Licht der Sonne, das von dort oben zögernd in die Höhlenwelt hereinfiel.

Ullrik war mit offenem Mund stehen geblieben. »Das ist der Turm?« Staunend betrachtete er ihn, wie er sich, kaum wahrnehmbar, aus dem Weißgrau des Nebels zum Felsenhimmel erhob. »Ja, ich glaube, er stammt ebenfalls von den *Baumeistern*.«

Azrani und Marina nickten. »Steht in seinem Vordergrund ein Monument? Ein Monument aus sechs Säulen, die oben aufeinander zu gebogen sind?«

»Ja, ich glaube schon«, antwortete Victor. »Es war noch niemand von uns da, wir hatten bisher keine Gelegenheit. Aber wenn man von dort oben die Ishmar hinaufblickt«, und damit deutete er auf den mächtigen vorderen Bau von Bor Akramoria, »kann man im Vordergrund des Turms etwas erkennen. Das könnte solch ein Monument sein.«

Sie standen noch eine Weile schweigend da, dann drängte Victor darauf weiterzugehen. »Los, kommt. Der Weg ist noch weit. Und die Baumdrachen warten bestimmt auch schon auf uns.«

Er lief wieder los, durch das verhaltene Zwielicht des Morgens, auf das große Portal des Rückgebäudes zu. Sie durchquerten einen kurzen, von Säulen gesäumten Portalgang und erreichten schließlich jene eigentümliche große Halle, die keine war: sie besaß keinen Boden und keine Decke. Sie maß etwa einhundertfünfzig Schritt im Durchmesser, war rund und von einer Säulenarkade umgeben, von der zahllose Gänge in die anderen Gebäudeteile abzweigten. Anstelle des Bodens klaffte ein riesiges, kreisrundes Loch von gut hundert Schritt Durchmesser in der Halle, gemauert wie ein Brunnenschacht und gesäumt von einem umlaufenden Steingeländer, das menschliche Besucher davor bewahren sollte, in die dunkle Tiefe zu stürzen. Über dem Loch spannte sich keine Hallendecke, sondern nichts als der freie Himmel. Sie hatten damals eine Weile gebraucht, bis sie verstanden hatten, dass dies alles nichts als eine Einflugöffnung war – ein Zugang hinab nach Caor Maneit, der Stadt der Amaji-Drachen. Er war gerade weit genug für die größten Zweibeiner-Drachen, aber zu klein für die großen Vierbeiner.

»Dort!«, rief Azrani und deutete auf eine alte, halb zerfallene Statue rechts neben dem Halleneingang. Sie eilte los und blieb vor der Statue stehen.

Die drei Baumdrachen, die Tirao geschickt hatte, erwarteten sie dort.

Ehrfürchtig näherten sich die übrigen Mitglieder der Gruppe, denn Baumdrachen waren scheue und ausgesprochen seltene Drachenwesen, um die sich allerlei Legenden rankten. Die drei Drachen, schlanke und stark magiebegabte Zweibeiner, die wie winzigkleine Fels- oder Sturmdrachen wirkten, hatten sich keck auf der Spitze der Statue drapiert.

Victor trat neben Azrani und legte ihr eine Hand auf die Schulter, während er die drei Baumdrachen musterte. Sie wirkten irgendwie schelmisch, wie sie sich auf der verfallenen Statue versammelt hatten, gleich drei kleinen, verspielten Katzen, und blickten ihnen neugierig entgegen.

Ich grüße euch, sagte Victor übers *Trivocum*. *Ihr müsst Hanaia, Tuumanil und Dhaeros sein. Mein Name ist Victor, und das hier ist Azrani, eine der Schwestern des Windes.*

Die drei Baumdrachen wiegten leicht die Köpfe, blickten sich gegenseitig an und reckten dann die Hälse, als die anderen Menschen sich näherten. Noch war keine Erwiderung von ihnen zu hören.

Da kommen noch Ullrik und Laura, erklärte Victor geduldig, als die beiden sie erreichten, *und hinter ihnen folgen Hochmeister Jockum, ein hoher Würdenträger unter den Magiern, und Zerbus, einer seiner Brüder. Und dies...,* er wartete, bis Alina in den Vordergrund getreten war, *ist unsere Shaba. Sie heißt Alina und ist die Höchste Anführerin aller Menschen.*

Der mittlere der drei Baumdrachen richtete sich etwas auf. *Die Allerhöchste?,* fragte er mit feiner Stimme.

Victor lächelte. *Ja, in der Tat. Das ist sie.*

Die drei Baumdrachen sahen sich wieder gegenseitig an, wiegten erneut die Köpfe, schienen sich untereinander auszutauschen.

Welche Ehre!, sagte der mittlere der drei. *Ich bin Dhaeros. Meine beiden Freunde heißen Breeko und Jalian. Hanaia und Tuumanil sind noch sehr jung. Sie sind bei den anderen geblieben. Aber wir werden mit euch kommen und euch vor den Malachista beschützen.*

Am Verhalten der drei und der Redeweise Dhaeros' glaubte Victor erkennen zu können, dass die wahre Natur dieser winzigen Drachenart der Frohsinn sein musste und nicht die würdevolle Ernsthaftigkeit, die Ulfa in seiner Erscheinungsform als Baumdrache stets an den Tag gelegt hatte.

Ich danke euch, erwiderte er lächelnd. *Ganz bestimmt werden uns die Malachista nichts antun können, wenn wir unter eurem Schutz stehen. Aber das Wichtigste ist, dass ihr uns helft, eure großen Drachenfreunde zu alarmieren, sobald es uns gelingt, den ersten Malachista nach oben aus Caor Maneit herauszujagen. Wir haben vor, in drei Gruppen nach unten zu gehen. Am besten wäre es, wenn je einer von euch eine unserer Gruppen begleiten würde. Dann könnten wir uns mit eurer Hilfe auch untereinander verständigen.*

Sicher können wir das, meinte Dhaeros steif.

Wir könnten euch aber auch hinuntertragen. Oder ihr bleibt hier, und wir töten die Malachista ganz allein, schlug Breeko in verschwörerischem Ton vor. *Natürlich nur, wenn ihr einverstanden seid.*

Victor lachte auf. *Oh, das ist sehr freundlich. Aber versuchen wir es lieber erst mit dem Plan, den wir uns zurechtgelegt haben.*

Natürlich, erwiderte Jalian mit höflicher Stimme. *Ihr entscheidet das. Wir sollen euch ja nur helfen.*

Die Baumdrachen erhoben sich elegant und bewiesen sogleich die magische Begabung, die man ihnen nachsagte: Ohne einen Flügelschlag schwebten sie ruhig durch die Luft und folgten ihnen mit schlangengleichen Bewegungen. Bald standen die acht Menschen in der Mitte der Halle, dem gewaltigen, gemauerten Schacht gegenüber, der in die schwarzen Tiefen von Caor Maneit hinabführte.

»Eins noch«, meinte Victor flüsternd, als sie in den Schacht sahen. »Vergesst nicht, dass diese Malachista *doch* eine Magie in sich tragen: Man bekommt eine solche Angst vor ihnen, dass einem fast das Herz stehen bleibt. Sie geht noch weit über das normale Maß hinaus. Cathryn war offenbar immun dagegen, aber ich selbst – ich hab mir fast in die Hosen gemacht. Es war grauenvoll.«

Alina nickte bestätigend. »Ja, das ist wahr. Mir ging es genauso. Wenn ihr könnt, dann versucht, diese Angst zu ignorieren. Wenn wir uns immer an schwer zugänglichen Stellen bewegen, können sie uns nichts tun. Außer dieser Angstmagie haben sie nichts, einmal abgesehen von ihrem riesigen Gebiss. Aber das ist so gewaltig, dass es niemals in eine enge Stelle hineinpassen würde.«

Allein Zerbus und Jockum hatten die Angst noch nicht am eigenen Leib verspürt; sie warfen sich betroffene Blicke zu. Dann nickte der Hochmeister entschlossen. »So oder so – wir müssen es schaffen.«

»So sehe ich das auch«, antwortete Victor. »Zerbus, Marina und ich gehen voraus.«

Hochmeister Jockum nickte Zerbus und Ullrik zu. »Habt ihr euch die Schlüssel der Magien gut eingeprägt, mit denen ihr die Durchgänge der Höhlenteile versiegeln müsst, die wir bereits gesäubert haben? Sonst ist alle Arbeit und Gefahr vergebens!«

Zerbus und Ullrik nickten pflichtschuldig.

»Außerdem habe ich mir noch etwas überlegt«, sagte Jockum. »Etwas, womit wir die *sauberen* Teile der Höhlen markieren können: die Drachenfeuer-Kugeln. Man kann sie mit einer kleinen Erdmagie anstoßen, dann entzünden sie sich. Die Kräfte sind hier überall im Überfluss vorhanden. Ich schlage vor, dass wir alle Höhlenteile erleuchten, aus denen wir die Malachista verjagt haben. Dann gibt es keine Verwirrungen.«

Zerbus lächelte schief. »Das klingt ja beinahe so, als *könnten* wir gar nicht scheitern.«

Ullrik klopfte dem kleinen, rundlichen Mann auf die Schultern. »Völlig richtig, Zerbus. Bloß nicht zaudern – dann schaffen wir's.« Er nickte Victor zu. »Los jetzt, ihr seid die ersten. Viel Glück!«

»Ja, euch auch«, sagte Victor und winkte. »Wir sehen uns später wieder – hier oben, wenn wir gewonnen haben!«

*

Es gab etwas, das Victor vergessen hatte zu erwähnen. Es war der endlos lange Weg in die Tiefe, während dem sie nach Möglichkeit keinem der Malachista auffallen sollten. Sie waren Stunden und Stunden unterwegs, und es wurde zermürbend. Zwar beherrschten alle drei Magier die Kunst des *Lokalen Lichts*, einer Magie, mit der man ein helles Licht erzeugen konnte, das aus einer größeren Entfernung als ein paar Schritt von außen nicht wahrgenommen werden konnte – aber diese Magie hatte einen unangenehmen Nebeneffekt. Er bestand darin, dass man selbst, der man in dem hellen Lichtkreis stand, alles andere als das Gefühl hatte, man könne von außen nicht gesehen werden. Immer wieder rauschten auf ihrem Weg nach unten die riesigen Leiber der Malachista an ihnen vorbei, manchmal kaum weiter als zehn Ellen entfernt, und das panische Gefühl, das sie überschwemmte, paarte sich mit der Überzeugung, wegen des hellen Lichts im nächsten Moment unweigerlich entdeckt zu werden.

Doch sie kamen immer wieder davon. Sobald sich durch das gewaltige Rauschen in der Luft einer der Mörderdrachen ankündigte, erstarrten sie und blieben wie festgenagelt an dem Ort stehen, an dem sie sich gerade befanden, mit Mühe die Beherrschung wahrend und verzweifelt darum kämpfend, nicht panikartig davonzurennen. Ihr Plan bestand darin, bis ganz nach unten in die Halle des Urdrachen zu gelangen, von dort die Malachista nach oben zu treiben und die Höhlen unterhalb von sich zu erleuchten und zu versiegeln. Vorausgesetzt natürlich, es gelang ihnen tatsächlich, die Malachista mit ihren Magien so heftig anzugreifen, dass sie flohen. Tief im Herzen hegte inzwischen jeder von ihnen Zweifel, dass dies gelingen würde, nachdem ihnen mehrere der Bestien begegnet waren. Doch sie hatten keine Wahl.

Nach vielen, vielen Stunden erreichten sie müde und abgeschlagen den tiefsten Punkt von Caor Maneit, der uralten Drachenstadt: die Halle des Urdrachen – gute vier Meilen unterhalb von Bor Akramoria. Es handelte sich um einen kreisrunden, gewaltig großen Felsendom von an die dreihundert Schritt Durchmesser. Er war von einem unterirdischen See erfüllt, in dessen Mitte eine künstlich erschaffene kleine Felseninsel lag. Hier hatte Victor vor nicht langer Zeit die letzte Begegnung mit dem Urdrachen Ulfa gehabt. Von ihm hatte er einige außergewöhnliche Dinge erfahren und zuletzt eine ganz besondere Aufgabe gestellt bekommen. Dass er schon jetzt hierher zurückkehren würde, um Caor Maneit als Zuflucht und Bollwerk für die Amaji-Drachen zurückzuerobern, hätte er nie erahnt.

Düsteres Licht herrschte hier, es schien auf magische Weise von den zahllosen kleinen Wasserfällen auszugehen, die ringsumher die zerklüfteten Wände der Halle herabplätscherten. »Erde, Wasser und Himmel«, sagte er leise. »Caor Maneit vereint die drei Elementarkräfte der Drachenmagie in besonderem Maße. Dieser Ort ist erfüllt davon. Ich glaube, sie können uns auch gegen die Malachista helfen. Was meint Ihr, Hochmeister?«

Jockum, der diesen Ort zum ersten Mal besuchte, nickte bedächtig. »Ich wollte es die ganze Zeit über schon sagen – hier hat man das Gefühl, dass jede kleine Iteration gewaltige Ergebnisse hervorbringt. Das wird die Magien, die in den Runensteinen stecken, noch beflügeln. Ich denke, wir haben tatsächlich gewisse Erfolgaussichten.«

In diesem Moment rauschte ein gewaltiger Körper aus der Dunkelheit über ihnen herab, wand sich in einer weiten Schleife über der Wasserfläche um die kleine Insel herum, und strebte dann wieder in die Höhe. Sie hatten sich in der Dunkelheit am Fuß einer Treppe am Rand des Sees niedergekauert und starrten dem titanischen Wesen hinterher. Es war das erste Mal, dass sie einen Malachista in voller Größe sehen konnten.

»Du meine Güte!«, keuchte Hochmeister Jockum. »Die Bestie muss zweihundert Schritt lang sein!«

»Ja – er war riesig«, meinte Marina bedrückt. »Größer als jeder andere, den ich bisher gesehen habe.«

Ullrik nickte betroffen. »Ich glaube, wir haben uns das ein wenig zu leicht vorgestellt.« Er deutete in die Höhe. »Es mag sein, dass wir den Malachista angreifen und von hier verjagen können, aber wie kommen wir anschließend dort hinauf? Da oben, in der Dunkelheit, muss ein Zugang in diese Halle sein, und den müssen wir mit einer Eurer Magien versiegeln, Hochmeister, sodass die Malachista nicht mehr hier herunter können. Also: Wie kommen wir da hinauf?«

Victor nickte. »Ja, hier unten in der Halle ist das schwierig.

Weiter oben sind die Höhlen wesentlich kleiner. Da dürfte es leichter sein. Aber wir werden klettern müssen ...«

Sie verfielen in Schweigen. Jeder sah mit einem Mal, welchen Fehler Victors Plan hatte. Welchen *großen* Fehler er hatte.

»Mist!«, fluchte Victor nach einer Weile leise. »Ich Idiot! Mir hätte klar sein müssen, dass wir nicht diese ganzen riesigen Höhlen erklettern können. Dazu brauchten wir Tage!«

»Wenn wir dabei auch noch die Malachista vertreiben wollen«, fügte Ullrik missmutig hinzu, »sind es Wochen!«

Wieder kehrte Schweigen ein. Niemand schob Victor die Schuld zu – es war ein Fehler, der aus ihrer Not heraus entstanden war. Nun aber stellte er ein schier unüberwindliches Hindernis dar. Zweimal noch kehrte der Malachista zurück, aber ihnen kam keine Lösung in den Sinn.

Victor, stimmt etwas nicht?, fragte Dhaeros schließlich. *Warum gehen wir nicht weiter?*

Victor erklärte dem Baumdrachen das Problem. *Wir müssten fliegen können*, fügte er zuletzt noch hinzu. *Ebenso wie die Malachista. Ich habe mir nicht klar gemacht, dass wir hier unten gewaltig weite und schwierige Wege haben würden.*

Dhaeros schwieg eine Weile nachdenklich. *Und wenn wir ein paar Fels- oder Feuerdrachen holen? Ihr könntet auf ihren Rücken fliegen ...*

Das würde tödlich enden, wandte Victor sogleich ein. *Ein Drache braucht Raum, um fliegen zu können, und da wäre er den Malachista hilflos ausgeliefert. Und wir mit ihnen.* Er schüttelte missmutig den Kopf. *Das funktioniert leider nicht.*

Und wenn wir es doch tun – euch tragen?, fragte Breeko.

Schön wär's, seufzte Victor. *Schade, dass ihr so klein seid. Sonst hätten wir eine Chance, mit eurer Art des Fliegens.*

Auf unseren Rücken geht das sicher nicht, meinte der Baumdrache Breeko. *Aber tragen? Einen von euch könnte ich sicher mit mir nehmen.*

Alle außer Laura, die das *Trivocum* nicht sehen konnte, wandten den Baumdrachen die Gesichter zu. Azrani stand auf. *Du glaubst, du könntest einen von uns tragen?*

Warum nicht?, fragte Breeko keck.

Red keinen Unsinn!, hörte man die strenge Stimme von Dhaeros, der Breeko zurechtzuweisen versuchte. *Wie soll das denn gehen?*

Ich glaube, Breeko hat Recht, war nun Jalians Stimme zu hören. *Es ist doch eine Aura, mit der wir fliegen, nicht? Und Auren kann man größer machen ...*

Plötzlich entbrannte eine hitzige Diskussion zwischen den drei Baumdrachen, und damit bestätigte sich das, was Victor schon seit der ersten Begegnung mit den dreien ahnte: Baumdrachen waren ein verspieltes, ja manchmal sogar albernes Völkchen. Nach kurzer Zeit verfielen die drei in eine wilde Rauferei, halb scherzhaft zwar, aber voller Temperament.

Schluss jetzt!, herrschte Ullrik die drei Plagegeister an. *Können wir uns nicht darauf einigen, es einfach auszuprobieren? Wie soll das gehen mit dem Fliegen, Breeko?*

Ganz einfach, Ullrik, ich zeig es dir!, sagte Breeko. Kaum hatte er geendet, hoben Ullriks Füße schon vom Boden ab. Er stieß einen Schrei aus, ruderte mit den Armen, stand aber gleich darauf wieder auf dem Boden.

Ich sagte doch, es geht!, rief Breeko triumphierend ins *Trivocum* hinaus.

Ja, aber wie! Ein kleines Stück vom Boden hast du ihn gehoben! Wie willst du ihn damit ...

Schon war die nächste Rauferei im Gange. Diesmal wurden die Menschen rabiat. Alina hatte sich ebenfalls aufgerichtet und packte den besonders aufgebrachten Jalian. *Hört auf mit diesem Unsinn! Helft uns lieber! Wir müssen langsam weiterkommen!*

Das rief die Baumdrachen zur Ordnung. Sie entdeckten, dass ein Baumdrache durchaus in der Lage war, einen Menschen mit sich durch die Luft schweben zu lassen. Die beste Form ergab sich, als sich Breeko auf Ullriks Schulter niederließ und ihn in seine Aura einbezog. Mehr als einen Menschen jedoch vermochte ein Baumdrache nicht zu tragen.

Laura verfolgte das, was ihre Freunde und die Baumdrachen taten, voller Staunen, dann hatte sie die entscheidende Idee.

»Wie viele Baumdrachen sind denn jetzt in unserem Drachenheer?«, fragte sie.

Ullrik leitete die Frage an Dhaeros weiter, und der trat über das *Trivocum* mit seinem Artgenossen Tuumanil in Verbindung, der oben, hoch über Bor Akramoria, mit den anderen Drachen seine Kreise zog. Eine kurze Weile später hatten sie die Antwort.

Es sind Dutzende!, rief Dhaeros durchs *Trivocum*. *Und die meisten davon sind bereits auf dem Weg hierher!*

*

Kaum eine Viertelstunde später waren die acht mutigen Menschen, die ausgezogen waren, um sechs riesige Mörderbestien aus dem Höhlenlabyrinth von Caor Maneit zu vertreiben, von ihrem eigenen kleinen *Drachenheer* umgeben.

Neununddreißig kleine Baumdrachen waren zu ihnen gestoßen, insgesamt waren es nun zweiundvierzig, und mit ihrer Hilfe war es den Menschen tatsächlich möglich, in kurzer Zeit Teile der Höhlen zu erreichen, deren Erklettern sie viele Stunden gekostet hätte.

»Wir trennen uns jetzt!«, erklärte Victor leise, als sie ihren ersten, strategisch günstigen Punkt erreicht hatten. Er lag oberhalb der Halle des Urdrachen, die sich als gut sechshundert Ellen hoher Felsendom entpuppt hatte, der nach oben hin vier Ausgänge besaß. Aus der fast kuppelförmigen Decke strebte ein großer Durchlass senkrecht nach oben, während es nach Norden, Nordwesten und Osten drei weitere große Tunnel gab, die schräg aufwärts in andere Teile der Höhlen führten. »Lasst uns zuerst diese drei seitlichen Durchgänge versiegeln«, fuhr Victor fort. »Dann entzünden wir die große Drachenfeuerkugel unten über der Insel. Wenn wir das geschafft haben, wird es hier ohnehin erst mal Verwirrung geben. Sobald der erste Malachista wieder hier herunterkommt, wird er sich fragen, was ihm den Durchgang verschließt, falls er durch einen dieser Seitenzugänge fliegt.

»Wir könnten ihn in der Halle einsperren und mit unseren Runensteinen bombardieren!«, schlug Bruder Zerbus hoffnungsvoll vor.

»Lieber nicht, Zerbus«, meinte Ullrik. »Ich weiß nicht, ob wir mit unseren Magien einen Malachista überhaupt töten können. Das ist zu riskant. Aber unsere Drachenfreunde dort oben schaffen es bestimmt.«

»Ja, das ist besser«, pflichtete Alina bei. »Ich glaube, wir haben jetzt eine gute Chance, mit unseren neuen Freunden.«

Sie wandte den Kopf und blickte lächelnd zu dem katzengroßen Baumdrachen auf, der auf ihrer linken Schulter saß. Ein zweiter hatte sich auf ihrer rechten Schulter niedergelassen; die beiden hatten die langen Schwänze unter Alinas Achseln und um ihren Oberkörper geringelt und miteinander verschlungen; die Schwingen beider Drachen waren halb entfaltet. Alina erinnerte ihre Nähe zu den kleinen Wesen an das zärtliche Aneinanderschmiegen zwischen Mensch und Katze. Abgesehen vom Erscheinen Ulfas, der ja nicht wirklich ein Baumdrache gewesen war, gab es für sie und die Menschen im Allgemeinen keinerlei Erfahrungen mit Baumdrachen. Nun aber entpuppten sie sich als anschmiegsam, wie auch von fröhlicher und ausgelassener Wesensart – ganz im Widerspruch zu den Legenden, die sie als äußerst scheu und zurückgezogen beschrieben. Vielleicht galt dies nur gegenüber gewöhnlichen Menschen und hatte seine Gültigkeit hier, an diesem Ort und unter *diesen* Menschen, verloren.

Die Drachen auf Alinas Schultern waren ein phantastischer Anblick, eines ungewöhnlichen Anlasses wie diesem durchaus würdig. Auch die anderen sieben Menschen waren auf diese Weise von den Baumdrachen »umarmt« worden, der schwere Ullrik sogar von dreien, von denen ihm einer im Nacken saß, ebenso wie Victor und Zerbus. Noch immer waren mehr als zwei Dutzend der kleinen Drachen frei und glitten und flatterten um sie herum, ohne mit dem Tragen eines Menschen beschäftigt zu sein. Häufig bewegten sie ihre Schwingen, aber das schien nur ein körperlicher Reflex zu sein, immerhin waren sie Drachen, und das gehörte zu ihrem Wesen.

In Victor regte sich die Befürchtung, mit den umherjagenden kleinen Drachen zu auffällig zu sein, falls sich ein Malachista in der Nähe zeigte. Aber im Augenblick wagte er nicht, ihre neuen Freunde maßregeln zu wollen. Sie bewegten sich aus lauter Übermut wild durcheinander, und noch immer fühlte er Ehrfurcht vor dieser Drachenart, über die es so viele phantastische Legenden gab.

»Haltet euch so gut es geht versteckt«, sagte er vorsichtig und bemühte sich, seine Worte ebenso übers *Trivocum* verständlich zu machen, damit sie auch die Baumdrachen mitbekamen. »Vergesst nicht, dass es unsere beste Waffe ist, dass wir so klein sind und uns vor den Bestien in Ritzen verstecken können, in die sie nicht hineinkommen.«

»Wir werden aufpassen!«, versprach Ullrik, der von Aufregung ergriffen war. »Laura und ich lassen uns dort hinübertragen, zu dem Tunnel nach Osten, einverstanden?« Er deutete in die Richtung, wo sich ein großer, dunkler Fleck unterhalb der langsam in die Deckenkuppel übergehenden Felswand abzeichnete. Er war unregelmäßig geformt und musste über hundert Ellen Durchmesser aufweisen.

Victor nickte. »Ich und meine Gruppe fliegen dort zu dem nordwestlichen Tunnel, und Ihr könnt hier bleiben, Hochmeister. Sobald wir angekommen sind, versiegeln wir die Tunnel. Verständigen können wir uns mithilfe der Baumdrachen. Kann's losgehen?«

Sie nickten sich gegenseitig zu, dann gab Victor den Baumdrachen das verabredete Zeichen. Von dem Felsvorsprung innerhalb des riesigen nördlichen Tunnels, der sich schräg über ihnen in die Finsternis erstreckte, hoben sich Ullrik und Laura sowie Victor, Zerbus und Marina wie von Geisterhand in die Luft. Die Baumdrachen hatten ihre Schwingen nur halb entfaltet, bewegten sie aber nicht. Die ersten gemeinsamen Flugversuche waren für die Menschen etwas beklemmend gewesen, inzwischen aber hatten sie sich an diese seltsame Art zu fliegen gewöhnt. Es war, als schwebten sie aus eigener Kraft, und hatte anscheinend nichts damit zu tun, dass die Baumdrachen sie an den Schultern gepackt hatten. Auf diese Weise besaßen die Menschen volle Bewegungsfreiheit in den Armen und konnten jederzeit in ihre Beutel greifen, in denen sie die Runensteine mit sich führten. Jeder von ihnen hatte zehn Steine bei sich und hatte zehn komplizierte Runen auswendig lernen müssen. Wenn einer von ihnen den falschen Schlüssel aussprach, würde es tödlich für ihn enden – sofern sich der Stein mit der dazugehörigen Rune zu diesem Zeitpunkt noch in seinem Beutel befand. Doch sie hatten sich gut vorbereitet; Hochmeister Jockum hatte jeden von ihnen wieder und wieder abgefragt.

Und dann war ihre Schonfrist auch schon vorüber. Noch bevor Ullriks und Victors Gruppe ihre Ziele erreicht hatten, ging die Schlacht los. Einer der Malachista durchflog in eben diesem Augenblick den östlichen Tunnel, zu dem Ullrik und Laura unterwegs waren.

Victor hörte einen überraschten Schrei von Laura, als die gigantische Bestie vor ihnen auftauchte. Aber der Malachista bemerkte sie zu spät und musste als Erstes den gewaltigen Leib zur Gänze aus dem Tunnel herausbringen. Er stieß ein Brüllen aus, das die Halle erschütterte – wohl vor lauter Wut, weil er zuerst eine Schleife fliegen musste, ehe er sich umdrehen und wieder in den Gang vorstoßen konnte, um nachzusehen, welches winzige Insekt sich da in sein Revier gewagt hatte.

Dass Lauras Schrei keiner der Angst, sondern nur einer der Überraschung gewesen war, bewies sie wenig später. Niemand sah den Runenstein, den sie dem Malachista nachwarf, aber ihren spitzen Schrei, mit dem sie die Bannrune löste, konnte jeder durch die Halle gellen hören. Was danach geschah, war beeindruckend.

Am langen Schwanz des Malachista beginnend, platzte eine türkisblau leuchtende Wolke, und ein Myriadenheer aus kleinen, weißblau strahlenden elektrischen Spinnen ergoss sich über die riesige Bestie. Sogleich schrie der Malachista gepeinigt auf. Die kleinen knisternden Funken rasten entlang des Körpers des Riesendrachen und hüllten das gesamte Tier in eine Wolke von elektrischen Entladungen. Es musste sich für den Drachen anfühlen, als wälzte man ihn durch ein Brennnesselfeld, doch wahrscheinlich waren die Schmerzen schlimmer. Brüllend und schreiend wand er sich und versuchte, aus der Wolke freizukommen; als es ihm nicht gelang, und die Entladungen über die Maßen lange anhielten, antwortete Hochmeister Jockum ihm mit einem Triumphschrei.

»Es funktioniert!«, hörten sie ihn rufen. »Es stimmt! Dieser Ort ist voller Potenzial! Seht nur, wie heftig die Entladungen sind! Und wie lange sie anhalten!«

Sie sahen ihn ausholen und einen weiteren Runenstein in die Tiefe werfen. Der Flug des Steins war im Halbdunkel nicht zu erkennen, dann aber hallte Hochmeister Jockums Ruf durch die Halle: »*Naar – In – Sec – Quo!*«, und in einer funkelnden Explosion ergoss sich ein weiteres Heer elektrischer Spinnen über den tobenden Malachista.

Gebannt starrten die Menschen in die Tiefe, während die Baumdrachen sie trotz all der brandheißen Gefahren zu ihren Zielen trugen. Der Malachista brüllte und tobte und wand sich, fast konnte er einem Leid tun. Dann geschah etwas Unerwartetes: Er stürzte sich in seiner Pein ins Wasser und tauchte nicht mehr auf.

Verblüfft starrten die Menschen hinab. Sie alle waren inzwischen in den Zugangstunneln auf Felsvorsprüngen gelandet und blickten suchend in die Tiefe. Die elektrischen Entladungen waren im Wasser augenblicklich verloschen, aber den Malachista schien das nicht gerettet zu haben. Die Wellen wogten von dem gewaltigen Aufschlag auf und nieder; allein die Körpermasse der gewaltigen Bestie musste den Grund des Sees zu einem nicht geringen Teil ausfüllen. Der Malachista aber kam nicht wieder zum Vorschein. Die plötzliche Stille in der Halle war beklemmend.

»Ist er tot?«, rief Victor durch die Halle. »Vertragen Malachista kein Wasser?«

Niemand wusste eine Antwort.

Eine weitere schweigende Minute verstrich, dann noch eine und noch eine … Endlich beschloss Victor davon auszugehen, dass diese Bestie tatsächlich besiegt war. »Los!«, rief er in die Halle hinein. »Lasst uns die Zugänge versiegeln, und dann nichts wie weg hier!«

Doch Victors Freude kam zu früh. Noch bevor einer von ihnen wieder losgeflogen war, ging der Kampf erneut los. Es war nicht der im Wasser verschwundene Malachista, sondern zwei seiner Artgenossen. Die Schreie des ersten waren laut genug gewesen, um die gesamte unterirdische Drachenstadt zu durchdringen. Mit einem Mal rasten zwei blutgierige, wütende Bestien durch die noch nicht verschlossenen Zugänge von oben in die riesige Halle hinein.

23 ♦ Im Herzen des Pusmoh-Reiches

Ob es das *Beten* gewesen war, das ihnen letztlich zum Erfolg verhalf, war wohl eine Frage des Glaubens.

Ain:Ain'Qua wie auch Giacomo wandten sich in der Tat mit einem kurzen Gebet an ihren Schöpfer, aber beide waren in Dingen des Glaubens gebildet genug, um zu wissen, dass Gott *so* nicht sein konnte – dass er einem half, wenn man ihn darum bat. Alles folgte einem göttlichen Plan, und wiewohl dieser auch wandelbar schien, stand sein Verlauf sicher nicht in Abhängigkeit von Stoßgebeten einzelner beteiligter Personen. Davon jedenfalls waren Ain:Ain'Qua und Giacomo, jeder für sich, tief überzeugt. Trotzdem sandten sie ein kurzes Gebet gen Himmel, oder wie auch immer man hier draußen im All den Ort nennen musste, an dem Gott weilte. Leandra und Sandy kümmerten sich währenddessen um die Steuerung der *Faiona*.

Ain:Ain'Qua saß vom Pneumoschaum umhüllt in seinem Sitz und lauschte, von Nervosität erfüllt, dem Lied der wild arbeitenden Kompensatoren, die bei jedem Flugmanöver Leandras gepeinigt aufheulten. Auch am eigenen Leib spürte er die Reste der wechselnden Beschleunigungskräfte; ohne die Kompensatoren wären er, Giacomo und Leandra bei den auftretenden Kräften dieses Fluges binnen Bruchteilen von Sekunden zu Mus zerquetscht worden. Die Beschleunigung, welche die Triebwerke der *Faiona* entwickelte, stand weit jenseits dessen, was ein Lebewesen aushalten konnte. Nur die Schiffshülle nahm alles klaglos hin. Ain:Ain'Qua glaubte spüren zu können, wie sich der Körper des Schiffes verformte, wenn Leandra einen Haken schlug, um einem Flugkörper auszuweichen. Die Hülle der *Faiona* macht dem Ruf der Halfanten alle Ehre; zu keinem

Zeitpunkt hatte man das Gefühl, dass sie aufgrund eines der harschen Flugmanöver auch nur geächzt hätte. Sie machte alle noch so heftigen Kurswechsel ungerührt mit; die Flugkörper, die daraufhin weit an der *Faiona* vorbeischossen, mussten erst einmal ihren Kurs völlig neu einrichten, ehe sie sich ihr wieder an die Fersen heften konnten. In dieser Hinsicht war das Schiff den Verfolgern weit überlegen. Abrupte Kurswechsel konnte sie vollführen wie keiner der Raumtorpedos, die man auf sie abgeschossen hatte, und kein anderes Schiff, das sie verfolgte. Bei diesen Geschwindigkeiten war eine winzige Kursänderung gleichbedeutend mit einem Verfehlen um tausende von Meilen. Einmal am Ziel vorbeigeschossen, war die Gefahr durch einen Raumtorpedo erst einmal für eine Weile gebannt.

Das Problem war allein die Vielzahl der Geschosse.

Als Leandra den anfangs völlig geradlinigen Kurs verlassen hatte, um zu ihrer Schleife anzusetzen, hatten zweifellos alle auf sie gerichteten Ortungsgeräte binnen einer Sekunde Alarm geschlagen: Dies *konnte* kein natürliches Objekt wie ein Meteorit oder ein Komet sein! Solche Objekte pflegten nicht aus eigenen Kräften den Kurs zu ändern. Und da die *Faiona* zuvor auf eine Vielzahl von Signalen nicht geantwortet hatte, blieb für ihre Gegner nur ein Schluss übrig: Hier war ein nicht registriertes Schiff in die Sperrzone eingedrungen, zu welcher Soraka und das Serakash-System bereits zählten. Weniger als eine Minute später hatte sich ihnen eine halbe Flotte von Wachschiffen an die Fersen geheftet.

»Da ist wieder ein neuer Flugkörper!«, sagte Ain:Ain'Qua und deutete auf einen der Ortungs-Holoscreens. Hier, im Normalraum, konnte er sich durchaus wieder am Fliegen beteiligen, allerdings nur mit Warnrufen, und die waren vermutlich überflüssig, da Sandy jede neue Bedrohung noch viel früher als er entdeckte.

Er warf einen besorgten Seitenblick auf Leandra, die in ihrem Sitz lag, ebenfalls von Pneumoschaum umhüllt, den Biopole-Helm auf dem Kopf, die Augen unter dem Schirm aus dunklem Kunststoff verborgen. Dieses Mal war ihr Körper vergleichsweise unruhig, ein Zeichen dafür, dass sie gedanklich intensiv am Arbeiten war.

Schräg unter der *Faiona*, aber noch immer hunderttausende Meilen entfernt, raste Soraka vorüber, ein Planet, der in diesen Zeiten sicher einen Besuch gelohnt hätte. Sah man einmal von dem sagenhaften Majinu ab, das bisher noch kein Normalsterblicher erblickt hatte, war Soraka die offizielle Hauptwelt des Pusmoh-Sternenreiches. Von hier aus verhängte der autokratische Herrscher seine Direktiven, und hier sollte auch sein geheimnisvoller Repräsentant leben, von dem manche glaubten, er wäre der Pusmoh selbst: der Doy Amo-Uun. Ain:Ain'Qua kannte ihn nicht und wusste auch niemanden, der ihn je zu Gesicht bekommen hatte. Seine Residenz war das sagenhafte *The Morha*, das erst recht noch niemand gesehen hatte. Besorgt beobachtete er das Navigationspult und die Ortungsschirme, während er leise Sandys Stimme aus den Kopfhörermuscheln Leandras dringen hörte.

»Ich glaube, da hat sich ein Schiff an uns gehängt!«, flüsterte Giacomo von der linken Seite her und deutete auf die 3D-Navigation, die auf einen starken Vergrößerungsfaktor geschaltet war. Während kleine, weiße Punkte zur Verdeutlichung der Flugrichtung und des vorbeiziehenden Alls eingestreut waren, konnte man ein Symbol der *Faiona* und weit dahinter das eines weiteren Schiffs sehen, das jedem ihrer Flugmanöver folgte.

»Was ist das?«, flüsterte Ain:Ain'Qua. »Es ist ebenso schnell wie wir. Und es ist uns unmittelbar auf den Fersen.«

»Auf jeden Fall ein Halfant«, meinte Giacomo. »Sonst könnte es nicht diese Manöver fliegen. Es scheint an unserer Wellenspur zu hängen.«

Ain:Ain'Qua beobachtete die beiden Lichtpunkte. Er war nicht weniger beunruhigt als Giacomo. »Wenn es ein Halfant ist, ist das eine Sache. Eine andere aber ist, wenn jemand ihn so fliegen kann wie Leandra. So schnell und intuitiv. Das bereitet mir Sorgen.«

Durch die Panoramascheibe der *Faiona* konnten sie mitverfolgen, welche Manöver Leandra flog. Das All um Soraka war voll von Habitaten, geparkten Frachtschiffen, Raumstationen, Terminals und anderen Objekten, es gab Areale für Raumschrott und Schürfstationen, die sich an riesigen, herbeigeschleppten Asterioden festgekrallt hatten, um Erze auszubeuten. Überall gab es Objekte, die an ihnen vorüberjagten, während Leandra ständig den Kurs korrigierte, um aus den Kollisionslinien von auf sie abgefeuerten Flugkörpern herauszukommen. Schon war Soraka unter ihnen verschwunden, und ihr Ziel, das Wurmlochterminal zur Inneren Zone, rückte in ihren Blickwinkel. Doch während es kein größeres Problem schien, die normalen Wachschiffe abzuschütteln und den Flugkörpern auszuweichen, rückte der eine Verfolger stetig näher.

»Sandy! Hast du Leandra über dieses Schiff informiert, das uns verfolgt?«

»Jawohl, Sir. Leider stellt es flugtechnisch eine besondere Schwierigkeit dar, mehreren Raumtorpedos auszuweichen und zugleich einen schnellen Verfolger abzuschütteln. Ich ...« Sandy unterbrach sich für Sekunden und sagte dann: »Der Käpt'n wird in Kürze mit Vollschub beschleunigen, Sir. Wir versuchen, den Verfolger beim Sprung in den SuperC-Raum abzuschütteln. Bitte lehnen Sie sich zurück, der Pneumoschaum wird jetzt ...«

In diesem Moment sprangen mehrere Alarmhupen auf der Brücke der *Faiona* an. Ain:Ain'Qua wusste sofort die enervierenden Signaltöne zu deuten. Der Verfolger hatte einen Flugkörper auf sie abgeschossen.

»Sandy!«, brüllte Ain:Ain'Qua. »Was ist das für ein Geschoss?«

»Es besitzt einen aktiven Suchkopf, Sir. Dem Frequenzmuster nach ein mGX-Torpedo. Kollision in dreiundfünfzig Sekunden.«

»Sandy! Leandra hat keine Erfahrung im Fliegen von Kampfmanövern! Du *musst* augenblicklich die Beschleunigung abschalten, die Pneumositze leeren und dafür sorgen, dass ich an den Biopole-Helm und die Kontrollen komme – egal, was Leandra sagt! Sonst sind wir verloren! Hast du mich verstanden, Sandy?«

Die *Faiona* jagte soeben mit dreißig Prozent Lichtgeschwindigkeit in einer weiten Kurve über die Ekliptik-Ebenen der Inneren Planeten des Serakash-Systems hinweg und gewann wieder freien Raum. Das Gebiet der dichten Population lag nun hinter ihnen. Das freie All, so vermutete Ain:Ain'Qua, würde Leandra dazu verleiten, mit Vollschub zu beschleunigen, in der Gewissheit, damit den Verfolger hinter sich lassen zu können. Doch Ain:Ain'Qua wusste, dass dies ein Trugschluss war. Einen normalen Verfolger hätte sie mit Leichtigkeit hinter sich gelassen. Doch dieses Ding, das da hinter ihnen herflog, war *mehr*. Das hatte es bereits bewiesen. In dieser Situation auch noch eine mGX abzufeuern, eine Gravitationsbombe, sprach Bände. Die mGX würde sie erreichen. Dieses Verfolgerschiff und dieses mGX-Torpedo konnten es, das spürte er. Wenn Leandra nicht augenblicklich mitspielte, wenn ihr Stolz und ihre zweifellos aufgewühlte Kampfeslaune jetzt nicht sofort einlenkten, war es zu spät. Ain:Ain'Qua befürchtete das Schlimmste.

»Sandy!«, rief er verzweifelt. »Es muss *jetzt* sein! Auf der Stelle!«

Einen Augenblick später verschwand der Beschleunigungsdruck, als wäre er gekappt worden, die Pneumoschäume in den Sitzen fielen rapide in sich zusammen. Leandra stieß einen Laut der Überraschung aus, hob die Arme.

Ain:Ain'Qua wusste, was das zu bedeuten hatte. Sandy hatte eigenmächtig gehandelt. *Gutes Mädchen,* murmelte er.

Wie eine Stahlfeder schoss er aus seinem Sitz hoch und war mit zwei Schritten bei Leandras Pilotensitz. Sie hatte bereits den Biopole-Helm vom Kopf gehoben, das Gesicht voll ungläubiger Empörung, da riss ihr Ain:Ain'Qua den Helm aus den Händen, warf ihn in seine Halterung und zog Leandra aus ihrem Sitz.

»Verzeih mir, Mädchen«, brummte er entschuldigend. Der Dringlichkeit wegen packte er sie mit einer Hand um den Hals, mit der anderen zwischen den Beinen und hob sie wie eine Puppe davon. Weniger als zwei Sekunden später saß sie japsend, strampelnd und mit aufgerissenen Augen in Ain:Ain'Quas Sitz, dessen Pneumoschaum schon wieder einströmte und Leandra so schnell umschloss, dass sie keine Gegenwehr mehr leisten konnte.

Ain:Ain'Qua lachte vor Verblüffung laut auf. Nun verstand er Roscoes Begeisterung, denn Sandy schien *geistig* wirklich sehr flexibel und reaktionsschnell zu sein. Er gestattete sich keine Sekunde des Zögerns, saß bereits in Leandras Pilotensitz, aktivierte einen Schalter, der den Biopole-Helm auf seine Kopfgröße umstellte, und setzte ihn auf.

»Los, Sandy! Beschleunigung mit zehn g! Ich übernehme die Steuerung. Wie viel Zeit haben wir noch?«

»Es sind noch vierundzwanzig Sekunden, Sir.«

»Trimme die Energiebalance zugunsten der Kompensatoren, da brauchen wir gleich alle Kraft. Schalte sie auf Overdrive, verstanden? Und zähl mir einen Countdown zum Kollisionszeitpunkt!«

»Jawohl, Sir.«

Ain:Ain'Qua empfing bereits die Flugdaten und ein Bild über die Neurosensoren des Biopole-Helms. Er wusste, dass er die *Faiona* nicht so steuern konnte wie Leandra, dazu fehlte es ihm an der geheimnisvollen Kraft, die das Mädchen mit dem Schiff zu einer Einheit verschmolz, der *Magie*. Aber er war immer noch ein ausgebildeter Kampfpilot höchster Kategorie, und er hatte zahlreiche Einsätze geflogen. Was sie jetzt brauchten, waren geschickte, kampfbezogene Flugmanöver, und davon hatte Leandra nicht den Hauch einer Ahnung.

Sandy zählte ihm einen trockenen Countdown bis zum Kontakt mit dem mGX-Torpedo, der so klang, als mache es ihr nicht das Geringste aus, von der Gravitationsbombe in Stücke gerissen zu werden. Aber Ain:Ain'Qua wusste es inzwischen besser. Sie musste tatsächlich so etwas wie eine Seele besitzen – wenigstens dann, wenn sie in der *Faiona* steckte und mit ihr verschmolzen war. Andernfalls wäre sie nicht in der Lage gewesen, sich dem Befehl des Käpt'ns zu widersetzen und Leandra das Kommando über die *Faiona* zu entreißen. Ain:Ain'Qua hoffte, dass diese Maßnahme Leandras Vertrauen zu ihm und Sandy nicht zerstörte.

Als Sandy bei acht angekommen war, handelte er.

Abrupt schaltete er die IO-Triebwerke ab, ließ die Kaltfusionsröhren aufbrüllen und peitschte die *Faiona* mit dem explosionsartigen Schubstau – eine Eigenart der Röhren – in steilem Winkel nach schräg unten aus dem Kurs. Die Kompensatoren jaulten gepeinigt auf, für Augenblicke hatte er das Gefühl, so flach wie ein Pfannkuchen zu sein, dann normalisierte sich der Andruck wieder, während die *Faiona* in einem extrem veränderten Winkel in Richtung der Ekliptikebene von Serakash davonschoss.

Ain:Ain'Qua hörte Leandra und Giacomo ächzen und stammeln, registrierte aber in seiner Holo-Darstellung, dass die mGX-Bombe über ihnen ins Leere geschossen war. Sofort steuerte er gegen, zwang die *Faiona* wieder mit Vollschub in Richtung des alten Kurses, um möglichst *hinter* den Flugkörper zu kommen. »Sandy! Wo ist dieses fremde Schiff? Weißt du schon, was das für ein Ding ist?«

»Ein Halfant, Sir, wie Sie bereits vermuteten. Ebenfalls mit einem IO-2-Antrieb, möglicherweise eine neuere Baureihe als die unsere. Sie sind wieder hinter uns. Abstand sechsundvierzigtausend Meilen, kleiner werdend. Möglicherweise geraten wir in die Reichweite von Gapper-Kanonen, falls das Schiff damit bewaffnet ist.«

»Ist es das?«

»Die Wahrscheinlichkeit ist hoch, Sir. Wir besitzen keine Abwehrmöglichkeit.«

Ain:Ain'Qua nickte finster. Ja, die *Faiona* war unbewaffnet, und für ihn, als ehemaligen Ordensritter, war das ein besonders unangenehmer Gedanke. Er pflegte sich zu wehren, wenn ihn jemand angriff, diesmal konnte er jedoch nur fliehen. »Wo ist der mGX-Torpedo, Sandy? Hat er den Kurs geändert? Gibt es eine gute Fluchtschneise?«

»Ja, Sir. Er ist unserer ersten Ausweichrichtung gefolgt und hat uns offenbar völlig verloren. Er ist jetzt …« Sandy unterbrach sich kurz. »Korrektur, Sir. Er wurde gerade gezündet.«

Die Kompensatoren heulten auf und blieben für Sekunden im Bereich höchster Töne. Ain:Ain'Qua wusste, was das bedeutete. Instinktiv krallte er sich mit den Händen an den Armlehnen fest und drückte sich in den Sitz. »Festhalten!«, rief er in die Brücke.

Augenblicke später flutete ein ausgesprochen seltsames Phänomen über sie hinweg; es war starkes Schwindelgefühl, gepaart mit einem Beben, das keine Richtung hatte und sich anfühlte, als werde alles um sie herum durchgewalkt und einmal kräftig um die eigene Achse gewälzt. Dann war es vorbei.

Ain:Ain'Qua sandte ein weiteres Stoßgebet zu seinem Schöpfer. Wäre der Flugkörper explodiert, als er nur noch acht Sekunden von ihnen entfernt war, hätten sie diesen Gravitationsstoß nicht überlebt.

»Los, Sandy! Kurskorrektur! Auf den IO umschalten und mit Vollschub in Richtung des Wurmloch-Terminals. Wie lange brauchen wir noch bis zur Transfer-Geschwindigkeit?«

Wieder heulten die Kompensatoren in voller Lautstärke, aber er hörte Sandys Stimme mitten in seinem Kopf. »Noch siebeneinhalb Minuten, Sir. Der Verfolger hat einen zweiten mGX-Torpedo abgefeuert. Doch seine Beschleunigungswerte sind momentan schlecht. Ich denke, wir können ihm entkommen.«

»Sehr gut, Sandy. Denkst du, dieser Halfant wird uns in den SuperC-Raum folgen? Ich meine, wird er dort an uns dran bleiben können? Wird er ... vielleicht auf die gleiche Art geflogen, wie Leandra fliegt?«

Diese Frage schien Sandy zu überraschen. Inzwischen, so dachte Ain:Ain'Qua, war sie nicht mehr die alte Sandy. Zunehmend schienen eigene Empfindungen zu ihrem Persönlichkeitsbild hinzuzukommen, sogar eine so menschliche Empfindung wie Überraschung lag nun in ihrem Wesen. Das war zweifelsohne eine Bereicherung – es hatte Sandys Reaktion, Leandra eigenmächtig die Kontrolle zu entziehen, möglich gemacht, und ihnen damit wahrscheinlich das Leben gerettet. Ob diese Veränderung allerdings ausschließlich vorteilhaft war, würde sich erst erweisen müssen.

»Sie haben Recht, Sir. Aus den bisherigen Flugmanövern zu schließen, wäre es möglich, dass er uns auf der Spur bleibt.«

»Gut, Sandy, dann bereite einen erneuten Wechsel vor. Nach dem TT-Sprung. Leandra übernimmt dann wieder. Und dann ist es an euch, dieses lästige Insekt endgültig loszuwerden.«

Der Pneumoschaum hatte sich etwas gelockert. Bang sah sich Ain:Ain'Qua nach Leandra um. Ihrer Miene nach zu schließen, war sie verärgert; er hoffte, dass sie ihm seine Gewaltmaßnahme und den respektlosen Griff an ihre intimste Stelle verzeihen würde.

*

Als Leandra im SuperC-Raum wieder in den Pilotensitz kletterte, war sie ziemlich verunsichert und hätte am liebsten alles Ain:Ain'Qua überlassen.

Die letzte Million Meilen in Richtung des Wurmloch-Terminals waren ein hoch gefährlicher Akt gewesen, denn jedes Terminal war gegen unbefugte Benutzung stark gesichert. Steuerte ein Schiff ohne Freigabe in seine Richtung, wurde ohne Vorwarnung geschossen, und die Terminals waren mit schweren Strahlenwaffen wie auch Raumtorpedos ausgerüstet. Ain:Ain'-Qua hatte den Kurs so weit korrigieren müssen, dass er ein weites Stück abseits des Terminals den TT-Sprung vollführte, um aus dem Feuerwinkel der Geschütze und Launcher des Terminals herauszukommen. Nun hatten sie mit Sicherheit das ganze Serakash-System auf sich aufmerksam gemacht, und ohne Folgen würde das nicht bleiben.

Nach der Flucht vor der mGX und dem Sperrfeuer des Terminals, dem Ain:Ain'Qua mit harschen Flugmanövern ausgewichen war, brachte Leandra kaum den Mut auf, die Kontrollen wieder zu übernehmen. Ain:Ain'Qua hatte alle Hände voll zu tun, um ihr klarzumachen, dass sein und Sandys eigenmächtiges Eingreifen nicht auf ihre mangelnden Fähigkeiten als Pilotin zurückging, sondern darauf, dass sie schlicht und einfach völlig unerfahren im Fliegen von Kampfmanövern war.

Befangen setzte sie den Biopole-Helm auf. Sandy hatte für kurze Zeit ganz allein die Steuerung übernommen, da Ain:Ain'-Qua nicht in der Lage war, die Gravitations-Felder zu *sehen*. Damit konnte er auch den Verlauf des Wurmloch-Tunnels nicht erkennen. Sandy sah ihn ebenfalls nicht, aber sie vermochte ihn mit ihren Sensoren zu messen, und heftete sich an die Feldlinien der Schwerkraft. Nun übernahm Leandra wieder, und in ihrem Kopf entstand das gewohnte, flächig eingefärbte Bild der Gravitationsfelder, umgeben und durchdrungen von dem Gittermuster, das Sandy darüber blendete.

»Der Verfolger ist wieder da«, meldete Sandy. »Hier im SuperC-Raum kann er sich zwar an unsere Spur heften, beschießen kann er uns aber nicht. Insofern sind wir sicher. Aber er wird an uns dranbleiben können.«

»Es sei denn, wir schaffen es, ihn abzuhängen.«

»Richtig, Käpt'n.«

Leandra klappte den Augenschirm herunter. »Ist das der Wurmloch-Tunnel, Sandy?«, fragte sie leise, als sie das dreidimensionale Gittermuster sah, das sich zu einem langen, dünnen Schlauch geformt hatte.

»Ja, Käpt'n. Ich fürchte, ein Fluchtversuch ist sinnlos, solange wir dem Tunnel folgen. Dem Verfolger wird bald klar sein, dass wir genau das versuchen.«

Leandra nickte unmerklich, konzentrierte sich auf das Bild, das in ihrem Kopf entstanden war. »Vielleicht mit Geschwindigkeit? Glaubst du, sie können ebenso schnell fliegen wie wir?«

»Es käme auf einen Versuch an, Käpt'n.«

»Wenn sie uns folgen können, würde das ja bedeuten, dass sie ihr Schiff ebenso steuern wie wir. Hältst du das für möglich?«

Wieder zögerte Sandy einige Augenblicke.

Sie denkt nach, dachte Leandra. *Weniger mit ihrer Software-Intelligenz, sondern mehr mit ihren Gefühlen und Ahnungen.*

Für Momente glaubte Leandra dieses Nachdenken sogar spüren zu können. Sandy, sie und die *Faiona* – sie waren im Augenblick eins. Sie spürte es in ihrem Rückgrat, ihrem Nacken, ihren Fuß- und Fingerspitzen. Sandy war, vielleicht inzwischen noch mehr als Leandra selbst, ein Teil des Schiffes geworden, erfüllte seinen Körper bis in die letzten Winkel. Zwar tickte ihr analytisches Hirn noch immer in den Schaltkreisen der Bordelektronik, doch ihre Sinne waren inzwischen ein Teil des lebendigen Körpers der *Faiona*. So gesehen musste schon ein kleines Wunder vorliegen, wenn das Schiff der Verfolger auf die gleiche Weise funktionierte wie die *Faiona*.

»Lass es uns versuchen«, kam sie Sandys Antwort zuvor. »Ich glaube, wir können es schaffen. So schnell wie wir ist niemand!«

Sie schloss die Lider unter ihrem Augenschirm, konzentrierte sich und spannte ihre Muskulatur an, so als wollte sie mehr Energie in ihrer Körpermitte zusammenziehen. Sie konnte förmlich spüren, wie die *Faiona* einen Satz nach vorn machte. Beinahe hätte sie den verwundenen Tunnel des Wurmlochs aus den Augen verloren, dieses strahlende Gebilde, das von den Linien des stark verformten Gitternetzes eingesponnen war … aber dann fand sie die Leitlinie wieder und heftete sich an ihr Gravitationsfeld.

Dann geschah etwas Bemerkenswertes.

Als sie dem Gravitationstunnel näher kamen, der sich in einem nicht vorhersehbaren Pfad in die unnennbare Ferne des SuperC-Raums wand, merkte Leandra, dass er kein starres Gebilde war. *Er bewegte sich!*

Schon raste eine Kurve auf sie zu, ein Teil des Wurmloches, der vor ihnen eine Biegung beschrieb und der den Weg der *Faiona* kreuzte – und im nächsten Moment waren sie drin!

Leandra stieß einen Schrei aus, für Augenblicke verlor sie die Orientierung, dann aber fand sie die Sicht wieder. Aus der Tiefe des Raumes raste der Tunnel auf sie zu, die Wände von verzerrten Lichtmustern überdeckt, manchmal den Blick in die schwarze, bizarre Tiefe des Raumes freigebend, in dem sie die Farbmuster der Gravitationsfelder der Inneren Zone wieder erkennen konnte. Es war ein Gewühl, ein chaotisches Reich sich gegenseitig zerrender Kräfte. Mit unfassbarer Geschwindigkeit rasten sie durch den Tunnel hindurch, einem unbekannten Ziel entgegen.

»Käpt'n!«, hörte sie Sandys Stimme, und zum ersten Mal schwangen heiße Emotionen mit. »Schnell! Sie müssen verzögern, wir ...«

Sandys Stimme riss ab, dann kam ein heftiger Schwindel über Leandra, ihr Magen drohte sich umzudrehen. Plötzlich war das All wieder um sie herum sichtbar, eine endlos dichte Sternenpracht funkelte in allen Farben in die Brücke herein, und kosmischer Staub knisterte und prasselte auf die Panoramascheibe und den Schiffskörper.

»Käpt'n! Wir sind wieder im Normalraum! Bei ... vierundsiebzig Prozent Lichtgeschwindigkeit!«

»Wirklich? Aber ... wie? Wir haben doch gar keinen Rücksprung vollführt?«

»Tut mir Leid, Käpt'n, im Moment verfüge ich über keine Daten, die das erklären könnten. Die Materiedichte in diesem Gebiet ist relativ hoch ... ich leite eine Verzögerung ein ...«

»Leandra! Was ist passiert?«, hörte sie Ain:Ain'Quas Stimme. Die Kompensatoren heulten laut, während das Schiff langsamer wurde. Das heftige Knistern der aufprallenden mikroskopischen Materieteilchen nahm langsam ab. Giacomo war aufgesprungen und schaltete am Navigationstisch herum, während sich über dem Tisch Sternkartendarstellungen abwechselten. Er schien kein Ergebnis zu erzielen.

»Bei allen Heiligen – wie schnell waren wir denn?«, fragte Ain:Ain'Qua fassungslos. »Was ist überhaupt geschehen?«

Leandra, deren Puls noch in höchsten Höhen pochte, starrte verwirrt hinaus ins All. »Wir sind in den Wurmlochtunnel gerutscht«, erklärte sie. »Unabsichtlich. Das hat uns offenbar unerhört beschleunigt. Aber warum wir jetzt wieder im Normalraum sind ...«, sie schüttelte den Kopf, »das weiß ich nicht.«

»Käpt'n«, meldete sich Sandy, »ich habe hier wirklich ungewöhnliche Messwerte ...«

Leandra hob den Kopf. »Was denn, Sandy?«

»Ich habe soeben unsere Position innerhalb der Inneren Zone bestimmt. Anhand der Navigations-Leuchtfeuer, die aus dem Sternenhintergrund außerhalb der Inneren Zone durchscheinen.«

»Ja? Und?«

»Aurigae ist eindeutig zu bestimmen, Käpt'n. Canopus und Aldebaran ebenfalls. Das sind Sterne mit unverwechselbarem Spektralmuster und signifikanter Leuchtkraft ...«

»Komm zur Sache, Sandy!«, forderte Ain:Ain'Qua. »Was ist los?«

»Offenbar haben wir, von Soraka aus gesehen, soeben eine Distanz von etwa zweitausendsiebenhundertfünfzig Lichtjahren zurückgelegt.«

»Was?«, riefen alle drei.

»Die subjektive Reisezeit betrug weniger als acht Minuten. Über sieben Minuten davon bewegten wir uns auf die gewohnte Weise im SuperC-Raum. Dabei waren wir nicht einmal sehr schnell, wir befanden uns in der Beschleunigungsphase und dürften kaum mehr als ein Lichtjahr zurückgelegt haben.«

Leandra ließ Ain:Ain'Qua los. »Willst du sagen, wir haben den größten Teil der Reise in weniger als einer Minute zurückgelegt?«

»Nein, Käpt'n. Nicht den größten Teil. Gewissermaßen alles, die gesamte Strecke. Und es hat nicht mehr als einige Sekunden gedauert. Wir müssen C-max erreicht haben.«

»C-max?«, meldete sich Ain:Ain'Qua in entrüstetem Ton. »Das ist die zweimillionenfache Lichtgeschwindigkeit, Sandy! Das reicht bei weitem nicht aus, um zweitausendsiebenhundertfünfzig Lichtjahre in ein paar Sekunden zurückzulegen! Wir müssten C-max überschritten haben, und nach allem, was uns die SuperC-Physik lehrt, ist das unmöglich!«

»Ja, Sir. Natürlich. Dennoch sind wir hier. Soraka liegt definitiv zweitausendsiebenhundertfünfzig Lichtjahre hinter uns.«

Ain:Ain'Qua brummte ärgerlich, sah sich um, als könnte ihm etwas in der Umgebung einen Hinweis auf dieses *Wunder* geben.

»Ich weiß nun auch, wie wir in den Normalraum zurückgekehrt sind, Käpt'n«, erklärte Sandy. »Hinter uns liegt ein

Wurmloch-Terminal. Offenbar haben wir in kürzester Zeit den gesamten Wurmloch-Tunnel durchquert und ihn durch sein Gegenterminal wieder verlassen.«

»Wie bitte?«, rief Ain:Ain'Qua brüskiert. Was er hörte, schien sein Verständnis der Physik der Welt zu sprengen.

Sandy meldete sich wieder. »Ich empfange automatische Bakensignale und Navigationsfunk. Wir müssen uns in einem besiedelten System befinden. Durch unsere große Geschwindigkeit sind wir offenbar mit mehr als dem doppelten Tempo im Normalraum materialisiert. Nach meinen Berechnungen lag unser Materialisationspunkt etwa acht Lichtminuten oder einhundertfünfzig Millionen Meilen jenseits des normalen Punkts des Wiedereintritts.«

Leandra schluckte. »Und was bedeutet das?«

»Dass wir möglicherweise unbemerkt hier angekommen sind, Käpt'n. Ich habe abermals alle Aggregate und Geräte heruntergefahren, die uns durch Emissionen verraten könnten. Momentan bewegen wir uns antriebslos durch dieses System. Soll ich diesen Zustand beibehalten?«

Leandra sah wieder zum Panoramafenster hinaus, das ihr jedoch keine Aufschlüsse bot. »Ja, natürlich Sandy«, ordnete sie an. Außer dem galaktischen Kern, der blendend zu ihnen hereinstrahlte, und einer enormen Sternenpracht, die in allen Farben funkelte, gab es nichts, woran sie hätten erkennen können, wohin es sie verschlagen hatte.

»Ist das hier vielleicht Imoka?«, fragte Giacomo leise.

»Definitiv nein, Sir. Ich kann keine Sternenkonstellation finden, die den Daten aus Hausers Buch entspricht.«

Für eine lange Minute kehrte unschlüssiges Schweigen auf der Brücke ein.

»Und wie erklärst du das Ganze?«, fragte Ain:Ain'Qua schließlich. »Dass wir mit dieser irrsinnigen Geschwindigkeit geflogen sind?«

»Das kann ich nicht, Sir. Ich ... ich habe für einen gewissen Zeitraum ein ... *Blackout* gehabt.«

»Ein Blackout?«

»Mein analytisches Bewusstsein war ausgeschaltet. Ich habe keine sensorischen Daten empfangen.« Sandys Stimme war leise geworden. »Ich habe nur noch ... *gefühlt.*«

Für Momente sagte niemand etwas. »Gefühlt?«, fragte Ain:-Ain'Qua schließlich leise. »Was hast du denn gefühlt?«

»Ich weiß es nicht, Sir. Aber vielleicht ... ist C-max nur ein Begriff. Für etwas, das wir ... einfach nicht verstehen.«

Leandra sah Ain:Ain'Qua mit fragender Miene an. Aber auch ein kleiner Ausdruck von Erkenntnis schien darin zu liegen – wie die vage Bestätigung eines Verdachts, den sie seit langem mit sich herumtrug.

Ain:Ain'Qua musterte sie lange mit scharfen Blicken, so als wollte er sich dem nicht beugen, was ihre Miene andeutete.

Physik und Magie – das ist ein und dieselbe Welt.

*

Bald glitt die *Faiona* mit nur noch fünfunddreißig Prozent C in einer steilen Flanke an einem Doppelstern vorbei. Seit Minuten schon empfingen sie auf allen Kanälen eine wahre Datenflut; es schien fast, als wollten automatische Sender sie mit allen nur denkbaren Informationen über Anflugschneisen, Park-Bereiche, Dockanlagen, Shuttle-Verbindungen und ähnlichem versorgen – zu einer Welt, deren Namensnennung sie alle hatte verstummen lassen, auch Sandy.

Majinu.

Sie konnten es kaum glauben – das Wurmloch-Terminal hatte sie in unmittelbarer Nähe der sagenhaften Heimatwelt des Pusmoh ausgespuckt, und nun trieben sie mucksmäuschenstill in nur ein paar Millionen Meilen Entfernung an der Welt vorüber, deren Name man im Sternenreich des Pusmoh in der Öffentlichkeit nicht einmal *aussprechen* durfte, ohne Gefahr zu laufen, von der nächsten Drakkenpatrouille verhaftet zu werden.

Sandy ließ weiterhin alle Geräte abgeschaltet, die sie hätten verraten können. Sie wussten ja, dass sie, solange sie die Triebwerke nicht starteten oder den Kurs wechselten, als ein kosmisches Objekt durchgehen konnten – als ein Komet oder ein Meteorit. Hier in der Inneren Zone, wo die Materiedichte noch um einiges höher als im Serakash-System war, galt das umso mehr.

»Unglaublich!«, flüsterte Giacomo, als könnte man ihn auf Majinu hören, wenn er um eine Winzigkeit zu laut sprach. »Die Heimatwelt des Pusmoh! Das sagenhafte Majinu! Ich wundere mich, dass auf allen Kommunikations-Kanälen der Name so offen ausgesprochen wird! Bis heute war ich mir nicht einmal sicher, ob es diese Welt überhaupt gibt!«

Sie konnten nichts tun, als den Tönen der passiven Ortung und der Funkempfänger zu lauschen, die auf der Brücke zu hören waren. Einer der Holoscreens zeigte den dreizackigen Stern des Pusmoh; ein Bild der geheimnisvollen Pusmoh-Welt hingegen wurde nirgendwo gesendet. Der Planet war zu weit entfernt, um mehr als einen hellen Punkt von ihm sehen zu können.

»In der unmittelbaren Umgebung von Majinu halten sich mehrere Dutzend Wachschiffe und Zerstörer auf«, informierte sie Sandy. »Ich kann Funksignale von drei großen Orbitalstationen empfangen, die sich militärischer Termini bedienen. Vermutlich handelt es sich um schwer bewaffnete Kampfstationen. Majinu besitzt zwei Monde, auf denen ich ebenfalls Funkverkehr militärischer Einrichtungen orten kann. Offenbar existiert auf dem kleineren der Monde, etwa zweihundertsiebenundsechzigtausend Meilen von Majinu entfernt, ein Flottenstützpunkt.«

Giacomo nickte verstehend. »Der Planet ist sozusagen eine Festung. Das war zu erwarten.«

»Was ist eigentlich mit unserem Verfolger, Sandy?«, fragte Leandra. »Ist der noch einmal aufgetaucht?«

»Nein, Käpt'n. Sofern er unseren Sprung nicht unmittelbar nachvollziehen konnte, wird er noch rund einen Tag benötigen, bis er hier ankommt – falls er davon ausgeht, dass dies unser Ziel ist. Bis dahin sind wir an der Sonne dieses Systems vorüber und so weit entfernt, dass er uns nicht mehr orten kann. Für den Augenblick können wir davon ausgehen, dass wir ihn abgeschüttelt haben.«

Leandra nickte zufrieden.

»Und hier?«, fragte Ain:Ain'Qua. »Liegen wir in der Erfassung irgendeines aktiven Sensors?«

»Nein, Sir. Ich würde Sie augenblicklich darüber informieren. Dieses Sonnensystem ist vergleichsweise leer. Nur in unmittelbarer Umgebung des Planeten Majinu gibt es umfangreiche Aktivitäten.«

»Sonst ist hier nichts?«

»Alle passiven Sensoren der *Faiona* arbeiten mit voller Leistung, Käpt'n. Zurzeit gibt es keine weiteren Informationen.«

Für eine Weile lauschten sie unentschlossen den Funkmeldungen, automatischen Ansagen und Navigationsanweisungen, die leise aus den Lautsprechern der Brücke drangen.

»Wenn wir mit dem Heiligen Heer der Ordensritter hier wären, wüsste ich, was zu tun ist«, meinte Giacomo mit einem säuerlichen Lächeln.

»Ich glaube kaum«, entgegnete Ain:Ain'Qua, »dass das ausreichen würde. Aber was würde uns das schon nützen, selbst wenn es gelänge? Wir würden vielleicht nie erfahren, mit wem wir es zu tun hatten, und ob durch eine Vernichtung dieser Welt wirklich seine Macht gebrochen wäre.« Er räusperte sich. »Abgesehen davon, dass das nicht unser Stil ist. Welten vernichten, ohne hinzusehen, meine ich. Das tun vielleicht die Saari oder die Drakken.«

Leandra stieß ein lautes Seufzen aus. »Was machen wir nun? Wir haben das Herz unseres Gegners erreicht. Wir sind in die Höhle des Drachen gelangt, können aber nichts unternehmen!«

Ain:Ain'Qua starrte eine Weile nachdenklich zum Panoramafenster hinaus. »Wir müssen unseren Weg fortsetzen«, erklärte er. »So weitermachen wie bisher. Wir suchen nach der entscheidenden Information, mit der wir den Pusmoh zur Aufgabe zwingen und verjagen können. Wir sind die Lunte am Pulverfass der Galaktischen Föderation. Jetzt brauchen wir nur noch den Funken!«

Leandra und Giacomo starrten ihn ratlos an.

»Wir müssen einfach nur weitersuchen!«, erklärte Ain:Ain'Qua aufgebracht und hob die Hände. »Nun sind wir schon hier, wo niemand zuvor jemals war! Sandy! Was für Daten empfängst du? Wie können wir die Imokagruppe finden? Hauser hat nicht ohne Grund darauf hingewiesen! Das muss der Schlüssel sein!«

In diesem Moment dunkelte Sandy das Panoramafenster der *Faiona* ab, denn die beiden Sonnen des Planetensystems rückten immer weiter in die Mitte ihres Sichtfeldes. Die zwei glühenden Gasriesen dieses Doppelsternsystems umkreisen sich eng. Trotz ihrer Entfernung zur *Faiona* war die Helligkeit der beiden Sonnen so groß, dass man die Blicke abwenden musste. Nun aber, da Sandy die Sicht so sehr abdunkelte, blieben nur zwei dunkelgelbe Feuerbälle im All zurück. Und ein dritter war hinzugekommen.

»Sandy! Was ist das da?«, fragte Giacomo, der zwischen den beiden Sonnen etwas entdeckt hatte. »Dieser helle Fleck ...«

Sandy benötigte einige Sekunden für neue Auswertungen. »Offenbar ein Planet, Sir. Weit im Hintergrund. Er steht von uns aus gesehen im Apogäum und wird von den Sonnen überstrahlt.«

»Der muss ja riesig sein!«

Leandra und Ain:Ain'Qua sahen ihn nun auch. Im Vergleich zu den beiden Sonnen war er im Augenblick nur ein kleiner Punkt, der etwas nach oben versetzt zwischen ihnen stand; wenn er sich jedoch auf einer gewöhnlichen Planetenumlaufbahn befand, und davon war auszugehen, stand er nun zu ihnen in der am weitesten entfernten Position, die möglich war. Das bedeutete, dass er außergewöhnlich groß und hell sein musste.

»Sir, ich errechne eine Sonnenentfernung von achthundertfünfzig Millionen Meilen und einen Durchmesser von etwa neunhunderttausend Meilen. Es handelt sich um einen Gasriesenplaneten.«

»Hat er Ringe?«, fragte Leandra spontan.

Die Gesichter von Ain:Ain'Qua und Giacomo wandten sich unwillkürlich ihr zu – sie hatten sofort verstanden, worauf sie anspielte.

»Davon ist auszugehen, Käpt'n. Die meisten Planeten dieser Größe besitzen Ringe aus Eis- und Gesteinstrümmern sowie eine Vielzahl von Monden. Im Moment ergeben meine Messungen leider nichts Verwertbares, da der Planet von den Sonnen überstrahlt wird. In etwa einer Stunde, wenn sich unser Blickwinkel verbessert hat, kann ich mehr sagen.«

Leandras Blicke sprachen Bände, als sie ihre beiden Freunde ansah. »Leviathane!«, flüsterte sie. »Ich wette, dort gibt es Leviathane!«

24 ◆ Imoka

Leandra behielt Recht. Nach einer Stunde hatte sich der geheimnisvolle Planet, der dem Halon von Aurelia-Dio sehr ähnelte, über die beiden Sonnen erhoben und gab sein Geheimnis preis: Er besaß ein großes, ausgeprägtes Ringsystem, und eine Spektralanalyse Sandys ergab, dass das von dem Planeten zu ihnen strahlende Licht einige besondere Absorptionslinien aufwies. Sie deuteten auf das Vorhandensein von H.Plantae im Ringsystem hin.

»Die Nahrung der Leviathane«, flüsterte Giacomo ehrfurchtsvoll.

»Bedeutet das, dass es hier wirklich auch Leviathane geben muss?«, fragte Leandra.

Ain:Ain'Qua nickte. »Davon können wir ausgehen. Was meinst du, Sandy?«

»Ich verfüge über keine Vergleichsdaten, die eine Berechnung der Wahrscheinlichkeit zuließen, Sir. Wenn Sie mich allerdings nach meinem *Gefühl* fragen ...«

Ain:Ain'Qua lächelte schwach. »Ja, Sandy. Sag, was dein Gefühl ist.«

»Ich würde es ebenso ausdrücken wie der Käpt'n, Sir. Ich wäre bereit zu wetten, dass es dort Leviathane gibt.«

Leandra lächelte ebenfalls. »Das würde bedeuten, dass der Pusmoh das Geheimnis der Leviathane wahrscheinlich schon länger kennt, als den Menschen und den Ajhan die bloße Existenz der Leviathane überhaupt bekannt ist. Kann man das so sagen? Schließlich liegt in diesem System die Heimatwelt des Pusmoh.«

Ain:Ain'Qua und Giacomo nickten. »Die Menschen haben die Leviathane über tausend Jahre nach der Besiedelung von

Aurelia-Dio überhaupt erst entdeckt. Und es dauerte noch einmal viele hunderte Jahre, bis sie dahinter kamen, dass sich ihre Außenskelette als Raumschiffshüllen eignen. Da könnte man duchaus annehmen, dass der Pusmoh diese Dinge schon länger weiß.«

»Ja. Dass der Pusmoh mithilfe der Hüller einen groß angelegten Betrug an den Menschen und den Ajhan verübt, wissen wir ja. Und dass er diese riesigen Wesen abschlachten lässt, obwohl das überhaupt nicht nötig wäre.«

»Dergleichen ist schon immer ein Mittel für ihn gewesen, die Machtverhältnisse aufrechtzuerhalten«, fügte Giacomo an. »Die künstliche Verknappung eines der wichtigsten Dinge aus der Ökonomie des Sternenreiches.«

Leandra deutete ins All hinaus. »Haben wir durch die Existenz dieses Planeten nun nicht auch einen Beweis für den planvollen Betrug durch den Pusmoh? Genügt uns das nicht? Könnten wir damit nicht die Ordensritter losschicken und überall bekannt machen, auf welche Weise der Pusmoh uns hintergeht? Selbst wenn wir den Leviathanfriedhof beim Halon gar nicht entdeckt hätten – die Leviathane scheinen längst nicht so selten zu sein, wie alle annehmen. Allein die Tatsache, dass ich immer wieder junge Leviathane im SuperC-Raum gesehen habe, deutet darauf hin, dass es vermutlich eine Menge Planeten wie Halon und diesen dort draußen gibt.«

Ain:Ain'Qua nickte, während er Giacomo ansah. »Ja. Ich denke, das wäre schon ein wichtiger Beweis. Was meinst du, Giacomo?«

»Ein richtiger Beweis wäre es dann, wenn wir ihn überall herumzeigen könnten. Dieser Planet hier liegt allerdings in der Inneren Zone, im Pusmoh-Sperrgebiet. Wir können ihn nicht vorzeigen, solange der Pusmoh hier niemanden hereinlässt. Und das wird er sicher nicht uns zum Gefallen tun.«

»Ich habe die Innere Zone inzwischen zu einem Teil kartografiert«, meldete sich Sandy. »Die Daten sind noch sehr lückenhaft und ungenau, aber sie besitzen in sich ein Gleichgewicht, das vermutlich nicht ohne weiteres konstruiert werden könnte.«

»Du meinst, deine Sternkarten könnten als Beweis dienen, Sandy? Mitsamt deinen Messdaten dieses Systems?«

»Mithilfe einer Prüfung wäre es möglich, ihre Authentizität zu bestätigen.«

Giacomo schüttelte den Kopf. »Ich verstehe, was du meinst, Sandy. Aber das ist mir zu theoretisch. Wie sollen wir hier eine Prüfkommission herschicken, wenn der Pusmoh es nicht zulässt? Die Leute wollen einen schlagkräftigen, leicht verständlichen und klaren Beweis hören. *Das* ist es, was wir brauchen!«

»Was gibt es hier sonst noch in diesem System?«, fragte Ain:Ain'Qua, erhob sich und trat vor das Panoramafenster. Die beiden Sonnen waren weiter nach unten gewandert, und Sandy hatte die Abdunklung der Scheibe so weit zurücknehmen können, dass nun wieder ein größerer Teil der Sterne hereinschien. »Irgendetwas muss es hier doch noch geben!«

Leandra stand ebenfalls auf und gesellte sich zu ihm. »Bestimmt ist bei diesem Riesenplaneten einiges zu entdecken. Der Pusmoh wird dort Raumstationen haben, so wie die Hüller beim Halon.«

Ain:Ain'Qua kratzte sich nachdenklich am Kinn. »Wir haben nur das Problem, dass wir unsichtbar bleiben müssen. Wenn wir die *Faiona* dorthin steuern, wird man uns bemerken. Ich weiß nicht, ob es uns für alle Zeiten gelingt, jedem Verfolger zu entkommen. Und vor allem: Es bringt uns nicht weiter, wenn wir auf der Flucht sind.«

»Käpt'n«, meldete sich Sandy. »Ich habe hier einen Messwert. Allerdings ist es nur etwas sehr Vages.«

Leandra und Ain:Ain'Qua drehten sich um. »So? Und was ist es?«

»Eine Wellenspur, Sir. Es ist nur eine einzelne, und sie ist auch schon vergleichsweise alt. Etwa drei Wochen. Aber sie zielt noch tiefer in die Innere Zone hinein.«

»Hast du eine Ahnung, wohin sie führen könnte?«

»Leider nein, Käpt'n. Ich müsste näher zu ihr gelangen, um sie genauer messen zu können. Immerhin deutet sie darauf hin, dass es dort etwas geben muss. Ein Ziel, um es einfach auszudrücken.«

Giacomo brummte ungeduldig. »Was soll da schon sein? Eine einzelne Wellenspur, die kann sonstwohin führen. Vielleicht hat ein Schiff lediglich diese Richtung gewählt und die Innere Zone auf der anderen Seite verlassen.« Er winkte missmutig ab. »Es führt zu nichts, wenn wir einzelnen Wellenspuren nachgehen. Die Milchstraße ist voll davon. Wir müssen hier etwas finden – hier, im Herz des Pusmoh-Reiches! Ich kann es förmlich riechen, dass es hier etwas gibt!«

Schweigen senkte sich über die Brücke. Nach einer Weile lieferte Sandy neue Daten über den Leviathan-Planeten, und sie diskutierten darüber, ob diese Entdeckung nicht vielleicht doch schon ein ausreichender Beweis wäre. Sandy schlug vor, zusätzlich die Funksignale des Majinu-Systems aufzuzeichnen, um ihre Anwesenheit hier zu belegen, wie auch Videobilder und andere Aufzeichnungen anzufertigen. Leandra und Ain:Ain'Qua hielten diese Ideen für gut – angesichts der Tatsache, dass man hier nichts anderes wagen konnte. Giacomo aber hatte der Missmut offenbar fest im Nacken gepackt, er fand Argumente gegen alles.

Irgendwann wurde es Leandra zu viel. »Ich kann dein Genörgel nicht mehr hören!«, schimpfte sie. »Alles, was wir vorschlagen, verwirfst du! Was hast du vor? Sollen wir etwa auf Majinu landen und den Pusmoh um die Beweise bitten, die wir brauchen? Ich finde, dieser Leviathan-Planet ist eine wichtige Entdeckung. Wenn wir sie durch genügend Aufzeichnungen und Beweise abdecken, wird man uns glauben! Dann haben wir das, was wir für die Ordensritter brauchen!«

»Ach, Leandra!«, rief Giacomo. »Sei nicht naiv! Glaubst du vielleicht, der Pusmoh hätte keine Möglichkeiten, uns diesen so genannten Beweis zu verderben? Er wird ...«

»Käpt'n!«

Das war Sandy gewesen, und inzwischen konnte jeder der drei spüren, wenn in ihrer Stimme etwas mitschwang, das *mehr* als nur die normale Sandy war.

»Ja, Sandy?«

»Ich habe neue Messwerte, Käpt'n. Ich habe in der Richtung, in welche die von mir entdeckte Wellenspur weist, eine Konstellation aus vier Sternen entdeckt, die eine gewisse Ähnlichkeit mit Hausers Daten aufweist.«

Leandras Herz machte einen Satz. »Was?«, rief sie aufgeregt.

»Die Konstellation ist schwierig herauszufiltern, da der Sternhintergrund sehr lebhaft ist, aber nach mehreren Prüfungen verdichten sich meine Ergebnisse immer mehr ... Moment.« Sie unterbrach sich kurz. »Ich habe soeben Stern Nummer fünf und sechs identifiziert. Damit erhöht sich die Wahrscheinlichkeit auf über vierundneunzig Prozent.«

»Vierundneunzig Prozent? Dass es die Imokagruppe ist?«

»Ja, Käpt'n. Etwa vierunddreißig Lichtjahre von hier entfernt.«

Leandra wandte sich zu Ain:Ain'Qua um. »Vierundneunzig Prozent. Genügt uns das?«

Ain:Ain'Qua packte sie und pflanzte sie in den Pilotensitz. »Darauf kannst du wetten! Sandy! Sind wir noch schnell genug für einen TT-Sprung? Ohne dass wir beschleunigen müssen?«

»Ja, Sir. Es dürfte gerade noch möglich sein.«

Ain:Ain'Qua nickte Leandra zu, sie lächelte zurück, setzte den Biopole-Helm auf und klappte den Augenschirm herunter. Giacomo bemühte sich, seine hartnäckige Missgestimmtheit zu überspielen, und setzte sich ebenfalls.

»Dann los, Sandy«, flüsterte Leandra in ihr kleines Mikrofon. »Hoffentlich haben wir dieses Mal Glück!«

*

»Wo sind die Amulette, Doy?«, fragte Ötzli scharf. »Sagt es mir lieber gleich, sonst werde ich Euch sehr wehtun. Ich bin nicht zu Scherzen aufgelegt.«

Der große Mann, die Stimme des Pusmoh, der sich sonst so selbstherrlich gab und auf seinen Titel *Doy Amo-Uun* großen Wert legte, war nur noch ein Schatten seiner selbst. Ötzli hatte sich so etwas schon gedacht. Im Ausüben seiner Macht war er harsch und gnadenlos, immer dann, wenn er ein Heer wie das der Drakken und die Macht des Pusmoh hinter sich wusste. Wenn ihm aber dieser Hintergrund fehlte und es um seine eigene Haut ging, war aller Mut schnell verflogen.

»Was habt Ihr vor, Lakorta?«, rief er mit zitternder Stimme. »Ihr kommt nie und nimmer damit durch!«

»Das überlasst mir, verstanden!«, bellte Ötzli ihn an. »Los, heraus damit! Wo werden die Amulette aufbewahrt? Es ist hier in diesem Turm, nicht wahr? Ich kann es spüren! Diese Maschine ist voll davon. Der ganze Turm verstrahlt eine Aura, als wären wir in der Höhlenwelt! Wo sind sie?«

»Es ist ein unermesslicher Schatz! Der Pusmoh wird Euch dafür die schlimmsten Höllenqualen erleiden lassen, wenn Ihr sie ihm wegnehmt!«

»Wegnehmen? Ich will sie ihm nicht wegnehmen! Er bekommt sie zurück! Aber erst, wenn wir wieder frei sind, habt Ihr verstanden? Ihr und die Amulette – Ihr seid unsere Geiseln!«

Der Doy Amo-Uun starrte Ötzli nur angstvoll an.

Noch immer saß er am Boden, dort, wo Ötzli ihn niedergeworfen hatte, von dreien der Gefangenen umringt. Andere, unter ihnen die Magiebegabten, hielten sich vorn hinter den Metallkästen verschanzt und beobachteten die Drakken, die sich auf der anderen Seite wieder formiert hatten, aber nicht angriffen. Seit Stunden schon hielt dieser Zustand an, und im Augenblick schien keine große Gefahr für die Aufständischen zu bestehen.

»Es liegt wahrscheinlich an der Rangordnung der Drakken«, erklärte Roya Munuel leise, die in der Nähe von Ötzli standen, aber sorgenvoll in Richtung der Drakken blickten. »Ich meine, dass sie nichts tun. Der Doy Amo-Uun ist der Ranghöchste hier, und so lange er lebt, rückt keiner der hohen Drakkenoffiziere in eine Position, die es ihm gestatten würde, mit uns zu verhandeln. Ich weiß das von Rasnor. Er ist in die Position eines *uCuluu* gelangt, nur weil er vorher einen entsprechend hohen Rang innehatte und der *uCuluu* der Drakken bei den Kämpfen umkam. Ich denke, sie haben hier niemals damit gerechnet, angegriffen zu werden. Jetzt haben sie einfach keinen Plan mehr.«

»Sie sind wirklich so dumm?«, fragte Munuel ungläubig.

Roya nickte. »Ja. Ich habe immer mehr den Eindruck, als wären sie nur Maschinen. Lebendige Maschinen. Vielleicht hat der Pusmoh sie nur für seine Zwecke erschaffen. Anders ist es nicht mehr zu erklären, wie sie sich verhalten.«

Drüben, auf der anderen Seite, trat schließlich ein hoch gewachsener Drakken mit Gefolge in den Vordergrund. Er schien, entgegen dem, was Roya behauptet hatte, Verbindung mit ihnen aufnehmen zu wollen. Womöglich, um zu verhandeln.

Roya deutete hinüber. »Vielleicht sind es diese komischen Würmer der Drakken, die das Sagen haben. Da ist so einer!«

Erstaunt über Royas Gedanken, versuchte Munuel in der angegebenen Richtung mithilfe seines Inneren Auges etwas zu erkennen – und es gelang ihm auch. Gerade am Rande seiner Wahrnehmung nahm er die Kontur einer dieser niederen Kreaturen wahr, von welchen sich hohe Drakkenoffiziere manchmal begleiten ließen. »Du meinst die Muuni?«, fragte Munuel. »Das glaube ich nicht. Diese Wesen sind nur mentale Verstärker für die Drakken. Ich habe noch nie eine dieser Kreaturen etwas tun sehen, außer herumzuwatscheln und dumm im Weg zu liegen.«

Roya lachte leise auf. Hinter sich hörten sie Ötzli, der noch immer dem Doy Amo-Uun mit den schlimmsten Misshandlungen drohte, wenn er nicht sofort preisgab, wo sich die Amulette befanden.

»Gefangene!«, tönte es von dem Drakkenoffizier plötzlich herüber. »Ihr habt den Anweisungen des Pusmoh zuwider gehandelt und seid deswegen zum Tode verurteilt ...«

Höhnische Laute schallten ihm entgegen, einer rief: »Wir sind keine Gefangenen! Nicht mehr! Wir sind frei!«, und ein anderer: »Uns könnt ihr nichts befehlen! Haut ab!«

Der Drakken war erstarrt, sagte eine Weile nichts, dann war seine Stimme wieder zu hören: »Was verlangt ihr?«

Roya wandte das Gesicht Ötzli zu – es wurde Zeit, dass er die Information vom Doy erhielt, die sie so dringend brauchten, sonst waren Verhandlungen mit den Drakken überflüssig. Doch Ötzli schien es gerade geschafft zu haben.

Er trat neben sie und raunte ihr ins Ohr: »Ich hatte Recht. Die Amulette sind hier im Turm. In einer Halle, die sich von hier aus gesehen ein Stockwerk unter uns befindet.«

»Ist das sicher?«, flüsterte Roya.

Ötzli wies mit Blicken in Richtung des Doy, der schwer atmend und mit gerötetem Kopf an einem Metallkasten lehnte. »Ich glaube schon. Ich hab ihm gedroht, ihn in diese Maschine zu stoßen, damit sie ihm sein Hirn herausquetscht und er in eins von diesen Raumschiffen gesteckt wird. Das scheint ihm nicht gefallen zu haben.«

Munuel hatte mitgehört und wandte sich zu den Drakken um. »Wir haben den Doy Amo-Uun als Geisel!«, rief er. »Wir verlangen eine Schwebeplattform und freies Geleit!«

»Eine Plattform?«, rief der Drakken nach kurzem Nachdenken. »Das ist unmöglich!«

»Das ist *sehr wohl* möglich!«, rief Ötzli angriffslustig zurück. »Wir haben hier nichts mehr zu verlieren! Wenn wir die Schwebeplattform nicht bekommen, töten wir zuerst den Doy Amo-Uun und zerstören dann die Maschine und den ganzen Turm!«

»Den Turm wollt ihr zerstören? Das könnt ihr gar nicht!«

»Bist du dir da so sicher?« Ötzli suchte mit Blicken nach einem geeigneten Objekt und fand eine Konstruktion aus schweren Kristallsäulen, die den Zugang zu dieser Halle säumten. Er schärfte den Blick, hob eine geballte Faust und öffnete ein Aurikel der sechsten Iterationsstufe.

Eine Sekunde später zerplatzte die ganze rechte Säule, ein Objekt von fünfzehn Ellen Höhe und vier Ellen Durchmesser, mit einem trockenen Knall. Ein heftiger Gesteinshagel, begleitet von einer aufwallenden, bläulich glitzernden Staubwolke, stob durch die Halle. Einige Drakken, die sich in der Nähe befanden, schrieen überrascht auf, ein paar ungezielte Schüsse lösten sich. Ein Drakken kippte sogar um, er schien von einem Splitter tödlich getroffen worden zu sein.

Der Drakkenoffizier war instinktiv in Deckung gegangen, auch seine Begleiter hatten sich geduckt, der Muuni-Wurm hatte ein Quietschen ausgestoßen und lag nun mit pumpenden Flanken auf dem Boden. Als die Drakken sich wieder aufrichteten, halfen ihm zwei von ihnen auf seine plumpen Beinchen.

»Das war nur eine kleine Kostprobe«, rief Ötzli höhnisch hinüber. »Ich bin Kardinal Lakorta, und der Doy Amo-Uun weiß, dass ich zu den fähigsten Magiern meiner Heimatwelt zähle. Und dies hier ist Altmeister Munuel, ein Mann, der mir ebenbürtig ist. Zusammen legen wir euren dummen Kristallturm schneller in Schutt und Asche, als ihr gucken könnt, verlasst euch drauf!« Schnaubend vor Wut, sog er Luft durch die Nase ein. »Was ist nun, bekommen wir die Schwebeplattform, oder wollt ihr euren Krieg gleich jetzt?«

Für eine bange halbe Minute herrschte Schweigen auf der anderen Seite. Ötzli erklärte währenddessen, welche Vorgehensweise er für die beste hielt. »Ich weiß nicht, ob der Doy vielleicht eine ersetzbare Figur für sie ist. Es könnte sein, dass sie auf uns schießen, auch wenn wir ihn als Geisel haben.« Er deutete nach hinten. »Aber diese Maschine, die ist unersetzlich für sie, das weiß ich, ebenso die Amulette. Die Maschine können wir nicht mitnehmen – wenn wir also von hier wegwollen, brauchen wir die Amulette. Auch, um uns verteidigen zu können. Wir müssen jemanden mit der Schwebeplattform nach unten schicken, der die Amulette holt. Andere müssen mit dem Doy und der Drohung, die Maschine zu vernichten, hier oben bleiben und solange warten.«

»Ich verstehe«, meinte Munuel nickend. »Dann werde ich gehen, um die Amulette zu holen. Kommst du mit mir, Roya? Ich brauche deine Augen.«

Roya schluckte zuerst, dann nickte sie. »Natürlich, Meister Munuel. Aber ... glaubt Ihr, wir können das überhaupt schaffen?«

»Wir haben keine Wahl, Kind. Entweder wir kommen damit durch, oder wir sterben alle hier.«

Roya stand mit betroffener Miene vor ihm, sie atmete tief und schwer. Dann sah sie zu Ötzli, schließlich nickte sie abermals.

Einige Minuten später schwebte durch den weiten Eingang tatsächlich eine mittelgroße Plattform herein. Sie war quadratisch mit einer Kantenlänge von vielleicht drei Schritt und hätte niemals ausgereicht, um alle Flüchtlinge aufzunehmen – ein Trick, mit dem ihre Gegner sie zweifellos mürbe machen wollten. Aber die Drakken ahnten ja nicht, was sie eigentlich vorhatten.

»Los, Roya!«, sagte Munuel entschlossen. »Wir warten jetzt nicht mehr. Komm mit.«

Ohne weiter zu zögern, setzte Munuel sich in Bewegung und zog Roya an der Hand mit sich. Erst folgte sie ihm nur widerstrebend, dann fügte sie sich mit banger Miene in das Unvermeidliche. Als sie auf der anderen Seite bei den Drakken und der Plattform ankamen, sahen sie überraschte Drakken-Gesichter.

»Steig auf die Plattform, Roya«, raunte Munuel ihr zu. »Wir müssen das jetzt durchziehen, mit aller Härte. Zaudern hilft nichts mehr.«

Roya hatte durch Munuels Entschlossenheit etwas Mut geschöpft und sprang mit drei großen Schritten über die kleine Treppe, die sich seitlich ausgeklappt hatte, auf die Plattform hinauf, die etwa eine Elle über dem Boden schwebte. Munuel hatte sich vor dem Drakkenoffizier aufgebaut. Das Echsenwesen überragte ihn um mehr als einen Kopf.

»Wie heißt du?«, fragte Munuel barsch, mit fordernd in die Seiten gestemmten Fäusten.

»Wie ich heiße? Wie heißt *du*, Gefangener?«

»Das hat Lakorta bereits gesagt. Munuel. Außerdem bin ich kein Gefangener. Nicht mehr. Wie ist nun dein Name, Offizier?«

Der Drakken zögerte. Munuels herrisches Auftreten schien ihn zu beeindrucken. »LiinQour«, sagte er.

»Du kommst mit, LiinQour!«, verlangte Munuel scharf und deutete auf die Plattform.

»Was?«, stieß der Drakken hervor.

Munuels Miene verfinsterte sich noch mehr. »Willst du deinen Doy verlieren?«, bellte er. »Willst du, dass wir diesen Turm zerstören? Wenn du nicht augenblicklich gehorchst, werden wir genau das tun, verstanden?«

Roya war leicht schockiert von der Heftigkeit von Munuels Auftreten, aber sie verstand immer mehr die Notwendigkeit, dem Gegner vorzuspielen, dass sie die volle Kontrolle über die Situation besaßen. Als sich der Offizier widerstrebend fügte und mit bissiger Miene über die kleine Treppe auf die Plattform schritt, beschloss sie, ihren und Munuels Auftritt noch einschüchternder zu gestalten. Sie deutete hinab auf den Muuni-Wurm, der zu dem Drakken zu gehören schien. »Das Biest kommt mit!«, forderte sie mit scharfer Stimme.

Ein seltsames Erschauern ging durch die Reihen der Drakken.

Es schien beinahe, als wären sie alle ein wenig zurückgetreten, als stünde der Muuni nun allein vor Roya, voller Angst, ganz klein und unwichtig, und als wäre er doch wieder eine bedeutungsvolle Persönlichkeit ...

Etwas wie Peinlichkeit überfiel Roya, das Gefühl, als hätte sie vor Zuschauern ein Tier gequält. Sie versuchte es mit Härte zu überdecken. »Los!«, rief sie dem seltsamen Wesen entgegen. »Du verstehst mich doch! Herauf mit dir!« Sie wies mit fordernder Geste vor sich auf den Boden der Plattform.

Die Spannung hielt an. Alle Drakken starrten den Muuni-Wurm an, so als wagten sie nicht, ihn zu berühren oder Royas Befehl Folge zu leisten, indem sie das Wesen nahmen und auf die Plattform stemmten. Dass der Wurm nicht so ohne Weiteres würde heraufkommen können, war klar. Er wirkte fettleibig und körperlich ungeschickt, seine Beinchen waren kurz und nicht sehr kräftig. Ein paar seltsam menschliche Züge glaubte Roya nun in seinem Gesicht zu erkennen, es stieß sie ab, auf welch weinerliche und wehleidig-depressive Art sie das Wesen anglotzte, so als hätte sie etwas monströs Grausiges von ihm verlangt.

Roya wurde es zu bunt. Sie schloss kurz die Augen, suchte nach einer passenden Verwebung im Vorrat ihrer magischen Tricks und manifestierte eine kleine Levitations-Magie direkt über dem Muuni. Das Wesen quietschte gequält, als sie es schroff in die Höhe hob und in ihre Richtung schweben ließ. Sie führte ihre Aktion mit wütender Miene und geballten Fäusten durch, was ihr offenbar den angstvollen Respekt der umstehenden Drakken einbrachte, in Wahrheit aber gar nicht ihrem Empfinden entsprach. Sie kam sich grob und gemein vor, selbst diesem dummen, hässlichen Wesen gegenüber. Augenblicke später befand er sich neben seinem Drakken-Herrn, dem Liin-Qour, auf der Schwebeplattform. Mit einem seltsamen Gesichtsausdruck aus Angst, Empörung und Selbstmitleid starrte er sie an.

Munuel hatte die Szene mit verwunderter Miene mitverfolgt, wobei seine Sicht mithilfe des Inneren Auges ihm sicher nur einen Teil dessen gezeigt hatte, was in den Gesichtern der Beteiligten vor sich gegangen war. Er wandte sich den Drakken zu, die vor ihm standen, und deutete nach links, wo sich in zwanzig Schritt Entfernung seine Freunde und Ötzli verschanzt hielten.

»Ich stehe mit Lakorta in Verbindung! Mittels Magie, versteht ihr? Euer LiinQour und ich werden jetzt etwas holen, und ich warne euch davor, uns irgendwie aufhalten zu wollen. Wenn wir nicht unbehelligt bleiben, wird Lakorta es sofort wissen, und dann wird euer Doy Amo-Uun sterben. Danach wird dieser Turm zu Staub zerfallen. Verlasst euch drauf – Lakorta ist dessen mächtig!«

Keiner der Drakken erwiderte etwas. Munuel zog sich vorsichtig zurück, trat dann rasch über die kleine Treppe auf die Plattform und baute sich vor dem Drakken-Offizier auf. »Du steuerst diese Plattform. Los jetzt!«

Der Drakken erschauerte; sein Muuni-Wurm hatte sich in die äußerste Ecke der Plattform zurückgezogen.

»Wo fliegen wir hin?«, fragte der Drakken steif.

»Erst einmal raus hier. Den Rest sage ich dir dann. Wir sind bald wieder zurück. Wenn du keine Dummheiten machst, wird niemandem etwas geschehen. Dann kannst du mit deinem hässlichen Wurm wieder zu deinen Soldaten zurückkehren.«

Roya stand bei einer der Haltestangen, krallte sich an ihr fest und hoffte, dass sie noch lange genug leben würde, um das mitzubekommen.

*

Als die *Faiona* wieder in den Normalraum sprang, hielten Leandra, Ain:Ain'Qua und Giacomo unwillkürlich die Luft an. Ob sie wirklich Imoka finden würden, hatte Sandy nicht mit letztgültiger Sicherheit sagen können, und im Augenblick war es eher, als nähmen sie ihren letzten Versuch wahr – die einzige und letzte Chance, doch noch zum Erfolg zu kommen. Was sie allerdings in der Imokagruppe erwarten würde, wenn sie es denn wirklich war, konnte keiner von ihnen sagen.

Das wirbelnde Grau vor der Panoramascheibe wich dem Bild des sternenübersäten Alls; abermals schien der Galaktische Kern mit all seiner Pracht zu ihnen herein. Sie waren nur etwa dreißig Minuten unterwegs gewesen, denn inzwischen beherrschte Leandra den schnellen Flug im SuperC-Raum wie im Schlaf.

Giacomo starrte auf den Navigationstisch, wo sich schon Momente nach ihrem Rücksprung eine dreidimensionale Abbildung des umgebenden Alls aufbaute. Kleine hellgelbe Leuchtpunkte markierten die Position der umliegenden Sonnen, immer weitere kamen hinzu. Und dann wechselten die ersten Leuchtpunkte ihre Farbe und wurden hellgrün. Winzige Schriftzeichen entstanden neben ihnen in der Luft, gestrichelte Verbindungslinien zeichneten sich ab und verschwanden wieder, dann wurden die Sterne gelb, während die Schriftzeichen bestehen blieben.

»Das ist Imoka!«, jubilierte Giacomo und deutete auf das Sterndiagramm. »Heiliger Vater! Wir haben tatsächlich Imoka gefunden!«

Ain:Ain'Qua lächelte ihn säuerlich an. »Spielst du darauf an, dass ich den Anspruch auf den Heiligen Stuhl doch wieder angemeldet habe, Giacomo? Ansonsten bin ich derzeit nichts als ein Gesetzloser!«

Giacomo stieß ein verlegenes Auflachen aus und wandte sich dem Navigationstisch zu. Über der Projektionsfläche waren inzwischen die meisten Sternsymbole wieder gelb geworden und besaßen Schriftzeichen.

»Ich bestätige die Identifikation der Stern-Umgebung, Käpt'n«, war Sandys Stimme zu hören. »Die Übereinstimmung mit den Daten aus Hausers Buch liegt bei über neunundneunzig Prozent. Dies ist die gesuchte Imokagruppe.«

Nun lächelte auch Leandra, die sich ihren Triumph bis zu dem Augenblick absoluter Sicherheit aufgehoben hatte. Sie trat zwischen Ain:Ain'Qua und Giacomo, hakte sich bei beiden unter und sagte: »Nun sind wir da. Endlich.«

Sie beobachteten eine Weile die 3D-Darstellung, an der jedoch nichts Besonderes zu entdecken war. Leandra verließ ihre beiden Freunde, stellte sich vor die Panoramascheibe und sah ins All hinaus, in die verwirrende Vielzahl der Sonnen, ob sie irgendetwas Ungewöhnliches entdecken konnte. Aber da war nichts.

»Hast du schon Messwerte, Sandy?«, fragte Ain:Ain'Qua. »Irgendetwas Besonderes oder Ungewöhnliches?«

»Leider noch nicht, Sir. Es scheint, als wäre dieses System unbewohnt.«

Leandra runzelte die Stirn. »Völlig unbewohnt? Bist du sicher?«

»Alle Sensoren arbeiten auf der vollen Bandbreite, Käpt'n. Zur Imokagruppe zählen im Wesentlichen vierundzwanzig Sonnensysteme, neun davon besitzen Planeten, verteilt über ein Gebiet von etwa sechs Lichtjahren Durchmesser. Bisher habe ich in diesem Bereich noch keinerlei Aktivitäten messen können. Es gibt hier keinen Funkverkehr und auch keine elektromagnetischen Emissionen, die nicht-natürlichen Ursprungs sind.«

Leandra sah fragend zu Ain:Ain'Qua. »Ein unbewohntes Sternen-System? Wozu sollte der Pusmoh das von seinen Sternkarten verschwinden lassen?«

Ain:Ain'Qua trat neben sie und legte ihr eine Hand auf die Schulter. Mit gerunzelter Stirn blickte er ins All hinaus. »Das wundert mich ebenfalls. Ich hätte hier etwas erwartet ...«

Nun trat auch Giacomo zu ihnen. »Gibt es hier einen Riesenplaneten, Sandy? In einem dieser Sonnensysteme da draußen? So wie bei Majinu und in Aurelia-Dio?«

»Bisher habe ich keinen Planeten dieser außergewöhnlichen Art entdecken können, Sir. Obgleich es in den erwähnten neun Sonnensystemen mehrere Gasriesenplaneten mit Ringsystemen gibt. Keiner ist jedoch größer als zweihundertfünfzigtausend Meilen. Außerdem messe ich in keinem der Spektren Absorptionslinien, die auf das Vorhandensein von H.Plantae hindeuten.«

Leandra nickte verstehend. Giacomos Gedanke war klug gewesen – eine Anwesenheit der Leviathane wäre sicher ein wichtiger Hinweis gewesen. Doch hier schien es keine zu geben.

»Was mag das zu bedeuten haben?«, fragte sie. Ihre anfängliche Zuversicht begann zu kippen.

»Wir müssen uns einfach nur genauer umsehen!«, meinte Ain:Ain'Qua und wandte sich um. Er zog Leandra mit sich und steuerte sie in Richtung ihres Pilotensessels. »Vierundzwanzig Systeme, verteilt auf sechs Lichtjahre ... das klingt nicht viel, ist aber ein riesiges Gebiet. Man kann nicht erwarten, dass man da sofort alles ...«

»Käpt'n!« Sandys Stimme klang aufgeregt. »Eingehender Ruf! Von einer Orbitalstation namens Taurus Eins!«

»Was?«, rief Ain:Ain'Qua. »Hier gibt es eine Orbitalstation?«

»Ja, Sir. Etwa acht Lichtminuten entfernt, in Richtung der Ekliptik der nächstgelegenen Sonne. Der Kennung nach handelt es sich um eine Drakkenstation.«

Ain:Ain'Qua, Giacomo und Leandra sahen sich an. In ihren Blicken lag alles, was ihnen jetzt nicht von Nutzen war: Überraschung, Ratlosigkeit, Bestürzung und die Angst, dass nun *doch* alles vorbei war, wo sie doch gerade einen Anflug großer Hoffnung verspürt hatten.

»Erst einmal nicht antworten, Sandy!«, befahl Ain:Ain'Qua.

»Sir, es kam auch ein Anstoßsignal für den Auto-Responder, das ich natürlich nicht beantworten konnte. Wir befinden uns noch immer in einer Sperrzone, womöglich ist dies ein besonders gesicherter Bereich. Es besteht die Gefahr eines Angriffs.«

»Ja, ich weiß, Sandy.« Er wandte sich an Giacomo. »Was tun wir?«

Giacomo stand schnaufend da. Man sah ihm an, wie sehr er nach einem Ausweg suchte. Doch es war Leandra, die auf einen außergewöhnlich klugen Gedanken kam.

»Diese Wellenspur, Sandy. Die du im Majinu-System gemessen hast und die hierher führte. Es war die einzige, nicht wahr?«

»Ja, Käpt'n. Sonst habe ich keine weitere messen können.«

»Wie lange lassen sich solche Spuren messen, Sandy?«

»Oh, das ist sehr unterschiedlich. Mitunter nach Jahren noch. Es kommt auf die Triebwerke an, die sie hinterließen, deren Beschleunigungswert, die Empfindlichkeit der Messinstrumente und die Entfernung ...«

»Moment, Sandy. Ich frage anders herum. Wie hoch ist die Wahrscheinlichkeit, dass du Wellenspuren in die gleiche Richtung übersehen hast? Wellenspuren, die jünger waren.«

»Äußerst gering, Käpt'n. Kleiner als null Komma eins Prozent.«

»Und wie alt war diese eine Wellenspur, sagtest du?«

»Etwa drei Wochen, Käpt'n.«

»Kannst du das genauer bestimmen?«

»Einen Moment bitte, Käpt'n. Ich prüfe meine Aufzeichnungen noch einmal. Soll ich eine Tiefenanalyse durchführen? Sie dauert etwa eine Minute.«

»Tu das, Sandy.«

»Was ist, Leandra?«, verlangte Ain:Ain'Qua. »Wozu diese Analyse?«

Sie wandte sich an Giacomo. »Erinnerst du dich an unser Gespräch auf der *Tigermoth*, als wir auf Ain:Ain'Qua und Roscoe warteten? Du hattest eine Theorie, dass die Drakken eine künstlich erschaffene Rasse wären und gewissermaßen ewig leben könnten. Und dass ihre Wachmannschaft bei diesem Sonnensystem Rhyad-West seit ewigen Zeiten die gleiche sein könnte und deswegen vielleicht auf einem uralten Informationsstand wäre.«

Giacomo dachte kurz nach und nickte. »Ja, ich verstehe, was du meinst. Das könnte womöglich auch auf die Drakken hier zutreffen, in dieser Orbitalstation ... Allerdings ...«

»Was denn?«

Giacomo verzog das Gesicht. »Nun, sie befinden sich in direkter Nachbarschaft zu Majinu. Wenn irgendwo der Stand der Informationen brandneu ist, dann sicher hier. Im Heimatsystem des Pusmoh.«

Leandra deutete mit dem Daumen über die Schulter. »Majinu ist vierunddreißig Lichtjahre entfernt. Das klingt nah, kann aber trotzdem sehr weit sein. Manchmal vergisst man gerade das, was einem am nächsten ist.«

»Und woher sollen wir das nun genau wissen?«, fragte Ain:-Ain'Qua ungeduldig.

Leandra zog die Augenbrauen in die Höhe. »*Noch* gibt es keine überlichtschnelle Nachrichtenübermittlung im Pusmoh-Sternenreich, nicht wahr? *Noch* brauchen sie Kurierschiffe. Selbst für Entfernungen von nur vierunddreißig Lichtjahren.«

»Ja, aber ...«

Sie blickte in die Höhe. »Sandy? Hast du deine Berechnung schon?«

»Einen Moment, Käpt'n ... ja, jetzt liegt das Ergebnis vor. Die Wellenspur war zu dem Zeitpunkt meiner Messung etwa fünfhundertfünfzig Stunden alt, plus minus fünf Prozent.«

»Wie viele Tage sind das?«

»Zwischen zweiundzwanzig und vierundzwanzig Tagen, Käpt'n.«

Sie drehte sich zu Ain:Ain'Qua. »Warst du vor zweiundzwanzig Tagen nicht noch Papst? Der Pontifex Maximus der Hohen Galaktischen Kirche?«

Ain:Ain'Qua starrte sie ungläubig an, dann ging ein Strahlen in seinem Gesicht auf. Er packte Leandra an den Schultern, hob sie hoch wie ein Püppchen und küsste sie auf beide Wangen. »Du bist ein Genie!«, jubelte er. »Unglaublich! Sandy! Du bist sicher, dass seither kein anderes Schiff hier gewesen sein kann? Ein Kurierschiff mit Nachrichten, die jünger sind als drei Wochen?«

»Die Wahrscheinlichkeit liegt bei unter null Komma eins Prozent, Sir, wie ich schon sagte. Soll ich den Ruf zu Taurus Eins jetzt beantworten? Es ist bereits die dritte Anfrage.«

»Ja, Sandy. Bezeichne uns als Sondermission der Hohen Galaktischen Kirche und sag, dass der Pontifex Maximus persönlich an Bord ist. Bitte um Andock-Erlaubnis und um eine Unterredung mit dem Kommandanten, da wir in einer wichtigen Sache seine Hilfe benötigen.«

25 ⬥ Inferno

Es war ein riesiges Glück, dass die beiden Malachista nacheinander durch die große Öffnung in der Deckenkuppel der Halle der Urdrachen hereinkamen. Dies war der Eingang, an dem sich noch keiner der Freunde befand, denn sie hatten vorgehabt, zuerst die drei anderen mit ihren Magien zu verschließen.

Der zweite Glücksfall bestand darin, dass der erste Malachista, dessen Schreie die beiden anderen herbeigelockt hatten, nicht mehr zu sehen war. Er musste sich tief in den unergründlichen Wassern des Sees in der Halle des Urdrachen befinden, was auch immer dort aus ihm geworden war. Die beiden Malachista fanden zu der Zeit, da sie voller Wut und Mordlust in die Halle eintauchten, weder einen der ihren in Not noch ein erkennbares Ziel vor. Die Menschen mit den Baumdrachen waren viel zu klein, und die Halle war viel zu dunkel, als dass die Malachista sie hätten sehen können.

»Versiegelt die Öffnungen!«, hörten Ullrik und Zerbus den Ruf des Hochmeisters. »Macht sie zu!«

In diesem Moment geschah das Fatale: Zerbus, der nur wenig Erfahrung im Kampf hatte und sehr nervös war, setzte die Webfäden seiner Magie *über* sich an und schloss sich, Victor und Marina auf diese Weise zusammen mit den Malachista in der Halle des Urdrachen ein. Bis Victor merkte, was Zerbus tat, war es zu spät.

»Zerbus!«, rief er und deutete nach oben, »bei allen Dämonen ... wie sollen wir jetzt hier heraus kommen?«

Mit entsetzten Blicken sah der Bibliothekar des Cambrischen Ordens nach oben, erkannte seinen Fehler. Nicht weit, schräg über ihren Köpfen, spannte sich ein fahles Leuchten durch den gewaltigen Durchlass, es war wie eine hauchfeine Membran, die von gelb-orangefarbenen und grünen Lichtwellen durchflutet wurde, wie die Ausläufer von Meereswellen, die einen flachen Strand heraufspülen und im Sand versickern. Hochmeister Jockum hatte ihm diesen Schlüssel beigebracht, eine komplizierte Verwebung der siebten Iterationsstufe, fast an der Grenze dessen, was Bruder Zerbus zu leisten imstande war. Die Magie war ihm gelungen, und da die Malachista über keine eigenen Magien verfügten, würde sie halten und die Riesendrachen daran hindern, diesen Zugang zu durchdringen.

Aber das Gleiche galt auch für sie.

Victor suchte mit Blicken die beiden anderen großen Öffnungen. Auch in ihnen leuchteten nun blass die Barrieren, und schon hatten die beiden Malachista die magischen Erscheinungen ebenfalls entdeckt.

Mit einem infernalischen Röhren, das die Nerven der drei Eingeschlossenen flattern ließ, änderte einer der beiden seinen Kurs und kam heraufgeschossen – glücklicherweise nicht zu ihrem Durchlass, dem nordwestlichen, sondern zu dem nach Osten führenden. Was passieren würde, wenn einer der Malachista gegen eine der Barrieren stieß, wussten sie nicht.

Es war eine rotbraune Bestie, die in voller Fahrt gegen die Barriere raste. Victor erschien es, als pralle der Riesendrache gegen eine bewegliche Wand, die für Momente etwas nachgab, dann aber wieder in vollem Maß ausfederte und den Malachista, begleitet von einer heftigen, magischen Entladung, wieder zurückstieß. Die Bestie brüllte auf, Knochen krachten, der Leib des Riesen verformte sich dabei so sehr, dass Victor die Hoffnung erfüllte, er werde sich tödlich verletzen. Doch dann war es schon vorbei; der Malachista war zurück in die Halle geschleudert worden, er brüllte wie irr, wand sich in Raserei durch die Luft, fing sich aber nach kurzer Zeit wieder.

Dann kam der andere; sein Körper war von einer dunklen, eher gelb-grauen Schattierung. Er raste in Richtung der nördlichen Öffnung, durch die sich Hochmeister Jockums Barriere spannte. Das Schauspiel war das gleiche – mit brutaler Gewalt wurde der riesige Drache zurückgeschleudert, brüllend wand er sich durch die Halle, seine Wut und seinen Schmerz hinaustobend.

Nun erkannten Victor, Zerbus und Marina die tödliche Gefahr, in der sie schwebten. Es mochte sein, dass sie die Malachista nicht entdeckten, denn sie waren geradezu winzig im Vergleich zu ihnen. Aber die magische Gewalt, die sich beim Aufprall auf die Barrieren entlud, war von furchtbarer Kraft. Die riesigen Malachista wurden davongeschleudert, als hätte ein noch größeres Wesen ihnen einen mörderischen Faustschlag versetzt – und sie saßen hier unter der magischen Barriere, zwar ganz am Rand, aber kaum eine Mannshöhe unterhalb von ihr. Wenn einer der Malachista zu ihnen heraufraste, war es um sie geschehen, dann würde unweigerlich die volle Entladung über sie hinwegfegen. Das konnten sie unmöglich überleben. Schon wieder steuerte eine der Bestien in die Kuppel herauf, in Richtung der nordwestlichen Öffnung.

»Victor, wir müssen von hier fort!«, rief Marina, die ihn flehentlich am Wams gepackt hatte. »Wenn einer der Malachista hier hoch rast, ist es aus mit uns!«

»Das sehe ich selbst! Zerbus! Kannst du diese Barriere wieder aufheben?«

Bruder Zerbus stand völlig verschüchtert da, er starrte zu dem rotbraunen Malachista hinüber, der trotz seiner Schmerzen, die er beim ersten Mal erlitten hatte, schon wieder in die Höhe raste. Warum die beiden Bestien nicht die Öffnung benutzten, durch die sie gekommen waren, konnte keiner von ihnen sagen. Vielleicht lag sie zu sehr im Dunkeln.

»Ich ... ich habe keine A-Ahnung«, stotterte Zerbus. »Der Hochmeister hat mir die Intonationen für die Magie beigebracht, aber nicht mehr ...«

Sechs der kleinen Baumdrachen flatterten um sie herum, je drei saßen auf den Schultern von Zerbus und Victor, auf Marinas hockten nur zwei. Auch die Baumdrachen waren aufgeregt.

Victor wurde nervös. »Wir müssen uns von den Baumdrachen von hier forttragen lassen ... aber ...«

Ein magischer Blitz fuhr durch die Halle, eine brachiale Entladung; der Malachista, der gegen die östlichen Barriere gerast war, tobte, brüllend vor Schmerz und Wut, durch die Kuppel des Felsendoms.

»Da!«, kreischte Zerbus voller Panik. »Der dort! Er kommt zu uns!«

Victor starrte in die Tiefe und sah in rasender Geschwindigkeit ihren Tod auf sie zueilen. Der Malachista, der zuvor in die Tiefe geschleudert worden war, hatte sich umgedreht, eine Schleife über den dunklen See in der Tiefe gezogen und kam nun fauchend und zischend zu ihnen hoch gerast. Es schien, als zögen die farbigen Wellen, die durch die dünnen, magischen Barrieren fluteten, sie regelrecht an.

»Schnell!«, rief Victor voller aufkommender Panik. »Wir müssen hier weg! Springt!«

Genau das tat er, in der Hoffnung, die Baumdrachen würden ihn auffangen und aus der Gefahrenzone tragen.

Augenblicke später raste er in die Tiefe, die überraschten Baumdrachen noch auf den Schultern, aber da wurde er schon leichter und glitt zur Seite fort; er hoffte, Zerbus und Marina wären geistesgegenwärtig genug gewesen, ebenso zu handeln. Im nächsten Augenblick raste etwas an ihm vorbei in die Tiefe, er hörte einen lang gezogenen Schrei, sah, dass es Marina war, die dem emporschießenden Malachista entgegen fiel. Mehr als einen würgenden Laut brachte er nicht zustande.

Als er in die Tiefe sah, prallte etwas Winziges gegen den gewaltigen Unterkiefer des Malachista. Das Monstrum bemerkte es gar nicht, es schoss weiter hinauf, raste auf Victor zu und so knapp an ihm vorbei, dass er hart zur Seite geschleudert wurde. Der endlos lange Leib des Malachista glitt fast senkrecht in die Höhe, dann hörte Victor ein Krachen, und noch während er verzweifelt Marinas Namen in die Tiefe schrie, flutete eine knisternde magische Entladung den Körper des Riesendrachen und hüllte auch ihn und die Baumdrachen mit ein, da er sich noch viel zu nah an dem Malachista befand.

Victor schrie vor Schmerz, als ihn die elektrischen Entladungen in die Haut bissen, einer der Baumdrachen ließ ihn los, die anderen beiden aber blieben, versuchten ihn zu halten, verloren aber rapide an Höhe. Doch das war sein Glück.

Der Magen stieg ihm in die Kehle, als es rasant abwärts ging, er verlor die Orientierung, keuchte und wimmerte, während er immer weiter in die Tiefe abglitt. Die Baumdrachen hielten ihn so gut sie konnten, doch sie waren mitgenommen, denn die mörderische Magie hatte sie gestreift. Der Gedanke raste durch Victors Hirn, dass er nicht auf die Felseninsel stürzen möge, sondern ins Wasser – dort hatte er noch eine kleine Chance zu überleben.

Was aber war mit Marina? War sie bei dem Zusammenstoß mit dem Malachista getötet worden? Noch eine der *Schwestern des Windes* tot, an diesem unseligen Tag? Ein würgender Schmerz krallte sich in Victors Magen fest, dann schlug er heftig auf dem Wasser auf und verlor das Bewusstsein.

*

Für eine ganze Weile vermochte Hochmeister Jockum nicht zu bestimmten, was dort unten, jenseits der magischen Barriere, die er errichtet hatte, geschah. Zweimal schon war ein Malachista zu ihnen heraufgestoßen, mit brutaler Gewalt und Wut, und das erste Mal hatte es ihn, Alina und Azrani einen Teil ihrer Kleider und Haare gekostet. Die Entladung war gewaltig gewesen, damit hatte er nicht gerechnet. Obwohl sie sich von den Baumdrachen schon ein ganzes Stück hatten nach oben tragen lassen, hatte sie der Ausbruch magischer Energie mit ungeheurer Kraft erwischt. Sie waren brutal hinaufgeschleudert worden, ihre Kleider und Haare hatten augenblicklich zu brennen angefangen, und nur seine schnelle Reaktion, mit der er die Flammen erstickt hatte, hatte sie gerettet.

Dann war der zweite Angriff erfolgt – die magische Barriere schien die Malachista zu äußerster Wut anzustacheln. Wieder war eine der Bestien in die Höhe gerast und zurückgeschleudert worden; ein Baumdrache, der sich zu nah an der Barriere aufgehalten hatte, war dabei getötet worden. Der arme kleine Drache war abgestürzt, auf die schräge Barriere geprallt und dort, von einer knisternden Aura eingehüllt, die Neigung der Barriere herabgerutscht und an ihrem Rand liegen geblieben. Da lag er noch immer – ein Anblick, der Jockum, Alina und Azrani schmerzte, die anderen Baumdrachen aber in helle Wut versetzte. Es waren fünf; sie flatterten aufgeregt über der Barriere hin und her und schienen besessen von dem Verlangen, durch sie hindurch nach unten zu gelangen.

»Ich muss mir das ansehen!«, rief Jockum durch den Lärm, der von unten heraufdrang, den Mädchen zu. »Bleibt hier – dort unten ist es zu gefährlich!«

In der Halle des Urdrachen herrschte wilder Aufruhr, die beiden Malachista schienen außer Rand und Band, aber es gab etwas, das Jockum nicht begriff. Blutrote Blitze zuckten dort unten umher, warfen einen gespenstischen, tiefroten Schein zu ihnen herauf, und die Malachista tobten nach jedem von ihnen nur umso wütender durch die Luft.

Tragt mich bitte ein Stück hinab, bat Jockum seine beiden Baumdrachen-Freunde und stieß sich von dem Felsen ab, auf dem er stand. Die beiden Baumdrachen hüllten ihn in ihre magische Aura und ließen ihn schweben. Gleich darauf verloren sie an Höhe und näherten sich der Barriere, die sich schräg unterhalb von ihnen spannte. Nicht weit entfernt flatterten noch immer die fünf Baumdrachen erregt über der Barriere, darunter aber tobte das reine Chaos.

»Aber ... das ist ja ...!«, keuchte Jockum, als er begriffen hatte, was sich dort abspielte.

Eilig suchte er in seinem Gedächtnis nach den entsprechenden Intonationen und dem Schlüssel, dann hob er eine Hand, schloss die Augen und konzentrierte sich. Kurz unterbrach er sich, um über etwas nachzudenken, dann sprach er die Intonationen und den komplizierten Schlüssel aus. Durch das Aurikel, das sich im *Trivocum* öffnete, ergossen sich stygische Energien ins Diesseits und suchten nach ihren Entsprechungen. Er öffnete die Augen, sah, wie die Barriere erzitterte und sich dann plötzlich auflöste. Er hielt die Luft an.

Kaum war das farbige Auf- und Abwallen der Barriere verschwunden, stürzten sich die fünf Baumdrachen in die Tiefe. Gleichzeitig spürte Jockum, wie er selbst tiefer sank; die beiden kleinen Drachen, die ihn in ihrer Aura hielten, wollten offenbar selbst unbedingt hinunterfliegen, hielten aber doch weitestgehend an sich und blieben bei ihm. Eine Weile sah er sich an, was dort unten geschah.

Pfeilschnell schoss ein halbes Dutzend winziger Drachen in der Halle des Urdrachen hin und her, doch es wurden immer mehr. Und was niemand geahnt hatte – die kleinen Drachen verfügten über gewaltige Kampfmagien. Aus ihren aufgesperrten Mäulern schossen tiefrote, grell und aggressiv aufflackernde Blitze und bohrten sich mit brutaler Gewalt in die Körper der beiden Malachista, die verzweifelt um sich bissen und schnappten. Wie massiv die Magien der kleinen, sonst so friedfertigen Wesen waren, konnte Jockum mithilfe seines *Inneren Auges* erkennen. Dort peitschten immer wieder sengende Wellen stygischer Energien durchs *Trivocum*, so heftig, dass er jedes Mal erschrak und instinktiv sein *Inneres Auge* schloss. Die Malachista schrien gepeinigt auf und versuchten die winzigen Baumdrachen zu jagen und mit ihren scheunentorgroßen Kiefern nach ihnen zu schnappen, verfehlten sie jedoch ein ums andere Mal.

Sie hatten vorgeschlagen, die Malachista ganz allein zu töten, erinnerte sich Jockum an das Angebot Breekos, welches die Menschen für einen albernen Scherz der Baumdrachen gehalten hatten. Wie auch die anfängliche Idee, sie hinunter zu *tragen*.

Jockum schwebte weit oben in der Halle und überlegte fieberhaft, was er tun sollte. Die beiden Malachista hier einsperren, und versuchen, sie zu töten, wie sie es mit dem ersten auch schon geschafft hatten? Oder war das nur ein Glücksfall gewesen? Nun hatten sie Hilfe von den Baumdrachen, aber die Frage war, ob die magische Gewalt der kleinen Flugechsen groß genug war, um die Bestien wirklich zu töten.

Schon hatte einer der beiden Malachista die fehlende Barriere erspäht und änderte die Richtung – diesmal offenbar, um seinen Peinigern entfliehen zu können. Brüllend schoss er in die Höhe – und da fasste Hochmeister Jockum einen Entschluss.

Fort von hier!, rief er seinen Baumdrachen-Freunden durchs *Trivocum* zu, und während sie ihn seitlich davontrugen, konzentrierte er sich, um ein Aurikel zu öffnen, und griff gleichzeitig in seinen Beutel, um einen Runenstein hervorzuholen. Mit einem eiligen Seitenblick erfasste er die aufgemalte Rune, holte aus und warf den Stein dem heraufschießenden Malachista entgegen.

In den wenigen Augenblicken, die ihm blieben, setzte er den Schlüssel für das Aurikel und ließ machtvolle stygische Kräfte ins Diesseits schießen. Nun wurde es höchste Zeit, die Bannrune zu lösen.

»*Tarim – Vuoh – Septa – Rakis!*«, brüllte er dem Runenstein hinterher.

Augenblicklich trat die Wirkung ein. Es sah aus, als hätte der Malachista nach dem Stein geschnappt, oder er war zufällig in den offenen Rachen der Bestie gefallen. Ein mörderischer Blitz zuckte durch den Riesendrachen, dann strömten in Massen die kleinen elektrischen Spinnen aus seinem Maul und ergossen sich in rasender Geschwindigkeit über seinen ganzen Leib. Die angreifenden Baumdrachen stoben erschrocken davon, während der Malachista dem völligen Wahnsinn anheim fiel. Sein Brüllen und Kreischen war so ohrenbetäubend, dass Hochmeister Jockum die Konzentration nicht mehr aufbrachte, die Magie zu wirken, um seine Barriere erneut aufzubauen. Aber das war auch nicht nötig. Der Malachista verlor seine Richtung und raste in voller Fahrt gegen die Felsdecke der Halle. Knochen und Felsen barsten, der Malachista wurde zusammengedrückt, als bestünde er aus Teig, sein langer Schwanz peitschte durch die Luft und verfehlte Hochmeister Jockum nur um wenige Ellen. Für Sekunden schien der Körper des Malachista dort oben zu kleben. Einige Baumdrachen, die längst wieder die Verfolgung aufgenommen hatten, spürten die Gunst des Augenblicks.

Sie deckten den wehrlosen Malachista mit einer wütenden Salve ihrer blutroten Blitze ein. Die riesige Bestie, die wohl zwei Dutzend Baumdrachen auf ein Mal hätte verschlucken können, wurde so heftig von den magischen Entladungen durchgeschüttelt, dass Jockum augenblicklich wusste, dass dies das Ende des Monstrums sein musste. Dann löste er sich, ohne seine Form zurückzugewinnen, von den Felsen und fiel wie eine an der Wand zerquetschte Fliege in die Tiefe.

Mehrere Triumphschreie ertönten; Jockum vermochte in dem Chaos – denn noch immer tobte der zweite Drache durch die Halle – ihre Herkunft nicht zu bestimmen. Aber er glaubte, Ullriks Stimme erkannt zu haben, und eine oder zwei weibliche. Hinzu kamen noch die schrillen Schreie der Baumdrachen, die ihren Sieg hinausschrieen. Jockum wusste nicht, ob den kleinen Drachen die Macht ihrer Magien überhaupt bewusst gewesen war, ehe sie so sehr in Wut gerieten, dass sie ihren getöteten Artgenossen rächen wollten. Schon machten sie sich in einer wilden Traube an die Verfolgung des noch lebenden Malachista, doch als Jockum sich schon gratulieren wollte, bereits ein Drittel der Eindringlinge besiegt zu haben, wurde es wirklich schlimm. Angelockt durch den Lärm und die magischen Entladungen, kamen die übrigen drei Malachista durch den großen Zugang in der Mitte der Hallendecke gerast.

Binnen Kurzem herrschte in der Halle des Urdrachen das totale Inferno.

Hochmeister Jockum, der in der Aura seiner beiden Drachenfreunde hoch in der Halle schwebte, erkannte, dass es zu einer entscheidenden Schlacht kommen würde. Als der brennende Blitz eines Baumdrachen mitsamt ihm selbst im zusammenkrachenden Kiefer eines Malachista verschwand, durchzuckte ihn ein Stich, und er ahnte, dass die kleinen Wesen, so stark ihre Magien auch sein mochten, Hilfe brauchen würden. Wo waren nur seine Freunde? Er hatte noch nichts von Victor, Ullrik und den anderen gesehen – und von ihren Runensteinen, die vielleicht die Entscheidung herbeiführen konnten.

Zum zweiten Mal fasste er einen mutigen Entschluss.

Er konzentrierte sich kurz, öffnete sein Aurikel wieder und setzte den Schlüssel, um seine Barriere erneut zu errichten. Augenblicke später fluteten die farbigen Wellen durch den großen nördlichen Durchlass und verschlossen ihn abermals – mit Alina und Azrani darüber. Dann rief er seinen beiden Drachenfreunden übers *Trivocum* zu, sie sollten ihn noch höher hinauftragen. Er hatte vor, die Halle völlig abzuriegeln und sich ganz allein, zusammen mit den kleinen Drachen, in den Kampf zu stürzen. Und wenn es das Letzte war, was er tat.

*

Irgendetwas presste Victor die Lungen zusammen, und als er dann das Wasser ausspuckte, war sein erster Gedanke der an Marina, dass er nach ihr sehen müsste und dass an diesem furchtbaren Tag das Schicksal *bitte, bitte* nicht so gnadenlos sein möge, ihn noch eine der *Schwestern* verlieren zu lassen!

Sein zweiter Gedanke galt dem Wahnsinn, der über seinem Kopf durch die Halle des Urdrachen tobte. Er war sich sicher, noch nie einen solchen Ausbruch schierer Gewalt miterlebt zu haben. Ächzend versuchte er sich von der Last auf seiner Brust zu befreien und über die nassen Steine, auf denen er rücklings lag, irgendwie davonzukriechen.

»Victor! Den Kräften sei Dank!«

Es war Marinas Stimme, und die Erleichterung, dass sie lebte, rief einen Schwindel in seinem Kopf hervor, der ihm das mühsam wieder gewonnene Bewusstsein beinahe geraubt hätte.

»Marina! Was ist hier los? Das sind doch ...«

»Vier Malachista!«, keuchte sie und zerrte ihn an seinem Hemd nach hinten. Ein kurzer Blick über die Schulter sagte ihm, dass er hier schon einmal gewesen war; es war die kleine, künstlich errichtete Felseninsel in der Mitte der Halle des Urdrachen, und Marina versuchte, ihn in eine Spalte zwischen den großen Steinblöcken zu ziehen, die sich um die Mitte der Insel ringförmig in die Höhe türmten. Keiner der Baumdrachen war mehr bei ihnen. Keuchend versuchte Victor in die Höhe zu kommen und floh dann zusammen mit Marina in einen engen Spalt, der ihnen hoffentlich etwas Schutz gewährte.

Die Luft über ihnen war zum Bersten voll. So etwas hatte vermutlich noch kein lebendes Wesen je zu Gesicht bekommen. Vier gigantische Malachista tobten durch die Halle, zwischen ihnen eine wütende Horde winziger Plagegeister, die so machtvolle Magien verschossen, dass sogar Victor, der kein Magier war und nur mit einer gewissen Mühe das *Trivocum* erblicken konnte, jedes Mal zusammenzuckte, wenn einer der Baumdrachen eine magische Salve abschoss.

Hin und wieder dröhnte eine unheimliche Stimme durch die Halle, woraufhin ein blendender Blitz aus der Höhe herabfuhr, von einem krachenden Donnerschlag begleitet, und einen der Malachista traf. Das musste Ullrik sein.

»Sieh nur, Victor!«, rief Marina und deutete hinauf. »Sonnendrachen! Und die vierte Öffnung – sie ist zu!«

Victor stemmte sich aus der Spalte und blickte ungläubig in die Höhe. Drei Sonnendrachen befanden sich nun auch noch in der Halle, und sie machten mit ihren Magien Jagd auf die kleinen Baumdrachen. Das Chaos in der Luft war unbeschreiblich und der Lärm des Malachistagebrülls, der Drachenschreie und der Magien unerträglich.

»Sonnendrachen!«, rief Victor. »Wie haben die es überhaupt hier herein geschafft?«

Die Luft brannte, im wahrsten Sinne des Wortes, und es *konnte* nur eine Frage der Zeit sein, bis die Malachista, jetzt mit Unterstützung der Sonnendrachen, die Schlacht gewonnen hätten.

Doch plötzlich geschah etwas Seltsames.

Das wimmelnde Chaos in der Luft hielt plötzlich inne, als werde es eingefroren. Der Lärm ebbte ab und verklang, immer leiser werdende Echos zwischen den Hallenwänden hin und her werfend. Es mussten sich, einschließlich der Malachista und der Sonnendrachen, über vierzig Drachen in der Luft befinden, zu einem dichten Knäuel in der Mitte verwoben. Doch es schien, als habe jemand die Zeit fast völlig zum Stillstand gebracht, all die sich windenden und schlängelnden Leiber in der Luft in einen trägen, unsichtbaren Brei getaucht und sie fast völlig erstarren lassen.

Marina, die von hinten an Victor herangetreten war und sich nun an seinem Arm festhielt, ächzte. »Was ist denn nun passiert?«

Die Erstarrung schien nicht auf sie zu wirken, sondern nur auf das, was sich weit oben, über der noch immer grauen Drachenfeuerkugel, in der Luft abspielte. Die Drachen bewegten sich nur noch ganz langsam, sogar die Blitze der Magien, die sie gegeneinander wirkten, pflanzten sich lediglich in der Geschwindigkeit eines gemächlich dahinspazierenden Mannes durch die Luft fort.

»Was ist das nur?«, flüsterte Victor. Dann plötzlich kam ihm eine Idee. »Zerbus!«, rief er mit Flüsterstimme aus. »Er sagte, diese Insel müsse ein Kondensationspunkt der Magien dieses Ortes sein!«

»Zerbus?«

Victor nickte eifrig, wandte sich um, nahm Marinas Hand und kletterte mit ihr den Steinwall empor, der sie von der Mitte der Insel trennte. »Ja, Zerbus. Der kleine, dickliche Mann! Der Bibliothekar, dem niemand wirklich etwas zutraut! Er hat mich gestern, während wir an den Runensteinen arbeiteten, über Caor Maneit ausgefragt!«

Eilig kletterte er weiter, war ganz außer Atem, als er auf der Ringkrone ankam, und erstarrte förmlich, als er hinabsah. Auch Marina, die keuchend neben ihm zum Stehen kam, lief ein Schauer durch den Körper.

Bruder Zerbus kniete in der kleinen, verfallenen Rundarkade in der Mitte der Insel, dem Ort, wo Victor vor nicht allzu langer Zeit das letzte Gespräch mit dem Urdrachen Ulfa geführt hatte. Es war ein mit uralten Quadern gepflasterter Platz, zur Hälfte umgeben von einer niedrigen, verfallenen Mauer; dahinter erhoben sich einige Säulen, ein paar davon noch mit Überbau, der Rest war schon eingestürzt. Zwei Baumdrachen durchstreiften mit engen, aber ruhigen Wendungen die Luft unmittelbar über Zerbus, während der kleine Mann in der Mitte des Kreises kniete, die Augen geschlossen, den Kopf erhoben und die Fäuste geballt.

»Zerbus!«, rief Victor. Mit Riesenschritten, die nicht ungefährlich in dem steinigen Gelände waren, stürmte er in den kleinen Talkessel hinab; Marina folgte ihm. Schwer atmend kamen sie kurz vor Zerbus zum Stehen. Als der kleine Bibliothekar die Augen öffnete, sahen sie Tränen darin.

Victor ließ sich auf die Knie nieder. »Zerbus! Was ist mir dir?«

Das Gesicht des Mannes war eine Maske des Elends. »Alles mache ich falsch«, jammerte er. »Die Barriere habe ich falsch gesetzt, die Runen, die ich auswendig kennen sollte, habe ich vergessen!« Er schluckte. »Und Hellami und Cathryn – sie sind tot. Ich habe sie nicht beschützen können!«

Marina kniete sich ebenfalls zu ihm. »Du bist Bibliothekar, Zerbus, kein Kampfmagier. Du bist sehr tapfer und mutig, außerdem haben wir immer noch Hoffnung, was Cathryn angeht. Nein, du hast nichts falsch gemacht.«

Victor blickte lächelnd nach oben und schüttelte den Kopf. »Nein. Vor allem nicht das dort oben! Wie hast du das hinbekommen, Zerbus?«

Wieder schluckte der kleine Mann. »Es ... es ist die Magie dieses Ortes, Victor. Eine Aura der Zeitlosigkeit. Du hast es mir beschrieben, hast mir von deinem Gespräch mit Ulfa erzählt. Wie er so lange am Leben blieb. Es ist ganz ähnlich den Magien, die ich oft zum Konservieren alter Schriften in meiner Bibliothek einsetze. Ulfa muss für dieses Gespräch mit dir, und wahrscheinlich auch für das lange Warten auf dich, die Zeit an diesem Ort angehalten haben.«

»Und das ... hast du jetzt auch getan?«

Zerbus lächelte unsicher. »Ich ... ich wusste nicht, was ich tun sollte. Dieser Wahnsinn unter den Drachen ... dem musste man doch Einhalt gebieten ...«

Victor erhob sich. »Fabelhaft!«, rief er. »Das hast du großartig gemacht!« Er stemmte die Fäuste in die Seiten. »Jetzt haben wir Zeit, jetzt können wir uns etwas ausdenken! Ich dachte schon, unser Ende wäre nahe. Wie lange kannst du das aufrechterhalten?«

Zerbus erhob sich. »Wie lange? Oh, es hält so lange an, bis ich eine entsprechende Gegenmagie wirke. Eine, die das wieder aufhebt.«

Victor sah ihn mit großen Augen an. »Wirklich? Unbegrenzt?«
»Ja, natürlich. Magie ist Magie.«

Victor sah verblüfft zu Marina, dann wieder zu Zerbus. »Bei allen Dämonen – das sind ja richtig mächtige Magien, die du da beherrschst! Du meinst, du könntest sie ewig dort oben schweben lassen, dieses Knäuel aus Malachista, Sonnen- und Baumdrachen?«

Nun lächelte Zerbus. »Nicht nur das. Ich fürchte, dass ich auch den Hochmeister und Ullrik mit eingefroren habe, sie sind beide dort weit oben in der Halle. Vielleicht sogar die Mädchen, die dort ganz oben bei den Öffnungen warten. Aber ich kann sie aus der Aura wieder herauslösen, einzeln meine ich.«

»*Was?*«, ächzte Victor. »Du kannst sie wieder befreien?«

»Ja. Auch die Baumdrachen, die sich in dem Knäuel befinden.«

Victor und Marina starrten ungläubig nach oben. »Zerbus!«, flüsterte Marina ehrfurchtsvoll. »Wenn du das schaffst, dann bist du ein Gigant! Ein Gigant der Magie!«

»Oh«, lächelte Zerbus verlegen. »Die magische Kraft stammt von hier, von diesem Ort – sie ist wirklich gewaltig. Die Magie selbst aber, nun, die ist von mir.« Stolz stand nun doch in seinem Gesicht geschrieben. »Man sagt mir nach, dass ich der Beste im ganzen Land wäre, was den Umgang mit Papier angeht. Und das hier … nun, das ist ein Glücksfall. Dass meine Magie hier so gut passt.«

26 ♦ Die Vergessenen

Ruhig schwebte die *Faiona* in die Dock-Halle von Taurus Eins, einer überraschend großen Orbitalstation. Aber schon hier zeigte sich, dass sie gar nicht so bedeutungsvoll sein konnte. Ihre Ausmaße waren enorm, aber ihre Bauweise gemahnte an längst vergangene Zeiten. Außer ihnen befand sich kein einziges Schiff hier. Selbst ein kleiner Raumfisch hätte hier andocken können.

Ein einsames Lichtsignal blinkte vor ihnen an einer Trägerkonstruktion. Leandra hatte auf Handsteuerung umgeschaltet und manövrierte ihr kleines Schiff in die Dockklammern, die von der Besatzung der Station bereits eingestellt worden waren. Nur ein paar wenige Scheinwerfer erhellten ihre Andockbucht inmitten der riesigen Halle, kein Empfangstrupp hatte Aufstellung genommen, der leitende Offizier hatte sich bereits im Vorhinein dafür entschuldigt. Taurus Eins war nur mit Minimalstärke bemannt.

»Ich hatte Recht«, flüsterte Giacomo. »Manche Drakkeneinheiten sind jahrtausendealt. Das bestätigt unsere Theorie, Leandra: Die Drakken sind eine künstlich erschaffene Rasse. Kriegerwesen, Diener ... und sie haben keine *Lebensspanne* in unserem Sinn. Sie funktionieren, bis sie ausgedient haben. Womöglich Jahrtausende. Wie diese Station.«

»Dann ist nicht einmal gesagt«, meinte Ain:Ain'Qua, »dass dieses Schiff, das vor drei Wochen von Majinu aus hierher flog, überhaupt Nachrichten gebracht hat. Vielleicht war es nur ein Patrouillenflug.«

»Das werden wir bald wissen.«

Eine Erschütterung lief durch die *Faiona*, als die G-Klammern zufassten und das Schiff fest in der Andockbucht verankerten. Leandra fuhr die Systeme herunter, sie erhoben sich, legten Druckanzüge an und verließen die *Faiona*.

Für ein kurzes Stück mussten sie mithilfe ihrer Magnetsohlen über die Metallgitterböden der schwerkraftlosen Dockanlage tappen, dann erreichten sie eine Schleuse, und hinter ihr gelangten sie in einen Gang, in dem Atmosphäre und Schwerkraft herrschten. Ein Drakkenoffizier erwartete sie.

»Willkommen auf Taurus Eins«, begrüßte er sie mit einem schwachen Lächeln. »Exzellenz«, fügte er noch hinzu und verbeugte sich leicht.

Ain:Ain'Qua, Giacomo und Leandra starrten ihn an, als stünden sie zum ersten Mal einem Drakken gegenüber.

»Oh, verzeihen Sie«, sagte der Drakken und lächelte schon wieder. »Wir haben hier nicht oft Besuch. Und vermutlich werden Sie noch nie einen Drakken wie mich gesehen haben. Mein Name ist Sherresh.«

Ain:Ain'Qua schüttelte mit offenem Mund den Kopf. »Nein, in der Tat nicht.«

»Bitte folgen Sie mir, ich werde Ihnen alles erklären.«

Sherresh wandte sich um und ging voraus. Die drei folgten ihm mit zögernden Schritten und warfen sich dabei fragende Blicke zu.

Er war klein, dieser Drakken, der kleinste, den sie je gesehen hatten. Er überragte Leandra gerade noch und hätte doch mindestens annähernd so groß wie Ain:Ain'Qua sein sollen. Er steckte in einer einfachen dunkelblauen Stoffmontur, die sie noch nie an einem Drakken gesehen hatten. Vom Körperbau her war er schmal, ja fast schwächlich, an seinen Knien, Ellbogen, Schultern und anderen Körpervorsprüngen war nirgends einer der scharfen Knochengrate zu erkennen, welche die Drakken sonst kennzeichneten. Der Echsenschwanz war kürzer und fleischiger und besaß ebenfalls keine Grate.

Auch das Gesicht, das ihnen jetzt abgewandt war, da der Drakken vorausging, sah anders aus, *völlig* anders. Natürlich – es war ein Echsengesicht, mit dem typischen flachen Mund, den tiefen Tränensäcken und den geschlitzten Augen, aber ihm fehlten eindeutig jene gemeinen und verächtlichen Züge, deren Anblick einen Menschen oder Ajhan gewöhnlich erschauern ließ. Das Gesicht im menschlichen Sinne als schön zu bezeichnen, wäre weit übertrieben gewesen, aber das Wort *neutral* erschien durchaus angemessen. Den tiefsten Eindruck jedoch hinterließ die Wesensart des Drakken. Trotz der wenigen Worte, die er geäußert hatte, war da ein lebendiges Wesen zu erkennen, eine Kreatur mit Gefühlen und Geist, und es war geradezu atemberaubend, einen Drakken so zu erleben.

Zutiefst verwirrt folgten sie Sherresh, der sich nach einer Weile, während sie den endlos langen Gang durchmaßen, zurückfallen ließ, um zu ihnen zu sprechen. »Wie Sie sicher schon bemerkt haben, ist Taurus Eins eine sehr alte Station. Jahrtausendealt, um genau zu sein.«

»Das haben wir uns schon gedacht«, bestätigte Giacomo.

Sherresh nickte. »Ebenso verhält es sich mit der Besatzung. Es sind nur sechs meiner Art hier an Bord; die Zeiten, da auf Taurus Eins ein wenig Betrieb herrschte, sind lange vorüber.«

»Wie meinen Sie das, Sherresh? Dass es sich ebenso mit der Besatzung verhält? Heißt das, Sie sind ebenso alt wie die Station?«

»Richtig. Laut unserer Klassifizierungsdaten stehen Sie mit Ihrem Amt in Stufe neun, Exzellenz, das bedeutet, dass Sie zu Sicherheitsdaten der zweithöchsten Kategorie Zugang haben. Erstreckt sich das auch auf Ihre Begleiter?«

Ain:Ain'Qua räusperte sich. Dass man ihn nach so etwas *fragte*, war äußerst ungewöhnlich. Er beschloss, die Gunst des Augenblicks zu nutzen. »Ja, Sherresh. Das sind meine Pilotin und mein engster Vertrauter. Es gilt auch für sie.«

Sherresh nickte. »Wie Sie wünschen, Exzellenz. Trotz Ihrer hohen Einstufung werden selbst Sie vermutlich nicht alle … *Geheimnisse* des Pusmoh kennen, nicht wahr?« Wieder lächelte er. »Auch nicht all jene, die Sie kennen *dürften*.«

Ain:Ain'Qua lächelte unsicher zurück. »Nein. Natürlich nicht.«

Sherresh nickte. »Dann ist Ihnen vielleicht die Herkunft meiner Rasse unbekannt. Sie kennen uns als *Drakken*, aber unser eigentlicher Name lautet *Jersh'a'Shaar*, um es in der Standardsprache der GalFed auszusprechen. Wir stammen von einer Welt, die sich hier in der Rhad-Taurus-Gruppe befindet, und ...«

»Rhad-Taurus? So heißt diese Sternengruppe?«

»Ja, Sir. Wussten Sie das nicht?«

Ain:Ain'Qua bemerkte seinen Fehler, aber Giacomo schaltete noch schneller und bemühte sich rasch, ihn abzuwiegeln. »Den Namen nannte ich Euch ganz zu Beginn, Heiliger Vater, erinnert Ihr Euch?« Und dann, an den Drakken gewandt: »Wir haben unterwegs die Bezeichnung aus dem Sternkatalog benutzt ...«

Sherresh nickte. »... TCG 8345. Ich verstehe. Ich muss zugeben, dass ich nicht weiß, ob man da draußen überhaupt den Namen Rhad-Taurus noch kennt.«

»Man hört ihn nicht oft«, erklärte Giacomo lächelnd. »Aber dass die Drakken aus diesem System stammen – ich meine, die Jer ...«

»Jersh'a'Shaar. Aber Sie können ruhig Drakken sagen, der Name ist uns seit langem zu Eigen. Ich denke, die Phänotypen neueren Datums kennen unsere Ursprünge gar nicht mehr.«

Leandra schluckte. »Phänotypen? Neueren Datums?«

Sherresh blieb stehen und wandte sich ihr zu. »Die Jersh'a'Shaar – das waren unsere Vorfahren. Sie waren eine nur halbintelligente, aber sehr robuste Rasse und stammten von der Welt Jersh; sie liegt, von hier aus gesehen, fünf Komma vier Lichtjahre entfernt am anderen Ende des Rhad-Taurus-Sternhaufens. Zu den Drakken wurden wir erst gemacht. Durch eine Veränderung unserer Erbsubstanz und einige andere Modifikationen. Seither besitzen wir höhere Intelligenz und das Ewige Leben, jedenfalls theoretisch. Unsere Zellregeneration ist fast unbegrenzt.« Diesmal war sein Lächeln bitter. »Allerdings gibt es gewisse Nachteile.«

»Nachteile?«

»Ja. Uns wurde die Möglichkeit der Fortpflanzung genommen. Wir sind eingeschlechtlich. Sterben können wir natürlich auch, an Krankheiten oder durch Gewalteinwirkung. Früher haben sich auch einige umgebracht. Artgenossen *meiner* Generation. Heute tun sie das nicht mehr.«

»Was?«, keuchte Leandra.

Sherresh wandte sich um und ging weiter. »Heute sind sie größer und stärker. Sie haben keine Emotionen mehr, sie springen weiter, rennen schneller, sind ausdauernder und weniger durch Empfindungen blockiert. Sie sind auch wieder dümmer, aber das ist erwünscht. Sie funktionieren perfekt, leben beinahe ewig, haben keine Bedürfnisse und beschweren sich nie. Sie sind absolut loyal – viel besser als wir. Sie sind eben die Neueren. Ich wundere mich, warum man uns sechs noch immer nicht ausgetauscht hat. Vermutlich, weil unsere Aufgabe so unwichtig geworden ist.«

Leandra, Giacomo und Ain:Ain'Qua tauschten betroffene Blicke. Sherresh schien verbittert zu sein – da bahnte sich schon wieder eine neue Entdeckung an. Die skrupellosen Verbrechen des Pusmoh schienen langsam ungeheuerliche Ausmaße anzunehmen.

»Die ... die Drakken sind also eine künstliche Rasse?«, fragte Leandra vorsichtig.

»Nicht künstlich, meine Dame. Wir sind eine Zucht, sozusagen. Ich gehöre noch einer sehr frühen Generation von Phänotypen an, mein Lebensalter beträgt dreitausendachthunderteinundfünfzig Jahre. Ich wurde in einer Brutstation auf A4 aufgezogen, der Drakken-Hauptwelt in den Tryaden, und nach meiner Ausbildung unmittelbar hierher versetzt. Seither versehe ich hier meinen Dienst. Ich war nie krank, habe stets meinen Dienst pflichtgemäß erfüllt und nur wenige Fehler gemacht – ich langweile mich nur ein wenig. Aber es hält sich in Grenzen. Schon in meiner Generation wurden derlei Möglichkeiten der Empfindung, so weit es ging, ausgeklammert.«

»Und ... welche Aufgabe haben Sie hier, Sherresh?«

Der Drakken blickte kurz über die Schulter. »Ich leite diese Station. Sie ist im Lauf der Jahrhunderte immer mehr in Vergessenheit geraten, da sie nichts tut, als einen Planeten zu bewachen, dessen Name niemand mehr kennt und für den sich in den dreitausendachthundertvierunddreißig Jahren meines Dienstes hier noch nie jemand interessiert hat.«

Ain:Ain'Qua holte Luft. »Sie meinen den Planeten Imoka, nicht wahr?«

Sherresh wandte sich im Laufen um und starrte Ain:Ain'Qua erstaunt an. »Sie kennen diesen Namen?«

»Aber ja. Ich sagte Ihnen doch schon über Funk, dass wir im Auftrag des Pusmoh eine wichtige Recherche durchführen.«

Nun blieb Sherresh stehen. »Und dafür schickt der Pusmoh den Heiligen Vater?«

Ain:Ain'Qua räusperte sich. »Nein, ich habe das falsch ausgedrückt. Der Auftraggeber ist die Kirche, gewissermaßen ich selbst. Ich habe die Erlaubnis des Pusmoh erwirkt, hierher kommen zu dürfen. In unserer Kirche stehen wichtige theologische Entscheidungen über die Zukunft an. Auf dem Planeten Imoka existiert ein Artefakt aus uralten Zeiten, das für uns von unersetzlicher religiöser Bedeutung ist. Das sagen alte Schriften aus einem lange vergessenen Archiv, das wir ... das unser Bruder Giacomo hier ... vor kurzem wieder entdeckt hat. Diese Sache muss vorerst jedoch absolut geheim bleiben, und deshalb bin ich persönlich nur mit meinem Assistenten und meiner Pilotin hierher gereist.«

»So? Nun, dann hätten Sie mir gar nicht davon erzählen dürfen, Exzellenz.«

»Nicht? Nun, ich ...«

Sherresh wandte sich wieder um und lief weiter, er schien nicht sonderlich interessiert. Überhaupt wirkte er wie ein sehr alter Mann, dem schon lange alles egal war. Einem Drakken wie diesem war Ain:Ain'Qua noch nie begegnet. Und er beglückwünschte sich, ihn ausgerechnet hier zu treffen, denn inzwischen waren ihm mehrere Versprecher unterlaufen. Offenbar war es seine Identität als Pontifex Maximus, die ihm diesen Spielraum einräumte, und Sherresh schien nicht auf die Idee zu kommen, dass Ain:Ain'Qua vielleicht gar nicht mehr Papst sein könnte. Sein genetischer Sicherheitscode, den Sandy beim Anflug auf Taurus Eins zur Identifikation gesendet hatte, war akzeptiert worden, und seither lief alles reibungslos.

Endlich hatten sie das Ende des Tunnels erreicht. Sherresh führte sie durch einen Verteiler zu einem uralten Vertikalport, der noch mit einer Aufzuggondel funktionierte. Sie ließen sich in die Höhe tragen und erreichten die Brücke. Dort gab es zum ersten Mal so etwas wie ein offizielles Protokoll.

Zwei weitere Drakken waren anwesend, und sie waren von der gleichen Art wie Sherresh. Er stellte sie als Zhaggeth und Gham'Manh vor, und sie verbeugten sich höflich und begrüßten Ain:Ain'Qua formell. Leandra und Giacomo ließen sie unbeachtet.

»Unsere Aufgabe besteht darin«, erklärte Sherresh, nachdem sie über der Brücke einen riesigen Stahlschirm beiseite gefahren hatten und ins All hinaus blickten, »den Planeten Imoka zu bewachen und zu versorgen.« Er deutete hinauf; über ihren Köpfen sahen sie eine graublaue Welt mit riesigen rotbraunen Wüsten und kleinen, dunklen Meeren. Nur wenige Wolkenstreifen waren zu sehen. »Wir kontrollieren jedes Schiff, das hier einfliegt, und bringen in regelmäßigem Turnus Versorgungsgüter nach unten.«

»Versorgungsgüter?«

Sherresh nickte. »Ja, Exzellenz. Alle drei Monate trifft ein Versorgungsshuttle von Majinu hier ein. Es ist nicht viel an Fracht, was wir zu verschiffen haben, und wir werfen es ohnehin nur über einer kleinen Insel ab. Dort drüben, an dem Meeresarm, sehen Sie?«

Ain:Ain'Qua starrte hinauf und nickte. Die Weltkugel, die über ihren Köpfen schwebte, sah nicht sehr einladend aus. Auf den ersten Blick wirkte sie wie eine Einöde, aber Ain:Ain'Qua wusste aus Erfahrung, dass dieser Eindruck täuschen konnte. Er beschloss, einen Schuss ins Blaue zu wagen. »Dieser Ort interessiert uns. Wir haben in unseren Aufzeichnungen Hinweise über ihn gefunden. Dort wollen wir hin.«

»Nach Wendiga?«

»Ja, richtig. Nach Wendiga. Was können Sie uns über diese Insel erzählen, Sherresh?«

Der Drakkenoffizier starrte Ain:Ain'Qua eine Weile an. »Leider nicht viel, Exzellenz. Genau genommen gar nichts. Wir haben nur den Auftrag, die Versorgungsgüter mit Hooverschlitten dort abzuwerfen, und den Schiffsverkehr in diesem System zu kontrollieren.«

»Sie wissen gar nichts über Wendiga?«

»Nein, Sir. Was dort ist, fällt unter unsere Geheimhaltung. Und wir müssen auch dafür sorgen, dass niemand sonst dorthin gelangt.«

Ain:Ain'Qua schluckte unmerklich. Seine beiden Herzen pochten dumpf und flach. »Und ... wie könnten Sie es verhindern, wenn dort jemand landen wollte? Haben Sie Wachschiffe?«

Nun lächelte Sherresh wieder. »O nein, Sir, wir haben nur ein kleines TT-Schiff, für Notfälle, das wir aber auch für unsere Versorgungsflüge nach Imoka benutzen. Es ist atmosphärentauglich. Das Schiff genügt uns völlig, und eine Flotte von Wachschiffen ist nicht nötig. Taurus Eins mag alt und schwach aussehen, aber es ist geradezu monumental bewaffnet. Wir verfügen über enorme Feuerkraft und kontrollieren einen Ring von automatischen Gefechtssatelliten um Imoka.«

»Oh, wirklich?«

Sherreshs Lächeln wurde wehmütig. »Ja. Nur haben wir die Anlagen nie benutzt – ich meine außerhalb von Übungen. Sie sind der erste Besucher in dreitausendachthundertvierzig Jahren.«

»Was?«, fragte Leandra verblüfft. »Es war noch nie jemand hier? Wirklich noch nie?«

»Nein, meine Dame. Vielleicht verstehen Sie jetzt, warum es auf unserer Orbitalstation etwas, nun ... beschaulich wirkt. Nach dieser langen Zeit setzt sich selbst bei uns Drakken die Langeweile durch. Sie sind die ersten Besucher, die wir je zu Gesicht bekommen haben.«

Leandra wie auch Ain:Ain'Qua und Giacomo stießen Laute der Verblüffung aus. »In über dreieinhalb Jahrtausenden – noch nie einen Besucher? Unvorstellbar!«

»Vor langer Zeit waren wir über einhundert Mann auf Taurus Eins. Im Laufe der Zeiten hatten wir immer einmal wieder einen Verlust in der Besatzung zu beklagen. Unfälle, Meteoriteneinschläge, hin und wieder ein Organversagen oder eine Krankheit ... alle dreißig bis fünfzig Jahre ein Ausfall, könnte man sagen. Wir haben jedoch nie auch nur einen Ersatzmann erhalten. So endete es damit, dass wir heute nur noch zu sechst sind. Ich habe vor etwa sechshundertvierzig Jahren als ranghöchster Offizier das Kommando übernommen, nachdem mein Vorgänger bei der Explosion einer Akkuzelle getötet wurde.«

»Ich verstehe. Dann ... würde ich jetzt gern ... nun, ich meine, wir haben einen engen Zeitplan. Wir werden nun wieder starten und uns dieses ... Wendiga ansehen.«

»Sie wollen nach Wendiga?«

»Ja. Spricht etwas dagegen?«

»O ja, Exzellenz. Leider ist das nicht möglich, Ihre Sicherheitsstufe reicht nicht aus. Imoka unterliegt in der Geheimhaltung der Stufe zehn.«

Ain:Ain'Qua spürte, wie ihm der Magen in die Knie sackte. Mit Hilfe suchenden Blicken sah er zu Leandra und Giacomo. »Stufe zehn?«

»Ja, Sir, leider. Imoka steht nur dem Pusmoh selbst offen.«

Ain:Ain'Qua bemühte sich, ruhig zu atmen. »Aber ... wir haben doch diese Genehmigung eingeholt ...«

»Verzeihung, Exzellenz, aber dann hätte Ihr Sicherheitscode die Zehn aufweisen müssen. Vermutlich ist da ein Fehler passiert.«

Ain:Ain'Qua lächelte. »Macht ja nichts. Majinu ist nicht weit. In ein paar Stunden sind wir wieder zurück ...«

»Ja, Exzellenz. Das wird das Beste sein. Leider haben wir außer unserem eigenen Schiff kein Kurierschiff hier ...«

»Schon gut, Sherresh. Sie waren sehr freundlich. Wir werden nach Majinu fliegen, zum Pusmoh, und kehren dann sofort zurück.«

Sherresh nickte ihm wohlwollend zu. Er brachte sie wieder zurück zur Schleusenanlage der Docks und verabschiedete sich höflich. »Wenn Sie wieder hier sind, genügt es, wenn Sie uns den Code übermitteln, Exzellenz. Sie müssen nicht extra wieder an Bord kommen. Sobald wir den Code haben, erteilen wir Ihnen Anflugfreigabe und versorgen Sie mit den nötigen Navigationsdaten.«

»Ja, danke, Sherresh. Sehr freundlich.«

Als sie wieder in der *Faiona* saßen, überschwemmte sie eine Woge der Resignation.

»Dreimal verdammter Mist!«, fluchte Giacomo und dazu in einem Tonfall, den Leandra noch nie von ihm gehört hatte. »Was tun wir jetzt? Die haben Gefechtssatelliten! In einem planetarischen Flug entkommen wir denen nie!«

»Sandy!«, rief Ain:Ain'Qua ärgerlich. »Hast du eine Idee?«

»Im Moment nicht, Sir. Leider.«

»Und diese Stufe zehn? Du sollst sie übermitteln. Kannst du sie fälschen?«

»Nein, Sir, unmöglich. Der Code enthält einen Prüfcode, und die beiden authentifizieren sich gegenseitig. Die Verschlüsselungstiefe ist bei solchen Codes so groß, dass ein Ausprobieren unmöglich wird.«

Nun stieß auch Ain:Ain'Qua einen derben Fluch aus.

»Und ... wenn wir die Mannschaft überwältigen?«, fragte Leandra vorsichtig. »Es sind nur sechs Mann!«

Ain:Ain'Qua holte tief Luft und starrte zur Panoramascheibe hinaus in die dunkle Dockanlage. »Weißt du, wo wir die übrigen drei suchen sollen? Die Station ist gewaltig groß.«

Leandra nickte. Es würde einer Jagd gleichkommen, die sie hier abhalten mussten, einer tödlichen Jagd auf lebende Wesen, und das hinterließ bei ihr einen faden Geschmack auf der Zunge.

»Außerdem ... widerstrebt es mir, *diesen* Drakken etwas anzutun«, erklärte Ain:Ain'Qua missgestimmt. »Vermutlich sind es die Einzigen ihrer Art, die noch so etwas wie Gefühl, Anstand und Geist besitzen.«

Leandra seufzte. »Ja, mir geht es ebenso.«

Für eine ratlose Minute herrschte Schweigen auf der Brücke der *Faiona*.

»Käpt'n. Eingehender Ruf von Offizier Sherresh.«

Leandra hob müde die Brauen. »Noch ein Ruf? Stell durch, Sandy.«

Der Holoscreen auf dem Pult flammte auf, eine Automatik stellte den Projektionsschirm in die Senkrechte. Sherreshs Gesicht war zu sehen. »Verzeihung, Exzellenz. Ich wollte Sie noch fragen ...«

Ain:Ain'Qua straffte sich. »Ja, Sherresh?«

»Nun, wenn Sie erlauben ... Sie haben Stufe neun. Wenn es Ihnen Recht ist, möchte ich Ihnen und Ihrer Besatzung den lästigen Rückflug ersparen.« Und wieder lächelte das Drakkengesicht.

»Sie meinen, wir können ...?«, fragte Ain:Ain'Qua mühsam beherrscht.

»Natürlich, Exzellenz. Drücken wir ein Auge zu. Sie können hinunter. Ich übermittle Ihnen die Navigationsdaten ... jetzt!«

*

Leandra grinste noch immer.

Die *Faiona* erreichte gerade das Gebiet der rätselhaften Insel namens Wendiga und schwebte langsam tiefer, während in Leandras Gesicht nach wie vor das Lächeln stand, das sie schon seit einer guten halben Stunde in ihren Zügen trug. »Ich war es! Ich! Meine Schönheit! Und nicht dein dummer Rang, du komischer Papst!«, spottete sie wohl gelaunt.

»Unsinn! Mein Charme!«, rief Giacomo. »Und meine Schlagfertigkeit!«

Ain:Ain'Qua lachte. »Ich wette, in Wahrheit war es Sandy. Nicht wahr?«

»Ich, Sir?«

»Ja, du. Hättest du es nicht gekonnt? Diesen Drakken zu umgarnen?« Er dachte kurz nach und hob dann den Blick. »Werden wir dich je lachen hören, Sandy?«

Darauf antwortete sie nicht. Irgendwie war Ain:Ain'Qua froh darum.

Die *Faiona* schwebte immer tiefer hinab, in eine Welt, die von morgendlichem Dunst erfüllt war, und eine seltsame Ruhe ergriff Besitz von ihr und ihren drei Besatzungsmitgliedern. Giacomo deutete auf den Navigations-Holoscreen. »Die Insel ist ziemlich groß. Etwa hundertachtzig Meilen lang und fünfundsechzig breit. Die höchste Erhebung reicht bis auf dreitausendzweihundertvierzehn Meter. Gemäßigtes Klima ... die Luft ist für uns atembar, keine toxischen Stoffe. Temperatur im Jahresdurchschnitt bei sechzehn Komma neun Grad. Das ist ziemlich warm. Im Moment hat es dort draußen um die fünfundzwanzig Grad, aber es ist erst früher Morgen.«

»Und die Umlaufzeit? Das Jahr?«

Giacomo studierte seine Anzeigen. »Nach Sherreshs Daten dauert ein Tag hier neunzehn Stunden. Das Jahr hingegen hat über zwölftausend Tage – so lange braucht Imoka für einen Umlauf um seine Sonne. Die Achsenneigung des Planeten beträgt weniger als sechs Grad, deswegen gibt es keine nennenswerten Jahreszeiten. Trotz allem ist Imoka recht kühl. Wir befinden uns hier fast am Äquator. Im Norden und Süden gibt es ausgedehnte Polkappen.«

»Polkappen?« Ain:Ain'Qua runzelte verwundert die Stirn. »Davon habe ich nichts bemerkt.«

Giacomo zuckte die Achseln. »Ich auch nicht. Die Daten hier sind aber eindeutig.« Er studierte eine Weile die Texte auf seinem Holoscreen. »Das Eis soll dort sogar Dutzende Meilen dick sein ... ah, jetzt verstehe ich. Es muss stark verschmutzt sein.«

Ain:Ain'Qua schüttelte den Kopf. »Du lieber Himmel! So sehr verschmutzt, dass man derart riesige Polkappen aus dem All nicht erkennt?«

»Was hat das zu bedeuten?«, fragte Leandra.

Ain:Ain'Qua schnaufte, während er durch das Panoramafenster hinaus sah. »Eine globale Katastrophe vermutlich. Vor langer Zeit.«

Unter ihnen breitete sich eine zerklüftete Felsenlandschaft aus, die spärlich mit einem lichten Wald durchsetzt war, der aus kleinen, kränklich aussehenden Bäumen bestand. Die Gegend wirkte öde und grau, schwer zugänglich und wie von sämtlichen Kreaturen verlassen, die größer waren als eine Maus. Der Dunst schien allgegenwärtig, nirgends konnte man weiter als vielleicht zwei Meilen in die Ferne blicken. Nach einer Weile, während der die *Faiona* langsam über das Land schwebte, kreuzten sie über eine Straße hinweg, die uralt und verlassen aussah. Sie war ein Band aus mattgrauem Kunststoff, teilweise gewellt und aufgerissen; auf dem Band selbst aber wuchs nichts, auch kein Sand oder Schmutz lagen dort. Bald hinter der Straße folgte eine Schlucht, in der, weit unten, ein kleines Flüsschen dahinströmte. Dann kamen wieder Felswände, flaches Land, ein paar zerklüftete Hügel und überall der spärliche Bewuchs durch die dürren Bäumchen. Vom trüben Himmel strahlte eine weißliche Sonne herab, die den trostlosen Anblick des Landes auch nicht aufzuhellen vermochte.

»Was mag uns hier erwarten?«, flüsterte Leandra befangen.

»Wenn Versorgungsgüter hierher gebracht werden, muss es wohl Bewohner geben«, antwortete Giacomo, kaum weniger leise. Es schien, als verlange das Land, das wie in einem Schlummer der Zeit erstarrt schien, nach gedämpften Stimmen. »Vielleicht Drakken? Diese ... Jersh'a'Shaar, ihr Urvolk?«

»Nein. Das war eine andere Welt – am anderen Ende dieses Sternenhaufens.«

»Und wer sonst? Menschen? Ajhan?«

Keiner von ihnen wusste eine Antwort. Nach einer Weile schweigenden Dahinfliegens über ödes Land, von dem dünne Nebelschwaden aufstiegen, meldete sich Sandy.

»Käpt'n, wir nähern uns der Abwurfzone. Zu diesem Ort bringt das Shuttle von Taurus Eins die Versorgungsgüter und setzt sie mit einem Hooverschlitten ab.«

»Danke, Sandy. Hat Sherresh dir mitgeteilt, welcher Art diese Versorgungsgüter sind?«

»Nein, Käpt'n. Leider nicht.«

Leandra nickte, konzentrierte sich wieder auf die Steuerung.

Dann schälte sich plötzlich rechts ein Hügelrücken aus dem Dunst, auf dem sich eine phantastische Kontur abzeichnete.

Leandra deutete dorthin, Ain:Ain'Qua und Giacomo blickten auf.

»Das muss einmal eine Stadt gewesen sein. Ein großer Turm.«

Wie ein Relikt aus vergangenen Zeiten erhob sich von dem Hügelrücken die Ruine eines riesigen Bauwerks in den Himmel. Es handelte sich um einen stark verfallenen Terrassenbau, dessen frühere Form sich nur noch mit Mühe nachvollziehen ließ. Vermutlich hatte es mehrere übereinander liegende Ebenen besessen, die von einigen Rundpfeilern gestützt worden waren, dazwischen lugten aus dem Dunst über den Hügeln die Reste von riesigen Wohngebäuden hervor. Es war hoffnungslos zerstört, wie die Ruine eines Krieges. Andere Konturen über dem Hügel erwiesen sich ebenfalls als Reste einer Stadt, dahinter jedoch wurde das Land wieder karg und öde. Immerhin wurde die Vegetation nun etwas dichter, die Bäume ein wenig höher.

Schweigend betrachteten sie das Land, Giacomo hatte sich erhoben und stand unmittelbar vor der Panoramascheibe, Leandra und Ain:Ain'Qua sahen von ihren Sitzen aus hinaus.

Bald kam wieder eines jener Gebäude in Sicht; gespenstisch tauchte es aus dem Dunst und dem Bodennebel auf, diesmal von links. Auch dieses Bauwerk war von jener Terrassen-Bauweise geprägt, aber es hing seltsam schief. Es ragte aus einer Bodensenke auf, die nicht natürlichen Ursprungs zu sein schien, so als wäre der tragende Untergrund des Gebäudes eingebrochen und hätte es ein Stück mit sich in die Tiefe gerissen. Es war größtenteils zerstört. Über die Ebene, die sich vor der *Faiona* auftat, erstreckten sich mehrere Straßen, man sah weitere, kleinere Ruinen, die schweigend inmitten einer dichter werdenden Vegetation aufragten.

»Eine zerstörte Welt«, flüsterte Giacomo. »Im Lauf der Zeiten von der Vegetation überwuchert.«

Leandra erhob sich und wies Sandy an, die *Faiona* ruhig weiterzusteuern. Sie gesellte sich zu Giacomo; gemeinsam betrachteten sie die verwüstete Gegend, die unter ihnen dahin glitt.

»Mich beschleicht das Gefühl, dass wir hier wieder ein Werk des

Pusmoh vor uns haben«, meinte sie. »Die Leviathane, die Drakken, die Menschen und die Ajhan ... er hat vor nichts Halt gemacht.«

Ain:Ain'Qua erhob sich ebenfalls und kam zu ihnen, um das Land während des Dahingleitens der *Faiona* genau betrachten zu können. »Das hier wird ein Zeugnis der Taten sein, die der Pusmoh zu verbergen trachtet«, meinte er. »Ich glaube beinahe, Sherresh hat es uns absichtlich zugänglich gemacht. Und wenn ich es mir recht überlege, macht es keinen Sinn, dass die Information über die Herkunft der Drakken *nur* der Sicherheitsstufe neun bedarf.« Er schüttelte den Kopf. »Nein, meine Freunde, wir sind hier in den tiefsten Keller der Geheimnisse des Pusmoh vorgestoßen, und Sherresh *wollte* es so.«

»Wirklich? Du glaubst, die Information über die Herkunft der Drakken unterliegt ebenfalls der Stufe zehn?«

Ain:Ain'Qua hob die Arme. »Überlegt doch mal! Stufe neun, das ist die Sicherheitsstufe der höchsten Funktionäre des Pusmohreiches. Die Stufe für die Sektorgouverneure, für mich als Papst, der ich mal war – und ein paar wenige Leute im gesamten Pusmoh-Reich. Es würden wahrscheinlich noch die höchsten Militärs der Drakken hinzuzählen, aber die sind wohl als Sonderfall zu betrachten. Dennoch, Stufe neun – das sind viele Dutzend Leute, die Menschen oder Ajhan sind. Warum sollte der Pusmoh das Risiko eingehen, diesen Leuten die Wahrheit über die Herkunft der Drakken zugänglich zu machen? Was wir von Sherresh über seine Leute erfahren haben, ist nicht weniger dramatisch als das Schicksal der Leviathane. Der Pusmoh hat eine ganze Rasse unterjocht, sie manipuliert, und setzt sie zu seinen Zwecken ein – völlig skrupellos.« Er schüttelte den Kopf. »Nein, ich wette, das Geheimnis der Drakkenherkunft unterliegt ebenfalls der Stufe zehn. Sherresh ist vielleicht verbittert und uralt, aber er ist nicht dumm.«

Ain:Ain'Qua unterbrach sich kurz, als lausche er in sich hinein, dann begann er zu lächeln und den Kopf zu schütteln. »Nein, Sherresh ist *ganz bestimmt* nicht dumm! Ich habe mich ohnehin schon gewundert, dass er mich fragte, ob ihr beide auch unter Stufe neun fällt. Das wäre normalerweise ein unverzeihliches Dienstvergehen. Er hätte euch explizit überprüfen müssen, ehe er auch nur eine weitere Silbe hätte äußern dürfen. Und meine Versprecher, meine fadenscheinigen Begründungen – er hat alles unbeteiligt geschluckt, obwohl er Anlass gehabt hätte, mich auf der Stelle festzunehmen!«

»Du glaubst, er hat seine Befugnisse absichtlich überschritten? Er hat uns Dinge gesagt, die er gar nicht hätte sagen dürfen?«

»Ganz genau! Er hat uns die Geschichte seiner Rasse erzählt, weil er einer Generation der Drakken entstammt, die das Unrecht noch hat spüren können. Weil sie noch eine Gefühlswelt besitzt.«

Leandra nickte langsam. »Ja, du hast wohl Recht. Vielleicht hat Sherresh dreieinhalb Jahrtausende darauf gewartet, einen Eindringling in dieses System zurückzuweisen oder gar abschießen zu können. Um wenigstens ein Mal seine Pflicht erfüllen zu können, um dieses Geheimnis für seinen Herrn, den Pusmoh, zu bewahren. Aber das Gefühl muss schrecklich sein, wenn während dieser langen Zeitspanne nicht einmal ein einziges Wesen auftaucht, dass sich für dieses Geheimnis überhaupt nur interessiert! Für das Geheimnis der Herkunft und des Schicksals seiner Rasse.«

»Gut formuliert, Leandra. Zuletzt ist sein Pflichtbewusstsein in das Bedürfnis umgeschlagen, jemandem die Wahrheit zu sagen. Deswegen hat er uns Imoka zugänglich gemacht! Ich glaube kaum, dass Stufe zehn nur ein *bisschen* mehr ist als Stufe neun – etwas, wofür man *ein Auge zudrücken* könnte. Nein, Stufe zehn liegt gewiss *um Welten* höher als neun! Zehn – das ist das, was einzig und allein der Pusmoh selbst wissen darf!«

»Und trotzdem hat es Sherresh gewusst?«, fragte Giacomo unschlüssig. »Ein kleiner Drakkenoffizier?«

Ain:Ain'Qua hob die Achseln. »Ein Fehler im System. Sherresh weiß es nur, weil er ein Relikt aus alter Zeit ist. Ein unvollkommener Phänotyp aus einer veralteten Generation, die eigentlich schon lange ausgetauscht sein sollte.«

»Ja, das stimmt. Womöglich hat er einen Teil seiner dreieinhalbtausend langweiligen Lebensjahre damit verbracht, etwas über seine Herkunft herauszufinden. Etwas, das er vorher zum Teil bereits wusste. Hier, in Rhad-Taurus, ist er der Quelle seiner Herkunft sehr nahe. Vielleicht hat er sogar seine Heimatwelt Jersh einmal besucht.«

»Und uns hat er hierher geschickt, damit wir das Gleiche tun können? Ob er weiß, was er hier auf Imoka bewacht?«

»Ich glaube nicht, Leandra. Aber er ahnt wohl, dass es ein ebenso großes Geheimnis ist – ein Stufe-zehn-Geheimnis – wie sein eigenes. Nun hat er uns die Chance eröffnet, es zu ergründen.«

Schweigend blickten sie für eine Weile in die Ebene, wo die Ruinen nicht enden wollten. Hier musste einmal eine große Stadt gelegen haben. Vor ihnen schälte sich Hügelland aus dem Dunst, dann meldete sich Sandy wieder.

»Wir haben den Abwurfpunkt erreicht, Käpt'n. Es handelt sich um ein altes Landefeld, unmittelbar vor uns. Ich empfange von dort das automatische Signal eines Hooverschlittens.«

»Irgendwelche Anzeichen von Leben, Sandy?«

»Ja, Käpt'n, ich messe zunehmend biometrische Daten, muss sie aber erst sondieren. Im Moment kann ich nur sagen, dass sich keine bekannten Muster darunter befinden.«

»Siehst du irgendwelche Gefahren für uns, falls wir landen und die *Faiona* verlassen?«

»Eine Landung ist unbedenklich, Käpt'n. Bis zur genaueren Auswertung der Biometriedaten sollten Sie die *Faiona* jedoch noch nicht verlassen.«

»In Ordnung. Dann landen wir in der Nähe des Hooverschlittens.«

*

Eine Stunde später standen sie am Rand des Landefelds und versuchten in der Umgebung einen Blick auf das zu erhaschen, was Sandy als »bedingt menschlich« ausgewertet hatte.

Die Biometriedaten waren verwirrend, zum ersten Mal hatten sie von Sandy keine brauchbare Aussage bekommen. »Bedingt menschlich« hatte sie es genannt, weil bestimmte Einzelheiten entfernt auf einen menschlichen Organismus hinwiesen, andere dem jedoch krass widersprachen. Es mussten sich in der Nähe Lebewesen aufhalten, die möglicherweise strukturell menschenähnlich waren, mehr aber hatte Sandy nicht sagen können. Gesehen hatten sie von der *Faiona* aus keines.

Sie hatten sich mit Handblastern bewaffnet und leichte Druckanzüge angelegt, ohne jedoch deren Helme aufzusetzen. Auf diese Weise mochten sie etwas besser geschützt sein, wenn sie physisch angegriffen wurden, aber ob sie überhaupt eines der Wesen dort draußen zu Gesicht bekämen, stand auf einem anderen Blatt. Nachdem sie am Rand des Landefelds, in dem angrenzenden, kargen Landstrich, der aus Sand, Steinen und niedrigen Büschen bestand, nichts Besonderes entdecken konnten, wandten sie sich dem Hooverschlitten zu. Es handelte sich um ein längliches Schwebefahrzeug, das nichts als eine große Ladefläche besaß, etwa zwölf mal vier Meter messend und mit einem automatischen Antrieb zur Lastbeförderung ausgestattet. Leider war es völlig leer und schien hier nur darauf zu warten, wieder abgeholt zu werden.

»Es müssen Überlebende dieser Katastrophe sein, die hier leben«, meinte Leandra nachdenklich, während sie in die Runde blickte. Das Landefeld maß etwa siebzig Meter im Quadrat und war von sich türmenden Trümmern umgeben, die ihrerseits von Pflanzen überwuchert waren. Es waren verfallene Ruinen und eingestürzte Mauerreste, rostige Metallteile, erblindetes Glas und Objekte aus verrottetem Kunststoff, die aus der Pflanzendecke ragten. Das Gewirr erstreckte sich weit in alle Richtungen; das Maß der Zerstörung, das diese Ansiedlung einst getroffen hatte, war umfassend. Schon von weitem konnte man sehen, dass es hier ebenso viele Verstecke geben mochte, wie es schwer war, sich voranzubewegen. Über allem lagen dünne Nebelschleier, und der darüber liegende, allgegenwärtige Dunst verwischte die Ferne und den Horizont zu einem trüben, blaugrauen Nichts.

»Ich glaube eher, dass es Nachfahren der Überlebenden sind«, meinte Ain:Ain'Qua und deutete auf die Ruinen. »Was auch immer hier stattfand – es ist unendlich lange her. Der Grad des Verfalls ist enorm.«

Leandra und Giacomo nickten. »Wollen wir uns dort draußen einmal umsehen?«, fragte sie unschlüssig.

»Das werden wir müssen, wenn wir weiter kommen wollen«, antwortete Ain:Ain'Qua. Er zog das Kehlkopfmikrofon weiter vor seinen Mund. »Sandy? Hast du schon neue Erkenntnisse?«

»Leider nein, Sir. Die Daten sind noch immer so verwirrend wie zuvor. Aber ich habe eine größere Ansammlung von biometrischen Emissionen messen können. Sie befindet sich in Richtung der großen Ruine im Vordergrund des Hügels zu Ihrer Linken, Sir.«

Ain:Ain'Qua sah in die angegebene Richtung und erkannte die Umrisse eines Terrassenbauwerks, nicht ganz so groß wie jenes auf den Hügeln vor der Stadt, aber ebenso zerstört. Es besaß drei Plattformen, die auf drei massiven, turmartigen Gebäudestützen errichtet waren, seitlich zueinander versetzt und von Metallträgern in Position gehalten. Bei der mittleren Plattform hatten die Metallträger bereits nachgegeben, sie hing schräg an der linken Fassade herunter – ein grotesker Anblick. Aus einzelnen Fensterhöhlen blitzten ihn noch intakte Scheiben an, die allermeisten jedoch waren zerstört, und Pflanzen wuchsen aus ihnen heraus oder in sie hinein.

»Bei diesem Terrassenbau vor uns, meinst du, Sandy?«

»Ja, Sir. Meine Wärmebildsensoren zeigen dort mehrere einzelne Lebewesen, nicht größer als ein Mensch. Näheres kann ich nicht sagen, dafür sind sie zu weit von hier entfernt.«

»Sind sie bewaffnet? Kannst du Metallteile oder Energieemissionen messen?«

»Nein, Sir, derzeit nichts. Ich empfehle trotzdem, vorsichtig zu sein.«

Ain:Ain'Qua lächelte. »Schon gut, Sandy. Wir sehen uns das einmal an.«

Er winkte Leandra und Giacomo und erklärte ihnen, was Sandy entdeckt hatte. Sie beschlossen, sich dem Gebäude von drei Seiten zu nähern und sich über Funk mitzuteilen, was sie entdeckten. Dann trennten sie sich, verließen das Landefeld, und jeder suchte sich einen Weg näher an das Gebäude heran.

»Leandra. Siehst du schon etwas?«

»Nein. Hier ist viel Bodennebel, und das Vorankommen ist schwierig. Lauter Trümmer und Pflanzenreste. Wie ist es bei euch?«

»Ähnlich. Ich habe noch etwa hundert Meter bis zu dem Gebäude. Und du?«

»Ich bin noch etwas weiter entfernt. Giacomo? Bist du auch noch da?«

»Ja, bin ich«, war mit Flüsterstimme zu hören. »Hier ist etwas. Ich habe eine Bewegung gesehen.«

»Wirklich? Ein Tier? Sei bloß vorsichtig!«

»Bin ich.« Giacomos Stimme war kaum noch zu hören gewesen. Leandra und Ain:Ain'Qua waren stehen geblieben, für eine Weile herrschte Schweigen.

»Giacomo?«

Keine Antwort.

»Giacomo? Hörst du mich? Melde dich!«

Wieder war nichts zu hören.

»Leandra? Du bist ihm näher. Kannst du mal nachsehen?«

»Bin schon unterwegs. Weiß aber nicht, wie schnell ich ihn finden kann.«

Ain:Ain'Quas zwei Herzen schlugen schneller. Er packte seine Waffe fester, setzte sich in Bewegung und flüsterte ins Mikrofon: »Ich komme auch. Vermeide einen Kampf, wenn es irgend geht!«

Er eilte los, aber bevor er sich noch ein wesentliches Stück durch das von Trümmern übersäte und von Pflanzen überwachsene Gelände gebahnt hatte, meldete sich Giacomo wieder. »Hier sind Muuni-Würmer!«, erklärte er. »Lauter Muunis!«

Ain:Ain'Qua blieb verblüfft stehen. »Was? Muunis? Und gleich mehrere?«

»Ein halbes Dutzend. Und ich glaube, hier gibt's noch mehr.«

Ein dunkler Verdacht stieg in Ain:Ain'Qua auf. »Halte dich versteckt!«, sagte er. »Wo Muunis sind, sind Drakken nicht weit. Leandra müsste jeden Moment bei dir sein. Ich bin auch gleich da.«

»Ich ... ich habe ihn schon erreicht«, hörte er Leandra kurz darauf durch seinen Ohrhörer keuchen. »Er hat Recht – lauter Muunis sind hier!«

Ain:Ain'Qua brummte ungehalten. »Bleibt, wo ihr seid. Ich bin auf dem Weg.«

Das vor ihm aufragende Gebäude wies ihm den Weg, und nach kurzer Zeit sah er schon die Gestalten von Giacomo und Leandra aus dem Nebel auftauchen. Als er näher kam, erkannte er rechts unter einem größeren Busch einen Muuni kauern, und als er kurz darauf seine beiden Gefährten erreichte, hatte sich keine zehn Schritt von ihnen entfernt eine Gruppe der Wurmkreaturen unter einem Mäuerchen zusammengedrängt. Sie starrten furchtsam zu ihnen auf.

Ain:Ain'Qua ließ die Waffe sinken und trat zu Leandra und Giacomo heran, das Gesicht voller Fragen. »Keine Drakken hier?«

Leandra schüttelte den Kopf. »Nicht einer. Aber ich habe schon wieder einen Verdacht, was sich hier abspielt.«

»Und welchen?«

Leandra nickte in Richtung der sechs Muunis, die sich angstvoll aneinander gedrängt hatten. »Leviathane, Drakken, Menschen, Ajhan ... warum nicht auch die Muunis? Warum soll sich der Pusmoh nicht auch an ihnen vergriffen haben? Vielleicht sind sie eine Rasse, die einmal ganz anders war und vom Pusmoh zu etwas gezwungen wurde, das sie nie sein wollte? Zu mentalen Verstärkern für die Drakken ...?«

»Oder sie sind die Übermittler der Pusmoh-Befehle an die Drakken«, schlug Giacomo vor und machte mit dem Zeigefinger eine kreisende Bewegung an der Schläfe. »Gehirnwäsche, versteht ihr?«

Ain:Ain'Qua nickte. »Ja. Das wäre möglich. Über die Muunis habe ich mir noch nie weiter Gedanken gemacht.«

Nachdenklich starrte er die sechs Wesen an, die sich nach wie vor angstvoll vor dem Mäuerchen zusammengedrängt hatten und zu ihnen aufstarrten. Dann sah er weitere Muunis in der Nähe, einzelne, die sich in die Schatten drückten, oder andere, die paarweise in dunklen Ecken oder unter überhängenden

Pflanzen kauerten und sie anstarrten. Sie schienen voller Furcht zu sein, dennoch machte keiner Anstalten zu fliehen. Ain:Ain'-Quas Verwirrung wuchs.

»Sandy? Wir haben hier Muunis gefunden. Etliche sogar. Aber von deiner ›bedingt menschlichen‹ Biometrik ist hier nichts zu entdecken. Wer auch immer das ist – wo sind sie?«

»Direkt bei ihnen, Sir. Meine Biometrik-Sensoren zeigen Sie selbst überdeutlich. Sie selbst, den Käpt'n und Herrn Giacomo. Und sie sind von mehreren Wesenheiten umgeben, von denen ich die besagten Biometrie-Emissionen empfange.«

»Was?«, fragte Ain:Ain'Qua ungläubig. »Die Muunis sind das? Sie haben menschenähnliche Biometrien?«

»Eindeutig ja, Sir. Die Muunis müssen die Quelle sein.«

Ain:Ain'Qua sah Leandra und Giacomo ratlos an. »Habt ihr das gehört?«

Die beiden nickten, wirkten aber ebenso ratlos wie er.

Dann aber schien Leandra ein Gedanke zu kommen. Sie steckte ihre Waffe ins Holster und bewegte sich langsam und vorsichtig auf die Muuni-Gruppe zu. Sie streckte dabei eine Hand aus und begann beruhigend auf die Wesen einzureden. Die Muunis erschauerten, rückten näher zusammen, starrten Leandra furchtsam an, aber sie flohen nicht. Dann kniete sie unmittelbar vor ihnen, redete leise auf sie ein, und die Muunis waren immer noch da. Ain:Ain'Qua steckte seine Waffe ebenfalls weg und näherte sich Leandra mit vorsichtigen Schritten. Schließlich kniete er neben ihr. Keine drei Schritt entfernt drängten sich die schwabbeligen, hässlichen Würmer mit den missmutigen Mienen aneinander.

»Leandra!«, flüsterte Ain:Ain'Qua. »Was tust du da?«

Leandra deutete auf den vordersten der sechs. Er hätte ihr bis zum Gürtel gereicht, wäre sie aufgestanden. Seine ledrige Haut war grauweiß, und er wirkte fett und uralt. »Ihre Gesichter«, flüsterte sie. »Ihre Augen. Das hat mich schon immer irritiert.«

Ain:Ain'Qua betrachtete die Züge des Muuni und seine Augen. »Und was ist damit?«

»Menschenähnlich. Hast du das nie bemerkt? Die Wangen,

der Mund, die Form der Nase ... Vor allem aber ihre Augen. Sieh nur, die Pupillen, die Iris ...«

Ain:Ain'Qua nickte. »Ja, du hast Recht. Mir ist das nie so aufgefallen. Diese Merkmale sehen euch Menschen sehr ähnlich. Denkst du etwa, dass deswegen die Biometrik-Daten ...?«

Leandra zuckte mit den Schultern. »Das weiß ich nicht. Aber ...« Sie richtete die Stimme an den vorderen Muuni. »Kannst du mich verstehen? Kannst du sprechen?«

Der Muuni blinzelte, starrte sie eine Weile an, sah dann zu seinen Artgenossen und wandte sich Leandra wieder zu.

»Hören kann er mich offenbar«, stellte sie fest. »Und er scheint auch verstanden zu haben, dass ich ihn angesprochen habe. Nun fehlt uns nur noch eins: eine gemeinsame Sprache.«

Der Muuni wandte sich wieder seinen Artgenossen zu, diesmal aber sah er sie nicht nur an, sondern seine Lippen bewegten sich, und er sagte etwas zu ihnen.

Leandra erstarrte.

»Was ist denn, Leandra?«

Sie starrte den Muuni an, dann sagte sie etwas zu ihm – etwas, das Ain:Ain'Qua völlig fremd war, das er nicht verstand. Als der Muuni plötzlich große Augen machte und verschreckt zurückwich, strich ein heißer Schauer über Ain:Ain'Quas breiten Rücken. Leandra schien von großer Aufregung ergriffen und sagte noch etwas zu dem Muuni. Und dann antwortete ihr das Wesen. Mit Worten, von denen Ain:Ain'Qua kein einziges verstand.

»Leandra!«, stieß er hervor, schon beinahe panisch. »Was geht da vor? Was redest du da?«

Leandra wandte ihm das Gesicht zu, ihre Miene war nicht weniger schockiert als die seine. »Ich ... ich kann mit ihnen reden, Ain:Ain'Qua!«

»Mit ihnen reden? Du meinst ... dieses Gebrabbel, das ihr austauscht? Was soll das bedeuten? Was soll das für eine Sprache sein?«

Leandra schluckte zuerst einen dicken Kloß herunter. »Das ist die Sprache meiner Heimat, Ain:Ain'Qua! Das ist die Sprache der Höhlenwelt!«

27 ♦ Die Verdammten

Leandras Herz schlug einen dumpfen und trockenen Rhythmus. Nicht dass sie glaubte, es könne noch allzu viel geben, womit man sie überraschen mochte. Zu viel hatte sie in den letzten Jahren erlebt. Sie war von einem einfachen Mädchen vom Lande, einer kleinen Magiersnovizin, zu einer der wichtigsten Figuren in der Befreiung einer ganzen Welt geworden und inzwischen sogar zu einer kosmischen Reisenden, die sich anschickte, der gewaltigsten Macht in der ganzen Galaxis die Stirn zu bieten. Doch sie spürte förmlich, dass sie nun im Begriff stand, ein wahrhaft galaktisches Geheimnis aufzudecken, etwas, das vor ihr noch niemand je erfahren hatte. Nur der Pusmoh selbst wusste wahrscheinlich davon, und er versuchte es zu verbergen.

Jakob, der Muuni, mit dem sie Kontakt aufgenommen hatte, führte sie mit seiner kleinen Sechsergruppe schon seit mehr als einer Stunde einen steilen Bergpfad hinauf. Glücklicherweise war er für Muunis angelegt, und so kamen sie einigermaßen gut voran.

Muuni?

Hätte sie nicht besser *Menschen* sagen sollen?

Das war es, was Jakob ihr hatte klar machen wollen, obwohl sie kaum etwas von dem verstand, was er da erzählte. Aber der Name allein, Jakob, klang schon so vertraut, dass sie innerlich mit sich kämpfte; ein anderer hieß Michal, ein dritter David, der vierte Lister, und zwei weibliche Muuni, die Leandra kaum von den männlichen zu unterscheiden vermochte, hießen Megan und Marina.

Marina!

Das war der Name einer ihrer Schwestern, und *diese* Marina – dieses fette Muuni-Wurmweib – sprach auch noch, wie die anderen, die Sprache ihrer Heimat! Leandra war völlig durcheinander. Dass sie und die Muuni miteinander reden konnten, deutete auf eine gemeinsame Vergangenheit hin. Was diese Wesen von sich gaben, war der heutigen Sprache der Höhlenwelt sehr ähnlich. Eigentlich hätte das bedeuten müssen, dass die Muuni aus der heutigen Höhlenwelt stammen mussten, aber das erschien Leandra undenkbar. Wahrscheinlicher war, dass das *Anglaan*, welches man in ihrer Heimat bisher für die *alte Sprache der Höhlenwelt* gehalten hatte, nur eine von vielen Sprachen der *alten Welt* gewesen war und die heutige Sprache der Höhlenwelt die gleichen Wurzeln wie die Sprache der Muuni besaß. Das hieß, dass die Muuni damals, vor über fünftausend Jahren, dieselbe Welt bewohnt hatten wie Leandras Ahnen. Jakob hatte zugegeben, nicht wirklich viel über die Geschichte seiner Art zu wissen, das meiste hatte man hier vergessen im Lauf der Jahrtausende.

Jahrtausende?

Was war hier passiert, auf Imoka? Ja, Jahrtausende, hatte er gesagt, früher habe man das meiste gewusst, aber nun wäre so viel vergessen worden in dieser langen Zeit, aber zum Glück gäbe es den Historiker. Dorthin brachten die Muuni Leandra jetzt.

Die *Menschen*.

Früher einmal seien sie Menschen gewesen, hatte Jakob behauptet, jetzt nicht mehr, warum genau, vermochte er nicht zu erklären. Er wusste nur, dass sie sich selbst *die Verdammten* nannten, dass ihnen ein großes Unglück und großes Unrecht widerfahren war. Aber der Historiker hätte Antworten – ein Glück, dass er so hartnäckig das Archiv am Leben erhalten hatte, meinte Jakob. Niemand hätte sich mehr darum gekümmert.

Leandra schwirrte der Kopf. Sie hatte Ain:Ain'Qua und Giacomo gebeten, bei der *Faiona* zu bleiben, denn sie hatte schon damit gerechnet, dass es anstrengend werden würde. Wenn sie dann noch gleichzeitig alles zwei neugierigen Männern übersetzen musste, würde ihr vermutlich binnen einer halben Stunde der Schädel platzen. Nun würde sie erst einmal allein mit dem

Historiker reden, oben auf dem Hügel über der Ebene, und dann, wenn sie etwas Klarheit erlangt hatte, ihren Freunden berichten, was hinter dieser Geschichte steckte.

Schwerfällig schleppten sich die Muuni den Bergpfad hinauf, im Gänsemarsch, wie man in der Höhlenwelt gesagt hätte; hier mochte das anders heißen. Der frühe Morgen wurde zum Vormittag, die feuchte Hitze stieg an, der Dunst wurde dichter. Die Welt war so fremd, und doch wieder besaß sie einzelne, vertraute Formen. Hin und wieder sah sie Muuni oder Muuni-Paare in den Trümmern, ein verwirrender Augenblick kam, als sie kurz einmal glaubte, leise das Schluchzen eines Babys gehört zu haben. Sie durchforschte die Umgebung mit Blicken, konnte aber nichts entdecken. Dann erreichten sie ihr Ziel, es war das Ende einer zerstörten Straße auf der Spitze des Hügels, wo sich unter einem Berg von Trümmerteilen eines verfallenen Gebäudes und einem zweiten Berg aus Vegetation, der sich darüber getürmt hatte, eine Art Höhle befand.

Jakob und Michal führten Leandra hinein, die anderen blieben draußen. Sie stellte fest, dass es sich um ein früheres Stockwerk handeln musste – eines, das nicht eingebrochen war. Es bot viel Platz; die Räume waren flach, aber weitläufig, überall rechts und links türmte sich beiseite geräumter Schutt, doch das Innere der Höhle war säuberlich aufgeräumt. Leandra sah Regale, in denen Schriftgut aufgereiht war, schwere, primitiv wirkende Bücher, Schriftrollen und Stapel von losen Blättern. Beinahe fühlte sie sich an ihre Heimat erinnert, an die Cambrische Bibliothek oder das Schriftgut in Munuels Regalen … obwohl diese Bände und Regale hier noch viel älter und primitiver wirkten.

Dann erreichten sie einen dunklen Raum, tief im Innern der Höhle, wo sie auf einen weiteren Muuni stießen. Angesichts der fremden Besucherin geriet er in heillose Aufregung und Angst, er wollte schon flüchten, während Jakob und Michal mit Gesten und Worten versuchten, ihn zu beruhigen. Sie machten ihm klar, dass keine Gefahr drohte. Er wurde wieder ruhiger und maß Leandra, die sich vor ihm in die Hocke niedergelassen hatte, mit verwunderten Blicken. Sein Name war Sergan.

»Und … sie versteht … was ich sage?«, fragte er seine Artgenossen, furchtsam und mit zögernden Seitenblicken auf Leandra.

Die beiden hoben eifrig die Köpfe auf und ab – unbestreitbar ein Nicken, wie Leandra feststellte, denn sie vollführte instinktiv die gleiche Geste. Auch andere typisch menschliche Gesten hatte Leandra an den Muuni schon entdeckt, etwa das Kopfschütteln, das Seufzen oder das Lächeln. Es war geradezu gespenstisch, diese fremdartig aussehenden Wesen solche Dinge tun zu sehen. Selbst Ain:Ain'Qua, ein Ajhan, der sein ganzes Leben in der Hemisphäre der Menschen verbracht und so gut wie alle menschlichen Verhaltensweisen bis hin zum Stirnrunzeln übernommen hatte, wirkte zu einem kleinen Teil noch immer wie ein Fremdwesen. Nicht aber diese Muuni. Es waren vollkommen menschliche Gesten, die Leandra bei ihnen sah.

»Ich kann dich verstehen«, sagte sie freundlich.

Sergan sah sie mit prüfenden, misstrauischen Blicken an. »Wir hatten eine wie dich«, erklärte er, »vor langer Zeit.«

»Eine wie mich?«

Wieder nickte der Muuni. »Ja, wie dich. Aber sie ist gestorben. Sehr schnell. Wo kommst du her? Von Karlistad? Oder Märwahn?«

»Karlistad? Märwahn? Was ist das?«

»Sie kam aus dem All, Sergan! Mit einem Raumschiff!«, erklärte Michal; seine Stimme war voller Ehrfurcht, als verkünde er etwas von enormer religiöser Bedeutung.

Sergan machte große Augen. »Aus dem All? Aber …«

Michael und Jakob nickten wieder, eine ausladende Geste, welche ihre Körper stark in Bewegung brachte.

Sergan sah Leandra wieder an, seine grauen, sehr menschlichen Augen musterten sie ungläubig. »Wirklich? Aus dem All?«

»Ja. Mein Name ist Leandra. Ich stamme von einem Ort, den man die Höhlenwelt nennt, weit, weit entfernt von hier. Wie kommt es, dass wir die gleiche Sprache sprechen – ihr und ich?«

Sergan musterte sie lange Zeit, er schien mehr damit zu kämpfen, ihr Hiersein zu akzeptieren, als das Phänomen, dass

sie sich verstanden. »Du ... du bist ein Mensch«, stellte er fest.
»Wir waren auch Menschen. Vor langer Zeit.«

Leandra nickte. »Ja. Das haben mir Jakob und Michal auch schon gesagt. Wie kommt es, dass ihr jetzt Muuni seid?«

»Muuni? Was ist Muuni? Wir sind keine Muuni. Wir sind Pusmoh.«

Der Schock, der durch Leandra fuhr, ließ sie nach Luft schnappen und raubte ihr das Gleichgewicht. Sie plumpste aus der Hocke zu Boden, musste sich mit den Armen abfangen, um nicht ganz umzufallen.

»Ihr ... ihr seid *Pusmoh?*«, keuchte sie fassungslos und mit aufgerissenen Augen.

»Ja, Pusmoh. Was erschreckt dich daran so?«

Leandra versuchte ihr wild pochendes Herz zu beruhigen, rang um Atem und inneres Gleichgewicht. Als sie sich wieder aufgerichtet hatte, zitterte und bebte ihr ganzer Körper – obwohl von diesen drei Wesen nicht der Hauch einer Bedrohung ausging. Voller Verwirrung starrte sie die drei an, eine unbestimmbare Angst hatte sich unter ihre Gefühle gemischt. Sie mahnte sich zur Ruhe; sie sagte sich, dass es eine Erklärung für das alles geben musste.

»Aber ... wie könnt ihr ...?« Sie suchte verzweifelt nach Worten. »Die Milchstraße erzittert vor dem Pusmoh! Das ... das ...«

Sergan zog die Augenbrauen zusammen – selbst diese menschliche Geste gelang ihm mühelos. »Sie erzittert? Was meinst du damit?«

Leandra schluckte, schaffte es, sich in eine halbwegs entspannte Position aufzusetzen. Sie hob die Hände. »Menschen ... Muuni ... Pusmoh ... wer seid ihr nun?«

Sergan studierte fragend ihr Gesicht, dann winkte er ihr mit einem seiner verkümmerten Beinchen; bei näherem Hinsehen, so fand Leandra, hätte man sie auch Ärmchen nennen können.

»Das dachte ich mir schon«, meinte Sergan während des Laufens. »Falls es je zu einer Begegnung kommen sollte. Es wird schwierig werden. Folge mir.«

Mit dem typischen Muuni-Watschelgang ging er voraus, Jakob und Michal folgten, Leandra erhob sich mit einem bedrückten Ächzen und schloss sich ihnen an. Sie durchquerten einen Raum, der verhältnismäßig leer war, dann erreichten sie einen dritten, an dessen Stirnseite durch einen breiten Schacht von außen Licht hereindrang, in dessen Strahl Staubpartikel tanzten. Die Helligkeit fiel auf einen breiten Tisch, auf dem sich Bücher, Schriftrollen und Packen aus Pergamentbögen stapelten.

Sergan blieb stehen. »Hier. Das ist die Sammlung. Unsere Geschichte.«

Leandra trat zu dem Tisch, der für ihre Verhältnisse sehr niedrig war, und ging wieder in die Hocke. Vorsichtig besah sie die Bücher und das Papier. Sergan tauchte links neben ihr auf.

»Du sagst, die Milchstraße erzittert vor uns. Wie meinst du das?«

Leandra musterte den Muuni. »Vielleicht ... nicht unbedingt vor *euch*. Aber vor dem Begriff Pusmoh. Niemand dort weiß, wer das ist, und die meisten glauben, es wäre eine einzelne Person. Eine Art Gott vielleicht.«

»Pusmoh? Nein. Es ist ein Wortspiel, ein Anagramm. Die Herumdrehung der jeweils drei ersten Buchstaben von Homo superior. Der Übermensch.«

»Was? Homo ... Superior?«

»Die Menschen. Es gibt einen frühen Begriff, der Homo sapiens heißt. Der vernunftbegabte Mensch. Seine nächstfolgende Entwicklungsstufe wäre der Homo superior, der überlegene Mensch. Wenn du die drei Anfangsbuchstaben Hom und sup nimmst, sie aneinander reihst und herumdrehst, kommst du auf Pusmoh.«

Leandra legte die Stirn in Falten. »Homsup ... Pusmoh? Und was soll das bedeuten? Ich meine, dass ihr euch als Pusmoh bezeichnet?« Leandra zögerte. »Heißt das ... ihr seid *Übermenschen*?«

Sie konnte nicht verhindern, dabei einen Blick auf die augenscheinlich plumpen und hässlichen Körper der drei Muuni zu werfen, und Sergan bemerkte das.

Wieder ließ er ein sehr menschliches Seufzen hören und wandte sich ab.

»Muuni«, sagte er leise. »Nicht einmal ein schlechter Name. Den sollten wir behalten.« Er tappte ein paar Schritt, bewegte sich zu einer Art Deckenlager, wie Leandra es für ein Haustier hergerichtet hätte, und ließ sich, abermals seufzend, darauf nieder. Das Seufzen schien die liebste Gemütsäußerung der Muuni zu sein.

Leandra ließ sich in den Schneidersitz sinken, ihren drei Gastgebern zugewandt, und wartete.

Nach einer Weile nahm Sergan den Faden der Unterhaltung wieder auf. »Der Name Pusmoh ist nicht unsere Erfindung. Nicht die Erfindung von uns ... *Muuni* ... hier auf Imoka. Die anderen haben es erfunden. Die von ...«

»... Majinu?«

Sergan nickte mit ernsten Blicken. »Du weißt von ihnen? Ja, sie waren es, und sie sind wohl das, was du als Pusmoh kennst.« Er lachte bitter auf. »Das, wovor die Milchstraße erzittert!« Er nickte verdrossen. »Das passt zu ihnen. Wir hier auf Imoka sind nicht *diese* Pusmoh. Wir sind nur die Verdammten.«

Leandra nickte. Erste Ahnungen entstanden in ihrem Kopf. »Hier hat einmal ein Krieg stattgefunden, nicht wahr? War der zwischen euch und den Pusmoh?«

»Ja. Es ist lange her. Beinahe zweihundert Jahre. Alles wurde vernichtet. Nur ein paar hundert von uns haben überlebt.«

Leandra zog die Stirn kraus. *Zweihundert Jahre?* Die Zeitspanne wollte nicht zu dem passen, was Sherresh gesagt hatte ... dann erinnerte sie sich daran, dass ein Imoka-Jahr über zwölftausend Tage haben sollte und jeder Tag neunzehn Stunden. Sie rechnete im Kopf nach und kam auf eine Zahl, die viel besser zu ihrer Ahnung passte – die zweihundert Imoka-Jahre ergaben in etwa fünftausend ihrer Jahre.

»Und ... was war der Anlass für diesen Krieg?«

Wieder das Seufzen. »Das Aeoshe«, sagte Sergan, und Michal wie auch Jakob ließen ebenfalls ein schweres Seufzen hören. »Das Aeoshe war der Beginn des ganzen Unheils.«

»Und was ist das? Das Aeoshe?«

»Eine Pflanze. Sie wächst nur auf Majinu, und aus ihr kann man ein Enzym gewinnen, welches die Zellalterung aufhält. Das ewige Leben.«

Ein prickelnder Schauer breitete sich über Leandras Rücken. *Das Ewige Leben!* Seit Sardin und seiner üblen wie auch tragischen Geschichte tauchte dieser Begriff immer wieder auf. Chast war diesem Wahn verfallen, Rasnor ebenfalls, die Drakken hatten damit zu tun und natürlich auch der Pusmoh – und die Muuni. Sogar sie selbst, Leandra, hatte Roscoe gegenüber einmal den Wunsch geäußert, ewig leben zu können, um sich all die Wunder des Kosmos ansehen zu können. Wirklich ernst hatte sie das natürlich nicht gemeint. Inzwischen nämlich war der Beigeschmack auf der Zunge, den dieses *Ewige Leben* mit sich trug, allzu fade geworden – und sicher auch blutig.

»Der ... die Pusmoh wollten euch kein Aeoshe mehr geben?«, fragte sie vorsichtig.

Sergan schüttelte den Kopf. »Die Geschichte ist kompliziert und lang. Willst du sie hören?«

»O ja, natürlich. Deswegen bin ich hier.«

*

Man hatte Leandra eine Decke gebracht, damit sie sich in Muuni-Art am Boden ausstrecken konnte, aber sie zog es vor, im Schneidersitz sitzen zu bleiben. Sie war angespannt und neugierig. Ein Getränk war ihr auch gereicht worden, ein kühler, bittersüßer Saft aus einer Pflanze, der in der Hitze durchaus erfrischend schmeckte. Sie vertraute darauf, dass er ihr nicht unbekömmlich war, nachdem die Muuni ihn tranken, die ja angeblich auch *Menschen* waren.

»Es begann damit, dass wir Majinu entdeckten, vor langer, langer Zeit«, begann Sergan. »Es war ein großes Schiff mit fast einhunderttausend Kolonisten. Damals waren wir noch Menschen, sahen so aus wie du.« Wieder einmal seufzte er. »So schön.«

Ein leiser Schauer durchströmte Leandra, als sie so etwas wie Sehnsucht in den Blicken Sergans erkannte, der sie betrachtete. Auch Jakob und Michael sahen zu ihr.

»Majinu ist eine paradiesische Welt«, fuhr Sergan fort, als er bemerkte, dass Leandra ihre Blicke peinlich wurden. »Ein Ring von Inseln entlang des Äquators, wie ein Diadem aus Edelsteinen, in einem weltumspannenden, funkelnden blauen Ozean.«

»Oh, wirklich?«, flüsterte sie fasziniert.

»Keiner von uns hier hat Majinu je gesehen, aber wir haben Aufzeichnungen. Und ein paar Bilder.«

»Ihr seid alle auf Imoka geboren?«, fragte Leandra.

»Ja, wir sind alle hier geboren und hatten nie eine Möglichkeit, von hier fort zu kommen.«

Wieder nickte Leandra. Sie hatte schon eine Vorstellung, was Sergan meinte. Die ersten Mosaiksteine fielen an ihren Platz. »Und wie ging es weiter? Nach der Entdeckung von Majinu – als ihr noch Menschen wart?«

»Wir entdeckten dort das Aeoshe. Eine kleine gelbe Blütenpflanze, völlig unscheinbar. Als auf Majinu bekannt wurde, dass das Aeoshe-Enzym die Zellalterung aufhalten kann, war das wie ein Geschenk Gottes. Eine traumhaft schöne Welt und das Ewige Leben – was konnte es für ein Volk von Kolonisten Schöneres geben?«

Leandra zuckte in höflicher Zustimmung mit den Schultern.

»Danach brachen goldene Zeiten für uns an. Ganz Majinu wurde besiedelt, alles begann zu blühen, da die Welt die Menschen reichlich mit Nahrung aus dem Meer versorgte. Riesige schwimmende Städte entstanden, überall erblühten Industrie, Geisteswissenschaften und Forschung. Enorme Erfindungen wurden gemacht, und die Menschen erreichten eine neue Blütezeit, die sie in ihrer Geschichte nie zuvor erlebt hatten.« Sergan legte eine kurze, bedeutungsvolle Pause ein. »Dann aber machten die Menschen eine Entdeckung. Eine, die weniger erfreulich war.«

Leandra nickte verstehend. Etwas dieser Art, ein Rückschlag in all der Euphorie, war zu erwarten gewesen.

»Es waren etwa drei Jahre vergangen; nun, ich meine, drei *unserer* Jahre, hier auf Imoka. Soweit ich weiß, sind das etwa sechzig Jahre unserer alten menschlichen Zeitrechnung. Der Zeitrechnung der Erde, der verschollenen Heimatwelt der Menschen.«

Wieder nickte Leandra. Sie kannte diesen Hintergrund und wollte Sergan nicht mit Fragen über die Erde und die Urgeschichte der Menschen unterbrechen.

»Die Menschen von Majinu hatten sich sehr entwickelt – doch nach dieser Zeit fiel den Chronisten auf, dass die wirklichen Errungenschaften allesamt auf der geistigen Ebene stattgefunden hatten. Es waren große Erfindungen gemacht worden, man hatte das Leben vereinfacht, enorme technische Geräte entwickelt und die Geistesdisziplinen vorangetrieben. Was sich aber nicht entwickelt hatte, das waren die physischen Dinge. Schon immer hatten die Menschen Höchstleistungen in körperlichen Disziplinen zu brechen versucht. Man trieb Sport, setzte sich Belastungen aus oder interessierte sich für Gesundheit, Schönheit oder Sexualität. Doch die Wissenschaftler stellten fest, dass diese Dinge bei uns stagnierten.«

»Wirklich? War das wegen dem Aeoshe?«

Sergan nickte. »Ja – das war offenbar der Grund. Niemand übertraf mehr die alten Höchstleistungen im Sport, das Interesse an körperlichen Arbeiten oder Bewegung verebbte, die schönsten Männer und Frauen sah man auf Bildern, die Jahrzehnte alt waren. Die Geburtenrate war gesunken. Unterdessen aber ging die geistige Entwicklung weiter. Man bereiste wieder das All, nachdem man technische Geräte industriell fertigte. Die nähere Sternumgebung wurde erforscht, bald entdeckte man diesen Sternhaufen hier, Rhad-Taurus. Er lag ganz in der Nähe, und man fand in einer Ansammlung von zwei Dutzend Sonnen sogar fünf Welten, die sich zur Besiedelung eigneten! Und an Rohstoffen gab es im umliegenden All alles, was man sich nur wünschen konnte. Es war wirklich paradiesisch. Imoka wurde zur Hauptwelt der Rhad-Taurus-Gruppe und erlebte eine Blütezeit, in der es teilweise mächtiger und einflussreicher war als Majinu.«

Leandra nickte. »Aber diese Sache mit den abnehmenden körperlichen Leistungen? Was wurde daraus?«

Sergan breitete die verkümmerten Ärmchen aus. »Sieh uns an.«

Ein heißer Schauer strömte über Leandras Rücken – obwohl sie es eigentlich schon geahnt hatte.

»Wir hatten das Ewige Leben, aber es war ein dummer Gedanke zu glauben, dass wir keinen Preis dafür würden zahlen müssen. Unsere Körper passten sich den Anforderungen an die neue Lebensspanne an. Unsere Haut wurde ledrig, unsere Organe zu zähen, flach und unnachgiebig arbeitenden Maschinen, unsere sexuelle Lust verschwand fast völlig, da wir keinen Nachwuchs mehr benötigten. Unsere geistigen Fähigkeiten wuchsen, während unsere Körper verkümmerten. Früher einmal sah ich aus wie jemand in deinem Alter, Leandra. Ich war ein gut aussehender junger Mann, vielleicht hätte ich dir sogar gefallen.«

Leandra stieß ein Ächzen aus. »*Was?*«, keuchte sie. »Du meinst ... du selbst ...«, ihre Blicke huschten zwischen den drei Muuni hin und her, »... ihr seid selbst fünftausend Jahre alt? Jeder von euch? Jeder Muuni von Imoka? Und ... eure Körper haben sich während dieser Zeit in diese ... Form verwandelt?«

Natürlich kam das Seufzen, und Leandra verstand nun, warum dieser Laut zu einer Eigenart dieser Wesen geworden war.

»So ist es«, nickte Sergan. »Die Veränderung ging natürlich äußerst langsam vonstatten, über Jahrhunderte und Jahrtausende hinweg. Anfangs war nichts zu bemerken, nur dieses langsame Nachlassen der körperlichen Leistungen. Ich glaube, jeder von uns sah selbst nach tausend Jahren noch einigermaßen normal aus – wie ein Mensch, meine ich. Nun aber sind, wie du sagst, fünftausend Jahre vergangen.«

Leandra schluckte schwer, ihr Mund war vollkommen trocken. Sie nahm einen Schluck aus ihrem Becher. Was Sergan da erzählte, war mehr als bedrückend. Der Preis, den die Muuni für ihr Ewiges Leben zahlen mussten, war sehr hoch, nein, eindeutig *zu* hoch. Aber sie ahnte schon, warum sie ihn dennoch zahlten – warum wahrscheinlich jeder ihn zahlen würde. Es war das Leben. Jede Kreatur hing so verzweifelt und verbissen an ihrer Existenz, dass sie alles, offenbar wirklich *alles* in Kauf nahm, um weiterleben zu können.

Sergan seufzte wieder. »Wie gesagt, damals, ganz am Anfang, war alles noch nicht so schlimm. Es waren erst sechzig oder siebzig Jahre vergangen, wir sahen noch fast völlig normal aus. Wer weiß, vielleicht hätte uns das alles nicht so viel ausgemacht, wäre diese Sache mit dem Aeoshe nicht passiert. Einmal kam es nämlich zu einem Engpass.«

Sergan nahm nun auch einen Schluck aus dem Becher, den er vor sich stehen hatte. »Es ist so«, erklärte er, »dass ein Mensch regelmäßig eine Dosis des Aeoshe-Enzyms einnehmen muss, um die Zellalterung wieder zu blockieren.« Er dachte nach. »Etwa einmal im Jahr, auf die alte Zeitrechnung der Menschen bezogen. Das Enzym war aber lange Zeit völlig frei verteilt worden; da die Pflanze in Hülle und Fülle auf allen Inseln von Majinu wuchs, wurden die Menschen umsonst damit versorgt. Nie gab es eine Knappheit. Doch dann geschah ein Versehen: Aufgrund falscher Planung wurde es einmal für eine gewisse Zeit knapp. Ein paar Leute mussten deswegen sterben, und ihr Tod war nicht schön. Sie alterten innerhalb von nur wenigen Tagen und starben kurz darauf als Greise an Organversagen. Einmal in Gang gekommen, war der Prozess unumkehrbar. Als diese Tode aber über die Medien bekannt wurden und sogar eine Frau beim Sterben öffentlich begleitet und beobachtet wurde, geschah etwas Furchtbares. Eine Panik brach aus. Eine Panik, mit der niemand gerechnet hatte. Wer konnte, sicherte alles, was er an Aeoshe-Vorräten bekommen konnte. Das führte binnen nur eines Tages zu bürgerkriegsähnlichen Zuständen. Es gab schreckliche Gemetzel innerhalb der Bevölkerung, Nachbarn brachten sich wegen ein paar Gramm Aeoshe gegenseitig um, staatliche Depots wurden von organisierten Banden überfallen. Selbst innerhalb von Familien bestahl und betrog man sich, das ging hin bis zum Brudermord und Massakern an den eigenen Verwandten. Innerhalb von nur wenigen Tagen glich Majinu einem Schlachthaus.«

Leandra stieß einen Laut der Bestürzung aus. »Wirklich? Das betraf den ganzen Planeten?«

»Ja, ganz Majinu. Überleg doch – es ging nicht darum, das eigene Leben zu verlängern, nein, es ging für jeden Einzelnen darum, ein mögliches *ewiges* Leben zu riskieren! So gesehen benötigte jeder Mensch einen ewigen Vorrat an Aeoshe!« Sergan schüttelte den Kopf. »Wenn du so willst: tausende Tonnen für jeden. Einen ganzen Planeten voll als Vorrat! Noch mehr! Obwohl jede Jahres-Dosis nur ein paar Gramm betrug! Das wurde den Leuten zu diesem Zeitpunkt klar! Ein wahrhaft bizarres Phänomen!«

»Und wie endete es?«

»Nun ja. Die Panik legte sich wieder. Ulkigerweise bekamen die Kolonien im All kaum etwas davon mit, da sie zu dieser Zeit noch klein waren und der Nachrichtenfluss im All spärlich. Ehe dort bekannt wurde, was auf Majinu geschehen war, hatte sich alles schon wieder beruhigt. Allerdings war Majinu im Chaos versunken. Zehntausende waren umgekommen, große Teile der urbanen Kultur und der zivilisatorischen Errungenschaften waren zerstört worden. Zudem war die ganze Menschheit von einem plötzlichen tiefen Misstrauen erfüllt. Der Aeoshe-Nachschub lief wieder, aber die Welt hatte sich verändert. Grundlegend.«

Leandra nickte in tiefem Verstehen. Sie hatte selbst einige Male erlebt, wie sehr die Gewalt und das Streben nach Besitz Menschen verändern konnten.

»Neue Religionen kamen auf. Ein Mann namens Paolos stieg zum Heilsbringer auf, und ihm gelang es, die Menschen unter seiner Philosophie wieder zu einen. Allerdings rief er ein Kontradogma aus. Es war kein Gott mehr, den die Menschen verehren sollten, sondern er erhob die Menschen selbst zu Göttern.« Sergan nickte bedeutungsvoll. »Das war die Geburtsstunde des Homo superior. Bald wurde das Kunstwort Pusmoh kreiert, und mit ihm wurde jeder Mensch zu etwas Göttlichem erklärt. Du musst wissen, Leandra, dass damals höchstens zehntausend Menschen auf Majinu überlebt hatten. Sie waren nun alle zu

Göttern erklärt worden, und Paolos hatte auch gleich einige Dinge parat, um ihren Glauben an das Besondere in ihnen zu bestärken. Ländereien wurden verteilt, auch im All, hier auf den frisch und noch spärlich besiedelten Kolonialplaneten, und man hatte ein Volk von halbintelligenten Echsenwesen entdeckt, die auf einer Welt hier in Rhad-Taurus lebten. Sie wurden genetisch stark verändert, ihre Körper umgezüchtet und zu einer Dienerrasse umfunktioniert. Und dann entdeckte man die Leviathane von Majanis.«

»Majanis? Das ist der riesige Planet, der den Doppelstern von Majinu umkreist?«

»Richtig. Ich sehe, du kennst schon einige Details.«

»Warte nur«, lächelte Leandra, »bis ich dir *meine* Geschichte erzähle. Die Geschichte dessen, was dort draußen bei uns passiert ist. Ich nehme an, dass ihr hier auf Imoka nichts davon wisst, nachdem ihr schon so lange hier seid, und ...«, sie deutete nach oben, »... von dieser Station dort oben bewacht werdet.«

Sergan blickte kurz in die Höhe. »Ja, das stimmt. Du bist die erste Besucherin, die wir je hatten. Wir wissen nichts über das, was damals nach dem Aeoshe-Krieg draußen im All passierte.«

»Nach dem ... Aeoshe-Krieg? Du meinst den, von dem du mir eben erzählt hast? Aber ...«

Sergan schüttelte den massigen Kopf. »Nein, einen späteren. Den Krieg, der Imoka verwüstete. Der uns zu den Verdammten machte und offenbar etwas in Gang brachte, von dem wir noch nichts wissen. Was diesen ... Pusmoh betrifft, von dem *du* uns berichtet hast.«

»Oh«, machte Leandra betroffen.

»Der zweite Aeoshe-Krieg war schlimmer. Ich hatte ja schon angedeutet, dass Imoka eines Tages an Macht und Einfluss Majinu übertraf. Die halbintelligenten Echsenwesen von Jersh – die Jersh'a'Shaar – waren durch ihre genetische Veränderung zu perfekten Dienerwesen geworden, mit deren Hilfe so gut wie alles möglich war – man konnte sie in der Industrie einsetzen, in der Landwirtschaft, im Bergbau, als Handlanger und dienstbare Geister, sogar im Haushalt – einfach überall. Sie waren genetisch so programmiert, dass sie sich widerspruchslos allen Anweisungen fügten und taten, was immer man ihnen sagte. Und dann wurden die Leviathane von Majanis entdeckt. Das sind riesige Lebewesen, die im All leben und deren Außenskelett, wenn sie einmal tot waren, man als Raumschiffshüllen verwenden konnte ...«

»Ja, ich kenne die Leviathane. Das Schiff, mit dem ich hier bin, besteht aus so einer Außenhülle. Und auch die Echsenwesen sind mir bekannt. Wir nennen sie Drakken ...«

»Oh, wirklich?«, fragte Sergan überrascht. »Und auch die Ajhan? Das sind große humanoide Wesen mit grünlicher Haut ...«

Leandra deutete mit dem Daumen über die Schulter, während sie Jakob und Michal ein Nicken zuwarf. »Ja. Ich bin mit einem Ajhan hier, er ist mein Freund!«

Sergan tauschte Blicke mit Michal und Jakob, die bestätigend nickten. Dann nickte er selbst. »In diesem Fall bin ich gespannt, was du über diese drei Arten zu berichten hast, Leandra. Damals nämlich waren sie Stein des Anstoßes.«

»Zum Aeoshe-Krieg?«

»Ja. Nachdem die Veränderungen bei uns Menschen wahrnehmbar geworden waren – und damals lebten wir schon, Jakob, Michal und ich –, begann sich eine neue Ideologie zu entwickeln, hier auf Imoka. Wir waren diejenigen, die die Jersh'a'Shaar verändert hatten; wir kontrollierten die Brutfabriken auf Jersh, und wir waren auch viel näher an dem Leid, das wir selbst verursachten. Die wirklich Reichen und Mächtigen der Pusmoh residierten in Majinu und hielten sich von Rhad-Taurus fern, während die Industrie hier gewaltige Dinge bewegte. Wir waren der Motor, Majinu aber der Kopf. Dann kam die Entdeckung der Leviathane hinzu, und man erfand Mittel und Wege, die Raumschiffsproduktion zu industrialisieren. Obwohl die Leviathane nicht von hier stammten, wurden sie bei uns verarbeitet. Auf Tau-Dualis, einer Nachbarwelt von Imoka, entstand ein riesiger Industriekomplex, der sich auf die Produktion der Leviathanschiffe konzentrierte. Dann wurden die Ajhan entdeckt, und nach dem, was du berichtest, Leandra, nehme ich an, dass sie bald von den Pusmoh unterworfen wurden. Das aber erlebten wir von Imoka nicht mehr mit, denn vorher kam es zum zweiten Aeoshe-Krieg, dem wirklich großen der beiden, der alle veränderte.«

Sergan legte wieder eine Pause ein, um etwas zu trinken, aber es war auch wie eine Pause, um zum letzten Akt dieser Geschichte anzusetzen, der sicher alles erklären würde, was es jetzt noch an Fragen gab – an Fragen über die dunkle Geschichte der Pusmoh.

»Wie ich schon sagte, spaltete sich unser Volk«, fuhr Sergan fort. »Die Lehren des Heilsbringers Paulos waren manchen schon immer zwiespältig erschienen, dieser egomane Götterkult, der besonders auf Majinu langsam bizarre Formen annahm, während Imoka sich immer mehr zu einem Arbeits- und Industriezentrum entwickelte. Wir beschäftigten Millionenheere von Jersh'a'Shaar, aber sie waren keine Roboter, die unablässig arbeiten konnten, sondern sie mussten auch schlafen und essen und sich erholen, und das stellte uns vor ein immer schlimmer werdendes soziales Problem. Ich meine, das soziale Leben der Jersh'a'Shaar. Sie verlangten zwar kaum etwas, weil wir sie schon genetisch so stark auf unsere Ansprüche zurechtgestutzt hatten, aber es war unübersehbar, wie entsetzlich ihr Dasein war. Sie wurden, allein, weil sie so viele waren, in Ghettos zusammengepfercht, ohne dass sie auch nur das kleinste Freizeitvergnügen hatten. Sie wurden massenernährt, schliefen in Massenlagern, und überdies war es uns auch noch gelungen, ihre Erbanlagen mit unserem gewonnenen Wissen über das Vermeiden der Zellalterung so zu modifizieren, dass sie praktisch ewig leben konnten. Dabei unterlagen sie nicht einmal den körperlichen Veränderungen, denen wir selbst ausgesetzt waren. Die Jersh'a'Shaar waren die perfekte Wegwerf-Rasse, wir ließen sie schuften, bis sie umfielen, fertigten sie im Massenbetrieb ab und entsorgten sie, wenn sie völlig verschlissen waren. Das vielleicht Schlimmste daran war, dass sie sich nicht wehrten. Sie konnten nicht. Sie machten alles mit, sie arbeiteten und starben irgendwann – einfach daran, dass sie verschlissen waren. Auch wenn man nicht mehr biologisch altert, kann man einfach seine Substanz so weit verlieren, dass der Körper stirbt.«

Leandra atmete schwerer. Dass ausgerechnet die verhassten Drakken eine zu Tode geschundene Rasse waren und ein Höchstmaß an Mitleid verdienten – daran musste sie sich erst gewöhnen. Und ihr war bewusst, dass mit Sergans Bericht der Leidensweg der Drakken noch nicht einmal vollständig beschrieben war, denn seine Erzählung endete vor rund fünftausend Jahren. Gleichzeitig wuchs das Konto der Schuld der Pusmoh ins Unermessliche.

»Dann kamen die Leviathane hinzu«, erklärte Sergan. »Sie waren eine weitere Art, die unter das Messer von uns Imokanern gerieten. Zehntausende dieser riesigen Wesen wurden abgeschlachtet und unseren Zwecken dienstbar gemacht, abermals eine Art, die sich weder wehren noch ihre Schmerzen äußern konnte. Hinzu kam, dass entdeckt worden war, dass die Leviathane eine besondere Funktion hatten, was die galaktische Ökonomie angeht. Leider ist nichts mehr davon überliefert, weil der *Hohe Göttliche Rat* von Majinu – so nannte sich der Heilsbringer Paulos mit seinen Vertrauten, den reichsten und mächtigsten Leuten von Majinu – weil der Rat diesen Forschungszweig abschaffte und alle Aufzeichnungen vernichten ließ.«

Leandra atmete immer schwerer. Sie war auf schlimme Dinge gefasst gewesen, aber was sie von Sergan hörte, übertraf ihre Befürchtungen noch. Besonders, da sie wusste, dass die Geschichte der Pusmoh noch viel weiter reichte.

»Wir brauchten Jahre, bis das Fass voll war«, berichtete Sergan weiter, »Jahrhunderte nach deiner Zeitrechnung. Und vielleicht wäre es von selbst nie übergelaufen – was ein schlechtes Licht auf uns wirft. Dann aber erhielten wir die Weisung, unsere Produktion noch wesentlich auszubauen, denn man hatte weit draußen im All eine intelligente Rasse entdeckt, die man unterwerfen wollte – die Ajhan. Noch für viele Jahre blieb es ruhig, und wir kurbelten die Produktion an. Ganze Raumschiffsflotten wurden hergestellt und mit Jersh'a'Shaar bemannt, die speziell auf militärische Anforderungen entwickelt worden waren. Dann aber sahen wir, was wir im Begriff standen zu tun, und es erhoben sich Stimmen auf Imoka. Stimmen, die auf das unübersehbare Leid der Jersh'a'Shaar und der Leviathane hinwiesen und die zugleich auch die Befürchtung äußerten, wir auf Imoka würden eine weitere Rasse der Milchstraße gnadenlos für unsere Zwecke missbrauchen und zerstören.«

»Und es gab einen Aufstand?«

»Nicht einmal das!«, rief Sergan aus. »Kaum regte sich bei uns ein kleiner Widerstand, gab uns der *Hohe Göttliche Rat* auf Majinu zu verstehen, dass wir zu gehorchen hätten. Auf Majinu saßen die Machthaber, die wirklich reichen Leute, und sie hatten das Sagen. Hinzu kam, dass ein dunkler Geist unser Volk ergriffen hatte; etwas, das sich Bahn brechen wollte, wie um den Schlag des Schicksals wieder wettmachen zu wollen, mit dem es uns immer mehr unsere körperliche Leistungsfähigkeit und Schönheit nahm. Eine Theorie eines imokanischen Philosophen der damaligen Zeit besagte, dass besonders die Reichen unter diesem Stigma litten, denn selbst mit all ihrem Geld und ihrer Macht konnten sie ihren körperlichen Niedergang nicht aufhalten.«

»Wirklich? All das Unrecht gegen die Drakken und die Leviathane als eine Art Racheakt gegen die Unerbittlichkeit des Schicksals? Was können diese Arten dafür, dass die Pusmoh sich etwas aneignen wollten, das ihnen nicht zustand – das Ewige Leben?«

Ein bitteres Lächeln Sergans streifte sie. »Du musst wissen, Leandra, dass wir noch immer das Aeoshe zu uns nehmen. Wir Imokaner. Wir werden in regelmäßigen Abständen von Majinu damit versorgt.«

Leandra schluckte. »Ich verstehe«, murmelte sie nickend. Sie hätte es sich leicht ausrechnen können, nach allem, was sie von Sergan bisher gehört hatte.

»Sie werfen es hier über unserem Landefeld ab und auch in den beiden anderen Siedlungen auf dem Festland, in denen die letzten überlebenden Imokaner ihr Dasein fristen. Zusammen mit ein paar Versorgungsgütern. Warum – das wissen wir auch nicht.«

Leandra nickte abermals. »Es gibt noch zwei Siedlungen? Etwa dieses Karli ...?«

»Karlistad und Märwahn, ja. Wir haben aber wenig Kontakt mit ihnen.«

Leandra spitzte nachdenklich die Lippen. »Du erwähntest anfangs etwas davon ... dass ihr einmal so jemanden wie mich hattet ... aus Karlistad oder Märwahn.«

»Ja, das stimmt. Es ist so, dass man natürlich sein Aussehen als Mensch nicht verliert, wenn man das Aeoshe *nicht* zu sich nimmt. Man beginnt damit erst, wenn man ungefähr ein Jahr alt ist. Also, ich meine, ein Imoka-Jahr. Das sind ... etwa zwanzig oder zweiundzwanzig Jahre der früheren Zeitrechnung.«

Wieder fuhr ein heißer Schauer über Leandras Rücken. »Was?«, fragte sie unbeholfen.

»Nun, wir hatten einmal eine junge Frau, die es nicht nehmen wollte, als sie dieses Alter erreichte. Sie sah dir ähnlich.« Er räusperte sich. »Ich meine natürlich deine Körperform. In etwa.«

»Aber ... das heißt ja ...«, keuchte Leandra, und eine Kette von verwirrten Gedankenfragmenten jagte in ihrem Kopf umher.

»Oh, hatte es sich so angehört, als hätten wir keinen Nachwuchs mehr? Nein, das stimmt nicht. Allerdings ist es ein sehr seltenes Ereignis. Höchstens alle zehn Jahre kommt es einmal vor. Alle zehn Imoka-Jahre.«

Leandra schnaufte einmal mehr, als hätte sie gerade eine schwere Last einen Berg hinaufgetragen. Sergan hatte mit dem, was er sagte, nicht wirklich den Punkt getroffen. »Ich meinte eigentlich ... es würde ja bedeuten, dass euer Nachwuchs ...«

Das schwache Lächeln, das auf Sergans Zügen gestanden hatte, versiegte und machte einem Ausdruck tiefer Bitterkeit Platz. »Das ist das Schlimme an unserem Dasein, Leandra. Wir werden immer wieder daran erinnert, wie wir einmal aussahen ... wie schön wir einmal waren.«

Leandra glaubte, keine Luft mehr zu bekommen. »Eure Kinder ...«, krächzte sie entsetzt, »sie kommen noch immer wie ...«

Sergan nickte nachdrücklich. »... wie ganz normale Menschenkinder zur Welt. Natürlich. Sie sehen so aus, wie dein Kind aussähe, würdest du Mutter werden, Leandra.«

Leandra fühlte einen Schwindel in sich aufkommen, legte eine Hand auf ihre Stirn. Das Geräusch kam ihr in den Sinn, das sie gehört hatte, als sie mit den sechs Muunis den Hügel heraufgestiegen war – das leise Schluchzen eines Kindes. Es war keine Täuschung gewesen. Für eine Minute saß sie da und versuchte die Tragweite dessen zu begreifen, was sie hier hörte.

Alles, was Sergan ihr danach noch erzählte, war wie ein Programm, und es lief wie im Traum an ihr vorbei. Die Pusmoh von Majinu hatten die Imokaner ihre Macht spüren lassen, indem sie das Aeoshe verknappten, und es war sofort zu einer Panik und zu einem Aufstand gekommen. Binnen kürzester Zeit war ein extrem blutiger Krieg daraus geworden, besonders auch, weil die Pusmoh von Majinu nicht versäumt hatten, sich rechtzeitig zu bewaffnen – schon Jahrhunderte zuvor hatte der *Hohe Göttliche Rat* damit begonnen. Das Ganze hatte in der totalen Vernichtung von Imoka und den anderen vier Kolonialwelten von Rhad-Taurus geendet. Nur sehr wenige Imokaner hatten überlebt und vegetierten seither in den Trümmern von Imoka vor sich hin. Sergan äußerte die Befürchtung, dass man sie nicht aus Freundlichkeit mit den Lieferungen aus Majinu am Leben erhielt, sondern dass auch hinter dieser Sache ein kaltes Kalkül steckte – eine niederträchtige Absicht, die sie noch nicht durchschaut hatten.

Nun wusste Leandra, warum der Pusmoh – *die Pusmoh* – den gesamten Sternhaufen von den Karten hatten verschwinden lassen. Er war ein Zeugnis für ihre kaum mehr mit Worten zu beschreibenden Untaten. Auf Majinu hockte eine Rasse von Monstern, die in den fünf nachfolgenden Jahrtausenden ihre Gräueltaten nur noch vervielfacht hatten, und das Allerschlimmste war: es waren Menschen!

Leandra, tief betroffen, bemühte sich, den Muuni von Imoka, die inzwischen beschlossen hatten, diesen Namen für sich zu behalten, eine Zusammenfassung dessen zu geben, was über das Terrorregime der Pusmoh in der Zeit nach Imoka nachzutragen war. Sie hätte allein Stunden damit zubringen können, das Nötigste zu berichten, aber sie fand nicht die Geduld dazu. Aus ihrer ohnmächtigen Niedergeschlagenheit wurde Wut, und aus ihrer Wut reifte ein zorniger Plan in ihrem Kopf, der immer verwegener wurde. Er beschäftigte ihr Denken so sehr, dass sie Sergan, Michal und Jakob nicht einmal die wichtigsten Dinge über ihre Heimat, die Höhlenwelt, berichtete. Das musste warten. Dann, als sie die entscheidenden Einzelheiten im Kopf durchgegangen war, begann sie damit, den drei Muuni, denen vor Verblüffung die Münder offen standen, zu erklären, was sie vorhatte.

28 ♦ Lauras Idee

Fünf Tage nach der denkwürdigen Befreiung von Caor Maneit kehrte das zweite Drachenheer aus Savalgor zurück. Jacko und Marko hatten den Heiler Lukash mitgebracht und vierundsiebzig weitere Personen, unter ihnen viele alte Mitglieder des Cambrischen Ordens, andere aus Jackos Bande und ein paar weitere Mutige, die sich der Shaba anschließen wollten. Die Gesamtzahl der Drachen, die sich inzwischen zusammengefunden hatten, um Caor Maneit neu zu bevölkern, lag nun schon bei über tausend. Das alles wirkte wie eine Chance für einen guten Neubeginn, und daran konnte auch die Schrecksekunde nichts mehr ändern, als die Ankömmlinge von der Schlacht in den Tiefen von Caor Maneit erfuhren, bei der alles noch hätte schief gehen können. Aber sie hatten gewonnen. Dank eines kleinen Mannes, des Bibliothekars des Cambrischen Ordenshauses, der ein einziges Mal alles richtig gemacht hatte. Als Jacko und Marko die Halle des Urdrachen besichtigten, standen ihnen vor Staunen die Münder offen.

»Wir dachten uns, es wäre ein ausgesprochen imposantes Mahnmal«, meinte Victor lächelnd und blickte zu der monströsen, gewissermaßen noch immer *lebendigen* Skulptur hinauf, die zweihundert Ellen über der Insel und hundert Ellen über der inzwischen hell strahlenden Drachenfeuerkugel in der Luft schwebte. Ein Knäuel aus vier Malachista und vier Sonnendrachen.

»Aber hält das denn?«, fragte Marko fassungslos. »Können sich die Bestien nicht wieder befreien? Oder könnte die Magie erlöschen?«

Alina, die ebenfalls anwesend war, schüttelte den Kopf. »Zerbus schwört, dass das unmöglich ist. Auch der Hochmeister meint, dass Zerbus Recht hat. Es bedarf einer besonderen Magie, welche diesen Zustand wieder auflöst, die aber nur Zerbus bekannt ist.« Sie lächelte. »Stellt euch nur vor: Unser kleiner Bibliothekar, von niemandem auf der Welt beachtet, erweist sich als der große Befreier von Caor Maneit!«

Ein Lächeln stand auf den Gesichtern aller Anwesenden – jeder von ihnen gönnte Zerbus diesen Triumph.

»Und ihr habt alle Baumdrachen wieder herausgelesen? Wie die Kirschen von einem Baum?«

»Nicht nur die Baumdrachen«, sagte Alina. »Auch mich und die anderen, vom Hochmeister bis hin zu Laura. Alles dort oben war erstarrt, zum Glück aber waren zwei Baumdrachen noch hier unten bei Victor, Marina und Zerbus. Von ihnen hat sich Zerbus dann hinauftragen lassen, um den Hochmeister zu befreien. Dann kam der Rest dran.«

»Unglaublich«, meinte Jacko kopfschüttelnd. »Aber so ganz wohl ist mir dennoch nicht – mit diesen Monstren, hier am zentralen Punkt unserer Bastion.«

Alina zuckte mit den Schultern. »Ehrlich gesagt bin ich froh. Es erspart uns, die Bestien töten zu müssen. Hier unten in den Wassern des Sees liegen bereits zwei tote Riesendrachen. Und dort oben schweben noch einmal acht, wenn man die vier Sonnendrachen hinzuzählt. Wer weiß, vielleicht lassen wir uns einmal etwas einfallen, um sie loszuwerden, aber das hat noch Zeit. Im Augenblick gibt es Wichtigeres.«

Jackos Miene trübte sich, voll Trauer im Blick sah er Alina an. »Ihr habt Hellami schon begraben?«

Alina schlug die Augen nieder und nickte bedrückt. »Ja, Jacko. Wir mussten es. Auch Cleas, Izeban und Quendras. Es ist eine wunderschöne Stelle bei einem Drachenulmenhain, weit hinten im Oberen Flussdelta der Ishmar. Noch ein gutes Stück hinter dem geheimnisvollen Turm. Etwas abgelegen, aber der Toten würdig. Du kannst dich jederzeit von einem Drachen dorthin tragen lassen.«

Jacko nickte mit steinerner Miene. Plötzlich wandte er sich ab, und Alina sah, dass er seine Tränen verbergen wollte. Es war ungewöhnlich, einen so riesigen, erfahrenen Krieger wie ihn weinen zu sehen. Aber beim Gedanken an Hellamis Tod traten ihr selbst wieder Tränen in die Augen. Auch Victor und Marko blickten betroffen zu Boden.

»Gibt es Neuigkeiten von Lukash dem Heiler?«, fragte Marko. »Hat er sich Cathryn schon angesehen?«

Alina nickte. »Es scheint sich zu bestätigen, was Hochmeister Jockum glaubt. Cathryn ist nicht tot. Etwas Lebendiges schlummert noch in ihr. Mehr wissen wir aber noch nicht, und wir wissen auch nicht, ob es eine Möglichkeit der Heilung gibt. Leider fehlt uns Cathryns Fähigkeit, ihre Schwestern spüren zu können. Von uns sieben sind jetzt nur noch drei übrig: Azrani, Marina und ich. Leandra und Roya sind verschollen, Hellami ist umgekommen, und Cathryn … wir können nur hoffen, dass der Heiler einen Weg findet, sie zu retten. Für unseren Sieg haben wir einen hohen Preis zahlen müssen.«

»Und noch ist er nicht komplett«, erinnerte Victor mit mahnendem Unterton. »Dort draußen, irgendwo über der Höhlenwelt, schwebt noch immer das Mutterschiff der Drakken. Und jetzt gehört es dem verfluchten Chast! Auch wenn wir über Caor Maneit, Bor Akramoria und ein neues Drachenheer verfügen – die Gefahr ist noch nicht gebannt.«

Jacko ballte beide Fäuste. »Chast, dieser verfluchte Hund! Ich habe ihn schon einmal umgebracht, und ich werde es wieder tun! Er hat Hellami und Cathryn auf dem Gewissen!«

Victor nickte respektvoll. »Ich verstehe deinen Zorn, Jacko. Aber wie willst du das schaffen? Das Drakkenschiff ist eine Festung, und es besitzt den besten Verteidigungswall, den man sich nur denken kann: ein paar tausend Meilen luftleerer Raum.«

Marko setzte ein Lächeln auf. »Dann sollte er sich besser schnell noch ein paar tausend Extra-Meilen zulegen. Wir haben euch aus Savalgor etwas mitgebracht. Etwas, das vielleicht eine Lösung bietet.«

Victor und Alina zogen überrascht die Brauen in die Höhe. »Wirklich? Etwas, um Chast zu besiegen? Und was ist das?«

Marko winkte ihnen. »Kommt mit hinauf, da könnt ihr es euch ansehen. Es ist ein Mann. Ein Mann mit einem Ei.«

*

In den fünf Tagen der neuen Regentschaft der Shaba war in Bor Akramoria schon einiges geschehen. Man hatte die unteren Hallen der südöstlichen Gebäude von Trümmern befreit und ein paar der kleineren Räume als Wohn- und Schlafräume hergerichtet. Die Drachen hatten erstes Holz aus dem Gebiet der Oberen Ishmar herbeigeschafft, und es gab in der *Halle des Himmels* – wie man den großen Saal nun nannte, dessen breite Fensterfront über den Wasserfall hinab auf den weiten Mogellsee blickte – bereits ein paar einfache Einrichtungsgegenstände. In der Hauptsache waren das ein provisorischer Thron für die Shaba, dazu einige Stühle und zwei große Tische.

Auf einem davon stand nun das Ei.

Es handelte sich um ein Objekt aus golden schimmerndem Metall, etwa so groß wie der Kopf eines Kindes; es stand auf einem kleinen Dreibein aus dünnen Metallstreben. Seine Oberfläche war von filigranen Gravuren bedeckt, ein feines Gespinst aus winzigen rötlichen Funken umlief das Ei unablässig entlang der Struktur dieser Gravuren. Jeder der Anwesenden kannte inzwischen seine Natur. Obwohl es nichts mit Magie zu tun hatte, konnte man damit einen Menschen an einen anderen Ort bringen – zu seinem Gegenstück, das auf der MAF-1 stand. Chast hatte es schon benutzt, auch Ötzli und natürlich einige Drakken.

Der dazugehörige Mann, ein übergelaufener Bruderschaftler namens Oliwer, der sich in Savalgor Jackos Leuten angeschlossen hatte, hatte erwartungsvoll auf einem der Stühle Platz genommen. Er war ein etwas klein geratener Mann mittleren Alters mit struppigem, kurz geschorenem pechschwarzem Haar und einem verdrossenen, abgemagerten Gesicht. Etwas Linkisches umspielte seine Mundpartie, sein breites Kinn war von beherrschender Art, sein schmächtiger Körper und seine Haltung zeugten jedoch nicht von großer Selbstsicherheit.

Die wichtigsten Vertrauten Alinas waren ebenfalls an den beiden Tischen versammelt, und sie harrten der Dinge nicht minder erwartungsvoll. Doch Bruder Oliwer, dessen Auftauchen anfangs Zuversicht verbreitet hatte, hatte bisher keinen besonders Vertrauen erweckenden Eindruck hinterlassen. Victor, der sich immer mehr in die Rolle des Obersten Strategen der Shaba-Getreuen hineinwachsen sah, marschierte vor den Tischen auf und ab, kam aber auf keinen vernünftigen Gedanken.

»Schön und gut, das mit dem Ei«, stellte er verdrossen fest. »Falls es überhaupt so funktioniert, wie du es uns berichtest, Oliwer. Aber was sollen wir damit anfangen?«

»Ist das so schwer?«, murrte Jacko. »Wir entern dieses Drakkenschiff! Ich gehe als Erster! Wenn dort, wo ich herauskomme, irgendwer auf mich wartet, schlag ich ihn in Stücke und hole dann ...«

»Hör auf, Jacko!«, fuhr Victor ihn an. »Ich verstehe deine Wut, aber du weißt selbst, wie viele Drakken inzwischen auf dem Schiff sind!« Er deutete auf Oliwer, der ihnen außer dem Ei auch noch einige Informationen über die MAF-1 gebracht hatte. »Eintausend Mann Verstärkung hatte Rasnor bereits erhalten, zusätzlich zu seinen etwa fünfhundert, die er schon hatte, und nun hören sie alle auf Chast.«

»Du glaubst ihm das?«, fragte Ullrik und nickte in Richtung Oliwer.

»Welchen Grund sollte er haben, uns in dieser Sache anzulügen? Schließlich sagt uns das nur ganz nüchtern, dass wir keine Chance haben!«

»Nein, nein!«, rief Oliwer. »Genau *das* könnte vielleicht unsere Chance sein ...«

Er verstummte. Die Blicke aller übrigen Anwesenden hafteten plötzlich vorwurfsvoll auf ihm, und er verstand, dass er das Wort »unsere« allzu voreilig gebraucht hatte, so als gehöre er bereits zu Alinas Leuten, nur weil er Chast verlassen hatte. Er räusperte sich. »Also, ich meine ... *eure* Chance«, korrigierte er sich.

»Unsere Chance?«, murrte Ullrik, dem Oliwer und das plötzliche Auftauchen dieses geheimnisvollen Eis nicht geheuer waren. »Es könnte stattdessen eine Falle sein! Was, wenn du uns damit auf das Drakkenschiff locken willst, und uns Chast dort erwartet?«

Nun sprang Oliwer auf. »Aber welchen Sinn sollte das machen? Glaubt ihr, ich wollte zu diesem Wahnsinnigen zurück? Besonders jetzt, da Chast in Rasnors Körper steckt, wie ihr sagt?« Er hob flehentlich die Hände. »Bitte glaubt mir! Ich bin unendlich froh, von ihm weg zu sein, und so geht es den allermeisten meiner Brüder! Mit der *Chance* meine ich, dass Chast dieses Ei womöglich gar nicht mehr im Kopf hat. Vielleicht denkt er nicht mehr daran! Womöglich steht sein Gegenstück unbeaufsichtigt irgendwo auf der MAF-1 herum. Ich weiß, dass Rasnor es regelmäßig benutzt hat, um in die Höhlenwelt zu gelangen – ins Waisenhaus von Usmar, wo ein geheimer Stützpunkt der Bruderschaft war. Aber das Ei wurde zuletzt von abtrünnigen Bruderschaftlern von dort gestohlen und abgeschaltet.« Er deutete darauf. »Dort unten ist so ein Knopf, den man drücken muss, das habe ich euch ja gezeigt.«

»Und dann ist es in deine Hände geraten!«, stellte Ullrik fest; es klang wie eine Anklage. »Nun schenkst du es uns, weil du denkst, Chast habe es vergessen und man könne ihm so in den Rücken fallen!« Er schüttelte den Kopf. »Da ist doch was faul! Wer sagt uns, dass nicht ein Dutzend Drakken hier bei uns im Raum stehen, sobald wir dieses Ding einschalten! Und was hast du überhaupt davon, Chast zu Fall zu bringen?«

Oliwer verzog spöttisch das Gesicht. »Was ich davon habe? Ich kann endlich wieder ruhiger schlafen! Das genügt mir als Lohn.«

»Du als Bruderschaftler sagst das?«, höhnte Ullrik. »Ausgerechnet *du* willst dann ruhiger schlafen können?«

»Warst du nicht selbst einmal einer von uns?«, schoss Oliwer zurück. »Das jedenfalls habe ich gehört! Was war der Grund, dass du der Bruderschaft den Rücken gekehrt hast?«

Ullrik brummte nur verärgert, erwiderte aber nichts.

»Seien wir nicht ungerecht!«, sagte Alina und kletterte von der hohen Holzkonstruktion herab, ihrem *Thron*, auf dem sie gar nicht gerne saß. »So dumm werden Chast oder Oliwer nicht sein, sollte dies einen Versuch von ihnen darstellen, uns zu überrumpeln. Selbstverständlich schalten wir dieses Ei niemals unter Bedingungen ein, die gefährlich für uns sein könnten. Das weiß Chast.«

»Richtig!«, sagte Oliwer laut. »Und mir ist es auch klar. Ihr könnt mir vertrauen – das Ei kann euch wirklich auf die MAF-1 bringen.«

»Aber wie stellst du dir das vor?«, rief Ullrik. »Was sollen wir da ausrichten? Wir könnten allenfalls ein paar Kämpfer hinschicken – aber welche Chance hätten die gegen einen Trupp Drakken mit ihren Energiewaffen? Und Magier hinaufzuschicken macht keinen Sinn, denn wir besitzen keines dieser Wolodit-Amulette.«

»Richtig«, pflichtete Victor ihm bei. »Selbst wenn uns das Ei eine Möglichkeit bietet, unbemerkt auf das Drakkenschiff zu gelangen, haben wir keine echte Möglichkeit, dort etwas zu erreichen.« Er blickte Oliwer scharf an. »Oder wie hattest du dir das gedacht?«

Oliwer zögerte. »Nun ja ... ich dachte ...«

»Was denn?«

Oliwer ballte die Fäuste. »Ein Meuchelmord vielleicht. Rasnor hätte es verdient! Ich meine ... *Chast!* Der ist sicher nicht weniger schlimm!«

Ein allgemeines Aufstöhnen ging durch die Runde. Niemand antwortete, aber die Vorstellung, dass sich jemand unbemerkt durch die MAF-1 pirschen und von hinten an Chast heranschleichen könnte, um ihn zu erdolchen, erschien jedem der Anwesenden abwegig. Oliwer schluckte und blickte beschämt zu Boden.

»Es gibt vielleicht eine Möglichkeit«, sagte Alina schließlich.

Sie hatte mit feiner, leiser Stimme gesprochen, und das war geradezu ein Signal für einen Umschwung in der fruchtlosen Diskussion. Alle Blicke wandten sich ihr zu.

»Zunächst einmal möchte ich euch etwas mitteilen«, sagte sie. Sie trug wieder eines ihrer einfachen weißen Kleider aus Wollstoff, das unterhalb der Brust zusammengefasst war und von dort lose und weiter werdend bis zum Boden herabfiel. So schlicht und bescheiden dieses Kleidungsstück auch war – Alina mit ihrem glatten, hellbraunen Haar und ihrem schlanken Wuchs verhalf ihm zu königlicher Würde. »Wir *Schwestern* sind jetzt leider nur noch zu viert«, fuhr sie leise fort, »und das sage ich nur, weil ich für Cathryn noch Hoffnung hege, nachdem Lukash meint, es wäre noch ein winziger Lebensfunke in ihr. Aber Hellami ist von uns gegangen, und von Leandra und Roya wissen wir nichts. Wir können nur hoffen und zu den Kräften beten, dass es ihnen gut geht.« Sie legte eine kurze Pause ein und blickte in die Runde. Es war vollkommen still geworden, jeder lauschte ihr aufmerksam.

»Ich möchte euch allen für euren Mut und eure Opferbereitschaft danken. Ihr habt uns *Schwestern des Windes* sehr geholfen. Aber besonders Laura möchte ich danken. Sie stammt aus einer anderen Welt, hat gar nichts mit unserer Sache zu tun und hat uns mit ihrem Mut trotzdem große Dienste erwiesen. Sie hat Azrani und Marina auf Jonissar das Leben gerettet und uns allen vermutlich auch, als sie Chast mit ihrer Armbrust so schlimm verletzte, dass er seinen Überfall auf Malangoor aufgeben musste.« Die Blicke wandten sich zu Laura, die in bescheidener Haltung neben Ullrik stand und mit einem verlegenen Lächeln abwechselnd zu Boden und dann wieder zu den Anwesenden und zu Alina aufblickte.

»Laura, komm einmal zu mir«, bat Alina ihre neue Freundin und streckte eine Hand nach ihr aus. Laura rollte mit den Augen, löste sich von Ullrik und ging zu Alina. Als sie da war, legte Alina ihr einen Arm über die Schulter.

»Laura hat schon wieder eine Idee«, erklärte Alina, »und ich war völlig überwältigt, als sie mir davon erzählte. Von ihrem Mut und ihren Einfällen. Es war erst vor einer Stunde, und ich weiß noch nicht, ob die Idee durchführbar ist. Im Augenblick aber möchte ich erst noch etwas anderes tun.« Sie sah Laura an.

»Es war von Anfang an Lauras Wunsch, zu uns zu gehören, zu uns *Schwestern des Windes*, und ich möchte sie nun einfach bei uns aufnehmen. Ohne zu wissen, ob es Ulfa überhaupt recht gewesen wäre, dass wir das tun. Jemanden wie Laura können wir gebrauchen, und wenn sie es möchte, hat sie es einfach verdient.«

Während sich beifälliges Gemurmel und Gratulationen erhoben, nahm Alina Laura in die Arme und drückte sie an sich. Es war alles andere als eine Zeremonie, die sie abhielten, und Laura war froh darum. Nachdem Alina ihr zugenickt hatte, übernahm sie das Wort.

»Azrani, Yo und ich werden es machen«, offenbarte sie den Anwesenden. »Wir werden die MAF-1 vernichten. Ein für alle Mal.« Sie lächelte. »Dann seid ihr frei.«

*

Sie hatten das Ei mitten auf dem großen Platz von Bor Akramoria aufgebaut, inmitten eines Rings, der aus allem bestand, was sie an Magiern und Kämpfern aufzubieten hatten. Ein weiterer äußerer Ring bestand aus Drachen; es waren weit über hundert von ihnen, vom großen Onyxdrachen bis hin zum Baumdrachen, und sie waren ein zusätzlicher Schutz, falls tatsächlich ein bewaffneter Drakkentrupp aus dem Nichts stürzen sollte, sobald sie das Ei einschalteten. Aber damit rechnete inzwischen niemand mehr.

Die dritte Vorsichtsmaßnahme nämlich bestand darin, dass Ullrik mit blankem Schwert hinter Oliwer stand, etwas abseits, und ihm geschworen hatte, dass er ihm augenblicklich den Schädel spalten würde, wenn sich das Ganze als ein Verrat herausstellen sollte. Zitternd hatte Oliwer sich darauf eingelassen.

Victor und Yo standen direkt bei dem Ei, das im Zentrum des Schauplatzes auf seinem Dreibein ruhte.

»Yo! Du riskierst dein Leben!«, mahnte Victor die junge Diebin.

Sie stöhnte. »Das haben wir doch schon dreimal durchgekaut, Victor. Ich werde mit ihnen fertig! In Savalgor habe ich während der Drakken-Besatzung ein Dutzend von ihnen kalt gemacht.«

»Aber nicht zugleich! Was ist, wenn da zwei Dutzend mit Gewehren im Anschlag auf dich warten?«

»Sie können mich nicht sehen!«, behauptete Yo und zupfte an ihrem Hemd. Sie hob ihre Kopfmaske und zog sie über. Nur noch ein schmaler Sehschlitz für die Augen blieb übrig, ansonsten war sie vollkommen schwarz. »Die Farbe Schwarz ist ein Problem für sie. Das haben wir in Savalgor gelernt. Und dass sie einen nicht sehen können, wenn man sich nicht bewegt, kann dir sogar Alina bestätigen.«

»Ja, aber nur die einfachen Soldaten! Wenn Offiziere anwesend sind ...«

Yo vollführte wirbelnde Bewegungen und hatte plötzlich zwei Klingen in den Händen, die sie Victor herausfordernd vors Gesicht hielt. Er wusste, dass sie noch mehr Waffen trug, in geheimen Verstecken ihrer Kleidung, lauter kleine, gemeine Sachen, teilweise vergiftet und allesamt sehr scharf. Mit ihnen konnte man unvorsichtigen Leuten schnell das Licht ausblasen. Und die Besonderheit ihrer aktuellen Aufrüstung bestand darin, dass all ihre Klingen sorgfältig mit Salz behandelt waren – was für die Drakken ein tödliches Gift darstellte. Victor hoffte, dass sie überhaupt Zeit finden würde, sie einzusetzen.

Yo rückte den länglichen Wasserbeutel zurecht, den sie quer über dem Rücken trug. Ein dünner Schlauch, gefertigt aus einem Murgodarm, reichte von dem Wasserbeutel bis zu Yos Brust, wo er mit ein paar Schnüren befestigt war. »Ohne Risiko geht's nicht«, erklärte sie mit leiser, verschwörerischer Stimme und nickte Victor zu. »Aber ich werd es schaffen. Nun her mit deinem Becher. Und schalt dieses Ding ein!«

Victor wusste, dass sie es unbedingt tun wollte, in ihren Augen leuchtete die Kampfeslaune. Und er hatte sogar das Vertrauen, dass sie es schaffen konnte. Wenn es jemand konnte, dann Yo. Im Nahkampf war keiner besser und tödlicher als die junge Diebin aus Savalgor.

Er holte tief Luft, hob den Kopf, um all den Umstehenden zuzunicken, dass es losgehen würde. Dann hielt er Yo den Becher mit dem Salzwasser hin, und sie nahm einen tiefen Zug, ohne das Wasser jedoch zu schlucken. An ihrem verzogenen Gesicht und ihren gewölbten Wangen sah er, dass sie genug hatte. Er nahm den Becher herunter, beugte sich zu dem Ei, drückte den Knopf an der Unterseite und trat schnell zurück.

Die rötlichen Funken, die über die Gravuren liefen und das Ei umkreisten, wurden blau und leuchteten intensiver. Sie hatten vereinbart, dass Yo sofort starten sollte, um dem möglichen Gegner keine Gelegenheit zu geben, den Weg in die Gegenrichtung zuerst zu gehen. Ullrik hob sein Schwert, Oliwer erzitterte.

Das Letzte, was sie von Yo sahen, war ein bissiges Lächeln, dann legte sie die Hand auf die Oberfläche des Eis und verharrte. Ein leises Summen und Knistern wurde hörbar, dann leuchtete kurz eine mattblaue Aura um Yo herum auf, und binnen einer Sekunde verblasste sie und war fort. Alle hielten den Atem an.

*

Als Yo das Gegenstück des Eis erreichte, war ihr erster Gedanke, dass sie sich zutiefst verrechnet hätte und alles aus wäre.

Es herrschte große Helligkeit, sie befand sich in einer Halle von gigantischen Ausmaßen, und nur ein paar Schritt entfernt waren um sie herum auf dem Hallenboden etliche barocke Möbelstücke versammelt. Es handelte sich um eine Anzahl bemalter und goldverbrämter Holzschränke, um einen fahrbaren ovalen Spiegel, mehr als mannshoch und mit einem reich geschnitzten, goldenen Rahmen; ferner war da ein monströses und mindestens ebenso geschmackloses Himmelbett, einige Kommoden und Truhen, sowie, ihr unmittelbar gegenüber, ein pompöser Thron aus goldbesetztem hölzernem Schnitzwerk. Im Zentrum der Halle und dieses seltsamen Kreises aus Möbelstücken, die vielleicht den Gemächern der Shaba angemessen gewesen wären, stand das Ei – und neben dem Ei stand sie.

Yo war vollkommen erstarrt, denn sie konnte die Gegenwart von Drakken spüren. Ein glücklicher Zufall wollte es jedoch, dass sie sich nicht in der direkten Sichtlinie eines dieser Wesen befand.

Hinter einem Schrank sah sie einen Drakken-Ellbogen hervorschauen, unter der Rundung des Spiegels erkannte sie mehrere klobige Stiefelpaare, die ebenfalls zu dahinter stehenden Drakken gehören mussten, und zwischen zwei Schränken stand in der Ferne gleich ein ganzer Trupp der Echsenwesen in Reih und Glied. Auf den zweiten Blick erkannte sie den Ausgang, der dort liegen musste.

Und dann sah sie noch etwas: In dem Himmelbett lag ein Mann und schlief. Aus seiner Stirn ragte ein Armbrustbolzen, auch aus seinem rechten Oberschenkel, und da wusste sie, wer es war.

Chast.

Sie war ein abgebrühter Typ, war schon bei Nacht und Nebel in so manche Reichen-Villa eingestiegen und hatte Leibwächter wie auch Söldner oder Wachleute ausgetrickst, sie schlafen gelegt oder in einigen wenigen Fällen sogar erdolcht. Aus Notwehr, verstand sich. Trotzdem schlug ihr Puls nun dröhnend, Schweißperlen bildeten sich auf ihrer Stirn unter der Kopfmaske, und der Schluck Salzwasser, den sie im Mund trug, um ihn schnell einem Trupp angreifender Drakken entgegenzuprusten, begann ihre Geschmacksnerven zu strapazieren. Als es aus ihrem Mundwinkel tropfte, kniff sie die Augen zusammen und schluckte die stark salzige Flüssigkeit hinunter.

Mit weit aufgerissenem Mund schnappte sie nach Luft; ihre Lungen wollten schnell und hektisch pumpen, aber sie bemühte sich mit aller Kraft, ruhig zu bleiben. So lautlos wie möglich schöpfte sie Atem. Endlich übernahmen ihr kühler Verstand und ein ruhiger schlagendes Herz wieder das Kommando.

Obwohl sie ahnungslos mitten ins Zentrum der gegnerischen Bastion getappt war, hatte sie niemand bemerkt. Unglaublich.

Trotz aller Gefahren musste sie lächeln. Lautlos und mit ruhigen Bewegungen drehte sie sich einmal im Kreis und sondierte die Lage. Dies musste, nach Azranis Berichten, die *Brücke* des Schiffs sein – als sich Yo halb herumgedreht hatte, lag ihr ein riesiges Fenster gegenüber. Es war bestimmt vier- oder fünfhundert Ellen hoch, ebenso wie diese ganze gewaltige Halle mit ihren zahllosen Balkonen rundherum, und durch das Fenster konnte man ins All hinaus und direkt auf die Höhlenwelt sehen. Yo stockte der Atem, denn dies war das erste Mal, dass sie zu Gesicht bekam, was etliche der anderen schon gesehen hatten. Die Höhlenwelt stand als eine karge, rotbraune Kugel im All, jedoch übersät von kleinen funkelnden Punkten – den Sonnenfenstern, die im Licht der Sterne glänzten. Der Anblick war atemberaubend.

Diszipliniert riss sich Yo wieder von dem Anblick los. Sie schwebte in höchster Gefahr, eine falsche Bewegung oder ein falsches Geräusch, und es wäre aus mit ihr. Fieberhaft überlegte sie, was sie tun sollte.

Derzeit war es ruhig, und wiewohl sie sich zutraute, diesem Ort unbemerkt zu entkommen, war es geradezu unmöglich, auch Laura und Azrani auf die MAF-1 zu schmuggeln, ohne dass jemand sie sah. Würde Chast erwachen, gäbe es keine Rettung mehr für sie.

Es gab nur noch zwei Möglichkeiten. Die erste bestand darin, dass sie sich von hier fortstahl und sich umsah – sie versprach sich davon jedoch keinen sonderlichen Gewinn, allenfalls Gefahren. Auch wenn sie die Umgebung erforschte, war es unmöglich, den Plan wie gewollt durchzuführen. Die zweite Möglichkeit war die einzig sinnvolle: abzubrechen und wieder von hier zu verschwinden. Mit dem zweiten Ei an dieser Stelle war ihr Plan zum Scheitern verurteilt.

Für Momente stand sie grübelnd da, zögerte. Was konnte sie sonst noch tun? Jetzt einfach aufzugeben, das widerstrebte ihr. Sollte sie versuchen, Chast zu töten, wie Oliwer es vorgeschlagen hatte? Kaum hatte sie diese Idee in Erwägung gezogen, bewegte sich Chast auch schon – stöhnend, er wälzte sich herum, das Gesicht in ihre Richtung gewandt, die Augen noch geschlossen. Der Armbrustbolzen ragte grotesk aus seiner Stirn. Das Herz schlug ihr bis zum Hals bei dem Gedanken, sich diesem Monstrum von einem Mann auch nur einen Schritt zu nähern. Würde sie entkommen können, wenn es ihr gelang, ihn zu töten? Und die Drakken – war die Gefahr durch sie gebannt, wenn nur Chast nicht mehr lebte?

Wenn ich nur ..., dachte sie verzweifelt.

Dann hatte sie es. Nun wusste sie, was zu tun war! Rasch ging sie in die Hocke und machte sich ans Werk.

29 ♦ Sherresh

»Willkommen zurück auf Taurus Eins«, sagte Sherresh. Sein Abbild lächelte sie vom zentralen Holoscreen des Pults der *Faiona* an, und sogar auf ihm, der nicht sehr groß war, konnte man das feine Lächeln gut erkennen, das den Mund des Echsenwesens umspielte.

»Hallo, Sherresh«, erwiderte Ain:Ain'Qua. Ihm war nicht wohl zumute, aber er hatte letztlich Leandras Plan zugestimmt. Sie mussten jetzt ohnehin alles wagen, wenn sie gewinnen wollten.

»War Ihr Besuch auf Imoka aufschlussreich? Haben Sie gefunden, wonach Sie suchten?«, fragte Sherresh.

»Ja, durchaus. Es war überaus interessant.«

»Das freut mich. Womit kann ich Ihnen dienen?«

»Wir würden gern an Bord kommen und mit Ihnen reden, Sherresh. Es gibt etwas, wobei Sie uns vielleicht helfen könnten.«

Der Drakken erwiderte nichts, starrte sie nur eine Weile an. Dann sagte er: »Vielleicht sollte ich Ihnen mitteilen, dass sich die Lage etwas verändert hat. Während der Zeit, die Sie auf dem Planeten verbrachten, hat ein Kurierschiff Taurus Eins erreicht.«

»Ein ... Kurierschiff?«

»Jawohl, Sir. Eines, das sowohl eine Lieferung von Majinu brachte als auch die neuesten Nachrichten. Aus Soraka und dem übrigen Sternenreich.«

Ain:Ain'Qua war verstummt. Er atmete langsam und tief durch seine seitlich am Kinn liegenden Nasenschlitze ein und aus. Sie befanden sich weniger als fünftausend Meilen von Taurus Eins entfernt, und wenn Sherresh sich jetzt als pflichttreuer Diener der Pusmoh erwies, wenn er das tat, was er tun musste, waren sie in ein paar Sekunden nur noch ein Klumpen Schlacke, der durchs All trieb. Die *Faiona* war nur dann wirklich schnell, wenn es um hohe Geschwindigkeiten und gewaltige Distanzen ging. Kein Schiff der Milchstraße konnte aus dem Stand und auf diese Entfernung einer Batterie von Laser- oder Gapper-Kanonen entkommen.

»Das ist sehr gut!«, rief Leandra und drängte sich von der Seite mutig ins Bild. Mit einem Mal stand sie mitten vor Ain:Ain'Qua und damit Sherresh unmittelbar gegenüber. »Dann kennen Sie ja jetzt die Wahrheit! Und dass Sie noch immer Kommandant von Taurus Eins sind, bedeutet, Sie haben denen *nicht* gesagt, dass wir hier waren und wer wir sind!«

Sherresh starrte sie nur an, erwiderte aber nichts.

»Und Sie haben denen auch *nicht* gesagt, dass das Geheimnis der Herkunft Ihrer Rasse in Wahrheit der Stufe zehn unterliegt! Und dass Sie *ein Auge zugedrückt* und uns nach Imoka gelassen haben. Habe ich nicht Recht, Kommandant Sherresh?«

Nun zeigte Sherreshs Miene doch eine Reaktion. »Vielleicht sollten Sie jetzt besser abdrehen und Ihr Schiff in Sicherheit bringen, Fräulein Leandra. Ich weiß nicht viel über Sie, und es ist sicher besser, wenn ich meine Neugierde beherrsche. Ich werde die Aufzeichnung dieses Gesprächs löschen und wünsche Ihnen viel Glück …«

»Warten Sie, Sherresh!«, rief Ain:Ain'Qua und hob eine Hand. Nun musste auch er lächeln. »Sie wissen nicht viel über uns? Ich wette, Sie haben die Neuigkeiten geradezu in sich aufgesogen! Den Namen *Leandra* haben Sie aus Ihren Nachrichten erfahren, nicht wahr? Den hatten wir bei unserem letzten Besuch gar nicht erwähnt. Und mich haben Sie mit *Sir* angeredet, nicht mehr mit Exzellenz. Sie wissen also ganz genau, wer wir sind.«

Sherresh straffte sich. »Worauf wollen Sie hinaus?«

Ain:Ain'Qua hob beide Hände, ganz plötzlich vom verwegenen Mut und der Idee Leandras beseelt. »Helfen Sie uns, Sherresh! Wir haben auf Imoka unglaubliche Dinge entdeckt, nach denen wir lange gesucht haben und die das Sternenreich des

Pusmoh erschüttern werden! Wir kennen nun die Wahrheit über das *ganze* Schicksal Ihrer Rasse, der Jersh'a'Shaar, und das allein ist schlimm genug, um damit die gesamte GalFed aufzurütteln! Wir haben dort unten Wesen getroffen, die ebenso haben leiden müssen wie Sie, und wir kennen inzwischen die wahre Identität des Pusmoh!«

Ain:Ain'Qua jubilierte innerlich, als er sah, dass Sherresh nun doch Anzeichen von Beunruhigung, aber vor allem Neugierde zeigte. »Sie ... Sie wissen, wer der Pusmoh ist?«

»*Die* Pusmoh, Sherresh, *die!*«, rief Leandra voller Inbrunst aus. »Lassen Sie uns an Bord kommen und Ihnen die ganze Wahrheit berichten. Und entscheiden Sie dann, ob Sie uns helfen wollen! Ich sage Ihnen – Sie haben jetzt die Chance, wirklich etwas zu bewirken und die Pusmoh für ihre Verbrechen an Ihrer Rasse zur Rechenschaft zu ziehen – anstatt noch einmal dreitausendachthundert Jahre hier zu bleiben und zu versauern!«

Sherresh sah sich plötzlich um, dann erschienen rechts und links von ihm zwei andere Drakkengesichter mit ebenso verblüfften Mienen und starrten ungläubig zu ihnen herüber. Sherreshs Unsicherheit verflog rasch, denn keiner seiner beiden Artgenossen machte Anstalten, ihn wegen seiner Dienstvergehen zu verhaften oder einen Feuerbefehl an die Verteidigungsanlagen von Taurus Eins zu geben. Sie redeten leise auf Sherresh ein, Dringlichkeit war in ihrem zischenden Tonfall zu erkennen, dann wandte Sherresh das Gesicht wieder Leandra und Ain:-Ain'Qua zu. Ein verwegener Entschluss war auf ihm abzulesen.

»Einverstanden. Kommen Sie an Bord!«, sagte er, und es klang beinahe wie ein Befehl.

*

Leandras Bericht hatte den erwarteten Eindruck bei den Jersh'a'Shaar hinterlassen. Es waren alle sechs Besatzungsmitglieder von Taurus Eins erschienen, und sie hatten dem, was Leandra, Ain:Ain'Qua und Giacomo zu erzählen hatten, gebannt gelauscht. Doch die Nachrichten waren gegenseitiger Natur; auch das Kurierschiff hatte höchst interessante Informationen gebracht. Und da es sich um Pusmoh-interne Nachrichten handelte, waren sie sachlich und ungeschönt. Es hieß, dass sich immer mehr Aufständische in der GalFed erhoben und dass es sogar zu einer Revolte von Gefangenen in der Pusmohfestung *The Morha* auf Soraka gekommen war.

»Nach dem, was Sie vorhaben, dürften das ja keine allzu schlechten Nachrichten sein«, erklärte Sherresh. »Was dem Pusmoh schadet, nutzt Ihnen. Haben Sie wirklich vor, sich gegen ihn ... gegen *sie* zu erheben? Wie wollen Sie das schaffen? Haben Sie Unterstützung?«

Ain:Ain'Qua nickte. »Ja, haben wir – sehr massive sogar. Aber dazu später. Im Augenblick sammeln wir alles, was wir an Anschuldigungen gegen die Pusmoh finden können. Unser Besuch auf Imoka war der entscheidende Schritt.«

»Aber wird das genügen? Brauchen Sie nicht echte Beweise? Dinge, die Sie vorzeigen können?«

»Beweise haben wir«, nickte Giacomo. »Es sind drei Gäste an Bord der *Faiona*. Die Muuni Sergan, Jakob und Michal.«

Sherresh riss die großen Echsenaugen auf. »Wirklich? Aber ist das nicht ...«

»Auf Imoka würden sie sterben«, erklärte Giacomo. »Wie auch alle anderen Muuni, die dort noch leben. Wir haben Dinge in Gang gesetzt, die erfordern, dass wir *jetzt* handeln, jetzt gleich, und das bedeutet, dass wir mit unserem Wissen an die Öffentlichkeit gehen müssen. Sobald wir aber den ersten Schritt unternommen haben, werden die Pusmoh versuchen gegenzusteuern. Ihre erste Maßnahme wird sein, alle Zeugen und Beweise zu vernichten. Deswegen brauchen wir die drei. Wir müssen sie, so schnell es geht, der Öffentlichkeit präsentieren, damit es keinen Sinn mehr für die Pusmoh macht, Imoka und die Muuni zu vernichten. Übrigens würde das auch den Jersh'a'Shaar hier auf Taurus Eins das Leben retten. Aber wir wollen noch einen Schritt weiter gehen, Sherresh. Wir möchten Sie bitten, mit uns zu kommen! Und wir brauchen das TT-Schiff, das Sie hier haben!«

»Was?«, keuchte Sherresh.

»Überlegen Sie doch!«, rief Leandra. »Die GalFed ist ein einziges Pulverfass, es steht kurz vor der Explosion! Das wäre unweigerlich das Ende der Herrschaft der Pusmoh, und wir könnten es jetzt schaffen, dieses Pulverfass zu entzünden! Doch es gibt ein Problem: Die Pusmoh verfügen über die einzige Militärmacht in der GalFed. Die Drakken, Ihre Artgenossen. Mit Ihrer Hilfe kann es den Pusmoh gelingen, den Aufstand vielleicht doch noch niederzuschlagen; es könnte zu einem furchtbaren Blutvergießen kommen. Es könnte auch bedeuten, dass Millionen umkommen, denn die Drakken verfügen über Waffen, mit denen sie ganze Welten vernichten können. Wollen Sie das riskieren, Sherresh?«

»Aber wie könnte *ich* das verhindern?«

»Indem Sie mit uns kommen«, sagte Ain:Ain'Qua, »und uns bei unserem ersten Schritt helfen. Sie müssen als Stellvertreter für die Rasse der Jersh'a'Shaar neben uns stehen und der Öffentlichkeit die Wahrheit sagen. Die Wahrheit über die Verbrechen, die die Pusmoh an Ihnen begangen haben.«

Sherresh war völlig durcheinander. »Würde das etwa verhindern, dass die Pusmoh ihre Drakkenstreitmacht losschicken, um die Revolten blutig niederzuschlagen? Ich glaube kaum. Das Blutbad würde nach wie vor stattfinden!«

»Nicht, wenn Sie es den Drakken sagen.«

Sherresh erstarrte.

»Nicht, wenn Sie sich an Ihre Artgenossen wenden, ihnen die wahre Geschichte der Jersh'a'Shaar erzählen und sie auffordern, dem Pusmoh den Gehorsam zu verweigern!«, fügte Leandra hinzu.

Sherresh warf die Arme in die Luft und stieß einen krächzenden Laut aus, der wohl so etwas wie ein hysterisches Auflachen war. »Sie glauben, meine Leute könnten sich weigern? Sie könnten die Befehle der Pusmoh einfach ignorieren – aus freiem Willen, weil *ich* ihnen die Wahrheit berichte?« Er schüttelte heftig den Kopf. »Sie *haben* keinen freien Willen, Fräulein Leandra! Wir sehen es jedes Mal, wenn die Kurierschiffe kommen. Diese

Jersh'a'Shaar von heute – die *Drakken* –, sie sind nicht mehr wie *wir* hier auf Taurus Eins! Wir sind Relikte aus uralter Zeit, die vermutlich aus Schlampigkeit nicht ausgetauscht wurden – man hat uns einfach vergessen. Die neuen Phänotypen sind Maschinen! Sie sind dumm, funktionieren perfekt innerhalb ihrer eng gesteckten Aufgaben und ignorieren alles andere. Sie haben keinen freien Willen, ja, sie besitzen nicht einmal eine Persönlichkeit! Wie oft haben wir von Taurus Eins versucht, mit unseren Artgenossen ein Gespräch zu beginnen! Es ist frustrierend – sie ignorieren uns so vollständig, als wären wir Tiere einer fremden Art. Niemals würde einer von ihnen auf meine Worte hören, wenn ich ihnen zuriefe, sie sollten sich erheben!«

»Und die Offiziere?«

Wieder ließ Sherresh ein Auflachen hören, diesmal klang es sogar noch zynischer. »Die Offiziere? Die doch erst recht nicht! Sie stehen vollständig unter der Kontrolle des Pusmoh!«

»Eben. Das ist es ja.«

Sherresh hielt inne. »Was soll das heißen?«

»Sie haben Recht, Sherresh«, übernahm Ain:Ain'Qua wieder das Wort. »Die Drakken, die Nachfolger der Jersh'a'Shaar, sind dumm. Die meisten sind Soldaten, sie können nur schießen und gehorchen jedem Befehl ihrer Vorgesetzten, ohne nachzufragen. Aber wir haben festgestellt, dass der Grad ihrer Intelligenz ganz eindeutig mit ihrem Rang in der Militärhierarchie steigt. Ein dummes Heer braucht eine umso intelligentere Führung. Dumme Anführer wären eine Katastrophe.«

Sherresh verstand nicht. »Ja und?«, fragte er.

»Einfache Offiziere kommen vermutlich mit einem begrenzten Maß an Intelligenz aus, ohne dabei so klug oder kreativ zu sein, dass sie sich je einem Befehl, und sei er noch so unsinnig, widersetzen könnten. Aber was ist mit hohen Offizieren? Mit denen, die Truppenbewegungen planen oder eine Schlacht befehligen müssen? Für solche Aufgaben benötigt man hochintelligente, flexible und überaus kluge Leute. Leute, die eigene Entscheidungen treffen können, und zwar spontan, zielgenau und mit großer Umsicht. Kurzum: es müssen die Klügsten und Kreativsten ihrer Artgenossen sein, Sherresh! Und *das* sind die Drakken, die aufhorchen würden, wenn sie Ihre Geschichte hörten! Die Geschichte einer vom Pusmoh auf die schlimmste Weise tyrannisierten und ausgebeuteten Rasse. Meinen Sie nicht?«

Sherresh starrte Ain:Ain'Qua eine Weile an, er schien zu verstehen, was er meinte. Doch er hatte Bedenken. »Wenn das wirklich so wäre, warum ...«

»Warum sich diese Offiziere dann noch nie gewehrt haben? Ganz einfach. Es sind die Muuni. Oder besser: die Pusmoh. Jeder höhere Offizier wird von einem dieser Würmer begleitet, angeblich, um seine mentalen Fähigkeiten zu verbessern. Das kann nur eine Lüge sein! Es sind einzelne Pusmoh, die sie begleiten und die sie mental unter Kontrolle halten! Ich weiß nicht, wie es funktioniert, aber diese Pusmoh-Würmer werden wohl auf telepathischem Wege ihren Schützlingen einflößen, was sie zu tun haben, und sie daran hindern, auf abweichlerische Gedanken zu kommen. Sie kontrollieren und steuern, was die hohen Offiziere tun. Eine raffinierte Methode – aber inzwischen ist sie offensichtlich.«

Sherresh starrte Ain:Ain'Qua verblüfft an.

»Allerdings glaube ich kaum«, fuhr Ain:Ain'Qua fort, »dass die Pusmoh jeden Drakkenoffizier zu jeder Tages- und Nachtzeit vollständig unter Kontrolle halten können. Und es fragt sich, inwieweit sie diese Kontrolle erzwingen und dauerhaft aufrechterhalten können, wenn ein Offizier erst einmal einen ganz konkreten Anlass hat, sich zu widersetzen. Einen Anlass, den *Sie* ihnen liefern werden, Sherresh!«

»Ich?«

»Ganz genau!«, rief Leandra, die von der Vision, die Pusmoh jetzt zu stürzen, völlig ergriffen war. »Kommen Sie mit uns! Begleiten Sie mich und Ain:Ain'Qua nach Soraka! Sergan wird ebenfalls dabei sein! Wir werden uns direkt an die Öffentlichkeit wenden ...«

»Sind Sie verrückt, Leandra?«, rief Sherresh aus. »Man wird uns sofort töten! Ausgerechnet auf Soraka – der am besten bewachten Welt im Pusmoh-Reich?«

»Wir müssen es genau *dort* tun – mitten im Zentrum des Pusmoh-Reiches! Um zu verhindern, dass die Pusmoh eine Verbreitung der Nachrichten unterbinden. Das würden sie zweifellos versuchen, wenn wir die Nachrichten auf einer Randwelt herausgäben, da sie sich interstellar ja nur sehr langsam verbreiten. Aber auf Soraka – der Hauptwelt des Pusmoh-Sternenreiches? Dort würden die Neuigkeiten nicht nur einschlagen wie eine Bombe – sie würden sich auch rasend schnell überall hin verbreiten! Und besonders jetzt, da auf Soraka Unruhe herrscht. Sie sagten ja, dass dort eine Revolte ausgebrochen sei, nicht wahr?«

Sherresh stöhnte. »Ja doch! Aber wie sollen wir auf Soraka landen? Wir würden nicht einmal auf einer Orbitalstation andocken können ...«

»O doch, keine Sorge. Deswegen brauchen wir ja Ihr TT-Schiff. Niemand wird wissen, dass außer Ihnen Ain:Ain'Qua, Sergan und ich an Bord sind. Ein Drakkenschiff wird doch sicher auf Soraka landen dürfen, nicht wahr? Sie sind ein Drakken und sogar Kommandant einer großen Orbitalstation. Sie würden mit Ihrem Schiff vermutlich nicht einmal eine besondere Sicherheitsüberprüfung durchlaufen müssen. Die Nennung einer einfachen Begründung und die Kennung des Schiffs werden ausreichen, um landen zu dürfen – habe ich nicht Recht? Vielleicht erklären Sie, dass Sie eine Eskorte für eine hochrangige Persönlichkeit sind – mit Sicherheitsstufe sowieso? Geht das nicht?«

Man konnte Sherresh ansehen, wie aufgewühlt er war. Aber es steckte offenbar nicht nur Angst in ihm; Leandra glaubte auch den tiefen Wunsch in seinen Echsenaugen zu erkennen, der Frustration all der Jahre auf Taurus Eins dadurch entrinnen zu können, dass er *jetzt* den Mut aufbrachte, einmal in seinem fast sinnlosen Dasein eine wirklich *große* Tat zu tun – und seinem geschändeten Volk Gerechtigkeit zu bringen.

Er nickte zögernd. »Doch. Eine Landung auf Soraka, das wäre wohl zu schaffen, denke ich. Aber was dann? An wen sollen wir uns mit einer solchen Nachricht wenden und dabei sicher sein, dass wir nicht sofort von den Pusmoh abgefangen werden?«

»Wir haben Verbindungsleute auf Soraka«, erklärte Ain:Ain'-Qua. »Verlässliche Männer und Frauen eines Ordens, dessen Oberhaupt unser Freund Giacomo hier ist und die seit langen Zeiten auf diesen Tag warten. Sie können uns Zugang zu Medienkanälen verschaffen, auf denen unsere Nachrichten wie eine Bombe einschlagen werden. Und von Soraka aus wird eine Verbreitung nicht zu verhindern sein. Dort gibt es zahllose Reisende, Händler und Diplomaten von überall her aus der Gal-Fed. Die Pusmoh werden schwerlich ganz Soraka lahm legen können – es ist das Herz ihres Reiches. Außerdem gibt es dort eine Menge Militär und hunderte von hochrangigen Offizieren. Das sind *Ihre* Leute, Sherresh!«

Es war, als verhalle ein Echo im Raum. Was Leandra, Ain:-Ain'Qua und Giacomo gesagt hatten, war aufpeitschend gewesen, hatte unübersehbar die sechs Drakken mitgerissen. Jeder von ihnen war einer der alten Jersh'a'Shaar, und jeder von ihnen war aufgeregt und stand grundsätzlich auf ihrer Seite. Leandra beglückwünschte sich; sie glaubte, dass der Durchbruch gelungen war.

»Aber was ist, wenn die Meldung einmal heraus ist? Man würde uns noch auf Soraka verhaften, kaum dass wir an die Öffentlichkeit gegangen wären, und alles vertuschen!«

»Nein, Sherresh, wir sichern uns vorher ab. Wir haben bereits einen detaillierten Plan ausgearbeitet, allerdings baut der auch auf Sie! Wenn Sie uns unterstützen, wird das Ganze nicht mehr als ein Handstreich. Es wird so schnell gehen, dass alles schon geschehen ist, ehe die Pusmoh es überhaupt richtig mitbekommen. Und keiner von uns wird sein Leben verlieren.« Ain:-Ain'Qua lächelte. »Nun ja, ein Risiko ist es, aber wir haben alle eine gute Chance, heil davonzukommen.«

Sherresh holte langsam und tief Luft. »Und wie sieht dieser Plan aus?«

Leandra legte ihre Hand auf Ain:Ain'Quas Arm, um ihm Einhalt zu gebieten. Sie nahm Sherresh fest in den Blick. »Sie haben mein Versprechen, Sherresh. Mein Versprechen, dass unsere Chancen gut stehen, wenn Sie uns helfen. Sogar sehr gut. Aber bevor wir Ihnen alles verraten – wie entscheiden Sie sich? Machen Sie mit? Helfen Sie uns, die Pusmoh zu stürzen?«

Sherresh starrte sie an, sein Blick wanderte von Leandra zu Ain:Ain'Qua, dann zu Giacomo und wieder zurück. Er war zutiefst aufgewühlt. Doch dann geschah etwas, womit Leandra gar nicht gerechnet hatte: Sherreshs Artgenossen mischten sich ein.

»Ich bin dabei!«, rief der aus, der links neben Sherresh saß; sein Name war Zhaggeth, wenn sich Leandra recht erinnerte. Und Gham'Manh, der andere, den sie bereits kennen gelernt hatte, tat es ihm gleich. Kurz darauf bestürmten fünf Jersh'a'Shaar ihren Kommandanten, zuzustimmen.

»Gut!«, rief er plötzlich entschlossen und hob beide Klauenhände. »Ich bin einverstanden! Wenn wir es nicht tun, werden wir ohnehin bald eliminiert hier auf Taurus Eins. Und solange es von uns noch welche gibt – die wir dem Pusmoh nicht bedingungslos aus der Hand fressen müssen –, sollten wir die Gelegenheit wahrnehmen, Gerechtigkeit einzufordern. Für unser ganzes Volk!« Plötzlicher Zorn stand in seinem Gesicht und er hob eine Faust. »Sie sollen dafür büßen, diese verfluchten Tyrannen!«

Seine fünf Artgenossen stimmten in den Jubel mit ein, und Leandra knuffte Ain:Ain'Qua mit einem Grinsen. Sie hatten schon fast gewonnen.

*

Giacomo wäre für sein Leben gern mit nach Soraka gekommen, aber es ging nicht. Das Vorhaben war kompliziert, und sie hatten keine andere Möglichkeit, wenn ihnen dieser *Handstreich* wirklich gelingen sollte.

Der erste Teil des Plans bestand darin, dass Ain:Ain'Qua und Leandra, begleitet von Sergan, Sherresh sowie zwei weiteren Jersh'a'Shaar, nach Soraka fliegen würden. Nach der Landung sollten sie mit der Hilfe von Kontaktleuten des *Ordens der Bewahrer* die erste große Welle des Aufstands gegen die Pusmoh in

Gang setzen. Ain:Ain'Qua hatte von Giacomo die Namen und Adressen der entsprechenden Schlüsselpersonen und die zugehörigen Geheimcodes erfahren, um diese Leute zu aktivieren. Mit ihrer Hilfe würden sie Zugang zu Nachrichtenkanälen erhalten, auf denen sich ihre Botschaft gegen die Pusmoh verbreiten ließe – und über welche sie sich auch massiv fortpflanzen würde. Giacomo hatte Ain:Ain'Qua versprochen, dass der Orden diese Möglichkeiten besaß; Soraka war seit jeher der natürliche Ausgangspunkt für eine Operation wie diese. Deswegen unterhielt der *Orden der Bewahrer* dort auch einen geheimen Stützpunkt, der genau dies zum Daseinszweck hatte: im Fall der Fälle binnen kürzester Zeit und mit massiver Kraft die Öffentlichkeit zu erreichen. Giacomo stand der Stolz über seine Organisation ins Gesicht geschrieben. Eingebettet in den tiefsten Eingeweiden der Kirche selbst, hatte dieser Mechanismus Jahrtausende überdauert, um genau an diesem Tag, nämlich dem Tag des Aufstands gegen den Pusmoh, seine Aufgabe erfüllen zu können.

Der zweite Teil des Plans, den sie unter sich vergnüglich als »Plan B« bezeichnet hatten – B für *Befreiung aus der Tyrannei der Pusmoh* –, bestand darin, die Ordensritter zu informieren, die im Aurelia-Dio-System warteten und so schnell es ging überallhin in die GalFed ausschwärmen sollten, um die Wahrheit über die Pusmoh und ihre Verbrechen sowie die Aufforderung zum Widerstand zu verbreiten.

Letztlich gab es noch das Problem der *Absicherung,* von der Leandra gesprochen hatte. Es musste eine Garantie geben, dass ihr *Plan B* von den Pusmoh nicht sofort im Keim erstickt werden konnte. Das erforderte, den Pusmoh schon im ersten Augenblick klar zu machen, dass es für Gegenwehr bereits zu spät war. Sie mussten erfahren, dass weitere Zeugen längst in Sicherheit und Beweise überall in Umlauf gebracht worden waren. Die zusätzlichen Zeugen waren Jakob und Michal, die drei Jersh'a'Shaar von Taurus Eins wie auch Giacomo, der sich und diese fünf im Eiltempo mit der *Faiona* nach Aurelia-Dio in den Schutz der Brats des Asteroidenrings bringen sollte.

Wenn dies alles gelang, und davon gingen sie fest aus, würde Ain:Ain'Qua den Heiligen Stuhl wieder beanspruchen und die Welten des Sternenreiches auffordern, das Joch der Pusmoh abzuschütteln, sich zu demokratischen und föderalen Bündnissen zusammenzuschließen, und in eine neue, freiheitliche Zukunft aufzubrechen. Sherresh sollte zum Botschafter der Drakken werden und die Militärkräfte dazu auffordern, eine Streitmacht gegen die Saari-Gefahr zu bilden – für eine Übergangszeit, bis eine würdige Existenzform für die Drakken, die Jersh'a'Shaar, gefunden war. Und die Pusmoh sollten Gelegenheit bekommen, sich auf ihre Welt Majinu zurückzuziehen und dort *was auch immer* zu tun, solange sie sich still verhielten. Würden sie sich dieser Forderung nicht fügen, hatten sie mit nicht weniger zu rechnen, als von den wütenden Massen ausgelöscht zu werden.

Was sie vorhatten, war unerhört mutig und herausfordernd zugleich, aber sie glaubten alle, von Leandra bis hin zum letzten Jersh'a'Shaar, dass sie es schaffen konnten. Als alles besprochen war, verabschiedeten sich Leandra und Ain:Ain'Qua von Sandy und Giacomo und bestiegen zusammen mit Sergan, Sherresh und seinen beiden Freunden die QF-8999, das kleine TT-Schiff von Taurus Eins, an dem Biko Mbawe als leidenschaftlicher Sammler historischer Objekte seine helle Freude gehabt hätte. Die *Faiona* startete ebenfalls, und jeder einzelne der Beteiligten holte noch einmal ganz tief Luft, denn jetzt ging es ums Ganze. Einen zweiten Versuch würden sie sicher nicht haben.

30 ♦ Die Befreiung

»Verdammt!«, zischte Victor. »Warum dauert das nur so lange!«

Die Nerven jeder einzelnen Person und jedes Drachen auf dem Platz von Bor Akramoria waren angespannt bis zum Zerreißen. Yo war schon über eine halbe Stunde fort, und es gab kein Anzeichen, was ihr passiert sein mochte. Sie hatte versprochen, die Wachmannschaft, die auf das Ei aufpasste, zu beseitigen oder sofort zurückzukehren, falls sich Ersteres als unmöglich herausstellen sollte. In letzterem Fall, so hatte sie gesagt, benötigte sie ein scharfes Auge, ein schnelles Urteil und ein paar sehr dumme Drakken, die weit an ihr vorbeischossen.

Aber Yo war nicht zurückgekehrt.

Für die ersten Minuten hatte das den Wartenden ein eher gutes Gefühl gegeben. Eine Stimmung der Zuversicht war aufgekommen, dass Yo ihnen den Weg bereitete, ihnen die Tür zu ihrem verrückten Plan aufstieß. Aber langsam schienen sich ihre schlimmsten Befürchtungen zu bewahrheiten. Yo musste gescheitert sein.

»Hätten sie denn nicht schon längst kommen müssen, die Drakken?«, rief Jacko nervös. Er stand mit erhobenem Schwert nur drei Schritt vom Ei entfernt, bereit, sofort zuzuschlagen, sollte sich eines der Echsenwesen neben ihm manifestieren.

Viele der Drachen saßen geduckt und mit halb entfalteten Schwingen da, einige kreisten nervös in der Nachmittagsluft über Bor Akramoria; die Magier unter den Menschen waren bereit, ihre mächtigsten Kampfmagien zu wirken, und alle anderen hielten Bögen, Armbrüste und auch Schwerter kampfbereit. Sie wussten nicht, wie schnell das Ei einen Trupp Gegner auszuspucken in der Lage war.

Dann flimmerte die Luft neben dem Ei, eine mattgelbe Aura flammte auf. Die Menge stöhnte auf.

Es war Yo.

Ihr Grinsen war bissig, ihre Haltung geduckt, und sie hob beide Hände. »Tut mir Leid, es hat etwas gedauert.« Sie sah sich nach Laura und Azrani um, fand sie und winkte ihnen. »Los, ihr beiden! Worauf wartet ihr noch? Und nehmt ein großes Tuch mit!« Dann legte sie ihre Hand auf das Ei und war Augenblicke später schon wieder verschwunden.

Die Stimmung auf dem Platz hatte sich schlagartig von angespannter Nervosität in Erleichterung und Aufatmen verwandelt. Victor hätte zwar gern gewusst, was passiert war, aber Yo war schon wieder fort. Er winkte Laura und Azrani mit heftiger Geste zu dem Ei hin. »Los, los – Yo wartet auf euch!«

*

Ein heftiger Stich in der rechten Stirnhälfte ließ Chast hochschrecken. Instinktiv hob er die rechte Hand, um damit an die schmerzende Stelle zu gelangen. Ein weiterer Stich zuckte durch seinen Körper, als er den Bolzen berührte.

Vom Schmerz gepeinigt, fuhr er in die Höhe, kam zum Sitzen und teilte der Welt seine Pein durch einen wütenden Schrei mit. Augenblicklich kamen mehrere Drakken mit Waffen im Anschlag herbeigesprungen. Er winkte sie mit der Hand davon. »Haut ab, ihr dummen Echsen, haut ab!«

Mit zusammengekniffenen Augen und erhobener rechter Hand saß er eine Weile in Rasnors riesigem Bett – er hasste dieses Bett, und er hasste es auch, in einer so monströs großen Halle und bei so viel Licht schlafen zu müssen. Wie hatte der kleine Scheißkerl das nur aushalten können? Chast spürte, wie schon wieder der Zorn in ihm hoch kochte. Sein verfluchtes Dasein in diesem verabscheuungswürdigen Körper ging ihm auf die Nerven, und die beiden Armbrustbolzen, die in ihm steckten, drohten ihm den Rest zu geben. Er verfluchte sich für das Pech, ausgerechnet auf diese Weise aus dem Reich der Toten wieder zurückgekehrt zu sein – obwohl es eigentlich auch wieder ein Glück war. Herr über dieses Schiff und die Drakken zu sein, war mehr, als er erwartet hatte, als der kleine Rasnor damals zu ihm in seine Grabkammer unterhalb der Abtei von Hegmafor hinabgestiegen war.

Aber wie auch immer – dieser Zustand hier war nicht von Dauer. Er hatte die entscheidende Wendung bereits in die Wege geleitet.

»LiinThesh!«, brüllte er, in keine bestimmte Richtung gewandt.

Am Geräusch der Stiefel auf dem Boden erkannte er den Drakkenoffizier, der im Laufschritt zu ihm eilte. »Ja, Herr?«, fragte der, als er Chasts Bett erreicht und sich vor ihm aufgebaut hatte.

»Dieser Joshua, der Schüler von Quendras. Weißt du, wo der steckt?«

»Ja, Herr. Er hält sich im Laborbereich auf. So wie Ihr es befohlen habt.«

Chast nickte vorsichtig. »Ja, natürlich. Wie weit ist er? Hat er schon etwas zusammengebraut? Ist er fertig?«

»Das weiß ich nicht, Herr, aber ich kann ihn fragen oder ihn zu euch schicken lassen.«

Chast verzog das Gesicht. »Das Letztere. Schick ihn zu mir. Jetzt sofort.«

»Jawohl, Herr.« Der LiinThesh wandte sich auf dem Absatz um und eilte davon.

Ächzend erhob sich Chast. Wenn er doch nur diese Bolzen los wäre! Trotz seiner gewaltigen Fähigkeiten als Magier wusste er keinen Trick, wie er die Geschosse ohne größere Schmerzen aus seinem Körper hätte entfernen können. Der schmerzhafteste war der im Oberschenkel, da er genau an der Stelle saß, die damals – es kam ihm vor wie in einem anderen Leben – Leandra mit ihrem Schwert aufgeschlitzt hatte.

Wie in einem anderen Leben!

»Es *ist* ein anderes Leben, du Idiot«, zischte er wütend. Und dann fügte er hinzu: »… und bald wird es ein drittes sein!«

Diese Aussicht erfüllte ihn mit einer gewissen Befriedigung, und er raffte sich auf, um ein wenig herumzugehen und auf diese Weise seinen gebeutelten Körper in eine etwas bessere Verfassung zu bringen.

Als das große Panoramafenster mit der Höhlenwelt in sein Sichtfeld rückte, blieb er stehen. Hiermit hatte Rasnor wenigstens etwas Stil und Inspiration bewiesen. Man hatte Chast gesagt, dass die gesamte Brücke der MAF-1, die wie der Kopf eines Kraken ganz oben auf dem Schiff thronte, beweglich sei, und Rasnor hatte es von den Drakken so einrichten lassen, dass die Höhlenwelt immer genau mitten im Blickfeld des Fensters lag. Die Höhlenwelt, ein ganzer Planet! Und der gehörte nun ihm!

Ein bitterer Geschmack lief auf Chasts Zunge zusammen.

Sie gehört nicht mir!, sagte eine Stimme in seinem Inneren. *Sie gehört nicht mir, solange diese Schlampe Alina und ihr Druckspack noch am Leben sind!*

Aber damit war es inzwischen vielleicht schon vorbei. Er hatte mit dem Unterhändler der Sonnendrachen ein Abkommen geschlossen, und der hatte versprochen, ihm in Bälde den Tod seiner Feinde zu melden – und zwar *aller!* Chast war ehrlich gespannt, ob diesen Bestien gelingen würde, was er und andere seit langer, langer Zeit versuchten, und woran sie immer wieder gescheitert waren. Doch dann seufzte er; irgendwie hatte er sich innerlich schon darauf vorbereitet, *wieder* eine Fehlmeldung zu erhalten.

Es war Zeit, etwas Neues zu versuchen. Seine Blicke strichen über Rasnors bizarres Königreich, diesen lächerlichen Thronsaal, den er sich zusammengebastelt hatte. Nein, hier wollte er ohnehin nicht leben.

Chast kniff die Augen zusammen.

Irgendetwas war hier heute *anders*.

Er schärfte seine Blicke, ließ sie durch die Umgebung schweifen, dann blieben sie auf einem Punkt ruhen.

»LiinThesh!«, brüllte er.

Wieder kam der Drakkenoffizier im Laufschritt herbei. »Ja, Herr?«

Er deutete in die Mitte seines Domizils. »Hier war doch etwas, nicht wahr? Gestern Abend noch. Da stand doch irgend so ein metallisches Ding, oder?«

Der LiinThesh blickte zu dem Fleck, auf den Chast deutete. Er dachte kurz nach, dann nickte er. »Ja, Herr. Der Mini-MT stand dort.«

»Mini-MT?«

»Der Mini-Materie-Transmitter, Herr. Das ovale Gerät, mit dem Ihr zur Höhlenwelt zu reisen pflegt, wenn Ihr die Stadt Usmar aufsuchen wollt.«

Chasts Stirn legte sich in Falten. »Was?«, flüsterte er. »Rasnor ist damit …?« Er starrte wieder auf die Stelle, dann dämmerte ihm etwas. Dieses Gerät hatte er selbst einst benutzt, als er zum ersten Mal die MAF-1 betreten hatte. Damals war er vom Liin-Maar geholt worden, um *den Pakt* mit eigenen Augen sehen zu können. Nun wusste er wieder, was man damit anstellen konnte.

»Wo ist es hin? Habt ihr es fortgeräumt? Gestern Abend stand es noch hier!«

»Nein, Herr. Von uns verändert hier niemand etwas, ohne dass Ihr es befehlt.«

Chasts Miene verzog sich immer stärker. »Wo soll es denn hingeraten sein? Bist du sicher?«

Der Drakkenoffizier straffte sich. »Selbstverständlich, Herr. Ihr habt als *uCuluu* die Befehlsgewalt, und dies ist euer Thronsaal. Ohne Befehl wird kein Drakken hier etwas anrühren.«

»Aber wie …« Dann sah Chast etwas, kniete sich nieder und streckte einen Zeigefinger nach etwas aus, das den Boden benetzte. Er tippte mit dem Zeigefinger hinein, schnupperte daran und schmeckte es dann vorsichtig mit der Zungenspitze.

»Salzwasser«, sagte er und blickte zum LiinThesh auf.

Der Drakken trat instinktiv einen Schritt zurück. »Salzwasser?«

Chast blieb noch für Sekunden in der Hocke, den Blick geschärft, seine Gedanken tickten. Dann schoss er in die Höhe. »Das ovale Gerät, sagst du? Nennt man es nicht einfach nur das Ei? Wurde uns nicht gemeldet, dass sein Gegenstück aus Usmar gestohlen wurde?«

Der LiinThesh schüttelte den Kopf. »Davon weiß ich nichts, Herr.«

»Natürlich wurde es das! Es ist keine zwei Wochen her! Damals steckte ich noch in Ras ...« Er unterbrach sich, blickte gehetzt umher. »Verflucht – sie sind hier!«

»Was meint Ihr, Herr?«

Chast fuhr zu ihm herum. »Löse einen Alarm aus, du Armleuchter!«, brüllte er den Drakken an. »Einen Großalarm! Jeder Einzelne von euch lässt alles liegen und stehen und bewaffnet sich! Durchkämmt mir jeden Winkel eures Scheiß-Schiffs. Sie sind hier, verstehst du? Diese verfluchte Alina mit ihrem Dreckspack lässt mich einfach nicht in Ruhe!«

Der LiinThesh stand verblüfft da, rührte sich nicht von der Stelle.

»Los, du blödes Echsenvieh!«, kreischte Chast. »Findet sie! Findet die Eindringlinge, bevor sie durchführen können, was auch immer sie vorhaben! Sonst sind wir alle tot!«

*

»Bleibt hier, ich besorge uns Waffen!«, flüsterte Yo.

Azrani zog überrascht die Brauen hoch, während Laura ein bissiges Grinsen aufsetzte und Yo aufmunternd zulächelte. Es war unübersehbar, dass sie Sympathien für die junge Diebin aufbrachte. Yo huschte davon.

Das Getröte der Alarmhupen waren inzwischen verklungen; eine angespannte Stille hatte sich in dem großen Drakkenschiff ausgebreitet, immer wieder durchbrochen vom Stiefelgepolter der Trupps und Mannschaften, die überall durch die Gänge, Hallen und Tunnel der MAF-1 eilten, um sie zu finden. Nichts anderes konnte der Alarm bedeutet haben. Doch dank Azranis Ortskenntnis war die Gefahr nicht allzu groß, dass sie einem der größeren Suchtrupps direkt in die Arme liefen.

Laura legte Azrani eine Hand auf die Schulter und zog sie tiefer zu sich in die Deckung hinab. Yo war bereits unterwegs und machte ihrem Ruf, dass sie es verstand, fast vollständig mit den Schatten zu verschmelzen, alle Ehre.

Sie befanden sich in einem langen Tunnel, in dem zahllose Rohrleitungen, Schläuche und Kabel verlegt waren. In der Mitte verlief ein breiter Steg mit Geländer, alle zehn oder zwölf Schritt von einem Geflecht aus metallenen Streben in Position gehalten. Das Licht war spärlich, nur zwei Drakken in leichten Schutzanzügen, die mit Lampen den Steg heraufkamen, leuchteten den Tunnel aus und suchten ihn ab, so gut es ging. Irgendwo unter ihnen, an einer dunklen Stelle hinter einem Metallkasten, hatte sich inzwischen Yo in Position gebracht. Die beiden Drakken kamen ihr immer näher, schwenkten mit Lampen in die Runde und beugten sich hin und wieder über das Geländer, um in die Tiefe zu sehen.

»Bei den Kräften!«, flüsterte Azrani angsterfüllt. »Sie werden sie entdecken! Und danach uns!«

Laura lächelte nur. »Wetten, dass nicht?«

Azrani sah Laura vorwurfsvoll an. »Du bewunderst sie auch noch, was?«

Laura spähte aus ihrem Versteck in die Dunkelheit, wo sich eine Katastrophe für die beiden Drakken anbahnte. »Ja, tue ich. Dass sie Chast dieses Ei geklaut hat – mitten aus seinem Heiligtum, vor seiner Nase weg ... das ist unglaublich! Und zugleich genial! Jetzt weiß er nicht, wo es ist – aber wir!« Sie klopfte auf die dicke Beule in dem Tuch, das sie wie einen Beutel um ihren Oberkörper geknotet hatte.

Azrani stöhnte leise. Dann deutete sie an Laura vorbei nach vorn. »Jetzt sind sie gleich da!«, wisperte sie.

Die beiden Mädchen sahen mit kaum beherrschter Aufregung den Gang hinab, dann war es so weit: Die zwei Drakken hatten die Stelle erreicht, unterhalb derer sich Yo versteckt hatte. Sie leuchteten in alle möglichen Richtungen, aber irgendwie hatte Yo es geschafft, sich im richtigen Augenblick unter ihnen hinwegzumogeln. Die beiden passierten die Stelle, dann tauchte hinter ihnen plötzlich ein dunkler Schatten auf. Es war, als hätte sich Yo mit einer einzigen, behänden Bewegung von unten heraufgeschwungen. Nun stand sie, mit den Füßen auf den oberen Geländerstangen, über ihnen.

Laura sah kurz eine Klinge aufblitzen, und während der linke Drakken einen krächzenden Laut ausstieß, die Waffe fallen ließ und mit den Armen zu fuchteln begann, ergoss sich von oben ein Wasserschwall über ihn. Der Schutzanzug musste geöffnet sein – die Wirkung trat augenblicklich ein. Das hilflose Fuchteln wurde zu einem hektischen, dann panischen Rudern, das Krächzen zu einem schmerzvollen Schreien, dann verlor das Echsenwesen die Kontrolle über seinen Körper und begann wild zu toben. Der andere Drakken war herumgefahren, aber Yo befand sich längst nicht mehr am selben Ort. Sie tauchte plötzlich von rechts unten jenseits des Geländers auf, packte den Drakken, der nun mit dem Rücken zu ihr stand, und stach zu. Zwei-, dreimal blitzte die Klinge auf, dann wurde der Drakken rückwärts über das Geländer gehievt, überschlug sich in der Luft und stürzte mit einem Aufschrei hinab auf den Tunnelgrund. Der Schatten – mehr sah man von Yo nicht – sprang ihm hinterher. Was dort unten zwischen den Kabeln und Rohrleitungen geschah, blieb verborgen; es waren nur einige gurgelnde Laute zu hören, dann tauchte Yo wieder auf, die Waffe des Drakken in der Linken. Wie eine Katze kam sie kurz auf dem Geländer in eine gehockte Sitzposition, dann sprang sie los und beförderte den anderen Drakken, der in den letzten Zügen zappelte, mit einem beidseitigen Tritt über das Geländer auf der anderen Seite. Er schrie kurz auf und polterte in die Tiefe.

Laura sprang auf. »Auf! Die Luft ist rein!«, rief sie Azrani zu und eilte los. Azrani stieß ein Keuchen aus und folgte ihr.

Laura war begeistert. »Das musst du mir mal zeigen, wie du das machst!«, rief sie Yo halblaut zu, als sie sie erreichte. Neugierig lehnte sie sich erst links, dann rechts über das Geländer. »Unglaublich! Ich hätte nicht gedacht, dass ein Mensch diese Bestien überhaupt besiegen kann!«

»Man muss nur wissen, wie«, lautete Yos knapper Kommentar. Sie drückte Laura die eine Drakkenwaffe in die Hand und bückte sich dann, um die zweite aufzuheben.

Azrani war inzwischen auch da und sah ebenfalls rechts und links in die Dunkelheit hinab. »Sind sie tot?«, flüsterte sie.

»Das will ich doch hoffen«, erwiderte Yo grimmig. »Wie weit müssen wir den Tunnel noch hinab, Azrani?«

»Es kommt sicher bald der nächste Verteiler. Dort muss es dann wieder so ein Luftbild geben.«

»Hologramm heißt das«, korrigierte Laura sie gutmütig. Sie hielt ihre Waffe hoch und zeigte Azrani, welche Schalter sie betätigen musste, um sie zu aktivieren. »Dann hältst du sie einfach in Richtung eines Gegners und drückst hier drauf!«

Azrani untersuchte scheu die klobige Waffe.

»Mach es mir einfach nur nach. Pass aber auf, dass du auf keinen von uns zielst, verstanden?«

Azrani nickte befangen. »Und du, Yo? Brauchst du keine Waffe?«

Die junge Diebin schüttelte energisch den Kopf und zeigte ihre Messer, die sich wie selbstverständlich schon wieder in ihren Händen befanden. »Ist mir zu sperrig. Damit kann ich mich nicht bewegen. Solche Dinger – das ist was für *kleine Mädchen* wie euch.« Yo grinste; ihre derbe, aber nicht böse gemeinte Art war inzwischen überall bekannt. Auch von ihrer Weiblichkeit war sie nicht gerade wie die anderen *Schwestern des Windes* – sie war dürr und hoch gewachsen, von wenig aufregendem Körperbau, mit kantigem Gesicht und struppigen, kurzen Haaren. Doch Weiblichkeit und Schönheit waren beileibe keine Anforderung, um eine *Schwester des Windes* zu sein. Azrani hatte nach wie vor im Sinn, Alina vorzuschlagen, auch Yo diese Ehre zukommen zu lassen und sie in ihren Bund aufzunehmen – wenn sie das wollte. Yo hatte sich bei ihrem gemeinsamen Kampf schon in erheblichem Maße verdient gemacht.

Nun zwinkerte sie Azrani zu, wie um sich für ihren derben Spruch zu entschuldigen, während Laura nur vergnügt grinste. Dann winkte sie ihnen, wandte sich um und eilte den Steg hinab. Laura und Azrani folgten ihr.

Nach einer Weile erreichten sie einen der Verteiler – ein verbreiterter Teil des Tunnels, von dem aus nach links und rechts weitere Röhren abzweigten. An einer Stelle der Wand befand sich eine silberne Platte, unterhalb derer sich einige Tasten befanden. Azrani deutete dort hin. »Da ist wieder so ein Luftbild.«

»Hologramm!«

»Meinetwegen. Hologramm.« Sie bewegte sich darauf zu, drückte eine Taste, und mitten in der Luft vor der silbernen Platte flammte eine dreidimensionale Darstellung auf. Es waren lauter verschiedenartige Quader und Röhren, die beschriftet und durch Linien verbunden waren. Azrani deutete auf einen rosafarbenen, blinkenden Quader. »Hier sind wir jetzt«, flüsterte sie. Sie drückte ein paarmal auf eine andere Taste, woraufhin sich die Abbildung verkleinerte und mehr Quader und Linien zeigte. »Ich denke, wir müssen dorthin.« Sie deutete auf einen entfernten Punkt in der Darstellung, einen ziemlich großen, dunkelrot eingefärbten Zylinder, der sich im unteren Zentrum des riesigen Schiffskörpers zu befinden schien.

»Und du bist sicher, dass das der Fusionsreaktor ist?«, fragte Laura.

»Erstens weiß ich nicht, was ein Fusionsreaktor ist, und zweitens bin ich mir auch nicht sicher. Aber das Ding sieht so aus, wie du es beschrieben hast. Eine riesige Halle mit großen metallenen Röhren darin, im Kreis angeordnet und durch Streben verbunden. Es summt leise und ist ziemlich warm da drin.« Sie nickte. »Ich bin ein paarmal dort vorbeigekommen, auf der Suche nach Essen. Schließlich waren wir fast drei Wochen hier eingesperrt.«

»Zu essen hättest du da nichts gefunden«, meinte Laura. »Also los, machen wir weiter. Der Weg scheint noch weit zu sein.«

Sie machten sich wieder auf den Weg, nutzten dabei Azranis Ortskenntnis und Yos Geschick, wenn es darum ging, Drakkenpatrouillen zu vermeiden oder sie zu umgehen. Nur ein einziges Mal musste Yo noch ihre martialischen Künste anwenden, um zwei Drakken zu töten, die sie unweigerlich entdeckt hätten. Sie versteckten danach die beiden Leichen sorgfältig. Ihre erbeuteten Waffen setzten Laura und Azrani nicht ein. Es hätte bedeutet, die Suchtrupps vielleicht auf sich aufmerksam zu machen, und das hätte damit enden können, dass sie scheiterten, ihren Plan aufgeben und fliehen mussten. Dieses Risiko wollten sie nicht eingehen, und so ließen sie sich Zeit, ihr Ziel zu erreichen. Azrani, die als gewissermaßen »dienstälteste« *Schwester des Windes* ihren kleinen Trupp anführte, war fest entschlossen, die Gefahr durch die MAF-1 und Chast ein für alle Mal zu bannen, falls das irgend möglich war.

Stunden später hatten sie es geschafft.

Sie kletterten aus der Luke eines Reparaturtunnels und standen hoch droben auf einem Metallsteg – einer Empore, die rundum an der Wand einer riesigen zylinderförmigen Halle entlanglief. Unter ihnen strebten leise summende Röhren in die Tiefe, es gab gewaltige Kabelstränge, Rohrleitungen, viele Plattformen und Metallgerüste und in der Mitte eine lange, durchlaufende Säule, die wie aus rot-orange strahlendem Glas wirkte. Laura nickte befriedigt. »Ja. Das ist der Fusionsreaktor. Nicht gerade das kleinste Modell, das ich je gesehen habe.«

Azrani nickte bedächtig, währenddessen sie die gewaltige Anlage eingehend musterte. »Und du kannst damit umgehen? Mit so einem riesigen Ding?«

»*Umgehen* ist nicht der richtige Ausdruck. Aber *kaputtmachen* – das traue ich mir zu.« Laura grinste bissig. »Auf der *Pilgrim*, ihr wisst schon, unserem Schiffswrack auf Jonissar, war ich so etwas wie eine Spezialistin für unsere Energieerzeugung. Wir hatten ein paar alte Fusionsbatterien, Sonnenkollektoren und so weiter. Selbst unser kleiner Fusionsreaktor lief noch, nach vierhundert Jahren. Jedes Schiff hat so etwas.«

»Und du kannst diesen hier kaputtmachen? Hilft uns das etwas?«

»Wir müssen nur das Hauptterminal finden, dann kann ich etwas versuchen. Ich hoffe, dass ich ihn dazu bringen kann, dass er überhitzt; das würde bedeuten, dass er vielleicht explodiert. Das würde mit Sicherheit ausreichen, um das ganze riesige Schiff in Stücke zu sprengen.«

»Und wenn das nicht klappt?«

»Dann würde es schon viel helfen, wenn ich ihn richtig kaputt kriege. Das hieße, dass hier nichts mehr funktioniert, und so ein Schiff ohne Energie ist nichts mehr wert. Es ist dann nichts als ein totes, luftleeres und schwereloses Wrack, mit dem man nichts mehr anstellen kann. Niemand könnte hier mehr leben, und eine Reparatur einer so großen Anlage ...«, sie schüttelte den Kopf. »Das wäre ein ungeheurer Aufwand und vermutlich gar nicht hier zu bewerkstelligen. Man müsste diesen Riesenpott anderswo hinschleppen, und das ist eigentlich unmöglich.«

»Das heißt, wir könnten dieses Drakkenschiff ein für alle Mal loswerden?«

Laura nickte. »Ja. Ich glaube, das ist zu schaffen. Ich brauche nur ein paar Stunden Zeit und möglichst keine Drakken, die währenddessen auf mich schießen. Wenn wir's geschafft haben, hauen wir einfach ab.« Sie klopfte wieder auf die Beule in ihrem Beutel – das Ei.

Yo nickte entschlossen. »Das schaffen wir! Woher sollen die Drakken ahnen, was wir hier vorhaben? Wahrscheinlich denken sie, wir wollen ihnen nur wieder eine Ladung Salz vorbeibringen.«

*

Unsicher sah sich Lucia um, während ihre Schwebeplattform mit dem Drakkensoldaten am Steuer durch die leeren Gänge des riesigen Schiffes huschte. Warum man sie aus dem tiefsten Schlaf geweckt hatte, wusste sie nicht; der Drakken hatte ihr nur mitgeteilt, Rasnor wünsche sie zu sehen.

Ihr Herz pochte leise. Alles, was sie in den letzten beiden Wochen erlebt hatte, war allzu verwirrend gewesen. Beinahe wünschte sie sich zu Ötzli zurück.

Sash hatte sich leider als ein unangenehm herrischer Typ erwiesen. Anfangs hatte sie den Sex mit ihm und auch seinen weltmännischen Stil genossen, und sie hatte auch unerwartet viel Gefallen daran gefunden, ihn mit der Ausstrahlung ihres Körpers zu beherrschen. Aber möglicherweise hatte sie das übertrieben. Ab irgendeinem Punkt war es ins Gegenteil umgeschlagen: Sash hatte ihre Herrschaft abgeschüttelt, offenbar als er gespürt hatte, dass er in die Abhängigkeit ihres schönen Körpers abzugleiten drohte. Nun nahm er sich einfach, was er haben wollte, offenbar in dem Wissen, dass sie sich ihm nicht entziehen konnte. Sie hatten beide für Ötzli eine Mission zu erfüllen, und es gab keine Möglichkeit der Flucht für sie. Noch war Sash nicht allzu grob geworden, aber sie glaubte inzwischen, dass er sie kurzerhand vergewaltigen würde, sollte sie sich seinen Wünschen ernsthaft widersetzen. In ihrem Bauch rumorte seitdem ein höchst unangenehmes Gefühl.

Die Nachrichten über Revolten und Aufstände, die nun überall aus dem Sternenreich kamen, beunruhigten sie zusätzlich. Wenn die Macht oder die Position Ötzlis brach, war sie verloren, sie würde sich nur einem wie Sash anhängen können, um seine Gespielin zu sein, viel mehr Möglichkeiten hatte sie nicht. Das belastete ihr Bauchgefühl zusätzlich.

Was ihre derzeitige Aufgabe anging, kam eine weitere Verwirrung hinzu. Rasnor befand sich in einem völlig grotesken Zustand, drei Armbrustbolzen steckten in seinem Leib, einer davon in seinem Kopf, und er hatte gerade eine wichtige Schlacht in der Höhlenwelt verloren, wie ihr einer der Bruderschaftler zugeflüstert hatte. Seine Position wankte, und da war nur noch eine vage Hoffnung auf einen Sieg durch seine seltsamen Verbündeten, diese Abon'Dhal. Lucia befürchtete, mit schlechten Nachrichten zu Ötzli zurückkehren zu müssen – eine weitere dumme Sache, die ihr Bauchrumoren nur noch verstärkte.

Was sollte sie tun? Wohin sich wenden? Nirgends schien ein Platz für sie zu sein, wo sie doch gerade dabei gewesen war, die Macht ihres schönen Körpers zu entdecken, mit dem sie sich Zugang zu den Herzen wichtiger, einflussreicher Männer verschaffen konnte. Sie hatte sogar noch einen zusätzlichen Weg entdeckt, nämlich den ihres Geistes, denn sie hatte sich bei Ötzli als scharfsinnig und klug präsentieren können. Aber um die Kräfte ihres Geistes einsetzen zu können, musste sie erst einmal wieder bei jemandem *unterkommen*. Am liebsten bei einem Mann mit dem Einfluss Ötzlis, dem Körper Sashs und dem Reichtum Rasnors – natürlich immer die jeweilige Bestform dieser drei Männer vorausgesetzt. Im Augenblick jedoch war bei keinem der drei etwas zu holen.

Die Schwebeplattform hatte einen langen Tunnel durchquert, und inzwischen war es mit der Ruhe vorbei. Die Gänge und Hallen der MAF-1 waren nicht länger still und leer. Alarmhupen hatten eine Weile getrötet, nun waren überall bewaffnete Drakkentrupps unterwegs, und die Atmosphäre auf dem Riesenschiff hatte sich von angespannter Ruhe zu offenem Aufruhr gewandelt. Lucia fühlte, wie sich das Rumoren in ihrem Bauch langsam in Übelkeit verwandelte. Etwas sagte ihr, dass die Welt um sie herum im Begriff stand umzukippen. Dass sich in Kürze alles ins Gegenteil verkehren würde und dass sie jämmerlich und unweigerlich sterben würde, sollte es ihr nicht sehr rasch gelingen, einen wirklich aussichtsreichen Fluchtweg zu finden.

Die Plattform durchquerte Tunnel und Hallen, überall waren im Laufschritt bewaffnete Drakkentrupps unterwegs, und die ruhige, weiße Beleuchtung des Schiffsinneren war von dem Flackern und Blinken roter Warnsignale durchbrochen. Immer wieder kamen sie durch Bereiche, in denen unangenehm laute Alarmhupen tröteten. Endlich erreichten sie die Brücke.

Das große Brückenschott glitt zischend zur Seite, die Schwebeplattform verlangsamte und hielt auf etwa halbem Weg zu Rasnors *Thronsaal* an. Diese lächerliche Ansammlung von feinen Möbeln inmitten dieses monströsen Kommandoraums erregte beinahe Lucias Zorn – der Anblick war fast ebenso grotesk wie der Rasnors mit seinem *Bolzen im Hirn*. Sie hatte gute Lust, ihn zu verspotten, diesen kleinen Dreckskerl, den sie noch nie hatte ausstehen können ...

... obwohl es da eine wahrhaft seltsame Sache gab.

Während sie mit betont aufreizendem Gang auf sein Domizil zuschritt – sie gefiel sich ausnehmend gut in dieser hautengen futuristischen Kluft in Dunkelgrau, die Sash ihr angepasst hatte –, überlegte sie, was mit Rasnor los sein mochte. Er hatte sich grundlegend verändert. In ihm schien nicht mehr der kleingeistige, linkische Feigling von früher zu stecken, sondern ein seltsam gewandter, charismatischer, neuer Mann. Hätte da nicht dieser bizarre Bolzen aus seiner Stirn geragt und hätte er nicht seit Tagen diese blutbesudelte Robe getragen, sondern anständige, saubere Kleider, hätte sie sich sogar ein wenig für ihn interessieren können.

Im Augenblick hatte er Besuch: Sie konnte zwei Drakkenoffiziere erkennen, die einen einzelnen großen Mann eskortierten, der zwischen ihnen stand. Rasnor schien sehr wütend zu sein. Lucia spitzte die Ohren.

»... hätte ich mir denken können!«, brüllte Rasnor in Richtung seines Besuchers. »Und jetzt wollen diese lächerlichen Versager auch noch meine Truppen als Unterstützung? Um dieses Pack wieder aus den Höhlen zu verjagen? Das ist wohl als ein Witz gemeint, oder?«

»Nein, Herr, nicht als Witz. Ich habe den Auftrag, Euch um ...«

»Nichts da!«, rief Rasnor und schnitt seinem Gegenüber das Wort mit einer wilden Handbewegung ab. »Unser Abkommen ist null und nichtig! Geh und sag ihnen das. Sag ihnen, dass ich sie für eine Bande jämmerlicher dummer Flattertiere halte und dass ich sie abschießen lassen werde, sollte je einer von ihnen in die Reichweite meiner Schiffe geraten. Sag ihnen das, hast du verstanden?«

»Aber Herr ...!«

Rasnor deutete mit einer herrischen Bewegung in die Richtung, aus der Lucia kam. »Und nun verschwinde! Los, los! Hau ab, bevor ich es mir anders überlege und dich in Stücke reiße, du Unterhändler einer Sippe von Feiglingen und Versagern!«

Der Mann machte, dass er davonkam; wenige Herzschläge später schon rannte er an Lucia vorbei auf das große Brückenschott zu, ihr einen kurzen Blick aus panischer Miene zuwerfend. Lucia blieb kurz stehen und sah ihm hinterher.

»Lucia!«, hörte sie kurz darauf Rasnor rufen.

Sie wandte sich um und sah ihn, wie er mit geöffneten Armen dastand, wie ein gütiger Vater, und sie verspürte kurz den verwirrenden Impuls, sich in seine Umarmung zu begeben. Empört über sich selbst, kämpfte sie diesen Impuls nieder und trat mit einem unverbindlichen Lächeln weiter auf Rasnor zu.

»Hoher Meister«, hauchte sie freundlich, als sie ihn erreichte. Augenblicke später stellte sie überrascht fest, dass die Umarmung, kurz, warm und herzlich, dennoch stattgefunden hatte. Verwirrt löste sie sich von Rasnor.

»Wie geht es dir, Kind?«, fragte er mit einem gütigen Lächeln.
Lucia bemühte sich, ihre Verstörtheit zu verbergen. »Danke, gut, Hoher Meister. Warum habt Ihr mich rufen lassen?«

»Oh, ich wollte nur ein wenig mit dir plaudern. Über mögliche Dinge, die wir in der Zukunft ... was ist denn *nun* schon wieder?«

Die letzten, unwirsch hervorgestoßenen Worte Rasnors waren an einen weiteren Drakken gerichtet, der vom Brückenschott kommend, zu ihnen gerannt war. Er hielt jedoch nicht bei Rasnor an, sondern eilte an ihm vorbei und salutierte vor den beiden Drakkenoffizieren, die noch immer in Rasnors Nähe standen. Ein kurzer, in der seltsamen Echsensprache der Drakken gezischter Wortwechsel fand statt. Dann salutierte der Drakkensoldat wieder und eilte davon.

Die beiden Offiziere begannen leise und aufgeregt miteinander zu reden und hoben dann die Arme, um kleine Geräte an ihren Unterarmen zu bedienen; offenbar konnten sie damit Verbindung mit anderen Drakken aufnehmen. Sie redeten, tippten auf den Geräten, berieten sich hektisch, die ganze Zeit über beobachtet von Lucia und dem immer ungeduldiger werdenden Rasnor. Endlich schienen sie zu einem Ergebnis gekommen zu sein und traten vor ihren Herrn.

»Eine Meldung, *uCuluu*«, kündigte der rechte Drakken an.

»Eine Meldung? Und wie lautet die?«

»Das Schiff muss evakuiert werden. Der Reaktorkern überhitzt langsam und droht in eine Kettenreaktion zu fallen.«

»Was?«, zischte Rasnor. Seine Miene hatte sich verzogen, als hätte er auf eine Zitrone gebissen. »Evaku...? Reaktorkern ...? Ketten... was?«

»Evakuieren heißt, dass es geräumt werden muss«, half Lucia mutig aus. »Vollständig geräumt, da es zu explodieren droht. Der Reaktor ist ... eine große Energiequelle. Es scheint so, wenn ich den Offizier richtig verstanden habe, als werde der Kern des Reaktors immer heißer. Wenn er eine bestimmte Hitze überschreitet, kommt es zu einer Katastrophe. Womöglich wird dabei das ganze Schiff vernichtet.«

Rasnor starrte sie verblüfft an. »Aber ... woher weißt *du* denn, was das alles bedeutet?«

Lucia lächelte und tippte sich seitlich gegen die Schläfe. »Ich erhielt einen speziellen Unterricht, als mich Ötzli damals mitnahm – hinaus ins All, zu den Drakken. Eine Schulung, während ich schlief.«

»Oh, wirklich ...?«

»Seither kenne ich die meisten dieser Begriffe und kann viele sogar erklären. Ich muss nur ein wenig ... *nachschlagen*. In meinem Kopf.«

Rasnor schien zwischen ehrlicher Bewunderung für sie und dem Schock der Nachricht zu schwanken. Er sah mit unsicherer Miene abwechselnd zwischen den Drakken und Lucia hin und her. »Die MAF-1 explodiert?«, fragte er schließlich. »Heißt das, sie wird zerstört?«

»Ja, Herr.«

Rasnor schüttelte mit abweisender Miene den Kopf. »Was soll das? Dieses riesige Schiff? Wodurch zerstört?«

»Davon, dass die riesige Energiequelle in Stücke fliegt«, versuchte Lucia zu erklären.

Rasnor wirkte verstört und fragte noch ein paarmal nach, aber schließlich begriff er es. Die Drakken machten ihm klar, dass die MAF-1 in wenigen Stunden wie ein Stern verglühen würde; es gab keine Möglichkeit mehr, den schon weit fortgeschrittenen Prozess wieder umzukehren. Mit einer wilden Handbewegung scheuchte er die beiden Drakkenoffiziere davon. Er nahm Lucia am Arm und führte sie herum.

»Verzeih mir, Lucia. Es scheint, als wäre ich schwer von Begriff, aber dies alles ist neu für mich. Ich muss mich erst an diese Dinge gewöhnen.«

Lucia lächelte wieder. »Macht Euch nichts daraus, Rasnor, ich hatte anfangs selbst viele Probleme ...«

»Oh, ich bin nicht Rasnor«, lächelte er.

Lucia blieb stehen. »Nicht?«

»Nein, nein. Du müsstest es bemerkt haben. Dieser Körper gehörte Rasnor, aber Rasnor, dieser kleine Kriecher, ist tot. Ich habe ihn beseitigt. Vielleicht hast du meinen richtigen Namen schon einmal gehört. Man nennt mich Chast.«

Lucia wurde bleich. »Chast?«

»Ich sehe es an deinen Augen, Kind, du hast es bereits gespürt, dass in diesem Körper ein anderer Geist sitzt. Und den Namen Chast scheinst du ebenfalls zu kennen. Ich werde dir alles genau erklären, allerdings ... später. Nun hör mir zu, wir haben nicht viel Zeit.« Er sah sich um, niemand war mehr in der Nähe.

»Seit einiger Zeit schon«, fuhr er in verschwörerischem Ton fort, »bemerke ich, wie alles vor die Hunde geht. All das, was Rasnor und die Drakken hier aufgebaut haben, löst sich auf, versagt nach und nach den Dienst. Es ist alles zum Scheitern verurteilt.«

Lucia schluckte. »So?«, fragte sie unbeholfen.

»Ja, mein Kind. Sogar ich bin gescheitert. Ich wurde von dieser Leandra, vielleicht hast du von ihr schon gehört, besiegt. Weil ich dumm war. Und nun ist es eine andere der *Schwestern des Windes*, die hier den Sieg davonträgt. Vor Stunden sind hier ihre Leute eingedrungen, und die Sache mit diesem ... Reaktorkern, das geht ohne jeden Zweifel auf ihr Konto. Hier wird in Kürze alles vernichtet sein, so viel ist mir klar. Doch es ist nicht *meine* Niederlage, es ist die Rasnors. Ich kam nicht rechtzeitig hinzu. Dieses Mal hätte ich nicht verloren, aber nun ist es zu spät. Doch ich habe Pläne. Pläne, für die ich deine Hilfe brauche. Als meine schöne Gefährtin, meine Ratgeberin, meine Verbündete. Ich bin ein Mann von gewaltiger Macht, und ich habe wenig Skrupel. Zusammen könnten wir dort draußen, in diesem Sternenreich im All, etwas Großartiges erreichen. Was sagst du?«

Lucias Herz schlug einen dumpfen, harten Rhythmus. Sie atmete schwer, blickte unwillkürlich auf den Bolzen, der schräg aus Rasnors ... aus *Chasts* Stirn ragte. »Ich weiß nicht ...«, stammelte sie.

»Oh, dieser Bolzen ... der wird natürlich ...« Chast blieb stehen und schüttelte lächelnd den Kopf. »Nein, ich sage es dir geradeheraus: Mich verlangt es nach einem neuen Körper. Die scheußliche Hülle des kleinen Rattengesichts Rasnor wollte ich nie haben. Es war nur eine Notlösung.« Chasts Grinsen nahm plötzlich teuflische Züge an, seine Stimme wurde leise und bedrohlich, während er sich mit dem Mund zu Lucias linkem Ohr beugte. »Mich verlangt es nach einem frischen Körper, schöne Lucia. Beispielsweise nach dem deines hübschen Begleiters Sash.«

Lucia erschauerte. Ein seltsames Gefühl hatte sie gepackt; es war eine unbestimmbare Angst, die das Rumoren in ihrem Bauch ersetzt hatte, aber da war auch eine seltsame Erregung. Und gleichzeitig wusste sie, dass sie vermutlich nur noch diese eine letzte Chance haben würde, nämlich sich diesem unglaublichen Chast anzuvertrauen, wollte sie hier, aus dieser Situation, noch mit dem Leben davonkommen. Selbst Chast schien ihrer Schönheit erlegen zu sein – welchen Grund sollte er sonst haben, sie um *ihre Hilfe* zu bitten? Sie musste eine Entscheidung treffen.

Sie bemühte sich langsam und gleichmäßig zu atmen, ihre Nervosität nicht nach außen dringen zu lassen. War sie dem gewachsen, was sich da anbahnte? Würde sie diesen beängstigenden Mann, der ganz offensichtlich in Rasnors Körper steckte, ertragen, mit ihm umgehen oder gar beherrschen können? Kurz schloss sie die Augen, überlegte, prüfte sich ... dann endlich war sie so weit.

»Ja, ich ...«, sie rang sich ein Lächeln ab. »Warum nicht, Hoher Meister? Ich bin ohnehin ...«

»Sag einfach nur Chast zu mir, schöne Lucia. Wir sind doch jetzt ein Paar, nicht wahr?« Wieder sah sie Chast lächeln, und wieder lag etwas darin, das sie erregte, wenngleich es ihr auch Angst machte. Allein diese Kombination aus Gefühlen war einzigartig und warf die Frage auf, was sie in ihr freilegen würde.

Chast hielt ein kleines Fläschchen in die Höhe. »Ich habe bereits etwas vorbereiten lassen, meine Liebe. Ein Glück, dass es schon fertig ist, ich hatte nicht vor, dich mit meinem Plan so sehr zu überrumpeln. Aber da nun so plötzlich diese Notlage eingetreten ist, müssen wir handeln.«

»W-was ist das für ein Fläschchen?«, fragte sie ängstlich.

»Ein Gift, meine Schöne. Ein magisches Gift. Es tötet einen fast, aber nur fast. Und nicht den Körper, sondern nur den Geist. Wenn ich mir den Körper deines Freundes Sash aneignen will, muss sein Geist, oder besser: sein Wille, so gut wie zerstört sein. Dieses magische Gift sorgt dafür.«

»Ich ... soll es ihm verabreichen?«

Chast lächelte böse. »Ich sehe dir an, meine Schöne, dass sein Körper dich durch die Gipfel der Lust getrieben hat, dass du ihn aber dennoch hasst, da er dich unterdrückt und misshandelt hat. Ja, verabreiche ihm dieses Gift, töte ihn, und ich werde seinen Körper übernehmen und mit dir von hier fliehen. Ich werde dich besser behandeln als er, viel besser, und zugleich wirst du die Frau an der Seite eines der mächtigsten Männer der Zukunft sein!«

Lucia nahm zögernd und mit pochendem Herzen das Fläschchen entgegen, das Chast ihr hinhielt.

»Braves Kind«, lobte er sie lächelnd. »Aber beeile dich. Du hast gehört, welchem Schicksal dieses Schiff in Kürze anheim fallen wird. Geh zu Sash, sorge dafür, dass er es irgendwie nimmt, und rufe mich, wenn er schläft. Anschließend werden wir beide fliehen – in dem Schiff, in dem ihr beide gekommen seid, und für dich wird eine goldene Zukunft anbrechen. Willst du das tun?«

Lucias Puls tobte. Was sie tun sollte, erregte und ängstigte sie über die Maßen, aber sie wusste, dass sie gar keine andere Wahl hatte. Beinahe hätte sie Chast gefragt, wie sie es überhaupt anstellen sollte, Sash so schnell und zuverlässig dieses Gift einzuflößen, aber da wusste sie auch schon, wie sie es tun musste. Natürlich mit ihrem Körper. Mit einem Glas Wein und der Macht ihres Körpers.

Sie nickte. »Ihr ... Ihr könnt Euch auf mich verlassen, Hoher Meister. Ich meine ... Chast. Ich werde es tun.«

Chast lächelte. »Dann geh, mein Kind. Lass mich durch die Drakken benachrichtigen, sobald du soweit bist. Aber mehr als eine Stunde hast du nicht, von diesem Augenblick an. Sonst werden wir sterben.«

Lucia nickte bedrückt. Rasch wandte sie sich um und eilte davon.

Chast lächelte noch immer, als er ihr hinterher sah.

*

Stunden später, als der weiße Blitz einer gigantischen Entladung durchs All fuhr und ein doppelter Ring aus glühender Energie aus dem gewaltigen schwarzen Leib der MAF-1 hervorbrach und nach außen brandete, stand Lucia am Fenster des leichten Drakkenkreuzers, der sie und Chast nach Schwanensee bringen sollte, und hielt ein zweites Glas mit Wein in der Hand. Es war noch voll, sie hatte noch keinen Schluck genommen, sondern starrte nur hinaus ins All, wo die MAF-1 in einer seltsam schönen und aufregenden Lichterscheinung lautlos verglühte. Sicher gab es solche spektakulären Ereignisse nur sehr selten, und eines davon mitzuerleben, diese eine Sekunde, ohne dabei eines der Opfer zu sein, hatte etwas Erhabenes. So als besäße man die Macht, solche Ereignisse auszulösen.

Doch das tröstete sie im Augenblick nicht. Sie fühlte sich schmutzig. Schmutzig von dem, was sie getan hatte, und da half ihr die Entschuldigung, dass sie sich vordergründig eigentlich nur erst einmal das Leben gerettet hatte, auch nichts.

Sash war tot, und Chast war in Sashs Körper bei ihr, aber sie hatte nicht den geringsten Anlass anzunehmen, dass sich ihre Situation nun verbessern würde. Niemand hatte ihr zuvor garantiert, dass ihr Chast mehr Mitgefühl, Freundlichkeit oder Wärme geben würde als der kaltherzige Sash, wiewohl Chast es ihr versprochen hatte.

Lucia seufzte bitter. Sie würde sehen müssen, wie sie mit der neuen Situation umging. Wahrscheinlich konnte man sich an alles gewöhnen.

31 ♦ Plan B

Munuel und Roya tauchten mit einer anderen Schwebeplattform auf, als sie abgeflogen waren – und es hatte Stunden gedauert. Obwohl völlig ungeübt in dieser früher vom Cambrischen Orden geächteten Disziplin, hatte Munuel dem Altmeister übers *Trivocum* mit einfachen Signalen immer wieder mitgeteilt, dass sie wohlauf waren.

Als sie mit der Plattform durch den Tunnel hereinschwebten, machte Ötzli große Augen – sie passte gerade noch so hindurch. Auf ihr türmten sich große, gelb-graue *Containerboxen* – so wurden sie von den Drakken genannt. Sie waren sechseckig und ließen sich perfekt stapeln, und das war auch nötig, andernfalls hätten sie die Menge, selbst auf der großen Plattform, nicht unterbringen können. Neben den Kisten stand der Drakkenoffizier mit seinem Muuni und starrte finster in Richtung der Aufständischen.

Roya sprang schon herab, noch bevor die Plattform Ötzli und seine Leute erreicht hatte. Ihre jugendliche und begeisterte Art, mit der sie auf ihn zugesprungen kam, entlockte Ötzli ein Lächeln. *Wenigstens noch ein kleiner Lohn*, dachte er mit einer gewissen Bitterkeit. Er hätte sie gern noch in die Arme genommen, aber sie blieb vor ihm stehen.

»Wir haben es geschafft, Altmeister Ötzli«, verkündete sie aufgeregt und wies auf die Plattform. »Über tausend Amulette! Wir haben sie erst noch in diese Kisten umladen müssen, denn sie befinden sich schon in solchen seltsamen Dingern.« Sie formte mit den Händen etwas Unbestimmbares und schickte ein Lächeln hinterher. Ihr Lächeln war einfach zauberhaft, er hätte sie küssen mögen dafür, und neue Wehmut überkam ihn, dass alles so schrecklich schief gelaufen war.

Die Plattform verlangsamte, sank ein Stück herab, und Munuel wollte sie schon über das kleine, sich ausklappende Treppchen verlassen, als Ötzli ihm Einhalt gebot. Er deutete nach links, wo Roya eine weitere leere Plattform schweben sah; für Munuels Blick war sie zu weit entfernt.

»Ich habe ihnen noch eine abgetrotzt«, erklärte er. »Und auch schon alles Weitere veranlasst. In wenigen Stunden sind wir frei!«

Roya blickte ihn mit großen Augen an. »Frei? Wirklich ... *frei?*«

Er setzte eine grimmige Miene auf. »Ja, Mädchen, verlass dich drauf!« Er wandte sich um und winkte den anderen Gefangen zu. »Los, beeilt euch! Wir müssen einige der Kisten umladen!«

Kurz darauf herrschte große Geschäftigkeit. Ötzli schien sich alles genau überlegt zu haben und kommandierte die Leute hierhin und dorthin. Nach wenigen Minuten hatten sie es geschafft: die Ladung der Amulette war auf zwei Plattformen aufgeteilt. Während Ötzli, der Doy Amo-Uun und die Hälfte der Leute auf der einen Plattform Platz gefunden hatten, flogen Munuel, Roya, der Drakkenoffizier, sein Muuni und der Rest der Aufständischen auf der zweiten.

»Die Drakken werden niemals zulassen, dass wir *The Morha* lebend verlassen, Lakorta!«, rief der Doy Ötzli wütend zu.

»Keine Sorge, das werden sie!«, prophezeite Ötzli, ebenso wütend. »Ihr werdet ihnen das klar machen, verstanden?« Er deutete auf den Drakkenoffizier, der, von bewaffneten Männern und Frauen umringt, auf der Nachbarplattform stand und mit finsterer Miene herüberstarrte. »Ihr befehlt ihm das jetzt. Dass sie uns unbehelligt bis zu eurem Shuttle-Terminal durchlassen und wir von dort direkt nach Sapphira fliegen werden.«

»Das ... das *kann* ich nicht!«, rief der Doy entsetzt. »Selbst wenn ich wollte!«

»Was soll das heißen? Seid ihr nicht die Stimme des Pusmoh? Habt Ihr nicht die Befehlsgewalt über *The Morha*?«

Die Miene des Doy wurde flehentlich, seine Stimme leiser. »Ihr seht das falsch, Lakorta! Man nennt mich zwar die Stimme des Pusmoh, aber ich habe keine wirkliche Macht! Ich führe nur das aus, was der Pusmoh will!«

Ötzli baute sich unmittelbar vor dem Doy auf, seine Miene spiegelte heißen Zorn. »Ihr habt wohl Angst um Eure Haut, was?«, knirschte er den Doy an. »Dass Ihr später vor Eurem verdammten Pusmoh für das einstehen müsst, was Ihr jetzt befehlt! Aber das ist mir egal! Hauptsache, Ihr sprecht Eure Befehle *jetzt* aus, und die Drakken tun, was Ihr anordnet!«

»Aber wie soll ich ...?«

»Sagt dem Offizier, dass wir sowohl Euch als auch ihn töten werden, wenn wir angegriffen werden. Vor allem aber werden wir die Amulette vernichten – mit Magie!«

Der Doy schluckte. »D-die Amulette? Könnt Ihr das überhaupt?«

Ötzli hatte sich bereits etwas für den Fall überlegt, dass ihm der Doy diese Frage stellen würde. »Allerdings können wir das. Leider wird es sich katastrophal auswirken, selbst die Vernichtung eines einzelnen Amuletts. In jedem von ihnen steckt buchstäblich ein ganzer Berg von Wolodit, ich habe die Herstellung der Amulette in der Verdichter-Halle auf der MAF-1 selbst miterlebt. Die Halle misst eine gute Meile im Quadrat und ist bestimmt sechzig Ellen hoch. Wenn ich die Innere Struktur auch nur *eines* dieser Amulette mithilfe einer Magie auflöse, wird es sich schlagartig in das zurückverwandeln, was es einmal war: hunderttausende Tonnen von Woloditgestein!« Er blickte in die Höhe und vollführte mit beiden Händen eine Geste. »Wumm. Euer ganzer schöner Kristallturm würde in Stücke gerissen. Von nur *einem* zerstörten Amulett!«

Angstvoll blickte der Doy in die Höhe.

»Wenn ich einen dieser Container dort hochgehen lasse, mein lieber Doy ... wie viele Amulette mögen da drin sein? Drei Dutzend? Mehr? Nun, ich glaube, dann würde von Eurem hübschen *The Morha* nicht mehr viel übrig bleiben. Und die ganze Ladung? Über tausend Amulette? Würde das vielleicht die Insel sprengen? Oder den Kontinent – mitsamt der Hauptstadt Sapphira und dem riesigen Raumhafen? Wie wollt Ihr das Eurem Pusmoh erklären?« Ötzli lachte grimmig auf. »Nein, das müsst Ihr dann nicht mehr. Das würde wenigstens im Umkreis von ein paar tausend Meilen niemand überleben.«

Nun wirkte der Doy völlig verdattert. »U-und d-das könnt Ihr wirklich, Lakorta?«

Ötzli bleckte die Zähne. »Darauf könnt ihr wetten, Ihr Jammerlappen! Und ich werde es tun! Ihr solltet Euch vielleicht überlegen, mit uns zu kommen und irgendwo in einem abgelegenen Dorf der Höhlenwelt als Lumpensammler Euer Brot zu verdienen. So entkommt Ihr vielleicht der Rache Eures Herrn!«

Der Doy atmete schwer, klammerte sich an dem Geländer fest, das hinter ihm war. »Ihr wollt wirklich bis zur Höhlenwelt fliehen? Bis dorthin kommt ihr nicht. Ob ich den Drakken befehle, Euch passieren zu lassen oder nicht! Es gibt im Reich des Pusmoh noch andere außer mir, die Befehle erteilen können.«

»Die Höhlenwelt wird noch immer von Eurem Riesenschiff umkreist, Doy. Ich könnte mir vorstellen, dass wir von dort aus einen Handel mit dem Pusmoh abschließen können, der beiden Seiten eine vernünftige Aussicht bietet. Und vielleicht ist dort sogar ein Pöstchen für Euch denkbar – als Vermittler, wer weiß. Dann müsst Ihr keine Lumpen sammeln gehen.« Er trat den letzten Schritt auf den Doy zu und packte ihn an seiner Robe. »Aber dazu müssen wir erst einmal Sapphira erreichen und ein Schiff bekommen. Und dann: freies Geleit zur Höhlenwelt! Was ist? Befehlt Ihr das jetzt dem Offizier da drüben, oder soll ich das Wolodit entfesseln?«

Der Doy benötigte noch eine halbe Minute, während der er schwer schnaufte und keuchte wie ein geprügelter Hund – von seiner arroganten Selbstherrlichkeit war keine Spur mehr übrig geblieben. Es schien, als horche er in sich hinein, dann endlich nahm er sich zusammen, trat zur anderen Seite der Plattform, wo er dem Drakkenoffizier am nächsten war, und erteilte ihm die verlangten Befehle. Er tat es sogar mit einer gewissen Schroffheit, so als wäre er von der Überzeugung beseelt, dass seine Maßnahme die richtige wäre. Oder aber der Drakkenoffizier sollte glauben, die Befehle wären der Einfall des Doy Amo-Uun selbst.

Der Offizier salutierte gehorsam, zögerte kurz, beugte sich dann aber über das Geländer und befahl seinen Artgenossen, die sich noch immer untätig hinter Metallkästen verschanzt hatten, was sie zu tun hatten.

Ötzli atmete auf, versuchte die Gedanken des Bedauerns niederzukämpfen, die er über den unglücklichen Lauf der Dinge empfand, und labte sich an den wohlwollenden Blicken, die ihm Roya von der anderen Plattform her zuwarf. Es war ein Glück, dass sie die meisten Ereignisse der vergangenen Monate nicht unmittelbar miterlebt hatte, andernfalls hätte sie ihm jetzt vielleicht nicht so viel Milde entgegen gebracht.

Ötzli gab ein Handzeichen zum Aufbruch. Die beiden Plattformen begannen etwas lauter zu summen, hoben sich ein Stück in die Höhe, dann ging die Reise durch *The Morha* los. Der Drakkenoffizier und der Doy mussten steuern; Ötzlis Befehl lautete, die beiden Plattformen direkt zum Shuttle-Terminal zu bringen. Der Muuni hatte sich dicht an den Drakken gedrängt. Ötzli spielte kurz mit dem Gedanken, das hässliche Wesen von der Plattform zu werfen, aber damit nahm er vielleicht dem Offizier seine Denkfähigkeit, und das mochte Probleme geben.

Während der fast lautlosen Fahrt durch den gigantischen Gebäudekomplex mit seinen riesigen Hallen und Tunneln, durch die noch immer die beeindruckenden, frei schwebenden Güterströme unterwegs waren, sahen sie überall Drakken.

Es war beinahe grotesk: An zahllosen Stellen waren plötzlich Flugboote, Schwebeplattformen und seltsame Geschützstände aufgetaucht, die schweren Waffen demonstrativ auf die beiden Plattformen der Fliehenden gerichtet und eine massive Drohung ausstrahlend, die der Feind sich jedoch völlig hätte sparen können. Ötzli fühlte sich seltsam sicher. Etwas sagte ihm, dass keiner der Drakken auf sie schießen würde; die Echsen waren keine gewieften Strategen, sie waren nur ein brutales Breitschwert, das nötigenfalls mit aller Gewalt zuschlagen konnte. Aber in einer solchen Situation, die taktisches Geschick, Kreativität und Fingerspitzengefühl erforderte, waren sie völlig überfordert. Sie agierten nach einer einfachen Formel: die Amulette waren unersetzlich wertvoll, und es gab eine Möglichkeit, sie zu retten, also wurde nicht geschossen. Den Fliehenden eine geschickte Falle zu stellen oder sie taktisch auszuspielen, war den Drakken nicht möglich. Der Pusmoh, wer immer das auch war, hätte dies vielleicht geschafft – aber der Pusmoh war nicht *hier* auf Soraka, und es würde dauern, ehe er reagieren konnte. Somit hatten sie eine reelle Chance, tatsächlich der bestbewachten Einrichtung des gesamten Pusmoh-Reiches zu entfliehen und sogar heil die Höhlenwelt zu erreichen. Ötzli nickte sich innerlich zu. Ja, bis zur MAF-1 zu gelangen war durchaus zu schaffen, auch wenn sie von einer Flotte bis an die Zähne bewaffneter Kriegsschiffe eskortiert wurden. Doch auf der MAF-1, bei Rasnor, stand immer noch das *Ei*. Damit war für ihn selbst eine Flucht in die Höhlenwelt möglich, und dort würde er sich sogar von Munuel absetzen und im Nirgendwo verschwinden können. Vielleicht würde man ihn, aus einer gewissen Dankbarkeit heraus, in Ruhe lassen. Dass er mit dieser ganzen Flucht der kleinen Roya das Leben retten konnte, gab ihm ein wenig Halt, Hoffnung und Erleichterung – was später kam und ob er innerlich mit all dem Mist fertig wurde, musste er abwarten.

Nach einer Stunde zügiger Fahrt mit den beiden Schwebern erreichten sie das breite Portal, das hinaus auf den Landeplatz führte. Dort, auf der oberen Plattform eines der gewaltigen Pyramidenstümpfe, aus denen *The Morha* bestand, legten gewöhnlich die Transportschiffe von und nach Sapphira an.

Als Ötzli dort ein Shuttle liegen sah, groß genug für die Fliehenden und all die Wolodit-Kisten, atmete er auf.

*

Die Sonnenstrahlen einer ersten Hoffnung, Marko *doch* wieder zu sehen, lugten durch die dunkelgraue, meilendicke Wolkendecke, die sich seit Wochen über Royas Gemüt zusammenzog. Seit Rasnors brutalem Überfall auf Malangoor, nach dem sie sich in Gefangenschaft auf der MAF-1 wieder gefunden hatte, war ihre Hoffnung auf Freiheit immer weiter erstickt worden und hatte seit ihrer Ankunft in *The Morha* und der Erkenntnis, dass ihnen hier etwas wirklich *Übles* widerfahren würde, den völligen Nullpunkt erreicht. Zuletzt hatte sie jede Hoffnung aufgegeben und sich innerlich auf ihren baldigen Tod vorzubereiten versucht. Eine schreckliche Sache für ein lebenslustiges, junges Mädchen wie sie.

Doch nun hatte sich alles gewandelt. Ihr war vollkommen klar, dass Ötzli einer der wirklich *Bösen* war, ein verbitterter alter Mann, rachsüchtig und skrupellos, auf der Suche nach Vergeltung und von einer fatalen Lust beseelt, einen neuen Sinn für sein zerstörtes Leben darin zu finden, dass er das Leben anderer auch zerstörte. Irgendetwas hatte Ötzli umgedreht, sie wusste nicht, was es war, aber jetzt war sie bereit, ihm alles zu vergeben, ihn als ihren Retter zu bezeichnen, und ihn sogar vor den Anklagen der Welt, die sicher berechtigt waren, zu verteidigen. Sie hing an ihrem Leben, genauso wie die anderen fünfundzwanzig Geretteten, und sie war dem alten Mann dankbar, dass ein guter Geist ihn noch bekehrt hatte und er sie nun befreite.

Mit pochendem Herzen stand sie da und beobachtete, wie die Männer und Frauen das Shuttle beluden. Der Doy wie auch der Drakkenoffizier mit seinem Muuni waren bereits an Bord gebracht worden und wurden dort von einem der Magier bewacht. Hier draußen hingegen waren sie noch immer verletzbar.

Munuel hatte ihr versichert, dass die Drakken nicht angreifen würden, solange sie ihnen kein Ziel boten, und darauf achtete sie nun. Sie war bereit, jederzeit eine Magie zu ihrer Verteidigung zu wirken und achtete darauf, dass es keinem Drakken möglich war, Ötzli oder Munuel mit gezielten Schüssen gleichzeitig außer Gefecht zu setzen. Von der erhöhten Plattform aus dirigierte sie die Leute, die die Kisten ins Shuttle luden, und informierte Munuel, der sich in ihrer Nähe zwischen Kisten verbarg, die um ihn herum gestapelt waren, über die Lage in der unmittelbaren Umgebung. Munuel war der *Zünder*, der Auslöser für die Vernichtung aller Wolodit-Amulette, sollten die Drakken angreifen, was bedeutete, dass die Welt um sie herum bis in eine Entfernung von tausenden von Meilen in einer gewaltigen Explosion zu Staub zerblasen würde. Jedenfalls sollten die Drakken das glauben.

Ob es wirklich so funktionieren würde, wie Ötzli behauptete, wusste sie nicht. Aber das war auch nicht wichtig, solange es die Drakken nur tatsächlich glaubten – und für den Augenblick taten sie es, wie es schien.

Dann war es so weit, die meisten Kisten waren verladen. Sie rief Ötzli laut und vernehmlich zu, dass er es jetzt übernehmen müsste, der *Zünder* zu sein, aber das war nicht mehr heikel, denn er konnte sich an Bord des Shuttles begeben, wo ihn die Drakken nicht mehr sehen konnten. Das tat er auch, und die meisten Aufständischen gingen mit ihm. Anschließend nahm Roya Munuel an der Hand; sie führte ihn von der Schwebeplattform herunter und nickte den bereitstehenden Leuten zu, dass sie nun die letzten Kisten verladen konnten.

Das Shuttle war ein etwa dreißig Schritt langes, röhrenförmiges Schiff mit etlichen Fenstern und Luken, das ruhig ein paar Ellen über dem Boden schwebte. Es schien, als wäre es für Aussichtszwecke gebaut worden, für Besucher, die sich die Schönheiten der Umgebung ansehen wollten, und auf gewisse Weise wirkte das grotesk. Wie eine Besichtigungsgruppe würden sie nun *The Morha* verlassen, den grimmigen Ort auf dieser gespenstischen, dunklen Insel, der eigentlich ihr Grab hätte sein sollen.

Sie flüsterte Munuel zu, was sich um sie herum abspielte, und eilte, so schnell sie konnte, auf die schräge Rampe zu, die sie in den offenen Eingang des untersten Decks des Shuttles führte. Als sie drinnen waren und sie kein Schuss aus einer Drakkenwaffe zwischen die Schulterblätter getroffen hatte, konnte Roya es fast nicht glauben. Sie zitterte, ihr Herz raste, und sie weinte vor Erleichterung. Instinktiv suchte sie einen Ort in dem von Sitzreihen beherrschten Passagierraum auf, an dem sie glaubte, von den Waffen der Feinde möglichst weit entfernt zu sein. Die Leute mit den letzten Kisten hatten es nicht weniger eilig, an Bord zu kommen, dann folgte der Moment, in dem sich die Tür schloss. Roya fühlte einen Schwindel in sich aufkommen. Munuel hatte sie eng an sich gedrückt, er spürte ihre tiefe Aufgewühltheit.

»Ruhig, Mädchen«, flüsterte er ihr zu. »Gleich heben wir ab, und dann sind wir erst einmal in Sicherheit.«

Roya wusste, dass es beileibe nicht so war, denn durch die zahlreichen Fenster des Shuttles sah sie bereits eine Flotte von kleinen Drakkenkampfschiffen, die sich dort draußen in der Luft formierten. Aber dennoch – *The Morha* zu verlassen war ein erster Schritt, den zu bewältigen sie nicht für möglich gehalten hatte. Hemmungslos begann sie zu schluchzen.

Die Maschinen des Shuttles heulten auf, dann löste sich das Schiff von seinem Liegeplatz und erhob sich in die Luft. Sie hatten es zuvor bis in alle Winkel kontrolliert: Wie verlangt, war nur ein einziger Drakken an Bord, der Pilot. Außer ihm gab es lediglich noch den Doy sowie den Drakkenoffizier mit seinem Muuni. Es war die Frage, wie gut diese drei als Geiseln funktionieren würden – ihr großer Trumpf waren zweifelsfrei die Amulette. Über eintausend Stück davon ... wenn man allein die blanken Kosten zugrunde legte, die der Pusmoh aufgebracht hatte, um an sie zu gelangen, von der Planung über den Bau der MAF-1 bis hin zur Invasion der Höhlenwelt, war jedes von ihnen buchstäblich unbezahlbar wertvoll. Zählte man den gewünschten Nutzen eines jeden davon noch hinzu, konnte man wohl mit Fug und Recht behaupten, dass es in der gesamten riesigen Milchstraße mit ihren 200 Milliarden Sonnen keinen einzigen Stoff gab, und sei er noch so selten und einzigartig wertvoll, der auch nur annähernd an diese Amulette herankam. Roya versuchte sich das klar zu machen, als sie ihre Chancen kalkulierte, tatsächlich mit dem Leben davonzukommen.

Das Shuttle hatte inzwischen eine Schleife über dem gewaltigen, gebirgsartigen Komplex von *The Morha* gedreht und steuerte nun auf die Meerenge zu, begleitet von einem Dutzend schwerer planetarischer Kampfschiffe. An Schiffe dieser Art würden sie sich gewöhnen müssen, bis sie zurück in der Höhlenwelt waren, sagte sich Roya, aber inzwischen glaubte auch sie immer mehr daran, dass sie tatsächlich nicht schießen würden. Ötzlis Äußerung, dass es für den Doy vielleicht eine Möglichkeit gäbe, über die MAF-1 doch noch Wolodit-Geschäfte mit der Höhlenwelt tätigen zu können, war sehr geschickt gewesen. Wenn ihnen tatsächlich etwas das Leben retten würde, dann war es das.

»Kommt, wir gehen hinauf«, winkte Ötzli ihnen zu. »Auf die Brücke. Dort sehen wir besser, wo wir hinfliegen, und können nötigenfalls dem Doy die Gurgel umdrehen.«

Roya warf dem Altmeister ein scheues Lächeln zu. Sie fühlte sich nicht recht wohl dabei, echte Sympathien für den alten Mann aufzubringen, wo sie doch wusste, was er getan hatte, aber in dieser Stunde war sie ihm einfach unendlich dankbar. Munuel schien nicht so zu empfinden, das sah sie an seiner verzogenen Miene, aber dennoch war da auch eine Spur Respekt zu erkennen, dafür dass Ötzli den Mut aufgebracht hatte, sich doch wieder der richtigen Seite zuzuwenden. Sie nahm Munuel an der Hand und folgte Ötzli.

Bald darauf gelangten sie auf der Brücke an, einem großen Kommandoraum, der sich oben an der Vorderseite des Schiffs befand. Ein Drakken saß im Pilotensitz vor einem breiten Instrumentenpult und starrte hinaus auf die öde, von schmutziggrauen Wolken überdeckte, grau-braune Landschaft, die unter ihnen hinweghuschte. Es war eine endlose Ebene, von spärlichem und niedrigem Pflanzenwuchs überzogen, mehr gab es über diese Gegend nicht zu sagen. Soraka war ein weitgehend toter Planet, er besaß keine nennenswerte Tier- und Pflanzenwelt mehr, nachdem schon vor Jahrtausenden eine Decke aus Metall und Beton über ihn gebreitet worden war. Heute wurde alles von gigantischen Kraftwerken am Leben erhalten, und

Soraka war ein einziges riesiges Industriezentrum, das große Teile des Planeten einnahm.

»Wie lange brauchen wir denn noch bis Sapphira?«, fragte Roya.

Ötzli, der diese Strecke schon einige Male geflogen war, wandte sich um. »Drei oder vier Stunden«, erklärte er. »Der Raumhafen befindet sich von uns aus gesehen auf der anderen Seite der Stadt. Und die Stadt ist riesig.«

Der Doy hatte rechts auf einem Sitz Platz genommen und starrte mit bitterer Miene zum Fenster hinaus; ihm gegenüber stand der hoch gewachsene LiinQour mit dem Muuni an seiner Seite wie einem ängstlichen Hündchen. Drei der Aufständischen waren ebenfalls anwesend; es waren einer der Magier sowie zwei Männer, die den Doy und den LiinQour mit erbeuteten Drakkenwaffen in Schach hielten. Für lange Zeit flogen sie schweigend, von einem Geschwader Drakkenkampfschiffen eskortiert, die man jedoch nur sah, wenn man seitlich oder durch die nach hinten weisenden Fenster hinaussah.

»Habt Ihr Sapphira schon informiert?«, fragte Ötzli.

Der Doy Amo-Uun blickte auf. »Keine Sorge, ganz Soraka ist in hellem Aufruhr. Dafür haben die Drakken bereits gesorgt.«

»Das meinte ich nicht. Es geht um unsere Bedingungen. Ein Shuttle, das uns hinauf in den Orbit bringt. Und dort ein TT-Schiff, um uns nach Hause zu bringen, zur Höhlenwelt.«

»Das schafft Ihr nie, Lakorta!«, versuchte sich der Doy ein letztes Mal mit Widerstand.

»Haltet endlich den Mund! Was ist nun? Wissen die dort Bescheid? Wenn nicht, solltet Ihr das sofort nachholen!«

»Was, jetzt?«

Ötzli machte einen drohenden Schritt auf den Doy zu. »Natürlich – *jetzt!*«, bellte er ihn an. »Glaubt Ihr etwa immer noch nicht, dass wir es ernst meinen?«

Der Doy war zusammengezuckt unter der Wut Ötzlis, dann wandte er sich an den LiinQour und befahl ihm, eine Verbindung nach Sapphira herzustellen. Der Drakkenoffizier gehorchte. Er holte sich bei seinen Bewachern die Erlaubnis und setzte sich an ein seitliches Pult, über dem mehrere ausgeschaltete Holoscreens angeordnet waren.

»Nur keine Dummheiten!«, warnte ihn einer der Männer und hob eine Waffe.

Der LiinQour blitzte ihn kurz an, dann betätigte er einige Tasten, und die Holoscreens über ihm flammten auf. Kurz war der dreizackige Pusmohstern auf allen Monitoren zu sehen, dann erschienen verschiedene Bilder – Tabellen, Diagramme, das Gesicht eines Mannes, der etwas in ein Mikrofon sagte, und ähnliches mehr.

Der LiinQour drückte weitere Tasten, die Bilder wechselten. Er schickte sich an, auf einer klobigen Tastatur mit seinen Klauenhänden etwas einzutippen.

Plötzlich erstarrte Roya.

Sie blickte gebannt auf einen der Holoscreens, der eben das Bild gewechselt hatte, und sprang kurz darauf auf.

»Schnell!«, rief sie. »Das Bild da eben! Wo ist das geblieben?«

Der LiinQour wandte den Echsenschädel und starrte sie finster und fragend an.

Roya fuhr zu Munuel herum. »Das war Leandra!«

»Was?«

»Ja – ich schwöre es! Ich habe eben Leandra auf dem Holoscreen gesehen!« Wieder fuhr sie zu dem Drakken herum. »Schnell, hol das wieder her! Das war Leandra! Ich bin völlig sicher!«

Munuel erhob sich und versuchte Royas Behauptung zu überprüfen, stellte jedoch fest, dass ihm das *Trivocum* das Bild auf einem dieser hochtechnischen Bildschirme nicht zu zeigen vermochte.

Roya wurde fast hysterisch. Sie packte den Drakken sogar an der Schulter, schüttelte ihn und verlangte, dass er augenblicklich das vorherige Bild zurückholte. Ötzli hatte sich mit finsterer Miene, aber dennoch ungläubig-neugierigem Gesichtsausdruck hinter dem Drakken aufgebaut. Der Doy wie auch die drei Bewacher sahen verwundert herüber.

Endlich ließ sich der Drakkenoffizier herbei, seine Tasten erneut zu betätigen. Dann dauerte es nur noch ein paar Augenblicke, und das alte Bild war wieder da. Diesmal war ein großer, grünhäutiger Mann ohne Nase und ohne Haare zu sehen, Roya hatte noch nie so jemanden gesehen; das Wort *Ajhan* blitzte durch ihren Kopf, Gilbert hatte ihr diese Fremdwesen beschrieben. Aus Richtung des Doy kam das geraunte Wort *Pontifex*, womit sie aber nichts anfangen konnte. Doch dass es die gleiche Szene war, in der sie Leandra zu sehen geglaubt hatte, erkannte sie an dem ockerbraunen Hintergrund, einem spiralartigen Symbol oben rechts, und einem roten Band am unteren Rand des Bildes, durch das eine Schrift lief.

Dann war Leandra plötzlich wieder da.

»Da ist sie!«, kreischte Roya wie von Sinnen, schob sich noch näher an den Holoscreen heran und streckte die Hände nach ihrer *Schwester* aus.

»Bist du sicher?«, hörte Roya von Munuel, während Ötzli neben ihr verblüfft das Wort *Tatsächlich!* murmelte. Nun wusste sie, dass sie Recht hatte.

»Was ist das?«, forderte der Doy aus dem Hintergrund zu wissen. Er deutete auf das rote Schriftband. »Wichtige Eilmeldung? Welcher Nachrichtenkanal ist das?«

Der LiinQour tippte auf eine Taste, woraufhin das Bild, auf dem Leandra zu sehen war, auf allen Holoscreens wiedergegeben wurde, auch auf dem großen in der Mitte. Sofort war ihre Stimme zu hören.

Roya stieß einen Schrei aus, als sie nun auch Leandras Stimme vernahm, aber kurz darauf verstummte sie. Denn was Leandra sagte, das erkannte Roya nach wenigen Worten, war von dramatischer Bedeutung.

»… bereits jetzt, in dieser Stunde, überall in der GalFed Ordensritter der Heiligen Inquisition unterwegs sind, um die Nachrichten über die Pusmoh-Verbrechen zu verbreiten«, hörte Roya aus dem Lautsprecher des Holoscreens. »Es sind rund eintausend Kuriere von unzweifelhaftem Ruf, welche die Botschaft bis in die entlegensten Winkel des Sternenreiches tragen werden. Für sämtliche Anschuldigungen existieren unwiderlegbare Beweise, und jeder der Ordensritter ist damit ausgestattet. Zusätzlich haben wir Zeugen von einer Welt namens Imoka mitgebracht, die zweifelsfrei belegen können, was wir behauptet haben – insbesondere die Verbrechen des Pusmoh und seine wahre Identität betreffend. Ich möchte ihnen den Muuni Sergan und den Jersh'a'Shaar Sherresh vorstellen.«

Die Kamera schwenkte nach rechts, und ein ungleiches Paar kam ins Bild: ein Muuni-Wurm, der nicht ganz so aussah wie Roya diese Wesen kannte, und ein Drakken, der dem Bild, das sie von dieser Rasse hatte, noch weniger ähnelte. Der Drakken saß entspannt auf einem Stuhl, während sich der Muuni auf der anderen Seite auf einer Art Deckenlager niedergelassen hatte. Zwischen den beiden befanden sich zwei freie Stühle, dahinter prangte das spiralförmige Symbol auf einer ockerbraunen Hintergrund-Wand.

»Sie sehen eine Übertragung von ODB-Television«, war eine Stimme zu hören.

Der LiinQour wandte sich in seinem Sitz um und sagte zum Doy Amo-Uun: »Die Sendung wird über den Hauptkanal Soraka-1 übertragen, Sir.« Er wandte sich wieder um und deutete auf das Spiralsymbol. »Dieses ODB-Television kenne ich jedoch nicht.«

»Das ist der Papst!«, rief der Doy brüskiert. »Ich meine, der *ehemalige* Papst! Ein Gesetzloser, der seit zwei Wochen in der gesamten GalFed gejagt wird! Was hat der auf dem TV-Hauptkanal von Soraka zu suchen?«

»Still!«, zische Roya ihn an und spitzte die Ohren. Der Doy starrte sie entrüstet an, dann aber nahm das, was auf dem Holoscreen geschah, wieder die Aufmerksamkeit aller in Anspruch.

Inzwischen hatten der riesige grüne Mann und Leandra zwischen dem Drakken und dem Muuni Platz genommen. Nun erst sah Roya, wie enorm der Größenunterschied zwischen dem Ajhan und ihrer *Schwester* war. Die Kamera vergrößerte auf ihn.

»Mein Name ist Ain:Ain'Qua«, sagte er, »und Sie kennen mich als den *Pontifex Maximus,* den Papst der Hohen Galaktischen Kirche. Doch ich wurde unlängst durch Betreiben der Pusmoh – und bitte achten Sie darauf, dass ich *der* Pusmoh sage, denn es handelt sich um eine Gruppe von mehreren Individuen – verleumdet und aus dem Amt getrieben und werde nun als angeblich Gesetzloser gejagt. Ein besonderer Helfer der Machenschaften ist ein gewisser Kardinal Lakorta, der inzwischen eine Machtposition bei der Hohen Galaktischen Kirche bekleidet.«

Die Gesichter von Roya und Munuel drehten sich mit fragender Miene Ötzli zu. Dass er vom Doy Amo-Uun mehrfach *Lakorta* genannt worden war, hatten sie mitbekommen. Ötzli jedoch setzte nur eine grimmig-verschlossene Miene auf, ignorierte Roya und Munuel und verfolgte mit halb abgewandtem Gesicht, was sich auf den Holoscreens abspielte.

»… sie heißt Leandra«, fuhr der Ajhan soeben fort, »und stammt von derselben Welt wie Kardinal Lakorta – man kann sie jedoch als seine Gegenspielerin bezeichnen. Jetzt zu beschreiben, welche Intrigen in dieser Affäre insgesamt gesponnen wurden, würde den Rahmen dieser Übertragung sprengen. Eine detaillierte Aufklärung wird jedoch in den nächsten Tagen folgen, unwiderlegbare Beweise liegen in ausreichender Zahl vor.«

Der Doy Amo-Uun schoss in die Höhe. »Was ist das für eine infame Kampagne!«, rief er. »Ich befehle, dass diese Sendung sofort abgebrochen wird! *Sofort!*«

Einer der bewaffneten Männer, der nahebei stand, stieß den Doy grob zurück auf seine Bank. »Bleib bloß da sitzen und halt den Rand!«, schnauzte er ihn an. »Du hast hier gar nichts mehr zu befehlen!«

Der LiinQour hatte inzwischen ein paar Tasten betätigt, und auf den kleineren Holoscreens flammten abwechselnd neue Bilder auf. Immer wieder zeigten sie die gleiche Szene wie der große Screen in der Mitte. »Diese Sendung abzubrechen dürfte schwierig werden«, erklärte er mit seiner kalten Echsenstimme. »Sie läuft inzwischen auf jedem dritten Kanal.«

Der Doy stieß ein Ächzen aus, verstummte aber, als sein Bewacher drohend den Kolben seiner Waffe hob.

Auf dem Holoscreen fuhr das Bild indessen wieder auf den Ajhan. »Und nun zwei wichtige Bitten. Glauben Sie *nichts* von dem, was Sie hier hören, solange Sie nicht wirklich überzeugt sind oder die von uns angekündigten Beweise von der Öffentlichkeit geprüft und für wahr befunden wurden. Wir wollen uns nicht der gleichen manipulativen Vorgehensweise schuldig machen, die wir den Pusmoh vorwerfen. Und die zweite Bitte: Informieren Sie jeden, den Sie kennen, über diese Nachrichtensendung. Sie wird von einem geheimen Ort aus gesendet und ständig wiederholt. Sie können sie im TV-Programm auf wechselnden Kanälen immer wieder sehen sowie auf vielen Sites im lokalen Stellnet. Mein Name ist Ain:Ain'Qua, und ich spreche für den *Orden der Bewahrer*, der seit über dreitausend Jahren das Ziel verfolgt, die Verbrechen der Pusmoh zu entlarven und den Völkern der Milchstraße die Freiheit zurückzugeben.«

Eine kurze Melodie ertönte, während ein Hintergrundbild das Spiral-Symbol von ODB-Television zeigte und unten, in flammend roter Laufschrift, die Worte: *WICHTIGE EILMELDUNG* durchliefen.

Nach kurzer Zeit ging es wieder weiter. Die Kamera fasste alle vier Anwesenden ins Bild: ganz links den Muuni, dann Leandra, Ain:Ain'Qua und den Drakken, der ganz rechts saß.

»Jeder von uns möchte ihnen jetzt«, erklärte Leandra, »stellvertretend einen kurzen Bericht über die Verbrechen geben, welche die Pusmoh an seiner Rasse begangen haben. Ich selbst möchte damit beginnen. Mein Name ist Leandra, ich stamme von einer ... *Barbarenwelt,* wie Sie hier, im Sternenreich der Milchstraße, es vielleicht nennen würden.« Sie lächelte. »Wir nennen sie die Höhlenwelt, denn mein Volk lebt tief unter der Oberfläche einer zerstörten Welt. Vor etwa zweitausend Jahren ...«

Gebannt starrten alle Anwesenden, den Drakkenpiloten ausgenommen, auf die Holoscreens, auf denen Leandra in mitreißender Weise, aber ausgesprochen knapp die Geschichte der

Höhlenwelt erzählte. Sie berichtete, wie sie hinaus ins All ins Pusmoh-Sternenreich geriet und was sie dort erlebte. Roya konnte ihre Aufregung nicht verbergen, sie trat von einem Fuß auf den anderen, während sie sich an Munuel festhielt, der ungläubig lauschte. Altmeister Ötzli verfolgte Leandras Bericht mit bitterer Miene, der Doy mit wütend zusammengebissenen Zähnen. Der LiinQour starrte mit dem gewohnt kalten und desinteressierten Ausdruck eines Drakkengesichts in den Holoscreen. Als jedoch nach Leandra Sherresh das Wort ergriff, hätte man in seinen geschlitzten Echsenaugen plötzlich erwachende Neugier erkennen können. Die drei Menschen, die den Doy und den Drakkenoffizier beobachten und bewachen sollten, waren von den Berichten der Vortragenden völlig fasziniert und bekamen nicht mit, dass der Muuni-Wurm, der ständige Begleiter des Drakkenoffiziers, plötzlich verschwunden war.

»Leandra muss hier sein!«, rief Roya aufgeregt und deutete auf den großen Holoscreen. Die Sendung war zu Ende, und das ODB-Symbol mit der roten Laufschrift war wieder aufgetaucht. »Auch wenn das eine ständige Wiederholung ist – das ist doch gerade erst aufgenommen worden! Ich wette, sie ist noch hier! Wir müssen sie finden!«

Ötzli lachte auf. »Aber wie? Um *das* zu senden, müssen sie wahrlich von einem geheimen Ort aus operieren! Wie willst du sie da finden?«

Roya starrte Ötzli an. In seiner Miene tobte ein Sturm. Schlimm genug für ihn, dass er mit dem Makel eines Verräters leben musste, auch wenn er zuletzt die Seiten wieder gewechselt hatte und ihnen jetzt beistand. Allerdings war nun durch die Berichte Leandras und Ain:Ain'Quas vor den Augen Royas die ganze Tragweite seines Verrats offenbar geworden. Er wollte ihr helfen, das sah sie, aber die Scham zerriss ihn beinahe.

»Es gäbe eine Möglichkeit, sie zu erreichen.«

Alle Gesichter fuhren herum. Es war der LiinQour gewesen, der das gesagt hatte; er war in seinem Sitz herumgeschwenkt und blickte die Aufständischen auf gewisse Weise herausfordernd an. Roya, die schon in so viele Drakkengesichter geblickt hatte, erschauerte. Tief in diesen kalten Echsenaugen glaubte sie zum ersten Mal so etwas wie eine Seele erkennen zu können. Etwas, das nicht mehr wie eine Marionette gehorchen wollte, das sich plötzlich gegen ein böses Schicksal und eine grausige Tyrannei stemmte. Instinktiv glitten ihre Blicke nach unten, erwarteten dort den Muuni zu sehen ... den *Pusmoh*, der nun eigentlich hätte versuchen müssen, den LiinQour unter seine Kontrolle zu zwingen, aber er war nicht da!

»Der Wurm!«, rief Roya. »Der Pusmoh-Wurm! Er ist fort!«

Ötzli warf Roya ein bittersüßes Lächeln zu und nickte in Richtung der linken Seite des Raums. »Da unten ist er. In der Dunkelheit unter dem Instrumentenpult dort drüben. Hat sich verkrochen wie ein Tier.«

Einer der bewaffneten Männer stürzte los, ließ seine Waffe fallen und zerrte mit rüden Beschimpfungen den Wurm unter dem Pult hervor. »Der ist nicht schlecht!«, rief er dann herausfordernd. »Noch einer mehr in unserer Sammlung von Geiseln!«

Royas Interesse an dem Pusmoh hielt nicht lange an. Sie wandte sich mit flehentlichen Blicken dem LiinQour zu. »Wie können wir Leandra erreichen?«, fragte sie.

Der Drakkenoffizier sah kurz den Doy Amo-Uun an. Es war, als wäge er ab, ob er Roya wirklich antworten dürfte. Sekunden vergingen, die warnenden Blicke des Doy Amo-Uun durchbohrten ihn förmlich, signalisierten ihm den schlimmsten aller Tode, sollte er antworten. Der zweite Blick des LiinQour fiel auf den Pusmoh, dessen allzu menschliche Züge jedoch alles andere als Heldenmut zeigten. Dann wandte er sich wieder Roya zu, sein Echsengesicht signalisierte Entschlossenheit. »Indem wir ebenfalls eine Stellungnahme absetzen. Über die TV-Nachrichtenkanäle und die Stellnets.«

»So? Und wie soll das gehen?«, fragte Ötzli spöttisch. »Besitzen wir etwa einen Sender? Über den wir uns beliebig verbreiten können?«

Der LiinQour blitzte Ötzli herausfordernd an. »Ja, wir haben einen Kanal, Sir. Wir haben *alle* Kanäle.«

Ötzli sah den Drakken stirnrunzelnd an, der Doy hingegen stieß ein ungläubiges Stöhnen aus. Roya blickte verwirrt zwischen beiden hin und her, dann begann sie zu begreifen, was der Drakken gemeint hatte.

*

Als sie Sapphira erreichten, befand sich die Stadt bereits mitten in einer echten Revolution. Und ausgerechnet die Drakken waren es, die sich am stärksten aufbäumten – womit der LiinQour Recht behielt. Er hatte vorausgesagt, dass sich viele der Offiziere, die durch einen Muuni kontrolliert wurden, widersetzen würden.

Dieses Phänomen mochte einem Rätsel aufgeben, denn die Drakken waren über Jahrtausende hinweg willfährige Schergen ihrer Pusmoh-Herren gewesen. Es mutete geradezu bizarr an, dass ausgerechnet sie sich jetzt so massiv erhoben. In Wahrheit waren es nicht die einfachen Soldaten und niederen Dienstgrade, die Widerstand leisteten. Es waren die Offiziere, und die einfachen Soldaten gehorchten ihnen nur. Für viele der Händler, Diplomaten und Geschäftsleute auf Soraka war der Aufstand gegen die Pusmoh eine Katastrophe, denn ihre Geschäfte stützten sich auf das Staatsgebilde der Pusmoh, dessen Funktionieren durch die Ordnungsmacht der Drakken gewährleistet wurde. Nun aber war diese Ordnungsmacht vollständig von ihrem Auftrag zurückgetreten. Das Besondere an diesem Aufstand aber lag darin, dass sie nicht chaotisch, sondern *geordnet* zurückgetreten war.

Es gab keine randalierenden Horden, keine Plünderer und keine außer Kontrolle geratenen militärischen Einheiten, denn die ausführenden Organe, die einfachen Dienstgrade, richteten sich nach den Befehlen ihrer Vorgesetzten. Doch die gehorchten nicht mehr ihren Herren. Auf Soraka und in der Hauptstadt Sapphira war das öffentliche Leben auf seltsame Weise zum Stillstand gekommen. Eine staunende Bevölkerung lief durch die Straßen und diskutierte an jeder Straßenecke miteinander, nirgends aber waren die Massen außer Rand und Band geraten.

Die Ordnungsmacht der Drakken sorgte dafür. So als wäre nie etwas anderes ihre Aufgabe gewesen.

Das eigentliche Chaos spielte sich in den Medien ab. Der erste Auftritt des unbekannten Senders ODB-Television war kaum ein paar Stunden alt, da waren schon die alten Strukturen des Pusmoh-Regimes aufgebrochen, und für den LiinQour stellte es kein Problem dar, mit anderen Drakkenoffizieren Kontakt aufzunehmen und sie um einen *Gefallen* zu bitten. Er bestand darin, eine kleine Einheit Soldaten loszuschicken, die das Übertragungsstudio eines großen TV-Kanals vorübergehend besetzte. Munuel und Roya wurden dorthin gebracht und fanden ganz unkompliziert die Gelegenheit, eine eigene kleine Depesche loszuschlagen. Vor der Kamera stellten sie kurz ihre eigenen Erlebnisse dar und forderten Leandra und Ain:Ain'Qua auf, sich mit ihnen in Verbindung zu setzen. Keine zwei Stunden später lagen sich Roya und Leandra, vor Freude weinend, in den Armen.

Munuel und Ain:Ain'Qua lernten sich kennen, der LiinQour begrüßte zögernd Sherresh, und Sergan verfolgte den Pusmoh-Wurm mit finsteren Blicken, der sich unsichtbar zu machen versuchte, so gut es irgend ging.

»Wo ist Ötzli?«, fragte Roya irgendwann, der das Fehlen des Altmeisters aufgefallen war. »Und der Doy Amo-Uun?«

Zuerst antwortete niemand, dann ließ Munuel, der gerade sein Wiedersehen mit Leandra feierte, ein vernehmliches Seufzen hören. Reumütig hob er die Hände und schüttelte den Kopf. »Er ist nach *The Morha* zurückgekehrt«, erklärte er. »Mit dem Doy Amo-Uun. Ich wollte ihn hindern, aber er hat mir gedroht, sich selbst und uns alle umzubringen, indem er die Wolodit-Amulette entfesselte.«

»Was?«, riefen Leandra und Roya im Chor.

Munuel nickte bitter. »Es tut mir Leid, aber er war nicht umzustimmen. Er hat sogar von mir verlangt, um unserer alten Freundschaft willen keinem von euch davon etwas zu sagen. So lange, bis er weit genug fort von uns wäre.« Er zuckte mit den Achseln. »Nun ist es schon ein paar Stunden her.«

Roya trat vor Munuel. »Aber was will er denn dort? Und auch noch zusammen mit dem Doy?«

Munuel richtete sein Gesicht in Royas Richtung, *sah* sie aus seinen blinden Augen eine ganze Weile lang an. Er wollte gerade anheben, es ihr zu erklären, da lief eine Erschütterung durch das Gebäude, ein seltsames Beben, das Glas erklingen und kleine Gegenstände erzittern ließ. Nicht lange danach rollte ein kaum wahrnehmbarer Donner über sie hinweg, ein abgrundtiefes, leises Grollen. Kurz darauf war alles vorüber, und Stille kehrte ein.

Als Roya zu Leandra sah, erkannte sie Tränen in ihren Augenwinkeln. »Dieser dumme alte Mann«, flüsterte sie. »Glaubte er etwa, er könne mir nicht mehr in die Augen sehen?« Sie schüttelte den Kopf. »Es wäre mir nicht leicht gefallen, aber ich hätte ihm verziehen.«

32 ♦ Epilog

Keiner von ihnen hatte sich die Rückreise so vorgestellt.

Ein paar Tage nach dem Umsturz auf Soraka erreichten Leandra, Roya und Munuel die Höhlenwelt, und sie waren weder von Drakkenschiffen verfolgt noch eskortiert worden – sondern sie waren *in einem* gereist!

Damit hatte sich auch das große Problem gelöst, das ihnen bis zuletzt Magenschmerzen bereitet hatte, nämlich wie sie überhaupt je ihre Heimatwelt wieder finden sollten – unter Milliarden von Sternen in der Milchstraße. Aber es war ganz einfach: Die Drakken wussten, wo die Höhlenwelt lag, und so wurden Leandra, Roya und Munuel von einem leichten Drakkenkreuzer zur Höhlenwelt gebracht. Leider war von all den neuen Freunden, die Leandra gewonnen hatte, nur noch Sherresh bei ihnen. Ain:Ain'Qua hatte dem Ruf seiner Verantwortung folgen müssen. Er war auf Soraka geblieben, um dort dabei zu helfen, die Ordnung aufrechtzuerhalten und den Aufbau neuer politischer Strukturen zu organisieren. Aber er hatte versprochen, zusammen mit Giacomo, Roscoe, Sandy und jedem anderen, der mitkommen wollte, der Höhlenwelt, so bald es möglich war, einen Besuch abzustatten.

Die zweite große Überraschung bestand darin, dass die MAF-1 nicht mehr aufzufinden war. Erst eine Messung spezieller Sensoren des Drakkenkreuzers ergab, dass das riesige Schiff vollständig vernichtet worden sein musste – und erst einmal auf diese Spur gekommen, entdeckte man, dass überall im nahen All gewaltige Wrackteile trieben. Zum ersten Mal empfanden Leandra, Roya und Munuel Trauer über den Tod von Drakken, denn ihre Offiziere hatten nie eine Chance erhalten, Sherreshs

Geschichte über Jersh'a'Shaar zu hören. Er hätte sie ihnen erzählen können, und das hätte vielleicht eine unvermutete Wendung in der Geschichte der MAF-1 bedeutet. Doch dazu war es nicht mehr gekommen. Die Vernichtung der MAF-1 deutete jedoch darauf hin, dass es Alina und ihren Freunden gelungen war, sich aus der neuen Gefahr durch Rasnor, Chast und die Drakken zu befreien.

Ein kleines Drakkenboot benutzte die immer noch funktionierende Schleusenanlage über der Wolkeninsel und brachte Leandra und ihre Freunde nach Malangoor. Dass das Dorf zerstört worden war, hatten Roya und Munuel bereits von Quendras erfahren; es jetzt aber völlig verlassen vorzufinden, war für die Heimkehrer befremdlich.

»Immer ruhig«, meinte Munuel beschwichtigend. »Dass die MAF-1 zerstört wurde, bedeutet, dass wir *gewonnen* haben! Irgendwo müssen Alina und die anderen sein, wir müssen sie nur suchen!«

Doch Leandra und Roya fanden keine Ruhe – alles Mögliche konnte passiert sein. Die Lage in Savalgor war zwiespältig, aber dort schließlich erfuhren sie, dass vor Tagen ein ganzes Heer von Drachen in der Stadt gewesen war und dass etliche Leute mit ihnen nach Bor Akramoria aufgebrochen waren. Bor Akramoria, das die Shaba angeblich zur neuen Hauptstadt von Akrania ausgerufen hatte. Der Hierokratische Rat in Savalgor stemmte sich zwar mit aller Macht gegen diese Gerüchte, gleichzeitig aber deutete die Stimmung in der Stadt auf einen neuen Aufstand hin. Einen, der dieses Mal, wie Leandra, Roya und Munuel hofften, den korrupten Hierokratischen Rat endgültig hinwegfegen würde, diese Geißel von Savalgor, die den Bürgern seit so vielen Jahren das Leben schwer machte.

In der Stadt hätte es viel zu tun gegeben, aber die drei Heimkehrer leisteten sich kein Verweilen. Es waren ihnen nämlich noch weitere Gerüchte zu Ohren gekommen – Gerüchte, die von Opfern sprachen. Als unter anderem die Namen Hellami und Cathryn fielen, wurde Leandra hoch nervös. Sie verließen schnellstmöglich Savalgor und suchten den Ort auf, an dem

Sherresh und ein paar seiner Artgenossen, die sich jetzt wieder Jersh'a'Shaar nannten, mit dem Flugboot auf sie warteten. Sie brachen augenblicklich nach Bor Akramoria auf.

*

»Es ist ein bitterer Sieg, aber es ist ein Sieg«, versuchte Victor Leandra zu trösten.

Sie standen hoch auf einem Balkon von Bor Akramoria, der über die gewaltigen Ishmar-Fälle und den Mogellsee hinausblickte, und sahen dem im Osten aufkommenden Morgen entgegen, der sich durch heller werdende Sonnenfenster über dem weiten, dunklen See ankündigte.

Er hatte die Arme von hinten um ihre Schultern geschlungen, eine Geste, die nach außen hin Freundschaft bedeuten sollte, nach innen aber Liebe meinte. Leandra hatte fast die ganze Nacht über in seinen Armen geweint. Niemand anderen hätte es gegeben, in dessen Armen sie das hätte tun wollen, niemanden außer Victor. Obwohl er der Ehemann der Shaba war, hatte er bis auf die letzten Stunden vor Anbruch des Morgens die ganze Nacht bei Leandra verbracht und einfach ignoriert, was immer das für Probleme ergeben mochte. Leandra war so verzweifelt gewesen, dass sie ihn gebraucht hatte.

»Was sollen wir nur tun?«, fragte sie. Ihr Gesicht war gerötet, sie besaß inzwischen keine Tränen mehr. »Gibt es denn niemanden sonst, der versuchen könnte, ihr zu helfen?«

Sie meinte ihre kleine Schwester Cathryn, deren lebloser Körper im Thronsaal der Shaba aufgebahrt lag. Man hatte Cathryn auf einem eigens für sie errichteten Steinsockel niedergelegt, umgeben von Steinsäulen mit besonderen Runenzeichen, welche einen steten Energiefluss gewährleisteten, um Hochmeister Jockums Magie aufrechtzuerhalten. Der Hochmeister hatte dafür einige seiner wichtigsten Prinzipien gebeugt; auf diese Weise war dafür gesorgt, dass Cathryns Zustand erhalten blieb. Doch das war alles, was sie für die Kleine hatten tun können.

»Nicht hier bei uns«, antwortete Victor. »Wir müssen auf Sherreshs Hilfe vertrauen. Vielleicht findet er dort draußen im Sternenreich jemanden, der Cathryn helfen kann. Wir können nur abwarten. Und hoffen.«

Leandra begann wieder zu schluchzen. Sie trauerte um all ihre verlorenen Freunde, angefangen von Royas Schwester Jasmin, die das erste Opfer geworden war, über den wackeren Hauptmann Vendar, Meister Fujima, Faiona, nach der ihr Halfant benannt worden war, bis hin zu Hellami, Cathryn und all den anderen, die ihr Leben im Kampf um die Freiheit der Höhlenwelt verloren hatten. Ja, es war ein bitterer Sieg gewesen.

Aber dennoch: Während ihrer Abenteuer hatte sie gelernt, dass es eine Sache gab, für die immer wieder Menschen bereit sein würden zu sterben: für ihre Freiheit. Niemand, der je Unterdrückung erlebt hatte, würde jemals diese Wahrheit abstreiten. Vielleicht hatte nicht jeder den Mut dazu und fügte sich lieber in sein Schicksal, aber Einzelne würde es immer geben, die dafür kämpften und ihr Leben aufs Spiel setzten. Ein seltsames Gefühl der Ruhe kam in ihr auf. Sie hob den Blick zu Victor, während, weit entfernt, ein erster Sonnenstrahl durch ein Sonnenfenster über dem See fiel und die Wasserfläche tief unter ihnen berührte.

»Cathryn ist auch dafür gestorben, nicht wahr?«, fragte sie. »Für unsere Freiheit.«

Victor sah sie lange an. »Nein, Leandra. Das ist sie nicht. Sie ist noch nicht tot.«

Leandra seufzte. »Ich weiß, du hoffst auf Sherreshs Wiederkehr. Aber wer weiß, ob er je kommen wird. Das ganze Sternenreich dort draußen ist in hellem Aufruhr, niemand weiß, was sich dort zutragen wird. Es könnte Jahre dauern, ebenso Ain:-Ain'Quas Besuch. Ein so ungewisses Warten ... Ich wünschte, ich könnte selbst etwas unternehmen.«

»Es gibt vielleicht etwas.«

Leandra schüttelte Victors Arme ab und drehte sich herum. »Wirklich? Wie kommst du darauf?«

»Ich habe dich die letzten Nachtstunden allein gelassen, hast du das nicht bemerkt?«, fragte er.

Leandra sah ihn unschlüssig an. »Nein, ich ...«

Er lächelte. »Du hast endlich tief geschlafen, nachdem du so lange geweint hattest. Und du hast mir so Leid getan, da habe ich gedacht, ich müsste einen Hoffnungsfunken für dich auftreiben. Und ich glaube, ich habe tatsächlich einen entdeckt.«

Leandra machte große Augen. »Wirklich? Welchen denn?«

Victor nahm Leandra an der Hand und führte sie fort vom Balkon in das alte, hohe Gebäude hinein. Sie durchquerten einen kleinen Saal und einen quer verlaufenden Gang und traten auf der anderen Seite wieder hinaus, auf einen anderen Balkon, der in die Gegenrichtung zeigte – den Flusslauf der Oberen Ishmar hinauf. Victor deutete auf eine schlanke Form, die in ein paar Meilen Entfernung in den Morgennebel ragte.

»Heute Morgen kann man ihn gut sehen, den Turm.«

Leandra schluckte betroffen, als sie die Ishmar hinaufsah. »Ja«, flüsterte sie. »Azrani und Marina haben mir schon von ihm erzählt.«

»Ich war heute Morgen mit dort. Tirao hat mich hingebracht.«

Sie drehte sich wieder um und sah Victor an. »Wirklich, und was war dort?«

Er umarmte sie. »Ich will es kurz machen, Leandra. Man kann durch diese Bauwerke an andere Orte gelangen. Auf der eigenen Welt und auch auf ganz fremden – aber das weißt du ja schon. Ich habe heute Morgen eine kleine Reise gewagt, denn Ulfa hat mir prophezeit, dass es in der Höhlenwelt noch eine *dritte Stadt* geben muss. Eine Stadt der Magie, so wie Caor Maneit, die Drachenstadt hier unter unseren Füßen, und Rhul Mahor, die Stadt der Alten unter Sardins Turm. Diese dritte Stadt muss die Quelle der Stygischen Magie sein.«

»Was? Eine Quelle der Stygischen Magie? Hast du die Stadt entdeckt?«

Ein breites Lächeln entstand auf Victors Gesicht. »Ja, das habe ich. Es ist ein phantastischer Anblick, glaub mir. Eine gewaltige Kathedrale aus Fels, die über einem grünen Tal schwebt. Ich war nur ganz kurz dort und bin gleich wieder zurückgekehrt, weil ich noch zu Roya musste.«

»Was? Zu Roya? Aber …« Leandra schüttelte verwirrt den Kopf. »Was hat Roya damit zu tun?«

»Sie beherrscht die Stygische Magie, das weißt du doch. Und Roya hat sich gestern Cathryn angesehen. Sie glaubte ebenfalls spüren zu können, dass noch Leben in ihr ist. Stell dir das mal vor: Roya – sie ist nicht viel mehr als eine Novizin!«

Leandra nickte eifrig. »Richtig, das wissen wir ja. Aber Roya ist unglaublich geschickt und feinsinnig. Eine kleine Künstlerin in der Magie. Das passt eigentlich besonders gut zur Stygischen Magie.«

»Genau das war mein Gedanke. Ich dachte mir, dass diese Magieform, da sie ja nicht auf brutale Kraft oder komplizierte Verwebungen baut wie die Rohe Magie oder die Elementarmagie, sondern auf ganz feine Strukturen – dass sie vielleicht eine Möglichkeit bieten könnte, Cathryn zu helfen. Besonders, weil sogar eine *Novizin* wie Roya in der Lage ist, Cathryns Lebensfunken zu erspüren. Was zum Beispiel Ullrik, dieser grobe Klotz, oder Zerbus nicht können. Deswegen musste ich zu Roya. Ich habe sie das gefragt.«

Leandra war ganz aufgeregt. »Ob die Stygische Magie meiner Schwester helfen könnte?«

»Ja. Besonders wenn man ihre Quellen zur Verfügung hat. Ich meine diese Stadt. Die Stadt, die ich heute Morgen entdeckt habe, als ich das Portal dieses Turms dort oben an der Ishmar durchschritten habe.« Sie drehten sich wieder um und betrachteten das riesige weiße Bauwerk, das in der Ferne durch den Nebel schimmerte. »Roya war ganz begierig darauf, die Stadt selbst zu sehen und herauszufinden, ob sie mit den Quellen der Magie, die dort zu finden sein müssen, Cathryn helfen kann. Wir werden bald dorthin aufbrechen.«

Leandra, deren verzweifelte Blicke auf Victors Gesicht geheftet waren, atmete schwer. »Aber Victor!«, sagte sie. »Es ist sehr lieb von dir und auch von Roya, dass ihr euch so sehr bemüht, aber …«

»Was denn?«

Leandra zögerte zuerst, aber dann musste sie es doch sagen. »Wie kommst du darauf, dass ausgerechnet diese Stygische Magie Cathryn helfen könnte? Sicher gibt es eine kleine Chance ... aber ist sie nicht verschwindend gering?«

Victor lächelte und umarmte sie. »Natürlich, du hast Recht.«

Verwirrt sah sie ihn an. »Und?«

Er lächelte noch breiter. »Die Hoffnung, Leandra! War es nicht die ganze Zeit über die *Hoffnung*, die uns bis hierher geführt hat? Bis zur Befreiung unserer Welt?« Er drehte sie herum, sodass sie beide in Richtung des weißen Turmes blickten, und umarmte wieder von hinten ihre Schultern, schmiegte seine Wange an die ihre.

»Wenn es nicht klappt, machen wir einfach weiter«, sagte er. »Bis wir etwas gefunden haben, um Cathryn zu retten. So einfach ist das.«

Leandra fühlte neue Tränen aufsteigen. Diesmal waren es Tränen der Rührung. Sie wusste genau, was Victor gemeint hatte.

Anhang

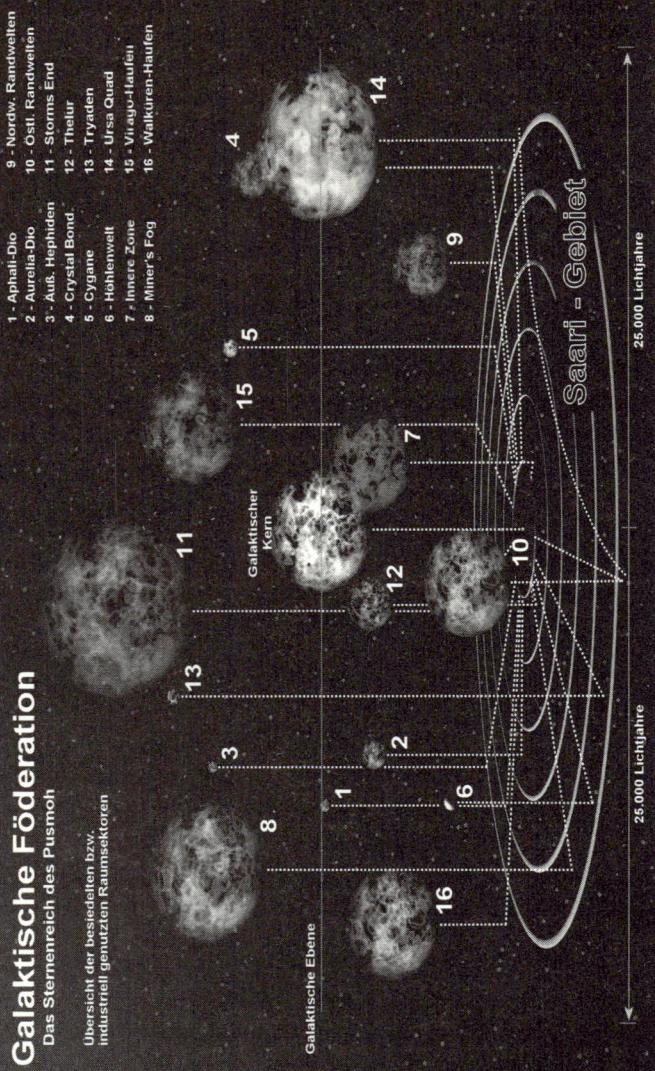

Die Raumsektoren der Galaktischen Föderation

Sektor	Name	Durch-messer in LJ.	Entf. von HW in LJ.	Besiedelung durch	Systeme der A-Klasse	Kolon. Welten	Hauptwelt	Ökonomie	Besonderheiten
1	Aphali Dio	500	16.000	Menschen, teil-autonom	108	16	Magista, Aphali-System	Handel/Verwalt.	Handelszentrum, besonders von Halon-Produkten
2	Aurelia Dio	1200	13.000	Menschen	136	5	Diamond, Aurelia-System	Handel/Industrie	Herstellung von Raumschiffhüllen
3	Äußere Hephiden	550	32.000	Menschen	71	6	Cepheus, Antinue-System	Bergbau	junges System, reich an Rohstoffen Schwermetallen usw.
4	Crystal Bond	2200	57.000	Ajhan, teil-autonom	810	23	Makha:Ishta, Tolmar-System	Handel/Verwalt.	Das »Reichen-Viertel« der Ajhan
5	Cygane	850	47.000	Menschen	710	32	Jotta, Aka-Ola System	Landwirtschaft/Industrie	Die »Kornkammer« des Westens
6	Höhlenwelt	0	0	Menschen	1	1	selbst	frei	rückständige mittelalterliche Welt
7	Innere Zone	3750	26.000	Pusmoh	unbekannt (ca. 1200)	12	Soraka, Serakash-System	Sperrzone	Gebiet der Drakken & des Pusmoh
8	Miner's Fog	4250	16.000	Ajhan	ca. 100	7	Ulaak:Ongr, Ongr-System	Space Harvesting	Ausbeutung von kosmischem Staub
9	Nordwestliche Randwelten	3250	46.000	Menschen/Ajhan	ca.700	49	Li's Welt, Schumann-System	Außenzone	Anarchie, Freihandel und Ganoventum. Nur teilw. unter Aufsicht.
10	Östliche Randwelten	3000	10.000	Menschen/Ajhan	ca. 1.000	52	Marley-Star, Rasta-System	Außenzone	Anarchie, Freihandel und Ganoventum. Nur teilw. unter Aufsicht.
11	Storms End	9500	62.000	Menschen/Ajhan	5	6	Billaborg, Hesinde-System	Space Harvesting	Ausbeutung von kosmischem Staub
12	Thelur	2100	22.000	Menschen/Ajhan	ca. 550	30	Schwanensee, Opera-System	Landwirtschaft	Sitz der Kirche, sehr religiös, strenges Gesellschaftssystem
13	Tryaden	500	17.000	Drakken	190	7	A4 im Aldebaran-System	Bergbau/Militärindustrie	Drakkendomäne
14	Ursa Quad	6250	52.000	Ajhan	2460	27	Kekka:Laer, Ajhan-System	Handel/Bergbau, Industrie	Heimatsystem der Ajhan
15	Virago-Haufen	6000	59.000	Menschen	2710	24	Alcyone, Virago-System	Handel/Bergbau, Industrie	Heimatsystem der Menschen
16	Walküren-Haufen	4000	16.000	Menschen/Ajhan	27	4	Skobolkan, Mina-Dio-System	Space Harvesting	Anarchie, Freihandel und Ganoventum. Nur teilw. unter Aufsicht.

Von
HARALD EVERS
erschien im
WILHELM HEYNE VERLAG:

Höhlenwelt-Saga

Erster Zyklus

1. Die Bruderschaft von Yoor
2. Leandras Schwur
3. Der dunkle Pakt
4. Das magische Siegel

Zweiter Zyklus

1. Die Schwestern des Windes
2. Die Mauer des Schweigens
3. Die Monde von Jonissar
4. Die Magie der Höhlenwelt

www.hoehlenwelt-saga.de

Neuigkeiten
Bilder
Landkarten
Leseproben
Hintergrundinfos
Downloads...

Die Höhlenwelt-Saga im Internet

TRIVOCUM
das Magiespiel
der Höhlenwelt-Saga
jetzt auch als
PC-Windows-Spiel
zum Download!

www.trivocum.de

GLOSSAR

Personen in der Höhlenwelt

Alina
Alina (20) ist Shaba (Herrscherin) des Landes Akrania und eine der sieben *Schwestern des Windes*. Sie ist die leibliche Tochter des verstorbenen Herrschers von Akrania und gelangte nach vielen Wirrungen doch noch auf den Thron des Landes. Sie ist mit *Victor* verheiratet und hat mit ihm einen wenige Monate alten Sohn namens Maric.

Azrani
Azrani (21) ist eine der entführten jungen Frauen aus Savalgor, später eine der *Schwestern des Windes*. *Marina* ist ihre besondere Freundin, mit der sie immer zusammen ist. Die beiden lieben sich und haben gemeinsam große Fähigkeiten bewiesen.

Cathryn
Leandras 8-jährige Schwester. Sie wurde ebenfalls eine der *Schwestern des Windes*, nachdem sich herausstellte, dass sie eine der Körpertätowierungen des Urdrachen Ulfa trägt und über ganz besondere heilerische Talente verfügt, wie auch die Fähigkeit, ihre Schwestern »spüren« zu können, ganz egal, wie weit sie von ihr entfernt sind.

Chast
(sprich: Kast) der frühere Hohe Meister der *Bruderschaft von Yoor*, der lange nach seinem Ableben doch wieder auftauchte, nachdem sein Leichnam von den Alchimisten der Bruderschaft konserviert wurde und er Besitz von *Rasnor* ergriff. Chast ist von finsterstem Rachedurst beseelt und ein Mann, für den Skrupel ein Fremdwort ist. Früher galt er als der mächtigste Magier der Höhlenwelt.

Hellami
Hellami (23) stammt aus den ärmeren Vierteln von Savalgor und wurde unter Mithilfe ihres eigenen Stiefvaters entführt, um in Guldors Gefangenschaft zu landen. Später wurde sie eine der *Schwestern des Windes*. Trotz zeitweiliger Spannungen ist sie eine der engsten Freundinnen *Leandras*.

Jacko
Jacko (42) ist ein riesiger Mann, Anführer einer großen Savalgorer Unterwelt-Bande, aber gewissermaßen ein Schurke mit edler Seele. Er war eine Zeit lang mit der viel jüngeren *Hellami* zusammen und hofft, dass ihre alte Liebe irgendwann wieder aufblüht.

Laura
Laura (23) stammt nicht aus der *Höhlenwelt*, sondern von Jonissar (siehe Bd. 7), der Heimatwelt aller Drachen der Höhlenwelt. Sie ist eine Nachfahrin von Schiffbrüchigen aus dem All, die einst auf Jonissar strandeten. Laura ist eine sehr vitale und tatkräftige junge Frau, die keine Gefahren scheut. Sie begleitet ihren Geliebten *Ullrik* in die Höhlenwelt und träumt davon, eine der *Schwestern des Windes* zu werden.

Leandra
Leandra (22) stand meist im Brennpunkt dieses Abenteuers. Sie ist eine charismatische Person, notorisch wissbegierig und zutiefst von einem Sinn für Gerechtigkeit erfüllt. Sie gründete den Bund der *Schwestern des Windes*, ging kurz danach aber im All verschollen – wo sie jedoch prompt in neue Abenteuer verwickelt wurde, die eng in Zusammenhang mit der Höhlenwelt stehen.

Marina
Marina (22) ist eine Tochter aus reicher Familie, ebenfalls eine der Entführten und späteren *Schwestern des Windes*. Sie steckt ständig mit ihrer Freundin *Azrani* zusammen und hat sich, in Zusammenarbeit mit ihr, als äußerst klug und geschickt darin erwiesen, uralte Geheimnisse aufzudecken.

Munuel
Munuel (61) ist Magier und Altmeister des Cambrischen Ordens. Er hat eine rege Vergangenheit und geriet durch *Leandras* Entdeckungen

wieder mitten in den Fokus der Ereignisse. Bei einem Kampf erblindete er und sieht die Welt nur noch mithilfe seines »Inneren Auges«, über das *Trivocum*. Er wurde zusammen mit *Roya* bei Rasnors Überfall auf Malangoor entführt.

Ötzli (alias Kardinal Lakorta)

Altmeister Ötzli (82), ehemals Mitglied des Cambrischen Ordens, hat sich aus Verbitterung mit der Gegenseite verbündet. Er hat die *Höhlenwelt* verlassen und bekleidet nun im Sternenreich des *Pusmoh* einen Kardinalsposten in der Hohen Galaktischen Kirche. Mit seiner neuen Macht jagt er *Leandra* und versucht aus Rache Kapital aus der Situation der Höhlenwelt zu schlagen.

Rasnor

Rasnor (32), ehemals ein kleiner Lakai in Diensten des *Chast*, ist durch Verrat und Intrigen zum Hohen Meister der *Bruderschaft von Yoor* und zum Anführer (uCuluu) der in der *Höhlenwelt* verbliebenen Reste der *Drakken*-Truppen aufgestiegen. Er paktiert mit dem abtrünnigen Altmeister *Ötzli* des Cambrischen Ordens und träumt davon, *Leandra* zu vernichten. Nach wagemutigen Experimenten mit alter, verbotener Magie hat der Geist des *Chast* von ihm Besitz ergriffen.

Roya

Bis *Cathryn* zu den Schwestern des Windes stieß, war Roya das »Küken« unter ihnen. Sie ist 18 Jahre alt, außergewöhnlich hübsch und außergewöhnlich intelligent. Sie gründete das Dorf Malangoor, das später der geheime Stützpunkt der *Schwestern des Windes* wurde. Ihr Geliebter ist der selbsternannte Herzensbrecher *Marko*. Durch einen Verrat geriet sie, zusammen mit *Munuel*, in die Gewalt Rasnors.

Ullrik

Ullrik (30) ist Freund, Begleiter und selbsternannter Beschützer der *Schwestern des Windes*. Er ist ehemaliges Mitglied der *Bruderschaft von Yoor*, wechselte später die Seiten und entdeckte dabei die Faszination des weiblichen Geschlechts. Seither ist er in »alle seine Mädchen« zugleich verliebt, hat sich aber, nach seinem Abenteuer auf Jonissar, eindeutig für Laura entschieden.

Victor
Victor (29) ist der Ehemann der Shaba *Alina* und ein früherer Geliebter von *Leandra*. Er gehört zu den Personen, die das Schicksal der *Höhlenwelt* besonders nachhaltig geprägt haben.

Weitere in Kurzbeschreibung:
Cleas – ein Künstlermagier, Retter Alinas; Hilda – ehemals Waffenhändlerin, nun treue Seele, die sich um Maric kümmert; Hochmeister Jockum – Magier und Primas des Cambrischen Ordens; Izeban – ein genialer Erfinder, Urheber der ultimativen Waffe gegen die Drakken; Lucia – eine ehemals zur Hure gezwungene junge Frau der Höhlenwelt, nun Begleiterin von Ötzli; Marko – ein verarmter Edelmann, Geliebter von Roya; Yo – eine junge Diebin aus Savalgor.

Die Drachen

Malachista
Eine legendenumwobene Art magieerfüllter Riesendrachen der Höhlenwelt, böse und gefährlich. Jahrtausende waren sie dort nicht gesehen worden, bis man sie schließlich nur noch für eine Sage hielt. Nun aber tauchen diese Bestien erneut in der Höhlenwelt auf, offenbar wiedererweckt durch geheimnisvolle Kräfte, und mit einem ganz speziellen Ziel.

Nerolaan
Ein Felsdrache der Höhlenwelt, unverbrüchlicher Freund der *Schwestern des Windes*, der zusammen mit Marina aufbrach, um ihre Freundin Azrani zu suchen, die durch die rätselhaften Kräfte der Pyramide von Veldoor in einer fremden Welt gelandet war. Nerolaan ist Sippenältester der Drachenkolonie von Malangoor, die jedoch unlängst von einem grauenhaften *Malachista* heimgesucht wurde.

Tirao
Leandras persönlicher Drachenfreund, ein Felsdrache, der mit ihr viele Abenteuer durchstand. Seit Leandra im All verschollen ist, bemüht sich Tirao, den *Schwestern des Windes* zu helfen, was ihn schließlich zu Ullrik und mit ihm auf eine fremde Welt brachte. Nun ist er in die Höhlenwelt zurückgekehrt und organisiert eine neue Drachenarmee …

Personen im Sternenreich des Pusmoh

Ain:Ain'Qua

Ein männlicher *Ajhan*, riesig und mit grüner Haut, noch vor kurzem der leibhaftige Papst der Hohen Galaktischen Kirche von Thelur, im Sternenreich des *Pusmoh*. Ain:Ain'Qua steht unter Druck – ein gewisser Kardinal Lakorta (siehe: *Ötzli*) versucht ihn zu Fall zu bringen, seit er zufällig dieses »fremde Mädchen *Leandra*« kennen lernte und ihr half. Nach einer bösartigen Intrige des Lakorta musste er fluchtartig seinen Amtssitz im Dom von Lyramar verlassen.

Doy Amo-Uun

Eine beängstigende Erscheinung, ein übergroßer Mann von überwältigender Arroganz und gnadenlosem Auftreten. Er ist die »Stimme des *Pusmoh*« und augenscheinlich die mächtigste Einzelperson in der gesamten Milchstraße. Über ihm steht nur noch der Pusmoh selbst, dessen Identität jedoch niemand kennt.

Giacomo

Der kongeniale Gehilfe des Papstes (siehe *Ain:Ain'Qua*), ein untersetzter, rundlicher Mann, der dem Heiligen Vater ständig mit Rat und Tat, listigen Tricks und technischen Finessen zur Seite steht. Unlängst stellte sich heraus, dass sich hinter seiner unscheinbaren Person eine überaus bemerkenswerte weitere Identität versteckt – er ist der Master des »Ordens der Bewahrer« …

Roscoe, Darius

Roscoe ist Raumfrachter-Kapitän im Sternenreich des *Pusmoh* und rettete *Leandra* das Leben, die nach einem Unfall mit einem winzigen Drakken-Raumschiff im All verschollen ging. Er ist hoffnungslos in Leandra verliebt und hilft ihr seitdem bei ihrem Versuch dahinter zu kommen, wer oder was der Pusmoh ist, und die Bedrohung durch ihn von der Höhlenwelt abzuwenden.

Weitere in Kurzbeschreibung:

Rowling, Rascal – ein Raumpirat, Boss des Brats-Schlupfwinkels *Potato*. Mbawe, Biko – ein kosmischer Vagabund und unverhoffter Helfer; Vasquez, Renica – eine Pusmoh-Finanzbeamtin auf Abwegen; Sherresh – ein Drakken-Relikt aus alter Zeit; Sergan – ein jahrtausendealter Mensch.

Begriffe

Ajhan
Eine Fremdrasse von humanoiden Wesen aus dem nordwestlichen Teil der Milchstraße. Die Ajhan sind über zwei Meter groß, außergewöhnlich kräftig, von grünlicher Hautfarbe und haarlos. Zwei Herzen schlagen in ihrer Brust, ihr Gesicht ist ohne Nase (dafür mit Riechorganen an den hinteren Kieferpartien), und ihre Augen sind tief dunkelbraun, mit leuchtend grünen Pupillen. Sie vertragen sich im Allgemeinen mit den Menschen sehr gut und sind die zweite Haupt-Bevölkerungsgruppe der *GalFed* – dem Sternenreich des *Pusmoh*. Einer der bekanntesten Ajhan ist *Ain:Ain'Qua* – der derzeitige Papst der Hohen Galaktischen Kirche.

Bruderschaft von Yoor
Ein Geheimbund von Magiern, der schon vor über 2000 Jahren entstand. Die BvY bediente sich immer einer abseitigen und gefährlichen Magieform, der »Rohen Magie«, und war deshalb geächtet. Aus dieser Lage heraus ließ sich Sardin, der damalige Hohe Meister der Bruderschaft, auf einen dunklen Pakt mit seltsamen Fremdwesen aus dem All ein, den *Drakken*. Er sollte für sie die Herrschaft über die *Höhlenwelt* erlangen, doch das Vorhaben scheiterte. Später wollte *Chast* in seine Fußstapfen treten, doch *Leandra* vereitelte das. Nun ist es *Rasnor*, der die offenbar nicht auszumerzende Bruderschaft anführt, und er hat geradezu monströse Pläne.

Drachen
Neben den *Menschen* und vielen anderen Lebensformen bevölkern auch fliegende Drachen die *Höhlenwelt*. Es gibt viele Unterarten, von den Baumdrachen, kaum größer als eine Katze, bis hin zu den gewaltigen Sonnendrachen mit 60 Metern Spannweite. Die Drachen sind zumeist friedliche Pflanzenfresser, und seit einer besonderen Tat durch Leandra ist die alte Freundschaft zwischen den Drachen und den Menschen, die für 2000 Jahre zerbrochen war, wieder neu entstanden. Wiewohl die Drachen von höherer Moral erfüllt scheinen, deuten kürzlich vorgefallene, dunkle Ereignisse darauf hin, dass auch sie eine »Vergangenheit« haben …

Drakken
Eine Fremdrasse von aggressiven Echsenwesen aus den Tiefen des Alls, welche die *Höhlenwelt* überfielen, um ihr die *Geheimnisse der Magie* zu entreißen. Die Drakken werden vom *Pusmoh* gesteuert. Es scheint, als würden die Drakken nur eine einzige Existenzform kennen: die des Militärs.

GalFed
Kurzwort für »Galaktische Föderation«, ein riesiges Sternenreich der Milchstraße mit 50 000 Lichtjahren Durchmesser (siehe Sternenkarte in diesem Buch), das von den *Drakken* beherrscht wird. In der GalFed sind die Völker der *Menschen* und der *Ajhan* in ein Bündnis unter der autokratischen Herrschaft des *Pusmoh* gezwungen. Die *Höhlenwelt* zählt nicht dazu, doch nach ihrer Entdeckung trachtet der Pusmoh danach, sie in sein Reich einzugliedern, um sich die *Magie* im Krieg gegen die *Saari* zunutze machen zu können.

Geheimnisse der Magie
Die *Magie* ist offenbar nur in der *Höhlenwelt* möglich. Dieses Phänomen hängt mit dem Gestein *Wolodit* zusammen. Die *Drakken* entdeckten, dass es möglich ist, mithilfe des Phänomens der Magie über extrem weite Strecken hinweg ohne jeglichen Zeitverlust zu kommunizieren. Dies schien für die Drakken eine Möglichkeit, gegenüber den *Saari*, ihren Feinden, einen entscheidenden Nachteil in einem kosmischen Konflikt wettzumachen. Sie trachteten fortan danach, der Höhlenwelt die *Geheimnisse der Magie* zu entreißen. Warum dies jedoch mit Gewalt geschehen musste, ist noch immer ein Geheimnis des *Pusmoh*, des Beherrschers der Drakken.

Höhlenwelt
Ein kleiner, unscheinbarer Planet in den Tiefen des Alls. Unter einer narbigen Kruste existiert in ein paar Meilen Tiefe eine Welt aus gigantischen, meilenhohen Höhlen, die sich unter der Oberfläche der ganzen Welt dahinziehen. Dort gibt es Kontinente, Gebirge, Meere, Flüsse und Wälder – und ein *Menschenvolk*, das die *Magie* beherrscht. Auch fliegende *Drachen* leben in den Höhlen – es ist eine Welt voller Wunder und Geheimnisse. Darunter auch eines, das in eine dunkle Vergangenheit zurückreicht und dem *Leandra* und ihre Freundinnen, die *Schwestern des Windes*, auf die Spur kommen …

Magie, Magier
Durch den Einfluss des Gesteins *Wolodit* sind in der *Höhlenwelt* magische Phänomene möglich. Herbeigeführt werden sie durch Menschen, die in der Kunst der *Magie* ausgebildet wurden. Sie öffnen das *Trivocum*, lassen die Energien der Ordnung und des Chaos fließen und bewirken damit erstaunliche Dinge. Letztlich ist die Magie nicht wirklich mystisch, sondern ein unbekanntes Phänomen, deren Mechanismen jedoch jenseits der Grenzen dessen liegen, was der Mensch zu begreifen vermag (wie so manches andere auch).

MAF-1
Das riesige Mutterschiff der *Drakken*armee, das, halb zerstört, seit vielen Monaten die *Höhlenwelt* umkreist. Vier der *Schwestern des Windes* gelang es, mit *Rasnors* unfreiwilliger Hilfe, in dieses Schiff einzudringen und es mit Salz zu verseuchen – gewöhnlichem Salz, das für die Drakken wie ein tödliches Nervengift wirkt. Seither umkreist dieses Schiff herrenlos die Höhlenwelt, wird aber immer mehr zum Objekt der Begierde für die unterschiedlichsten Parteien.

Menschen
Seit Jahrtausenden bewohnt ein Menschenvolk die *Höhlenwelt*. Erst durch *Leandra* wurde den Menschen bewusst, dass ihre Geschichte vor etwa 5000 Jahren abrupt abreißt. Leandra entdeckte, dass die Menschen davor die Oberfläche der Höhlenwelt bewohnten und eine gewaltige Katastrophe die Höhlen vor 5000 Jahren überhaupt erschuf. Doch an ihre Entdeckung reihen sich immer mehr ungeklärte Fragen, die schließlich in all das an Problemen und Konflikten mündeten, was der Höhlenwelt in jüngster Zeit widerfahren ist.

Pusmoh
Der Pusmoh ist Herrscher über das Sternenreich der *GalFed* und zugleich die geheimnisvolle Macht, die hinter den *Drakken* steht. Der Pusmoh (niemand weiß, ob es sich um ein Einzelwesen, eine Gruppe, eine Bezeichnung für einen Gott o.ä. handelt) schloss vor 2000 Jahren mit der *Bruderschaft von Yoor* einen Pakt, um die Macht in der *Höhlenwelt* zu übernehmen. Ziel dieses Paktes war es, die *Geheimnisse der Magie* zu erfahren.

Saari
Eine fremde Rasse aus den Tiefen des Alls, über die wenig bekannt ist. Der *Pusmoh* befindet sich seit Jahrtausenden in einem erbitterten Krieg mit den Saari, ohne jedoch die Oberhand gewinnen zu können. Durch die *Höhlenwelt* und die *Geheimnisse der Magie* eröffnete sich dem Pusmoh jedoch plötzlich eine Chance, das Kriegsgeschick zu wenden.

Schwestern des Windes
Sieben junge Frauen (siehe Personen), die sich in der Gefangenschaft eines skrupellosen Mädchenhändlers kennen lernten. Ein Schwur, den *Leandra* leistete, schweißte die sieben zusammen und ließ sie in die Geschicke der *Höhlenwelt* eingreifen. Später gründeten sie den Bund der »Schwestern des Windes« – inspiriert durch eine geheimnisvolle Körpertätowierung, die bei jeder von ihnen entstand, offenbar ein Vermächtnis, das ihnen der Urdrache Ulfa hinterließ.

Trivocum
Der Name für die Grenzlinie zwischen den Sphären der Ordnung und des Chaos. Das Trivocum ist nur für einen ausgebildeten *Magier* sichtbar. Mithilfe seines »Inneren Auges« nimmt er es als einen rötlichen Schleier wahr, überall und nirgends zugleich, der die Welt in zwei Sphären trennt: in das Diesseits (auch Sphäre der Ordnung genannt) und das Jenseits (Stygium, Sphäre des Chaos).

Wolodit
ein geheimnisvolles Gestein, allgegenwärtig in der *Höhlenwelt*, das offenbar für das Phänomen der *Magie* verantwortlich ist. Wolodit macht das *Trivocum* durchlässig, die stabile Grenze zwischen den Sphären der Ordnung und des Chaos, und gestattet es einem Magier, diese Grenze mit seinen Willenskräften gezielt zu öffnen und die fließenden Energien zu lenken. Dadurch kann er übernatürlich erscheinende (magische) Phänomene möglich machen.

DANKSAGUNG

Wieder möchte ich mich bei einigen Personen sehr herzlich bedanken, die mir bei der Verwirklichung dieses Romans geholfen haben: bei meinem Literaturagenten Michael Meller, meiner Lektorin Angela Kuepper und bei Martina Vogl vom Lektorat des Heyne Verlags. Dank an meine geliebte Beatrice, die mir mit ihrer Geduld, Fürsorge und Liebe besonders während der »heißen Phase« des Schreibens den Rücken freigehalten und mich inspiriert hat. Besonderen Dank auch an meine Korrekturleser: Tom Aubrunner und Peter Mader sowie an Achim Groeling, der die Höhlenwelt-Homepage (www.hoehlenwelt-saga.de) ganz neu gestaltet hat. Des Weiteren schulde ich auch den vielen treuen Fans und Besuchern meiner Höhlenwelt-Homepage Dank, die mir zahllose Anregungen und nützliche Kritiken haben zukommen lassen.

Harald Evers, im April 2005

Inhalt

1	♦	Graue Tage	11
2	♦	Jungfernflug	35
3	♦	Eine alte Freundin	55
4	♦	Die *Moose*	81
5	♦	Victors Buch	105
6	♦	*The Morha*	121
7	♦	Sash	142
8	♦	Sandy	161
9	♦	Aufstand	179
10	♦	Roscoes Abschied	206
11	♦	Rasnors Verwandlung	230
12	♦	Schlacht um Malangoor	249
13	♦	Hausers Buch	271
14	♦	Aufbruch	296
15	♦	Krieg der Magier	315
16	♦	Fertigungsmethoden	339
17	♦	Der Jäger	359
18	♦	Drachenheer	376
19	♦	Innere Zone	396
20	♦	Gegenangriff	412
21	♦	Spurensuche	422
22	♦	Runenmagie	434
23	♦	Im Herzen des Pusmoh-Reiches	453
24	♦	Imoka	472
25	♦	Inferno	490

26	♦	Die Vergessenen	504
27	♦	Die Verdammten	527
28	♦	Lauras Idee	548
29	♦	Sherresh	562
30	♦	Die Befreiung	574
31	♦	Plan B	595
32	♦	Epilog	616
Anhang	♦	Karte	624
		Glossar	627